और
पर्वत गूंज उठे...

'एंड द माउंटेंस इकोड'
(And the Mountains Echoed)
का हिंदी अनुवाद

खालिद हुसैनी

अनुवाद : गौतम मसानिया

SANAGE
PUBLISHING HOUSE

Paperback: 978-936205281-0
eBook: 978-936205442-5

Sanage Publishing House LLP
Mumbai, India

sanagepublishing@gmail.com

यह किताब नज़्र है, मेरे नूर-ए-चश्म हारिस और
फराह को, और मेरे बाबा को भी,
जो अगर आज होते तो मुझ पर फ़ख़्र करते।

नेकी और बदी के
दुनियावी मायनों से आगे,
एक जहान और भी है,
मैं तुमसे वहीं मिलूँगा।

— जलालुद्दीन रूमी, 13वीं शताब्दी

1

1952 का बसंत

चलो ठीक है। तुम्हें कहानी सुननी है न? सुनाता हूँ। मगर सिर्फ़ एक ही सुनाऊँगा। तुम दोनों में से कोई भी एक से ज़्यादा के लिए ज़िद नहीं करेगा, ठीक है न? रात बहुत हो चुकी है। और परी, तुम्हें याद है न कि कल हम दोनों को कितना लम्बा सफ़र करना है? इसलिए आज रात तुम्हें अच्छे से सो लेना चाहिए। और अब्दुल्लाह, तुम्हें भी। मेरे और तुम्हारी बहन के घर से दूर होने पर तुम्हारी ज़िम्मेदारी बढ़ जाएगी, बेटा। अपनी अम्मी के साथ मिलकर तुम्हें ही यहाँ सबकुछ संभालना होगा। इसलिए, बस एक कहानी। ठीक है? तो फिर सुनो। ध्यान से सुनना। और बीच में मत टोकना।

यह उस ज़माने की बात है, जब धरती पर बड़े-बड़े भीमकाय *जिन्न*, दानव और *दैत्य* घूमा करते थे। उसी ज़माने में बाबा अयूब नाम का एक किसान भी हुआ था। वह अपने परिवार के साथ 'मैदान सब्ज़' नाम के एक छोटे से गाँव में रहता था। चूँकि उसका परिवार बड़ा था और कमाने वाला वह अकेला; इसलिए उसे दिन-रात कड़ी मेहनत-मशक़्क़त करनी पड़ती थी। हर दिन सुबह सूरज उगने से लेकर शाम को अँधेरा होने तक वह अपने खेतों में जमकर पसीना बहाता था–खेत जोतता था, मिट्टी पलटता था, और उसने जो पिस्ता के छोटे-छोटे पेड़ लगाए हुए थे उनकी देखभाल करता था। दिन के किसी भी वक़्त आप उसके खेत पर चले जाते, वह आपको वहीं काम करता मिलता। काम कर-करके उसकी पीठ भी उस दरांती की ही तरह मुड़ गई थी, जिसकी मदद से वह काम करता था। काम की कठोरता के चलते उसके हाथ बेहद सख़्त और खुरदरे हो गए थे और हमेशा जगह-जगह से कटे-फटे और ज़ख़्मी रहते थे। घर लौटते-लौटते थकान उस पर इस कदर हावी हो चुकी होती थी कि बिस्तर पर लेटते ही उसकी नींद लग जाती थी।

लेकिन ऐसा नहीं है कि सिर्फ़ बाबा अयूब का ही यह हाल था। मैदान सब्ज़ में रहने वाले सभी बाशिंदों की ज़िन्दगी कमोबेश ऐसी ही थी। मैदान सब्ज़ की

ही किस्मत खराब थी, वर्ना उसके उत्तर में, घाटियों में, और भी कई गाँव थे जिन पर कुदरत की बड़ी मेहरबानी थी, जहाँ फलों के पेड़ों की भरमार थी, जहाँ की हवा सुहानी थी, और जहाँ साफ़ ठंडे पानी की नदियाँ बहती थीं। दूसरी तरफ मैदान सब्ज़ था, जिसके नाम का मतलब तो होता था 'हरी-भरी जगह', मगर वहाँ हरियाली बड़ी मुश्किल से पनप पाती थी। यहाँ की आब-ओ-हवा और मिट्टी में नमी की बड़ी कमी थी। मैदान सब्ज़ ऊबड़-खाबड़ पहाड़ों से घिरा सपाट बंजर मैदान था, जहाँ पेड़-पौधे मुश्किल से ही उग पाते थे। हर वक़्त गर्म हवा के थपेड़ों के साथ धूल भरे अंधड़ चलते रहते थे। रोज़मर्रा की ज़रूरतों के लिए पानी का प्रबंध करना यहाँ के लोगों के लिए बहुत बड़ी सरदर्दी थी, क्योंकि यहाँ के ज़्यादातर कुँए ज़्यादातर समय सूखे रहते थे और पाताल की गहराइयों को नापने वाले कुँओं में भी बहुत कम पानी होता था। हाँ, एक नदी थी, मगर उस तक पहुँचने में आधा दिन लगता था और अगर सुबह निकलो तो लौटते-लौटते शाम हो जाती थी। ऊपर से उसका पानी भी कीचड़ भरा होता था, क्योंकि मैदान सब्ज़ में पिछले दस सालों से जो सूखा पड़ रहा था उसके चलते नदी एकदम उथली हो गई थी। अगर यह कहा जाए कि मैदान सब्ज़ के लोग दूसरी जगहों के लोगों से दोगुनी मेहनत करते थे मगर उन्हें उनके मुकाबले कुदरत से आधा मेहनताना भी नहीं मिलता था, तो गलत नहीं होगा।

इस सबके बावजूद बाबा अयूब खुद को खुशकिस्मत मानता था, क्योंकि उसके लिए उसका परिवार ही उसकी सबसे बड़ी दौलत थी। वह अपनी बीवी से बेइंतिहा मुहब्बत करता था, इतनी कि आज तक वह कभी उस पर तेज़ आवाज़ में चिल्लाया तक नहीं था, हाथ उठाने की बात तो दूर है। वह हर मामले में उससे सलाह-मशविरा करता था। उसका साथ उसे बड़ा सुखदाई मालूम होता था। जहाँ तक बच्चों की बात है तो ऊपरवाले ने उसे उतने ही बच्चे दिए थे जितनी कि हरेक हाथ में उंगलियाँ। यानी कि पाँच। तीन लड़के और दो लड़कियाँ। वह उन सभी पर बराबरी से जान छिड़कता था। उसकी दोनों बेटियाँ घर के कामकाज में होशियार होने के साथ ही स्वभाव से रहमदिल और चाल-चलन से नेहद नेक थीं। अपने बेटों को उसने ईमानदारी, हौसलामंदी, दोस्ती और बिना किसी शिकायत के कड़ी मेहनत की तालीम दी थी। वे उसकी हर बात मानते थे और खेतों में उसका हाथ बँटाते थे।

वैसे तो बाबा अयूब अपने सभी बच्चों से बहुत प्यार करता था, मगर वह इस बात से भी इंकार नहीं कर सकता था कि अपनी सबसे छोटी औलाद–तीन साल का बेटा कैस–के लिए उसके दिल में बाकियों की तुलना में थोड़ा ज़्यादा

लगाव था। और कैस था भी बड़ा प्यारा। उसकी गहरी नीली आँखें और उसकी मासूम खिलखिलाहट सभी का मन मोह लेती थी। ऊपर से उसमें इतनी ज़्यादा ऊर्जा थी कि वो अपने आसपास के सभी लोगों को थका डालता था। जब उसने चलना शुरू किया तो उसमें इतना मज़ा आने लगा कि वह हरदम इधर से उधर भागता रहता, जितनी भी देर जागता बस चलता ही रहता। और हद तो तब हो गई जब उसने रात को नींद में भी चलना शुरू कर दिया। रात को किसी भी वक़्त वो बिस्तर से निकलता और चलने लगता और चलते-चलते अपने घर से बाहर निकल जाता। ज़ाहिर बात है कि उसकी इस आदत ने उसके माँ-बाप को फ़िक्र में डाल दिया था। और फ़िक्र जायज़ भी थी, यूँ रात को घर से बाहर निकलने पर उसके साथ कोई भी हादसा हो सकता था। वह किसी कुँए में गिर सकता था, कहीं खो सकता था, या फिर किसी जंगली जानवर अथवा *जिन्न/दैत्य* का शिकार बन सकता था। उसकी इस आदत को बदलने के लिए उन्होंने कई सारे उपाय किए, मगर कोई भी कारगर नहीं हुआ। आखिर में बाबा अयूब ने एक बहुत ही आसान सा तरीका अपनाया (अक्सर सबसे कारगर तरीके सबसे आसान तरीके भी होते हैं): उसने अपनी एक बकरी के गले में बंधे घुँघरुओं वाले पट्टे में से एक घुँघरू निकाला और उसे कैस के गले में बाँध दिया। अब होता यह कि जैसे ही कैस रात को उठकर चलना शुरू करता, घुँघरू की आवाज़ सुनकर किसी न किसी की नींद ज़रूर खुल जाती। धीरे-धीरे कैस की नींद में चलने की आदत छूट गई, मगर उसे अपने गले में पड़ी इस घंटी से इतना लगाव हो गया कि उसने उसे उतारने से साफ़ इंकार कर दिया। एक तरह से वह उसके शरीर का हिस्सा बन गई। शाम को बाबा अयूब जब खेत से घर लौटता तो कैस घर के भीतर से भागकर आता और उसके पैरों से लिपट जाता। भागते वक़्त हर कदम के साथ वह घुँघरू भी बज उठता। बाबा अयूब प्यार से उसे गोद में उठा लेता और भीतर ले जाता। फिर जब वह हाथ-मुँह धोने लगता, तब भी कैस अपनी नज़रें उसी पर टिकाए रखता और उसके हरेक क्रिया-कलाप को बड़े ध्यान से देखता। हाथ-मुँह धोकर बाबा अयूब जब खाना खाने बैठता तो कैस भी उसके बगल में उससे सटकर बैठ जाता। खाने के बाद बाबा अयूब चाय की चुस्कियाँ लेते हुए अपने भरे-पूरे परिवार को देखकर खुश होता और उस दिन की कल्पना में खो जाता जब उसके सभी बच्चों की शादियाँ हो जाएँगी और उसे उनके बच्चों के साथ खेलने का सुख मिलेगा। तब एक और भी बड़े परिवार के मुखिया के तौर पर वह अपने आप में कितना फख्र महसूस करेगा, वह सोचता।

मगर हाय री किस्मत! परी और अब्दुल्लाह! सुन रहे हो न? जल्दी ही अयूब की खुशियों को किसी की नज़र लग गई।

एक दिन मैदान सब्ज़ में एक भीमकाय *दैत्य* आ गया। पहाड़ों के पीछे से कहीं से वो आया था और जैसे ही वह गाँव में दाखिल हुआ, ज़मीन थर्रा उठी। ज़मीन पर पड़ता उसका हर कदम मानो भूकंप के झटके जैसा महसूस होता। खेतों में काम कर रहे गाँव वालों ने जब उस *दैत्य* को देखा तो अपने फावड़े, कुदाल, कुल्हाड़ी सब छोड़-छोड़कर जान बचाकर भागने लगे। वे सब भागकर अपने-अपने घर पहुँचे और भीतर से ताला लगा लिया और अपने बाल-बच्चों समेत एक कोने में दुबककर बैठ गए। वह *दैत्य* इतना विशाल था कि जब वह मैदान सब्ज़ के बीचोंबीच आकर रुका तो उसकी विशाल परछाईं तले पूरे गाँव में अँधेरा छा गया। बताने वाले बताते हैं कि उस *दैत्य* के सिर पर सांड के जैसे दो बड़े-बड़े, मुड़े हुए और बेहद पैने सींग थे। उसके बाल बेहद घने, कड़क और कन्धों तक लम्बे थे, और उसकी एक बहुत लम्बी और ताकतवर पूँछ भी थी। उसकी आँखें दहकते अंगारों जैसी लाल थीं। हालाँकि उसके रूप-रंग का ठीक-ठीक ब्यौरा देना तो मुमकिन नहीं है क्योंकि जिन भी लोगों ने अपने घरों से बाहर झाँककर उसकी एक झलक भी देखने की जुर्रत की, उसे उस *दैत्य* ने जीता न छोड़ा; कच्चा ही चबा गया वह उनको। इसीलिए गाँव वालों ने इसी में अपनी भलाई समझी कि चुपचाप घरों में दुबके रहें।

गाँव में सबको पता था कि *दैत्य* क्यों आया था। उन्होंने आसपास के दूसरे गाँवों में अक्सर उसके आने के किस्से सुन रखे थे और वे इसी बात पर हैरान होते थे कि आज तक मैदान सब्ज़ उस *दैत्य* की नज़रों से कैसे बचा रहा था। आखिर में वे सब इसी नतीजे पर पहुँचे थे कि चूँकि उनका इलाका बंजर था और वे सब आधा पेट खाकर मुश्किल से गुज़र-बसर कर पाते थे, इसलिए उनके बच्चे भी मरियल थे और उनकी हड्डियों पर उतना माँस नहीं चढ़ पाता था कि वे किसी *दैत्य* को अपना शिकार बनाने लायक लगें। यही वजह हो सकती थी कि उस *दैत्य* ने आज से पहले तक कभी भी मैदान सब्ज़ का रुख नहीं किया था। मतलब, उनकी गरीबी और तंगहाली ही उनकी ढाल बनी हुई थी। मगर बकरे की अम्मा कब तक खैर मनाती; आज वो ढाल भी बेकाम साबित हुई थी।

तो, *दैत्य* के आने से पूरे मैदान सब्ज़ को मानो साँप सूंघ गया था। मरघट-सा सन्नाटा पसर गया था चारों ओर। हर कोई अपने-अपने घर में डर के मारे थरथर काँपता, साँस रोके बैठा था। हर कोई यही मना रहा था कि *दैत्य* उसके घर के सामने न रुके, आगे बढ़ जाए, क्योंकि अगर *दैत्य* किसी घर के सामने रुककर उसकी छत को खटखटा देता तो उसका मतलब होता कि उस घर के मालिक को अपना एक बच्चा उसे देना पड़ेगा। *दैत्य* उस बच्चे को साथ लाए बोर में भरता,

बोरे को कंधे पर टाँगता और जैसे आया था, वैसे ही लौट जाता। *दैत्य* अब तक जितने भी बच्चों को लेकर गया था, उनमें से किसी को भी फिर कभी किसी ने नहीं देखा था। और अगर किसी घर का मालिक बच्चा देने से मना करता तो फिर *दैत्य* उस घर के सभी बच्चों को उठा ले जाता था।

मगर वो *दैत्य* उन बच्चों को ले कहाँ जाता था? अपने महल में, जो कि एक बहुत ऊँची और खड़ी ढलान वाली पहाड़ी की चोटी पर बना था। *दैत्य* का वह ठिकाना मैदान सब्ज़ से बहुत दूर था। वहाँ तक पहुँचने के लिए बहुत सारी घाटियाँ, बहुत सारे रेगिस्तान और दो पर्वत श्रृंखलाएँ भी पार करनी पड़ती थीं। और आज तक जिसने भी वहाँ तक पहुँचने की कोशिश की थी, वह रास्ते में ही मारा गया था।

फिर भी बताने वाले बताते थे कि *दैत्य* का वह महल तहखानों से भरा हुआ था, जहाँ की दीवारों पर बड़े-बड़े खंजर टँगे रहते थे। छत से बड़े-बड़े हुक लटके रहते थे, जिन पर माँस के लोथड़े टँगे होते थे। जगह-जगह बड़ी भट्टियाँ जल रही होती थीं, जिनमें बड़े-बड़े सरियों की मदद से माँस भूना जाता था। वैसे तो दैत्य को सिर्फ़ बच्चों का माँस खाना ही पसंद था, लेकिन अगर कभी भूले-भटके कोई बड़ा इंसान उसके किले में घुसपैठ करता पकड़ा जाता तो वह उसे भी भूनकर खाने से परहेज़ नहीं करता था।

मेरे ख़याल से तुम दोनों समझ ही गए होगे कि उस दिन मैदान सब्ज़ में उस *दैत्य* ने किस घर की छत पर दस्तक दी थी। दस्तक सुनकर बाबा अयूब के मुँह से एक दर्दनाक चीख निकल गई और उसकी बीवी तो बेहोश ही हो गईं। बच्चे भी डर के मारे ज़ोर-ज़ोर से रोने लगे। उनकी सिर्फ़ आँखें ही नहीं रो रही थीं बल्कि दिल भी रो रहे थे, क्योंकि उन्हें समझ आ गया था कि उनमें से किसी एक का *दैत्य* का शिकार बनना पक्का था। *दैत्य* ने उन्हें सुबह पौ फटने तक का वक़्त दिया ताकि वे तय कर सकें कि कौन सा बच्चा उसे सौंपना है।

वो रात बाबा अयूब और उसकी बीवी के लिए क़यामत की रात थी। उनके दर्द को शब्दों में बयाँ करना मुमकिन नहीं है। ऊपरवाला कभी किसी माँ-बाप के सामने ऐसा चुनाव करने की नौबत न लाए। अयूब और उसकी बीवी बच्चों को दूसरे कमरे में भेजकर इस बारे में बात करने लगे कि क्या करना चाहिए। उनके आँसू थमने का नाम नहीं ले रहे थे। वे रोते जाते और बात करते जाते। रोते जाते, बात करते जाते। मगर किसी नतीजे पर नहीं पहुँच पाते। इसी उधेड़बुन में सारी रात बीत गई। पौ फटने में अब थोड़ा ही वक़्त रह गया था, मगर अभी भी वे तय

नहीं कर पाए थे कि क्या करें। और शायद *दैत्य* भी यही चाहता था, क्योंकि अगर और थोड़ी देर वे कोई फैसला नहीं कर पाते तो इसका मतलब होता कि *दैत्य* को एक की जगह पाँच बच्चे मिल जाते।

आखिर में बाबा अयूब ने एक तरीका सोचा। वह घर से बाहर निकला और एक बराबर आकार के पाँच पत्थर उठा लाया। हरेक पत्थर पर उसने एक बच्चे का नाम लिखा और फिर उन सभी पत्थरों को एक बोरे में भर दिया। फिर उसने वह बोरा अपनी बीवी की तरफ बढ़ाया ताकि वह उसमें से कोई एक पत्थर निकालकर फैसला करे, मगर वह ऐसे घबराकर पीछे हट गई जैसे उसमें कोई ज़हरीला साँप हो।

"मैं यह नहीं कर सकती," उसने रोते हुए इंकार में सर हिलाकर कहा। "मैं नहीं चुनूँगी। मुझसे नहीं होगा ये!"

"मुझमें ही कहाँ इतनी हिम्मत है," बाबा अयूब ने मायूसी से कहा। मगर फिर उसकी नज़र खिड़की से बाहर नज़र आते आसमान पर गई, जहाँ पहाड़ियों के पीछे से सूरज बस उगने ही वाला था। वक़्त बहुत कम बचा था। उसने एक बार कातर नज़रों से अपने पाँचों बच्चों की तरफ देखा। 'पूरे हाथ को बचाने के लिए एक उंगली काटनी ही पड़ेगी,' उसने मन ही मन कहा। आखिरकार उसने आँखें बंद कीं और बोरे में हाथ डालकर एक पत्थर निकाला।

मेरा ख़याल है कि तुम लोग समझ ही गए होगे कि किसके नाम का पत्थर निकला होगा। जैसे ही बाबा अयूब ने पत्थर पर लिखा नाम पड़ा, वह आसमान की तरफ मुँह उठाकर चीख पड़ा, "नहीं!!!" कुछ पलों बाद भारी क़दमों से वह आगे बढ़ा और अपने सबसे छोटे बेटे कैस को गोद में उठा लिया। नन्हे कैस को कुछ भी इल्म नहीं था कि क्या हो रहा था या क्या होने वाला था, वह तो अपने बाबा पर आँख मूँदकर भरोसा करता था, इसलिए उसने बड़े ही प्यार से अपनी बाँहें बाबा अयूब के गले में डाल दीं। वो तो जब बाबा अयूब ने उसे घर के बाहर खड़ा करके दरवाज़ा बंद कर लिया, तब कैस को समझ आया कि कुछ गलत हो रहा था। वह ज़ोर-ज़ोर से रोने लगा, अपनी छोटी-छोटी मुट्ठियों से दरवाज़ा पीटने लगा। इधर बाबा अयूब दरवाज़े से पीठ टिकाए खड़ा अपनी ज़िन्दगी की सबसे मुश्किल घड़ी का सामना कर रहा था। उसकी आँखें बंद और जबड़े भिंचे हुए थे। चेहरा आँसुओं से तरबतर था। सीने में जैसे हज़ारों नश्तर चुभे हुए थे। उधर नन्हा कैस रो-रोकर बाबा को पुकार रहा था, दरवाज़ा खोलने की मिन्नतें कर रहा था, और इधर बाबा अयूब रोते हुए बुदबुदा रहा था, "मुझे माफ़ कर दे बेटा, मुझे माफ़ कर दे।"

तभी धरती फिर से काँपने लगी। *दैत्य* अपने शिकार को लेने दरवाज़े पर आ गया था। एक बार ज़ोरों से कैस के चीखने की आवाज़ आई, और फिर *दैत्य* के क़दमों की आहट दूर जाती मालूम होने लगी। धरती का काँपना कम होने लगा। कुछ देर बाद सबकुछ शांत हो गया, मानो कभी कुछ हुआ ही न हो। मगर बाबा अयूब अभी भी घुटनों के बल बैठकर ज़ार-जार रोए जा रहा था और कैस से माफी माँगे जा रहा था।

अब्दुल्लाह! देखो, परी सो गई है। उसके पैरों पर कम्बल डाल दो। हाँ, ऐसे। बहुत अच्छे। मेरा ख़याल है अब तुम्हें भी सोना चाहिए। नहीं? पूरी सुनकर ही सोओगे? पक्का? चलो, ठीक है।

तो कहाँ था मैं? हाँ। अगले चालीस दिनों तक कैस की मातमपुर्सी का सिलसिला चला। हर दिन आस-पड़ौस के लोग उनके लिए खाना बनाके लाते और उनके पास रुककर उन्हें दिलासा देते। वैसे तो उन सभी की माली हालत ऐसी थी कि खुद का ही गुज़ारा मुश्किल से होता था, मगर फिर भी जिस से जो बन पड़ता–चाय, कैंडी, ब्रेड, बादाम–वो लेकर आता, और साथ लाता अपनी संवेदनाएँ और सहानुभूति। बाबा अयूब बड़ी मुश्किल से उन्हें शुक्रिया भर कह पाता; वह कुछ भी कहने-सुनने की हालत में ही नहीं था। बस एक कोने में बैठा रात-दिन रोता रहता। उसकी आँखों से जिस तरह दिन-रात गंगा-जमना बह रही थी, लगता था जैसे वह मैदान सब्ज़ का सूखा अपने आँसुओं से ही दूर कर देना चाहता था। ऊपरवाला खराब से खराब आदमी को भी ऐसा दुःख न दे कभी!

कई साल बीत गए। मैदान सब्ज़ में सूखे के हालात बाद से बदतर होते गए और वहाँ के लोगों की ज़िन्दगी और भी मुश्किल। अन्न के एक-एक दाने और पानी की एक-एक बूँद के लिए उनका संघर्ष चरम पर पहुँच गया। प्यास के कारण आए दिन नवजात बच्चों की मौतें होने लगीं। ज़मीन के नीचे का पानी पाताल में चला गया। कुँए रीतते चले गए और नदी सिमटकर नाले से भी छोटी रह गई। मगर बाबा अयूब के दुःख का दरिया ऐसा था कि उसमें हर गुज़रते दिन के साथ सैलाब बढ़ता ही जाता था। वह अब अपने परिवार के लिए किसी काम का नहीं रहा था। न वह खेत में काम करता था, न वह नमाज़ पड़ता था, और न ही कुछ खाता था (कभी-कभार गले से नीचे उतारे एकाध निवाले को छोड़कर)। उसकी बीवी और बच्चों ने उसे बहुत समझाया, मनाया, मगर वह इतने गहरे अवसाद में चला गया था कि उसे कुछ फर्क ही नहीं पड़ता था। इस वजह से उसके बाकी बचे दो बेटों को कमउम्र में ही खेती-बाड़ी का सारा काम संभालना पड़ रहा था। बाबा अयूब एक साँस लेते हुए बुत में तब्दील हो चुका था जैसे। दिन

भर वह अपने खेत की मुंडेर पर बैठा, मातमी सूरत बनाए, सूनी आँखों से पहाड़ों की ओर ताकता रहता। उसने गाँववालों से बात करना भी छोड़ दिया था, क्योंकि उसे लगता था कि पीठ पीछे लोग उसे धिक्कारते हैं, कहते हैं कि वह ऐसा कायर बाप है जिसने अपने बच्चे को अपनी मर्जी से राक्षस के हवाले कर दिया; कहते हैं कि वह बाप कहलाए जाने के लायक नहीं है; कहते हैं कि अगर वह सचमुच बाप होता तो राक्षस से लड़ता–भले इसमें उसकी जान क्यों न चली जाती–मगर वह अपने जीते-जी अपने बच्चे पर आँच नहीं आने देता।

एक रात उसने यह बात अपनी बीवी को बताई।

इस पर उसकी बीवी ने उसे तसल्ली देते हुए कहा, "कोई नहीं कहता ऐसा। कोई तुम्हें कायर नहीं समझता।"

"मुझे सुनाई देता है," बाबा अयूब ने अपराधी भाव से कहा।

इस पर उसकी बीवी ने उसे समझाया, "वह किसी और की नहीं बल्कि तुम्हारे अपने मन की आवाज़ है, शौहर मेरे।" हालाँकि उसने उसे यह नहीं बताया कि गाँव वाले वाकई उसकी पीठ पीछे उसके बारे में बातें करते हैं, मगर यह नहीं कि वह कायर है, बल्कि यह कि शायद उसका दिमाग चल गया है, शायद वह अपना मानसिक संतुलन खो बैठा है।

और फिर एक दिन उसने साबित कर दिया कि गाँववाले उसके बारे में सही सोचते थे। एक दिन मुँह अँधेरे वह उठा, रसोई में जो रात की बचीं दो-चार रोटियाँ रखी थीं उन्हें एक टाट के बोरे में डाला, कमर से दराँती बाँधी, जूते पहने, और बिना किसी को जगाए घर से निकल गया।

कई दिनों तक वह चलता रहा, चलता रहा। जब से सूरज उगता तब से लेकर सूरज ढलने तक वह चलता ही रहता। रात को किसी गुफा में सो जाता। या फिर किसी नदी के किनारे, किसी पेड़ के नीचे, या पत्थरों की आड़ में सो रहता। घर से साथ लाईं रोटियाँ कुछेक दिनों में ख़त्म हो गईं। उसके बाद उसे जहाँ जो कुछ मिलता–जंगली फल, मशरूम, हाथों से पकड़ी हुईं मछलियाँ–खाकर काम चला लेता। और कभी-कभी तो बिना खाए ही रह जाता। मगर चलना नहीं छोड़ा उसने। रास्ते में जब लोग उससे पूछते कि वह कहाँ जा रहा था और वह उन्हें बताता कि वह अपने उस बेटे की खोज में जा रहा था जिसे एक *दैत्य* उठा ले गया था, तो कुछ लोग उस पर हँसते, कुछ उसे पागल समझते और घबराकर उससे दूर छिटक जाते, जबकि कुछेक लोग उसके लिए दुआ करते (क्योंकि वे भी *दैत्य* के हाथों अपने बच्चे गँवा चुके थे और इसलिए उसका दर्द समझते थे)। बाबा

अयूब मगर किसी से कुछ न कहता, सिर झुकाए चुपचाप चलता रहता। चलते-चलते जब उसके जूते फट गए तो उसने उन्हें पतली रस्सी की मदद से अपने पैरों से बाँध लिया। जब रस्सी भी घिस-घिसकर टूट गई, तब फिर उसने नंगे पैर ही चलना शुरू कर दिया। इसी हालत में वह न जाने कितने ही रेगिस्तान, घाटियाँ और पहाड़ नाक गया।

और आखिरकार एक दिन वह उस पहाड़ तक जा पहुँचा जिसकी चोटी पर उस *दैत्य* का महल था। वह अपने बेटे से मिलने को इस कदर बेताब था कि उसने एक पल के लिए भी आराम करना गवारा नहीं किया और तुरंत ही पहाड़ की मुश्किल चढ़ाई शुरू कर दी। उसके कपड़े चिथड़ों में बदल चुके थे, पैर खून-अ-खून हो रहे थे, बाल धूल-मिट्टी से सने पड़े थे, मगर उसका इरादा अटल था। पहाड़ के ऊबड़-खाबड़ और नुकीले पत्थरों से उसके हाथ-पैर बुरी तरह छिल रहे थे, उनसे खून बह रहा था। चट्टानों की कोटरों में बने बाज़ पक्षियों के घोंसलों के करीब से जब वह गुज़रा तो उन्होंने उसे शिकारी समझा और चोंच मार-मारकर उसका चेहरा बुरी तरह लहूलुहान कर दिया। जैसे-जैसे वह ऊपर की ओर बढ़ता गया, तेज़ रफ़्तार से बहती हवा उसे बार-बार नीचे की ओर धकेलने लगी। कितनी ही बार वह चट्टानों पर फिसलकर गिरा। मगर अपने बेटे को देखने की ललक ने उसे हार नहीं मानने दी; वह चट्टान-दर-चट्टान चढ़ता गया, चढ़ता गया। और एक लम्बी जद्दोजहद के बाद आखिरकार वह पहाड़ की चोटी पर पहुँचने में कामयाब हो ही गया। अब वह उस विशाल महल के विशाल फाटक के सामने खड़ा था।

गुस्से और दुःख के मिले-जुले भावों से भरकर बाबा अयूब ने अपने पैरों के पास पड़ा एक पत्थर उठाया और उस फाटक पर खींच मारा। "किसने अपनी मौत को दावत दी है!" तुरंत ही *दैत्य* का भयानक स्वर गूंजा।

बाबा अयूब ने बिना घबराए अपना नाम बताया और कहा, "मैं मैदान सब्ज़ से आया हूँ।"

"मरने का इरादा लेकर आया है क्या तू? मेरे घर आकर मेरे आराम में खलल डालने का अंजाम नहीं पता तुझे? क्यों आया है यहाँ?" *दैत्य* ने गरजते हुए पूछा।

"मैं तुझे मारने आया हूँ," बाबा अयूब ने बिना डरे जवाब दिया।

कुछ पलों तक *दैत्य* ने कोई प्रतिक्रिया नहीं दी। शायद वह बाबा अयूब की बात से हैरान हो उठा था। मगर तभी महल का विशाल फाटक तेज़ आवाज़ करता हुआ खुलने लगा। बाबा अयूब ने देखा, सामने विशालकाय *दैत्य* खड़ा था।

उसका रंग-रूप और आकार इतना बड़ा और भयानक था कि कमज़ोर दिल वाले तो उसे देखकर ही मर जाते।

"तू मुझे मारने आया है?" जब *दैत्य* ने यह कहा तो ऐसा लगा जैसे कहीं बिजली कड़की हो।

"हाँ," बाबा अयूब ने पूरे यकीन के साथ कहा। "आज हम दोनों में से कोई एक तो ज़रूर मरेगा।"

एक पल के लिए तो ऐसा लगा कि *दैत्य* अभी अपना हाथ बढ़ाकर बाबा अयूब को दबोचेगा और एक ही झटके में अपने खंजर जैसे तीखे दाँतों से उसे खत्म कर देगा। मगर पता नहीं किस बात ने *दैत्य* को ऐसा करने से रोके रखा। वह आँखें सिकोड़कर ध्यान से बाबा अयूब को देखने लगा। शायद यह उसकी बातों से झलकने वाला पागलपन था। या शायद उसकी वह अजीब-ओ-गरीब हालत थी – बदन पर लटकते चीथड़े, खून से सना चेहरा, बुरी तरह लहूलुहान हाथ-पैर, सिर से पैर तक धूल-मिट्टी से अटा और खून रिसते घावों से भरा बदन। या शायद *दैत्य* यह देखकर हैरान था कि उस मरियल से दिखने और पागल मालूम होने वाले बूढ़े की आँखों में रत्ती भर भी डर नहीं था।

"क्या बताया तूने, कहाँ से आया है?" *दैत्य* ने पूछा।

"मैदान सब्ज़," बाबा अयूब ने कहा।

"तेरी हालत देखकर लगता है कि यह जगह, मैदान सब्ज़, यहाँ से बहुत दूर है।"

"मैं यहाँ बकबक करने नहीं आया हूँ। मैं आया हूँ–"

दैत्य ने अपना भारी भरकम हाथ 'थोड़ा ठहरो' की मुद्रा में उठाया और बोला, "हाँ-हाँ। तुम मुझे मारने आए हो। मुझे पता है। लेकिन मरने से पहले मुझे चंद आखिरी अलफ़ाज़ कहने का मौका तो ज़रूर मिलना चाहिए, नहीं?"

"अच्छी बात है, कहो," बाबा अयूब ने कहा। "मगर चंद ही।"

"इस रहमदिली के लिए मैं आपका शुक्रिया अदा करता हूँ," *दैत्य* व्यंग्य भरी मुस्कान बिखेरता हुआ बोला। "क्या मैं पूछ सकता हूँ कि मैंने आपके ऊपर ऐसा कौन-सा ज़ुल्म किया है जिसके लिए मुझे सज़ा-ए-मौत मिलनी चाहिए?"

"तुमने मुझसे मेरा सबसे छोटा बेटा छीना है," बाबा अयूब ने जवाब दिया। "वह मुझे अपनी जान से भी ज़्यादा प्यारा था।"

इस पर *दैत्य* ने अपनी ठुड्डी थपथपाई और कहा, "हूँ, ऐसे तो मैंने कई बापों से कई सारे बच्चे छीने हैं।"

यह सुनकर बाबा अयूब गुस्से से तमतमा उठा और कमर में बंधी अपनी दरांती निकालते हुए बोला, "तब तो मैं उन सबका भी बदला लूँगा।"

"एक बात तो मैं मानूँगा, तुम्हारी हिम्मत देखकर मैं तुम्हारा कायल हो गया हूँ।"

"हिम्मत! तुम हिम्मत के बारे में कुछ नहीं जानते," बाबा अयूब ने कहा। "हिम्मत तब मानी जाती है जब आपका कुछ दाँव पर लगा हो और फिर भी आप जोखिम उठाओ। मगर मेरे पास तो गँवाने को कुछ भी नहीं है।"

"तुम अपनी जान गँवा सकते हो," *दैत्य* ने कहा।

"वो तो तुम पहले ही ले चुके हो।"

इस पर *दैत्य* ने एक बार फिर हुँकारा भरा और बाबा अयूब को गौर से देखा। फिर बोला, "ठीक है, मैं तुम्हें मौका ज़रूर दूँगा लड़ने का। मगर पहले मैं चाहता हूँ कि तुम मेरे पीछे-पीछे महल के भीतर आओ।"

"जो भी करना है जल्दी करो," बाबा अयूब ने झुँझलाते हुए कहा। "मैं अब और सब्र नहीं कर सकता।" मगर उसकी यह बात सुनने के लिए *दैत्य* रुका ही नहीं था, वह तो एक बड़े से गलियारे की तरफ बढ़ चला था, लिहाज़ा बाबा अयूब के पास उसके पीछे जाने के अलावा कोई चारा नहीं था। मगर *दैत्य* उस गलियारे में नहीं रुका बल्कि एक के बाद एक इधर-उधर कई विशाल गलियारों से गुज़रता गया। उन गलियारों की छतें इतनी ऊँची थीं कि लगता था मानो आकाश को छू रही हों, और वे सभी गलियारे ऊँचे-ऊँचे विशाल खम्भों पर खड़े हुए थे। वह महल बहुमंजिला था और बाबा अयूब *दैत्य* के पीछे चलते हुए कई-कई सीधी और घुमावदार सीढ़ियाँ चढ़कर कई-कई गलियारों से गुज़रता आगे बढ़ रहा था। गलियारों के दोनों ओर इतने बड़े-बड़े कमरे थे कि उनमें से हरेक कमरे में कई-कई मैदान सब्ज़ समा जाएँ। आखिर में *दैत्य* बाबा अयूब को एक बहुत ही बड़े कमरे में लेकर आया, जिसके परले सिरे पर एक बड़ा पर्दा टंगा हुआ था।

दैत्य उस परदे के पास जाकर खड़ा हुआ और इशारे से बाबा अयूब को करीब आने के लिए कहा।

बाबा अयूब आगे बढ़ा और *दैत्य* की बगल में जाकर खड़ा हो गया।

दैत्य ने पर्दा हटा दिया। बाबा अयूब ने देखा कि वहाँ बड़ी सी खिड़की थी, जिसके कपाट शीशे के थे, इसलिए उससे बाहर का नज़ारा देखा जा सकता था। बाबा अयूब ने देखा कि बाहर एक बहुत ही बड़ा बागीचा था। बागीचे के चारों ओर ऊँचे-ऊँचे सरू (साईप्रस) के पेड़ों की कतारें थीं और उनके नीचे तरह-तरह के रंग-बिरंगे फूल खिले हुए थे। नीली टाइल्स वाले स्विमिंग पूल थे। हरे-भरे लॉन थे। पानी के फव्वारे थे। झाड़ियों को कलात्मक रूप से काटकर बनायी गईं बाड़ थीं। फलों से लदे अनार के पेड़ थे। बाबा अयूब ने कभी सपने में भी इतनी खूबसूरत जगह नहीं देखी थी।

मगर असल में जिस नज़ारे ने बाबा अयूब को भौचक्का कर दिया था, वो इन सबसे अलग था। उसने देखा कि उस बागीचे में बहुत सारे नन्हे-मुन्हे बच्चे हँसते-खिलखिलाते हुए खेलने-कूदने और मस्ती करने में लगे थे। कुछ बच्चे पेड़ों के इर्द-गिर्द भागते हुए पकड़म-पकड़ाई खेल रहे थे, तो कुछ झाड़ियों के पीछे छिपकर आँख-मिचौली। अयूब की आँखें खुद-ब-खुद बच्चों की उस भीड़ में किसी को तलाशने लगीं। और आखिरकार उसकी आँखों को वह नज़ारा मिल ही गया जिसका उन्हें एक अरसे से इंतज़ार था। हँसता-खिलखिलाता कैस। उसका बेटा! ज़िन्दा, सही-सलामत, और पहले से कहीं ज़्यादा खुश और तंदरुस्त! उसका कद कुछ ऊँचा हो गया था और बाल भी पहले से ज़्यादा बड़े हो गए थे। उसने एक सुन्दर सी सफ़ेद रंग की शर्ट और उसी से मेल खाता एक खूबसूरत पैंट पहना हुआ था। दूसरे बच्चों के साथ खेल में मस्त कैस की खिलखिलाहट अयूब के कानों में मानो रस घोल रही थी।

"कैस!" बाबा अयूब हौले से बुदबुदाया। उसके मुँह से निकली भाप खिड़की के शीशे पर जम गई। फिर वह पूरी ताकत से चिल्लाया, "कैस!"

"वह तुम्हारी आवाज़ नहीं सुन सकता, और न ही तुम्हें देख सकता है," दैत्य ने कहा।

मगर बाबा अयूब पर तो मानो दीवानगी हावी हो गई थी, वह पंजों के बल खड़े हो-होकर, बाँहें हवा में लहरा-लहराकर ज़ोर-ज़ोर से कैस का नाम पुकारता रहा, खिड़की के शीशे पर यूँ मुक्के बरसाता रहा मानो शीशा तोड़कर उस ओर छलांग लगा जाना चाहता हो। कुछ पलों तक राक्षस उसकी यह बदहवासी देखता रहा और फिर उसने खिड़की का पर्दा गिरा दिया।

"यह क्या था? मुझे लगा कि–" बाबा अयूब ने बदहवासी के आलम में ही कहा।

"यह तुम्हारा ईनाम है," *दैत्य* ने जवाब दिया।

"क्या मतलब?"

"मैं तुम्हारी परीक्षा ले रहा था।"

"कैसी परीक्षा?"

"तुम्हारे प्यार की परीक्षा। मैं जानता हूँ कि यह परीक्षा तुम्हारे लिए बहुत कठिन थी, और मुझे इस बात का भी अहसास है कि इसके चलते तुम पर क्या गुज़री है। मगर अच्छी बात यह है कि तुम इस परीक्षा में सफल साबित हुए हो। और यह तुम्हारा ईनाम है। और उसका भी।"

"और अगर उस दिन मैंने चुनाव करने से इंकार कर दिया होता तो?" बाबा अयूब ने रोते हुए कहा। "अगर उस दिन मैंने तुम्हारे इम्तिहान में शामिल होने से मना कर दिया होता तो?"

"तब तुम्हारे सारे ही बच्चे मारे जाते और तुम एक कमज़ोर बाप साबित होते–एक ऐसे कायर बाप जिसे अपनी आँखों के सामने अपने सभी बच्चों को मरते देखना मंज़ूर था मगर अपनी आत्मा पर यह बोझ लेकर जीना नहीं कि उसने अपने हाथों अपना एक बच्चा मुझे दे दिया था। तुम कहते हो कि तुम में हिम्मत नहीं है, मगर मेरी नज़र में तो तुम बहुत हिम्मती हो। जो तुमने किया, जिस बोझ को दिल पर लेकर जीना तुमने मंज़ूर किया, वैसा करने के लिए बहुत हिम्मत चाहिए होती है। और इस बात के लिए मैं तुम्हारी इज्ज़त करता हूँ।"

बाबा अयूब ने काँपते हाथ से अपनी कमर में बंधी दरांती निकाली, लेकिन वह उसे थामे न रख सका। वह उसके काँपते हाथ से फिसलकर ज़ोरदार आवाज़ के साथ संगमरमर के फर्श पर जा गिरी। बाबा अयूब खुद भी खड़ा न रह सका, उसके घुटने मुड़ गए और वह भी घुटनों के बल फर्श पर बैठ गया।

"तुम्हारे बेटे को अब तुम्हारी याद नहीं आती," *दैत्य* ने अपनी बात जारी रखी। "वह अब अपनी इस नयी ज़िन्दगी में रम चुका है। और वह यहाँ कितना खुश है यह तुम अपनी आँखों से देख चुके हो। यहाँ उसे बढ़िया से बढ़िया खाना, अच्छे से अच्छे कपड़े, ढेर सारे दोस्त और खूब सारा प्यार हासिल है। यहाँ रहकर वह तमाम तरह की कलाओं में, तमाम तरह के विज्ञानों में पारंगत हो रहा है, वह अक्लमंदी और दानिशमंदी का हुनर सीख रहा है। कुल मिलाकर, यहाँ उसे किसी भी चीज़ की कमी नहीं है। और जिस दिन वह बड़ा हो जाएगा, उस दिन उसे यहाँ से जाने का फैसला लेने की भी पूरी आज़ादी होगी। वह चाहे जो भी फैसला

करे, मगर मुझे यकीन है कि वह अपनी नेकी और उदारता से बहुत सारे लोगों की ज़िन्दगियाँ संवारेगा, बहुत सारे दुखी दिलों पर प्यार का मरहम लगाएगा।"

"मैं उसे देखना चाहता हूँ," बाबा अयूब ने कहा। "मैं उसे अपने साथ घर ले जाना चाहता हूँ।"

"वाकई?"

बाबा अयूब ने *दैत्य* की तरफ देखा।

दैत्य खिड़की के बगल में बनी एक आलमारी तक गया और उसे खोलकर उसमें रखी एक रेतघड़ी निकाल लाया। अब्दुल्लाह! तुम जानते हो न कि रेतघड़ी क्या होती है? हाँ, वही। बहुत बढ़िया। तो, *दैत्य* वह रेतघड़ी निकाल लाया, उसकी सारी रेत उसने ऊपर वाले खाने में जमा कर दी, और फिर घड़ी को बाबा अयूब के घुटनों के पास रख दिया।

"अगर तुम चाहते हो तो मैं तुम्हें उसे ले जाने दूँगा," *दैत्य* ने कहा। "मगर एक बात का ध्यान रखना। अगर तुमने उसे ले जाने का फैसला किया तो फिर वह दुबारा लौटकर यहाँ कभी नहीं आ पाएगा। और अगर तुमने उसे यहीं छोड़कर जाना चुना तो फिर तुम लौटकर कभी यहाँ नहीं आ पाओगे। जब इस घड़ी की सारी रेत ऊपरवाले खाने से नीचे वाले खाने में जमा हो जाएगी, तब मैं लौटूँगा, तब तक तुम फैसला कर लेना।"

इतना कहकर *दैत्य* बाबा अयूब को वहीं छोड़कर कमरे से बाहर निकल गया। एक बार फिर उसने बाबा अयूब को बहुत ही मुश्किल और तकलीफदेह फैसला लेने के लिए मजबूर कर दिया था।

'मैं उसे लेकर ही जाऊँगा,' बाबा अयूब के दिमाग में पहला ख़याल यही आया। अँधा क्या चाहे, दो आँखें। उसे इससे ज़्यादा किसी और चीज़ की चाहत नहीं हो सकती थी। उसका रोम-रोम चीख-चीखकर यही कह रहा था। इसी दिन के सपने तो वह इतने बरसों से देखता आ रहा था। हर रात उसे सपने में यही तो दिखाई देता था कि वह फिर से कैस को अपनी गोद में उठाए है, उसके गालों को चूम रहा है, और उसके नन्हे हाथों को अपने हाथों में थामकर उनके नर्म-मुलायम अहसास का सुख पा रहा है। 'मगर...,' बाबा अयूब ने खुद से पूछा, 'अगर मैं उसे अपने साथ मैदान सब्ज़ ले गया, तो उसे किस तरह की ज़िन्दगी दे पाऊँगा? हाड़तोड़ मेहनत करके भी आधा पेट खा पाने वाले किसान की? जैसे दुःख मैं भोगता आया हूँ, क्या वैसे ही दुःख उसे भी नहीं भोगने पड़ेंगे? क्या वो भी मेरी तरह अनपढ़-जाहिल नहीं रह जाएगा? और ये भी तब होगा अगर मैदान सब्ज़

के दिनोंदिन गहराते सूखे, भूख और गरीबी के हालात वहाँ के और बच्चों की तरह कैस को भी न लील जाएँ। क्या तब मैं खुद को इस खुदगर्जी के लिए माफ़ कर पाऊँगा कि मैंने अपने सुख के लिए कैस को एक ऐश-ओ-आराम और तरक्की के तमाम मौकों से भरी ज़िन्दगी से दूर करके एक अंधेरी, बदहाल ज़िन्दगी की तरफ (या शायद अकाल मौत की तरफ) धकेल दिया?' मगर दूसरी तरफ उसके ज़ेहन में यह ख़याल भी आ रहा था कि अगर वह कैस को यहीं छोड़ जाता है तो किस तरह अपने दिल को समझाएगा? यह जानते हुए भी कि उसका बच्चा ज़िन्दा है, सही-सलामत है, मगर वह उसे फिर कभी देख भी नहीं पाएगा, कैसे जिएगा वह? कैसे खुद को तसल्ली दिलाएगा? अपनी इस बेबसी पर बाबा अयूब की आँखें भर आईं और वह फूट-फूटकर रोने लगा। अचानक उसका दुःख गुस्से में बदल गया और उसने अपने सामने रखी रेतघड़ी को उठाकर उसे ज़ोर से दीवार पर दे मारा। घड़ी टुकड़े-टुकड़े हो गई और उसमें भरी रेत फर्श पर बिखर गई।

जब *दैत्य* वापस आया तो उसने देखा कि बाबा अयूब रेतघड़ी के टूटे हुए टुकड़ों पर खड़ा था–कंधे झुकाए। उसे देखकर बाबा अयूब के चेहरे पर नफरत के भाव उभर आए। "तुम एक बेरहम जानवर हो।"

"जब तुम मेरे जितनी ज़िन्दगी जी लोगे, तब पाओगे कि बेरहमी और रहमदिली एक ही सिक्के के दो पहलू हैं," *दैत्य* ने सहज भाव से कहा। "बहरहाल, तुमने फैसला कर लिया?"

बाबा अयूब ने अपने आँसू पोंछे, फर्श पर पड़ी अपनी कटार उठाई, और उसे कमर में बाँध लिया। फिर भारी क़दमों से दरवाज़े की तरफ बढ़ चला। उसे देखकर ऐसा लग रहा था मानो उसके जिस्म से सारा ख़ून निचोड़ लिया गया हो और वह अपना ही वज़न उठा पाने के लायक न बचा हो।

जब बाबा अयूब *दैत्य* की बगल से गुज़रा तो उसने कहा, "यकीनन, तुम एक अच्छे बाप हो।"

"काश कि तुमने मेरे साथ जो किया है उसके लिए ऊपरवाला तुम्हें नर्क की आग में जलाए," बाबा अयूब ने थके हुए स्वर में कहा।

बाबा अयूब कमरे से बाहर आकर गलियारे के परले सिरे की तरफ बढ़ा ही था कि तभी पीछे से *दैत्य* ने उसे पुकारा।

"यह रख लो," उसने बाबा अयूब को काँच की एक छोटी सी बोतल थमाते हुए कहा। उस बोतल में गहरे रंग का कोई तरल भरा था। "लौटते समय इसे पीते हुए जाना। अलविदा।"

बाबा अयूब ने चुपचाप वह बोतल ले ली और महल से बाहर आ गया।

अब बाबा अयूब की बीवी हर दिन सुबह से शाम तक अपने खेत की उसी मुंडेर पर बैठी रहती थी जिस पर पहले बाबा अयूब बैठा करता था, और उसी दिशा में देखती थी जिस दिशा में बाबा अयूब देखता था। बाबा अयूब को कैस का इंतज़ार था; उसकी बीवी उसकी राह तकती थी, इस उम्मीद में कि किसी दिन वह लौटकर आता दिखाई देगा। मगर हर गुज़रते दिन के साथ उसकी उम्मीद कम होती जाती थी। गाँव के लोग तो पहले ही बाबा अयूब को गुज़रा हुआ मान चुके थे और अपनी बातचीत में उसके लिए 'है' की जगह 'था' का उपयोग करने लगे थे। एक दिन रोज की तरह वह उसी मेढ़ पर बैठी होठों ही होंठों में कोई दुआ बुदबुदा रही थी। आँखें उसकी तब भी उन्हीं पहाड़ों की तरफ थीं जिस तरफ से उसे बाबा अयूब के लौटकर आने की उम्मीद थी। अचानक उसकी धुंधलाती आँखों को दूर से किसी कमज़ोर-से, मरियल-से साए के धीरे-धीरे लड़खड़ाते हुए मैदान सब्ज़ की तरफ आने का आभास हुआ। जब वह साया थोड़ा करीब आया तो उसे दिखाई पड़ी चिथड़ों में लिपटी सींक-सी काया, कोटरों में धँसी हुई आँखें, पिचके हुए गाल, जटा-जूट से हो चुके बाल; उसे लगा कि शायद कोई भटका हुआ दरवेश है। वो तो जब वह साया एकदम करीब आ गया तब उसे समझ आया कि वह कोई दरवेश नहीं बल्कि उसका वही शौहर था, जिसके इंतज़ार में वह वहाँ बैठी थी। उसका दिल खुशी से उछल पड़ा और उसने राहत की एक लम्बी साँस ली।

घर जाकर, नहा-धोकर, खाना-पानी करके बाबा अयूब जब अपनी चारपाई पर लेटा तो उसके चारों ओर अच्छा-ख़ासा मजमा जमा हो गया। उसके लौटकर आने की खबर गाँव में जंगल की आग की तरह फ़ैल गई थी और उसके घर लोगों की भीड़ लग गई थी। हर कोई जानना चाहता था कि इतने दिन वो कहाँ रहा था। सवालों का ताँता लग गया।

तुम कहाँ चले गए थे, बाबा अयूब?

तुमने क्या-क्या देखा?

तुम्हारे साथ क्या-क्या हुआ?

मगर बाबा अयूब उनके किसी भी सवाल का जवाब नहीं दे सका। उसे कुछ याद नहीं था कि वह कहाँ गया था और उसके साथ क्या हुआ था। उसे न तो अपने सफ़र के बारे में कुछ याद था, न के महल तक पहुँचना याद था, न *दैत्य* से बात करना याद था, और न वह परदे से ढँकी काँच की खिड़की वाला कमरा याद

था। उसे ऐसा लग रहा था जैसे वह अभी-अभी किसी सपने से जागा था और अचानक उठ जाने के कारण उसे वह सपना बिल्कुल भी याद नहीं आ रहा था। उसे न तो वह विशाल और खूबसूरत बागीचा याद था, न उसमें खेलते बच्चों का हुजूम याद था, और सबसे बड़ी बात कि उसे यह भी याद नहीं था कि वहाँ उसने अपने बेटे कैस को उसके दोस्तों के साथ हँसते-खिलखिलाते और खेलते देखा था। यहाँ तक कि जब किसी गाँववाले ने कैस के नाम का ज़िक्र किया तो बाबा अयूब की आँखों में ऐसी हैरानी उमड़ आई जैसे पूछना चाह रहा हो, 'कौन कैस?' उसे यह भी याद नहीं रहा था कि उसका कैस नाम का कोई बेटा था भी कभी।

अब्दुल्लाह! कुछ समझे कि *दैत्य* ने बाबा अयूब के साथ कितनी रहमदिली दिखाई थी? उसने उसे काँच की बोतल में जो तरल दिया था पीने के लिए, उसे पीकर बाबा अयूब वे सारी बातें भूल गया था। यह *दैत्य* की दूसरी परीक्षा पास करने का ईनाम था।

उस साल बारिश का मौसम मैदान सब्ज़ के लिए कुदरत का ईनाम साबित हुआ। ऐसी मूसलाधार बारिश हुई कि पूरा इलाका पानी से तरबतर हो गया। ऐसा लगा मानो कुदरत इतने बरसों का मूल सूद समेत लौटना चाह रही थी। एक बार पानी बरसना शुरू होता तो कई-कई दिनों तक घरों की छतों पर बूँदों का संगीत बजता ही रहता। मैदान सब्ज़ के सारे कुँए लबालब भर गए और नदी फिर से ज़िन्दा हो उठी। मुरझाए पेड़ों पर फिर से जवानी छा गई। पूरब की ओर खड़ीं सूखी पहाड़ियाँ एकदम हरी-भरी हो गईं। चारों तरफ रंग-बिरंगे जंगली फूलों की बहार छा गई। मैदान घास से भर गए और बरसों बाद बच्चों को घास में खेलने और जानवरों को ताज़ी घास चरने का मौका मिला। बरसों की प्यासी धरती ने भी जी खोलकर अपनी प्यास बुझाई। हर कोई फिर से ज़िन्दा हो उठा, मानो आसमान से पानी नहीं अमृत बरस रहा हो।

आखिरकार जब बारिश ख़त्म हुई तो मैदान सब्ज़ के लोगों को थोड़ा मरम्मत का काम करना पड़ा। कई सारे घरों की दीवारें, जो कि मिट्टी की थीं, बारिश के कारण धसक गई थीं या जगह-जगह से उखड़ गई थीं। कुछ घरों की छतें झुक गई थीं, जबकि सारे ही खेत तकरीबन तालाब में बदल गए थे। मगर मैदान सब्ज़ के लोगों को इस सबसे रत्ती भर भी परेशानी महसूस नहीं हो रही थी। इतने बरसों का जानलेवा सूखा भोगने के बाद वे पानी के लिए कोई भी कीमत चुकाने को तैयार थे। उन्होंने ख़ुशी-ख़ुशी गिरी हुई दीवारें फिर से खड़ी कर लीं, छतों की मरम्मत कर ली, और खेतों से पानी निकालने के लिए नहरें बना लीं। उस बरस बाबा अयूब के पिस्ता के पेड़ों से इतनी पैदावार हुई जितनी उसने अपनी तब तक

की ज़िन्दगी में कभी नहीं देखी थी। उसके अगले बरस पैदावार और ज़्यादा बढ़ गई। उसके अगले बरस, उससे भी ज़्यादा। अब जब बाबा अयूब शहरों में माल बेचने जाता तो उसके पास इतना माल होता कि इंसानों से भी ऊँचे-ऊँचे ढेर लग जाते। और उन ढेरों के पीछे फख्र से बैठे बाबा अयूब को ऐसा महसूस होता मानो वह धरती का सबसे खुशनसीब इंसान है। उसके बाद फिर कभी मैदान सब्ज़ को सूखे का सामना नहीं करना पड़ा।

बस इतनी ही थी यह कहानी, अब्दुल्लाह। इसके बाद ज़्यादा कुछ हुआ नहीं। तुम्हारे मन में यह सवाल उठ सकता है कि 'क्या भविष्य में कभी कोई सजीला-बाँका नौजवान अपने हवा से बातें करने वाले घोड़े पर सवार होकर किसी दूर देश की रोमांचक यात्रा पर जाते हुए मैदान सब्ज़ से गुज़रा? क्या ऐसा कोई इत्तेफाक हुआ कि वहाँ से गुज़रते हुए वह पानी पीने के लिए मैदान सब्ज़ में रुका हो, या उसे भूख लगी हो और उसने गाँव के किसी व्यक्ति (हो सकता है कि वो व्यक्ति बाबा अयूब ही रहा हो) के साथ बैठकर खाना खाया हो?' इस बारे में मैं कुछ नहीं कह सकता हूँ, अब्दुल्लाह। मुझे बस इतना पता है कि बाबा अयूब की बाकी ज़िन्दगी बेहद खुशगवार गुज़री। उसके सभी बच्चे बड़े हुए, सभी की शादियाँ हुईं, और फिर उन सभी के भी कई-कई बच्चे हुए। बाबा अयूब तो हमेशा से इसी दिन के सपने देखा करता था, उसके लिए तो यही ज़िन्दगी की सबसे बड़ी ख़ुशी थी। इसी तरह हँसी-ख़ुशी से उसके दिन बीतते रहे और वो उम्रदराज़ होता गया।

मुझे यह भी पता है कि तमाम हँसी-ख़ुशी के बीच भी कभी-कभी ऐसा होता था कि बाबा अयूब को रात भर नींद नहीं आती थी। हालाँकि अब वह बहुत बूढ़ा हो चुका था, मगर अब भी छड़ी के सहारे चल-फिर लेता था। और इसीलिए जिस रात उसे नींद नहीं आती थी उस रात वह बिस्तर से निकलकर अपनी छड़ी उठाता और बिना किसी को जगाए घर से निकल जाता। अँधेरे में अपनी छड़ी की मदद से रास्ता टटोलता हुआ वह अपने खेतों की ओर चल पड़ता। वहाँ खेत की मेढ़ पर एक सपाट चट्टान थी, उसी पर जाकर वह बैठ जाता। घंटों बैठा रहता, आसमान को निहारता, तारों को देखता, बादलों के बीच चाँद की लुका-छिपी को देखता। अपनी गुज़री हुई ज़िन्दगी के बारे में सोचता और ऊपरवाले ने उसे जो इतनी सारी खुशियाँ दी थीं, जो इतनी धन-दौलत और इतने भरे-पूरे परिवार का वरदान दिया था, उसके लिए उसका शुक्रिया अदा करता। उसके मन में अपार संतुष्टि का भाव पैदा हो जाता और वह सोचता कि किस्मत ने मुझे बिन माँगे ही

इतना दे दिया है कि अब और किसी चीज़ की चाह करना बेमानी है। परम संतुष्टि के इस भाव में वह मौन होकर बैठा रहता, पहाड़ों की तरफ से आ रही ठंडी-ठंडी हवा को महसूस करता, झींगुरों की भिनभिनाहट सुनता, हवा के कारण होने वाली पत्तियों की सरसराहट को सुनता, रात की खामोशी को सुनता।

मगर कभी-कभी उसे ऐसा लगता कि इन सबके बीच उसे एक और आवाज़ भी सुनाई दी थी। किसी घंटी की टनटनाहट! हमेशा एक ही तरह की टनटनाहट! उसे समझ नहीं आता कि रात के उस पहर में जबकि सारी भेड़-बकरियाँ और गाएँ सो रही होती थीं, तब उसे वह घंटी की टनटनाहट कहाँ से सुनाई पड़ती थी? कभी-कभी वह सोचता कि शायद उसे कोई धोखा हुआ है और वास्तव में ऐसी कोई आवाज़ उसने नहीं सुनी, मगर कभी-कभी उसे इतना पक्का यकीन होता कि वह अँधेरे में चारों तरफ देखते हुए आवाज़ लगाता, "कौन है? कौन है वहाँ? सामने क्यों नहीं आते?" मगर कभी कोई जवाब नहीं आया। और न ही बाबा अयूब इस गुत्थी को कभी सुलझा पाया। और न ही कभी वह यह समझ पाया कि जब कभी भी उसे वह घंटी की आवाज़ सुनाई देती थी तो उसके दिल में एक जानी-पहचानी सी टीस क्यों उठने लगती थी। क्यों ऐसा लगने लगता था जैसे किसी डरावने सपने की हल्की सी झलक उसकी आँखों के सामने से गुज़री हो। जैसे अचानक कोई झोंका-सा आया हो किसी खराब याद का और उसके दिल को दुखा गया हो। हर बार जब भी ऐसा होता तो वह हैरान हो उठता। मगर कुछ ही पलों में वह अहसास गुम हो जाता, जैसे कभी कुछ हुआ ही न हो।

बस यही थी कहानी बाबा अयूब की। इसके आगे और कुछ भी नहीं है बताने को। और अब रात भी बहुत हो चुकी है और मैं बहुत थक भी गया हूँ। और फिर सुबह मुझे और तुम्हारी बहन को जल्दी भी जागना है। इसलिए अब अपनी मोमबत्ती बुझाओ, तकिए पर सिर रखो, आँखें बंद कर लो, और मीठे सपनों में खो जाओ। सवेरे हम दोनों तुम से अल्लाह हाफ़िज़ कहेंगे।

2

1952 की सर्दियाँ

बाबा ने इससे पहले कभी अब्दुल्लाह पर हाथ नहीं उठाया था, इसलिए जब उन्होंने अचानक सीधे हाथ का एक करारा थप्पड़ अब्दुल्लाह की कनपटी पर रसीद कर दिया तो अब्दुल्लाह भौचक्का रह गया और दुःख और दर्द दोनों की अधिकता से उसकी आँखें छलछला आईं। पर उसने जल्दी से पलकें झपकाकर आँसुओं को बाहर आने से रोक लिया।

"घर जाओ," उसके बाबा ने दाँत पीसते हुए कहा।

अब्दुल्लाह को परी के फूट-फूटकर रोने की आवाज़ सुनाई दे रही थी। वह और भी ज़्यादा बेचैन हो उठा।

मगर तभी उसको एक और करारा तमाचा पड़ा, इस बार बाएँ गाल पर, पिछली बार से भी ज़्यादा जोर से। उसका गाल झनझना उठा और अबकी बार आँसू आँखों से निकलकर गालों पर बह निकले। बाएँ कान में साएँ-साएँ की आवाज़ें आने लगीं। फिर उसने बाबा को नीचे झुकते देखा। वह अपना चेहरा ठीक अब्दुल्लाह के चेहरे के सामने ले आए, इतने करीब कि अब्दुल्लाह को उनके झुर्रीदार काले चेहरे के अलावा कुछ भी दिखाई देना बंद हो गया–न पीछे फैला रेगिस्तान और पहाड़, और न ही ऊपर फैला आसमान।

"अब्दुल्लाह, मैंने कहा घर जाओ," उसके बाबा ने दर्द भरी आवाज़ में कहा।

अब्दुल्ला ने कुछ कहा नहीं। बस ज़ोर से थूक निगला और धूप से चौंधियाई आँखों से अपने सामने मौजूद बाबा के चेहरे को ताकने लगा।

तभी थोड़ी दूरी पर खड़ी लाल रंग की छोटी-सी हाथ-गाड़ी में बैठी परी ने ज़ोर से उसका नाम लेकर पुकारा, "अबुल्लाह!" उसकी आवाज़ आशंका से काँप रही थी।

बाबा ने दोनों हाथों से कसकर अब्दुल्लाह को पकड़ा और खा जाने वाली नज़र से देखा, फिर छोड़ दिया और वापस गाड़ी की तरफ चल पड़े। गाड़ी में बैठी परी ने अपने दोनों हाथ अब्दुल्लाह की तरफ फैला दिए। अब्दुल्लाह के लिए यह मानो ख़ुदा का फरमान था, उसने हथेलियों से अपने आँसू पोंछे और परी का हाथ थामकर गाड़ी के साथ-साथ चलने लगा।

थोड़ी दूर तक भी जब अब्दुल्लाह ने गाड़ी के साथ-साथ चलना बंद नहीं किया तो बाबा ने एक पत्थर उठाकर उसकी तरफ फेंक मारा, बिल्कुल वैसे ही जैसे शादबाग के बच्चे परी के कुत्ते 'शुजा' पर फेंकते थे। फर्क बस इतना था कि उन बच्चों का इरादा शुजा को मारना, उसे चोट पहुँचाना होता था, जबकि बाबा का इरादा सिर्फ़ अब्दुल्लाह को साथ आने से रोकना था। और इसलिए उनका फेंका पत्थर अब्दुल्लाह से कई हाथ दूर आकर गिरा। अब्दुल्लाह रुक गया। मगर जैसे ही गाड़ी आगे बढ़ी, अब्दुल्लाह फिर उनके साथ चलने लगा।

दोपहर होने को आ गई थी, सूरज ठीक सिर के ऊपर चमकने लगा था, मगर अब्दुल्लाह अब भी नहीं रुका था। आखिरकार बाबा का सब्र का प्याला झलक गया, उन्होंने गाड़ी रोकी और कुछ सोचते हुए अब्दुल्लाह की तरफ बड़े।

"तुम नहीं मानोगे न..." उन्होंने बेबसी से हवा में हाथ लहराते हुए कहा।

गाड़ी में बैठी परी ने झट से हाथ बाहर निकालकर अब्दुल्लाह का हाथ थाम लिया। उसकी भी आँखें नम थीं मगर होठों पर एक भरोसे भरी मुस्कान खेल रही थी। सामने के दाँतों के बीच की चावल के दाने जितनी खाली जगह उजागर करने वाली वह मुस्कान मानो कह रही थी कि जब तक तुम मेरे साथ हो, मेंरे साथ कुछ गलत नहीं हो सकता। अब्दुल्लाह ने भी उस भरोसे को ताकत देते हुए अपनी उंगलियाँ परी के नन्हे हाथ के इर्द-गिर्द कस दीं, जैसा कि वह हर रात तब करता था जब दोनों भाई-बहन बिस्तर में सिर से सिर मिलाकर और पैरों में पैर फँसाकर सोते थे।

"अब्दुल्लाह, तय हुआ था न कि तुम घर पर ही रहोगे," बाबा ने उसके पास आकर कहा। "अपनी अम्मी और इक़बाल के साथ। यही कहा था न मैंने तुमसे?"

वह आपकी बीवी हैं, मेरी अम्मी नहीं। मेरी अम्मी तो वो थीं जिन्हें हमने कब्र में दफ़ना दिया,' अब्दुल्ला ने मन ही मन कहा। मगर चाहकर भी वह उन शब्दों को ज़बान पर नहीं ला पाया, क्योंकि उसे उसका अंजाम पता था।

"ठीक है फिर, चलो," बाबा ने हार मानते हुए कहा। "लेकिन कोई रोना-धोना नहीं होगा। सुन रहे हो?"

"हाँ।"

"मैं तुम्हें पहले ही खबरदार कर रहा हूँ इसके लिए। मैं वो सब बर्दाश्त नहीं करूँगा।"

यह देखकर परी की बाँछें खिल उठीं और उसने अब्दुल्लाह की तरफ देखकर अपनी चिर-परिचित मुस्कान बिखेर दी। अब्दुल्लाह ने उसकी नम आँखों और गुलाबी गालों वाले चेहरे पर खिली उस मुस्कान को देखा तो उसके चेहरे पर भी मुस्कान खिल उठी।

उसके बाद कोई कुछ नहीं बोला। परी और अब्दुल्लाह के बाबा खामोशी से रेगिस्तान की तपती, ऊबड़-खाबड़ ज़मीन पर गाड़ी खींचते रहे और अब्दुल्लाह परी का हाथ पकड़े-पकड़े डगर-मगर चलती गाड़ी के साथ-साथ चलता रहा। बीच-बीच में दोनों मुस्कराकर एक-दूसरे को देखते जाते थे, मगर बोलता कोई कुछ नहीं था, क्योंकि कुछ भी बोलकर वे बाबा का मूड खराब नहीं करना चाहते थे, उन्हें डर था कि कहीं बाबा अपना इरादा न बदल दें। इस वक़्त वे एकदम उजाड़ और बंजर इलाके में थे। उनके चारों तरफ दूर-दूर तक तांबे की खुली खदानों और बलुआ पत्थर की ऊँची-नीची पहाड़ियों के अलावा और कुछ भी नहीं था। न कोई आदमज़ात, न कोई जानवर या पक्षी। जहाँ तक नज़र डालो, रेगिस्तान ही रेगिस्तान, मानो वह उनके और सिर्फ़ उनके लिए ही बनाया गया हो। ऊपर नीले आसमान में चमकते आग के गोले से सूरज ने हवा को इतना गर्म कर दिया था मानो भट्टी में से निकलकर आ रही हो। तेज़ गर्मी के चलते ज़मीन इस कदर सूख गई थी कि उसमें दरारें दिखाई पड़ने लगी थीं। चारों तरफ भयानक सन्नाटा था। अब्दुल्लाह को सिर्फ़ अपनी साँसों के चलने की आवाज़ और आगे बढ़ती गाड़ी के पहियों की धकड़-धकड़ सुनाई दे रही थी।

कुछ देर बाद वे लोग थोड़ा आराम करने के लिए एक बड़ी चट्टान की छाँव में रुके। बाबा ने गाड़ी के हत्थे ज़मीन पर रखे तो उनके मुँह से एक कराह निकल गई। गाड़ी खींचते-खींचते उनकी कमर अकड़ गई थी।

"और कितनी दूर रह गया है काबुल?" अब्दुल्लाह ने अपने बाबा से पूछा।

सबूर ने दोनों बच्चों की तरफ देखा। अब्दुल्लाह के बाबा का नाम सबूर था। सबूर साँवली रंगत और कठोर चेहरे वाला व्यक्ति था. आकर के हिसाब से देखें तो उसका चेहरा लम्बा-पतला था, जिस पर माँस से ज़्यादा हड्डियाँ उभरी हुई थीं।

नाक बाज़ की चोंच की तरह मुड़ी हुई और आँखें कोटरों में धँसी हुई थीं। शरीर सरकंडे की तरह दुबला-पतला था, मगर ज़िन्दगी भर मेहनत-मज़दूरी करने के चलते माँसपेशियाँ मज़बूत और कसी हुई थीं। "अगर सबकुछ सही रहा तो कल दोपहर तक पहुँच जाएँगे," उसने चमड़े की मशक उठाकर होंठों से लगाते हुए कहा। फिर एक ही साँस में गटगट करके ढेर सारा पानी पी गया।

"अंकल नबी हमें गाड़ी से क्यों नहीं ले गए? उनके पास तो कार है," अब्दुल्लाह ने फिर सवाल किया, जिस पर उसके बाबा ने मुड़कर उसकी तरफ देखा। "हमें बेकार में इतना पैदल नहीं चलना पड़ता।"

सबूर ने कुछ नहीं कहा, बस अपनी मैली-कुचैली टोपी उतारी और कमीज़ की आस्तीन से माथे का पसीना पोंछने लगा।

तभी परी की उंगली गाड़ी से बाहर निकली और एक ओर इशारा करते हुए वह उत्साह से चिल्लाई, "देखो, अबोल्लाह! एक और।"

अब्दुल्लाह ने उसकी उंगली की दिशा में देखा तो पाया कि एक दूसरी चट्टान की छाया में एक जगह एक पंख पड़ा था – लम्बा-सा, काले-धूसर से रंग का, जैसा कि जलने के बाद कोयला हो जाता है। अब्दुल्लाह गया और पंख को उठा लिया। फिर फूँककर उस पर जमी धूल-मिट्टी हटाई। फिर उसे उलट-पुलटकर देखते हुए सोचने लगा कि वह किस पक्षी का होगा। बाज़ का हो सकता है! या शायद कबूतर का! या फिर किसी रेगिस्तानी लार्क का? नहीं, बाज़ का ही है। उसने एक बार फिर उसे फूँककर साफ़ किया और गाड़ी के पास आकर परी की तरफ बढ़ा दिया। परी ने लपककर उसे अपने हाथों में थाम लिया।

शादबाग में अपने घर पर परी के पास एक पुराना टिन का डिब्बा था, जो उसे अब्दुल्लाह ने लाकर दिया था और जिसे वह हमेशा अपने तकिए के नीचे रखा करती थी। असल में वह चायपत्ती का डब्बा था, जिसमें एक जंग लगी हुई कुंडी थी और ढक्कन पर एक दाढ़ी वाले हिन्दुस्तानी आदमी की तस्वीर बनी थी, जिसने सिर पर पगड़ी और बदन पर लाल रंग की लम्बी सी कुर्ती पहन रखी थी, और जिसके हाथ में चाय का एक कप था, जिससे भाप निकल रही थी। यह डिब्बा परी के लिए खज़ाने का बक्सा था, जिसमें उसने अपनी सबसे बेशकीमती दौलत जमा कर रखी थी। कैसी दौलत? तरह-तरह के पंख। रंग-बिरंगे। अलग-अलग आकार-प्रकार के। गहरे हरे और गहरे बरगंडी रंग के मुर्गों के पंख; कबूतर का सफ़ेद पूँछ वाला पंख; एक मिट्टी जैसे रंग और गहरे धब्बों वाला किसी गौरैया का पंख; और एक वह पंख जिस पर परी को सबसे ज़्यादा नाज़ था–मोरपंख,

इंद्रधनुषी छटा वाला मोरपंख, जिसके परले सिरे पर एक सुंदर-सी, बड़ी-सी आँख जैसी आकृति बनी थी।

यह मोरपंख अब्दुल्लाह ने उसे दो महीने पहले ही भेंट किया था। उसे किसी दूसरे गाँव में रहने वाले एक लड़के के बारे में पता चला था, जिसके घरवालों ने एक मोर पाल रखा था। एक दिन जब बाबा मज़दूरी के लिए शादबाग़ से बाहर किसी और कस्बे में गए हुए थे, तब अब्दुल्लाह तलाशते हुए उस लड़के के घर जा पहुँचा और उससे एक मोरपंख माँगा। मगर कोई भी चीज़ मुफ्त में तो मिलती नहीं है। सो मोलभाव हुआ। आखिर में सौदा 'जूतों के बदले पंख' पर पटा। अब्दुल्लाह ने अपने जूते देकर एक मोरपंख ले लिया। नतीजा क्या हुआ? वापस शादबाग अपने घर पहुँचते-पहुँचते काँटों और नुकीले पत्थरों से उसके दोनों तलवे इतनी बुरी तरह ज़ख़्मी हो गए थे कि वह अपने पीछे ज़मीन पर पैरों के लाल निशान छोड़कर चलने लगा था। एक-एक कदम चलना उसके लिए दूभर हो गया था। पैर ज़मीन पर रखते ही उसके जिस्म में दर्द की एक तेज़ लहर दौड़ जाती थी।

जब वह घर पहुँचा तो देखा कि घर के बाहर उसकी सौतेली अम्मी, परवाना, तंदूर के सामने बैठकर रोज़ की तरह *नान* (अफगानी रोटी) पका रही थी। वह जल्दी से उस विशाल ओक के पेड़ के पीछे छिप गया जो उनके आँगन में खड़ा था और परवाना के काम खत्म करके वहाँ से हटने का इंतजार करने लगा। पेड़ के पीछे से झाँकते हुए वह सोचने लगा कि उसकी सौतेली माँ का नाम तो था परवाना (तितली), मगर उसका डील-डौल और नाक-नक्श उससे बिल्कुल उलट थे। परवाना भरे-भरे कन्धों, लम्बे-लम्बे बाज़ुओं, खुरदुरे हाथों, छोटी और मोटी उँगलियों, और फूले-फूले गालों वाली औरत थी और उसमें किसी तितली की ख़ूबसूरती की कोई झलक नहीं मिलती थी।

अब्दुल्लाह बहुत कोशिश करता था कि वह अपने दिल में परवाना के लिए भी वैसी ही मुहब्बत रखे जैसी उसके दिल में अपनी जन्म देने वाली माँ के लिए थी। उसकी असल माँ साढ़े तीन बरस पहले परी को जन्म देते वक़्त ज़्यादा ख़ून बह जाने के कारण चल बसी थी। उस वक़्त अब्दुल्लाह सात बरस का था। उसे अपनी उस माँ का चेहरा तो अब याद नहीं था, मगर उस ममता को वह कभी नहीं भूल सकता था जो उसे उससे मिलती थी। उसे याद था कि कैसे हर रात उसकी माँ उसके चेहरे को अपनी हथेलियों में भरकर उसके गालों को सहलाती थी, उसे अपने सीने से लगा लिया करती थी, और फिर एक प्यारी-सी लोरी सुनाती थी। वह लोरी अब भी उसके कानों में गूंजा करती थी :

कागज़ के पेड़ की छाया तले
मुझे मिली एक उदास नन्हीं परी।
मैं जानती हूँ एक उदास नन्हीं परी को
जो एक रात हवा में उड़ गई।

उसकी माँ के गुज़रने के बाद उसके बाबा ने दूसरी शादी कर ली थी। अब्दुल्लाह सचमुच चाहता था कि वह अपनी नयी माँ को भी उसी तरह चाहे जैसे वह अपनी असल माँ को चाहता था। और उसे लगता था कि शायद परवाना भी मन ही मन यह चाहती थी कि वह उसे अपने एक बरस के सगे बेटे, इकबाल, की तरह ही प्यार कर पाए। अब्दुल्लाह देखता था कि कैसे इकबाल को अगर एक छींक भी आ जाए या वह एक बार खाँस भी दे तो परवाना की जान सूख जाती थी, और कैसे वह हरदम प्यार से उसका मुँह चूमती रहती थी। ऐसा ही प्यार वह अपने पहले बेटे, ओमार, से भी करती थी, जो कि अब इस दुनिया में नहीं था। दो बरस पहले वह ठण्ड की वजह से अल्लाह को प्यारा हो गया था। तब सिर्फ़ दो हफ्ते का था वह। अभी तो उसका नामकरण भी नहीं हुआ था। उस बरस शादबाग़ में बहुत तेज़ सर्दी पड़ी थी और ओमार के अलावा दो और छोटे बच्चे भी अपनी जान गँवा बैठे थे। अब्दुल्लाह को याद था कि कैसे परवाना ओमार की कफ़न में लिपटी नन्हीं सी लाश को अपनी बाँहों में जकड़े ज़ार-ज़ार रो रही थी। उसे वह मौका भी याद था जब ओमार को एक पहाड़ी पर दफनाया गया था और उसकी कब्र की पहचान के लिए वहाँ एक छोटा सा टीला बना दिया गया था। उसे याद था कि उस वक़्त भी आसमान से बर्फबारी हो रही थी और नीचे मौलवी साहब दुआ पढ़ रहे थे। तेज़ हवा के साथ बर्फ उड़-उड़कर वहाँ मौजूद लोगों की आँखों में घुस रही थी।

अब्दुल्लाह को डर था कि अगर परवाना को यह पता चल गया कि उसने सिर्फ़ एक मोरपंख के लिए जूतों की अपनी इकलौती जोड़ी दे दी थी, तो वह बेहद नाराज़ होगी। और ऐसा होना जायज़ भी था, क्योंकि बाबा ने चिलचिलाती गर्मी में मेहनत-मज़दूरी करके उसके जूतों के लिए पैसे इकट्ठे किए थे। 'अगर परवाना को पता चला तो वह पक्का बाबा को बता देगी, या हो सकता है कि खुद ही मेरी पिटाई करने लगे,' अब्दुल्लाह सोचने लगा। पहले भी दो-एक बार वह परवाना के हाथों मार खा चुका था। परवाना के हाथ बड़े मज़बूत और भारी-भरकम थे और किसी के गाल पर ज़ोरदार तमाचे जड़ना या तड़ातड़ झाड़ू चलाना उन्हें बखूबी आता था। 'शायद बरसों तक अपनी अपाहिज़ बहन को उठाने-बिठाने के अभ्यास के चलते वे ऐसे हो गए हैं,' अब्दुल्लाह सोचता।

मगर ऐसा नहीं था कि अब्दुल्लाह को मारने में परवाना को कोई सुख मिलता हो। और ऐसा भी नहीं था कि अपनी सौतेली औलादों की तरफ से उसका दिल बिलकुल बेमुरव्वत हो। बहुत बार उसने उनके लिए वह सब किया था जो उनकी सगी माँ करती। एक बार उसने सबूर के काबुल से लाए धागों की मदद से परी के लिए एक हरे और सुनहरे रंग की पोशाक सिली थी। और एक बार उसने अब्दुल्ला को दो अंडों को एक साथ, बिना उनकी ज़र्दी तोड़े, फोड़ना सिखाया था। अब्दुल्लाह बार-बार गलती करता था सीखने में, मगर परवाना कभी उस पर नाराज़ नहीं होती थी। इस मामले में परवाना का सब्र काबिल-ए-तारीफ़ था। और एक बार उसने उन्हें सिखाया था कि कैसे मक्के के छिलकों को मोड़-तोड़कर छोटी-सी गुड़िया बनाई जाती है, ठीक वैसे ही जैसे उसने बचपन में अपनी बहन को सिखाया था। वह उन्हें कपड़े की चिंदियों से उन गुड़ियों के लिए तरह-तरह की पोशाकें बनना भी सिखाती थी।

मगर अब्दुल्लाह को लगता था कि ये सब दिखावा भर था। परवाना ये सब मजबूरी में करती थी, सिर्फ़ अपना फ़र्ज़ समझकर। उसके दिल में उनके लिए वैसी गहरी मुहब्बत नहीं थी जैसी इकबाल के लिए थी। अब्दुल्लाह को पक्का यकीन था कि अगर किसी रोज़ घर में आग लग जाए तो परवाना तीनों बच्चों में से किसे बचाने के लिए दौड़ेगी। वह इस बारे में एक पल भी नहीं सोचेगी; उसके मन में कोई दुविधा नहीं होगी इसे लेकर। और ठीक भी है, आखिर को वह (अब्दुल्लाह) और परी उसके सगे बच्चे थोड़ी न थे। सब लोग अपने सगे बच्चों को ही प्यार करते हैं, सौतेलों को नहीं। और सच्चाई यही थी कि वह और परी उसके सौतेले बच्चे थे, उसकी सौतन के बच्चे।

इसीलिए वह परवाना के रोटियाँ बनाकर अन्दर जाने के इंतज़ार में पेड़ के पीछे छिपा रहा। थोड़ी देर बाद परवाना अन्दर गई और ज़रा देर में ही फिर से बाहर आई – एक हाथ से इकबाल को गोद में उठाए और दूसरे हाथ से बगल में गंदे कपड़े दबाए। अब्दुल्लाह समझ गया कि वह कपड़े धोने झरने पर जा रही थी। उसने उसके नज़रों से ओझल होने का इंतज़ार किया और फिर भीतर घुसा। हर बार जब वह ज़मीन पर पैर रखता तो उसके बदन में दर्द की तेज़ लहर दौड़ जाती। अन्दर जाकर उसने अपने पुराने प्लास्टिक के सैंडल पहन लिए। जूतों के अलावा उसके पास बस यही एक चीज़ थी पैरों में पहनने के लिए। वह जान रहा था कि एक पंख के लिए अपने जूते देकर उसने कोई समझदारी का काम नहीं किया था। मगर जब उसने सोती हुई परी के सिरहाने घुटनों के बल बैठकर उसे जगाया और फिर पीठ की तरफ से शर्ट के नीचे छिपे पंख को किसी जादूगर की तरह निकालकर परी की आँखों के सामने लहराया, तो उसे लगा कि जूतों की पूरी

कीमत वसूल हो गई। पंख को देखते ही पहले तो परी की आँखें फटी की फटी रह गईं, फिर तुरंत ही उसके चेहरे पर ख़ुशी की जो लहर दौड़ी उसने अब्दुल्लाह के दिल को बाग़-बाग़ कर दिया। ख़ुशी से पागल हुई परी ने जब दीवानावार उसके गालों पर चुम्मियों की झड़ी लगा दी तो अब्दुल्लाह अपना सब दर्द भूल गया। उसने जब पंख से परी की ठुड्डी को सहलाया तो परी जिस तरह किलकारी मारकर हँसी, उसने अब्दुल्लाह को यकीन दिला दिया कि उसने घाटे का सौदा नहीं किया था।

सबूर ने एक बार फिर कमीज़ की आस्तीन से पसीना पोंछा। तीनों ने बारी-बारी मशक से पानी पिया। थोड़ी देर सुस्ताने के बाद बाबा ने अब्दुल्लाह ने कहा, "तुम थक गए हो, है न?"

"नहीं तो," कहने को तो कह दिया अब्दुल्लाह ने, मगर सच तो यही था कि वह थक गया था। उसके पैर दर्द करने लगे थे। प्लास्टिक के सैंडल पहनकर रेगिस्तान में लम्बी दूरी तय करना मुश्किल काम था।

"तुम भी बैठो गाड़ी में," बाबा ने कहा।

गाड़ी छोटी सी थी, ज़्यादा जगह नहीं थी उसमें, इसीलिए अब्दुल्लाह परी से एकदम सटकर बैठ गया। उसकी बाईं बाँह गाड़ी की लकड़ी की दीवार से सटी थी जबकि पेट और छाती परी की पीठ से। उसे परी की रीढ़ की हड्डी के छोटे-छोटे से मनके अपने पेट और छातियों की हड्डियों में गढ़ते महसूस हो रहे थे। अब्दुल्लाह की नज़र अब बाहर दिख रहे नज़ारों पर टिक गई थी – ऊपर असीम नीला आसमान और नीचे चारों तरफ फैले पहाड़ और पहाड़ियाँ, जो दूर से देखने पर एकदम सपाट और चिकने मालूम होते थे। बीच-बीच में वह बाबा की तरफ भी देख लेता था जो सर नीचे किए पूरी ताकत से गाड़ी खींचे जा रहे थे और जिनके पैरों के ज़मीन पर पड़ने से लाल-भूरे रंग की धूल उड़ती जा रही थी। थोड़ा आगे जाने के बाद कूची खानाबदोशों का एक कारवाँ उनके पास से गुज़रा–भेड़ों के गले में बंधीं घंटियों की टनटनाहट और ऊँटों की घुरघुराहट से वातावरण गुँजाता और अपने पीछे धूल का गुबार छोड़ता जाता कारवाँ। उस कारवाँ में शामिल काजल लगी आँखों और गेंहुए रंग के बालों वाली एक औरत अब्दुल्ला को देखकर मुस्कराई।

उस औरत के बालों को देखकर अब्दुल्लाह को एक बार फिर अपनी मरी हुई माँ याद हो आई। उसे याद हो आई अपनी माँ की ममता और कोमलता, उसका हमेशा खुश रहने वाला स्वभाव, लोगों की बेरहमी और बेदिली पर उसकी

हैरानगी। उसे याद हो आया अपनी माँ का हँसते-हँसते हिचकियाँ लेने लगना और संकोच से सिर झुका लेना। उसकी माँ कद-काठी और स्वभाव दोनों से बेहद नाज़ुक थी, इकहरे बदन और पतली कमर वाली महिला, जिसके बालों की एक लट हमेशा ही उसकी ओढ़नी के नीचे से बाहर झाँकती रहती थी। अब्दुल्लाह हमेशा यह सोच-सोचकर हैरान होता था कि आखिर इतने कमज़ोर-से, मरियल-से शरीर में इतनी खुशी, इतनी अच्छाई कैसे समा सकती थी। नहीं समाती थी न। हरदम बाहर छलकती रहती थी – उसकी बातों से, आँखों से, उसके व्यवहार से। मगर उसके बाबा इसके बिल्कुल उलट थे। उनमें कठोरता ही कठोरता थी। छलकी पड़ती थी। उनकी आँखें भी उसी दुनिया को देखती थीं जिसे कि माँ की आँखें, मगर उन आँखों को हर जगह केवल उदासीनता ही दिखाई पड़ती थी। अंतहीन और हाड़तोड़ मेहनत। बाबा की दुनिया बेरहम थी। उसमें कोई भी अच्छी चीज़ मुफ़्त नहीं मिलती थी। प्यार भी नहीं। हर चीज़ के लिए आपको पैसे देने पड़ते थे। और यदि आप गरीब थे, तो आपके पास सिर्फ़ एक ही दौलत हो सकती थी – रंज-ओ-गम। ये सब सोचते-सोचते अब्दुल्लाह परी की तरफ देखने लगा। उसे उसके सिर में बालों के बीच निकली माँग में पड़ी सफ़ेद पपड़ी दिखाई दी। फिर उसकी वह पतली कलाई दिखाई दी जो गाड़ी के किनारे से बाहर लटक रही थी। उसे लगा कि उसकी माँ पूरी तरह नहीं मरी थी; मरते-मरते उसने अपना कुछ हिस्सा परी में डाल दिया था। उसकी हमेशा खुश रहने की आदत, उसकी बेशर्त प्यार करने की आदत, उसका हमेशा और हर हाल में उम्मीद से भरा रहना, उसकी सरलता, उसका भोलापन, उसकी मासूमियत; ये सारी खूबियाँ परी में आ गई थीं। और इसीलिए अब्दुल्लाह को यकीन था कि इस पूरी दुनिया में परी वो इकलौती इंसान थी जो उसे कभी चोट नहीं पहुँचा सकती थी, सपने में भी नहीं। कभी-कभी तो अब्दुल्लाह को यह भी लगने लगता था कि सिर्फ़ और सिर्फ़ परी ही उसका परिवार थी।

शाम का धुंधलका गहराने लगा था। दूर खड़ीं पहाड़ियाँ अब हाथ-पाँव समेटकर बैठे किसी विशालकाय जीव जैसा आभास देने लगी थीं। दिन भर के सफ़र में वे कई सारे गाँवों से होकर गुज़रे थे, जिनमें से ज़्यादातर शादबाग़ की ही तरह थे – शहरी आबादी से बहुत दूर और धूल-मिट्टी से भरे हुए। उनमें से कुछ पहाड़ों के किनारे बसे थे, तो कुछ मैदानों में, मगर सभी का नज़ारा कमोबेश एक जैसा ही था। सभी में वैसे ही छोटे-छोटे से चौकोर आकार के मिट्टी के मकान। मकानों की छतों पर लगी चिमनियों से निकलता धुआँ। कपड़े धोने के लिए बनीं कतारें, और घरों के बाहर बने चूल्हों के पास बैठी महिलाएँ। कुछेक

चिनार के पेड़, कुछेक मुर्गियाँ, मुट्ठी भर गायें और बकरियाँ, और एक मस्जिद। जिस आखिरी गाँव से होकर वे गुज़रे, वह अफीम के एक बड़े से खेत के करीब बसा था। उस खेत में काम कर रहे एक बूढ़े आदमी ने हाथ हिलाकर और कुछ कहके उनका अभिवादन किया। अब्दुल्लाह को ठीक से सुनाई नहीं दिया कि उसने क्या कहा, मगर उसके बाबा ने अभिवादन का जवाब अभिवादन से दिया।

तभी परी बोली, "अबुल्लाह?"

"हाँ।"

"शूजा दुखी होगा न?"

"मेरे ख़याल से तो वह मज़े में होगा।"

"कोई उसको मारेगा तो नहीं?"

"वह इतना बड़ा कुत्ता है, परी। वो अपनी हिफ़ाज़त खुद कर सकता है।"

शूजा डील-डौल में वाकई बड़ा कुत्ता था। बाबा कहते थे कि ज़रूर एक ज़माने में वह शिकारी कुत्ता रहा होगा, इसीलिए उसके कान और पूँछ कटी हुई थी। हालाँकि ऐसा लगता तो नहीं था कि वह अपना बचाव खुद कर पाने में सक्षम था। पहलेपहल जब शूजा कहीं से भटकता हुआ शादबाग में आया ही आया था, तो बच्चे उसे पत्थर मारते थे, पेड़ की टहनियाँ या साइकिल के पहियों की जंग लगीं तानें उसे चुभाते थे। मगर शूजा कभी किसी पर पलटवार नहीं करता था, इसलिए धीरे-धीरे बच्चों की इस खेल में रुचि ख़त्म हो गई और उन्होंने शूजा को सताना छोड़ दिया। मगर शूजा फिर भी उनको लेकर पहले की ही तरह आशंकित और सतर्क बना रहा, मानो उनकी पहले की गई बदसलूकी को भूल न पा रहा हो।

पूरे शादबाग़ में एक परी को छोड़कर वह किसी के भी पास नहीं आता था। परी का मगर वह दीवाना था। परी के लिए उसका प्यार अपार और निःस्वार्थ था। परी मानो उसका पूरा ब्रम्हाण्ड थी। सुबह-सुबह जब वह परी को घर से बाहर निकलते देखता, तो उछलकर खड़ा हो जाता और उसका पूरा शरीर ख़ुशी से झूम उठता। उसकी कटी हुई पूँछ का ठूँठ ज़ोर-ज़ोर से हिलने लगता, और वह ऐसे उछलने-कूदने लगता जैसे गर्म कोयले पर चल रहा हो। उछल-उछलकर वह परी के चारों तरफ चक्कर लगाने लगता। पूरा दिन वह परछाईं की तरह परी के आगे-पीछे घूमता रहता, और रात को जब अलग होने का समय आता तो वह उदास होकर घर के बाहर लेट जाता और सुबह होने का इंतज़ार करने लगता।

"अबुल्लाह?"

"हाँ।"

"जब मैं बड़ी हो जाऊँगी, तब भी क्या मैं तुम्हारे साथ रहूँगी?"

अब्दुल्ला क्षितिज पर डूबते नारंगी सूरज को देख रहा था, देखते-देखते ही बोला, "अगर तुम चाहोगी तो। पर तुम नहीं चाहोगी।"

"मैं ज़रूर चाहूँगी!"

"तुम चाहोगी कि तुम्हारा अपना घर हो।"

"लेकिन हम पड़ोसी तो हो सकते हैं न?"

"शायद।"

"तुम्हारा घर मेरे घर से ज़्यादा दूर नहीं होगा।"

"लेकिन अगर कहीं तुम मुझसे ऊब गईं, तब क्या होगा?"

परी ने अपनी कोहनी अब्दुल्लाह के पेट में घुसेड़ दी। "मैं नहीं ऊबूँगी!"

अब्दुल्ला मन ही मन मुस्कराया। "फिर ठीक है।"

"फिर तो तुम पास ही रहोगे न?"

"हाँ।"

"जब तक हम बूढ़े नहीं हो जाएँगे तब तक?"

"हाँ, बहुत बूढ़े।"

"हमेशा के लिए?"

"हाँ, हमेशा के लिए।"

परी ने पीछे गर्दन घुमाकर अब्दुल्लाह को देखा। "तुम वादा करते हो न अबोल्लाह?"

"हाँ, हमेशा-हमेशा के लिए।"

और कुछ देर उसी तरह चलने के बाद बाबा ने परी को अपनी पीठ पर लाद लिया, और अब्दुल्ला खाली गाड़ी खींचते हुए उनके पीछे-पीछे चलने लगा। वे चलते रहे, चलते रहे। चलते-चलते पता नहीं कब अब्दुल्लाह ऐसी तन्द्रा में डूब गया कि उसका मस्तिष्क विचारशून्य हो गया, उसके भीतर पूरी तरह सन्नाटा छा गया। अब उसे सिर्फ़ अपने घुटनों के उठने-गिरने और कनपटियों के किनारों से

पसीने की बूंदों के टपकने भर का एहसास हो रहा था, और कुछ भी नहीं। परी के नन्हे-नन्हे पैर बाबा के आगे-पीछे होते कूल्हों पर गिर-उठ रहे थे। अब्दुल्लाह को अपने आगे-आगे एक परछाईं चलती दिख रही थी–बाबा और परी की परछाईं –जो ढलती शाम के साथ लम्बी होती जा रही थी और जैसे ही वह अपनी चाल धीमी करता था, वैसे ही वह परछाईं उससे दूर होने लगती थी।

अब्दुल्लाह के बाबा जिस नए काम के लिए काबुल जा रहे थे वह काम उन्हें नबी मामा ने दिलाया था। नबी मामा परवाना के बड़े भाई थे और इस नाते अब्दुल्लाह के सौतेले मामा थे। नबी मामा काबुल में एक अमीर आदमी के यहाँ रसोइये और ड्राइवर का काम करते थे। महीने में एक बार वह अपनी बहन से मिलने काबुल से शादबाग़ आया करते थे। कार से। उनके आने का संकेत होता था हॉर्न की आवाज़ और गाँव के बच्चों की उत्साह और रोमांच भरी चीख-चिल्लाहट। बच्चों की भीड़ नबी मामा की भूरे रंग की छत और चमकदार रिम वाली बड़ी-सी नीली कार के गाँव में घुसने से लेकर अब्दुल्लाह के घर के बाहर आकर खड़ी होने तक तक उसका पीछा करती थी। सभी बच्चे तब तक कार के फेंडर और खिड़कियों पर थपथपाते रहते थे जब तक कि नबी मामा इंजन बंद करके मुस्कराते हुए कार से बाहर नहीं आ जाते थे। नबी मामा देखने में खासे 'हैण्डसम' थे। उनकी लम्बी-लम्बी कलमें थीं और वह अपने लहराते काले बालों को माथे से पीछे की ओर जमाए रखते थे। उनके बदन पर हमेशा ही जैतून के रंग का सूट सजा रहता था, जो उनके साइज़ से थोड़ा बड़ा था। साथ में वह सफ़ेद रंग की शर्ट और भूरे रंग की पैंट पहना करते थे। गाँव में हर कोई उन्हें देखने और उनसे मिलने के लिए बेताब रहता था, इसलिए क्योंकि वह कार से आते थे (भले ही वह उनकी नहीं बल्कि उनके मालिक की थी), और इसलिए क्योंकि वह सूट पहने होते थे, और इसलिए भी क्योंकि वह काबुल जैसी बड़ी जगह पर काम करते थे।

पिछली बार जब नबी मामा आए थे, तभी उन्होंने बाबा को इस नए काम के बारे में बताया था। असल में उनके मालिक साहब अपनी कोठी के पिछ्वाड़े एक छोटा-सा गेस्टहाउस बनवाना चाह रहे थे, जो कोठी से लगा हुआ होने के बावजूद कोठी से अलग हो। मतलब उसमें वे सारी व्यवस्थाएँ हों जो एक घर में होती हैं। इस पर नबी बाबा ने उन्हें बताया था कि उनके बहनोई इस तरह के कामों का ठेका लिया करते हैं और यदि मालिक साहब चाहें तो उन्हें यह काम सौंप सकते हैं। इस पर मालिक साहब राज़ी हो गए थे। नबी मामा ने बाबा को बताया था

कि बमुश्किल महीने भर का काम था और मालिक साहब अच्छे पैसे देने को तैयार थे।

बाबा ने मकान बनाने का काम बहुत किया था, वह उस बारे में सबकुछ अच्छी तरह जानते थे। इसलिए वह तुरंत तैयार हो गए। और वैसे भी, शादबाग़ और उसके आसपास के इलाकों में काम की बहुत कमी थी। अब्दुल्लाह ने जब से होश सँभाला था, तब से बाबा को काम की तलाश में दर-दर भटकते ही देखा था। कहीं एक दिन का काम भी मिल जाए तो उन्हें लगता था मानो कोई बड़ा खज़ाना मिल गया हो। अब्दुल्लाह ने एक बार बाबा को इलाके के बुज़ुर्ग मुल्ला शाकिब से कहते सुना था, *'अगर मैं जानवर के रूप में पैदा हुआ होता मुल्ला साहब, तो कसम से कह रहा हूँ कि खच्चर ही होता।'* कभी-कभार बाबा काम पर अब्दुल्लाह को भी साथ ले जाते थे। जैसे कि एक बार वे दोनों एक ऐसे कस्बे में सेब तोड़ने के काम पर गए थे जहाँ पहुँचने के लिए शादबाग़ से पूरे एक दिन पैदल चलना पड़ता था। वहाँ बाबा ने पूरे दिन, सुबह से लेकर शाम को सूरज ढलने तक, सीढ़ी पर खड़े रहकर चिलचिलाती धूप में पेड़ों से सेब तोड़ने का काम किया था। वह देख सकता था कि कैसे उनकी गर्दन अकड़ गई थी, पीठ दर्द करने लगी थी, नंगी बाँहें धूप से जल रही थीं, मगर इस सबकी परवाह न करके बाबा लगातार काम में लगे रहे थे। इसी तरह एक बार एक अन्य कस्बे में बाबा ने उसके सामने एक मस्जिद बनाने के लिए ईंटें तैयार करने का काम किया था। बाबा ने उसे सिखाया था कि मज़बूत ईंटें बनाने के लिए अच्छी मिट्टी, गहरे हल्के रंग की मिट्टी कैसे इकट्ठा की जाती है। फिर उसने बाबा के साथ मिलकर मिट्टी छानी थी, उसमें भूसा मिलाया था, और फिर बाबा ने उसे बताया था कि उस मिश्रण में कितना पानी मिलाया जाना चाहिए ताकि मिश्रण न तो ज़रूरत से ज़्यादा सूखा रहे और न ही एकदम पतला हो जाए। पिछले बरस बाबा ने कई सारे कामों में हाथ आज़माया था – उन्होंने पत्थर ढोए थे, उन्होंने मिट्टी खोदी थी, खेतों की जुताई की थी, साथ ही सड़क पर डामर बिछाने का काम भी किया था।

अब्दुल्लाह जानता था कि ओमार की मौत के लिए बाबा खुद को ज़िम्मेदार मानते थे। उन्हें लगता था कि अगर वह ज़्यादा काम तलाश कर पाए होते या कोई ज़्यादा कमाई वाला काम पकड़ पाए होते तो वह ओमार के लिए ज़्यादा गरम कपड़े या ज़्यादा मोटा कम्बल खरीद पाते, या घर को गर्म रखने के लिए एक स्टोव का इंतज़ाम कर पाते। ये सब बातें बाबा सोचते थे, कहते नहीं थे। ओमार की मौत के बाद से आज तक उन्होंने अब्दुल्लाह से इस बाबत कुछ भी नहीं कहा था, मगर बिना कहे ही अब्दुल्लाह को यह बात समझ आ गई थी।

ओमार की मौत के कुछ ही दिनों बाद उसने बाबा को घर के बाहर लगे ओक के उसी विशाल पेड़ के नीचे अकेले खड़ा देखा था, जिसके तने के पीछे वह उस दिन छिपा खड़ा रहा था। पूरे शादबाग़ में इस पेड़ से ऊँची कोई चीज़ नहीं थी। और न ही उससे ज़्यादा उम्रदराज़ कोई और था उस गाँव में। बाबा कहा करते थे कि अगर किसी दिन कोई इतिहासकार यह दावा करे कि यह पेड़ उस वक़्त भी यहाँ मौजूद था जिस वक़्त सुल्तान बाबर अपनी फ़ौज लेकर काबुल पर कब्ज़ा करने के लिए यहाँ से गुज़रा था, तो उन्हें ज़रा भी ताज्जुब नहीं होगा। बाबा बताया करते हैं कि उनका आधे से ज़्यादा बचपन इसी पेड़ की छाँव में बैठकर और इसकी डालियों पर चढ़ते-उतरते बीता था। उनके बाबा ने, यानी कि अब्दुल्लाह के दादा ने इस पेड़ की एक मोटी और मज़बूत डाली पर रस्सी बांधकर एक झूला तैयार किया था। अब्दुल्लाह के दादा तो कब के अल्लाह को प्यारे हो चुके थे, मगर उनका डाला हुआ वह झूला अनगिनत मौसमों की मार झेलते हुए आज भी जस का तस मौजूद था। बाबा बताते हैं कि बचपन में वह, परवाना और उसकी बहन बारी-बारी से इस झूले पर झूला करते थे।

मगर अब वह समय नहीं रहा। अब बाबा दिन भर की मेहनत-मशक़्क़त से इतने थक जाते हैं कि शाम को जब परी उनकी कमीज़ की आस्तीन खींचकर उन्हें झूले के पास चलने और उसे झुलाने के लिए कहती है, तो वह चाहकर भी उसकी इच्छा पूरी नहीं कर पाते हैं।

"आज नहीं, कल झूलेंगे परी," बाबा उसे बहलाते हैं।

"थोड़ी देर के लिए बाबा। प्लीज़, उठिए न।" परी मनुहार करती है।

"अभी नहीं। फिर कभी।" बाबा का थका हुआ जवाब आता है।

आखिरकार परी हार मान लेती है, आस्तीन छोड़ देती है, और मुँह लटकाकर चली जाती है। उसे यूँ मायूस जाते देखकर कभी-कभी बाबा का पहले से ही मुरझाया चेहरा और भी ज़्यादा लटक जाता है। बेबस होकर वह खाट पर करवट बदल लेते हैं, रजाई ऊपर खींचकर अपनी थकी हुई आँखें बंद कर लेते हैं।

अब्दुल्लाह कभी इस बात की कल्पना ही नहीं कर पाता था कि बाबा भी कभी झूला झूलते होंगे। उसके लिए ख्यालों में भी इस बात का तसव्वुर करना मुश्किल था कि उसके बाबा भी कभी उसकी तरह एक छोटे बच्चे रहे होंगे। एक छोटा सा बच्चा। दुनिया-जहान की फ़िक्र से कोसों दूर। चिड़ियों की तरह यहाँ से वहाँ फुदकता। दोस्तों के साथ मैदानों और गली-कूचों में सरपट दौड़ लगाता। उसे

लगता कि उसके बाबा शायद हमेशा से ऐसे ही थे। उनके हाथों पर बने ज़ख्मों के निशान हमेशा से थे, उनके चेहरे पर चिंता और थकान की गहरी लकीरें हमेशा से थीं। और शायद वह हाथों में फावड़ा लिए और नाखूनों में मिट्टी भरे ही पैदा हुए थे।

उस रात उन्हें रेगिस्तान में ही सोना पड़ा। चलते समय परवाना ने थोड़े से उबले आलू और रोटियाँ (नान) बाँध दी थीं, वही उन्होंने मिल-बाँटकर खा लीं। खाना दो लोगों के हिसाब से रखा गया था, मगर अब तीन लोग सफ़र में थे, इसलिए आलू आज ही ख़त्म हो गए। खाने के बाद बाबा ने आग जलाई और चाय की केतली उस पर रख दी। अब्दुल्ला और परी दोनों एक ही कम्बल ओढ़े अलाव के बगल में लेट गए। दोनों बाईं करवट लेते थे और परी की पीठ अब्दुल्लाह की तरफ थी और उसके ठंडे पैर उसके तलवों से दबे हुए थे।

बाबा ने अलाव के ऊपर झुककर एक सिगरेट सुलगा ली।

कुछ देर बाद अब्दुल्लाह पीठ के बल लेट गया। यह देखकर परी ने भी करवट बदल ली और अपना चेहरा अब्दुल्लाह की कॉलरबोन के नीचे के परिचित कोने में फिट कर लिया। वह हर रात ऐसे ही सोती थी। अब्दुल्लाह ऊपर फैले आसमान और उसमें चमकते-झिलमिलाते असंख्य तारों को देखने लगा। उसने महसूस किया कि हवा में तांबे की गंध घुली हुई थी। उस रात चाँद आधा था, मगर उसके पूरे गोलाकार की धुंधली सी रूपरेखा फिर भी दिखाई पड़ रही थी।

अब्दुल्लाह को दो बरस पहले की सर्दी की वह रात याद हो आई जब सबकुछ अंधेरे में डूबा हुआ था, बाहर चलती बर्फीली हवा दरवाज़े की दरारों से भीतर आने की कोशिश कर रही थी और इस कोशिश में कभी धीमी तो कभी तेज़ आवाज़ में सीटी जैसी बजा रही थी। यही हाल छत का भी था; उसकी भी छोटी-छोटी दरारों से सीटी की आवाज़ आ रही थी। बाहर सबकुछ बर्फ से ढँका हुआ था। इस मौसम में शादबाग़ में रातें लंबी और आसमान काला-अँधेरा होता है। दिन छोटे और उदास होते हैं, क्योंकि सूरज कभी-कभार ही निकलता है और जब निकलता भी है तो बस इक झलक दिखलाने के लिए। उसे उस रात ओमार का ज़ोर-ज़ोर से चीखना और फिर हमेशा के लिए खामोश हो जाना याद हो आया। फिर याद आया बाबा का ग़मगीन हालत में लकड़ी के एक तख्ते पर आरी से आधे चंद्रमा की बिल्कुल वैसी ही आकृति बनाना जैसी अभी ऊपर आसमान में चमक रही थी, और फिर उस तख्ते को ओमार की छोटी सी कब्र के सिरहाने बर्फ से ढँकी कठोर ज़मीन पर ठोकना।

और अब एक बार फिर पतझड़ जाने को था और सर्दियों का मौसम आने को। मगर न तो बाबा और न ही परवाना ने इसके बारे में एक शब्द भी कहा था, मानो सर्दियों का नाम भी ले लिया तो वह वक़्त से पहले ही आ जाएगी।

"बाबा?" उसने लेटे-लेटे कहा।

अलाव की दूसरी ओर से बाबा की हलकी सी "हूँ" सुनाई दी।

"आप वहाँ मुझे अपनी मदद करने देंगे? मेरा मतलब है, गेस्टहाउस बनाने में।"

बाबा की सिगरेट से धुआँ उठ रहा था। वह अँधेरे में कहीं कुछ देख रहे थे।

"बाबा?"

बाबा ने पहलू बदला। "मेरे ख्याल से तुम गारा बनाने में मेरी मदद कर सकते हो," उन्होंने कहा।

"मगर मुझे तो यह काम आता ही नहीं है।"

"मैं बताऊँगा। तुम सीख जाओगे।"

"और मैं क्या करूँगी?" इतनी देर से भाई और बाबा की बातें सुन रही परी बोल उठी।

"तुम?" बाबा ने हौले से कहा और सिगरेट का एक कश लगाया। फिर एक लकड़ी से अलाव को कुरेदा। छोटी-छोटी चिंगारियाँ अँधेरे में नाचती हुईं सी ऊपर को उठती चली गईं। "तुम पानी का काम संभालोगी। तुम देखोगी कि हम लोग प्यासे न रहें। क्योंकि प्यासा रहकर तो कोई काम नहीं कर सकता है न।"

परी खामोश रही।

"बाबा सही कह रहे हैं," अब्दुल्लाह ने बात की डोर थामते हुए कहा। वह समझ रहा था कि परी ने काम की बात क्यों छेड़ी थी। असल में वह गारा-मिट्टी में खेलना चाहती थी, उसमें अपने हाथ और पैर भिड़ाना चाहती थी, जैसी कि सभी छोटे बच्चों की इच्छा रहती है। इसीलिए बाबा के द्वारा दिए जाने वाले काम से उसे अपनी उम्मीदों पर पानी फिरता नज़र आ रहा था। "जब तक तुम हमें पानी नहीं पिलाओगी, हम गेस्टहाउस नहीं बना पाएँगे।"

चाय बन चुकी थी। बाबा ने केतली आग पर से उतारकर ठंडी होने के लिए नीचे रख दी।

फिर उन्होंने परी की ओर देखते हुए कहा, "मैं यह कह रहा हूँ कि पहले तुम मुझे ये पानी वाला काम अच्छी तरह से करके दिखाओ, फिर मैं तुम्हें कोई दूसरा काम भी दे दूँगा।"

परी ने अपनी ठुड्डी ऊपर उठाई और अब्दुल्ला की तरफ देखा, उसका चेहरा चिर-परिचित मुस्कान से दमक रहा था।

उस मुस्कान को देखकर अब्दुल्लाह को वह समय याद हो आया जब परी बहुत छोटी थी और रात को उसकी छाती पर लेटकर सोती थी, और जब कभी-कभी आधी रात को उसकी आँख खुलती थी तो वह परी को चुपचाप इसी तरह मुस्कराते हुए अपनी तरफ देखते हुए पाता था।

सही मायनों में परी की परवरिश अब्दुल्लाह कर रहा था। सच में। बेशक वह खुद भी अभी बच्चा ही था, महज़ दस बरस का लड़का, मगर जब से परी का जन्म हुआ था तब से अब्दुल्लाह ही उसकी माँ था। नवजात परी जब रात को जागकर रोने लगती थी तो अब्दुल्लाह भी उठ बैठता था और वही उसे गोद में लेकर इधर से उधर घुमाता था, बाँहों का झूला झुलाता था और चुप कराकर सुलाता था। वही उसके गंदे डायपर बदलता था। वही उसे नहलाता था। और करता भी कौन। यह बाबा का काम नहीं था, आखिर को वह मर्द थे। और दूसरी बात यह कि अक्सर वह काम से इतने थके-हारे लौटते थे कि उनके पास ये सब करने की ताकत ही नहीं होती थी। फिर बाद में जब परवाना आ गई तब भी दिक्कत यह थी कि तुरंत ही वह गर्भवती हो गई थी, ओमार उसके पेट में आ गया था, जिसकी वजह से उसके लिए भी परी को संभालना मुश्किल था। उसके पास न इतना धीरज होता था और न ही ताकत। इसीलिए परी की परवरिश की सारी ज़िम्मेदारी अब्दुल्लाह के कन्धों पर आ गई थी। मगर उसे इससे रत्ती भर भी परेशानी नहीं थी। वह ख़ुशी-ख़ुशी यह ज़िम्मेदारी निभा रहा था। उसके लिए इससे ज़्यादा फख्र की बात दूसरी नहीं थी कि उसी की उंगली पकड़कर परी ने चलना सीखा था और उसके मुँह से निकले पहले शब्द को सुनकर ख़ुशी से हैरान होने का मौका भी उसे ही मिला था। उसे लगने लगा था कि यही उसकी ज़िन्दगी का मकसद था, ऊपरवाले ने उसे इसी काम के लिए बनाया था, ताकि जब वह उसकी माँ को अपने पास बुला ले तो उसकी जगह वह परी का ध्यान रख पाए।

"बाबा!" परी बोल उठी। "कहानी सुनाओ न।"

"बहुत रात हो गई है," बाबा ने टालना चाहा।

"प्लीज़!"

वैसे तो अब्दुल्लाह के बाबा 'बंद' तबियत के आदमी थे। एक बार में दो से ज़्यादा वाक्य उनके मुँह से कभी निकलते नहीं थे। मगर जब कभी भी कहानी सुनाने की बात होती तो पता नहीं कैसे, पर उनके भीतर कुछ खुल जाता था और तरह-तरह की दिलचस्प कहानियाँ बाहर आने लगतीं थीं। कभी-कभी अब्दुल्ला और परी मंत्रमुग्ध से उनके सामने बैठे होते, जबकि परवाना रसोई में बर्तन पटक रही होती थी, और वह उन्हें वे कहानियाँ सुनाते जो उनकी दादी ने उनके बचपन में उन्हें सुनाई थीं। इन कहानियों के ज़रिए वह दोनों बच्चों को सुल्तानों, जिन्नों, राक्षसों और दरवेशों से आबाद तिलिस्मी और हैरतंगेज़ दुनियाओं की सैर करवाया करते थे। जबकि कभी-कभी वह अपनी खुद की बनायी हुईं कहानियाँ भी सुनाते थे। उन्हें कहानियाँ बनाने में देर नहीं लगती थी, वह सोचते जाते और सुनाते जाते। इस दौरान वह जिस कमाल की कल्पना-शक्ति का उपयोग करते थे, वह अब्दुल्लाह को हैरत में डाल देता था। कहानियाँ सुनाते समय वह अब्दुल्लाह को एक अलग ही इंसान मालूम होते थे। उस वक़्त वह उनके भीतर जो उमंग, जो ज़िन्दादिली, जो खुलापन, जो सहजता, और जो झरने की तरह निर्बाध बहती ऊर्जा देखता था, वह उस व्यक्ति की हो ही नहीं सकती थी जिसे वह अपने बाबा के रूप में जानता था। उसे ऐसा लगता था मानो ये कहानियाँ बाबा की बंद ज़ेहनी दुनिया में कुछ देर के लिए बन जाने वाले छेद थे, जिनके ज़रिए उनके भीतर झाँकना मुमकिन हो जाता था।

मगर अभी बाबा के चहरे पर जो भाव थे उन्हें देखकर अब्दुल्लाह यकीन के साथ कह सकता था कि आज रात परी की दरख्वास्त मंज़ूर नहीं होने वाली थी।

"रात बहुत हो गई है," बाबा ने दोहराया। फिर उन्होंने कंधे पर पड़ी शॉल के किनारे से चाय की केतली के हैंडल को पकड़ा अपने कप में चाय उड़ेली। भाप निकलते कप को होंठों से लगाया, फूँककर चाय थोड़ी ठंडी की, और एक घूँट भरा। अलाव की रोशनी में उनका चेहरा नारंगी आभा से दमक रहा था। "चलो अब सो जाओ। कल फिर हमें बहुत चलना है।"

अब्दुल्लाह ने कम्बल सिर के ऊपर खींच लिया। फिर हर रात की तरह उसने परी के कान के पास फुसफुसाते हुए गाया:

कागज़ के पेड़ की छाया तले
मुझे मिली एक उदास नन्हीं परी।

परी ने, जो तकरीबन नींद के आगोश में समा चुकी थी, उनींदी आवाज़ में फुसफुसाते हुए अपने हिस्से की पंक्तियाँ दोहराईं :

मैं जानती हूँ एक उदास नन्हीं परी को

जो एक रात हवा में उड़ गई।

और लगभग तुरंत ही वह खर्राटे भरने लगी।

पता नहीं कितनी देर बाद अचानक अब्दुल्लाह की नींद टूटी। अभी भी चारों तरफ घुप्प अँधेरा था। अलाव बुझ चुका था, राख के नीचे बहुत हल्की-सी लाल रंगत दिखाई पड़ रही थी। मगर अलाव के उस ओर बाबा नहीं थे। अब्दुल्लाह डर के मारे उठकर बैठ गया। उसने दाएँ देखा, बाएँ देखा, मगर अँधेरे के सिवाए कुछ दिखाई नहीं दिया। उसका चेहरा डर के मारे सफ़ेद पड़ गया। सीने में दिल धाड़-धाड़ करके बजने लगा। उसने अपनी सारी ऊर्जा कानों पर केन्द्रित कर ली और साँस रोककर कोई आहट लेने की कोशिश की।

फिर वह हौले से फुसफुसाया, "बाबा!"

सन्नाटा।

उसके भीतर घबराहट बढ़ने लगी। वह बुत बना बैठा रहा, मानो उसका शरीर अकड़ गया हो। चूँकि दिखाई तो कुछ दे नहीं रहा था, इसीलिए किसी तरह की आहट पाने को आतुर उसके कान खड़े हो गए थे। बड़ी देर तक वह कुछ सुनने की कोशिश करता रहा। मगर कुछ भी सुनाई नहीं दिया। उसे महसूस हुआ कि उस घुप्प अँधेरे में वह और परी एकदम अकेले थे। वे अकेले छोड़ दिए गए थे। बाबा उन्हें अकेला छोड़कर चले गए थे। पहली बार अब्दुल्लाह को अहसास हो रहा था कि वह रेगिस्तान और यह दुनिया कितनी बड़ी थी। कितनी आसानी से कोई भी यहाँ रास्ता भटक सकता था। और यहाँ उसकी मदद के लिए कोई नहीं था, कोई नहीं था जो उसे रास्ता दिखा सकता। फिर एक इससे भी बुरा ख्याल उसके ज़ेहन में कौंधा। बाबा मर चुके थे। किसी ने सोते में ही उनका सर कलम कर दिया था। डकैत। हाँ, डकैतों ने ही उन्हें मार डाला था और अब वे उस पर और परी पर हमला करने वाले थे। वे इसमें समय लगा रहे थे क्योंकि वे इसे एक खेल बनाना चाहते थे, वे चाहते थे कि उनके शिकार डर और आशंका से थर-थर काँपें, रोएँ, चीखें-चिल्लाएँ, ताकि उन्हें मज़ा आए।

"बाबा!" उसने फिर से पुकारा, मगर इस बार तेज़ आवाज़ में।

कोई जवाब नहीं आया।

"बाबा!"

वह बदहवास होकर बारम्बार पुकारता चला गया। मगर उसे लगा जैसे कोई मज़बूत हाथ उसके गले के इर्द-गिर्द कस रहा हो और उसके गले से आवाज़ निकलनी बंद होती जा रही हो। उसे खुद भी याद नहीं रहा कि उसने कितनी बार बाबा को आवाज़ लगाई। मगर एक बार भी जवाब नहीं आया। उसकी कल्पना शक्ति प्रबल हो उठी और उसे घुप्प अँधेरे में तरह-तरह के चेहरे दिखाई पड़ने लगे – पहाड़ियों के पीछे छिपे चेहरे, जो धरती से उग आए थे और उसे और परी को देखकर भयानक हँसी हँस रहे थे। उसका दिमाग सुन्न होने लगा, आतंक ने उसे बुरी तरह जकड़ लिया। उसका बदन सूखे पत्ते की तरह थर-थर काँपने लगा। उसने सिसकना शुरू कर दिया। उसे लगा कि वह खुद पर से काबू खोता जा रहा था और ज़ोर से चीख पड़ने वाले था।

तभी उसे कहीं से करीब आते क़दमों की आहट सुनाई दी। फिर अँधेरे में से एक साया उभरता दिखा।

"मुझे लगा आप चले गए," अब्दुल्ला ने काँपते हुए कहा।

बाबा आकर बुझे हुए अलाव के पास बैठ गए।

"कहाँ चले गए थे आप?"

"सो जाओ अब्दुल्लाह।"

"आप हमें छोड़कर तो नहीं चले जाएँगे न? आप हमें छोड़कर चले तो नहीं जाएँगे न बाबा?"

बाबा ने उसकी ओर देखा, मगर अँधेरे की वजह से उनके चेहरे पर आए भाव अब्दुल्ला समझ नहीं पाया। "तुम्हारी आवाज़ से तुम्हारी बहन की नींद टूट जाएगी।"

"हमें छोड़कर मत जाइएगा।"

"बस, बहुत हो गया।"

अब्दुल्लाह फिर से लेट गया। उसकी बहन उसकी बाँहों में कसकर जकड़ी हुई थी, उसका दिल अब भी ज़ोरों से धड़क रहा था।

अब्दुल्लाह पहले कभी काबुल नहीं गया था। काबुल के बारे में उसकी जो भी जानकारी थी वो नबी मामा की बताई बातों के आधार पर थी। वह बाबा के साथ काम के सिलसिले में कुछेक छोटे-मोटे शहरों में गया था, जिन्हें शहर की बजाए क़स्बा कहना ही ज़्यादा सही होगा, मगर कभी किसी

बड़े शहर में जाने का मौका उसे इससे पहले नहीं मिला था। मतलब, असल शहर कैसा होता है इसका उसको कोई तजुर्बा नहीं था। और नबी मामा ने काबुल के बारे में जो कुछ भी उसे बताया था, सिर्फ़ उसके आधार पर तो वह खुद को अफगानिस्तान के इस सबसे बड़े और व्यस्त शहर की हलचल के लिए तैयार नहीं ही कर सकता था। इसलिए जैसे ही उसका पहली बार काबुल से सामना हुआ, वह हैरान रह गया। जहाँ तक उसकी नज़र जाती थी उसे ट्रैफ़िक लाइटें, चाय-नाश्ते की दुकानें, छोटे-बड़े रेस्तरां और शीशे के बड़े-बड़े दरवाज़ों और चमकदार रंग-बिरंगे साइनबोर्ड्स वाली दुकानें ही दिखाई पड़ती थीं। भीड़-भाड़ वाली सड़कों पर शोर करते इंजनों वालीं बड़ी-बड़ी मोटरकारें ज़ोर-ज़ोर से हॉर्न बजातीं और बसों, पैदल चलने वालों और साइकिल सवारों के बीच से बाल-बाल बचती हुईं आ-जा रही थीं। साथ ही घोड़ा-गाड़ियाँ भी थीं, जिनके पहियों पर लोहे के रिम चढ़े हुए थे, जिसके चलते वे सड़कों पर उछलती हुई चलती थीं। जिस फुटपाथ पर वह बाबा और परी के साथ चल रहा था वहाँ भी सिगरेट और च्युइंग गम बेचने वालों, किताबों और पत्रिकाओं के स्टॉलों, तथा घोड़ों की टापों में लोहे की नालें ठोकने वाले लोहारों की भीड़ जमा थी। चौराहों पर ढीली-ढाली सी वर्दी पहने ट्रैफ़िक पुलिसकर्मी मौजूद थे और मुँह में दबी सीटी बजाते हुए ट्रैफिक को रुकने और चलने के इशारे कर रहे थे, जिन पर हालाँकि कोई ज़्यादा ध्यान नहीं दे रहा था।

फुटपाथ पर कुछ देर चलने के बाद वे एक कसाई की दुकान के पास रुके और बाबा ने उन्हें वहीं रखी एक बेंच पर बैठने का इशारा किया। परी अब्दुल्लाह की गोद में बैठ गई। फिर बाबा ने पास के एक दुकान से एक प्लेट बीन्स और धनिया की चटनी खरीदी और अब्दुल्लाह के हाथ में थमा दी। दोनों भाई-बहन मज़े से खाने लगे।

"अबोल्लाह! देखो," परी ने उंगली से सड़क के पार मौजूद एक दुकान की तरफ इशारा किया। दुकान की शीशे की खिड़की में एक युवती खड़ी थी, जिसने छोटे-छोटे शीशों और मोतियों से सजी और सुंदर कढ़ाई वाली एक हरी कुर्ती पहनी हुई थी। सिर पर उसके उसी से मेल खाता दुपट्टा था। साथ में उसने गहरे लाल रंग का पाजामा और चाँदी के ज़ेवर भी पहने हुए थे। उसके बारे में जो बात परी और अब्दुल्लाह को हैरान कर रही थी वो यह थी कि वह बिना हिले-डुले बिल्कुल बुत की तरह खड़ी थी, यहाँ तक कि पलकें भी नहीं झपक रही थी और आने-जाने वालों को देखकर भी उसके चेहरे के भाव ज़रा भी नहीं बदल रहे थे! थोड़ी देर में परी और अब्दुल्लाह ने अपना नाश्ता भी ख़त्म कर लिया, मगर तब

तक भी वह युवती इंच भर भी अपनी जगह से नहीं हिली। अब्दुल्ला ने उसी सड़क पर थोड़ा आगे एक ऊँची इमारत के सामने एक विशाल पोस्टर लटका हुआ देखा। इसमें एक ख़ूबसूरत हिन्दुतानी लड़की को ट्यूलिप के खेत में मूसलाधार बारिश में खड़े दिखाया गया था। वह शर्म से मुस्कुरा रही थी, और उसकी गीली साड़ी उसके शरीर के उभारों से चिपकी हुई थी। अब्दुल्लाह सोचने लगा कि क्या यह वही सिनेमाहॉल है जिसके बारे में नबी मामा ने बताया था और जहाँ लोग सिनेमा देखने जाते हैं? फिर उसके मन में उम्मीद जगी कि शायद उनके वहाँ रहते नबी मामा उसे और परी को सिनेमा दिखाने वहाँ लेकर जाएँगे। इस ख़याल से उसके चेहरे पर मुस्कान खेलने लगी।

अभी-अभी करीब की एक नीली छत वाली मस्जिद से अज़ान होकर हटी ही थी कि अब्दुल्लाह ने नबी मामा को फुटपाथ के किनारे गाड़ी रोकते देखा। वह आज भी अपना वही ओलिव के रंग वाला सूट पहने थे। उन्होंने झटके से गाड़ी का दरवाज़ा खोला और ड्राईवर सीट से उतरकर बाहर निकल आए। उनके यूँ एकाएक दरवाज़ा खोलने से एक साइकिल सवार लड़का उनसे टकराते-टकराते बचा, वक़्त रहते उसने साइकिल को बचाकर निकाल लिया।

नबी मामा जल्दी से कार के आगे आए और बाबा को गले लगा लिया। जैसे ही उनकी नज़र परी और अब्दुल्लाह पर पड़ी, उनके चेहरे पर एक बड़ी-सी मुस्कान तैरने लगी। फिर वह उन दोनों की बराबरी पर झुके।

"काबुल कैसा लग रहा है बच्चो?"

"यहाँ बहुत शोर है," परी ने कहा। सुनकर नबी मामा हँस पड़े।

"हाँ, वो तो है। चलो, अब गाड़ी में बैठो। गाड़ी में से तुम लोगों को और बहुत कुछ देखने को मिलेगा। पर पहले अपने-अपने पैर पोंछ लेना। सबूर, तुम आगे की सीट पर आ जाओ।"

गाड़ी की पिछली सीट ठंडी, सख़्त और हल्के नीले रंग की थी, जो बाहरी रंग से मेल खाती थी। अब्दुल्लाह खिसककर खिड़की के पास बैठ गया, ड्राईवर सीट के ठीक पीछे, और उसने परी को गोद में बिठा लिया। उसने देखा कि वहाँ आसपास खड़े लोग हसरत भरी निगाहों से कार को देख रहे थे। परी ने अपना सिर उसकी ओर घुमाया और दोनों मुस्करा उठे।

चलती गाड़ी की खिड़की से शहर के नज़ारे करते हुए वे आगे बढ़ रहे थे। नबी मामा ने कहा कि वे उन्हें लम्बे रास्ते से ले जा रहे हैं ताकि वे ज़्यादा से ज़्यादा नज़ारे देख सकें। 'तापा मरंजन' नामक पहाड़ी के पास से गुज़रते हुए

उन्होंने उसके ऊपर बने गुंबदनुमा मकबरे की तरफ इशारा किया, जहाँ से पूरे शहर का नज़ारा किया जा सकता था। उन्होंने कहा कि सुल्तान ज़हीर शाह के वालिद नादिर शाह को वहीं दफ़न किया गया था। इसी तरह उन्होंने उन्हें कोह-ए-शिरदावाज़ा पहाड़ पर स्थित 'बाला हिसार किला' दिखाया और बताया कि अंग्रेजों ने अफ़ग़ानिस्तान के ख़िलाफ़ अपनी दूसरी जंग के दौरान इसका इस्तेमाल किया था।

थोड़ा आगे जाने के बाद अब्दुल्ला ने खिड़की पर थपथपाते हुए एक बड़ी आयताकार पीली इमारत की तरफ इशारा करके पूछा, "यह क्या है, नबी मामा?"

"यह सीलो है। नई ब्रेड (नान) फैक्ट्री।" नबी मामा ने एक हाथ से गाड़ी का स्टीयरिंग संभालते हुए पीछे मुड़कर अब्दुल्लाह को आँख मारी। "हमारे रूसी दोस्तों की तरफ़ से हमारे लिए तोहफा।"

'नान बनाने की फैक्ट्री!' अब्दुल्लाह ने हैरान होते हुए सोचा। 'इतनी बड़ी!' तुरंत ही उसके ज़ेहन में घर के बाहर मिट्टी के तंदूर के सामने बैठकर नान बनाती परवाना का अक्स उभर आया।

इसी तरह काफी देर तक शहर की भीड़भाड़ से गुजरने के बाद आखिरकार नबी मामा ने गाड़ी एक साफ़-सुथरी, चौड़ी-चौड़ी और कम भीड़भाड़ वाली सड़क पर डाल दी, जिसकी दोनों तरफ नियमित अंतराल पर सरू के ऊँचे-ऊँचे पेड़ लगे हुए थे। इस इलाके के सभी मकान शानदार थे और अब्दुल्ला ने अब तक जितने भी मकान देखे थे, उनसे कहीं ज़्यादा बड़े थे। किसी पर सफ़ेद रंग पुता था, किसी पर पीला, तो किसी पर आसमानी। ज़्यादातर मकान दोमंजिला थे और ऊँची-ऊँची चारदीवारी से घिरे हुए थे, जिनमें सामने की तरफ लोहे के दो पल्लों वाले विशाल फाटक लगे हुए थे। सड़क के किनारे दोनों तरफ कई सारी कारें खड़ी थीं।

आखिरकार नबी मामा एक ड्राइववे (मुख्य सड़क से मकान को जोड़ने वाला रास्ता) पर रुके, जिसकी दोनों तरफ करीने से काटी गईं झाड़ियों की कतारें थीं। ड्राइववे के परली तरफ एक सफ़ेद दीवारों वाला दोमंज़िला मकान था – इतना बड़ा कि जिसकी कल्पना भी अब्दुल्लाह ने कभी नहीं की थी।

"आपका घर कितना बड़ा है," परी ने हैरानी से आँखें चौड़ी करते हुए कहा।

परी की बात सुनकर नबी मामा ज़ोर से हँस पड़े। "काश कि ऐसा होता। मगर यह मेरा नहीं, मेरे मालिक का घर है। अभी थोड़ी देर में तुम्हारी उनसे मुलाक़ात होगी। तुम लोग उनसे सलीके से पेश आना।"

जैसे ही अब्दुल्लाह परी और बाबा के साथ नबी मामा के पीछे-पीछे उस मकान में दाखिल हुआ, उसकी आँखें चौंधिया गईं। वह मकान बाहर से जितना बड़ा और आलीशान नज़र आता था, भीतर से उससे कहीं ज़्यादा था। अब्दुल्लाह ने हिसाब लगाया कि उस मकान में और कुछ नहीं तो शादबाग़ के कम से कम आधे मकान तो समा ही सकते थे। एकबारगी तो उसे ऐसा लगा मानो वह उस कहानी वाले राक्षस के महल में आ गया हो। इस घर के पीछे भी वैसा ही एक विशाल और करीने से संवारा गया बागीचा था, जिसमें तरह-तरह के आकारों में करीने से काटी गईं घुटनों तक ऊँची झाड़ियाँ, तमाम तरह के रंग-बिरंगे फूल, और तकरीबन सभी तरह के फलों के पेड़ थे, जिनमें से चेरी, सेब, खुबानी और अनार ही अब्दुल्लाह की पहचान में आ पाए। मकान से निकलकर बागीचे में जाने के लिए एक छोटे से बारामदे से होकर गुज़रना पड़ता था–जिसे नबी मामा के मुताबिक़ 'वरांडा' कहा जाता था। इस बारामदे के दोनों ओर कमर तक आने वाली रेलिंग थी, जिस पर हरी-भरी बेलें चढ़ी हुई थीं। उस कमरे की ओर जाते हुए जहाँ जनाब वहदती और उनकी बीवी इन लोगों के आने का इंतज़ार कर रहे थे, अब्दुल्ला को एक नज़र उस स्नानघर (बाथरूम) में डालने का भी मौका मिल गया जिसमें चीनीमिट्टी का शौचालय (जिसके बारे में नबी मामा ने उन्हें बताया था) और साथ ही काँसे के रंग की टोंटियों वाला एक चमचमाता सिंक भी था। अब्दुल्ला, जिसकी अब तक की ज़िन्दगी का न जाने कितना वक़्त शादबाग के इकलौते कुँए से बाल्टियाँ भर-भरके पानी घर लाने में खर्च हो गया था, उसके लिए यह किसी जादू से कम नहीं था कि आप बस टोंटी घुमाएँ और तुरंत जितना मर्ज़ी उतना पानी आपको मिल जाए।

अब अब्दुल्ला, परी और उनके बाबा सोने की लटकन वाले एक बड़े-से सोफे पर बैठे थे। सोफे की पीठ नर्म और गद्देदार थी, जिस पर छोटे-छोटे अष्टकोणीय शीशे लगे हुए थे। सोफ़े के सामने वाली दीवार पर एक बड़ा-सा चित्र लगा हुआ था, इतना बड़ा कि उसने तकरीबन पूरी ही दीवार को घेर रखा था। वह एक बूढ़े मूर्तिकार का चित्र था जो एक बेंच पर झुका हुआ, छैनी-हथौड़ी की मदद से एक पत्थर को तराश रहा था। बालकनी में खुलने वालीं चौड़ी-चौड़ी और लोहे की रेलिंग लगीं खिड़कियों पर बरगंडी रंग के झालरदार परदे सजे हुए थे। कमरे में मौजूद हरेक चीज़ एकदम साफ़-सुथरी और चमकदार थी।

ज़िन्दगी में पहली बार अब्दुल्लाह को इस बात का अहसास हो रहा था कि वह खुद कितना कम 'साफ़-सुथरा' था।

नबी मामा के बॉस, जनाब वहदती, एक चमड़े की कुर्सी पर बैठे थे और उन्होंने अपनी बाँहें छाती पर बाँध रखी थीं। वह इन्हीं तीनों की तरफ देख रहे थे और उनके चेहरे पर जो भाव था उसे गैर-दोस्ताना कहना तो मुश्किल था, मगर दोस्ताना भी नहीं कहा जा सकता था। कुल मिलाकर, समझना मुश्किल था। कद के मामले में वह अब्दुल्लाह के बाबा से ऊँचे थे, यह बात अब्दुल्लाह ने उस समय गौर की थी जब वह उन लोगों के आने पर उनका अभिवादन करने के लिए उठकर खड़े हुए थे। उनके कंधे सँकरे, होंठ पतले, और माथा ऊँचा व चमकदार था। उन्होंने सफ़ेद रंग का सूट और साथ में हरे रंग की खुली कॉलर वाली शर्ट पहनी हुई थी, जिसके दोनों बाजुओं के कफ़ पर बटनों की बजाए अंडाकार लैपिस पत्थर लगे हुए थे। वह बहुत कम बोलने वाले व्यक्ति मालूम हो रहे थे, क्योंकि इतनी देर में उन्होंने बमुश्किल दर्जन भर शब्द ही मुँह से निकाले थे।

परी की नज़र कुकीज़ (बिस्किट) से भरी उस प्लेट पर थी जो उनके सामने पड़ी काँच के टॉप वाली मेज़ पर रखी हुई थी। उस प्लेट को देखकर अब्दुल्लाह को पहली बार पता चला कि दुनिया में इतनी अलग-अलग तरह की कुकीज़ भी होती है–उंगली के आकार की चॉकलेट कुकीज़, जिन पर घुमावदार डिज़ाईन वाली क्रीम लगी हुई थी; बीच में नारंगी भराव वाली छोटी गोल कुकीज़; पत्तियों के आकार वाली हरी कुकीज़; तथा और भी न जाने किस-किस तरह की कुकीज़।

"आप लोग इन्हें चखना नहीं चाहेंगे?" मोहतरमा वहदती ने कहा। इतनी देर से केवल वही बात कर रही थीं। "चलो-चलो, हाथ बढ़ाओ। दोनों बच्चे। आप दोनों के लिए ही तो मैंने मँगवाई हैं।"

अब्दुल्लाह ने बाबा की तरफ देखा। और परी ने भी उसका अनुसरण किया। मोहतरमा वहदती को बच्चों की यह अदा बड़ी अच्छी लगी और वह मुस्करा दीं।

बाबा ने हौले से हाँ में सर हिलाया और धीमे स्वर में बोले, "एक-एक ले लो।"

"नहीं-नहीं, यह नहीं चलेगा," मोहतरमा वहदती ने कहा। "ये लाने के लिए मैंने नबी को काबुल के दूसरे छोर पर बनी एक बेकरी में भेजा था।"

अब्दुल्लाह के बाबा के चेहरे पर अहसानमंदी के भाव आए और वह दूसरी ओर देखने लगे। वह सोफे की बिल्कुल किनार पर बैठे थे और उन्होंने अपनी टोपी उतारकर हाथों में ले रखी थी। उन्होंने अपने घुटने मोहतरमा वहदती की ओर न करके दूसरी दिशा में किए हुए थे और अपनी नज़रें जनाब वहदती पर गड़ाए रखी थीं।

अब्दुल्लाह ने हाथ बढ़ाकर प्लेट में से दो कुकीज़ उठाईं और एक परी को दे दी।

"बेटा, एक-एक और लो न। हम नहीं चाहते कि नबी की इतनी मेहनत ज़ाया हो," मोहतरमा वहदती ने मनुहार करते हुए कहा। साथ ही उन्होंने मुस्कराकर अंकल नबी की ओर देखा।

"नहीं-नहीं मैडम, इसमें बिल्कुल भी परेशानी वाली बात नहीं थी," नबी मामा ने शरमाते हुए कहा।

नबी मामा दरवाज़े के पास खड़े थे। उनकी बगल में लकड़ी की एक ऊँची अलमारी थी, जिसके पल्ले मोटे काँच के बने हुए थे और इसलिए भीतर रखी चीज़ों को बाहर से ही देखा जा सकता था। अब्दुल्ला ने देखा कि अलमारी के भीतर जनाब वहदती और मोहतरमा वहदती की कई सारी तस्वीरें चाँदी के फ्रेमों में जड़ी रखी थीं। एक तस्वीर में मिस्टर और मिसेज़ वहदती एक अन्य जोड़े के साथ थे। उन्होंने भारी-भारी कोट पहन रखे थे और मोटे-मोटे स्कार्फ बाँधे हुए थे। उनके पीछे एक नदी बह रही थी। एक अन्य तस्वीर में, मोहतरमा वहदती एक हाथ में शराब का गिलास पकड़े हँस रही थीं और उन्होंने अपनी दूसरी नंगी बाँह किसी आदमी की कमर में डाली हुई थी। यह तस्वीर देखकर अब्दुल्लाह का दिमाग चकरा गया और उसे अपनी आँखों पर यकीन नहीं आया, क्योंकि तस्वीर में मोहतरमा वहदती जिस आदमी की कमर में हाथ डाले हुए थीं, वह जनाब वहदती नहीं थे! एक तस्वीर उन दोनों की शादी की भी थी, जिसमें लम्बे-छरहरे जनाब वहदती काले रंग का सूट जबकि मोहतरमा वहदती एक खूबसूरत-सी सफ़ेद पोशाक पहनकर खड़े मुस्करा रहे थे।

अब्दुल्ला को मोहतरमा वहदती कुछ जानी-पहचानी सी लगीं। उसने कनखियों से उन्हें गौर से देखा। उनके छोटे मगर खूबसूरत चेहरे को। उनकी उभरी हुई भौंहों को। उनकी पतली कमर को। उनके गुलाबी रंग में रंगे पैर के नाखूनों को और उसी रंग से मेल खाती लिपस्टिक को। अचानक उसे याद आया कि अरे, ये तो वही हैं जो कुछ बरस पहले हमारे घर आई थीं। तब जब परी तकरीबन दो बरस की थी। नबी मामा ही तो उन्हें लेकर आए थे, क्योंकि वे उनके परिवार से मिलना चाहती थीं। उस दिन उन्होंने बगैर आस्तीन वाली पीच रंग की ड्रेस और मोटे सफ़ेद रिम वाला काला धूप का चश्मा पहना हुआ था। उनकी स्लीवलेस ड्रेस देखकर बाबा के चेहरे पर सख्त हैरानी के जो भाव आए थे उन्हें अब्दुल्लाह कभी नहीं भूल सकता था। उस दौरान मोहतरमा वहदती पूरे समय मुस्कुराती रहीं और गाँव, वहाँ की ज़िन्दगी, वहाँ के लोगों के बारे में सवाल पूछती

रहीं, बच्चों के नाम और उम्र पूछती रहीं। उनका व्यवहार ऐसा था मानो वे उसी नीची छत वाले मिट्टी के घर में ही पैदा हुई हों और इसीलिए उन्हें वहाँ किसी तरह की कोई असुविधा महसूस न होती हो। वह बिना किसी शिकायत के कालिख से काली हो चुकी दीवार से पीठ टिकाकर बैठी रहीं। उन्हें उस दड़बे जैसे घर में साँस लेने में ज़रा भी दिक्कत महसूस नहीं हुई जिसमें हवा के आने-जाने के लिए एक ज़रा सी खिड़की थी और जिसमें एक धुंधली-सी प्लास्टिक शीट के ज़रिए बैठक वाले कमरे को उस रसोई से अलग किया गया था जिसे खाना बनाने के साथ-साथ बेडरूम की तरह भी इस्तेमाल किया जाता था; वहाँ अब्दुल्ला और परी सोते थे। उन्होंने अपने व्यवहार से हरसंभव यह जताने की कोशिश की थी कि वह खुद को हम लोगों से अलग नहीं मानती थीं। मसलन, घर में घुसने से पहले जब वे अपनी ऊँची एड़ी की सैंडल बाहर ही उतारने लगीं तो सबने उन्हें मना किया, मगर वे नहीं मानीं। इसी तरह अन्दर आने पर जब बाबा ने उनसे कुर्सी पर बैठने का आग्रह किया, तब भी वे ज़िद करके सबके साथ फर्श पर ही बैठ गईं। अब्दुल्लाह उस वक़्त सिर्फ़ आठ बरस का था, मगर उसे ये सब अच्छी तरह याद रहा था।

मगर अब्दुल्ला को इस मुलाक़ात के बारे में जो बात सबसे ज़्यादा याद थी, वह यह कि कैसे परवाना–जो उस वक़्त पेट से थी (इक़बाल होने वाला था)–पूरा समय एक कोने में किसी गूंगी गुड़िया की तरह गठरी सी बनी बैठी रही थी। अपने कन्धों को आगे की ओर झुकाकर और दोनों पैरों को अपने उभरे हुए पेट के नीचे दबाकर वह इस तरह बैठी थी, मानो दीवार में गुम हो जाने की कोशिश कर रही हो। अपने चेहरे को उसने घूँघट से ढँक रखा था और अपनी ठोड़ी के नीचे उसकी गठान सी बनाकर पकड़ा हुआ था, ताकि गलती से भी उसका चेहरा नज़र न आ जाए। अब्दुल्लाह साफ़ देख पा रहा था कि वह किस तरह शर्मिंदगी से ज़मीन में गढ़ी जा रही थी, खुद को मोहतरमा वहदती के सामने किस कदर छोटा महसूस कर रही थी। और उसे हैरत तब हुई जब उसने महसूस किया कि उसकी उस हालत को देखकर उसके मन में अपनी सौतेली माँ के लिए सहानुभूति उमड़ने लगी थी।

बहरहाल, मोहतरमा वहदती ने कुकीज़ की प्लेट के पास रखा सिगरेट का पैकेट उठाया और उसमें से एक सिगरेट निकालकर सुलगा ली।

“आते में हम लम्बे रास्ते से आए और मैंने इन्हें शहर की कुछ जानी-मानी जगहें भी दिखाईं,” नबी मामा ने मोहतरमा वाहदती की ओर देखकर कहा।

“ये तो तुमने बहुत अच्छा किया नबी,” मोहतरमा वहदती ने कहा। फिर अब्दुल्लाह के बाबा से मुखातिब होकर बोलीं, “क्या तुम पहले कभी काबुल आए हो, सबूर?”

"एक-दो बार आया हूँ, बीबी साहब," सबूर ने जवाब दिया।

"क्या मैं पूछ सकती हूँ कि कैसा लगा तुम्हें यह शहर?"

सबूर ने कंधे उचकाए। "बहुत भीड़-भाड़ है यहाँ।"

"हाँ, सो तो है।"

जनाब वाहदती ने अपनी जैकेट की आस्तीन पर चिपके ऊन के एक धागे को उठाया और कालीन पर गिरा दिया।

"बेशक यहाँ भीड़-भाड़ तो है, जो कि कभी-कभी थकाने वाली भी होती है," मोहतरमा वाहदती ने कहा।

सबूर ने यूँ सिर हिलाया जैसे वह उनकी परेशानी समझता है।

"काबुल एक द्वीप की तरह है। समंदर के बीच मौजूद एक अलग-थलग सी जगह। कुछ लोग कहते हैं कि यह तरक्की याफ़्ता (प्रगतिशील) लोगों का शहर है, और शायद वे सही कहते हैं। काफी हद तक और कई मायनों में काबुल तरक्की याफ़्ता जगह है, मगर यह भी सच है कि यह मुल्क के बाकी हिस्सों की हकीकत से बिल्कुल बेखबर है। ऐसा लगता है जैसे इसका बाकी अफगानिस्तान से कुछ लेना-देना ही नहीं है।"

सबूर नज़रें नीची किए अपने हाथों में थमी टोपी की ओर देखता रहा।

"मेरी बात के गलत मायने मत निकालिएगा," मोहतरमा वाहदती ने कहा। "इस शहर का जो भी प्रगतिशील एजेंडा है, उसका मैं तहेदिल से समर्थन करती हूँ। निश्चित तौर पर इस देश को इसकी ज़रूरत है। फिर भी, कभी-कभी यह ज़रूरत से ज़्यादा ही 'अपने आप में मगन' मालूम होता है मुझे। मानो इसे मुल्क के बाकी हिस्सों में रहने वालों के हालात से कोई वास्ता ही न हो। सच कहूँ तो इस शहर का ज़रूरत से ज़्यादा दिखावा-पसंद होना मुझे बहुत चुभता है।" कहकर उन्होंने एक आह-सी भरी। "और इसीलिए मुझे यहाँ का माहौल बोझिल-सा जान पड़ता है। मुझे हमेशा से ही गाँव-देहात का माहौल भाता रहा है। मुझे उन जगहों और वहाँ के लोगों की सादगी से बहुत लगाव है। दूर-दराज़ के इलाके, छोटे-छोटे गाँव। मतलब, असली अफगानिस्तान।"

सबूर को समझ नहीं आया कि क्या कहे, इसलिए असमंजस भरे भाव से गर्दन हिला दी।

"मुमकिन है कि मैं गाँव-देहात के सभी आदिवासी रीति-रिवाजों, प्रथाओं-परम्पराओं से सहमत न होऊँ, फिर भी मुझे लगता है कि वहाँ रहने वाले लोग

ज़्यादा सच्ची ज़िन्दगी जीते हैं। उनकी ज़िन्दगी दुश्वारियों से भरी होती है, मगर फिर भी उनका व्यवहार कितना विनम्र होता है। वे गरीब होते हैं, मगर मेहमाननवाज़ी में उनका कोई सानी नहीं होता। उनमें कमाल का लचीलापन होता है, हर तरह के हालात में वे खुद को ढाल लेते हैं। उनके पास चाहे ऐश-ओ-आराम का सामान उतना न हो, मगर 'स्वाभिमान' भरपूर होता है। स्वाभिमान? क्या 'स्वाभिमान' सही शब्द है, *सुलेमान?"*

"बस करो, नीला," जनाब वाहदती ने धीरे से कहा।

कुछ देर तक मुकम्मल खामोशी छाई रही। अब्दुल्ला की नज़र पहले जनाब वहदती पर गई, जिनकी उँगलियाँ कुर्सी के हत्थे पर तबला-सा बजा रही थीं। फिर उसने मोहतरमा वहदती को देखा, जो अपनी कोहनी कुर्सी के हत्थे पर टिकाकर और एक पैर के टखने को दूसरे पैर के टखने पर चढ़ाकर बैठी थीं और उनके होठों पर एक बनावटी मुस्कान खेल रही थी। उनके हाथ में थमी सिगरेट का बट उनके होठों पर लगी लाली के रंग में रंग गया था।

"शायद यह सही शब्द नहीं है," आखिरकार उन्होंने चुप्पी तोड़ते हुए कहा। "मेरे ख्याल से सही शब्द होना चाहिए *'गरिमा'*।" कहकर वह मुस्कराईं, जिससे उनके सीधे और सफ़ेद दाँत दिखाई दिए। अब्दुल्ला ने इतने सुन्दर दाँत पहले कभी नहीं देखे थे। "हाँ, यह सही शब्द है। गाँव-देहात के लोगों में एक किस्म की गरिमा होती है, जिसे वे हर हाल में बनाए रखते हैं। नहीं? उनके लिए यह किसी बड़े तमगे की तरह होती है। मैं कहने के लिए नहीं कह रही हूँ, दिल से ऐसा मानती हूँ। मुझे तुम में वह गरिमा दिखाई पड़ती है, सबूर।"

"शुक्रिया, बीबी साहिब," सबूर सोफे पर पहलू बदलते हुए बुदबुदाया, पर उसकी नज़रें अभी भी अपनी टोपी पर ही थीं।

मोहतरमा वाहदती ने सिर हिलाकर सबूर के शुक्रिया को कबूल किया। फिर अपनी तवज्जो परी की ओर घुमाकर नर्म-ओ-नाज़ुक लहजे में बोलीं, "मैं कहे बिना नहीं रह पा रही हूँ कि तुम बहुत ही प्यारी हो।" यह सुनकर परी अब्दुल्ला के और करीब सरक आई।

मोहतरमा वहदती लयबद्ध स्वर में किसी कविता का अंश सुनाने लगीं। "आज पहली बार मुझे किसी चेहरे में वह दिलकशी, वह ख़ूबसूरती और वह लावण्य दिखाई दिया है, जिसे मैं अब तक अनगिनत चेहरों में तलाशता आया हूँ।" फिर वह मुस्कुराईं। "रूमी। क्या आप लोगों ने उनके बारे में सुना है? मुझे लगता है कि यह कविता उन्होंने सिर्फ़ तुम्हारे लिए ही रची होगी, मेरी हसीन राजकुमारी।"

"मोहतरमा वहदती खुद एक बहुत अच्छी शायरा (कवियत्री) हैं," नबी मामा ने कहा।

इन सब बातों से ऊबे मालूम हो रहे जनाब वाहदती ने आगे बढ़कर प्लेट से एक कुकी उठाई, उसे दो हिस्सों में तोड़ा और एक हिस्सा मुँह में रख लिया।

"नबी तो यूँही मेरी तारीफ़ करता रहता है," मोहतरमा वहदती ने एक गर्मजोशी भरी नज़र नबी मामा पर डालते हुए कहा। अब्दुल्ला ने एक बार फिर से नबी मामा के गालों पर लाली छाते हुए देखी।

मोहतरमा वाहदती ने हाथ में पकड़ी हुई सिगरेट ऐशट्रे में मसल दी और बोलीं, "मैं सोच रही हूँ कि बच्चों को कहीं घुमा लाऊँ।"

जनाब वहदती ने एक झुंझलाहट भरी निःश्वास छोड़ी, अपनी दोनों हथेलियाँ यूँ कुर्सी के हत्थों पर पटकीं कि लगा जैसे वह उठकर खड़े होने वाले हों, मगर हुए नहीं।

"मैं इन्हें बाज़ार घुमा लाती हूँ," मोहतरमा वहदती ने सबूर से कहा। "अगर तुम्हें कोई एतराज़ न हो, तो। नबी हमें गाड़ी से ले जाएगा। और तब तक सुलेमान तुम्हें वह जगह दिखा देंगे जहाँ गेस्ट हाउस बनना है। तुम अपनी आँखों से देख लोगे तो बेहतर रहेगा। क्या कहते हो?"

सबूर ने सहमति में गर्दन हिला दी।

जनाब वहदती ने धीरे से अपनी आँखें मूँद लीं।

सभी जाने के लिए उठ खड़े हुए।

अचानक अब्दुल्लाह का जी चाहा कि बाबा इन लोगों को चाय और कुकीज़ के लिए शुक्रिया कहें, उसका और परी का हाथ थामें, और इस घर को, इसकी बड़ी-बड़ी तस्वीरों को, मखमली पर्दों को, और कदम-कदम पर बिखरे शाही ठाठ-बाट को यहीं छोड़कर यहाँ से बाहर चले चलें। बाहर निकलकर वे अपनी मशक (पानी की थैली) भर लेंगे, कुछ उबले अंडे और नान खरीद लेंगे, और जिस तरह आए थे उसी तरह वापस चले जाएँगे। उसी रेगिस्तान से होते हुए, उन्हीं पहाड़ियों के बीच से होकर, उन्हीं पथरीले रास्तों पर पैदल चलते हुए और बाबा से कहानियाँ सुनते हुए वे वापस अपने घर चले जाएँगे। वह और बाबा बारी-बारी से गाड़ी खींच लेंगे। और इस तरह धूल फाँकते और थके-हारे बदन के साथ ही सही, मगर दो-तीन दिन में वे वापस शादबाग़ पहुँच जाएँगे। शूजा जैसे ही हमें आते देखेगा, दौड़कर हमारे पास आएगा और ख़ुशी से बावला होकर परी के चारों ओर चक्कर लगाने लगेगा। वे अपने घर में होंगे।

मगर उसके बाबा ने कहा, "जाओ बच्चो।"

अब्दुल्ला ने बाबा की ओर एक कदम बढ़ाया। वह कुछ कहना चाहता था। लेकिन तभी नबी मामा का मोटा हाथ उसके कंधे पर पड़ा। उन्होंने उसे अपनी ओर घुमाया और दालान की ओर ले जाते हुए बोले, "तुम लोगों को यहाँ का बाज़ार ज़रूर देखना चाहिए, तुम लोगों ने ऐसा बाज़ार पहले कभी नहीं देखा होगा।"

मोहतरमा वहदती बच्चों के साथ पिछली सीट पर बैठी थीं। कार की हवा उनके परफ्यूम की गाढ़ी खुशबू से भरी हुई थी, एक ऐसी खुश्बू जिसे अब्दुल्ला ठीक से पहचान नहीं पा रहा था–थोड़ी मीठी-सी, थोड़ी तीखी-सी। ड्राइविंग सीट पर नबी मामा थे। मोहतरमा वहदाती अब्दुल्लाह और परी से तमाम बातें पूछ रही थीं, मसलन उनके दोस्त कौन-कौन थे और कैसे थे, क्या वे स्कूल जाते थे, दिन भर उनकी दिनचर्या क्या रहती थी, उनके आस-पड़ौस में कौन-कौन रहता था, वे कौन-कौन से खेल खेलते थे, वगैरह-वगैरह। दाहिनी खिड़की से सूरज की रोशनी भीतर आ रही थी और मोहतरमा वहदती के चेहरे के दाहिने हिस्से पर पड़ रही थी। अब्दुल्ला को उनके गाल पर छोटे-छोटे रोएँदार बाल और जबड़े के नीचे, जहाँ मेकअप खत्म हो रहा था, एक हल्की सी रेखा दिखाई पड़ रही थी।

"मेरे पास एक कुत्ता है," परी ने बताया।

"वाकई?"

"वह अपने आप में इकलौता पीस है, मैडम," नबी मामा ने ड्राईवर सीट से कहा।

"उसका नाम शूजा है। जब मैं उदास होती हूँ तो उसे अपने आप पता चल जाता है," परी ने कहा।

"कुत्ते ऐसे ही होते हैं," मोहतरमा वहदती ने कहा। "इस मामले में वे ऐसे कई इंसानों से बेहतर हैं जिनसे मैं मिली हूँ।"

तभी उनकी कार फुटपाथ पर उछलतीं-कूदतीं तीन स्कूली लड़कियों के पास से गुज़री। उन लड़कियों ने काली यूनिफॉर्म पहनी हुई थी और सर पर सफ़ेद स्कार्फ़ बाँधे हुए थे।

"मुझे याद है कि घर पर मैंने क्या कहा था, मगर देखा जाए तो काबुल इतना भी बुरा नहीं है," मोहतरमा वहदती बोलीं। उनकी उंगलियाँ अनजाने में अपने गले में पड़े हार से खेल रहीं थीं। वह खिड़की से बाहर देख रही थीं और उनके चेहरे पर छाई उदासी अब्दुल्लाह से छिपी न रह सकी। "मुझे यहाँ बसंत (स्प्रिंग) के बाद का, बारिश ख़त्म होने के बाद का मौसम सबसे अच्छा लगता है। उस वक़्त हवा कितनी साफ़ होती है। गर्मियों की वो पहली-पहली आहट। वो पहाड़ों पर सूरज की रोशनी का चमकना।" उनके चेहरे पर एक फीकी-सी मुस्कान उभर आई। फिर वह बोलीं, "घर में एक बच्चे का होना अच्छा रहेगा। उसके हँसने-खेलने से थोड़ी रौनक आ जाएगी। थोड़ी ज़िंदगी आ जाएगी।"

अब्दुल्ला ने उनकी तरफ देखा और उसे अपने भीतर खतरे की घंटी सी बजती महसूस हुई। उसे महसूस हुआ कि मोहतरमा वहदती का मेकअप, उनका परफ्यूम सब दिखावा था। ये सब किसी और चीज़ को ढाँपने का उपाय भर था। उसे उनके भीतर एक टूटी हुई, बिखरी हुई, हमदर्दी की गुहार सी लगाती हुई औरत दिखाई पड़ी। सहसा उसे परवाना के चूल्हे से उठता धुआँ, उसकी रसोई के आलों में बेतरतीबी से जमे मर्तबान और बेमेल तश्तरियाँ और घिसे-पिटे बर्तन याद आने लगे। उसे वह गद्दा याद आने लगा जिस पर वह परी के साथ सोता था। भले वह कितना भी गंदा हो और भले ही उसकी स्प्रिंग्स जगह-जगह से बाहर निकलने को झाँकती रहती हों, पर अभी उसे वह गद्दा बेहद याद आ रहा था। वह घर की हरेक चीज़ को बहुत याद कर रहा था। ज़िन्दगी में पहली बार उसे अपना घर इतना याद आ रहा था।

मोहतरमा वहदती ने एक आह सी भरी और अपनी पीठ पीछे सीट से टिका दी। उन्होंने अपने पर्स को ठीक उसी तरह पकड़ा हुआ था जिस तरह कोई गर्भवती औरत अपने फूले हुए पेट को पकड़े रहती है।

नबी मामा ने एक भीड़-भाड़ वाली सड़क के किनारे गाड़ी रोक दी। सड़क के उस पार, ऊँची मीनारों वाली एक मस्जिद के बगल में ही बाज़ार लगा था। बाज़ार क्या था, हद से ज़्यादा भीड़ भरे सँकरे-सँकरे रास्तों का भूल-भुलैयानुमा जाल-सा फैला हुआ था। रास्तों के दोनों ओर छोटी-बड़ी, स्थाई-अस्थाई दुकानें लगी हुई थीं। कुछ रास्तों के ऊपर गुम्बदाकार छतें थीं, जबकि कुछ के ऊपर खुला आसमान। अब्दुल्लाह और परी मोहतरमा वहदती के साथ उन तंग गलियों में टहलने लगे। नबी मामा पीछे-पीछे चल रहे थे। दुकानें तमाम तरह के सामानों से भरी पड़ी थीं–चमड़े के कोट, रंगीन नगों वाली अंगूठियाँ, तरह-तरह के मसाले। गाड़ी से उतरने के बाद मोहतरमा वहदती ने आँखों पर धूप का काला चश्मा चढ़ा

लिया था, जिसके चलते उनकी शक्ल अजीब-ओ-गरीब दिखाई पड़ रही थी– कुछ-कुछ बिल्ली जैसी।

दुकानदार चिल्ला-चिल्लाकर खरीददारों को बुलाने की जीतोड़ कोशिश कर रहे थे। चारों तरफ मोल-भाव करने वालों की भीड़ थी। तकरीबन हर दुकान पर किसी न किसी तरह का संगीत बज रहा था। वे लोग किताबें, रेडियो, लैंप, चांदी के रंग के बर्तन वगैरह बेचने वाली दुकानों के सामने से होकर गुज़र रहे थे। तभी अब्दुल्ला को दो फ़ौजी दिखाई पड़े। उनके जूतों पर धूल की मोटी परत जमी हुई थी और उन्होंने गहरे भूरे रंग के कोट पहन रखे थे। दोनों सिगरेट पीते हुए, ऊब भरी उदासीनता से वहाँ हो रही हलचल पर नज़र मार रहे थे।

चलते-चलते मोहतरमा वहदती जूतों की एक दुकान के सामने ठहर गईं और कतार से सजे डिब्बों में रखे जूतों को एक-एक कर देखने लगीं, मानो कोई ख़ास जूता पसंद करना चाह रही हों। उन्हें यूँ व्यस्त देखकर नबी मामा हाथ पीठ के पीछे बाँधे अगली दुकान की ओर बढ़ गए और वहाँ बिक्री के लिए रखे कुछ पुराने सिक्कों पर नज़र मारने लगे।

तभी मोहतरमा वाहदती ने जूतों की भीड़ में से पीले रंग के छोटे-छोटे से जूतों की एक जोड़ी उठाई और उसे परी को दिखाकर बोलीं, "इनके बारे में क्या ख्याल है?"

"ये तो बहुत सुंदर हैं," परी ने जूतों को ऐसी हैरानी से देखते हुए कहा जैसे उसे यकीन ही न हो रहा हो कि पैरों में पहनने वाली चीज़ इतनी खूबसूरत भी हो सकती है।

"तो फिर हमें पहनकर दिखाओ।"

मोहतरमा वाहदती नीचे झुकीं और उन्होंने परी को जूते पैरों में डालने, बक्कल लगाने और स्ट्रैप बाँधने में मदद की। फिर उन्होंने नज़र उठाकर परी के पीछे खड़े अब्दुल्लाह की तरफ देखा और बोलीं, "मुझे लगता है कि तुम्हें भी नए जूते ले लेने चाहिए। मुझे तो यकीन नहीं हो रहा है कि तुम अपने गाँव से इतनी दूर इन सैंडल्स को पहनकर आए हो, वो भी पैदल-पैदल।"

अब्दुल्ला ने इंकार में सिर हिला दिया और नज़रें फेर लीं। उसने देखा कि उसी गली में आगे बेतरतीबी से बढ़ी दाढ़ी और पोलियोग्रस्त पैर वाला एक बूढ़ा भिखारी आने-जाने वालों से खैरात माँग रहा था।

"देखो, अबुल्लाह!" परी ने खुश होकर पहले एक पैर उठाकर दिखाया, फिर दूसरा। फिर उसने ज़मीन पर पैर पटककर देखे, फिर उछलकर देखा। मोहतरमा वहदती ने नबी मामा को बुलाया और उनसे कहा कि वह परी को थोड़ी दूर चलाकर लाएँ ताकि परी को समझ आ सके कि जूते उसके लिए आरामदायक हैं या नहीं। नबी मामा ने परी का हाथ थामा और गली में आगे बढ़ गए।

मोहतरमा वहदती ने अब्दुल्ला की ओर देखा।

"घर पर मैंने जिस तरह से बात की, तुम्हें लग रहा होगा कि मैं बुरी औरत हूँ, नहीं?" उन्होंने कहा।

अब्दुल्लाह ने अभी भी अपनी गर्दन दूसरी ओर घुमाई हुई थी। उसने देखा कि जब नबी मामा और परी उस लंगड़े भिखारी के पास से गुज़रे तो भिखारी ने परी से कुछ कहा, जिस पर परी ने नबी मामा की ओर मुँह करके कुछ कहा, और नबी बाबा ने जेब में हाथ डालकर एक सिक्का निकाला और उसे बूढ़े की तरफ उछाल दिया।

अब्दुल्ला की आँखों से बेआवाज़ आँसू बहने लगे। यह देखकर मोहतरमा वहदती चौंक गईं। "अरे-अरे! क्या हुआ बेटा? तुम्हारा दिल बहुत ही नाज़ुक है शायद।" उन्होंने अपने पर्स से रूमाल निकालकर अब्दुल्लाह की तरफ बढ़ाया।

अब्दुल्लाह ने उनका हाथ झटक दिया। "मेहरबानी करके ऐसा मत कीजिए," उसने रुआँसी आवाज़ में कहा।

मोहतरमा वहदती घुटनों के बल उसके बगल में बैठ गईं और चश्मा आँखों पर से हटाकर ऊपर बालों में फँसा लिया। उनकी आँखों में भी नमी थी, और जब उन्होंने रूमाल से अपनी आँखें पोंछीं तो काजल के कारण रुमाल पर काले धब्बे पड़ गए। "अगर तुम मुझे बुरा समझते हो, मुझसे नफ़रत करते हो, तो उसके लिए मैं तुम्हें दोषी नहीं ठहराऊँगी। तुम्हारा हक़ बनता है ऐसा सोचना। मैं यह उम्मीद नहीं कर रही हूँ कि तुम इस बात को समझोगे। अभी तुम्हारी उम्र नहीं है ये सब समझ पाने की। मगर जो हो रहा है, वही सबके लिए सबसे अच्छा है। सच में, अब्दुल्ला। यही सबसे अच्छा है। एक दिन तुम खुद देखोगे और मानोगे इस बात को।"

अब्दुल्ला चेहरा आसमान की ओर उठाकर खामोशी से रोता रहा। तभी परी उछलती-कूदती उसके पास आई। उसकी आँखों में मोहतरमा वहदती के लिए आभार का भाव था और उसका चेहरा खुशी से दमक रहा था।

उन्हीं सर्दियों की एक सुबह अब्दुल्लाह ने देखा कि बाबा अपनी कुल्हाड़ी लेकर आए और घर के सामने खड़े उस विशाल ओक के पेड़ को काट डाला। मुल्ला शकीब के लड़के बैतुल्लाह और कुछ और लोगों ने उनकी मदद की। किसी ने भी उन्हें ऐसा करने से रोकने की कोशिश नहीं की। अब्दुल्लाह भी अपनी उम्र के बाकी लड़कों के साथ खड़ा यह सब देखता रहा। उसके बाबा ने सबसे पहले पेड़ पर टंगा झूला उतारा। वह पेड़ पर चढ़े और चाकू से रस्सियाँ काट दीं। फिर सभी लोग कुल्हाड़ियाँ लेकर पेड़ के तने पर टूट पड़े और दिन चढ़े तब तक कुल्हाड़ियाँ चलाते रहे जब तक कि आखिरकार वह विशालकाय पेड़ भीषण आर्तनाद करता हुआ धरती पर नहीं आ गिरा। अब्दुल्लाह के बाबा ने उससे कहा था कि सर्दियों में चूल्हा जलाने और घर को गरम रखने के लिए उन्हें लकड़ियों की ज़रूरत थी, इसीलिए वह पेड़ काट रहे थे। मगर अब्दुल्लाह साफ़-साफ़ देख रहा था कि पेड़ पर कुल्हाड़ी चलाते समय ऐसा लग रहा था मानो बाबा उस पेड़ से कोई दुश्मनी निकाल रहे हों। उनके दाँत कसकर भिंचे हुए थे और चेहरे पर एक ऐसा पागलपन छाया हुआ था मानो वह इस पेड़ को और एक पल भी अपनी आँखों के सामने बर्दाश्त नहीं कर सकते थे। उनके वार ऐसे थे जैसे कोई बेरहमी से किसी को क़त्ल कर रहा हो।

विशालकाय पेड़ ज़मीन पर पड़ा था और वे तमाम लोग कुल्हाड़ियों से उसकी डालियाँ छाँट रहे थे। आसमान पत्थर के रंग जैसा हो उठा था। उन सबकी नाक और गाल ठंड से लाल हो रहे थे, और जब उनकी कुल्हाड़ियाँ डालियों पर पड़ती थीं तो ऐसी आवाज़ गूँजती थी मानो कोई कराह रहा हो। अब्दुल्लाह कटी पड़ीं बड़ी डालियों से छोटी-छोटी टहनियाँ तोड़ रहा था। दो दिन पहले ही मौसम की पहली बर्फबारी हुई थी। बहुत ज़्यादा तो नहीं हुई थी, मगर हाँ, आगाज़ हो चुका था, आने वाले मौसम की झलक मिल चुकी थी। जल्द ही, शादबाग में सर्दी का मौसम पूरे शबाब पर आ जाएगा। हाड़ कंपा देने वाली ठण्ड पड़ेगी। पानी तक जम जाएगा। हफ़्ते-हफ्ते भर बिना रुके चलने वाली बर्फ़बारी होगी और हाथों की चमड़ी को पल भर में फाड़ डालने वालीं सर्द हवाएँ चलेंगी। चारों ओर बर्फ की सफ़ेद चादर बिछ जाएगी। हालाँकि फिलहाल कहीं-कहीं ही बर्फ बिछी थी और बाकी जगहें खाली थीं।

अब्दुल्ला ने पतली-पतली टहनियाँ इकट्ठी कीं और पास में ही लगाए जा रहे ढेर पर डाल आया। इस समय उसके पैरों में बर्फ पर चलने वाले जूते, हाथों में दस्ताने, और बदन पर गर्म कोट था। कोट बेशक सेकण्डहैण्ड खरीदा गया था, मगर एक टूटे हुए ज़िपर के अलावा, जिसे उसके बाबा ने ठीक कर दिया था, यह

बिल्कुल नया जैसा था–मोटा, नर्म, गहरे नीले रंग का, अंदर नारंगी फर की परत वाला। इसमें चार गहरी-गहरी जेबें थीं जिन पर बटनदार ढक्कन थे। कॉलर से पीछे एक मोटा हुड भी था जिसे डोरियों की मदद से चेहरे के इर्द-गिर्द बाँधा जा सकता था। उसने हुड की डोरियाँ खोलीं और उसे सिर से पीछे धकेल दिया। फिर एक गहरी साँस छोड़ी, जो भाप की शक्ल में बाहर फ़ैल गई।

सूरज ढलने को था। अब्दुल्लाह ने गाँव के बाहर एक पहाड़ी पर खड़ी पुराने ज़माने की कबाड़ हो चुकी पवनचक्की को देखा। अभी इतना उजाला था कि वह उसे साफ़ नज़र आ रही थी। जब भी पहाड़ियों से तेज़ हवा का झोंका आता था, तो पवनचक्की के ब्लेड चरमराते हुए कराह से उठते थे। यह पवनचक्की गर्मियों में नीले बगुलों का घर हुआ करती थी, मगर जब सर्दी आती थी तो बगुले वहाँ से चले जाते थे और उनकी जगह कौवे आ जाते थे। बगुले चले गए थे। कौवे आ गए थे। हर सुबह अब्दुल्ला उनकी काँव-काँव से ही जागता था।

तभी अचानक उसका ध्यान अपनी दायीं ओर ज़मीन पर पड़ी किसी चीज़ की तरफ गया। वह वहाँ पहुँचा और घुटने मोड़कर नीचे झुका।

एक पंख था। छोटा सा। पीले रंग का।

उसने सीधे हाथ का दस्ताना उतारा और पंख को उठा लिया।

आज रात वे एक जलसे में जा रहे थे। वह, बाबा और उसका छोटा सौतेला भाई इक़बाल। बैतुल्लाह के यहाँ अभी-अभी बच्चे का जन्म हुआ था, उसी ख़ुशी में उसने एक जलसा रखा था। वहाँ गाना-बजाना होगा, खाना-पीना होगा। गरमागरम चाय और ताज़ी बनी हुई पावरोटी, और आलू के साथ शोरवा सूप। इसके बाद, मुल्ला शकीब मीठे पानी से भरे कटोरे में अपनी उंगली डुबाएँगे और फिर उस पानी को बच्चे को पिलाया जाएगा। फिर वह अपना चमकदार काला पत्थर और अपना दोधारी उस्तरा निकालेंगे और बच्चे के पेट से कपड़ा हटाएँगे। एक आम रिवाज़। शादबाग में ज़िंदगी अपनी रौ में चलती रही थी और आगे भी चलती रहेगी।

अब्दुल्लाह ने हाथ में पकड़े हुए पंख को उलट-पलटकर देखा।

मुझे ज़रा भी रोना-धोना नहीं चाहिए, बाबा ने पहले ही कहा था। रोना-धोना मत करना। मैं बर्दाश्त नहीं करूँगा।

और ऐसा ही हुआ भी। कोई नहीं रोया। गाँव में किसी ने भी परी के बारे में नहीं पूछा। किसी ने उसका नाम तक नहीं लिया। अब्दुल्लाह हतप्रभ था

यह देखकर कि किस तरह वह उन सबकी ज़िन्दगी से पूरी तरह गायब हो गई थी। मानो कभी थी ही नहीं। कितनी आसानी से! किसी को रत्ती भर फर्क नहीं पड़ा था!

सिर्फ़ शूजा था जिसमें अब्दुल्लाह को अपने दुःख की झलक दिखाई पड़ती थी। शूजा हर दिन सुबह से शाम तक दरवाज़े के बाहर बैठकर परी का इंतज़ार करता था। परवाना पत्थर मारकर उसे भगाने की कोशिश करती थी। बाबा छड़ी लेकर उसके पीछे भागते थे। मगर वह बारम्बार लौट आता और दरवाज़े पर टकटकी लगाकर खड़ा रहता, मानो अभी परी बाहर निकलेगी और उसे गले लगा लेगी। रात भर वह मुँह आसमान की ओर करके इस तरह चिल्लाता जिसे आम भाषा में 'कुत्ते का रोना' कहा जाता है। सबूर और उसका परिवार रात भर शूजा का विलाप सुनते और सुबह जब दरवाज़ा खोलते तो उसे दरवाज़े के पास ठोड़ी अपने अगले पंजों पर रखकर लेटे और उदास, निश्छल आँखों से दरवाज़े को ताकते पाते। यह सिलसिला कई हफ़्तों तक चलता रहा। फिर एक दिन सुबह अब्दुल्ला ने उसे सिर झुकाए, लंगड़ाते हुए पहाड़ियों की ओर जाते देखा। उस दिन के बाद से फिर कभी वह शादबाग़ में किसी को दिखाई नहीं दिया।

अब्दुल्लाह ने पंख जेब के हवाले किया और पवनचक्की की ओर चल पड़ा।

कभी-कभी अब्दुल्लाह बाबा के चेहरे पर अजीब सी दुविधा की छाया देखता, जैसे कि उनके अंतर्मन में परस्पर विरोधी भावनाओं का द्वंद्व चल रहा हो। खासकर तब जब उन्हें लगता कि कोई उन्हें नहीं देख रहा है। वह अब एकदम बुझे-बुझे नज़र आते थे, मानो किसी ने उनसे उनकी प्राणशक्ति छीन ली हो। घर में हों या बाहर, वह ऐसे चलते जैसे कोई नींद में चल रहा हो। काम से इतर पूरा समय नन्हें इकबाल को गोद में लेकर हाल ही में खरीदे गए लोहे के बड़े-से स्टोव के पास बैठे रहते, सूनी-सूनी आँखों से लपटों को घूरते रहते। बोलते तो उनका स्वर इतना धीमा होता कि सुनने के लिए अब्दुल्लाह को मशक्कत करनी पड़ती और ऐसा मालूम होता मानो उनके हरेक शब्द पर भारी बोझ रखा हो। ज़्यादातर वक़्त तो उनका अब खामोशी में ही बीतता था, और उनका चेहरा पत्थर की तरह सपाट रहता था–एकदम भावहीन। अब वह कहानियाँ भी नहीं सुनाते थे; जब से वे लोग काबुल से लौटे थे, बाबा ने कोई कहानी नहीं सुनाई थी। अब्दुल्लाह को लगता था कि बाबा ने शायद वहदतियों को परी के साथ-साथ जीने की अपनी ललक भी बेच दी थी।

सब ख़त्म हो गया।

कुछ भी नहीं बचा।

कुछ भी नहीं कहा गया।

सिवाए परवाना के मुँह से निकले इन अलफ़ाज़ के : *उस का जाना ज़रूरी था, अब्दुल्लाह। मुझे माफ़ कर देना। उसके जाए बिना काम नहीं चलता।*

हाथ को बचाने के लिए, उंगली काट दी गई।

पवनचक्की के पास पहुँचकर वह उसके पिछवाड़े की ओर गया और उसकी खस्ताहाल हो चुकी पत्थर की मीनार के पास ज़मीन पर घुटनों के बल बैठ गया। उसने अपने दस्ताने उतार दिए और घुटनों के आगे की ज़मीन खोदने लगा। उसकी आँखों के सामने परी का भारी भौंहों और चौड़े गोल माथे वाला चेहरा घूमने लगा। उसके ज़ेहन में उसकी वह मुस्कान कौंध गई जिसके चलते उसके दाँतों के बीच की खाली जगह दिखाई दे जाती थी। उसके कानों में उसकी खिलखिलाहट सुनाई पड़ने लगी। उसे वह पल याद हो आया जब बाज़ार से लौटकर आने के बाद वह और बाबा परी को मोहतरमा वाहदती के पास छोड़कर वापस जाने लगे थे। कैसे परी एकदम घबरा गई थी। चीख-पुकार मचाने लगी थी। उनके पीछे भागने लगी थी। कैसे फड़फड़ा रही थी वह उन लोगों के शिकंजे से छूटने के लिए। और कैसे नबी मामा ज़बरदस्ती पकड़कर उसे हमसे दूर ले गए थे। अब्दुल्लाह खोदता रहा, खोदता रहा, जब तक कि उसकी उंगलियाँ टिन के एक डिब्बे से नहीं टकरा गईं। उसने हाथों को मिट्टी में गहरे घुसाकर टिन के उस डिब्बे को बाहर निकाल लिया। चायपत्ती का पुराना डिब्बा। वही डिब्बा जिसमें परी का खज़ाना बंद था। उसने ढक्कन के ऊपर की ठंडी मिट्टी साफ़ की।

काबुल से लौटने के बाद से उसे रह-रहकर वह कहानी याद हो आती थी जो काबुल के लिए निकलने से एक रात पहले बाबा ने उसे सुनाई थी। बूढ़े किसान बाबा अयूब और *दैत्य* की कहानी। घर में, घर से बाहर, हर तरफ परी की यादें बिखरी पड़ी थीं। जहाँ भी अब्दुल्ला जाता, परी की यादें उसके पीछे-पीछे आ जातीं। हर चीज़, हर जगह, हर बात उसे परी की गैर-मौजूदगी की याद दिलाने लगती और उसके पैर लड़खड़ाने लगते, उसका दिल बैठने लगता, और वह उस जादुई रसायन का एक घूँट अपने हलक से नीचे उतारने के तरसने लगता जो *दैत्य* ने बाबा अयूब को दिया था, ताकि वह भी सबकुछ भूल जाए।

मगर उसके लिए भूलना नामुमकिन था। परी, बिना बुलाए, जहाँ भी वह जाता, मँडराती रहती। वह उसकी कमीज़ से चिपकी धूल की तरह थी। वह उन खामोशियों में थी जो घर में अक्सर छा जाती थीं, उनके शब्दों के बीच उमड़ आने

वाली खामोशियाँ–कभी ठंडी और खोखली तो कभी अनकही बातों को गर्भ में लिए–जैसे कोई बादल पानी से भरा हो मगर कभी बरसता न हो। कभी-कभी रातों को उसे सपना आता कि वह फिर से रेगिस्तान में है, अकेला, पहाड़ों से घिरा हुआ, और दूर कोई टॉर्च सी टिमटिमा रही है, जल रही है, बुझ रही है, फिर जल रही है, जैसे कि कोई कुछ सिग्नल भेज रहा हो।

उसने डिब्बा खोला। सबकुछ जस का तस था। परी का खज़ाना। तरह-तरह के पंख। मुर्गों के, बत्तखों के, कबूतरों के; और मोर का भी। उसने जेब से पीला पंख निकाला और उसे भी डिब्बे में रख दिया। शायद किसी दिन... उसने सोचा।

उम्मीद की एक किरण।

शूजा की तरह ही उसके भी शादबाग में दिन गिनती के रह गए थे अब। उसे यह बात समझ आ गई थी। उसके लिए अब यहाँ कुछ नहीं बचा था। अब यह उसका घर नहीं था। वह सर्दियों के बीत जाने का इंतज़ार कर रहा था। जैसे ही बसंत आएगा, वह एक दिन सुबह मुँह अँधेरे ही उठकर घर से निकल जाएगा, उसने सोच रखा था। कोई भी दिशा चुन लेगा और चलना शुरू कर देगा। वह शादबाग़ से बहुत दूर चला जाएगा। तब तक जाता जाएगा जब तक उसके पैरों में चलने की ताकत रहेगी। और अगर कभी परी से जुदाई की हताशा उसके पैरों को रोकने लगेगी और उसके दिल में असहनीय पीड़ा उठ खड़ी होगी, तो वह अपनी आँखें बंद कर लेगा और उस बाज़ के पंख के बारे में सोचेगा जो परी ने रेगिस्तान में पाया था। वह कल्पना करेगा कि कैसे वह पंख कहीं बादलों से भी ऊपर उड़ते किसी बाज़ के शरीर से अलग होता है, कैसे प्रचंड चक्रवातों से जूझता हुआ, तेज़ हवाओं के झोंकों में झूलता हुआ, यहाँ से वहाँ उड़ता-फिरता, मीलों-मील फैले रेगिस्तान और ऊँचे-ऊँचे पहाड़ों को पार करता हुआ, और बाकी सभी जगहों को छोड़कर, तमाम संभावनाओं को दरकिनार करके आखिरकार उसी चट्टान के नीचे आकर गिरता है जहाँ परी की नज़र पड़ती है। क्या यह चमत्कार नहीं था, वह सोचेगा। और अगर ऐसा चमत्कार एक बार हो सकता है तो दुबारा क्यों नहीं, उसके मन में उम्मीद जागेगी। और यह उम्मीद उसे दुबारा चलने की ताकत देगी। वह फिर से चल पड़ेगा।

3

1949 का बसंत

परवाना को रजाई हटाकर देखने से पहले ही समझ आ चुका था कि भीतर क्या देखने को मिलने वाला था। उसकी नाक ने पहले ही चुगली कर दी थी। मासूमा के नितम्बों और जाँघों के साथ-साथ पलंग पर बिछा गद्दा, चादर और रजाई भी उसके मल में लिपटे हुए थे। बदबूदार मल। मासूमा का। मासूमा ने डरते-डरते सिर घुमाकर परवाना की ओर देखा। उसकी आँखों में शर्मिंदगी और अपराध-बोध दोनों एक साथ दिखाई पड़ रहे थे। इतने बरसों के बाद भी। हाँ, यह कोई पहली-दूसरी नहीं हुआ था। बरसों से होता आ रहा था। मगर अब भी मासूमा की आँखें हर बार माफी की तलबगार मालूम पड़ती हैं।

"मुझे माफ़ कर दो," मासूमा के गले से घुटे-घुटे से अलफ़ाज़ निकले।

परवाना फट पड़ना चाहती थी, मगर उसने किसी तरह खुद को ज़ब्त किया और चेहरे पर एक फीकी-सी मुस्कान ले आई। ऐसे मौकों पर उसे इस सच्चाई को याद रखने और नज़रअंदाज़ न करने के लिए बड़ी मशक्कत करनी पड़ती थी कि जो वह यह नर्क भोग रही थी, वह उसकी अपनी करतूत का नतीजा था। उसके साथ जो कुछ भी हो रहा था, वह गलत नहीं था, उसमें कोई नाइंसाफी नहीं थी। वह इसी के लायक थी। उसने एक गहरी साँस छोड़ी और सामने गंदगी में लिपटे कपड़ों को देखते हुए मन ही मन इस बात पर सर पीटने लगी कि पहले क्या कम काम थे उसके पास करने को कि अब एक काम यह भी बढ़ गया। मगर अपनी खीज को भीतर ही रखकर बाहर उसने मासूमा से कहा, "ठहरो ज़रा, मैं तुम्हें साफ़ कर देती हूँ।"

मासूमा रो पड़ी। बेआवाज़। बगैर चेहरे की भाव-भंगिमा बदले। उसकी आँखों से आँसू बहना शुरू हो गए। बह-बहकर गालों पर लुढ़कने लगे। लुढ़क-लुढ़ककर नीचे गर्दन पर उतरने लगे।

परवाना ने बाहर निकलकर तंदूर में आग जलाई। अभी सूरज नहीं निकला था, इसलिए ठण्ड तेज़ थी। परवाना ने एक बाल्टी उठाई और गाँव के कुँए से पानी भर लाई। उस पानी को एक भगोनी में भरकर तंदूर पर गर्म होने रख दिया। फिर वह भी वहीं बैठ गई, हथेलियाँ तंदूर की ओर करके आग तापने लगी। सामने उसे पहाड़ी पर खड़ी पवनचक्की दिखाई दे रही थी। और गाँव की वह मस्जिद भी जहाँ बचपन में मुल्ला शकीब ने उसे और मासूमा को पढ़ना-लिखना सिखाया था। और मुल्ला शकीब का घर भी, जो पहाड़ी ढलान पर बना है। अभी तो सुबह का धुंधलका था, मगर जब सूरज निकल आएगा तब उस घर की छत एकदम लाल रंग की दिखाई पड़ने लगेगी, क्योंकि मुल्ला जी की बीवी ने छत पर टमाटर फैला रखे हैं सुखाने के लिए। फिर परवाना की नज़रें आसमान की ओर उठ गईं, जहाँ फैलते उजाले के बीच धुंधलाते भोर के तारे उसे उदासीन भाव से अपनी ओर आँखें झपकाते नज़र आए। कुछ देर तक वह टकटकी लगाए उन्हें देखती रही। पानी खौलने की आवाज़ ने उसे वापस अपनी दुनिया में लौटने को मजबूर कर दिया।

भीतर आकर उसने मासूमा को पेट के बल लिटा दिया। फिर एक पोंछे के कपड़े को गर्म पानी में भिगोकर मासूमा के नितंबों पर लगी गंदगी साफ़ की, फिर उसकी पीठ और जाँघों को पोंछा। "गर्म पानी क्यों कर लाईं?" मासूमा ने तकिये में मुँह घुसाए-घुसाए कहा। "क्यों सुबह-सुबह इतनी परेशानी उठाई? इसकी कोई ज़रूरत नहीं है। मुझे गर्म और ठंडे का फ़र्क़ कहाँ पता चलता है अब।"

"हो सकता है। पर मैं तो करूँगी," परवाना ने बदबू के कारण नाक-भौं सिकोड़ते हुए कहा। "अब अपनी बक-बक बंद करो और मुझे काम करने दो।"

तो इस तरह परवाना के एक और दिन की शुरुआत हुई। पिछले चार बरसों से उसका हरेक दिन ऐसे ही शुरू होता आ रहा था, तब से जब से उसके माँ-बाप का इंतकाल हुआ था। मासूमा से फारिग होकर उसने मुर्गियों को खाना खिलाया, फिर तंदूर के लिए लकड़ियाँ काटीं, और कुँए से कई बाल्टी पानी ढोया। फिर आटा गूँथा और अपने मिट्टी के घर के बाहर बने तंदूर में नान (पावरोटी) पकाए। फिर पूरे घर की झाड़ा-बुहारी की। इन सारे कामों से फारिग होकर दोपहर को उसने गाँव की बाकी औरतों के साथ झरने पर जाकर कपड़े धोए। फिर, चूँकि आज जुम्मे का दिन था, तो उसने कब्रिस्तान जाकर अपने माँ-बाप की कब्रों पर दुआ पढ़ी। और इन सारे कामों के बीच, बीच-बीच में वह मासूमा को करवट बदलवाना नहीं भूली। कभी उसे बाईं करवट लिटाकर उसके बाएँ नितम्ब के नीचे तकिया लगाती तो कभी दायीं करवट लिटाकर दाएँ नितम्ब के नीचे।

उस दिन दो बार उसे सबूर नज़र आया।

पहली बार तब जब वह अपने लड़के अब्दुल्लाह के साथ अपने घर के बाहर बने तंदूर के आगे उकडू बैठकर उसमें पड़ी लकड़ियों को सुलगाने की कोशिश कर रहा था। मगर लकड़ियाँ शायद थोड़ी गीली थीं, इसलिए आग कम और धुंआ ज़्यादा हो रहा था। धुएँ के कारण सबूर अपनी आँखें भी नहीं खोल पा रहा था। दूसरी बार वह उसे तब दिखा जब वह गाँव के दूसरे आदमियों से गपशप कर रहा था। ये सभी आज सबूर की तरह बाल-बच्चेदार लोग थे, मगर कभी ये सभी वे बच्चे हुआ करते थे जिनके साथ लड़ते-झगड़ते, छुपान-छुपाई खेलते, पतंग उड़ाते, हँसते-गाते सबूर का बचपन बीता था। इन दिनों मगर सबूर बड़ी दुश्वारियों से जूझ रहा था। उसके सर पर मुसीबतों का पहाड़-सा टूट पड़ा था। अपनी दूसरी औलाद को जन्म देने के बाद उसकी बीवी चल बसी थी, और अब सबूर के ऊपर अपने बेटे और नवजात बच्ची को अकेले पालने की ज़िम्मेदारी आन पड़ी थी। और इसलिए आजकल वह बड़ा ही बेज़ार सा मालूम पड़ता है। थका-थका सा। हारा-हारा सा। बोलता है तो इतने धीमे कि सुनना मुश्किल होता है। चलता है तो ऐसे जैसे सर पर मन भर का बोझ रखा हो। लगता ही नहीं है कि यह वही सबूर है।

परवाना उसे दूर से देखती रहती है। उसके दिल की हसरत उसे उसके पास जाने को उकसाती है, मगर वह उसे दिल में ही दबा देती है। जब भी वह उसके पास से गुज़रता है तो वह नज़रें फेर लेने की कोशिश करती है। और अगर संयोग से उनकी नज़रें मिल जाएँ तो सबूर दुआ-सलाम के अंदाज़ में ज़रा-सा सिर हिला देता है, मगर उतने भर से उसका चेहरा सुर्ख हो उठता है।

उस रात जब परवाना सोने के लिए लेटी तो इस कदर थककर चूर हो चुकी थी कि उसे हिलना-डुलना भी दुश्वार जान पड़ रहा था। उसका सिर घूम रहा था। वह चुपचाप खाट पर पड़ी नींद का इंतज़ार कर रही थी।

तभी अँधेरे में उसे मासूमा की आवाज़ सुनाई दी।

"परवाना?"

"हाँ।"

"तुम्हें वो दिन याद है जब हम दोनों साथ-साथ साइकिल की सवारी कर रहे थे?"

"हम्म।"

"कितनी तेज़ चला रहे थे हम न! और वो भी पहाड़ी ढलान पर। सारे कुत्ते भौंकते हुए हमारा पीछा करने लगे थे।"

"याद है मुझे।"

"कैसे हम दोनों खुशी से चीख रहे थे! और जब हम उस चट्टान से टकराए..."

घर में घुप्प अँधेरा था, मगर परवाना अपनी बहन की मुस्कान देख सकती थी।

"अम्मी कितनी गुस्सा हुई थी हम पर। और नबी भी। हमने उसकी साइकिल का कबाड़ा जो कर दिया था।"

परवाना ने अपनी आँखें बंद कर लीं।

"परवाना?"

"हाँ।"

"क्या तुम आज रात मेरे पास सो सकती हो?"

परवाना ने पैरों से अपनी रजाई परे धकेली, अपनी खाट से उतरकर मासूमा की खाट तक गई और उसका कम्बल उठाकर उसकी बगल में लेट गई। मासूमा ने अपना गाल परवाना के कंधे पर टिका लिया और अपनी बाँह उसके सीने पर रख ली। फिर फुसफुसाते हुए बोली, "तुम्हें कोई मुझसे बेहतर मिलना चाहिए था।"

"अब फिर से वही सब शुरू मत करो," परवाना ने भी फुसफुसाकर जवाब दिया। फिर वह हौले-हौले मासूमा के बालों में हाथ फिराने लगी, उसे पता था कि मासूमा को उसका ऐसा करना बहुत अच्छा लगता था।

थोड़ी देर तक दोनों चेहरे से चेहरा सटाकर ऐसे ही फुसफुसाते हुए बातें करती रहीं। ऐसे ही इधर-उधर की बेमानी सी बातें। मगर ये बेमानी बातों से भरे पल परवाना के लिए ख़ुशी के वे चंद पल होते थे जो उसके हिस्से आते थे। ये पल उसे बचपन के उन खुशनुमा दिनों की याद दिलाते थे जब दोनों बहनें इसी तरह एक ही कम्बल में दुबककर, नाक से नाक सटाए, फुसफुसाते हुए गप्पें लड़ाती थीं, अपने-अपने दिल की बातें साझा करती थीं, और बिना आवाज़ किए खूब हँसती थीं।

बातें करते-करते मासूमा सो गई थी और अब शायद कोई सपना देख रही थी और सपने में ही कुछ बुदबुदा रही थी। परवाना की आँखों में मगर अभी नींद

नहीं उतरी थी। उसकी नज़र खिड़की से बाहर नज़र आते स्याह अँधेरे आसमान पर टिकी थी। दिमाग में अपने और मासूमा के रिश्ते को लेकर तरह-तरह के ख़याल आ-जा रहे थे। एक ख़याल दूसरे ख़याल को जन्म देता था, फिर दूसरा तीसरे को। ऐसे ही करते-करते आखिर को उसके ज़ेहन में किसी पत्रिका में देखी एक तस्वीर उभर आई। यह तस्वीर सियाम शहर के दो भाइयों की थी। इन भाइयों की खासियत यह थी कि इनके धड़ आपस में जुड़े हुए थे। जन्म से ही। यानी कि दोनों दो अलग-अलग इंसान होते हुए भी एक ही थे। एक की मज्जा में बना रक्त दूसरे की रगों में दौड़ता था। वे चाहकर भी एक-दूसरे से अलग नहीं हो सकते थे। परवाना को अपने भीतर एक कसाव-सा, एक गहरी हताशा-सी महसूस होने लगी, मानो कोई अदृश्य हाथ उसकी छाती को जकड़ रहा हो। उसने एक गहरी साँस ली। इस जकड़न भरे अहसास से छूटने के लिए उसने अपना ध्यान मासूमा से हटाकर एक बार फिर सबूर की तरफ ले जाने की कोशिश की। इस क्रम में उसका ध्यान गाँव में फ़ैली उस चर्चा पर भी चला गया कि सबूर नई बीवी की तलाश में था। न चाहते हुए भी उसके मन में एक नाकाम-सी उम्मीद पैदा हो गई। मगर फिर खुद ही खुद की नादानी पर अफ़सोस करने लगी। उसने सबूर के ख़याल और उसकी बीवी होने के ख़याल दोनों को दिमाग से झटकने की पुरजोर कोशिश की।

परवाना का जन्म उसके माँ-बाप के लिए एक सरप्राइज़ था।

मासूमा माँ के गर्भ से बाहर आ चुकी थी और दाई की बाँहों में लेटी खामोशी से अपने नन्हे-नन्हे हाथ-पैर चला रही थी कि तभी अचानक उसकी माँ फिर से दर्द से कराह उठी और दाई ने देखा कि एक और सिर बाहर आता दिखाई पड़ रहा था। दूसरा बच्चा! किसी को भी इसकी खबर नहीं थी। मासूमा के बाहर आने में कोई झंझट नहीं हुई। वह बड़े ही आराम से, बिना माँ को कोई तकलीफ दिए और बिना खुद परेशान हुए पैदा हो गई थी। उसकी पैदाइश कराने वाली दाई के शब्दों में कहें तो 'उस प्यारी परी ने खुद ही खुद को बाहर निकाल लिया था।' इसके उलट परवाना का पैदा होना सभी के लिए हैरानी और परेशानी का सबब साबित हुआ था। जच्चा-बच्चा दोनों के लिए बड़ा तकलीफदेह अनुभव रहा था। बहुत देर की कड़ी मशक्क़त के बाद वह बाहर आ पाई थी। जब उसका सिर बाहर आया तो दाई ने देखा कि गर्भनाल रस्सी की तरह उसकी गर्दन में लिपटी हुई थी, मानो अपनी जुड़वाँ बहन से अलग हो जाने की बात ने उसे बुरी तरह बेचैन कर दिया हो और उसकी जान पे बन आई हो। दाई को जल्दी से उस गर्भनाल को

काटकर उसे साँस लेने लायक बनाना पड़ा था। जब कभी भी परवाना के मन में अहसास-ए-कमतरी का सैलाब उमड़ता है, जिन भी पलों में वह खुद को दुनिया की सबसे जाहिल, सबसे बदसूरत, सबसे अरुचिकर औरत मानने से रोक नहीं पाती, उन पलों में उसे लगता है कि शायद वह गर्भनाल इस बात को अच्छी तरह जानती थी कि हम दोनों में से कौन बेहतर है; जो बेहतर था उसे उसने बड़े प्यार से पैदा होने दिया था, और जो बेकार था उसे भीतर ही रोके रखने की कोशिश की थी।

नवजात मासूमा समय पर खाती थी, समय पर सोती थी। सिर्फ़ भूख लगने या सफ़ाई की ज़रूरत पड़ने पर ही रोती थी। जब वह जाग रही होती थी तब अपनी मासूम और नटखट अदाओं, अपनी खुशमिज़ाजी, अपनी खिलखिलाहटों और अपनी किलकारियों से सभी का दिल जीत लेती थी। उसे अपने झुनझुने को मुँह में लेकर चूसना बहुत पसंद था।

'कितनी अच्छी और समझदार बच्ची है,' लोग कहते।

इसके उलट परवाना एक ज़िद्दी और बेरहम हुक्मरान जैसी थी, जो अपनी माँ को अपनी खिदमत में लगी किसी बाँदी की तरह देखती थी और उसे हैरान-परेशान करने का कोई भी मौका नहीं छोड़ती थी। उसके बाबा रात के वक़्त उसके नखरों से इतने परेशान हो गए थे कि हर रात अपने लड़के नबी को साथ लेकर अपने भाई के घर सोने चले जाते थे। रात को उसके नखरों की इंतेहा ही हो जाती थी, जिसके चलते उसकी माँ के लिए रात का वक़्त किसी बुरे सपने जैसा बीतता था और बेचारी किसी भी रात कुछ मिनटों से ज़्यादा चैन की नींद नहीं ले पाती थी। उसकी सारी रात परवाना को गोद में लेकर झुलाने, टहलाने और लोरी गाकर चुप कराने और सुलाने की कोशिश में ही निकल जाती थी. जब वह माँ के स्तन से दूध पीती थी तो ऐसा लगता था मानो दूध नहीं बल्कि खून पीने पर आमादा हो; वह माँ के सूजे हुए निप्पल को इतनी बेदर्दी से काटती, चबाती और चूसती थी कि बेचारी की चीखें निकल जाती थीं। मगर वह इतने भर से भी बाज़ आ जाती तो ठीक था। पेट भरा होने के बाद भी वह न तो खुद चैन से रहती थी और न अपनी माँ को रहने देती थी। जैसे ही माँ उसे गोद से नीचे उतारती, वह ऐसे चीखने लगती, ऐसे हाथ-पैर पटकने लगती जैसे बेचारी पर बड़ा ज़ुल्म किया जा रहा हो, और अपनी माँ की लाख मान-मनव्वल के बाद भी चुप होने का नाम नहीं लेती।

मासूमा कमरे के एक कोने में लेटी फ़िक्रमंद-सी, असहाय भाव से ये सब देखती रहती, मानो उसे अपनी माँ की इस दुर्दशा पर दया आ रही हो।

"नबी तो ऐसा बिल्कुल भी नहीं था," उनकी माँ ने एक दिन उनके बाबा से कहा।

"हर बच्चा अलग होता है।"

"मगर यह तो मुझे मारे डाल रही है, ये वाली।"

"वक़्त है, गुज़र जाएगा," बच्चियों के बाबा ने कहा। *"जैसे खराब मौसम गुज़र जाता है।"*

वक़्त की फितरत है गुज़रना, सो गुज़रता गया, मगर परवाना के रंग-ढंग नहीं बदले और न ही उसकी माँ की दुश्वारियों में कोई कमी आई।

जाती हुई गर्मियों की एक दोपहर को, जबकि जुड़वाँ बच्चियाँ अभी दस महीने की हुई थीं, शादबाग़ के लोग गाँव में एक शादी के बाद बच्चियों के घर इकट्ठा हुए। सब औरतों ने मिलकर लज़ीज़ खाना बनाया। सफ़ेद, मुलायम, खुशबूदार चावल पकाए गए और केसर के टुकड़ों से सजाकर थालियों में परोसे गए। पावरोटियाँ भी बनायी गईं। साथ में तले हुए बैंगनों का एक व्यंजन बनाया गया, जिसे ऊपर से दही और पुदीना डालकर परोसा गया। सबने मिलकर खाया और खूब हँसी-ठट्टा हुआ। नबी दूसरे लड़कों के साथ बाहर खेल रहा था। बच्चियों की माँ विशाल ओक के पेड़ के नीचे बिछे गलीचे पर पास-पड़ौस की औरतों से घिरी बैठी थीं। बातें करते-करते बीच-बीच में वह नीचे एक-दूसरे के बगल में सो रहीं अपनी बेटियों की ओर देख लेती थीं।

खाने के बाद चाय का दौर चला। तभी दोनों बच्चियाँ भी नींद पूरी करके जाग उठीं। यह देखते ही तुरंत किसी ने लपककर मासूमा को गोद में उठा लिया। फिर तो वह एक गोदी से दूसरी गोदी, एक अंकल से दूसरे अंकल और एक आंटी से दूसरी आंटी के पास पहुँचाई जाने लगी। कोई उसे अपने कंधे पर बिठा रहा था तो कोई घुटनों पर। कोई पेट में गुदगुदी कर रहा था, तो कोई प्यार से अपनी नाक उसकी नाक से रगड़ रहा था। और इस सब में उसे भी उतना ही मज़ा आ रहा था जितना उसे खिलाने को आतुर लोगों को। वह हँस-हँसकर सबके पास जा रही थी, किलकारियाँ मार-मारकर अपनी ख़ुशी ज़ाहिर कर रही थी। इसी क्रम में जब मुल्ला शाकिब ने उसे गोद में लिया तो उसने अपने नन्हे-नन्हे हाथों से उनकी दाढ़ी पकड़ ली, जिस पर सारे लोग हँस-हँसकर लोटपोट हो गए। सभी लोग उस छोटी-सी बच्ची के सहज, मिलनसार व्यवहार पर आश्चर्यचकित थे। हर कोई उसके गुलाबी गालों, उसकी नीलम जैसी नीली आँखों, और अर्ध-चंद्राकार भौंहों

समेत उसकी ख़ूबसूरती में चार चाँद लगाने वालीं उन तमाम खूबियों का कायल हुआ जा रहा था जो आने वाले कुछ ही बरसों में उसकी पहचान बनने वाली थीं।

इधर परवाना अपनी माँ की गोद में ही थी। उसकी तरफ किसी की ज़रा भी तवज्जो नहीं गई थी। मासूमा जब अपनी दिलखुश अदाओं से महफ़िल लूट रही थी, तब परवाना खामोशी से ये सब देख रही थी। उसकी खामोशी में एक तरह की हैरानी भी समाई हुई थी। वहाँ मौजूद लोगों की भीड़ में वह अकेली ऐसी आदमज़ात थी जिसे यह समझ नहीं आ रहा था कि आखिर इतना हँसी-ठट्टा किस बात पर हो रहा है। बीच-बीच में उसकी माँ उसकी ओर देखती और उसके नन्हें से पैर को धीरे से दबाती, मानो उसे इस तरह उपेक्षित छोड़ दिए जाने के लिए सबकी तरफ से माफी तलब कर रही हो। जब किसी ने ख़ुशी से चीखते हुए कहा कि मासूमा के दो नए दाँत निकल रहे हैं, तो परवाना की माँ ने धीमे स्वर में कहा कि परवाना के तो तीन दाँत निकल आए हैं। मगर किसी ने उस बात पर ध्यान नहीं दिया।

जिस बरस बच्चियों ने नौवाँ बसंत देखा, उस बरस रमज़ान के ख़त्म होने पर पूरा परिवार शाम को इफ्तार के लिए (रोज़ा खोलना) सबूर के घर पर इकठ्ठा हुआ था। सभी बड़े लोग दीवार से सटाकर बिछायीं गईं दरियों पर बैठे थे और उनकी गपशप और हँसी-ठट्टे से पूरा घर गूँज रहा था। चाय के साथ दुआओं के लेने-देने का सिलसिला चल रहा था। बुज़ुर्ग लोग हाथों में माला लेकर उसके मनके फेर रहे थे। परवाना भी वहीं बैठी थी। खामोश, मगर बेहद खुश। उसकी ख़ुशी का सबब था यह अहसास कि वह भी उसी हवा में साँस ले रही थी जिस में सबूर ले रहा था, और यह भी कि वह सबूर की नज़रों के दायरे में थी–वह परवाना को देख सकता था और परवाना उसे। थोड़ी-थोड़ी देर में, जब उसे इस बात का यकीन होता कि कोई भी उसकी तरफ नहीं देख रहा है, वह चोरी-चोरी सबूर की तरफ देखती। कभी वह उसे कुछ खाते, कभी अपना माथा सहलाते, और कभी किसी बड़े की कही किसी बात पर खिलखिलाकर हँसते दिखाई पड़ता। और अगर कभी सबूर उसे अपनी ओर देखते देख लेता, जैसा कि एक-दो बार हुआ भी, तो वह तुरंत झेंपकर अपनी नज़रें फेर लेती। उत्तेजना के मारे उसका शरीर काँपने लगता, मुँह ऐसे सूखने लगता कि चाहकर भी एक बोल नहीं फूटता।

परवाना उस नोटबुक के बारे में सोच रही थी जो उसने घर पर अपने सामान के ढेर के नीचे छिपाकर रखी थी। मगर इस वक़्त क्यों? असल में, सबूर हमेशा कहानियाँ गढ़ता रहता था–जिन्नों, परियों, राक्षसों और विशालकाय दैत्यों से भरी कहानियाँ; अक्सर, गाँव के बच्चे उसके आस-पास इकट्ठा हो जाते थे और दम

साधकर वे दिलचस्प और रोमांचक कहानियाँ सुनते थे जो सबूर अपनी कल्पना-शक्ति से उनके लिए गढ़ता था। और तकरीबन छह महीने पहले परवाना ने सबूर को नबी से यह कहते हुए सुना था कि वह किसी दिन अपनी कहानियाँ कागज़ पर उतारने की तमन्ना रखता था। इसके कुछ ही अरसे बाद एक दिन परवाना का अपनी माँ के साथ किसी दूसरे कस्बे के बाज़ार में जाना हुआ। वहाँ पुरानी किताबें बेचने वाली एक दुकान पर उसने एक खूबसूरत नोटबुक देखी, जिसके पन्ने साफ़-सुथरे थे और किनारों पर गहरे भूरे रंग की मोटे चमड़े की जिल्द चढ़ी हुई थी। परवाना ने उसे उलट-पलटकर देखा और उसके मन में खयाल आया कि अगर सबूर इसमें अपनी कहानियाँ लिखे तो कितना अच्छा हो। मगर वह जानती थी कि उसकी माँ के पास उसे खरीदने के पैसे नहीं थे। तो परवाना ने मौका देखकर चुपके से उस नोटबुक को अपनी स्वेटर में छिपा लिया और घर ले आई।

तब से अब तक छह महीने बीत चुके थे, मगर अभी तक परवाना इतनी हिम्मत नहीं जुटा पाई थी कि जाकर सबूर को वह नोटबुक दे सके। उसे डर था कि कहीं वह उसका मज़ाक न उड़ाने लगे, या यह जानकर कि परवाना ने वह नोटबुक कैसे हासिल की थी, कहीं वह नाराज़ होकर उसे लौटा न दे। हर रात जब वह बिस्तर में लेटती तो वह नोटबुक उसके सीने से चिपकी होती और उसके हाथ उसकी चमड़े की जिल्द को यूँ सहलाते रहते मानो वह सबूर का हाथ हो। हर रात वह खुद से वादा करती कि *'कल पक्का मैं जाकर उसे दे दूँगी।'*

उस शाम, इफ़्तार के बाद, सभी बच्चे खेलने के लिए बाहर भाग गए। परवाना, मासूमा और सबूर बारी-बारी से उस झूले पर झूलने लगे जिसे सबूर के बाबा ने विशाल ओक के पेड़ की एक मज़बूत शाखा से लटका रखा था। जब परवाना की बारी आई झूलने की तो उसने पाया कि सबूर एक नयी कहानी सुनाने में इतना खोया हुआ था कि बार-बार झूले को धक्का देना ही भूल जाता था। इस बार वह उसी विशालकाय ओक पेड़ की कहानी सुना रहा था जिस पर लटके झूले पर इस वक़्त वे लोग झूल रहे थे। उसके मुताबिक़ उस पेड़ के पास जादुई शक्तियाँ थीं। वह किसी की कोई भी इच्छा पूरी कर सकता था। इसके लिए उस आदमी को उस पेड़ के सामने घुटनों के बल बैठकर धीरे से फुसफुसाते हुए अपनी इच्छा बतानी होती थी। अगर पेड़ उस इच्छा को पूरी करने के लिए राज़ी होता था तो अपनी दस पत्तियाँ आदमी के सिर पर गिरा देता था। सिर्फ़ दस पत्तियाँ। न ज़्यादा, न कम।

जब सबूर ने झूले को धक्का देना बिल्कुल ही बंद कर दिया और झूला धीमा होते-होते बिल्कुल ही रुक गया तो परवाना सबूर से यह कहने के लिए पीछे मुड़ी

कि वह झूले को धक्का दे, मगर वहाँ उसने जो देखा उससे उसके शब्द भीतर ही घुटकर रह गए। सबूर और मासूमा एक-दूसरे की तरफ देखकर मुस्करा रहे थे और सबूर के हाथ में एक नोटबुक थी। वही नोटबुक! उसकी नोटबुक!

मुझे वो घर में मिली थी, बाद में मासूमा ने उससे कहा। तुम्हारी थी क्या? मैं कुछ भी करके उसकी कीमत चुका दूँगी, मैं वादा करती हूँ। तुम प्लीज़ बुरा मत मानना। जब मैंने वह नोटबुक देखी तो मुझे लगा कि वह तो सबूर के पास होनी चाहिए। उसकी कहानियों के लिए। तुमने देखा न कि उस नोटबुक को पाकर उसका चेहरा कैसा खिल गया था? देखा था न तुमने परवाना?

कहने को तो परवाना ने कह दिया कि उसे ज़रा भी बुरा नहीं लगा, मगर उसके दिल पर क्या गुज़र रही थी यह तो बस वही जानती थी। वह मंज़र उसे भुलाए नहीं भूल रहा था कि किस तरह मासूमा और सबूर एक-दूसरे को देखकर मुस्करा रहे थे। कैसे प्यार से देख रहे थे दोनों एक-दूसरे की तरफ। उस वक़्त दोनों परवाना की वहाँ मौजूदगी से ऐसे अनजान थे मानो वह वहाँ थी ही नहीं, सबूर की किसी कहानी के जिन्न की तरह हवा में गायब हो गई थी। उसका दिल चाक हो गया था। उस रात बिस्तर में लेटकर वह बहुत रोई। बेआवाज़।

ग्यारह बरस की होते-होते परवाना को लड़कों के उन लड़कियों के प्रति 'अलग और अजीब' तरह के बर्ताव की बात समझ आने लगी थी जिनमें उन्हें 'ख़ास' दिलचस्पी होती थी। यह समझ उसने ख़ास तौर से मासूमा के साथ स्कूल आते-जाते वक़्त उनके प्रति लड़कों के व्यवहार को देखकर विकसित की थी। उनका स्कूल असल में गाँव की मस्जिद के पीछे वाले कमरे में लगता था, जहाँ मुल्ला शकीब गाँव के हर बच्चे को कुरान की तालीम देने के साथ-साथ पढ़ना-लिखना सिखाने और कविताएँ/नज्में याद कराने का भी फ़र्ज़ निभाते थे। मासूमा और परवाना के बाबा का मानना था कि शादबाग़ तकदीरवाला था कि उसे ऐसा ज़हीन आदमी 'मालिक' के तौर पर मिला था।

बहरहाल, इन लड़कियों को स्कूल के रास्ते में एक दीवार पर लड़कों का एक झुण्ड बैठा मिलता था। लड़कियाँ जब वहाँ से गुज़रतीं, तो वे लड़के कभी उन्हें टोकते, कभी उनकी तरफ कंकड़ फेंकते। उनकी इन हरकतों से अक्सर परवाना का पारा चढ़ जाता और वह ऊँची आवाज़ में चिल्लाकर उन्हें मुँहतोड़ जवाब देती, उनके कंकड़ों के जवाब में और बड़े पत्थर उनकी ओर उछालती। जबकि मासूमा हमेशा उसकी कोहनी पकड़कर उसे आगे खींचती और समझाइश भरे स्वर में उससे शांत रहने और जल्दी-जल्दी कदम बढ़ाने के लिए कहती। मगर मासूमा ग़लतफ़हमी में थी। परवाना इसलिए गुस्सा नहीं होती थी क्योंकि लड़के कंकड़

फेंकते थे, बल्कि इसलिए होती थी क्योंकि सिर्फ़ मासूमा पर ही फेंकते थे। परवाना को पता था कि वे सिर्फ़ यह दिखाते थे कि वे महज़ मज़ाक-मस्ती में ऐसा कर रहे थे, मगर असल में उनका इरादा कुछ और होता था। असल में वे मासूमा की नज़रों में आना चाहते थे। जैसे-जैसे उनकी यह चाहत बढ़ती जाती थी, वैसे-वैसे उनका मज़ाक-मस्ती का दिखावा भी बढ़ता जाता था। वह बराबर गौर करती थी कि कैसे लड़के उस पर तो एक उड़ती हुई नज़र डालते थे मगर मासूमा पर मानो उनकी नज़रें जम-सी जाती थीं, हटने का नाम ही नहीं लेती थीं। वे नज़रें जिनमें इस बात की हैरत भरी होती थी कि कोई इतना हसीं कैसे हो सकता है भला। वह जानती थी कि उनके भद्दे लतीफों और कामुक मुस्कराहटों के पीछे मासूमा के लिए उनकी हसरत छिपी थी।

फिर एक दिन एक लड़के ने उनकी तरफ कंकड़ नहीं बल्कि एक खासा बड़ा पत्थर ही उछाल दिया, जो आकर उनके पैरों के पास गिरा। जब मासूमा ने उसे उठाया, तो लड़के हँसते हुए एक-दूसरे को कोहनी मारने लगे। उस पत्थर पर रबर से बंधा एक कागज़ लिपटा था। जब दोनों थोड़ी दूर आ गईं, तब मासूमा ने कागज़ को खोलकर देखा। उसमें कुछ लिखा था। दोनों ने पढ़ा।

तुम्हारी कसम, जब से तुम्हारी सूरत का दीदार हुआ है,
तब से मुझे ये सारी कायनात इक फरेब और खामाखयाली
मालूम होने लगी है।
गुलशन उलझन में है कि क्या पत्ता है और क्या फूल।
पंछी इस कदर मदहोश हैं कि समझ ही नहीं पा रहे कि क्या
चुग्गा है और क्या जाल।

यह रूमी की एक कविता का अंश था। यह कविता मुल्ला शकीब ने उन्हें पढ़ाई थी।

"*लड़के ज़हीन होते जा रहे हैं,*" मासूमा ने हँसते हुए कहा।

कविता के नीचे लड़के ने लिखा था, 'मैं तुमसे शादी करना चाहता हूँ।' और उसके नीचे उसने एक बात और लिखी थी: *मेरा एक चचेरा भाई है, वो तुम्हारी बहन के लिए एकदम मुफीद रहेगा। दोनों मिलकर मेरे चाचा के खेत में घास चरते रहेंगे।*

मासूमा ने कागज़ के दो टुकड़े कर दिए। "इनकी बातों पर ध्यान मत दो परवाना," उसने कहा। *"वे जाहिल हैं।"*

"हाँ, एकदम जाहिल," परवाना ने उसकी बात से राज़ी होते हुए कहा। मगर अपने चेहरे पर मुस्कराहट लाने के लिए उसे बहुत मशक्कत करनी पड़ी। कागज़ में जो लिखा था उसका उसे बुरा नहीं लगा था, बुरी लगी थी उसे मासूमा की प्रतिक्रिया। बिच्छू के डंक की तरह चुभी थी। लड़के ने कागज़ में कहीं भी यह नहीं लिखा था कि वह कविता उन दोनों में से किसके लिए थी और किसके लिए उसने अपने चचेरे भाई को मुफीद बताया था, मगर मासूमा ने कितनी सहजता से यह मान लिया था कि वह कविता उसी के लिए थी। उस दिन पहली बार परवाना ने खुद को अपनी बहन की नज़रों से देखा था। उस दिन उसे पता चला था कि उसकी अपनी बहन उसे किस नज़र से देखती थी। बिल्कुल उसी तरह जिस तरह बाकी की दुनिया देखती थी। उस दिन मासूमा ने जो कहा, उससे वह स्तब्ध रह गई। उसने उसे बुरी तरह चौंका दिया।

मगर इतना ही काफी नहीं था शायद। इसके बाद मासूमा ने जो कहा, उसने परवाना के ज़ख्मों पर नमक का काम किया। उसने कंधे उचकाते और मुस्कराते हुए कहा, "मेरा दिल तो पहले ही कोई और ले चुका है।"

नबी महीने में एक बार अपनी बहनों से मिलने शादबाग़ आता था। आज भी आया हुआ था। वह अपने परिवार का सबसे कामयाब शख्स था। सिर्फ़ परिवार का ही क्यों, पूरे गाँव में उससे ज़्यादा कामयाब कोई नहीं माना जाता था। उसका काबुल जैसे महानगर में काम करना, उसका बड़ी-सी नीली कार में शादबाग़ आना (भले वो कार उसके मालिक की थी) और हमेशा सूट-बूट में सजे रहना, ये सारी चीज़ें मिलकर उसे शादबाग़ के लोगों की आँखों का तारा बना देती थीं। और इसलिए जब भी वो शहर से शादबाग़ आता था तो गाँव भर के लोग उसे देखने और उससे बातें करने के लिए इकट्ठे हो जाते थे, गाँव भर के बच्चे उसकी कार के पीछे-पीछे हुजूम बनाकर शोर मचाते हुए उसके घर तक दौड़ते आते थे। कुल मिलाकर, उसका एक अलग ही रुतबा था अपने घर और पूरे शादबाग़ में।

"और, कैसा चल रहा है?" उसने अपनी बहनों से पूछा।

वे तीनों उस झोपड़ीनुमा घर के भीतर बैठकर सिके हुए बादाम और चाय के साथ एक-दूसरे का हालचाल ले रहे थे। परवाना जब भी नबी को देखती थी

तो यह सोचे बिना नहीं रह पाती थी कि नबी देखने-दिखाने में कितना आकर्षक था। उसकी गालों की हड्डियाँ ऐसी थीं जैसे किसी मूर्तिकार ने छैनी-हथौड़ी लेकर नाप-तौल कर बनायी हों। उसकी भूरी आँखें, उसकी भरी-भरी कलमें, उसके माथे से पीछे की ओर काढ़े गए घने-घने काले बाल–सबकुछ मन मोह लेने वाला था। आज भी वह यही सब सोच रही थी। उसने देखा कि आज भी नबी अपना वही पसंदीदा सूट पहने हुआ था–जैतून के रंग वाला–जो उसके साइज़ से थोड़ा बड़ा था मगर जिसे पहनकर वह बड़ा फख्र महसूस करता था, बावजूद इसके कि उसमें से जले हुए प्याज़ जैसी गंध आती थी।

"बहुत ही बढ़िया। कल रानी होमैरा हमारे यहाँ चाय पर आईं थीं और उन्होंने लज़ीज़ कुकीज़ का भी लुत्फ़ उठाया। साथ ही, उन्होंने हमारे इस आलीशान महल की बेहतरीन सजावट की भी बहुत तारीफ़ की," मासूमा ने मुस्कराकर नबी की ओर देखते हुए मज़ाक में कहा। नबी भी अपने कप की तरफ़ देखते हुए हँस दिया।

जब नबी की काबुल में नौकरी नहीं लगी थी तब वह यहीं रहकर मासूमा की देखभाल में परवाना का हाथ बँटाता था। या कहें कि कोशिश करता था। मगर ज़्यादा मदद कर नहीं पाता था। उसके बस का नहीं था वह सब। और जब उसे काबुल में नौकरी का प्रस्ताव मिला तो उसे मानो इस झंझट से छुटकारा पाने का मौका मिल गया। यह सब देखकर परवाना को अपने भाई से जलन तो होती है, मगर थोड़ी-थोड़ी, क्योंकि नबी हर महीने घर खर्च के लिए उसे जितने पैसे देता है वे प्रायश्चित की दृष्टि से बहुत ज़्यादा ही कहे जाएँगे। मतलब, नबी अपने सौभाग्य का एक हिस्सा उसके साथ साझा करता है।

नबी के आने से पहले मासूमा ने अपने बाल संवार लिए और आँखों में थोड़ा सा काजल लगा लिया, जैसा कि वह हमेशा नबी के आने पर करती है। परवाना जानती है कि वह ऐसा नबी को खुश करने के लिए कम और इस बात को ध्यान में रखकर ज़्यादा करती है कि नबी उसके और काबुल के बीच का पुल है। मासूमा को लगता है कि वह उसे चमक-दमक और शान-ओ-शौकत से जोड़ता है, कारों और जगमगाती रोशनियों और फैंसी रेस्तराओं और शाही महलों के शहर से जोड़ता है–भले ही यह जुड़ाव कितना भी दूर का क्यों न हो। परवाना को याद है कि कैसे, बहुत पहले, मासूमा उससे कहा करती थी कि वह तबियत से शहर की लड़की है जो बदकिस्मती से गाँव में पैदा हो गई है।

"हमारी छोड़ो, तुम अपनी बताओ। तुम्हारे क्या हाल हैं? एक अदद बीवी की तुम्हारी तलाश पूरी हुई कि नहीं?" मासूमा ने नबी को छेड़ने के अंदाज़ में कहा।

नबी ने उसकी बात हँसी में उड़ा दी, जैसा कि वह तब भी करता था जब उसके माँ-बाप उससे यही सवाल करते थे।

"तो भाई, तुम मुझे दोबारा काबुल घुमाने कब ले जाने वाले हो?" मासूमा ने पूछा।

एक बरस पहले नबी उन्हें घुमाने के लिए काबुल ले गया था। अपनी यही गाड़ी लेकर आया था वह और उन्हें ले गया था और काबुल की जादुई दुनिया की सैर कराई थी। उसने उन्हें वहाँ की तमाम मस्जिदें दिखाईं थीं, थिएटर दिखाए थे, बाज़ार दिखाए थे, रेस्तरां दिखाए थे। एक पहाड़ी पर बना गुंबददार बाग-ए-बाला महल दिखाया था, जहाँ से पूरे शहर का नज़ारा दिखाई देता था। वे बाबर के बाग़ भी गए थे, जहाँ वह मासूमा को गोद में उठाकर मुग़ल शहंशाह के मकबरे तक ले गया था। वहीं शाहजहाँ मस्जिद में तीनों ने नमाज़ पढ़ी थी, और फिर नीले टाइलों वाले पूल के किनारे बैठकर उन्होंने वह खाना खाया था जो नबी उनके लिए पैक करके लाया था। उस मनहूस हादसे के बाद से शायद यह मासूमा की ज़िन्दगी का सबसे खुशगवार दिन था, और इसके लिए परवाना अपने बड़े भाई की शुक्रगुज़ार थी।

"जल्द ही, *इंशाअल्लाह,*" नबी ने कप पर उंगलियों से ठकठकाते हुए कहा।

"क्या तुम मेरे घुटनों के नीचे यह तकिया ठीक से लगा दोगे, नबी?" मासूमा ने नबी से दरख्वास्त की तो उसने आगे बढ़कर तकिया ठीक कर दिया। "आह, अब अच्छा लग रहा है। शुक्रिया मेरे भाई," मासूमा ने राहत की साँस लेते हुए कहा। "मुझे काबुल इतना अच्छा लगा था कि न कि क्या कहूँ। अगर मेरा बस चलता तो कल सुबह उठकर पैदल ही वहाँ के लिए निकल पड़ती।"

"शायद किसी दिन," नबी बोला।

"क्या? मैं? पैदल चलकर?"

"नहीं," नबी हड़बड़ा गया। "मेरा मतलब था कि..." और फिर जब मासूमा ज़ोर से हँस पड़ी तो वह मुस्कुरा दिया।

घर से बाहर आकर नबी ने उस महीने के खर्च के लिए परवाना को पैसे दिए। फिर दीवार से कंधा टिकाकर एक सिगरेट सुलगा ली। मासूमा अन्दर थी, हर रोज़ की तरह दोपहर की नींद ले रही थी।

"अभी यहाँ आते वक़्त मैं सबूर से मिला," नबी ने उंगली चटकाते हुए कहा। "बहुत ही बुरा हुआ उसके साथ। उस नन्हीं-सी बच्ची को कैसे पालेगा वह अकेले! क्या नाम बताया था उसने बच्ची का? मैं भूल रहा हूँ।"

"*परी*," परवाना ने कहा।

नबी ने हाँ में गर्दन हिलाई। "मैंने उससे पूछा नहीं मगर वह खुद ही बताने लगा कि वह दूसरी शादी करने के बारे में सोच रहा है।"

परवाना दूसरी तरफ देखने लगी, यह जताने की कोशिश करने लगी कि उसकी इस बात में कोई दिलचस्पी नहीं थी, मगर हकीकत यह थी कि उसका दिल धाड़-धाड़ करके बजने लगा था, उसका पूरा शरीर उत्तेजना के मारे काँपने लगा था।

"जैसा कि मैंने कहा, मैंने पूछा नहीं था। सबूर ने खुद ही यह बात छेड़ी थी। वही मुझे खींचकर एक तरफ़ ले गया था और फिर उसने यह बात कही थी।"

परवाना को लगता है कि नबी शायद उसके मन की बात जानता है, वह जानता है कि बचपन से ही उसके मन में सबूर को लेकर किस तरह के जज़्बात रहे हैं। भले मासूमा उसकी जुड़वाँ बहन है, मगर वो उसके मन को उतनी अच्छी तरह नहीं समझती जितनी अच्छी तरह नबी समझता है। हमेशा से। मगर फिर भी परवाना को समझ नहीं आया कि नबी उसे यह खबर क्यों सुना रहा था। 'मुझे सुनाने से क्या फायदा?' उसने मन में सोचा। उसका ऐसा सोचना गलत भी नहीं था। सबूर को एक ऐसी औरत की ज़रूरत है जो पहले से किसी ज़िम्मेदारी से बंधी न हो, जिस पर पहले से ही किसी की तीमारदारी का कोई बोझ न हो, जो अपना पूरा वक़्त, अपनी पूरी तवज्जो उसे, उसके बेटे को और उसकी नवजात बच्ची को संभालने में लगा सके। परवाना का वक़्त तो पहले से ही मासूमा के नाम लिखा हुआ था। उसके ऊपर उसकी ज़िम्मेदारी थी। ज़िन्दगी भर के लिए।

"मुझे यकीन है उसे कोई न कोई मिल ही जाएगी," दिल पर पत्थर रखकर परवाना ने कहा।

नबी ने सहमति में सिर हिलाया। "मैं अगले महीने फिर आऊँगा," उसने कहा और आख़िरी कश लेकर सिगरेट को पैरों तले कुचला, और कार की ओर बढ़ गया।

जब परवाना घर के भीतर दाखिल हुई तो मासूमा को जागता देखकर हैरान हो गई। "मुझे लगा कि तुम सो रही हो," उसने मासूमा की ओर देखते हुए कहा।

मासूमा थकी हुई आँखों से धीरे-धीरे पलकें झपकाते हुए खिड़की की तरफ देख रही थी।

लड़कियाँ जब तेरह बरस की हुईं तो उन्हें कभी-कभी आसपास के कस्बों के भीड़ भरे बाज़ारों में जाने और घूमने का मौका मिले लगा। माँ व्यस्त होतीं या थकी हुई होतीं तो दोनों लड़कियाँ जाकर सामान ले आतीं। दोनों को इसमें बड़ा मज़ा भी आता। बाज़ारों में कच्ची सड़कों पर धूल उड़ने से रोकने के लिए पानी का छिड़काव किया जाता था, उससे जो मिट्टी की सौंधी-सौंधी खुश्बू उठाती थी, वो दोनों को बहुत अच्छी लगती थी। दोनों बाज़ारों में हुक्का, रेशमी शॉल, तांबे के बर्तन और पुरानी घड़ियों समेत तरह-तरह के सामानों से भरी दुकानों को देखते हुए भीड़ भरी गलियों में मज़े से टहलतीं।

परवाना हमेशा इस बात पर गौर करती थी कि वे बाज़ार के जिस भी हिस्से में जातीं थीं, वहाँ तमाम मर्दों की नज़रें मासूमा की तरफ घूम जाती थीं। वह देखती थी कि ज़्यादातर मर्द शराफत का दामन थामे रखने की कोशिश करते थे, मगर उनकी नज़रें उनका साथ नहीं दे रही होती थीं, वे उनसे बगावत करके बारम्बार मासूमा की तरफ न सिर्फ़ घूम रही होती थीं बल्कि मानो उस पर चिपक-सी जाती थीं। और अगर कहीं इत्तेफाकन मासूमा उनकी तरफ देख ले तो उनके दिल में यह अहमकाना अहसास जाग जाता था कि जैसे उन्हें कोई तख़्त-ओ-ताज मिल गया हो, दोनों जहान की दौलत हासिल हो गई हो, या फिर किस्मत उन पर ज़बरदस्त तरीके से मेहरबान हो गई हो। एक पल को वे मासूमा के साथ ख़्वाबों की दुनिया की सैर पर निकल जाते। मासूमा के हुस्न का जलवा इस कदर असरदार था कि उसे देखकर लोग बोलते-बोलते रुक जाते थे, सिगरेट पीते हुए लोग कश खींचना भूल जाते थे, चाय पी रहे लोगों के प्याले छलक जाते थे, और कमज़ोर दिल वालों के घुटने काँपने लगते थे।

मगर कभी-कभी मासूमा के लिए ये सब हद से ज़्यादा हो जाता था। कभी-कभी वह अपनी तरफ खिंचती नज़रों से इस कदर शर्मसार और हलाकान हो जाती थी कि उसका दिल करता था कि कोई उसकी तरफ देखे ही न, वह सारा दिन घर में ही बैठी रहे, बाहर ही न निकले। ऐसे मौकों पर परवाना को लगता था कि कहीं गहराई में उसकी बहन को यह बात थोड़ी-थोड़ी समझ आने लगी थी कि उसकी खूबसूरती असल में एक हथियार थी। एक भरी हुई बन्दूक, जिसकी नाल उसकी अपनी कनपटी से सटी हुई थी। हालाँकि ज़्यादातर मौकों पर तो मासूमा को मर्दों की इस तरह की तवज्जो अच्छी ही लगती थी। ज़्यादातर मौकों पर तो

मासूमा अपनी उस ताकत का लुत्फ़ उठाती मालूम पड़ती थी जिसके बलबूते वह सिर्फ़ एक ज़रा-सी मगर सोची-समझी मुस्कान से किसी भी मर्द के होश-ओ-हवास छीन सकती थी, उसकी ज़बान को लड़खड़ाने पर मजबूर कर सकती थी।

उसकी ख़ूबसूरती में वो चमक थी जो किसी की भी आँखों को चौंधिया सकती थी।

दूसरी तरफ परवाना थी, जो मासूमा से बिल्कुल उलट थी। उसकी चपटी छाती और साँवली रंगत वैसे भी उसे आकर्षक की श्रेणी में नहीं आने देती थी, मगर जब वह मासूमा जैसी हुस्न-परी की बगल में चलती थी तब उसकी ये कमियाँ हज़ार गुना बढ़ी-चढ़ी मालूम होने लगती थीं। वह मासूमा की दयनीय परछाईं लगती थी। ऐसे वक़्त में उसकी हालत अजीब होती थी। उसे अपनी बहन से जलन भी महसूस हो रही होती थी और उसके साथ देखे जाने का रोमांच भी। रोमांच इसलिए क्योंकि मासूमा के बहाने उसे भी थोड़ी-बहुत तवज्जो तो मिल ही जाती थी। लोग जब गुलाब के पौधे को खाद-पानी देते हैं तो उसका कुछ हिस्सा खरपतवार को भी नसीब हो जाता है।

परवाना हमेशा इस बात का ध्यान रखती थी कि गलती से भी कभी वह मासूमा के साथ आईने के सामने खड़ी न हो। उसे लगता था कि अगर उसने अपना चेहरा मासूमा के चेहरे के साथ मिलाकर देख लिया तो उसका रहा-सहा आत्मविश्वास भी चला जाएगा और उसे साफ़-साफ़ दिखाई पड़ जाएगा कि वह किस नेमत से महरूम है। मगर लोगों के बीच होने पर दिक़्क़त यह थी कि हरेक अजनबी की आँखें आईना बन जाती थीं, और उसके लिए उन आईनों से नज़र चुरा पाना नामुमकिन होता था।

रात हो चुकी थी। परवाना मासूमा को बाहर ले आई। वहाँ उसने पहले से ही एक चारपाई बिछा रखी थी। दोनों उसी पर बैठ गईं। उसने दीवार से सटाकर कुछ तकिये रख दिए ताकि मासूमा आराम से दीवार के सहारे पीठ टिकाकर बैठ पाए। चारों तरह अँधेरा और सन्नाटा था। सिर्फ़ झींगुरों की एक स्वर में हो रही भिनभिनाहट ही सुनाई पड़ रही थी।

परवाना ने हुक़्क़े की टंकी में पानी भरा। फिर दो माचिस की तीलियों के सिरों पर जितना मसाला लगा होता है, उतनी सी मात्रा में अफीम और एक चुटकी तम्बाखू लेकर चिलम में डाल दी। ऊपर से कोयले के जलते हुए अंगारे डालकर हुक़्क़ा मासूमा को थमा दिया। मासूमा ने नली के माउथपीस को होंठों से लगाकर

एक कश खींचा, अपनी पीठ दीवार से टिकाई, और परवाना से पूछा कि क्या उसे अपने पैर उसकी गोद में रखने की इजाज़त मिलेगी। परवाना नीचे झुकी और उसके बेजान पैरों को उठाकर अपने पैरों पर रख लिया।

जब हुक्के में भरी अफीम और तम्बाखू ने असर दिखाना शुरू किया तो मासूमा के चेहरे की तनी हुईं माँसपेशियाँ ढीली पड़ने लगीं। पलकें मुंदने लगीं। सिर एक ओर को झुक गया और उसके मुँह से निकलने वाले शब्द ऐसे सुनाई देने लगे जैसे कोई कहीं दूर से कुछ कह रहा हो। उसके होंठों की कोरों पर एक अजीब-सी, विलक्षण-सी मुस्कान खेलने लगी, जैसी कि उस व्यक्ति के चेहरे पर खिलती है जो जानता है कि उसकी नियति उसके प्रति क्रूर है, उसकी चाहतों के खिलाफ है, मगर फिर भी वो उससे शिकायत करने की बजाए उससे रज़ामंद होने का विकल्प चुन रहा होता है। जब भी मासूमा इस तरह के मूड में होती है तो वे दोनों बहुत कम बात करती हैं। इसीलिए आज भी दोनों के बीच खामोशी थी। परवाना के कानों में हवा की साँए-साँए और हुक्के की गुड़गुड़ाहट गूँज रही थी। उसकी आँखें आसमान में चमकते तारों और अपने ऊपर उड़ते धुएँ को देख रही थीं। ये खामोशी उसे बड़ी सुखद मालूम हो रही थी, और न तो उसे और न ही मासूमा को इसे बेवजह और बेमानी शब्दों से भरने की कोई इच्छा थी।

आखिरकार मासूमा ने इस खामोशी को तोड़ा। "तुम मेरे लिए कुछ करोगी?"

परवाना ने उसकी तरफ देखा।

"क्या तुम मुझे काबुल ले चलोगी?" मासूमा ने एक हल्की निःश्वास छोड़ते हुए कहा। हुक्के की चिलम से निकलता धुँआ छल्ले बनाता, आढ़ा-तिरछा घूमता, पल-पल आकार बदलता ऊपर को उठ रहा था।

"मज़ाक कर रही हो न?"

"मैं दारुल-अमान महल देखना चाहती हूँ। पिछली बार मौका नहीं मिला था न। बाबर का मकबरा भी एक बार और देखा आएँगे।"

परवाना थोड़ा-सा आगे की ओर झुकी, ताकि मासूमा के चेहरे को ध्यान से देख सके। उसे वहाँ कुछ मजाक-मस्ती के भावों के मौजूद होने की उम्मीद थी, मगर आसमान में चमकते चाँद की रोशनी में उसे वहाँ सिर्फ़ एक जोड़ी आँखें दिखाई दीं, जिनमें कोई चुलबुलापन, शोखी, या शरारत का भाव नहीं था। उन आँखों में विलक्षण ठहराव था और वे अपलक परवाना को ही देख रही थीं।

"कम से कम दो दिन का पैदल सफ़र है। बल्कि शायद तीन दिन का।"

"सोचकर देखो परवाना, जब हम यूँ अचानक जाकर नबी के दरवाज़े पर दस्तक देंगे तो वह किस कदर हैरान हो उठेगा।"

"मगर हमें तो यह भी नहीं पता कि वह रहता कहाँ है।"

"मोहल्ले का नाम तो पता है न हमें। उस मोहल्ले में जाकर दो-चार दरवाजों पर दस्तक देंगे तो पता चल जाएगा, इसमें कौन सी मुश्किल है।"

"मगर हम वहाँ तक पहुँचेंगे कैसे, मासूमा? तुम्हारी जो हालत है, उसमें यह नामुमकिन है।"

मासूमा ने हुक्के की नाली का माउथपीस होंठों से हथाया और बोली, "आज दिन में जब तुम काम से बाहर गईं थीं, तब मुल्ला शकीब आए थे, और मैंने उनसे काफी देर तक बात की। मैंने उन्हें बताया कि हम कुछ दिनों के लिए काबुल जा रहे हैं। सिर्फ़ तुम और मैं। इस पर उन्होंने मेरे लिए दुआ की और कहा कि अल्लाह हाफ़िज़ होगा हमारा, और साथ ही आने-जाने के लिए अपना खच्चर भी दे दिया। तो देखो, सब बंदोबस्त हो गया न।"

"तुम पागल हो!" परवाना ने अविश्वास से सर हिलाते हुए कहा।

"यह मेरी दिली ख्वाहिश है, परवाना। यही मेरी इकलौती चाहत है अब।"

परवाना दीवार से टेक लगाकर बैठ गई। नज़र ऊपर बादलों से घिरे अँधेरे आसमान की ओर थी। उसे मासूमा की ज़िद कुछ अजीब मालूम हो रही थी। वह समझ नहीं पा रही थी कि मासूमा असल में चाहती क्या है।

"मैं ऊब से मर रही हूँ, परवाना। मुझे कुछ रोमांच चाहिए।"

परवाना ने एक गहरी साँस छोड़ी और अपनी बहन की ओर देखा।

मासूमा माउथपीस को वापस होंठों से लगाते हुए बोली, "प्लीज़। मुझे मना मत करना।"

जब दोनों बहनें सत्रह बरस की थीं, तब एक अलसुबह दोनों विशाल ओक के पेड़ पर काफी ऊपर की एक डाली पर बैठी थीं, उनके पैर हवा में लटक रहे थे।

"सबूर मुझसे पूछने वाला है!" मासूमा ने तनिक ऊँची फुसफुसाहट में कहा।

"तुमसे पूछने वाला है?" परवाना ने नादानी से कहा। उसे समझ नहीं आया था कि मासूमा किस बारे में बात कर रही थी, कम से कम तुरंत तो नहीं।

"नहीं... बेशक सबूर नहीं।" यह कहकर मासूमा ने खिलखिलाकर शर्म से अपना चेहरा दोनों हथेलियों में छिपा लिया। *"वो कैसे पूछेगा भला। उसके बाबा आकर हमारे बाबा से पूछेंगे।"*

अब परवाना को समझ आया। एकदम से उसका दिल बैठ गया। *"तुम्हें कैसे पता?"* बड़ी मुश्किल से उसके बेजान हो चुके होंठों से बोल फूटे।

मासूमा ने कुछ बताना शुरू किया, उसके होंठों से लफ़्ज़ बेसाख़्ता निकल रहे थे, मगर परवाना को कुछ भी सुनाई नहीं दे रहा था। उसकी आँखों के सामने तो अपनी बहन के सबूर से निकाह की फिल्म चल रही थी। नए कपड़ों में सजे-धजे बच्चे फूलों से लदी मेहँदी की टोकरियाँ लिए चले आ रहे हैं। पीछे-पीछे *शहनाई* और *ढोल* वाले मंगल-ध्वनियाँ करते हुए चल रहे हैं। सबूर मासूमा की मुट्ठी खोलकर उसकी हथेली को मेहँदी से सजा रहा है, और फिर उसे एक सफ़ेद रिबन से बाँध रहा है। दूल्हा-दुल्हन के लिए दुआएँ पढ़ी जा रही हैं, मुबारकबादें दी जा रही हैं। दोनों के सिर पर सोने के धागे की कशीदाकारी वाला एक घूँघट डाल दिया गया है, जिसके भीतर दोनों एक-दूसरे का दीदार कर रहे हैं, एक-दूसरे को एक चम्मच मीठा शर्बत पिलाकर मीठा *मलीदा* खिला रहे हैं।

और परवाना वहीं मेहमानों के बीच खड़ी ये सब होते हुए देख रही है। और मेहमानों की तरह उससे भी उम्मीद की जा रही है कि वह दूल्हा-दुल्हन की ख़ुशी में शरीक हो, तालियाँ बजाए, मुस्कराए, मंगल गीत गाए, बावजूद इसके कि ये सब देखकर उसका दिल चाक हो रहा है और ज़ार-ज़ार रो रहा है।

तभी हवा का एक तेज़ झोंका आया और पेड़ की डालियाँ हिलने लगीं, पत्तियाँ सरसराने लगीं। परवाना को खुद को संभालना पड़ा।

मासूमा ने बोलना बंद कर दिया था। वह मुस्कुरा रही थी, अपने निचले होंठ को काट रही थी। बड़ी मुश्किल से अपनी शर्म और ख़ुशी को काबू करके आखिरकार उसने कहा, *"तुम पूछ रही थीं न कि मुझे कैसे पता कि वह पूछेगा? मैं तुम्हें बताऊँगी। नहीं। मैं तुम्हें दिखाऊँगी।"*

मासूमा ने अपनी गर्दन दूसरी ओर घुमाई और उस तरफ वाली जेब से कुछ निकालने लगी।

और फिर कुछ ऐसा हुआ जिसकी मासूमा ने कभी सपने में भी कल्पना नहीं की थी और जिसके बारे में उसे पता ही नहीं चला कि क्या हुआ, क्यों हुआ और कैसे हुआ।

जब मासूमा दूसरी तरफ गर्दन घुमाकर अपनी जेब से कुछ निकाल रही थी, तब परवाना ने अपनी दोनों हथेलियाँ उस डाल पर टिकायीं जिस पर दोनों बहनें बैठी थीं, अपने नितंब थोड़े से ऊपर उठाए और फिर धम्म से वापस बैठ गई। उसकी इस हरकत से डाल बुरी तरह हिल गई। मासूमा इसके लिए तैयार नहीं थी, वह एकदम से हकबका गई और उसका संतुलन बिगड़ गया। संतुलन बनाने के लिए उसकी बाँहें बेतहाशा फड़फड़ाने लगीं। इस प्रक्रिया में वह खतरनाक ढंग से आगे की ओर झुक गई। तभी परवाना ने अपने हाथों को हरकत में आते देखा। उन्होंने जो किया वह 'धक्का देना' तो नहीं कहा जाएगा, क्योंकि मासूमा की पीठ और परवाना की उँगलियों के पोरों के बीच सिर्फ़ हल्का सा संपर्क ही हुआ था। हाँ, एक पल के लिए ऐसा लगा ज़रूर कि धक्का दिया जाने वाला है, मगर फिर तुरंत ही उन हाथों ने नीचे की ओर गिरती मासूमा की कमीज़ का किनारा थाम लिया। मासूमा घबराहट में परवाना का नाम पुकारने लगी और परवाना मासूमा का। परवाना ने कमीज़ पकड़ ली, और एक पल के लिए लगा कि उसने मासूमा को बचा लिया है। मगर पतली-सी कमीज़ पल-दो पल से ज़्यादा देर तक मासूमा का वज़न नहीं सह पाई और किनारे से फट गई।

मासूमा पके हुए आम की तरह नीचे गिरने लगी। मगर तुरंत ज़मीन तक नहीं पहुँची, क्योंकि रास्ते में पेड़ की बहुत सारी डालियाँ थीं। इसलिए गिरते समय उसका शरीर छोटी-बड़ी डालियों से टकरा रहा था। हर टक्कर उसके शरीर को उछाल देती थी, उल्टा-पुल्टा कर देती थी। अचानक हुए इस हादसे ने उस पेड़ पर और आसपास के पेड़ों पर बैठे परिंदों को भी बुरी तरह चौंका दिया था और वे चीखते-चिल्लाते यहाँ-वहाँ भागने लगे थे। मासूमा का शरीर छोटी-छोटी तमाम डालियों को तोड़ता तेज़ी से नीचे गिर रहा था कि आखिर को वह बनिस्बत नीचे की उस डाली से जा टकराया जिस पर रस्सियाँ बाँधकर झूला लटकाया गया था। मासूमा कमर के बल टकराई थी इससे। मगर यह डाली मोटी थी, इसलिए टूटी नहीं। डाली चटकने जैसी ही आवाज़ हुई, मगर वह आवाज़ डाली टूटने की नहीं बल्कि मासूमा की कमर टूटने की थी। उसकी कमर पूरी तरह टूट गई थी और उसका ऊपर का धड़ पूरी तरह पीछे को झुक गया था। उसका शरीर ऐसा लग रहा था जैसे किसी ने डाल पर कपड़ा सूखने टांगा हो।

मिनट भर बाद ही वह नीचे ज़मीन पर अचेत पड़ी थी और उसके आसपास लोगों का हुजूम जमा हो गया था, जिनमें नबी और उसके बाबा उसके सबसे करीब थे। दोनों की आँखों से आँसुओं का सैलाब बह रहा था और वे पागलों की तरह उसे हिला-हिलाकर होश में लाने की कोशिश कर रहे थे। भीड़ में शामिल हर कोई झाँक-झाँककर देखने की कोशिश कर रहा था कि क्या हो रहा है। तभी किसी ने उसका दाहिना हाथ थाम लिया। उस हाथ की मुट्ठी अभी भी बंद थी। जब लोगों ने ताकत लगाकर मुट्ठी खोली तो उन्हें उसकी हथेली में उसी पेड़ के कुल दस पत्ते मिले।

"तुम्हें अभी ही करना होगा। अगर तुम सुबह तक रुकीं तो फिर न कर सकोगी," मासूमा ने काँपती-सी आवाज़ में कहा।

परवाना और मासूमा काबुल के रास्ते में थीं। रात का वक़्त था। परवाना ने झाड़-झंखाड़ और खरपतवार को इकठ्ठा करके एक छोटा-सा अलाव जला रखा था। अलाव की हल्की-सी रोशनी के अलावा रेत और बेजान पहाड़ियों के उस बियावान में चारों तरफ सिर्फ़ और सिर्फ़ अँधेरे का राज था। घुप्प अँधेरा। दो दिन हो गए थे उन्हें इस उजाड़ बियाबान में चलते हुए। मासूमा खच्चर की काठी से बंधी थी जबकि परवाना उसके साथ-साथ उसका हाथ थामे पैदल चलती थी। रास्ते में कटीली झाड़ियों, सूखी खरपतवारों, मकड़ी के जालों जैसी दरारों वाली सख्त पथरीली ज़मीन, और ऊँची-नीची पहाड़ियों के सिवाए और कुछ नहीं था। रास्ता भी सीधा-सीधा न होकर कभी खड़ी चढ़ाई वाला तो कभी सीधी ढलान वाला तो कभी आड़ी-टेढ़ी पगडंडियों वाला था।

परवाना अलाव के इस ओर खड़ी थी, जबकि मासूमा अलाव की दूसरी तरफ कम्बल ओढ़कर लेटी थी। मासूमा की बात सुनकर परवाना उसकी तरफ देखने लगी।

"और काबुल का क्या?" परवाना ने जैसे सबकुछ समझते हुए भी अनजान बनते हुए पूछा।

"तुम कितनी नादान हो परवाना।"

"तुम मुझसे ऐसा करने की उम्मीद नहीं कर सकतीं।"

"मैं थक चुकी हूँ, परवाना। मैं जो जी रही हूँ, उसे ज़िंदगी नहीं कहा जा सकता। मेरा वजूद हम दोनों के लिए एक सज़ा है।"

"चलो वापस चलते हैं," परवाना ने कहा। उसका गला रुंधने लगा था। "मैं ऐसा नहीं कर सकती। मैं तुम्हें ऐसे नहीं छोड़ सकती।"

"तुम नहीं छोड़ रही हो परवाना।" मासूमा अब रोने लगी थी। "मैं तुम्हें छोड़ रही हूँ। मैं तुम्हें आज़ाद कर रही हूँ।"

परवाना को बहुत पहले की वह रात याद हो आई, जब मासूमा झूले पर बैठी थी और वह उसे झुला रही थी। हर बार जब झूला ऊपर की ओर जाता था तो मासूमा अपने दोनों पैर मिलाकर एकदम सीधे कर लेती थी और अपना सिर पूरी तरह पीछे झुका लेती थी। तब उसके लम्बे काले बाल कैसे तार पर सूखते कपड़ों की तरह हवा में लहराने लगते थे। उसे वे सभी छोटी-छोटी गुड़ियाएँ याद हो आईं जो उन दोनों ने मिलकर मक्के के छिलकों से बनाई थीं और फिर उन्हें पुराने कपड़ों को काट-सिलकर बनाए गए शादी के गाउन पहनाए थे।

"परवाना! एक बात पूछूँ, सच-सच बताओगी?"

एक झटके में परवाना अतीत की यादों से निकलकर वर्तमान में आ गई। उसकी आँखें पनिया गईं थीं। उसने पलकों को एक बार बंद करके आँसुओं को बाहर आने से रोका और फिर हथेली के पीछे वाले हिस्से से नाक को पोंछा।

"उसका बेटा, अब्दुल्ला। और नवजात बच्ची। परी। तुम्हें लगता है कि तुम उन्हें अपने बच्चों की तरह प्यार कर पाओगी?"

"मासूमा!"

"कर पाओगी?"

"कोशिश कर सकती हूँ," परवाना ने कहा।

"बढ़िया। तो फिर सबूर से शादी कर लो। उसके बच्चों का ध्यान रखना। और अपने बच्चे भी पैदा करना।"

"वह तुमसे प्यार करता था। मुझसे नहीं करता।"

"करने लगेगा, उसे थोड़ा वक़्त देना।"

"यह सब मेरी करतूत है," परवाना भावुक हो गई। "मेरी ही ग़लती है। सब।"

"मुझे नहीं पता कि इसका क्या मतलब है, और मैं जानना भी नहीं चाहती। इस समय, मैं बस यही चाहती हूँ। लोग समझ जाएँगे, परवाना। मुल्ला शकीब

ने उन्हें बता दिया होगा। वह उन्हें बता देंगे कि उन्होंने ही मुझे ऐसा करने की इजाज़त और इसके लिए अपना आशीर्वाद दिया है।"

परवाना ने अपना चेहरे अँधेरे आसमान की तरफ उठा लिया।

"खुश रहो, परवाना, प्लीज़ खुश रहो। यह सोचकर करो कि तुम यह मेरे लिए कर रही हो।"

परवाना को अपने भीतर बहुत गहरी तड़प महसूस हुई मासूमा को सबकुछ बता देने की। वह उसे बता देना चाहती थी कि वह कितनी गलत है, कि वह उस बहन को कितना कम जानती है जिसके साथ वह एक ही गर्भ में नौ महीने रही है, कि कैसे बरसों से परवाना की ज़िन्दगी एक लंबी अनकही माफ़ी की तरह रही है। लेकिन क्या उसका अंत ऐसे होगा? एक बार फिर मासूमा की कीमत पर अपने लिए राहत पाकर? वह ये सबकुछ कह देना चाहती थी आज, मगर फिर एक बार उसने खामोश रहने का विकल्प चुन लिया। बाहर आने को बेताब शब्दों को उसने भीतर ही ज़ब्त कर लिया। वह मासूमा को और ज़्यादा तकलीफ नहीं देना चाहती थी।

"अब देर न करो, हुक्का तैयार करो," मासूमा ने कहा।

परवाना ने विरोध करना चाहा, मगर मासूमा ने उसे बीच में ही रोक दिया। "अब वक़्त आ गया है," वह बोली। अबकी बार उसकी आवाज़ में और ज़्यादा पुख्तगी थी, जैसी किसी की आवाज़ में तब आती है जब वह किसी आख़िरी फैसले पर पहुँच गया होता है।

परवाना ने काठी के सिरे पर लटके थैले से हुक्का निकाला और काँपते हाथों से हुक्के की चिलम भरनी शुरू की। माचिस की दो तीलियों पर लगे मसाले जितनी मात्रा में अफीम और एक चुटकी तम्बाखू।

"और," मासूमा बोल पड़ी। "और ज़्यादा डालो।"

परवाना सुबकने लगी थी, आँसुओं से उसके गाल गीले हो गए थे। काँपते हाथों से उसने थोड़ा और डाला, फिर थोड़ा और, और फिर थोड़ा और। फिर उसने ऊपर से कोयले के अंगार डाले और हुक्का मासूमा के पास रख दिया।

"अब," मासूमा बोली, लपटों की नारंगी चमक उसके गालों पर, उसकी आँखों में झिलमिला रही थी, "अगर तुमने कभी भी मुझसे प्यार किया है, परवाना, अगर तुम कभी भी मेरी सच्ची बहन रही हो, तो चली जाओ। कोई चुंबन नहीं। कोई अलविदा नहीं। मुझे भीख माँगने पर मजबूर मत करो।"

परवाना ने कुछ कहना चाहा, मगर मासूमा के गले से एक दर्द और घुटन भरी आह निकली और उसने अपना मुँह फेर लिया।

परवाना धीरे-धीरे उठकर खड़ी हुई। खच्चर के पास गई और उसकी काठी कसी। फिर उसकी लगाम हाथों में लेकर चलने को हुई। तभी अचानक उसके भीतर यह अहसास जागा कि आखिर वह मासूमा के बिना किस तरह रह पाएगी? क्योंकि उसने तो माँ के गर्भ से लेकर आज तक कभी यह जाना ही नहीं कि मासूमा के बिना जीना कैसा होता है। क्या पता वह जी भी पाएगी या नहीं। वह उन दिनों दिल में उठने वाली हूक को कैसे सहेगी जब मासूमा की गैर-मौजूदगी उसकी मौजूदगी से ज़्यादा बड़ा बोझ मालूम होगी उसे? वह उस खालीपन के साथ जीना कैसे सीखेगी जो मासूमा के न होने से उसके दिल और ज़िन्दगी में पैदा होगा?

'हौसला रखो,' उसे अपने भीतर मासूमा की आवाज़ सुनाई दी।

परवाना ने लगाम खींची, खच्चर को उस दिशा में मोड़ा जिधर से वे आ रही थीं, और चलना शुरू कर दिया।

वह अँधेरे को चीरती हुई चलती चली गई। रात की ठंडी हवा उसके चेहरे को ठिठुरा रही थी, मगर उसने सर झुकाए चलना जारी रखा। उसने सिर्फ़ एक बार मुड़ कर देखा, वह भी काफी दूर निकल आने के बाद। आँसुओं से धुँधलाईं आँखों से उसने देखा कि दूर जलता हुआ अलाव अब एक हल्की-सी पीली रोशनी का इशारा भर देता मालूम हो रहा था। उसकी कल्पना में अँधेरे में अलाव के बगल में अकेली लेटी अपनी जुड़वाँ बहन का अक्स उभरने लगा। ज़ेहन में यह ख़याल कौंधने लगा कि जल्दी ही अलाव की आग बुझ जाएगी और मासूमा सर्दी से जम जाएगी। उसके मन में बड़ी प्रबल इच्छा उठने लगी कि वापस उसके पास लौट जाए, उसे कम्बल ओढ़ा दे और खुद भी उसी कम्बल में उसके बगल में सो रहे।

मगर उसने अपनी इस इच्छा को दबा दिया और घूमकर फिर से चल पड़ी।

लेकिन तभी उसे कुछ सुनाई दिया। पीछे कहीं दूर से आती एक घुटी-घुटी सी आवाज़, जैसे कि कोई रो रहा हो, बिलख रहा हो। परवाना के कदम खुद-ब-खुद रुक गए। वह अपना सिर आवाज़ की दिशा में घुमाकर उस आवाज़ को सुनने की कोशिश करने लगी। उसका दिल ज़ोरों से धड़कने लगा। उसे यह आशंका होने लगी कि कहीं यह आवाज़ मासूमा की तो नहीं? कहीं ऐसा तो नहीं कि उसका मन बदल गया हो और वो उसे वापस बुला रही हो? या हो सकता है कि ऐसा कुछ न हो बल्कि अंधेरे में कहीं कोई सियार या रेगिस्तानी लोमड़ी चीखी

हो। परवाना कुछ तय नहीं कर पाई। फिर उसे लगा कि शायद वह हवा की आवाज़ थी।

मुझे छोड़कर मत जाओ, परवाना। प्लीज़ वापस आ जाओ।

परवाना के मन में आया कि हकीकत का पता लगाने का इकलौता उपाय यही था कि वापस जाकर देखा जाए। और परवाना ने बिल्कुल यही किया। उसने मुड़कर उसी दिशा में चलना शुरू कर दिया जिस तरफ से वह आ रही थी। मगर कुछ कदम चलकर वह रुक गई। मासूमा सही थी। अगर अभी वह वापस गई तो फिर सुबह उसकी हिम्मत ही नहीं होगी फिर से ऐसा कर पाने की। वह हौसला हार जाएगी और मासूमा के साथ ही रह जाएगी। हमेशा-हमेशा के लिए। यह इकलौता मौका है उसके लिए।

परवाना ने आँखें बंद कर लीं। उसके सिर के इर्द-गिर्द लिपटा दुपट्टा हवा में फड़फड़ाकर उसके चेहरे पर तमाचे-सा मार रहा था।

किसी को पता नहीं चलना चाहिए। कोई नहीं जान पाएगा। यह राज़ सिर्फ़ और सिर्फ़ उसके सीने में दफ्न रहेगा। मगर सवाल यह है कि क्या इस राज़ को सीने में दबाए वह जी सकेगी? परवाना को लगा कि उसे इसका जवाब पता है। वह ज़िंदगी भर राज़ों के साथ ही जीती आई है।

उसे फिर एक बार दूर से आता हुआ विलाप का स्वर सुनाई दिया।

मासूमा! सब तुम्हें ही प्यार करते थे।

मुझे कोई नहीं।

और क्यों, बहन? मैंने क्या बिगाड़ा था?

बड़ी देर तक परवाना अँधेरे में बुत-सी बनी खड़ी रही।

आखिर को, उसने फैसला कर लिया। वह मुड़ी और पहले की तरह सर झुकाकर अँधेरे में आगे चल पड़ी, उस क्षितिज की ओर जो उसे दिखाई नहीं दे रहा था। इसके बाद फिर वह पीछे नहीं मुड़ी, क्योंकि जानती थी कि अगर अब वह मुड़ी तो कमज़ोर पड़ जाएगी। उसका निश्चय डगमगा जाएगा, क्योंकि उसे वे सुहाने पल याद आने लगेंगे जो उसने मासूमा के साथ बिताए थे। उसे वह रोमांचक सफ़र याद हो आएगा जब वह और मासूमा नबी की सायकल पर सवार हवा की रफ़्तार से पहाड़ी ढलान उतर रही थीं। पथरीले, ऊबड़-खाबड़ रास्ते पर इधर-उधर उछलती, लहराती सायकल का दचकों और झटकों भरा यादगार सफ़र। हर दचके और झटके के साथ उठते धूल के गुबारों भरा मजेदार सफ़र।

आवारा कुत्तों की फ़ौज के पीछा करने वाला वह हैरतअंगेज़ सफ़र। सायकल के डंडे पर बैठी थी परवाना और मासूमा थी सीट पर। सायकल का हैंडल मासूमा के हाथ में था। वह पूरी रफ़्तार से सायकल दौड़ा रही थी, खतरनाक मोड़ों पर भी बिना रफ़्तार कम किए मोड़ रही थी, बड़े-बड़े गड्ढों में कुदा रही थी। मगर परवाना को ज़रा भी डर नहीं लग रहा था। उसे यकीन था कि उसकी बहन उसे किसी हादसे का शिकार नहीं होने देगी। उसे यकीन था कि अपनी बहन के साथ वह पूरी तरह महफ़ूज़ थी। ऐसा लग रहा था मानो दोनों बहनें सायकल पर नहीं बल्कि उत्साह और रोमांच के घोड़े पर सवार थीं। हवा के थपेड़े उनके कानों में साएँ-साएँ का गीत गा रहे थे। आवारा कुत्ते भौंकते हुए उनके पीछे भाग रहे थे। परवाना ने सिर घुमाकर मासूमा को देखा, मासूमा ने भी गर्दन नीची करके परवाना को देखा, और दोनों ज़ोर से खिलखिलाकर हँस पड़ीं। उनकी संयुक्त हँसी की आवाज़ देर तक वादियों में गूँजती रही थी।

परवाना लगातार आगे बढ़ती रही, अपनी नयी ज़िन्दगी की तरफ़। वह चलती रही, रात भर। चारों ओर फैला अँधेरा उसे माँ के गर्भ का अँधेरा मालूम हो रहा था। और जब यह अँधेरा छँटा, जब पौ फटने की बेला में पूरब में खड़ीं पहाड़ियों के पीछे से पीले रंग की हल्की-सी रोशनी की पहली झलक उसे दिखाई पड़ी, तो उसे ऐसा लगा जैसे उसका जन्म हो रहा हो।

4

उस अल्लाह के नाम से इस ख़त को शुरू करता हूँ जो बड़ा रहीम है, करीम है।

मिस्टर मार्कोस, मैं जानता हूँ कि जब आप यह ख़त पढ़ रहे होंगे, मैं दुनिया से रुखसत हो चुका होऊँगा, क्योंकि मैंने ही यह खत आपको सौंपते समय यह दरख्वास्त की थी कि आप इसे मेरे मरने के बाद ही खोलें। मिस्टर मार्कोस, अब जबकि मैं अपना सफ़र ख़त्म करने की कगार पर खड़ा हूँ, मैं आपको यह बताना चाहता हूँ कि आपके साथ बिताए पिछले सात बरस मेरे लिए कितने खुशगवार रहे हैं। अभी जब मैं यह लिख रहा हूँ तो मेरे ज़ेहन में वे तमाम खूबसूरत पल नुमायां हो रहे हैं जो हमने साथ बिताए हैं। वो हर साल हमारा साथ मिलकर बागीचे में टमाटर की पौध रोपना, आपका सुबह-सुबह मेरे क्वार्टर में आकर मेरे साथ चाय पीना और हँसी-मज़ाक करना, वो आपका मुझे अंग्रेज़ी सिखाना और मुझसे फारसी सीखना। मैं आपकी दोस्ती, आपकी फिक्रमंदी, और इस मुल्क और इसके लोगों के लिए किए गए आपके कामों के लिए आपका शुक्रिया अदा करना चाहता हूँ, और मुझे यकीन है कि आप मेरा शुकराना अपने रहमदिल सहयोगियों तक भी ज़रूर पहुँचा देंगे, खासतौर से मेरी दोस्त मोहतरमा आमरा एडेमोविच–जिनका दिल दरिया से भी बड़ा है–और उनकी बहादुर और प्यारी बेटी रोशी तक।

मिस्टर मार्कोस, गुस्ताखी की माफी के साथ मैं यह कहना चाहता हूँ कि यह ख़त मैं सिर्फ़ आपके लिए ही नहीं, बल्कि किसी और के लिए भी लिख रहा हूँ, जिसके बारे में मैं आपको आगे ख़त में बताऊँगा। मुझे यकीन है कि इस ख़त को पढ़ चुकने के बाद आप इसे उस शख्स के हाथों तक भी ज़रूर पहुँचाएँगे। और इसीलिए इस ख़त में मैं कुछ ऐसी बातें भी लिख रहा हूँ जिनसे आप पहले ही वाकिफ हैं और जो आपको दोहराव मालूम होंगी, मगर जिनसे उस शख्स का वाकिफ होना ज़रूरी है। इसके लिए मैं आपकी माफी का तलबगार हूँ। जब आप ख़त पढ़ेंगे तो पाएँगे कि यह महज़ मेरा ऐतराफनामा (स्वीकारोक्ति-पत्र) नहीं है, बल्कि इसमें कुछेक ऐसे अमली (व्यावहारिक) मसलों का भी ज़िक्र है जिन पर चर्चा करना मुझे ज़रूरी लगा। मगर, मेरे दोस्त, मुझे लगता है कि उन मसलों पर बात करने के लिए मुझे आपकी मदद की ज़रूरत पड़ेगी।

मैं बड़ी देर तक सोचता रहा कि इस कहानी की शुरुआत कहाँ से करूँ। अस्सी-पिचासी बरस की उमर के किसी भी आदमी के लिए यह तय कर पाना कोई आसान काम नहीं है। मेरी ठीक-ठीक उम्र क्या है यह तो मेरे लिए एक राज़ है, जैसा कि मेरी पीढ़ी के ज़्यादातर अफगान लोगों के लिए है, मगर मुझे अपनी अनुमानित उम्र के सही होने का पूरा-पूरा यकीन है क्योंकि मुझे अपने बचपन के दोस्त (जो आगे चलकर मेरे बहनोई भी बने) सबूर के साथ उस दिन हुई वह पहली लड़ाई आज भी अच्छी तरह याद है जिस दिन हमने सुना कि नादिर शाह का गोली मारकर क़त्ल कर दिया गया है और नादिर शाह का जवान बेटा ज़हीर उनकी जगह गद्दी पर काबिज़ हो गया है। यह 1933 की बात थी। तो, मुझे लगता है कि मुझे कहानी यहीं से शुरू करनी चाहिए। या कहीं और से भी की जा सकती है। कहानियाँ चलती हुई ट्रेन की तरह होती हैं। आप किसी भी स्टेशन से चढ़ें, देर-सवेर आप अपनी मंजिल तक पहुँच ही जाते हैं। मगर मुझे लगता है कि मुझे इस कहानी की शुरुआत उसी बात से करनी चाहिए जिस बात से यह ख़त्म होती है। हाँ, मुझे लगता है कि यह ठीक ही होगा यदि मैं इस किस्से को नीला वहदती के साथ शुरू करूँ।

मेरी उनसे पहली मुलाक़ात 1949 में हुई थी, उसी बरस जिस बरस उन्होंने जनाब वहदती से निकाह किया था। उस वक़्त मैं जनाब सुलेमान वहदती की खिदमत में था, तकरीबन दो बरस से। वैसे तब तक मुझे अपने पुश्तैनी गाँव शादबाग़ (जहाँ 1946 में मैं पैदा हुआ था) को छोड़कर काबुल आए तीन बरस हो चुके थे, मगर मेरा पहला बरस उसी मोहल्ले के एक दूसरे घर में मुलाज़मत करते बीता था। मिस्टर मार्कोस, जिन हालात में या जिन वजहों से मैंने शादबाग छोड़कर काबुल आने का फैसला किया था, वे ऐसी नहीं हैं जिन पर मैं फख्र कर सकूँ। इसीलिए जब मैं यह कहता हूँ कि गाँव में अपनी दोनों बहनों (जिनमें से एक विकलांग थी) के साथ मैं जो ज़िन्दगी जी रहा था उससे मुझे घुटन महसूस होती थी, तो इसे आप मेरा पहला एतराफ (स्वीकारोक्ति) मानें। मैं उम्र की उस दहलीज़ पर था मिस्टर मार्कोस, जब इंसान जोश-ओ-खरोश से लबरेज़ होता है और उसके सीने में बड़ी-बड़ी ख्वाहिशें और चाहतें उफान भर रही होती हैं और वह सारी दुनिया को अपने क़दमों में ला पटकने के सपने देख रहा होता है। बेशक मैं इस बात को ढाल बनाकर अपनी खताएँ माफ़ कराने की कोशिश नहीं कर रहा हूँ, मगर गाँव में रहते हुए मुझे अपनी जवानी बर्बाद होती मालूम हो रही थी, अपना भविष्य अँधेरे में गर्त होता दिख रहा था। इसीलिए मैंने

गाँव छोड़ दिया। हाँ, इसके पीछे एक वजह यह भी थी कि मेरा अच्छा पैसा कमाना ज़रूरी था ताकि मैं अपने साथ-साथ अपनी बहनों की गुज़र-बसर का भी इंतज़ाम कर सकूँ। तो, दोनों वजहें रहीं मेरे शादबाग छोड़कर काबुल चले आने की।

चूँकि मैं जनाब वहदती का चौबीसों घंटे का मुलाज़िम था, इसलिए उन्होंने मेरे रहने का बंदोबस्त भी अपने घर में ही करवा दिया था; मैं पूरा समय उन्हीं के घर में रहता था। मिस्टर मार्कोस, उस वक़्त उनका घर वैसी खस्ता हालत में नहीं था जिसमें आपने उसे तब पाया था जब आप 2002 में काबुल पहुँचे थे। उन दिनों यह एक बेहद खूबसूरत और आलीशान रिहाइश हुआ करती थी। सफेद रंग की ऐसी जगमगाती इमारत मानो उसकी दीवारों में हीरे जड़े हों। सामने के विशाल फाटक से लेकर भीतर घर के दरवाज़े तक डामर का चौड़ा रास्ता था। दरवाज़े से अंदर जाने पर हम ऊँची छत वाले दालान में पहुँचते थे, जो सिरेमिक के ऊँचे-ऊँचे फूलदानों और अखरोट की लकड़ी के नक्काशीदार फ्रेम वाले एक गोलाकार शीशे से सजा हुआ था, ठीक उसी जगह जहाँ आपने कुछ समय के लिए अपनी बचपन की दोस्त की समंदर किनारे खींची गई (घर पर बने कैमरे से) पुरानी तस्वीर टांग रखी थी। बैठक का फर्श संगमरमर का बना था और ऐसे चमकता था जैसे कि आईना। इस फर्श का कुछ हिस्सा गहरे लाल रंग के तुर्कमान कालीन से ढँका रहता था। वह कालीन अब वहाँ नहीं है, ठीक वैसे ही जैसे कभी वहाँ मौजूद रहे चमड़े के सोफे, हाथ से बनी कॉफ़ी टेबल, लैपिस पत्थर को तराशकर बनाया गया शतरंज सेट, और महोगनी की लकड़ी से बनी ऊँची कैबिनेट अतीत की बातें हो चुके हैं। उस वक़्त जो शानदार फर्नीचर उस बैठक की शान बढ़ाता था, उसमें से बहुत कम ही अब बचा है, और वह भी अब उस हालत में नहीं है जैसा पहले हुआ करता था।

जब मैं पहली बार उस आलीशान घर के टाइल्स से सजे आलीशान रसोईघर में दाखिल हुआ था तो मारे हैरानी के मेरा मुँह खुला का खुला रह गया था। वह इतना बड़ा था कि उसमें मेरे गाँव के सारे लोगों को भरपेट खिलाने लायक खाना पकाया जा सकता था। वहाँ छह बर्नर वाला स्टोव, एक रेफ्रिजरेटर, एक टोस्टर, और ढेर सारे बर्तन, कड़ाही, छुरियाँ और तमाम तरह के साज-ओ-सामान मौजूद थे। गुसलखानों में, चारों के चारों में, बारीक नक्काशी वालीं संगमरमर की टाइल्स और चीनी मिट्टी के सिंक लगे थे। और ऊपर आपके गुसलखाने के काउंटर में वो जो चौकोर छेद थे न मिस्टर मार्कोस, वे कभी लैपिस (एक कीमती पत्थर) से भरे होते थे।

फिर घर के पीछे जो लम्बा-चौड़ा बागीचा था, वो भी लाजवाब था। मिस्टर मार्कोस, आपको किसी दिन ऊपर अपने दफ़्तर में बैठकर उस बगीचे को देखना चाहिए और कल्पना करने की कोशिश करनी चाहिए कि वह उन दिनों कैसा रहा होगा। घर से बागीचे में दाखिल होने के लिए एक बरामदे से होकर गुज़रना होता था, जिसकी छत अर्धचंद्राकार थी और जिसकी दोनों तरफ की रेलिंग्स हरी-भरी लताओं से ढँकी हुई थीं। उन दिनों यह बागीचा हरी-हरी घास और रंग-बिरंगे फूलों से आबाद रहा करता था। चमेली, स्वीटब्रायर, जेरेनियम, ट्यूलिप के अलावा और भी न जाने कितनी तरह के फूल वहाँ पाए जाते थे। बागीचे की दीवारों के किनारे-किनारे फलों के पेड़ों की भी दो कतारें थीं। अगर आप कभी आँखें बंद करके उन पेड़ों के साए तले लेटे होते मिस्टर मार्कोस और आपने पत्तियों के बीच से बहती हवा का संगीत सुना होता तो आपके मन में यही ख़याल आता कि धरती पर रहने के लिए इससे बेहतर जगह और कोई नहीं है।

मैं यहीं बनी एक कोठरी में रहता था, जिसमें एक खिड़की थी, जिसकी दीवारें झक्क सफ़ेद रंग से रंगी हुई थीं, और जो एक गैर-शादीशुदा नौजवान की घर की नाममात्र की ज़रूरतें आसानी से पूरी कर सकती थी। इसमें मेरे लिए एक पलंग था, एक मेज़ और एक कुर्सी थी, और इतनी जगह भी थी कि मैं दिन में पाँच बार नमाज़ पढ़ने के लिए दरी बिछा सकूँ। मेरी ज़रूरतों के लिहाज़ से यह पहले भी बढ़िया थी और अब भी मुझे बढ़िया ही लगती है।

मैं जनाब वहदती के लिए खाना पकाने का काम करता था। यह हुनर मैंने पहले अपनी जन्नतनशीं अम्मी जान को देखकर सीखा था और बाद में उस बूढ़े उज़्बेक रसोइये की मदद से इसे तराशा था जो काबुल के उस घर में खानसामे का काम करता था जहाँ मैंने बतौर उसके सहायक एक बरस तक काम किया था। इसके अलावा मैं जनाब वहदती के लिए उनके ड्राईवर का काम भी करता था, और ईमानदारी से कहूँ तो मुझे इस काम में बहुत मज़ा आता था। जनाब वहदती के पास 1940 मॉडल की एक शेवरले कार थी, नीले रंग की, जिसकी छत भूरे रंग की थी जबकि अन्दर विनाइल की सीटें गाड़ी से मेल खाते नीले रंग की, और साथ में क्रोम व्हील्स। कुल मिलाकर, यह एक बड़ी ही खूबसूरत कार थी और इसमें सवार होकर जहाँ भी हम जाते थे, लोगों की नज़रें खुद-ब-खुद इसकी तरफ खिंचने लगती थीं। उन्होंने मुझे गाड़ी चलाने की इजाज़त इसलिए दी थी क्योंकि मैंने खुद को एक हुनरमंद ड्राइवर साबित किया था, साथ ही इसलिए भी क्योंकि वह उन दुर्लभ मर्दों में से थे जिन्हें कार चलाने में मज़ा नहीं आता था।

अगर मैं यह कहूँ, मिस्टर मार्कोस, कि मैं एक अच्छा मुलाज़िम था तो बराए मेहरबानी आप यह न सोचने लगिएगा कि मैं शेखी बघार रहा हूँ। अपने आँख-कान खुले रखकर और जनाब वहदती के बर्ताव पर गौर करके मैं उनकी पसंद-नापसंद, उनके मिज़ाज के अजीब-ओ-गरीब रंगों, और उनको खिजाने या परेशान करने वाली बातों से अच्छी तरह वाकिफ हो गया था। उनको कब क्या चाहिए होता था, वे किस वक़्त क्या करना पसंद करते थे, और उनकी आदतें क्या थीं; इन सब बातों का मैंने अच्छी तरह पता कर लिया था और खुद को उस हिसाब से ढाल भी लिया था। मिसाल के तौर पर, हर सुबह नाश्ते के बाद वह टहलने जाना पसंद करते थे। मगर अजीब बात यह थी कि उन्हें अकेले जाना पसंद नहीं था और इसलिए वह मुझसे यह उम्मीद करते थे कि मैं भी उनके साथ आऊँ। और, ज़ाहिर बात है कि मैं उन्हें नाउम्मीद करने की हिमाकत नहीं कर सकता था, सो जाता था। हालाँकि मुझे इसका कोई औचित्य समझ नहीं आया कभी, क्योंकि पूरी सैर के दौरान वह ज़रा भी बात नहीं करते थे। हाथों को पीठ के पीछे बाँधे और पॉलिश किए हुए चमचमाते जूतों से फुटपाथ पर ठक-ठक की आवाज़ करते वह तेज़-तेज़ क़दमों से पता नहीं क्या सोचते हुए चलते जाते थे। रास्ते में किसी ने दुआ-सलाम की तो बगैर गौर से देखे बस सर हिला देते थे। ऊपर से तुर्रा यह कि उनकी लम्बाई मुझसे कहीं ज़्यादा थी, इसलिए जब वह अपने लम्बे-लम्बे पैरों से लम्बे-लम्बे डग भरते हुए तेज़-तेज़ चलते थे तो मेरे लिए उनके साथ-साथ चल पाना मुश्किल हो जाता था और मैं अक्सर भागता हुआ सा मालूम पड़ता था। बाकी का दिन ज़्यादातर वह ऊपर के माले पर बनी अपनी स्टडी में ही बिताते थे–कुछ पढ़ते हुए या फिर खुद ही के साथ शतरंज खेलते हुए। उन्हें चित्रकारी का भी बहुत शौक था, हालाँकि मेरे लिए यह जानना या बता पाना संभव नहीं था कि इस मामले में वे कितने हुनरमंद थे, कम से कम उस वक़्त तो नहीं, क्योंकि उन्होंने कभी अपने बनाए चित्र मुझे दिखाए ही नहीं। मैं अक्सर उन्हें स्टडी में, खिड़की के पास, या फिर बरामदे में चित्र बनाते देखता था। उस वक़्त एकाग्रचित्त होने के कारण उनकी भौंहें सिकुड़ी होती थीं, जबकि उनकी चारकोल पेंसिल स्केच पैड पर घूम रही होती थी।

कुछ-कुछ दिनों के अंतराल से वह कार में बैठकर शहर की अलग-अलग जगहों पर जाया करते थे। इनमें से एक जगह थी उनकी माँ का घर, जहाँ वे हर हफ्ते उनसे मिलने जाया करते थे। फिर पारिवारिक कार्यक्रम भी होते थे। कभी किसी की सालगिरह, कभी किसी की शादी, तो कभी किसी की मातमपुर्सी। हालाँकि जनाब वहदती ऐसे ज़्यादातर कार्यक्रमों में शिरकत करने से बचते थे, मगर कभी-कभी जब जाना ज़रूरी हो जाता था तब मैं ही कार से उन्हें ले जाता

था। इसके अलावा महीने में एक बार वे चित्रकारी का सामान बेचने वाली एक दुकान पर भी जाया करते थे और महीने भर की ज़रूरत के लायक पेस्टल पेंसिलें, चारकोल, रबर, शार्पनर और स्केचबुक वगैरह खरीदते थे। और कभी-कभी तो ऐसा भी होता था कि मंज़िल तय नहीं होती थी। मैं उनसे पूछता था, 'कहाँ चलें साहिब?' और वे बस कंधे उचका देते थे। मैं समझ जाता था और कहता था, 'बहुत अच्छे, साहिब।' बस फिर क्या था, वह चुपचाप पिछली सीट पर बैठे बाहर के नज़ारों को देखते हुए अपनी ही सोच में गुम रहते और मैं उन्हें यहाँ-वहाँ की सैर कराया करता। हम बेमकसद शहर भर की ख़ाक छानते फिरते। इस गली से उस गली, इस मोहल्ले से उस मोहल्ले, इस बाज़ार से उस बाज़ार। कभी काबुल नदी के किनारे-किनारे, कभी बाला हिसार तक, तो कभी दारुलामन महल तक। कभी-कभी मैं उन्हें काबुल से बाहर भी ले जाता, जैसे कि घरघा झील। वहाँ मैं किनारे पर कोई शांत-सी जगह देखकर गाड़ी पार्क करता और इंजन बंद कर देता। मगर जनाब वहदती नीचे नहीं उतरते, वह पीछे की सीट पर ही बैठे रहते, बिना हिले-डुले, बिना कोई बात किए। खिड़की का शीशा उतार लेते और पंछियों को एक दरख़्त से दूसरे दरख़्त तक उड़ते-फुदकते-चहकते देखते रहते, सूरज की किरणों को झील के पानी पर पड़कर सुनहरे सितारों की शक्ल में झिलमिलाते देखते रहते। इसमें उन्हें पता नहीं क्या सुख मिलता था। मैं ड्राइविंग सीट पर बैठकर रियरव्यू मिरर में उन्हें देखता रहता। उस वक़्त वह मुझे दुनिया के सबसे तन्हा इंसान मालूम होते थे।

यह मिस्टर वहदती की उदारता थी कि उन्होंने मुझे महीने में एक बार उनकी कार उधार लेकर अपने गाँव शादबाग़ जाने की इजाज़त दे रखी थी। मैं उनकी खूबसूरत नीली कार लेकर हर महीने अपनी बहन परवाना और उसके शौहर सबूर से मिलने शादबाग़ जाता था। जब मैं उस कार को लेकर गाँव में घुसता था तो एक अलग ही माहौल बन जाता था। गाँव भर के बच्चों की भीड़ शोर मचाती हुई कार के साथ-साथ दौड़ने लगती थी। वे फेंडर पर थपथपाते, खिड़कियों के शीशों को ठकठकाते। कुछ छोटे शैतान तो छत पर चढ़ने की कोशिश भी करते, और मुझे उन्हें इस डर से भगाना पड़ता कि कहीं गाड़ी पर खरोंचें न आ जाएँ, पेंट न खराब हो जाए, या फेंडर में दचके न पड़ जाएँ।

ये सब देखकर सबूर मुझसे कहता, "ज़रा इस दीवानगी को तो देखो नबी, इनकी नज़रों में तुम किसी बड़े आदमी से कम नहीं हो!"

चूँकि सबूर के बच्चे, अब्दुल्ला और परी, अपनी सगी माँ को खो चुके थे (परवाना उनकी सौतेली माँ थी), इसलिए मैं हमेशा उन्हें ख़ास तवज्जो देने की

कोशिश करता था, खासकर अब्दुल्लाह को, जिसे इसकी सबसे ज़्यादा ज़रूरत मालूम होती थी। मैं हर बार उसे अकेले कार में घुमाने ले जाने की पेशकश करता था, मगर हर बार वह अपनी छोटी बहन को भी साथ ले चलने की ज़िद करता था और हम चाहे जितनी भी देर घूमें, वह पूरा समय उसे गोद में कसकर पकड़े रहता था। गाड़ी में घुमाते समय मैं उसे वाइपर चलाने और हॉर्न बजाने का मौका देता था। मैंने उसे हेडलाइट्स को धीमी से तेज़ और तेज़ से धीमा करना भी सिखाया।

कार को लेकर ये सारा हंगामा शांत होने के बाद, मैं अपनी बहन और सबूर के साथ बैठकर चाय का लुत्फ़ उठाता और उन्हें काबुल में अपनी ज़िन्दगी के बारे में बताता। मगर मैं इस बात का ख़ास ख़याल रखता था कि मिस्टर वहदती के बारे में ज़्यादा कुछ न कहूँ। सच कहूँ तो मैं उनसे बहुत लगाव रखता था, क्योंकि उनका मेरे साथ बर्ताव बहुत ही अच्छा था, और इसीलिए उनकी पीठ पीछे उनके बारे में बात करना मुझे नमकहरामी करने जैसा लगता था। अगर मैं इतना नमकहलाल मुलाजिम न होता, तो अपनी बहन-बहनोई को बताता कि सुलेमान वहदती मेरे लिए एक रहस्यमयी किस्म के इंसान थे–एक ऐसे इंसान जो अपनी बाकी की ज़िन्दगी विरासत में मिली दौलत पर गुज़ार देने में संतुष्ट मालूम होते थे; एक ऐसे इंसान जिनका न कोई पेशा था, न कोई जुनून, और न ही अपने पीछे दुनिया में अपना कुछ छोड़ जाने की कोई चाहत। मैं उन्हें बताता कि वह एक ऐसे इंसान थे जो एक निहायत ही बेमकसद, बेराह-ओ-रास्ता और बेमानी-सी ज़िन्दगी जी रहे थे। उन बेराह-ओ-रास्ता सफरों की तरह, जिन पर मैं अक्सर उन्हें ले जाया करता था। एक ऐसी ज़िंदगी जो पीछे की सीट पर बैठकर अगल-बगल से गुज़र रहीं चीज़ों को खामोशी से देखते हुए, बिना किसी तरह की कोई प्रतिक्रिया किए, बीत रही थी। एक उदासीन ज़िंदगी।

अगर मैं कहता तो यही सब कहता, मगर मैंने कभी कहा नहीं। और बहुत अच्छा हुआ कि नहीं कहा। वरना मैं कितना ग़लत होता।

एक दिन मिस्टर वहदती एक शानदार पिन-स्ट्रिप्ड सूट पहने हुए, जो मैंने पहले कभी उन्हें पहने नहीं देखा था, आँगन में आए और मुझसे शहर के एक ऐसे मोहल्ले में ले चलने के लिए कहने लगे जहाँ शहर के तमाम बड़े-बड़े रईस और रसूखदार लोग रहते थे। जब हम उस मोहल्ले में पहुँचे तो उन्होंने मुझे एक बड़े ही आलीशान और ऊँची-ऊँची चारदीवारी वाले मकान के सामने गाड़ी रोकने और एक तरफ पार्क कर लेने के लिए कहा और खुद गाड़ी से उतरकर मकान के विशालकाय फाटक की ओर बढ़ गए। उन्होंने फाटक पर

जाकर घंटी बजाई। एक अर्दली ने आकर फाटक खोला और उन्हें भीतर ले गया। मकान बहुत ही बड़ा था, मिस्टर वहदती के मकान से भी बड़ा। और उनके मकान से भी ज़्यादा आलीशान। ऊँचे-पतले सरू के पेड़ ड्राइववे की शोभा बढ़ा रहे थे, साथ ही किसी फूल की (जिसे मैं पहचानता नहीं था) घनी-घनी झाड़ियाँ भी थीं। पीछे का आँगन मिस्टर वहदती के आँगन से कम से कम दोगुना बड़ा था, और चारदीवारी इतनी ऊँची थी कि अगर कोई आदमी किसी दूसरे आदमी के कंधों पर चढ़कर खड़ा भी हो जाता, तो भी मुश्किल से ही भीतर झाँक पाता। यह एक अलग ही दर्जे की रईसी मालूम हो रही थी।

यह गर्मियों के मौसम का शुरुआती वक़्त था। आसमान में सूरज चमक रहा था। मैंने कार की खिड़कियाँ खोल रखी थीं, जिनसे होकर हल्की गर्म हवा भीतर आ रही थी। वैसे तो ड्राइवर का काम गाड़ी चलाना होता है, मगर हकीकतन वह अपना ज़्यादातर वक़्त इंतज़ार करते हुए बिताता है। कभी बाज़ारों में दुकानों के बाहर, कभी किसी शादी हॉल के बाहर, तो कभी किसी के घर के सामने। इस दौरान वक़्त काटने के लिए वह तरह-तरह के जतन करता है। उस दिन समय बिताने के लिए मैं कुछ देर तक अकेले ताश खेलता रहा। जब उससे मन ऊब गया तो गाड़ी से बाहर निकलकर थोड़ी देर चहलकदमी की। जब उससे भी मन भर गया तो दुबारा आकर कार में बैठ गया और सोचने लगा कि क्यूँ न मिस्टर वहदती के आने से पहले एक झपकी ले ली जाए।

अभी मैं आँखें बंद करने ही जा रहा था कि इतने में उसी मकान का वही विशालकाय फाटक खुला और एक बाली उमर की और काले बालों वाली हसीना ने बाहर कदम रहा। उसने आँखों पर धूप का चश्मा चढ़ाया हुआ था और एक छोटी बाजुओं वाली नारंगी रंग की पोशाक पहन रखी थी, जिसकी लम्बाई उसके घुटनों के थोड़ा ऊपर तक ही थी। और इसलिए उसकी टाँगें और पैर नंगे थे। मुझे नहीं पता कि उसने मुझे कार में बैठे देखा था या नहीं, और अगर देखा भी था तो ऐसा कोई संकेत नहीं दिया। उसने अपने एक पैर की एड़ी पीछे दीवार पर टिका दी, और ऐसा करते ही उनकी पोशाक का उस तरफ का किनारा थोड़ा ऊपर उठ गया और जाँघ का कुछ हिस्सा दिखाई देने लगा। मुझे अपना मुँह सूखता महसूस हुआ।

मुझे यहाँ एक और एतराफ (स्वीकारोक्ति) करने की इजाज़त दीजिए, मिस्टर मार्कोस। यह आपको सुनने में खराब लग सकता है, और इसके बारे में लिखते हुए मुझे भी अच्छा नहीं लग रहा है, मगर इसे और बेहतर ढंग से बतलाने की कोई सूरत मुझे नज़र नहीं आती। उस वक़्त मेरी उम्र पच्चीस से तीस के बीच

रही होगी। और आप समझ सकते हैं कि इस उम्र के किसी भी आदमी के मन में औरतों की सोहबत की चाह किस कदर उफान मारती है। मैं अपने गाँव के उन मर्दों की तरह नहीं था जिन्हें जवानी की दहलीज़ तक आकर भी कभी किसी जवान औरत की नंगी जाँघ देखने का मौका नहीं मिलता और जो काफी हद तक इसीलिए शादी करने को मरे जाते हैं कि कम से कम उसके बाद तो उन्हें वह सब देखने का लाइसेंस मिल जाएगा। मुझे बिना शादी के ही इन जलवों के दीदार का थोड़ा तजुर्बा हो चुका था। मैंने काबुल में कुछ ऐसे ठिकाने तलाश लिए थे, और कई बार वहाँ गया भी था, जहाँ एक जवान आदमी की उन ज़रूरतों को सलीके और सहूलियत के साथ पूरा किया जा सकता था। मैं यह बात सिर्फ़ यह बताने के लिए कह रहा हूँ कि उस वक़्त तक मैं जितनी भी वेश्याओं के साथ सोया था, उनमें से किसी की भी बराबरी उस हसीना के साथ नहीं की जा सकती थी जो अभी-अभी उसे बड़े मकान से बाहर निकली थी।

दीवार से टिके-टिके उसने एक सिगरेट सुलगाई और पूरे इत्मीनान से कश लगाने लगी। उसके सिगरेट पकड़ने और उसे होंठों से लगाने का अंदाज़ भी ख़ासा स्टाइलिश था। उसने सिगरेट को अपनी दो उंगलियों के सिरों से पकड़ा हुआ था और हर बार जब वह उसे अपने होंठों तक ले जाती थी तो अपने हाथ को कप की शक्ल देकर अपने मुँह के सामने रख लेती थी। मैं टकटकी लगाकर उसे देखे जा रहा था। जिस तरह वह सिगरेट को होंठों तक ले जाने के लिए अपनी पतली कलाई मोड़ती थी, मुझे एक शेर-ओ-शायरी की किताब में देखी हुई एक तस्वीर याद हो आई, जिसमें एक लंबी पलकों और काले बालों वाली हसीन औरत अपने आशिक के साथ बगीचे में लेटी हुई थी और अपनी पतली नाज़ुक उंगलियों से पकड़ा हुआ मय का प्याला उसे थमा रही थी। इसी बीच ज़रा देर के लिए सड़क की दूसरी तरफ किसी चीज़ ने उस हसीना का ध्यान खींचा तो मैंने मौके का फायदा उठाकर झट से अपनी उंगलियाँ अपने बालों में फिराकर उन्हें संवार लिया, जो कि हवा और गर्मी के कारण थोड़े बिखर गए थे। फिर जैसे ही उसकी नज़र वापस लौटी, मैं एक बार फिर साँस रोके उसे एकटक देखने लगा। उसने कुछ और कश लगाए, फिर सिगरेट के ठूँठ को दीवार पर मसला, और भीतर लौट गई।

आखिरकार मेरी साँस में साँस आई।

उस रात मिस्टर वहदती ने मुझे बैठक में बुलाया और कहा, "नबी, मेरे पास तुम्हारे लिए एक खबर है। मैं शादी कर रहा हूँ।"

उस रात मुझे अहसास हुआ कि शायद मैंने उनके एकांत-प्रेम को कुछ ज़्यादा ही आँक लिया था।

मिस्टर वहदती के जानने वालों के बीच इस सगाई की खबर जंगल की आग की तरह फ़ैली। और उसी रफ़्तार से अफवाहों का बाज़ार भी गर्म हो उठा। ये अफवाहनुमा बातें मुझे ज़्यादातर उन दूसरे मुलाज़िमों से सुनने को मिल रही थीं जो मिस्टर वहदती के घर काम करने आते थे। इन मुलाज़िमों में से भी जो सबसे ज़्यादा बकवास कर रहा था वह था ज़ाहिद, मिस्टर वहदती का माली, जो हफ़्ते में तीन दिन लॉन की देखभाल और पेड़-पौधों व झाड़ियों की कटाई-छंटाई के लिए आता था। मुझे वह वैसे भी पसंद नहीं था, उसकी हर वाक्य के बाद जीभ फड़फड़ाने की आदत मुझे बड़ी घिनौनी जान पड़ती थी। और उसकी यह जीभ वैसे ही बिना सोचे-समझे बेलगाम ढंग से दूसरों के बारे में अनाप-शनाप बातें करती थी जैसे उसके हाथ बागीचे में खाद फेंकते थे। उस मोहल्ले के तमाम घरों में रसोइया, माली, ड्राईवर, और साफ़-सफाई जैसे काम करने वाले हम मुलाज़िम तबके के लोगों की एक मण्डली थी और ज़ाहिर है कि ज़ाहिद भी उस मण्डली में शामिल था। हफ़्ते में एक या दो बार, दिन भर का काम खत्म करके और रात का खाना खा-पीकर यह मण्डली मेरी खोली में आ धमकती थी, जहाँ हम लोग चाय पीते हुए गप्पें लड़ाते थे। मुझे याद नहीं कि यह सिलसिला कब और कैसे शुरू हुआ था, मगर जब शुरू हो गया तो फिर इसे रोक पाना मेरे हाथ में नहीं रहा, क्योंकि एक तो यह कि मैं उन लोगों की नज़रों में गैर-तमीज़दार और गैर-मेहमाननवाज़ नहीं दिखना चाहता था, और दूसरी इससे भी बड़ी बात यह कि मैं उनके मन में यह गलतफहमी पैदा नहीं करना चाहता था कि मैं मगरूर हो गया था और खुद को उनके मुकाबले ज़्यादा बा-हैसियत समझने लगा था।

इसी तरह एक रात जब हमारी मण्डली की महफ़िल जमी थी तो ज़ाहिद एक आदमी से कहने लगा कि मिस्टर वहदती का परिवार इस शादी के लिए राज़ी नहीं है, क्योंकि उसे मिस्टर वहदती की होने वाली दुल्हन का चाल-चलन नागवार गुज़रता है। वह यहीं नहीं रुका, उसने आगे कहा कि 'सारा काबुल इस बात से वाकिफ है कि उस लड़की के पास न कोई नंग-ओ-नामूस (मान-मर्यादा) है और न ही कोई शरम-हया, और सिर्फ़ बीस बरस की उम्र में ही उसकी बदचलनी और अय्याशियों के चर्चे पूरे शहर में आम हो चुके हैं। और सबसे खराब बात तो यह है कि इन इल्ज़ामात को झुठलाने की कोशिश करना तो दूर, वह तो इन पर कविताएँ/नज़्में लिखती है।' उसकी यह बात सुनकर वहाँ मौजूद सभी लोग उसकी बात से इत्तेफाक ज़ाहिर करते हुए भावी मिसेज़ वहदती को बुरा-भला कहने लगे.

एक आदमी तो यह तक कह गया कि अगर हमारे गाँव में किसी लड़की ने ऐसा किया होता तो अब तक हम उसका गला काट चुके होते।

उस दिन शायद उन लोगों ने हद पार कर दी थी, इसीलिए मुझसे और सहन न हो सका और मैं गुस्से में उठ खड़ा हुआ और उन लोगों को अपनी ज़बान पर काबू रखने को कहा। मैंने उन्हें बूढ़ी बेकार औरतों की तरह बैठकर दूसरों की लगाई-बुझाई करने के लिए जमकर लताड़ लगाई और उन्हें याद दिलाया कि मिस्टर वहदती जैसे लोगों की वजह से ही हम आज एक अच्छी ज़िन्दगी गुज़ार रहे थे, वर्ना आज भी गाँव में ढोर-ढंगरों के पीछे-पीछे घूमकर गोबर इकट्ठा करते हुए ज़िन्दगी बर्बाद हो रही होती हमारी। "कहाँ गई तुम्हारी वफादारी? अपने मालिकान के बारे में ऐसी बातें करते *तुम्हारा ज़मीर नहीं धिक्कारता?*" मैंने उन्हें ललकारते हुए कहा।

कुछ पलों के लिए खोली में सन्नाटा खिंच गया और मुझे लगा कि शायद उन अहमकों पर मेरी लताड़ का असर हो गया है, मगर फिर एक ज़ोरदार ठहाका गूँज उठा। ज़ाहिद मेरी हँसी उड़ाते हुए मुझे 'तलवे चाटने वाला' कहने लगा और बोला कि इस घर की होने वाली मालकिन यहाँ आने के बाद मेरी तारीफ में एक कविता लिखेगी, जिसका शीर्षक होगा, 'उस नबी की नज़र, जिसने न जाने कितनों के तलवे चाटे हैं।' यह सुनकर मेरे तन-बदन में आग लग गई और मैं गुस्से से पैर पटकता खोली से बाहर निकल गया। पीछे खोली उन लोगों की हँसी-ठिठोली की आवाज़ों से गूँज उठी।

मगर मैं ज़्यादा दूर नहीं गया। हकीकत यह थी कि ऊपर से तमाम वफादारी और नेकनीयती और ज़मीर की बातें करने के बावजूद भीतर ही भीतर उनकी वे भद्दी बातें मुझे दिलचस्प मालूम हो रही थीं, मेरे अन्दर एक किस्म का रोमांच जगा रही थीं। मुझे खुद को वहाँ कही जा रही एक भी बात के रसास्वादन से वंचित रखना गवारा नहीं हो रहा था, और इसलिए मैं उतनी दी दूर गया जितनी दूर से मुझे वे बातें सुनाई देती रहें।

सगाई की रस्म कुछ ही दिनों तक चली और इसका आयोजन ऐसे किसी बड़े जलसे के रूप में नहीं हुआ जिसमें नाच-गाने का इंतज़ाम हो, लज़्ज़तदार दावत हो, और चारों ओर रंग-ओ-नूर की बारात हो। इसकी बजाए यह कार्यक्रम एक मुल्ला, एक गवाह, और कागज़ के एक पन्ने पर दो दस्तखतों के साथ पूरा हुआ।

और इस तरह मेरे मोहतरमा वहदती को पहली बार देखने के दो हफ़्तों के भीतर ही वह जनाब वहदती के घर आ गईं।

मिस्टर मार्कोस, मुझे यहाँ थोड़ा रुककर यह कहने की इजाज़त दीजिए कि मैं अब से मिस्टर वहदती की शरीक-ए-हयात (पत्नी) को नीला कहकर संबोधित करूँ। कहने की ज़रूरत नहीं कि ऐसा करने की आज़ादी उस वक़्त मुझे हासिल नहीं थी, हालाँकि अगर दी भी जाती, तो भी मैं इसे मंज़ूर नहीं करता। मैं हमेशा उन्हें अदब से 'बीबी साहिब' कहकर बुलाता था, जैसी कि मुझसे अपेक्षा की जाती थी। मगर यह ख़त मैं जिन वजहों से लिख रहा हूँ, उनको ख़याल में रखते हुए मैं उस अदब को एक तरफ रखकर मोहतरमा वहदती के बारे में उसी तरह बात करूँगा जिस तरह मैं हमेशा उनके बारे में सोचता था।

बहरहाल, मुझे शुरू के दिनों में ही समझ आ गया था कि वे दोनों ही इस शादी से खुश नहीं थे। शायद ही कभी मैंने उन दोनों को एक-दूसरे की तरफ प्यार से देखते या दो प्यार भरे बोल बोलते सुना हो। वे एक घर में रहते ज़रूर थे, मगर अजनबियों की तरह। उनके रास्ते शायद ही कभी मिलते थे।

सुबह-सवेरे मैं जनाब वहदती को उनका पसंदीदा नाश्ता परोसता था – एक टुकड़ा टोस्टेड *नान*, आधा कप अखरोट, इलायची डली हुई ग्रीन टी (बिना चीनी के), और एक उबला हुआ अंडा। मिस्टर वहदती को ऐसा अंडा चाहिए होता था जो सिर्फ़ इतना ही उबला हो कि उसका सफ़ेद वाला भाग हल्का सा सख्त हो जाए, मगर अन्दर वाला पीला भाग (योक) तरल ही रहे। इस तरह से अंडे को उबालना शुरू-शुरू में मेरे लिए बहुत बड़ी चुनौती हुआ करता था और इस काम में बारम्बार नाकाम होना मेरे लिए ख़ासी चिंता की वजह बन गया था। जब मैं जनाब वहदती के साथ सुबह की सैर के लिए निकलता था, तब नीला अभी सो ही रही होती थी, और जब हम लौट कर आते थे, तब भी वह सो ही रही होती थी। उसका उठना अक्सर दोपहर को (या कभी-कभी और भी ज़्यादा देर से) उस वक़्त होता था जब मैं जनाब वहदती को दोपहर का खाना परोसने की तैयारी कर रहा होता था।

दोपहर को जब नीला के उठने का वक़्त होता था तो अपने काम निपटाते हुए मैं उस पल का बेसब्री से इंतज़ार करता था जब वह बैठक का जालीदार दरवाज़ा खोलकर बरामदे में आती थी। इस दौरान मैं मन ही मन यह सोचता रहता था कि 'आज वह कैसी दिखेगी? क्या आज उसने बाल सिर के पीछे जूड़े में बाँध रखे होंगे, या फिर आज मैं उन्हें उसके कन्धों पर बिखरे देखूँगा? क्या उसने आँखों पर काला चश्मा चढ़ा रखा होगा? क्या उसने आज चप्पलों की बजाए सैंडल पहने होंगे? उसने वो बेल्ट वाला नीला रेशमी गाउन पहना होगा, या वो बड़े गोल बटनों वाला मैजेंटा रंग का गाउन?'

और आखिर को जब वह वहाँ आती तो मैं किसी न किसी काम के बहाने से पूरा वक़्त वहीं बना रहता, कनखियों से उसे देखता रहता। मैं उसकी हरेक हरकत पर नज़र बनाए रखता। जब वह अपना चश्मा उतारकर आँखों को मलती, मैं उसे देख रहा होता। जब वह इलास्टिक बैंड उतारकर और सिर को पीछे झुकाकर अपनी घनी काली रेशमी ज़ुल्फों को आज़ादी से हवा में लहराने के लिए छोड़ती, मैं उसे देख रहा होता। जब वह अपनी ठुड्डी घुटनों पर टिकाए, आँगन में दूर कहीं शून्य में निहारते हुए सिगरेट के धीमे-धीमे कश लगा रही होती, मैं उसे देख रहा होता। जब वह पैरों पर पैर चढ़ाकर बैठी होती और एक पैर को ऊपर-नीचे हिला रही होती (जो मुझे इस बात का इल्म कराता कि शायद वह ऊब या बेचैनी महसूस कर रही है, या फिर उसके मन में कोई ऐसा शरारत भरा ख़याल चल रहा है जिसे वह मुश्किल से ज़ब्त करने की कोशिश कर रही है), मैं उसे देख रहा होता।

कभी-कभी जनाब वहदती भी उसकी बगल में बैठे होते थे, मगर ऐसा बहुत ही कम होता था। शादी के बाद भी उनकी दिनचर्या में कोई ख़ास बदलाव नहीं आया था, पहले की ही तरह अभी भी उनका ज़्यादातर वक़्त अपनी स्टडी में बैठकर पढ़ते या चित्रकारी करते ही बीतता था। नीला का ज़्यादातर वक़्त लिखते हुए बीतता था, कभी बैठक में तो कभी बरामदे में। हाथ में पेंसिल, आसपास ढेर सारे कागज़, और उसका हरदम का साथी - सिगरेट। रात को दोनों एक ही टेबल पर बैठकर खाना खाते, मगर तब भी दोनों के बीच मुकम्मल खामोशी होती। दोनों की नज़रें खाने की प्लेट से ऊपर नहीं उठतीं। सिवाए हौले से मुझे कहे गए 'शुक्रिया' और चम्मच, छुरी व काँटे के चीनी मिट्टी के बर्तनों से टकराने की आवाज़ के सिवाए और कोई आवाज़ मैंने कभी इस दौरान नहीं सुनी।

हफ्ते में एक या दो बार, जब नीला को अपने लिए सिगरेट या नए पेन या नया नोटपैड या फिर मेकअप का सामान खरीदना होता तो मैं उसे गाड़ी में लेकर जाता। अगर मुझे पहले से पता होता कि आज फलां-फलां वक़्त मुझे उसे लेकर जाना है, तो मैं हमेशा अपने बालों में कंघी करके और दाँत ब्रश करके तैयार रहता। मैं रगड़-रगड़ के अपना चेहरा धोता, प्याज़ की गंध दूर करने के लिए अपनी उंगलियों पर नींबू का टुकड़ा रगड़ता, अपने सूट से धूल झाड़ता और अपने जूतों को पॉलिश करके चमका लेता। मेरे पास जो सूट था, जैतून के रंग वाला, वह दरअसल जनाब वहदती ने ही मुझे दिया था। मैं ऊपरवाले से मनाता था कि उन्होंने यह बात नीला को न बताई हो–हालाँकि मुझे शक था कि उन्होंने शायद बताई होगी। नहीं, किसी गलत भावना से नहीं, बल्कि इसलिए क्योंकि जनाब

वहदती जैसे ऊँची हैसियत वाले लोग अक्सर यह नहीं समझ पाते कि इस तरह की छोटी-छोटी, मामूली लगने वाली बातें मेरे जैसे आदमी को कितनी शर्मसार कर सकती हैं। ऐसे मौकों पर कभी-कभी मैं अपने जन्नतनशीं बाबा की भेड़ की खाल वाली टोपी भी पहन लेता था। मैं शीशे के सामने खड़ा हो जाता और टोपी को सिर पर रखकर कभी इधर घुमाता तो कभी उधर झुकाता, यह समझने की कोशिश करता कि उसे किस तरह पहनने पर मैं ज़्यादा हैण्डसम लगूँगा। नीला के सामने खुद को अच्छा दिखाने की तैयारी में मैं इतना तल्लीन हो जाता कि अगर कोई ततैया मेरी नाक पर बैठ जाती, तो उसे अपनी वहाँ मौजूदगी का एहसास कराने के लिए मुझे डंक मारना पड़ता।

जब मैं नीला को लेकर निकलता तो हमेशा यह कोशिश करता कि मंज़िल तक पहुँचने के रास्ते में थोड़ा बदलाव कर लूँ, कोई थोड़ा-सा लम्बा रास्ता पकड़ूँ, ताकि मुझे उसके साथ रहने का थोड़ा ज़्यादा वक़्त मिल सके। मगर ऐसा करते हुए मैं बहुत एहतियात बरतता था और सफ़र के समय में दो-चार मिनट से ज़्यादा बढ़ाने की कोशिश नहीं करता था, क्योंकि ऐसा करने पर उसे शक हो सकता था। गाड़ी चलाते वक़्त मैं दोनों हाथ कसकर स्टीयरिंग व्हील पर और आँखें सड़क पर जमाए रखता था। इस मामले में मैं अपने आप पर कड़ा काबू रखता था कि जब तक वह मुझसे कुछ न कहे, मैं रियरव्यू मिरर में उसे देखने की कोशिश न करूँ। मैं इतने भर से तसल्ली कर लेता था कि वह पीछे सीट पर बैठी है और मैं उसी हवा को अपने फेफड़ों में भर रहा हूँ जिसमें उसकी तरह-तरह की खुश्बुएँ (महँगे साबुन की, लोशन की, परफ्यूम की, च्युइंगगम की, सिगरेट के धुएँ की) तैर रही हैं। इतने भर से ही मेरी तबियत हरी हो जाती थी।

ऐसे ही एक सफ़र के दौरान पहली बार हमारे बीच बातचीत हुई थी। जी हाँ, हमारी पहली 'असल' बातचीत। ऐसे तो दिन में कई बार वह मुझे कुछ न कुछ काम करने को कहती रहती थी, मगर मैं उसे बातचीत में शामिल नहीं करता, क्योंकि वह दो लोगों के बीच संवाद न होकर मालिक और नौकर के बीच आदेश देने-लेने का औपचारिक काम ज़्यादा होता था। तो, हमारी पहली बातचीत उस दिन हुई जब मैं उसे दवाई की दुकान ले रहा था। रास्ते में उसने पूछा, "नबी, तुम्हारा गाँव कैसा है? नाम क्या है तुम्हारे गाँव का?"

"शादबाग़, बीबी साहब।"

"शादबाग, हाँ। कैसा है यह? बताओ।"

"बताने को ज़्यादा कुछ है नहीं, बीबी साहब। वह भी और गाँवों जैसा ही है।"

"मगर हर जगह की कोई न कोई खासियत तो होती ही है।"

बाहर से मैं शांत दिखाई पड़ रहा था, मगर भीतर भारी उथल-पुथल मची हुई थी, मेरा दिमाग बड़ी शिद्दत से कुछ ऐसा याद करने या गढ़ने की कोशिश कर रहा था, कोई ऐसी अनोखी बात, कोई ऐसा मज़ेदार वाकया जो उसे दिलचस्प मालूम हो, उसे खुश कर दे। मगर लाख कोशिशों के बावजूद कुछ सूझ ही नहीं रहा था। आखिर मेरे जैसे एक गाँववाले के पास, एक मामूली-सी ज़िन्दगी जीने वाले मामूली से आदमी के पास ऐसा क्या हो सकता था कहने को जो उस जैसी शानदार औरत को दिलचस्प मालूम हो सकता।

"वहाँ के अंगूर बहुत अच्छे हैं," आखिरकार मेरे मुँह से निकला। और जैसे ही निकला, मेरा जी चाहा कि मैं खींचकर एक थप्पड़ लगाऊँ खुद को। अंगूर!!

"अच्छा!" उसने सपाट स्वर में कहा।

"बहुत मीठे होते हैं।"

"ओह।"

मैं अंदर ही अंदर हज़ारों मौत मर रहा था। मुझे अपनी काँखों में नमी महसूस होने लगी थी।

"अंगूर की एक ख़ास किस्म है," मैंने अचानक सूख गए मुँह से कहा। "लोग कहते हैं कि वह किस्म सिर्फ़ शादबाग़ में उग सकती है। यह बहुत नाज़ुक होती है, बहुत ही ज़्यादा नाज़ुक। इस अंगूर की बेल को अगर आप किसी और जगह, यहाँ तक कि अगले गाँव में भी, उगाने की कोशिश करेंगे, तो यह मुरझा जाएगी, मर जाएगी। शादबाग के लोग कहते हैं कि यह गम से मरती है, लेकिन, ज़ाहिर है कि यह सच नहीं है। यह मिट्टी और पानी का मामला है। लेकिन वे यही कहते हैं, बीबी साहिब। गम।"

"यह सचमुच दिलचस्प बात है, नबी।"

मैंने जल्दी से रियरव्यू मिरर पर एक नज़र डाली और देखा कि वह अपनी खिड़की से बाहर देख रही थी, लेकिन साथ ही मुझे उसके चेहरे पर एक हल्की-सी मुस्कान भी खिलती मालूम पड़ी, जो कि मेरे लिए बड़ी राहत की बात थी।

इस बात से हौसला पाकर मैंने फिर से खुद को कहते सुना, "मैं आपको एक और किस्सा सुनाऊँ, बीबी साहिब?"

"ज़रूर।" लाइटर जलने की आवाज़ आई और पीछे वाली सीट से धुआँ मेरी ओर आने लगा।

"तो बीबी साहिब, हमारे शादबाग में एक मुल्ला हैं। बेशक, हर गाँव में एक मुल्ला होता है। हमारे मुल्ला का नाम मुल्ला शकीब है, और उनकी खासियत यह है कि उनके पास किस्से-कहानियों की भरमार है। उनका खज़ाना कितना बड़ा है यह तो मैं नहीं बता सकता, लेकिन एक बात जो वह हमें हमेशा बताते थे, वह यह थी कि आप दुनिया में कहीं भी रह रहे किसी भी मुसलमान की हथेलियाँ देखें, तो आपको एक बहुत ही हैरतअंगेज़ बात दिखाई देगी। उन सबकी हथेलियों की लकीरें एक जैसी होती हैं। मतलब क्या? मतलब यह कि हरेक मुसलमान के बाएँ हाथ की रेखाएँ अरबी अंक 'इक्यासी' बनाती हैं, और दाएँ हाथ की रेखाएँ 'अठारह'। अब इक्यासी में से अठारह घटाएँ तो क्या मिलेगा? तिरसठ। पैगम्बर के इंतकाल के वक़्त उनकी उम्र।"

मुझे पीछे वाली सीट से धीमी हँसी की आवाज़ सुनाई दी।

"अब, एक दिन एक मुसाफिर हमारे गाँव से होकर गुज़र रहा था, और जैसी कि हमारे गाँव की रीत है कि कोई भी मुसाफिर हमारे यहाँ से होकर गुज़रता है तो मुल्ला शकीब उसे रात का खाना अपने साथ खाने का न्यौता देते हैं, तो उसके रात के खाने का इंतज़ाम भी मुल्ला जी के यहाँ किया गया। खाने के बाद मुल्ला जी ने उसे भी यह कहानी सुनाई। मुसाफिर ने सुनी, कुछ देर कुछ सोचता रहा, और फिर बोला, 'मुल्ला साहब, गुस्ताखी की माफी चाहूँगा, मगर मैं एक बार एक यहूदी से मिला था और मैं कसम खाकर कहता हूँ कि उसकी हथेलियों पर भी बिल्कुल वैसी ही लकीरें थीं। इसकी आप क्या तर्जुमानी करेंगे?' इस पर मुल्ला जी ने तपाक से कहा, 'इसका मतलब है कि वह यहूदी दिल से मुसलमान था।' "

अचानक मुझे पिछली सीट से ज़ोर से खिलखिलाकर हँसने की आवाज़ सुनाई दी। उस हँसी ने उस दिन दिन भर मुझे मंत्रमुग्ध किए रखा। ऐसा लगा मानो वह हँसी जन्नत से मेरे लिए भेजी गई खुदा की कोई नेमत हो।

यहाँ बात सिर्फ़ ख़ूबसूरती की नहीं थी, मिस्टर मार्कोस। मुझे सिर्फ़ नीला की ख़ूबसूरती ने इतना मंत्रमुग्ध नहीं किया हुआ था, हालाँकि सिर्फ़ वो भी काफ़ी थी किसी के भी होश उड़ाने के लिए। मैंने अपनी पूरी ज़िन्दगी में नीला जैसी लड़की पहले कभी नहीं देखी थी। वह जो कुछ भी करती थी–जिस तरह से वह बोलती थी, जिस तरह से वह चलती थी, जिस तरह से कपड़े पहनती थी, जिस तरह से मुस्कुराती थी–वह सब मेरे लिए एकदम अनूठा था। नीला की हर बात औरतों के बात-व्यवहार को लेकर मेरे दिल-ओ-दिमाग में बैठी हरेक धारणा को चुनौती देती थी। मुझे पता है कि यह एक ऐसी खासियत थी जिससे ज़ाहिद जैसे लोग–और निश्चित रूप से सबूर भी, और मेरे गाँव के तमाम आदमी और सभी औरतें भी–

सख्त ऐतराज़ रखते थे, मगर मेरे साथ उल्टा था। उसकी इस खासियत ने मेरे मन में उसके प्रति पहले से मौजूद आकर्षण और रहस्य को और भी बढ़ा दिया था।

और इसलिए उस दिन दिन भर उसकी वह हँसी मेरे कानों में गूँजती रही, और रात को जब मुलाज़िमों की मण्डली मेरी खोली में बैठकर हँसी-ठिठोली करने लगी, तब भी मेरे कान उनकी भद्दी बातों और कर्कश ठहाकों को अनसुना करके नीला की मधुर हँसी ही सुनते रहे। और मैं मन ही मन इस बात के लिए खुद पर फख्र करता रहा कि मेरी होशियारी से गढ़ी गई कहानी उसे उसकी नाकाम शादी से उपजने वाली ऊब और बेकरारी से थोड़ी राहत तो दिलाने में कामयाब रही। वह एक गैर-मामूली औरत थी, और उस रात बिस्तर पर लेटे-लेटे मुझे महसूस हो रहा था कि मैं भी शायद उतना मामूली नहीं था। ऐसा असर डाला था उसकी सोहबत ने मुझ पर।

जल्द ही हम रोज़ाना बातचीत करने लगे, नीला और मैं। आमतौर पर तब जब दोपहर को वह बरामदे में बैठकर कॉफ़ी पी रही होती थी। उस वक़्त मैं किसी काम के बहाने वहाँ चला जाता और फिर कभी फावड़े से टेक लगाए तो कभी हाथ में ग्रीन टी का कप थामे उससे बातें करता रहता। मैं खुद को बेहद खुशकिस्मत मानता था कि इतने सारे लोगों में से उसने मुझे चुना था। आख़िर को मैं उस घर में काम करने वाला अकेला मुलाज़िम तो नहीं था; उस नमकहराम ज़ाहिद का ज़िक्र तो मैं पहले ही कर चुका हूँ, उसके अलावा एक भद्दे-से चेहरे वाली हज़ारा औरत भी थी जो हफ़्ते में दो बार कपड़े धोने आती थी। मगर वह सिर्फ़ मुझसे ही अपने मन की बात करती थी। मुझे लगता है कि जनाब वहदती के अलावा मैं ही वो इकलौता शख्स था जिसके साथ उसका अकेलापन दूर होता था। बातचीत के दौरान बोलने का काम ज़्यादातर वही करती थी, और मुझे इससे कोई दिक्कत नहीं थी। मैं तो यही सोचकर खुश रहता था कि कम से कम मेरे ज़रिए उसे अपने दिल की बातें बाहर लाने का मौका तो मिल रहा था। वह मेरे साथ अपनी ज़िन्दगी के कई दिलचस्प किस्से और तजुर्बे बाँटती थी। मिसाल के तौर पर, उसने मुझे अपने बाबा के साथ शिकार के लिए जलालाबाद के सफ़र पर जाने का किस्सा सुनाया था और बताया था कि कैसे उसे हफ़्तों तक काँच जैसी मासूम और प्यारी आँखों वाले उस हिरण को लेकर बुरे सपने आते रहे थे जिसे शिकार खेलते हुए उसके बाबा ने अपनी गोली का निशाना बना दिया था। उसने यह भी बताया कि जब वह छोटी बच्ची थी तब एक बार अपनी माँ के साथ फ्रांस गई थी। यह दूसरे विश्वयुद्ध से पहले की बात थी। वहाँ पहुँचने के लिए उसे

ट्रेन और पानी के जहाज़; दोनों से सफ़र करना पड़ा था। खासकर ट्रेन का वह सफ़र उसके ज़ेहन में ऐसा बस गया था कि उसे उसकी हरेक बात अब भी अच्छी तरह याद थी। उसे याद था कि कैसे उसे रेलगाड़ी के पहियों की झनझनाहट अपनी पसलियों में महसूस हो रही थी। उसे यह भी अच्छी तरह याद था कि ट्रेन में अलग-अलग कम्पार्टमेंट थे और उन सब में पर्दे लटके हुए थे। उसे भाप के इंजन का छुक-छुक करके चलना और किसी विशालकाय दैत्य की डकार की तरह ज़ोर से भाप छोड़ना भी अच्छी तरह याद थी। उसने मुझे यह भी बताया कि पिछले साल तकरीबन छह हफ्ते उसने अपने बाबा के साथ हिन्दुस्तान में बिताए थे, क्योंकि वह बहुत बीमार थी।

बातचीत के बीच जब-जब वह बगल में रखे ऐशट्रे में सिगरेट की राख झटकने के लिए मुड़ती, मैं कभी उसके पैर के नाखूनों पर लगी लाल नेलपॉलिश पर, कभी उसकी बिना बालों वालीं चिकनी पिंडलियों की सुनहरी चमक पर, कभी उसके पंजों की ऊँची कमान पर, और कभी उसके भरे हुए मगर सुडौल स्तनों पर एक नज़र डाल लेता। जब भी मेरी नज़र उसके स्तनों पर पड़ती, तो मैं यह सोचकर हैरत से भर उठता (और जलन से भी) कि इस धरती पर ऐसे मर्द भी मौजूद थे जिन्हें इस दिलफरेब हसीना को प्यार करने और इन स्तनों को छूने व चूमने की खुशनसीबी हासिल हुई थी। 'एक बार किसी को यह सुख नसीब हो जाए तो फिर उसके बाद ज़िंदगी में करने के लिए बचता ही क्या है? परमानंद की चोटी पर पहुँचने के बाद इंसान उससे ऊपर और कहाँ जा सकता है भला?' मैं मन ही मन सोचता और आह भरता। नीला के वापस मुड़कर मेरी तरफ देखने से पहले अपनी आँखों को उस ख़ूबसूरती पर से हटाकर किसी सुरक्षित जगह टिका लेने में मुझे कितनी भारी मशक्कत करनी पड़ती थी, मैं ही जानता हूँ।

जैसे-जैसे उसका मुझ पर भरोसा बढ़ता गया और वो ज़्यादा सहज होती गई, वह सुबह की इन बातचीतों में जनाब वहदती के खिलाफ अपनी शिकायतें भी मुझसे साझा करने लगी। एक दिन उसने मुझसे कहा कि उसे जनाब वहदती अकेलकंडू और कभी-कभी घमंडी भी जान पड़ते थे।

"जी, मगर मेरे प्रति तो वह बेहद उदार रहे हैं।" मैंने कहा।

"ओह प्लीज़, नबी। तुम्हें अपने मालिक की तरफदारी करने की ज़रूरत नहीं है," उसने हाथ हिलाकर मेरी बात को खारिज करते हुए कहा।

मैंने अपनी नज़रें झुका लीं। वह जो कह रही थी, वो पूरी तरह गलत नहीं था। मिसाल के तौर पर, जनाब वहदती की आदत थी कि वह जब-तब मेरे बोलने

के तरीके में खामियाँ निकालकर उसे ठीक कराते रहते थे और ऐसा ज़ाहिर करते थे कि उन्हें इस मामले में मुझसे बेहतर होने पर बहुत नाज़ था। इस बात को घमंड के रूप में भी लिया जाना पूरी तरह गलत तो नहीं ही होगा। कभी-कभी मैं उनके कमरे में दाखिल होता, उनके सामने मिठाइयों की प्लेट रखता, उनकी ठंडी हो चुकी चाय दुबारा गर्म करके ले आता, उनकी मेज़ पर बिखरे सामान को समेटता, मगर उनकी प्रतिक्रिया ऐसी होती जैसे कि मैं उस कमरे में आया ही न होऊँ, जैसे कि उनकी नज़र में मेरा कोई वजूद ही न हो। वह आँख उठाकर भी नहीं देखते कि मैं वहाँ हूँ या नहीं। उस वक़्त मैं खुद को दरवाज़े पर बैठी उस मक्खी जितना छोटा महसूस करने लगता जिसकी मौजूदगी या गैर-मौजूदगी से किसी को कोई फर्क नहीं पड़ता। मगर मैं इन छोटी-छोटी बातों को ज़्यादा तवज्जो नहीं देता था, क्योंकि मैं उसी मोहल्ले में रहने वाले ऐसे लोगों को भी जानता था–जिनके लिए मैंने काम भी किया था–जो अपने नौकरों को लाठी और बेल्ट से पीटते थे।

"मज़ाक-मस्ती, हँसना-खेलना, सैर-सपाटा, और रोमांचक कामों से जैसे उसका कोई सरोकार ही नहीं है," नीला ने बेरुखी से अपनी कॉफ़ी में चम्मच चलाते हुए कहा था। "सुलेमान असल में एक जवान आदमी के शरीर में रह रहा बुड्ढा है।" मैं उसकी इस बेबाकी से थोड़ा चौंक गया था। "हाँ, यह तो सच है कि जनाब वहदती को अकेले रहना बहुत पसंद है," मैंने सावधानी से कूटनीति अपनाते हुए कहा था।

"मेरे ख़याल से उसे अपनी माँ के साथ रहना चाहिए। तुम क्या सोचते हो, नबी? मेरे हिसाब से वे दोनों एक-दूसरे के लिए परफेक्ट हैं।"

जनाब वहदती की माँ एक भारी-भरकम डीलडौल वालीं और थोड़ी अकड़ू मिज़ाज की औरत थीं, जो शहर के दूसरे हिस्से में नौकरों की एक फ़ौज और अपने दो अजीब-से कुत्तों के साथ रहती थीं। वह इन कुत्तों से बहुत प्यार करती थीं और इन्हें अपने नौकरों के बराबर नहीं, बल्कि उनसे कई दर्जे ऊपर माना करती थीं। ये कुत्ते आकार में छोटे, बिना बालों वाले, और खौफनाक किस्म के प्राणी थे जो बात-बात में चौंक पड़ते थे, बेचैन हो जाते थे, और बहुत ऊँची आवाज में भौंकते थे। मुझे तो वे सख्त नापसंद थे क्योंकि मेरे उनके घर में घुसते ही वे मेरे पैरों से झूम जाते थे और ऊपर चढ़ने की कोशिश करने लगते थे।

जब भी मैं नीला और जनाब वहदती को कार से उस बुढ़िया के घर लेकर जाता था तो मुझे पीछे की सीट पर माहौल में तनाव साफ़ महसूस होता था, और नीला की तनी हुई भौंहें देखकर मैं समझ जाता था कि दोनों के बीच झगड़ा हुआ था। मुझे याद है कि जब भी मेरे माँ-बाप में लड़ाई होती थी तो वे तब तक नहीं

रुकते थे जब तक कि दोनों में से कोई एक उस लड़ाई में स्पष्ट रूप से विजयी घोषित नहीं हो जाता था। मतलब, जब तक कि लड़ाई पूरी तरह ख़त्म नहीं हो जाती थी। यह कड़वाहट को वहीं के वहीं ख़त्म कर देने का उनका तरीका था। वे सुनिश्चित करते थे कि झगड़े का तुरंत कोई फैसला हो जाए ताकि उससे उपजी कड़वाहट को अगले दिन तक जारी रहने का मौका न मिले। मगर वहदती दंपती के साथ ऐसा नहीं था। उनके झगड़े कभी भी पूरी तरह ख़त्म नहीं होते थे और उनसे उपजी कड़वाहट लम्बे समय तक थोड़ी-थोड़ी बनी रहती थी, जैसे पानी के कटोरे में स्याही की एक बूंद डालने पर पानी एकदम से पूरा रंगीन नहीं होता है मगर पूरी तरह पारदर्शी भी नहीं रह जाता है।

यह अंदाज़ा लगाने के लिए कोई मनोवैज्ञानिक होने की ज़रूरत नहीं थी कि बुढ़िया को यह रिश्ता पसंद नहीं था और नीला को यह बात पता थी।

जैसे-जैसे नीला के साथ मेरी बातचीतों का सिलसिला बढ़ता जा रहा था, मेरे दिमाग में रह-रहकर यह सवाल उठने लगा था कि आखिर उसने जनाब वहदती से शादी की ही क्यों थी? मगर उससे यह पूछने की मेरी कभी हिम्मत नहीं हुई। अपनी हद पार करना मेरे स्वभाव में नहीं था। मैं बस यही अंदाज़ा लगा सकता था कि कुछ लोगों के लिए, खासकर औरतों के लिए, शादी–चाहे वह ऐसी बेमेल शादी ही क्यों न हो–और भी बड़ी मुसीबतों से बचने का एक ज़रिया होती है।

1950 के सर्दियों के मौसम में एक दिन नीला ने मुझे बुलाया।

"मैं चाहती हूँ कि तुम मुझे शादबाग ले चलो," उसने कहा। वह मेरे परिवार से मिलना चाहती थी, देखना चाहती थी कि मैं कहाँ से आया हूँ। उसका कहना था कि मैं पिछले एक बरस से दिन में दोनों वक़्त उसके लिए खाना बना और खिला रहा हूँ, उसे काबुल की सैर करा रहा हूँ, मगर फिर भी वह मेरे बारे में कुछ भी नहीं जानती। उसका यह इसरार (अनुरोध) मेरे लिए हैरान करने वाला था, क्योंकि उसके जैसी बाहैसियत औरत के लिए यह गैर-मामूली बात थी कि वह किसी नौकर के परिवार से मिलने के लिए इतनी दूर जाने की ज़हमत उठाए, और वो भी खुद होकर। कहने की ज़रूरत नहीं कि मैं इस यह सोच-सोचकर कितना उत्साहित था कि नीला मुझमें इतनी गहरी दिलचस्पी ले रही थी, मगर साथ ही साथ मुझे यह बात भी परेशान कर रही थी कि जब मैं नीला को वह गरीबी और गुरबत दिखाऊँगा जिसमें मैं पैदा हुआ था, तब मारे शर्मिंदगी और असहजता के मैं मर ही न जाऊँ।

बहरहाल, एक सुबह हम निकल पड़े। नीली ने ऊँची एड़ी की सैंडल और पीच रंग की स्लीवलेस ड्रेस पहनी थी। अगर मेरे इख़्तियार में होता तो मैं उसे कोई

और कपड़े पहनकर चलने की सलाह देता, मगर मुझे अपनी हैसियत पता थी, इसलिए मैंने कुछ नहीं कहा। रास्ते भर वह मेरे गाँव, मेरे जानने वाले लोगों, मेरे बहन-बहनोई और उनके बच्चों के बारे में तरह-तरह के सवाल पूछती रही।

"मुझे बच्चों के नाम तो बताओ।"

"जी," मैंने कहा, "उनका बड़ा बेटा अब्दुल्ला है, जो तकरीबन नौ बरस का है। उसकी जन्म देने वाली माँ का पिछले बरस इंतकाल हो गया था, इसलिए वह मेरी बहन परवाना का सौतेला बेटा है। उसकी बहन, परी, लगभग दो बरस की है। परवाना ने पिछली सर्दियों में एक लड़के को जन्म दिया था–उमर नाम था उसका–मगर दो हफ्ते बाद ही वह चल बसा।"

"कैसे?"

"सर्दियाँ, बीबी साहब। हर साल सर्दी का मौसम इन गाँवों में आता तो अकेला है, मगर दो-एक बच्चों को साथ लेकर ही जाता है। लोग बस यही उम्मीद कर सकते हैं कि इस बार उनके बच्चों की बारी न हो।"

"गॉड!" वह बुदबुदाई।

"खुशी की बात यह है बीवी साहिब कि मेरी बहन अभी फिर उम्मीद से है।"

गाँव में घुसते ही हमेशा की तरह इस बार भी हमारा स्वागत नंगे पाँव गाड़ी के पीछे-पीछे दौड़ती बच्चों की भीड़ ने किया, हालाँकि जैसे ही पीछे की सीट से नीला बाहर उतरी, भीड़ एकदम से खामोश होकर पीछे हट गई, शायद इस डर से कि कहीं नीला उन्हें डाँट न दे। मगर नीला ने बहुत सब्र और रहमदिली दिखाई। वह घुटनों के बल बैठी और मुस्कुराई, हरेक बच्चे से बात की, उनसे हाथ मिलाया, उनके गंदे गालों पर प्यार से हाथ फेरा, उनके धूल-मिट्टी भरे बालों को सहलाया। जिस तरह से उसकी एक झलक पाने के लिए गाँव के लोग धक्का-मुक्की कर रहे थे, मुझे इतनी शर्मिंदगी महसूस हुई कि पूछिए मत। मेरा बचपन का दोस्त, बैतुल्लाह, अपने भाइयों के साथ अपनी छत की मुंडेर पर बैठा नीचे ताक रहा था। कमबख्त सब के सब नसवार तम्बाखू चबा रहे थे। उन्हें देखकर ऐसा लग रहा था जैसे किसी छत की मुंडेर पर एक कतार से ढेर सारे कौवे बैठे हों। वहीं पास में ही एक दीवार की छाया में उसके बाबा मुल्ला शकीब तीन और सफ़ेद दाढ़ी वाले आदमियों के साथ बैठे थे। उनके हाथ की उंगलियाँ तो नमाज़ की मालाएँ फिरा रही थीं, मगर उनकी आँखें एकटक नीला और उसकी नंगी बाँहों पर जमी थीं। ज़ाहिर है कि उन्हें उसका पहनावा नागवार गुज़र रहा था।

बहरहाल, मैंने नीला का परिचय सबूर से कराया और फिर हम उसके और परवाना के छोटे से मिट्टी के घर की ओर चल पड़े। तमाशबीनों की फ़ौज हमारे पीछे-पीछे चल रही थी। दरवाज़े पर पहुँचकर नीला ने सैंडल बाहर ही उतार दिए, जबकि सबूर उससे कहता रहा कि इसकी कोई ज़रूरत नहीं थी। जब हम भीतर दाखिल हुए तो मैंने देखा कि परवाना एक कोने में चुपचाप गठरी-सी बनी बैठी थी। उसने नीला का इस्तकबाल इतनी धीमी आवाज़ में किया कि फुसफुसाहट भी उससे तेज़ मानी जाएगी।

सबूर ने भौंहें टेढ़ी करके अब्दुल्ला की तरफ़ देखा और दबी हुई आवाज़ में बोला, "चाय लाओ, बेटा।"

"अरे नहीं, प्लीज़," नीला ने परवाना के बगल में ज़मीन पर बैठते हुए कहा। "इसकी कोई ज़रूरत नहीं है।" मगर तब तक अब्दुल्ला बगल वाले कमरे में गायब हो चुका था, जिसके बारे में मुझे पता था कि वह रसोई के साथ-साथ उसके और परी के सोने के कमरे के तौर पर भी काम में लिया जाता था। असल में वह कोई अलग कमरा था ही नहीं, बल्कि जिस कमरे में हम बैठे थे, उसी में एक अपारदर्शी प्लास्टिक शीट का पर्दा लगाकर उसे दो हिस्सों में बाँट दिया गया था। मेरी उंगलियाँ कार की चाबी से खेल रही थीं, जबकि मैं मन ही मन सोच रहा था कि काश मुझे अपनी बहन को इस दौरे के बारे में बताने का मौका मिला होता, तो वह घर को थोड़ा साफ़-सूफ कर लेती। घर की मिट्टी की दीवारें जगह-जगह से चटकी हुई थीं और चूल्हे के धुएँ की कालिख से काली हो गई थीं। नीला जिस गद्दे पर बैठी थी वह फटा हुआ और धूल भरा था। कमरे की इकलौती खिड़की पर जगह-जगह काले धब्बे दिखाई दे रहे थे।

"यह कालीन बहुत सुंदर है," नीला ने अपनी उंगलियाँ कालीन पर फेरते हुए खुश होकर कहा। यह चटक लाल रंग का कालीन था, जिस पर हाथी के पैरों के निशान जैसी डिज़ाइन बनी हुई थी। सबूर और परवाना के पास यही इकलौती कीमती चीज़ थी (बाद में मुझे पता चला कि उन्हीं सर्दियों में उन्हें उसे भी बेच देना पड़ा था)।

"यह मेरे बाबा के टाइम का है," सबूर ने कहा।

"क्या यह तुर्कमानी गलीचा है?"

"जी हाँ।"

"वे लोग जो भेड़ की ऊन इस्तेमाल करते हैं, वो मुझे बहुत पसंद है। उनकी कारीगरी भी कमाल है।"

सबूर ने सहमति में सिर हिलाया। इतनी देर से वह नीला से बात कर रहा था, मगर एक बार भी उसकी तरफ़ नहीं देखा था।

तभी प्लास्टिक शीट का पर्दा हिला और उसके पीछे से हाथ में चाय की ट्रे लिए अब्दुल्लाह बाहर आया। उसने ट्रे लाकर नीला के सामने ज़मीन पर रख दी। फिर एक कप में चाय डालकर उसे दी और उसके सामने पालथी मारकर बैठ गया। नीला ने उससे थोड़ी बातचीत करने की कोशिश की, कुछ आम-से सवाल पूछे, जिनमें से ज़्यादातर के जवाब अब्दुल्लाह ने अपने घुटे हुए सिर को हिलाकर ही दिए। जिन सवालों पर बोलना ज़रूरी था, वहाँ भी एक या हद से हद दो शब्दों में ही जवाब देकर आशंकित नज़रों से नीला को ताकता रहा। मैंने मन ही मन तय किया कि बाद में उससे बात करूँगा, उसे हल्की-सी डाँट लगाऊँगा और कहूँगा कि वह अब इतना छोटा नहीं है, उसे पता होना चाहिए कि मेहमानों से किस तरह पेश आया जाता है। हालाँकि मैं यह काम दोस्ताना तरीके से ही करूँगा, क्योंकि मुझे वह लड़का पसंद है, वह स्वभाव से गंभीर और काबिल है।

“अब कितना वक़्त है तुम्हें?” नीला ने परवाना से पूछा।

परवाना ने सिर झुकाए-झुकाए कहा कि सर्दियों में होने की उम्मीद है।

“तुम बहुत खुशकिस्मत हो,” नीला ने कहा। “तुम्हारी गोद में एक नया बच्चा आने वाला है। और एक इतना अच्छा सौतेला बेटा पहले से ही तुम्हारे पास है।” वह अब्दुल्ला की ओर देखकर मुस्कुराई, मगर अब्दुल्लाह का चेहरा पहले की ही तरह भावशून्य बना रहा।

परवाना बहुत धीरे से कुछ बुदबुदाई; बेशक, शुक्रिया कहा होगा।

“और जहाँ तक मुझे याद है, आपकी एक छोटी बच्ची भी है न?” नीला ने कहा। “परी?”

“वह सो रही है,” अब्दुल्ला ने सपाट लहज़े में कहा।

“ओह। सुना है वह बहुत प्यारी है।”

“जाओ अपनी बहन को ले आओ,” सबूर ने अब्दुल्लाह से कहा।

कुछ पल अब्दुल्ला अपनी जगह बैठा रहा, कभी अपने बाबा की तरफ तो कभी नीला की ओर देखता रहा, फिर बड़ी हिचकिचाहट और अनिच्छा के साथ उठकर दूसरे कमरे में चला गया।

अगर मेरी इच्छा किसी तरह अपने गुनाह बख्शवाने की होती, तो मैं कह देता कि अब्दुल्ला और उसकी छोटी बहन के बीच जो रिश्ता था वो आम भाई-

बहनों जैसा था, उसमें कोई ख़ास बात नहीं थी। मगर यह सरासर झूठ होगा। उन दोनों के बीच कुछ अलग ही किस्म का रिश्ता था। सिर्फ़ अल्लाह ही जानता है कि उन दोनों ने एक-दूसरे को क्यों चुना था। यह एक रहस्य था। मैंने दो लोगों के बीच ऐसा लगाव कभी भी और कहीं भी नहीं देखा। सच बात तो यह थी कि अब्दुल्लाह परी के लिए उसका भाई कम और बाप ज़्यादा था। नवजात परी जब रातों को उठकर रोने लगती थी तो अब्दुल्लाह ही उसे पालने में से उठाकर, अपनी बाहों में लेकर, घुमा-घुमाकर चुप कराता था, लोरियाँ गाकर सुलाता था। वही था जो उसकी गंदी लंगोटियाँ बदलता था, उसके पालने की गीली गुदड़ी को हटाकर नयी सूखी गुदड़ी बिछाता था और यह सुनिश्चित करता था कि उसे कोई तकलीफ न हो। परी को लेकर उसका सब्र कमाल का था। वह उसे लेकर पूरे गाँव में ऐसे घूमता था जैसे वह उसके लिए दुनिया की सबसे कीमती ट्रॉफी हो।

जब अब्दुल्लाह उनींदी परी को गोद में उठाकर कमरे में लाया तो नीला ने उसे बाँहों में लेना चाहा। अब्दुल्लाह को न चाहते हुए भी परी को उसे सौंपना पड़ा, मगर उसकी तीखी और शक भरी नज़रें उसके दिल का हाल साफ़ बयान कर रही थीं, मानो उसके भीतर सहज ही खतरे का कोई अलार्म बज उठा हो।

"अरे वाह, कितनी प्यारी है यह!" नीला ने ऐसे खुश होकर कहा जैसे दुनिया की सबसे कीमती चीज़ उसके हाथों में आ गई हो। मगर परी को संभालने की जुगत में वह जिस तरह आढ़ी-तिरछी हो रही थी, वह इस बात की चुगली कर रहा था कि बच्चों को संभालने के मामले में वह एकदम नातजुर्बेकार थी।

परी उनींदी तो थी ही, अचानक से उसने खुद को एक अजनबी की गोद में पाया तो चकरा गई। तुरंत उसने अब्दुल्लाह की तरफ देखा और रोना शुरू कर दिया। अब्दुल्लाह ने अब किसी की परवाह नहीं की और फ़ौरन उसे नीला के हाथों से छुड़ा लिया।

"इसकी आँखें तो देखो!" नीला बोली। "ओह, और ये गाल! ये कितनी प्यारी है न, नबी?"

"हाँ, बीबी साहब, बहुत प्यारी है," मैंने कहा।

"और आप लोगों ने इसका नाम भी एकदम सही रखा है: परी। यह वाकई परियों जैसी खूबसूरत है।"

परी को बाँहों में झुलाकर चुप कराते हुए अब्दुल्लाह गौर से नीला को देख रहा था और उसकी बातें सुनकर उसका चेहरा राख जैसा सफ़ेद हो चला था।

वापस लौटते वक़्त नीला पिछली सीट पर ऐसे बैठी थी जैसे बहुत थक गई हो। उसका सिर खिड़की के शीशे पर टिका हुआ था। काफ़ी देर तक उसने एक शब्द भी नहीं कहा। और फिर, अचानक, वह रोने लगी।

मैंने घबराकर गाड़ी सड़क के किनारे रोक दी।

वह बहुत देर तक कुछ नहीं बोली। बस चुपचाप हथेलियों में मुँह छिपाए सिसकती रही। आखिरकार, उसने रुमाल निकाला और नाक साफ़ की। फिर बोली, "शुक्रिया, नबी।"

"किसलिए बीबी साहिब?"

"मुझे वहाँ ले जाने के लिए। तुम्हारे परिवार से मिलना मेरे लिए खुशकिस्मती की बात थी।"

"खुशकिस्मती तो उनकी थी बीबी साहिब। और मेरी भी कि आपने हमें इतनी इज़्ज़त दी।"

"तुम्हारी बहन के बच्चे बड़े प्यारे हैं।" कहकर उसने अपनी आँखों पर से चश्मा उतारा और रूमाल से आँखें पोंछी।

मैं सोचने लगा कि इसके जवाब में मैं क्या कहूँ या करूँ। पहले तो मैंने खामोश रहने का फैसला किया। लेकिन वह अभी-अभी मेरे सामने रोई थी, और मौके की नज़ाकत चीख-चीखकर कह रही थी कि मैं उसके लिए दिलासे के दो बोल बोलूँ। इसलिए मैंने धीरे से कहा, "जल्द ही आपके भी अपने बच्चे होंगे, बीबी साहिब। इंशाअल्लाह, वह आप पर भी करम फरमाएगा। उस वक़्त का इंतज़ार करें।"

"मुझे नहीं लगता कि वह कोई करम करेगा। वह भी कुछ नहीं कर सकता।"

"बिल्कुल कर सकता है, बीबी साहब। उसके करम से सबकुछ हो सकता है। अभी आपकी उम्र ही क्या है। अगर वह चाहेगा, तो आपकी गोद ज़रूर भरेगी।"

"तुम समझ नहीं रहे हो," उसने थके हुए स्वर में कहा। मैंने उसे इतना थका हुआ, इतना निढाल पहले कभी नहीं देखा था। "सबकुछ ख़त्म हो चुका है। हिन्दुस्तान में डॉक्टर्स ने मेरी बच्चेदानी निकाल दी थी। मैं अब अंदर से एकदम खोखली हूँ।"

मैं सन्न रह गया, समझ ही नहीं आया कि क्या कहूँ। पता नहीं क्यों और कैसे, मगर मेरे भीतर बड़ी शिद्दत से यह जज़्बा जागा कि मैं पीछे वाली सीट पर जाऊँ, उसे अपने आगोश में भर लूँ और उसके चेहरे पर अपने होंठों का मरहम लगाकर उसके दिल में घुमड़ रहे दर्द को कम करने की कोशिश करूँ। इससे पहले कि मैं समझ पाता कि मैं क्या कर रहा हूँ, मैंने पीछे की सीट पर जाकर उसका हाथ अपने हाथ में ले लिया। मुझे लगा था कि वह अपना हाथ वापस खींच लेगी, मगर उसकी उँगलियों ने मानो शुक्रगुज़ार होते हुए मेरे हाथ को कसकर अपनी गिरफ्त में ले लिया। हम बड़ी देर तक ऐसे ही बैठे रहे, बगैर कुछ कहे, बगैर एक-दूसरे की तरफ देखे। हमारी नज़रें चारों ओर दूर तक फ़ैले मैदानों में घूम रही थीं। नीला के दिल की तरह ही वे मैदान भी एकदम उजाड़ थे–पीले और मुरझाए हुए, सूखी नहरों, कँटीली झाड़ियों, कठोर चट्टानों, और कहीं-कहीं दिखाई पड़ती ज़िन्दगी की हलचलों से भरे हुए। मगर मेरे दिल में फूल ही फूल खिले हुए थे। नीला का हाथ अपने हाथ में लिए हुए मैं ऊँची-ऊँची पहाड़ियों और बिजली के खंभों को देख रहा था। मैं आते-जाते वाहनों को देख रहा था। मेरे लिए वक़्त मानो थम-सा गया था और मैं चाहता था कि वह हमेशा थमा ही रहे, मैं हमेशा ऐसे ही नीला का हाथ अपने हाथ में लिए बैठा रहूँ। हमेशा।

मगर सपना चाहे जितना भी सुहाना हो, कभी न कभी तो ख़त्म होता ही है।

"मुझे घर ले चलो," आखिरकार नीला ने मेरा हाथ छोड़ते हुए कहा। "मैं आज रात जल्दी सोना चाहती हूँ।"

"जी, बीबी साहब।" मैंने गला साफ़ किया और थोड़े काँपते हाथ से गाड़ी को पहले गियर में डाल दिया।

उस रात वह जो अपने बैडरूम में गई तो फिर कई दिनों तक बाहर न आई। हालाँकि यह कोई नयी बात नहीं थी। पहले भी कई बार ऐसा हो चुका था। वह खुद को अपने ऊपर वाले बैडरूम में कैद कर लेती थी। खिड़की के पास कुर्सी खींचकर वहीं बैठी रहती, सिगरेट पे सिगरेट फूँकती रहती, एक पैर को दूसरे पैर पर रखकर हिलाती रहती और खाली-खाली आँखों से खिड़की से बाहर दूर कहीं ताकती रहती। और यह सिलसिला कई दिनों तक जारी रहता। इस दौरान वह न किसी से बात करती, न अपना स्लीपिंग गाउन बदलती, न नहाती, और न ही अपने दाँत या बाल ब्रश करती थी। इस बार मगर वह खाना भी नहीं खा रही थी। और इस बात ने जनाब वहदती को फिक्रमंद कर दिया था, जो कि अमूमन नहीं होता था।

चौथे दिन, घर के दरवाज़े पर दस्तक हुई। मैंने दरवाज़ा खोला तो सामने एक ऊँचे पूरे कद का उम्रदराज़ आदमी खड़ा था, जिसने करीने से प्रेस किया हुआ सूट और पॉलिश किए हुए चमचमाते जूते पहन रखे थे। उसकी शख्सियत बेहद असरदार थी। उसका तनकर खड़ा होना, उसका अपनी पैनी निगाहों से मेरा मुआयना करना, और उसका अपनी पॉलिश की हुई छड़ी को दोनों हाथों से ऐसे पकड़ना जैसे कि वह राजदण्ड हो; ये सारी बातें मिलकर एक अलग ही रौब ग़ालिब कर रही थीं। उसने अभी तक एक लफ्ज़ भी नहीं कहा था, मगर मुझे पहले ही एहसास हो गया था कि वह 'हुक्म की तामील' पसंद करने वाला आदमी था।

"मैं समझता हूँ कि मेरी बेटी की हालत ठीक नहीं है," आखिरकार उसने कहा।

ओह, तो यह नीला के बाबा थे। मैं उनसे पहले कभी नहीं मिला था। "जी साहब। मुझे डर है कि यह बात सच है," मैंने अदब से कहा।

"तो फिर सामने से हटो न नौजवान।" वह मुझे लगभग धकियाते हुए भीतर चले गए।

मैं चूल्हे के लिए लकड़ी काटने के बहाने बगीचे में उस जगह जा पहुँचा जहाँ से नीला के बैडरूम की खिड़की साफ़ दिखाई देती थी। मैंने देखा कि खिड़की पर नीला की कुर्सी के ठीक सामने उसके बाबा खड़े थे और उनका एक हाथ उसके कंधे पर रखा हुआ था। नीला के चेहरे पर वह भाव था जो लोगों के चेहरे पर तब होता है जब वे अचानक हुई किसी तेज़ आवाज़ से चौंक जाते हैं, जैसे कि पटाखे की आवाज़, या अचानक तेज़ हवा से दरवाज़ा बंद हो जाने की आवाज़।

उस रात नीला ने खाना खाया।

कुछ दिनों बाद नीला ने मुझे बुलाया और कहा कि वह एक पार्टी देने वाली है। जब जनाब वहदती अकेले थे, तब घर पर ना कभी में ही पार्टियाँ होती थीं। मगर नीला के आने के बाद से महीने में दो-तीन बार तो हो ही जाती थीं, जो कि ज़ाहिर तौर पर नीला की तरफ से ही होती थीं। जब भी पार्टी होनी होती तो उसके एक दिन पहले नीला मुझे बुलाती और तफसील से बताती कि मुझे खाने में क्या-क्या बनाना होगा, और मैं उसी हिसाब से ज़रूरी सामान खरीदने के लिए बाज़ार चला जाता। इन ज़रूरी सामानों में सबसे ज़रूरी चीज़ होती थी शराब, जो मैंने उससे पहले कभी नहीं खरीदी थी, क्योंकि जनाब वहदती शराब नहीं पीते थे–हालाँकि इसका मज़हब से कोई लेना-देना नहीं था, उन्हें बस शराब का

आदमी के दिल-ओ-दिमाग पर होने वाला असर पसंद नहीं था। जबकि नीला शराब बेची जाने वाली ऐसी कई सारी जगहों से–जिन्हें वह मज़ाक में 'दवा की दुकानें' कहती थी–वाकिफ थी, जहाँ मेरी महीने भर की कमाई से दोगुनी कीमत पर गुपचुप ढंग से 'दवा की एक बोतल' खरीदी जा सकती थी। इस काम (शराब खरीदने) को करने वाले, यानी कि कुफ्र को बढ़ावा देने वाले का किरदार निभाने को लेकर मेरे मन में मिली-जुली भावनाएँ थीं (क्योंकि इस्लाम में इसे हराम माना जाता है), मगर, हमेशा की तरह, नीला को खुश करना मेरे लिए बाकी सब चीज़ों से बढ़कर था।

यहाँ मैं आपको बताना चाहूँगा मिस्टर मार्कोस कि जब भी हम शादबाग में पार्टियाँ करते थे, चाहे वह किसी की शादी की ख़ुशी में हो या फिर खतना के मौके पर, तो ये दो अलग-अलग घरों में होती थीं, एक घर में औरतों के लिए और दूसरे घर में हम मर्दों के लिए। मगर नीला की पार्टियों में आदमी और औरतें साथ-साथ मौजूद होते थे। ज़्यादातर औरतें नीला की तरह ही कपड़े पहनती थीं, ऐसे कपड़े जिनमें उनकी पूरी बाँहें और पैरों का भी काफी हिस्सा खुला दिखाई देता था। नीला की तरह ही वे सब भी धड़ल्ले से धुएँ के छल्ले उड़ाती थीं और शराब पीती थीं। उनके हाथों में हमेशा शराब के गिलास होते थे, जो रंगहीन या लाल-ताम्बई रंग की शराब से आधे भरे होते थे। वे लतीफे भी सुनाती थीं और उन पर खिलखिलाकर हँसती भी थीं, और खुल्लमखुल्ला उन मर्दों की बाँहों को छूती थीं जो किसी और के शौहर थे। मैं पूरा समय धुएँ से भरी बैठक के एक छोर से दूसरे छोर तक, मेहमानों के एक झुण्ड से दूसरे झुण्ड तक बोलानी और लोला कबाब से भरीं छोटी-छोटी प्लेटें ले जाता रहता था। बैठक में पूरा समय संगीत का रिकॉर्ड बज रहा होता था। मगर वह अफ़ग़ान संगीत नहीं होता था। नीला उसे 'जैज़' कहती थी, एक ऐसा संगीत जो अब मैं जानता हूँ कि आपको भी बेहद पसंद है मिस्टर मार्कोस। मगर मेरे कानों को पियानो की बेतरतीब झनकार और अजीब-सी, तेज़ हॉर्न बजने जैसी आवाज़ें संगीत कम और शोर ज़्यादा मालूम होती थीं। मगर नीला को वही पसंद था और वह लगातार मेहमानों से कभी यह रिकॉर्ड तो कभी वह रिकॉर्ड सुनने का इसरार करती रहती थी। सारी रात वह हाथ में शराब का गिलास थामे घूमती रहती, खाती कम और पीती ज़्यादा।

जनाब वहदती मेहमाननवाज़ी में ज़्यादा दिलचस्पी नहीं दिखाते थे। औपचारिकतावश जितना ज़रूरी होता था उतना हाय-हैलो कर लेते थे, बाकी ज़्यादातर वक़्त एक कोना पकड़कर बैठे रहते थे। शराब पीते नहीं थे, इसलिए उनके हाथ में सोडा का गिलास रहता था और उन्हें देखकर ऐसा लगता था जैसे

वह वहाँ होते हुए भी वहाँ नहीं होते थे। जब कोई खुद चलकर उनके पास आता और बात करने की कोशिश करता तो वह बस एक औपचारिक मुस्कान चेहरे पर लाकर चंद लफ़्ज़ों में जवाब देकर जल्दी से जल्दी बात ख़त्म करने की कोशिश में रहते। और, जैसी कि उनकी आदत थी, जब मेहमान नीला से उसकी कविताएँ/नज़्में सुनाने के लिए कहते, तो वह कोई न कोई बहाना बनाकर वहाँ से खिसक जाते।

मगर मेरे लिए वह पार्टी का सबसे पसंदीदा वक़्त होता था। जब वह अपनी कविताएँ/नज़्में सुनाना शुरू करती, तो मैं हमेशा कोई न कोई ऐसा काम ढूँढ़ लेता जिससे मुझे आसपास रहने का मौका मिले। उस वक़्त मेरे हाथों की रफ़्तार घट जाती और मेरे कानों की क्षमता हज़ार गुना ज़्यादा बढ़ जाती। कविताएँ/नज़्में सुनते-सुनते मैं मानो किसी और दुनिया में खो जाता। हालाँकि नीला की कविताएँ/नज़्में उन कविताओं/नज़्मों से मिल्कुल मेल नहीं खाती थीं जो मैं बचपन से सुनता आया था। जैसा कि आप अच्छी तरह जानते हैं, हम अफ़ग़ान लोग अपनी कविताओं/नज़्मों से बहुत प्यार करते हैं; अनपढ़ से अनपढ़ अफगान आदमी भी आपको हाफ़िज़ या ख़य्याम या सादी की कविताएँ/नज़्में सुना सकता है। आपको याद है मिस्टर मार्कोस, आपने पिछले बरस मुझे बताया था कि आप अफ़ग़ानों से बहुत मोहब्बत करते हैं? और जब मैंने आपसे पूछा था कि क्यों, तो आपने हँसते हुए कहा था, *'क्योंकि यहाँ के दीवारें रँगने वाले पेंटर तक दीवारों पर रूमी का चित्र उकेरते हैं।'*

मगर नीला की शायरी पारंपरिक अफगान शायरी से बिल्कुल अलहदा थी। उसमें किसी भी तरह के स्थापित पैटर्न्स, जैसे छंद या तुकांत का ध्यान नहीं रखा जाता था। और न ही उसमें पेड़ों, नदी-झरनों, चाँद-तारों, फूल-पत्तियों, और चकोर/बुलबुल पक्षियों जैसी आम चीज़ों का ज़िक्र होता था। नीला प्रेम के बारे में लिखती थी, और प्रेम से मेरा मतलब रूमी या हाफ़िज़ जैसे सूफी शायरों की शायरी में मौजूद आध्यात्मिक प्रेम से नहीं है, बल्कि शारीरिक प्रेम से है। उसकी शायरी बिस्तर में साथ-साथ लेटे प्रेमियों के बीच चल रही रूमानी फुसफुसाहट का ज़िक्र करती थी, उनके एक-दूसरे को छूने पर उनके भीतर जागने वालीं कामुक भावनाओं को बयाँ करती थी, एक-दूसरे के माध्यम से प्रेमियों को हासिल होने वाले कामसुख के बारे में बताती थी। मैंने पहले कभी किसी औरत को इस तरह की बात करते नहीं सुना था। नीला की मदहोश कर देने वाली आवाज़ में ये सब सुनते हुए मैं मन्त्रमुग्ध-सा हो जाता था। मैं एकदम ठगा-सा खड़ा होता, मेरी आँखें बंद होतीं, मेरे कान उत्तेजना से लाल हो रहे होते, और मेरा मन यह कल्पना कर

रहा होता कि उस वक़्त वहाँ और कोई नहीं है, सिर्फ़ नीला है और मैं हूँ, और यह कि वह मेरे लिए ही पढ़ रही है, कि कविता/नज़्म में जिन प्रेमियों का ज़िक्र किया जा रहा है वे और कई नहीं बल्कि हम दोनों ही हैं। और मेरा यह सपना तब तक जारी रहता जब तक कि कोई मेहमान चाय या उबले अण्डों की फरमाइश नहीं करने लगता। तब नीला मुझे आवाज़ देती और मैं अपनी सुख भरी नींद से बाहर आकर उसके आदेश का पालन करने के लिए दौड़ पड़ता।

मगर उस रात पार्टी में उसने जो कविता/नज़्म पढ़ी, उसने मुझे अचंभित कर दिया। यह एक गाँव में रहने वाले एक आदमी और उसकी बीवी के बारे में थी, जो अपने नवजात बच्चे की असमय मौत का मातम मना रहे थे–वह बच्चा जो सर्दी के मौसम की भेंट चढ़ गया था। कविता/नज़्म सुनते वक़्त मेहमान जिस तरह सिर हिला-हिलाकर दाद दे रहे थे और कविता/नज़्म ख़त्म होने के बाद जिस तरह तालियों की भारी गड़गड़ाहट हुई, उससे पता चलता था कि वहाँ मौजूद लोगों को कविता/नज़्म बहुत पसंद आई थी।

मगर मैं अवाक था, और इस बात से निराश भी कि मेरी बहन की बदकिस्मती का इस्तेमाल मेहमानों के दिलबहलाव के लिए किया गया था, और मुझे ऐसा महसूस हो रहा था जैसे मेरे साथ फरेब किया गया हो, विश्वासघात किया गया हो।

पार्टी के कुछ दिन बाद, नीला ने कहा कि उसे एक नया पर्स चाहिए। उस वक़्त जनाब वहदती खाने की मेज़ पर बैठे अखबार पढ़ रहे थे और मैं उन्हें दाल का सूप और नान परोस रहा था।

"क्या तुम्हें कुछ चाहिए, सुलेमान?" नीला ने उनसे पूछा।

"नहीं, अज़ीज़। शुक्रिया," उन्होंने कहा। मैंने उन्हें नीला को 'अज़ीज़' के अलावा किसी और नाम से पुकारते शायद ही कभी सुना हो, जिसका मतलब होता है 'दिल के करीब'। मगर विडंबना यह थी कि उनके उसे इस नाम से पुकारते वक़्त दोनों एक-दूसरे से जितने दूर मालूम पड़ते थे, उतने कभी और नहीं। और यह भी कि प्यार में करीबी का अहसास कराने वाला यह शब्द और कभी भी उतना ठंडा और औपचारिक नहीं लगता था जितना जनाब वहदती के होंठों से निकलते वक़्त लगा करता था।

पर्स खरीदने बाज़ार जाते समय नीला ने कहा कि वह एक दोस्त को भी साथ ले जाना चाहती है, और फिर उसने मुझे उस दोस्त के घर का रास्ता बताया। वहाँ पहुँचकर मैंने सड़क किनारे गाड़ी खड़ी की और नीला उतरकर उस दो

मंज़िला मकान की तरफ बढ़ गई जिसकी दीवारें चटक गुलाबी रंग की थीं। मैंने इंजन चालू रखा, मगर जब पाँच मिनट बीत गए और नीला वापस नहीं आई, तो मैंने उसे बंद कर दिया। और अच्छा ही किया, क्योंकि नीला पूरे दो घंटे बाद मुझे उस मकान से बाहर आती दिखी। मैंने पीछे वाली सीट का दरवाज़ा खोला, और जैसे ही वह अंदर बैठी, मुझे उसकी अपनी जानी-पहचानी खुश्बू के नीचे एक और खुश्बू महसूस हुई– हल्की सी देवदार की लकड़ी जैसी, और शायद थोड़ी सी अदरक जैसी भी–एक ऐसी खुश्बू जिसे मैंने दो रात पहले पार्टी में महसूस किया था।

"मुझे कोई पसंद नहीं आया," नीला ने पीछे की सीट से कहा। वह होंठों पर लिपस्टिक की नयी परत चढ़ा रही थी।

जब उसने रियरव्यू मिरर में मेरा हैरान चेहरा देखा तो अपना लिपस्टिक वाला हाथ नीचे किया और यूँ मेरी तरफ देखने लगी जैसे अंदाज़ा लगा रही हो कि क्या वाकई मुझे उसकी बात समझ नहीं आई थी।

"तुम मुझे दो दुकानों पर ले गए, मगर मुझे अपनी पसंद का पर्स नहीं मिला।"

उसकी नज़रें रियरव्यू मिरर में मेरी नज़रों से मिलीं और कुछ पलों तक मिली रहीं, इंतज़ार करती रहीं मेरी प्रतिक्रिया का, और तब मुझे समझ आया कि मुझे एक राज़ का राज़दार बनाया जा रहा था। वह मेरी वफादारी का इम्तेहान ले रही थी। वह मुझसे चुनाव करने को कह रही थी।

"मेरा ख़याल है कि आप तीन दुकानों पर गई थीं," मैंने मरी हुई आवाज़ में कहा।

उसने खींसें निपोर दीं। *"कभी-कभी मुझे लगता है नबी कि तुम ही मेरे इकलौते दोस्त हो।"*

मैंने पलकें झपकाईं।

एक बार फिर वह मेरी तरफ़ देखकर मुस्कुराई, मगर इससे मेरे डूबते हुए दिल को कोई सहारा नहीं मिला।

घर लौटकर मैं अपने कामों में लग गया, मगर मेरे काम करने की रफ़्तार रोजाना की तुलना में आधी थी और मेरा चिर-परिचित उत्साह लगभग गायब था। उस रात जब हमारी मण्डली के लोग चाय के लिए मेरी खोली में आए तो उनमें से एक ने हमारे लिए बड़ा बढ़िया गाना गाया, मगर वह गाना भी मुझे खुश नहीं कर

पाया। मुझे ऐसा लग रहा था जैसे जनाब वहदती को नहीं बल्कि मुझे ही धोखा दिया जा रहा हो। और मुझे यकीन हो गया था कि आखिरकार नीला की मुझ पर पकड़ ढीली पड़ गई थी।

मगर मैं गलत था। सुबह जब मैं सोकर उठा तो एक बार फिर से मैंने खुद को नीला के आकर्षण में बंधा पाया। एक बार फिर उसका रूमानी ख़याल मेरे दिल-ओ-दिमाग पर छाया हुआ था। मैं अभी भी पूरी तरह उसकी गिरफ्त में था, मिस्टर मार्कोस। कुछ भी नहीं बदला था।

मुझे नहीं पता कि यह ख़याल ठीक-ठीक कब मेरे मन में आया।

शायद सर्दियों के मौसम की उस सर्द हवाओं वाली सुबह जब मैं नीला को चाय परोस रहा था और साथ में खाने के लिए *रोट* केक का एक टुकड़ा काट रहा था और तभी उसकी खिड़की पर लगे रेडियो पर यह खबर गूँजी थी कि 1952 का आने वाला सर्दियों का मौसम पिछली सर्दियों से भी ज़्यादा बेरहम साबित हो सकता था। या शायद उससे भी पहले उस दिन जिस दिन मैं उसे चटक गुलाबी दीवारों वाले मकान ले गया था। या शायद उससे भी पहले तब जब मैंने कार में उसका हाथ पकड़ा था और वह रो रही थी।

वक़्त चाहे जो भी रहा हो, मगर एक बार जब यह ख़याल मेरे दिमाग में आ गया तो फिर इसे दिमाग से निकाल पाना मेरे लिए मुमकिन नहीं हुआ।

मिस्टर मार्कोस, मैं यहाँ कहना चाहूँगा कि मैंने यह कदम पूरी तरह साफ़ नीयत और इस यकीन के साथ उठाया था कि मेरी वह पेशकश नेक इरादों से उपजी थी। मेरा मानना था कि मेरे इस काम से कुछ लोगों को कुछ वक़्त के लिए थोड़ी तकलीफ हो सकती थी, मगर आगे चलकर इससे सभी लोगों को फायदा ही होगा। मगर, मिस्टर मार्कोस, यह पूरा सच नहीं था। इस कदम के पीछे मेरे अपने निजी स्वार्थ भी थे। इनमें से सबसे बड़ा स्वार्थ था नीला को कुछ ऐसा दे पाना जो कोई और मर्द–न उसका अपना पति और न ही वह गुलाबी दीवारों वाले मकान का मालिक–उसे नहीं दे सकता था।

मैंने सबसे पहले सबूर से बात की। अपनी सफ़ाई में मैं कहूँगा कि अगर मुझे यह यकीन होता कि सबूर मुझसे पैसे ले लेगा, तो मैं ख़ुशी-ख़ुशी उसे यह पेशकश करने के बदले पैसे दे देता। मुझे पता था कि उसे पैसों की ज़रूरत थी, क्योंकि उसने मुझे बताया था कि उसे पर्याप्त काम नहीं मिल रहा था और उसके लिए घर चलाना मुश्किल होता जा रहा था, और ऊपर से सर्दियों का मौसम आने

को था, और एक बार फिर परवाना माँ बनने वाली थी। मैं जनाब वहदती से एडवांस लेकर उसे दे सकता था, जिसे मैं हर महीने अपनी तनख्वाह से कटवाता रहता, और इस तरह सबूर के परिवार की सर्दियाँ आराम से गुज़र जातीं। मगर बाकी अफगानियों की ही तरह सबूर भी 'खुद्दारी' नाम की बेवजह की बीमारी का मारा था, वह मुझसे पैसे लेने को कभी राज़ी न होता। उसने तो परवाना से शादी के बाद उसे भी मुझसे वे पैसे लेने को मना कर दिया था जो मैं उसे शादी से पहले हर महीने दिया करता था। वह मर्द था और उसका मानना था कि अपने परिवार का पेट भरना मर्द की ज़िम्मेदारी होती है। और वह ठीक यही करते हुए मर गया, तब जब उसकी उम्र चालीस भी नहीं हुई थी। एक दिन जब वह बगलान के पास कहीं चुकंदर के खेत में कटाई कर रहा था तो अचानक गश खाकर गिर पड़ा और फिर कभी नहीं उठा। मैंने सुना है कि मरने के बाद भी उसके छालों से भरे और खून रिसते हाथ ने हँसिया नहीं छोड़ा था।

मैं किसी बच्चे का बाप नहीं था और इसलिए यह दिखावा नहीं करूँगा कि मैं उस ज़ेहनी कश्मकश और दिली तकलीफ को समझ सकता था जिससे इस फैसले तक पहुँचने के लिए सबूर को गुज़रना पड़ा होगा। न ही मुझे यह पता था कि इसे लेकर जनाब वहदती और नीला के बीच क्या बातें हुईं। नीला को इस पेशकश की बाबत बताते वक़्त मैंने उससे बस यही कहा था कि जनाब वहदती के साथ चर्चा में वह इसे अपनी पेशकश बताए, मेरी नहीं। मैं जानता था कि जनाब वहदती इसका विरोध करेंगे। मैंने उनमें कभी भी बाप बनने की कोई ललक नहीं देखी थी। बल्कि मुझे तो कई बार ऐसा शक होता था कि शायद जनाब वहदती नीला से शादी करने को राज़ी ही इसलिए हुए थे क्योंकि उन्हें पता था कि नीला माँ नहीं बन सकती थी। इसलिए मैंने जनाब वहदती की नज़रों में बुरा बनने से बचना ही बेहतर समझा और उन्हें यही समझने दिया कि यह नीला की ही पेशकश थी। बहरहाल, नीला मेरी इस पेशकश से बहुत खुश थी। इसलिए मैं भी खुश था। मेरे मन में किसी तरह का कोई अपराध-बोध नहीं था। उस रात जब मैं सोने के लिए लेटा, तो मेरी आँखों के सामने यही मंज़र चल रहा था कि कैसे मेरी पेशकश को सुनकर नीला की आँखों से अचानक आँसुओं का सैलाब उमड़ पड़ा था, कैसे उसने मेरे दोनों हाथ थाम लिए थे और कैसे मुझे उसकी आँखों में अपने लिए अहसानमंदगी के साथ-साथ कुछ और भी दिखाई दिया था, जो मेरे हिसाब से बेशक प्यार जैसा कुछ था। मेरे ज़ेहन में बस यही ख़याल था कि मैं उसे एक ऐसा तोहफ़ा दे रहा था जो मुझसे हज़ार गुना दौलतमंद और रसूखदार मर्द भी नहीं दे सकते थे। मैं यह सच-सोचकर फूला नहीं समा रहा था कि कैसे मैंने अपना सर्वस्व

उस पर न्यौछावर कर दिया था, और वो भी ख़ुशी-खुशी। और मैं सोच रहा था, उम्मीद कर रहा था–बेशक, अहमकाना ढंग से–कि वह इसके बदले मुझे वफ़ादार नौकर से बढ़कर कुछ समझने लगेगी।

जब आखिरकार जनाब वहदती ने हथियार डाल दिए–जिसका मुझे कोई ताज्जुब नहीं हुआ, क्योंकि नीला एक मज़बूत इरादों वाली औरत थी–तब मैंने सबूर को खबर की और उससे कहा कि मैं शादबाग़ आकर उसे और परी को कार से काबुल ले आऊँगा। मगर उसने मुझे आने से मना कर दिया और कहा कि वह परी को लेकर पैदल ही आएगा। मैं कभी पूरी तरह से समझ नहीं पाऊँगा कि उसने यह फैसला क्यों किया था। या क्यों उसने अब्दुल्लाह को साथ चलने की मंज़ूरी दी थी। शायद वह अपनी बेटी के साथ बचे अपने वक़्त को थोड़ा लम्बा करना चाहता होगा। या शायद वह सफ़र को तकलीफदेह बनाकर कुछ हद तक उस पाप का प्रायश्चित करने की इच्छा रखता होगा जो वह करने जा रहा था। या शायद यह सबूर की खुद्दारी थी जो उसे उस आदमी की कार में बैठना गवारा नहीं कर रही थी जो उसकी बेटी खरीद रहा था। बहरहाल, चाहे जैसे भी पहुँचे हों मगर आखिर को वे तीनों काबुल पहुँच गए और जैसा कि हमारे बीच तय हुआ था, वे मुझे मस्जिद के पास इंतज़ार करते मिले। उन्हें वहदती दम्पती के घर ले जाते वक़्त पूरे रास्ते मैंने बच्चों से हँस-हँस के बातें कीं, उनका मन बहलाया, ताकि उन्हें इस बात की भनक न लगे कि उनके साथ क्या होने वाला था। वे प्यारे बच्चे अपनी बेरहम किस्मत से बेखबर थे, और उस भयानक मंज़र से भी जो जल्द ही सामने आने वाला था।

उस मंज़र को फिर से तफ़सील से बताने का कोई मतलब नहीं है, मिस्टर मार्कोस। सबकुछ ठीक वैसा ही हुआ, जैसा मुझे डर था। मगर आज इतने बरसों बाद भी, जब भी उस मंज़र की याद ताज़ा होती है तो मेरा दिल दहल जाता है। और हो भी क्यों न, मैंने उन दो असहाय बच्चों को, जिनके ज़रिए प्यार अपने सबसे सरल और पवित्र रूप में अभिव्यक्त हुआ करता था, एक-दूसरे से अलग कर दिया। मैं अचानक वहाँ मचे उस भावनात्मक हड़कंप को कभी नहीं भूल पाऊँगा। जैसे ही मैं परी को गोद में लेकर वहाँ से जाने लगा, वह बुरी तरह दहशत में आ गई और मेरी पकड़ से छूटने के लिए छटपटाने लगी, हाथ-पैर फेंकने लगी, 'अबोल्लाह! अबोल्लाह!' चिल्लाने लगी। दूसरी तरफ़ अब्दुल्लाह भी अपने बाबा की गिरफ्त से छूटकर हमारे पीछे आने की जद्दोजहद कर रहा था और अपनी बहन का नाम ले-लेकर पुकारे जा रहा था। नीला आँखें फाड़े और अपना मुँह दोनों हाथों से ढँके खड़ी थी, शायद अपनी चीख को दबाने के लिए।

उस मंज़र को याद करके आज भी मेरी रूह काँप जाती है। इतना वक़्त बीत गया है मिस्टर मार्कोस, मगर आज भी वो मंज़र मुझे दहला देता है।

उस वक़्त परी सिर्फ़ चार साल की थी, मगर तब भी उसमें कुछ ऐसी आदतें जड़ें जमा चुकी थीं जिन्हें बदलने के लिए कड़ी मशक्कत की ज़रूरत थी। मिसाल के तौर पर, हमें उसे कहना पड़ा कि अब वह मुझे नबी मामा नहीं, बल्कि सिर्फ़ नबी कहकर बुलाए। इसमें उसकी चूक को सब्र और नरमी के साथ धीरे-धीरे सुधारा जाता रहा, तब तक जब तक कि उसे यह यकीन नहीं हो गया कि हमारा एक-दूसरे से कोई रिश्ता नहीं था। आखिरकार हमारी मेहनत रंग लाई और उसने मुझे ड्राईवर और रसोइया नबी मानना शुरू कर दिया। इसी तरह नीला उसके लिए 'मम्मी' और जनाब वाहदती 'पापा' हो गए। नीला ने उसे फ्रेंच भाषा सिखाना शुरू कर दिया, जो कि उसकी अपनी मातृभाषा थी।

जनाब वहदती का परी के साथ ठंडा व्यवहार कुछ ही समय तक चला, और शायद उन्हें खुद भी ताज्जुब हुआ होगा कि कैसे नन्ही परी के आँसुओं और मासूमियत ने उन्हें निहत्था कर दिया था। जल्दी ही हमारी सुबह की सैर में परी भी शामिल होने लगी। मिस्टर वहदती उसे एक स्ट्रोलर में बिठा लेते और उसे धकाते हुए आस-पड़ोस की सैर करते। या फिर खुद कार की ड्राइविंग सीट पर बैठकर उसे गोदी में बिठा लेते और फिर जब वह अपने नन्हें-नन्हें हाथों से कार का हॉर्न बजाती और उसकी आवाज़ सुनकर रोमांचित होती तो उनके चेहरे पर एक बाप की तरह की मुस्कान खेलने लगती। उन्होंने एक बढ़ई को काम पर रखा और उससे परी के लिए तीन दराजों वाला एक पलंग, खिलौने रखने के लिए एक मेपल की लकड़ी की संदूक और एक छोटी सी अलमारी बनवाई। इतना ही नहीं, उन्होंने परी के कमरे का सारा फ़र्नीचर पीले रंग से रंगवा दिया था क्योंकि उन्हें पता चल गया था कि यह उसका पसंदीदा रंग था। और एक दिन तो मैंने उन्हें परी के कमरे में उसकी अलमारी के सामने पालथी मारकर बैठे पाया। परी भी उनके बगल में बैठी थी, और वह अद्भुत कुशलता से अलमारी के दरवाज़ों पर जिराफ़ और लंबी पूँछ वाले बंदरों की पेंटिंग बना रहे थे। वह कितने एकाकी और बंद स्वभाव के व्यक्ति थे, यह इस बात से पता चलता है मिस्टर मार्कोस कि मैं सालों से उन्हें चित्रकारी करते देख रहा था, मगर उनके बनाए चित्र देखने का मौका मुझे पहली बार उसी दिन मिला था।

परी के आने का एक असर यह हुआ था कि पहली बार ऐसा लगने लगा था कि उस घर में एक 'परिवार' रहता था। परी की मुहब्बत में ही सही मगर

नीला और जनाब वहदती अब तीनों वक़्त साथ बैठकर खाना खाने लगे थे। इसके अलावा, वे परी को पास के एक पार्क में घुमाने भी ले जाते थे और वहाँ एक ही बेंच पर साथ-साथ बैठकर उसे खेलते हुए देखते थे। रात को डिनर के बाद खाने की मेज़ साफ़ करके जब मैं उन्हें चाय देता था, तो देखता था कि परी उन दोनों में से किसी एक की गोद में लेटी होती थी और वे उसे बच्चों की किताब से कोई कहानी पढ़कर सुना रहे होते थे. इस तरह, हर गुज़रते दिन के साथ परी शादबाग में अपनी पिछली ज़िंदगी और वहाँ के लोगों को और ज़्यादा भूलती जा रही थी।

परी के आने का जो दूसरा असर हुआ था, वह ऐसा था जिसकी मैंने कभी कल्पना भी नहीं की थी। नीला की ज़िन्दगी में मेरी जगह ख़त्म हो गई थी! आप सोच सकते हैं कि मैं अपनी औकात से बढ़कर चाह रहा था, मिस्टर मार्कोस, मगर यह भी तो सोचिए कि मैं एक जवान आदमी था और मेरी भी कुछ उम्मीदें थीं, बेशक वे अहमकाना थीं, मगर थीं। आखिर मेरी ही वजह से तो नीला को माँ बनने का सुख हासिल हो रहा था। मैंने ही तो उसकी नाखुशी की वजह तलाशी थी और फिर उसे दूर करने का उपाय भी किया था। तो क्या मैंने सोचा था कि अब हम प्रेमी बन जाएँगे? मैं कहना तो चाहता हूँ मिस्टर मार्कोस कि मैं इतना अहमक नहीं था, मगर यह पूरी तरह सच नहीं होगा। सच तो यह है मिस्टर मार्कोस कि हम सभी हमेशा ही अपनी ज़िन्दगी में किसी चमत्कार के घटित होने की चाह लिए जीते हैं, भले व्यावहारिक तल पर ऐसा हो पाने की संभावनाएँ कितनी भी नगण्य क्यों न मालूम होती हों।

और इसलिए मैं यह अनुमान नहीं लगा पाया था कि मैं जो करने जा रहा था, उससे मेरा ही वजूद खतरे में पड़ जाएगा। अब नीला का सारा वक़्त परी के साथ बीतता था। उसे पढ़ाना, खिलाना, सुलाना, घुमाने ले जाना, फिर और खिलाना। हर दिन होने वालीं हमारी बातचीतें अब किनारे हो गईं थीं। अगर वे दोनों बिल्डिंग ब्लॉक्स से खेल रही होतीं या किसी पहेली को सुलझाने में मसरूफ होतीं, तो नीला को पता ही नहीं चलता था कि मैं उसके लिए कॉफ़ी लाया था और अभी भी कमरे में उनके पीछे खड़ा था। कभी-कभार अगर हमारी बात होती भी थी, तब भी उसका ध्यान कहीं और मालूम होता था और वह हमेशा बात को जल्दी से जल्दी ख़त्म करने को आतुर लगती थी. जब वह कार में मेरे साथ कहीं जाती थी, तब भी ऐसा लगता था जैसे मैं किसी अजनबी को ले जा रहा हूँ। अब मुझे यह कहते हुए शर्मिंदगी महसूस होती है मिस्टर मार्कोस, मगर उस वक़्त इस सबके चलते मेरे दिल में अपनी भांजी को लेकर जलन और नाराज़गी के जज़्बात पैदा हो गए थे।

वहदती दंपती के साथ हुए समझौते के तहत, परी के परिवार को उससे मिलने की इजाज़त नहीं थी। उन्हें उससे किसी भी तरह का ताल्लुक रखने या संपर्क साधने की सख्त मनाही थी। इस सौदे के कुछ ही दिनों बाद मैं शादबाग़ गया था। अब आप चाहे इसे अपराध-बोध मिटाने का तरीका कहें या फिर रिश्वत, मैं सबूर के बड़े बेटे अब्दुल्लाह और परवाना के नन्हें बच्चे इकबाल (जो उस वक़्त तक घुटनों-घुटनों चलने लगा था) के लिए कुछेक तोहफे भी साथ ले गया था।

मगर वहाँ मेरा कोई स्वागत नहीं हुआ। उल्टा सबूर ने बड़ी ही रुखाई से पेश आते हुए कहा, "तुम्हें जो तोहफे देने थे, तुम दे चुके। अब यहाँ से रुखसत हो जाओ।"

मैंने उससे कहा भी कि मुझे उसके इस गैर-दोस्ताना और रूखे व्यवहार का कारण समझ नहीं आ रहा था।

"तुम सब समझते हो," उसने जवाब दिया था। "और हाँ, अब तुम्हें यहाँ आकर हमारा हालचाल लेने की कोई ज़रूरत नहीं है।"

वह सही था, मैं समझता था। हमारे रिश्ते में खटास आ चुकी थी। हमारे बीच एक बड़ी खाई पैदा हो गई थी। अब मेरा वहाँ जाना उन लोगों के लिए, कम से कम सबूर और अब्दुल्लाह के लिए 'ज़ख्मों को कुरेदने' जैसा हो गया था। अब उनके साथ बैठना, चाय की चुस्कियाँ लेना और मौसम या उस बरस की अंगूर की पैदावार पर बातें करना मुझे भी अस्वाभाविक मालूम हो रहा था। ऊपर-ऊपर हम, सबूर और मैं, अब भी यह दिखावा कर रहे थे कि सबकुछ सामान्य था, मगर हकीकत इसके उलट थी। वजह चाहे जो भी रही हो, आखिर को तो मैं ही उसके परिवार के टूटने का ज़रिया बना था। सबूर मुझे दोबारा देखना नहीं चाहता था, और मैं इसकी वजह समझ सकता था। इसलिए मैंने हर महीने वहाँ जाना बंद कर दिया। मैं उन लोगों से फिर कभी नहीं मिला।

1955 के वसंत के मौसम की शुरुआत में एक दिन ऐसा आया मिस्टर मार्कोस, जब घर में हम सभी की ज़िंदगियाँ हमेशा-हमेशा के लिए बदल गईं। मुझे याद है कि उस दिन बारिश हो रही थी। उस तरह की तेज़ बारिश नहीं जिससे मेंढक टर्राने लगते हैं, बल्कि रह-रहकर होने वाली हल्की बारिश। मुझे यह इसलिए याद है क्योंकि उस दिन माली, ज़ाहिद, आया हुआ था और खराब मौसम का बहाना बनाकर काम बंद करके एक तरफ बैठा था और यह कहकर घर जाने की तैयारी कर रहा था कि आज सारा दिन ऐसे ही रह-रहकर

बारिश होती रहेगी और काम करना मुमकिन नहीं होगा। मैं भी उसकी बकवास से बचने के लिए अपनी खोली में जाने ही वाला था कि तभी मैंने नीला को भीतर से मेरा नाम लेकर चीखते हुए सुना।

मैं जल्दी से आँगन पार करके भीतर की तरफ़ दौड़ा। उसकी आवाज़ ऊपर से, मास्टर बेडरूम की तरफ़ से आ रही थी।

जैसे ही मैं बेडरूम में पहुँचा, मैंने देखा कि नीला एक कोने में दीवार से चिपकी खड़ी थी, उसकी आँखें मारे हैरत के फटी जा रही थीं और उसने दोनों हाथों से अपना मुँह बंद कर रखा था, शायद खुद को चीखने से रोकने के लिए। मुझे देखते ही उसने बिस्तर की तरफ इशारा करके कहा, "देखो, इनको क्या हुआ है!"

बिस्तर पर जनाब वहदती बैठे थे। उस वक़्त उनके शरीर पर चड्ढी-बनियान के सिवाए और कुछ नहीं था और उनके मुँह से अजीब-सी, न समझ में आने वाली आवाज़ें निकल रही थीं। उनका चेहरा पीला पड़ गया था और एक तरफ से टेढ़ा हो गया था। बाल बिखरे हुए थे। वह बार-बार अपने दाहिने हाथ से कोई काम करने की कोशिश कर रहे थे, मगर उनका हाथ काम ही नहीं कर रहा था। और यह देखकर तो मैं और भी ज़्यादा डर गया कि उनके होंठों के दाएँ कोने से लार की एक धार नीचे बह रही थी।

"नबी! कुछ करो!"

इतने में परी भी कमरे में आ गई। वह तब तक छह बरस की हो चुकी थी। वहाँ का माहौल देखकर वह समझ गई कि उसके पापा को कुछ हुआ है, इसलिए वह दौड़कर जनाब वहदती के सिरहाने पहुँची और उनकी बनियान खींचकर भोलेपन से बोली, "पापा? पापा?" जनाब वहदती ने उसकी तरफ़ देखा तो उनकी आँखें चौड़ी हो गईं, उन्होंने कुछ कहने की कोशिश की मगर अजीब सी घरघराहट के सिवाए कुछ नहीं निकला। यह सब देखकर परी चीख पड़ी।

मैंने जल्दी से उसे गोद में उठाया और नीला के पास ले गया। मैंने नीला से कहा कि वह उसे दूसरे कमरे में ले जाए क्योंकि उसे अपने पापा को इस हालत में नहीं देखना चाहिए। मेरी बात सुनकर नीला ने ऐसे पलकें झपकाईं जैसे किसी सम्मोहन से बाहर आई हो, फिर उसकी नज़र मुझसे होती हुई परी पर गई और उसने उसे मेरी गोद से ले लिया। मगर वहाँ से जाने के बजाए वह मुझसे पूछती रही कि जनाब वहदती को क्या हो गया था। वह कहती रही कि मुझे कुछ करना चाहिए।

मैंने खिड़की से आवाज़ लगाकर ज़ाहिद को बुलाया, और उस दिन पहली बार वह निकम्मा मूर्ख किसी काम का साबित हुआ। उसकी मदद से मैंने जनाब वहदती को कमीज़ और पायजामा पहनाया। फिर हमने मिलकर उन्हें बिस्तर से उठाया, सीढ़ियों से नीचे उतारा और कार की पिछली सीट पर बिठा दिया। नीला उनकी बगल में बैठ गई। मैंने ज़ाहिद से कहा कि वह घर पर ही रहे और परी का ख़याल रखे। मगर वह एतराज़ जताने लगा। मैंने आव देखा न ताव, पूरी ताकत से उसके गाल पर एक थप्पड़ रसीद कर दिया और चीखते हुए कहा, "पाजी हो क्या? वही करो जो कहा जा रहा है, वर्ना खैर नहीं तुम्हारी।"

इतना कहकर मैं लपककर ड्राइविंग सीट पर पहुँचा और आँधी-तूफ़ान की तरह गाड़ी दौड़ाते हुए अस्पताल की ओर चल दिया।

जनाब वहदती को घर लौटने में पूरे दो हफ़्ते लग गए। अफ़रा-तफ़री मच गई। उनके परिवार के लोगों की भीड़ घर आ धमकी। मेरा तकरीबन सारा ही समय उन लोगों के लिए चाय-नाश्ता और खाना बनाने और परोसने में जाने लगा। सारा दिन दरवाज़े की घंटी बजती रहती, लोग आते रहते, सारा घर लोगों के कोलाहल से भरा रहता। इन लोगों में से ज़्यादातर ऐसे थे जिन्हें मैंने पहले कभी मिस्टर वहदती से मिलने आते नहीं देखा था। मैं समझ सकता था कि ये लोग असल में मिस्टर वहदती की माँ के शुभचिंतकों की सूची में नाम दर्ज कराने की गरज से आ रहे थे, न कि उस एकांतप्रिय बीमार आदमी से मिलने के लिए जिसके साथ उनका संबंध न के बराबर था। और बेशक वे भी आईं थीं–मिस्टर वहदती की माँ। मगर अल्लाह का शुक्र है कि अपने कुत्तों को साथ नहीं लाई थीं। उन्हीं की तरह घर में उनकी एंट्री भी धमाकेदार थी। उन्होंने अपनी रो-रोकर लाल हुईं आखों और बहती नाक को पोंछने के लिए दोनों हाथों में दो रूमाल लेकर घर में कदम रखा था। और सीधा जाकर मिस्टर वहदती के सिरहाने जम गईं थीं और ज़ोर-ज़ोर से रोना-पीटना शुरू कर दिया था। इसके अलावा मुझे जो बात और भी ज़्यादा बुरी लगी वो यह थी कि वह काले कपड़े पहनकर आई थीं, मानो उनका बेटा पहले ही मर चुका हो और वे उसकी मातमपुरसी के लिए आई हों।

वैसे देखा जाए तो मिस्टर वहदती की हालत मरे हुए से भी बदतर थी। उनका आधा चेहरा लकवे का शिकार होकर उनके नियंत्रण से बाहर हो चुका था। कमर से नीचे का हिस्सा भी बेजान हो गया था। बाँया हाथ काम कर रहा था, मगर दाँया हाथ बेकार हो गया था। बोलने की कोशिश में उनके मुँह से ऐसी अजीब-सी आवाज़ें निकलती थीं, जो किसी की भी समझ में नहीं आती थीं।

डॉक्टर का कहना था कि मिस्टर वहदती की भावनाओं को महसूस करने और चीज़ों को समझने की काबिलियत तो अब भी उतनी ही अच्छी तरह काम कर रही थी जितनी लकवे से पहले करती थी, मगर जो नहीं हो पा रहा था, कम से कम फिलहाल, वह था अपनी समझ और अहसासों को अभिव्यक्त कर पाना।

हालाँकि, यह पूरी तरह सच नहीं था। सच यह था कि एक हफ़्ते के बाद ही उन्होंने उन्हें देखने आने वालों के प्रति, जिनमें उनकी माँ भी शामिल थीं, अपनी भावनाएँ स्पष्ट रूप से व्यक्त करनी शुरू कर दी थीं। इतनी गंभीर हालत में भी उनका एकांत-प्रिय स्वभाव नहीं बदला था। और ठीक भी था, उन्हें देखने आने वाले लोग उनकी बेहतरी के लिए तो कुछ कर नहीं सकते थे, उलटे उनके चेहरों पर छाई मुर्दनगी, उनकी आँखों में मिस्टर वहदती की हालत को लेकर झलकने वाले दया और तरस के भाव और उनकी बातों से ज़ाहिर होने वाली नाउम्मीदी मिस्टर वहदती को बारम्बार यह याद दिला रहे थे कि वह अब एक बोझ बन चुके हैं। और इसलिए अगर मिस्टर वहदती उनके प्रति कठोर रवैया अपना रहे थे तो कुछ गलत नहीं कर रहे थे। जब भी कोई उनसे मिलने उनके कमरे में आता तो वह गुस्से में भरकर अपने काम कर रहे उलटे हाथ से वैसे ही उन्हें वापस जाने का इशारा करते, जैसे कोई किसी आवारा कुत्ते को दूर भगाता है। अगर वे लोग उनसे बात करने की कोशिश करते तो वह अपना मुँह फेर लेते। फिर भी अगर कोई उनके सिरहाने बैठ ही जाता, तो वह बाएँ हाथ से कसकर चादर को मुट्ठी में भींच लेते, गले से घुटी-घुटी सी गुस्साई हुई आवाज़ निकालते, और मुट्ठी को अपनी जाँघ पर तब तक मारते रहते जब तक कि वे कमरे से बाहर चले नहीं जाते। परी के साथ भी उनका यही व्यवहार होता, हालाँकि उतना उग्र नहीं जितना बाकी लोगों के साथ होता था। मगर वह उसे भी अपने पास नहीं रुकने देते थे। जब भी वह बड़े प्यार से अपनी गुड़ियाँ और दूसरे खिलौने लेकर खेलने उनके सिरहाने आती, तो मिस्टर वहदती आग्रह भरी नज़रों से मेरी तरफ देखने लगते, उनकी आँखें पनिया जातीं और उनकी ठुड्डी काँपने लगती, और हारकर मैं परी को उनके कमरे से बाहर ले जाता। वह भूलकर भी उससे बात करने की कोशिश नहीं करते थे, क्योंकि उन्हें लगता था कि वह उनके गले से निकलने वाली अजीब-ओ-गरीब आवाज़ों को सुनकर डर जाएगी।

मिस्टर वहदती के रवैए के चलते जब लोगों ने आना बंद कर दिया और जो घर में ही डेरा डाल के बैठ गए थे वे भी चले गए, तो नीला ने राहत की साँस ली। जब घर लोगों से खचाखच भरा हुआ था, तब नीला अपना ज़्यादातर वक़्त ऊपर परी के बैडरूम में उसके साथ ही बिताती थी, जिससे उसकी सास बहुत कुढ़ती थी,

क्योंकि उसकी अपेक्षा रहती थी (जिसके लिए उसे दोष भी नहीं दिया जा सकता) कि नीला उसके बेटे के पास रहे–और कुछ नहीं तो लोगों को दिखाने के लिए ही सही। बेशक नीला को इस बात की कोई परवाह नहीं थी कि लोग उसके बारे में क्या सोचेंगे या क्या कहेंगे, मगर कहने वालों को कौन रोक सकता है। मैंने खुद उसकी सास को कई बार ऊँची आवाज़ में यह कहते सुना कि 'यह कैसी बीवी है?' बेशक वह पहले से ही नीला से नाखुश थीं, इसलिए अब जब उन्हें मौका मिला तो उन्होंने उसकी बुराई करने में कोई कसर नहीं छोड़ी। जो कोई भी मिस्टर वहदती को देखने आता, वह उसके सामने यही राग छेड़ देतीं कि नीला पत्थरदिल है, उसके सीने में दिल ही नहीं है, उसकी तो रूह ही मर गई है, अभी जब उसके शौहर को उसकी सबसे ज़्यादा ज़रूरत है तब भी वह उसके पास नहीं है, देखो ये किस तरह की बीवी है जिसने अपने इतने वफ़ादार, इतने प्यार करने वाले शौहर को इस मुसीबत की घड़ी में अकेला छोड़ दिया है, वगैरह-वगैरह।

लेकिन बुढ़िया जो कुछ कह रही थी, उसमें से कुछ बातें तो बिल्कुल सही थीं। देखा जाए तो वो नीला नहीं बल्कि मैं था जो ज़्यादातर वक़्त मिस्टर वहदती के सिरहाने मौजूद रहता था, उनके सारे काम करता था, उन्हें समय से दवाइयाँ देता था, और उनसे मिलने आने वाले लोगों को संभालता था। डॉक्टर भी मिस्टर वहदती की तबियत और इलाज को लेकर मुझसे ही सबसे ज़्यादा बात करते थे, और इसलिए लोग भी मिस्टर वहदती की तबियत के बारे में नीला से नहीं, बल्कि मुझसे ही पूछते थे।

मिस्टर वहदती के मिलने आने वालों को भगा देने से जहाँ नीला को एक मुसीबत से छुटकारा मिला, वहीं अब एक दूसरी मुसीबत उसके गले पड़ गई। अब तक उसने परी के कमरे में बंद रहकर खुद को न केवल अपनी नागवार सास से, बल्कि अपने शौहर की बिगड़ी हुई हालत से भी दूर रखा था। अब घर खाली था और उसकी मजबूरी हो गई थी कि वह बीवी होने के फ़र्ज़ निभाए, जो कि उसके बस की बात नहीं थी।

वह नहीं कर सकती थी वह सब।

और किया भी नहीं उसने।

मैं हरगिज़ यह नहीं कह रहा हूँ कि वह बेरहम या पत्थर-दिल थी। ज़िन्दगी के इतने लम्बे तजुर्बे ने मुझे यह बात समझाई है मिस्टर मार्कोस कि किसी और के किए के सही या गलत होने की परख करना बहुत मुश्किल काम होता है, और ऐसा करते वक़्त हमें ज़रूरत से ज़्यादा आलोचनात्मक होने से बचना चाहिए और

इसकी बजाय रहमदिली से काम लेना चाहिए। मैं बस यह कह रहा हूँ कि एक दिन जब मैं मिस्टर वहदती के कमरे में गया तो देखा कि नीला उनके पेट पर सिर रखकर सिसक रही थी, उसकी बगल में स्टूल पर दाल से भरा कटोरा रखा था, उसके हाथ में अभी भी एक चम्मच था (ज़ाहिर बात है कि उससे वह अपने शौहर को खाना खिलाने की नाकाम कोशिश कर रही थी), और दाल मिस्टर वहदती के गले से नीचे उतरने की बजाए उनकी ठुड्डी से बहकर उनके गले में बंधे एप्रन पर गिर रही थी।

"मुझे करने दीजिए, बीबी साहिब," मैंने धीरे से कहा। मैंने नीला के हाथ से चम्मच ले लिया, फिर मिस्टर वहदती का मुँह साफ़ किया और उन्हें खाना खिलाने की कोशिश करने लगा, लेकिन वह सिसक उठे, आँखें बंद कर लीं और मुँह फेर लिया।

इस घटना के कुछ ही दिनों बाद मैं दो भारी-भरकम सूटकेस ऊपर के कमरे से उतारकर नीचे ला रहा था। नीचे लाकर मैंने वे सूटकेस उस टैक्सी ड्राईवर को दे दिए जो बाहर खड़ा इंतज़ार कर रहा था। उसने उन्हें टैक्सी की डिक्की में रख दिया। फिर मैंने परी को पीछे की सीट पर बैठने में मदद की। उस वक़्त वो अपना पसंदीदा पीला कोट पहने हुए थी।

"नबी, मम्मी कह रही हैं कि तुम बाद में पापा को लेकर हमसे मिलने पेरिस आओगे। आओगे न?" उसने अपनी चिर-परिचित मुस्कान बिखेरते हुए पूछा।

मैंने उससे कहा कि जब उसके पापा ठीक हो जाएँगे, तो मैं उन्हें लेकर ज़रूर आऊँगा। फिर मैंने उसके दोनों नन्हे हाथों के पिछले हिस्से चूमे और कहा, "बीबी परी, अल्लाह आपका निगेहबान हो और मैं अल्लाह से दुआ करता हूँ आप हमेशा खुश रहें।"

नीला से मेरी मुलाक़ात तब हुई जब वह सूजी हुई आँखों और फैले हुए काजल के साथ सामने की सीढ़ियों से नीचे उतर रही थी। वह मिस्टर वहदती के कमरे में उन्हें अलविदा कहने गई थी।

मैंने उससे पूछा कि अब वह कैसे हैं।

"मुझे लगता है, राहत महसूस कर रहे हैं," उसने कहा, फिर पल भर को रुककर बोली, "या शायद मैं ऐसा मानना चाहती हूँ।" फिर उसने अपने पर्स का ज़िपर बंद किया और उसे अपने कंधे पर लटका लिया।

"किसी को मत बताना कि मैं कहाँ जा रही हूँ। यही अच्छा होगा।"

मैंने उससे वादा किया कि मैं नहीं बताऊँगा।

उसने कहा कि वह पेरिस पहुँचकर ख़त लिखेगी। फिर उसने मेरी आँखों में गहराई से झाँका, और मैं दावे के साथ कह सकता हूँ कि उसकी आँखों में मुझे सच्चा स्नेह दिखाई दिया। फिर उसने अपने हाथ की हथेली से मेरे चेहरे को छुआ।

"मुझे ख़ुशी है नबी कि तुम उनके साथ हो।"

फिर वह मेरे करीब आई और मुझे गले लगा लिया, उसका गाल मेरे गाल से सटा हुआ था। मेरी नाक उसके बालों और उसके बदन की खुश्बू से भर गई।

"वो तुम ही थे, नबी," उसने मेरे कान में कहा। "वो हमेशा से तुम ही थे। क्या तुम्हें कभी पता नहीं चला?"

मुझे उसकी बात का मतलब समझ नहीं आया। और मेरे कुछ पूछ पाने से पहले ही वह मुझसे अलग हो गई। सिर झुकाए, ऊँची एड़ी की सैंडल से डामर के ड्राइव-वे पर ठक-ठक करती वह तेज़ी से टैक्सी की ओर चल दी। ड्राईवर ने पीछे वाली सीट का दरवाज़ा खोला और वह भीतर परी के बगल में बैठ गई। जैसे ही टैक्सी आगे बढ़ी, उसने मुड़कर एक बार मेरी तरफ देखा और अलविदा का संकेत करने के लिए अपनी हथेली खिड़की के बंद शीशे पर दबा दी। इसके साथ ही टैक्सी आगे बढ़ गई। खिड़की के काँच से सटी उसकी सफ़ेद हथेली उसके आख़िरी अक्स के तौर पर हमेशा-हमेशा के लिए मेरे ज़ेहन पर छप गई। इसके बाद मैंने उसे कभी नहीं देखा।

मैं टैक्सी को जाते देखता रहा और जब सड़क के आखिर का मोड़ मुड़कर वह मेरी आँखों से ओझल हो गई, तो मैंने गेट बंद का दिया। फिर मैं उसी गेट से पीठ सटाकर बच्चों की तरह रोने लगा।

मिस्टर वहदती की अनिच्छा के बावजूद कुछ और दिनों तक कुछेक आगंतुकों का आना जारी रहा। फिर धीरे-धीरे वे भी बंद हो गए। सिर्फ़ उनकी माँ रह गईं जो तब भी हफ्ते में एक या दो बार आ जाती थीं। मगर उनके स्वभाव या बर्ताव में कोई फर्क नहीं आया था। वह धड़धड़ाती हुई आतीं, सीधे मिस्टर वहदती के कमरे में घुस जातीं, और मेरी ओर देखकर चुटकी बजातीं, जिसका मतलब होता कि मैं उनके लिए एक कुर्सी खींचकर मिस्टर वहदती के सिरहाने रख दूँ। बैठते ही वह ऊँचे स्वर में अपनी 'रफूचक्कर' हो चुकी 'नामुराद' बहू के चाल-चलन की धज्जियाँ उड़ाना शुरू कर देतीं, कहतीं कि वह एक नंबर

की रण्डी थी, झूठी थी, शराबी थी, भगोड़ी थी जो अपने शौहर को ऐसी हालत में छोड़कर अल्लाह जाने कहाँ भाग गई थी। मिस्टर वहदती बेचारे चुपचाप ये सब सुनते रहते, सहते रहते, भावशून्य आँखों से खिड़की की ओर ताकते रहते। जब उनकी माँ का अपनी बहू के चरित्र-हनन से जी भर जाता, तब फिर वे अपने नाते-रिश्तेदारों और जान-पहचान वालों के समाचार और ताज़ातरीन अपडेट्स सुनाने लगतीं, जिन्हें वास्तव में 'चुगलियाँ' कहा जाना चाहिए और जिन्हें सुनकर किसी के भी कान दर्द से कराह उठते। मिसाल के लिए, फलां कज़िन का अपनी बहन से ज़बरदस्त झगड़ा हो गया, क्योंकि उसकी बहन ने उसके जैसी ही कॉफी टेबल खरीदने की हिमाकत की थी। फलां रिश्तेदार पिछले शुक्रवार को पगमन से घर लौट रहा था कि रास्ते में उसकी कार का टायर फट गया। फलां मौसी ने इस उम्र में नया हेयरकट करा लिया था। और भी बहुत कुछ। कभी-कभी जब यह प्रताड़ना हद से ज़्यादा हो जाती तो मिस्टर वहदती कुछ बड़बड़ाते, जिस पर उनकी माँ मुड़कर मेरी ओर देखने लगतीं।

"ऐ, तुम बोलो। क्या कहा इसने?" वह हमेशा मुझे इसी अंदाज़ में संबोधित करती थीं, उनकी आवाज़ और उनके शब्द दोनों ही तेज़ाब की तरह तीखे थे।

चूँकि मैं लगभग पूरे दिन मिस्टर वहदती के साथ रहता था, इसलिए धीरे-धीरे मुझे उनकी अजीब-सी बोली समझ में आने लगी थी। जब भी वह कुछ कहना चाहते, मैं झुककर अपना कान उनके मुँह के पास ले जाता और उनके लकवाग्रस्त मुँह से निकलने वालीं जो आवाज़ें दूसरों को अजीब-सी कराहें और घरघराहट जैसी लगतीं, मैं उन्हें साफ़ तौर पर पानी, टॉयलेट, या करवट बदलवाने के आग्रह के तौर पर समझ लेता। सही मायनों में मैं उनका अनुवादक बन गया था।

"आपके साहबज़ादे फरमा रहे हैं कि वे अब सोना चाहते हैं।"

इस पर वह आह भरकर कहतीं कि मैं तो वैसे भी जा ही रही थी। फिर झुककर मिस्टर वहदती का माथा चूमतीं और जल्दी वापस आने का वादा करतीं। मैं उन्हें मेन गेट तक छोड़ने जाता, जहाँ उनका ड्राइवर उनका इंतज़ार कर रहा होता था। फिर वापस मिस्टर वहदती के कमरे में लौटता और उनके बिस्तर के पास रखे स्टूल पर बैठ जाता, शान्ति से, खामोशी से। बड़ी देर तक हम दोनों मिलकर उस शांति का, खामोशी का मज़ा लेते। इतनी देर से हमारे कान जो घोर अत्याचार सह रहे थे, उसके बाद अब यह शान्ति उन्हें मरहम जैसी मालूम होती। इस बीच यदि कभी हमारी नज़रें मिल जातीं तो मिस्टर वहदती बेचारगी से सिर हिलाकर एक टेढ़ी मुस्कान बिखेर देते।

मुझे जिस काम के लिए रखा गया था, वह अब बहुत सीमित रह गया था। मैं हफ़्ते में सिर्फ़ एक या दो बार किराने का सामान लाने के लिए बाज़ार जाता था, और मुझे सिर्फ़ दो लोगों के लिए खाना बनाना पड़ता था, इसलिए मुझे दूसरे मुलाज़िमों को उन कामों के लिए पगार देने में कोई तुक नज़र नहीं आ रही थी जो मैं खुद ही कर सकता था।

मैंने यह बात मिस्टर वहदती को बताई। उन्होंने हाथ से इशारा किया। मैं अपना कान उनके मुँह के पास ले गया।

"तुम बेकार थक जाओगे।"

"नहीं साहब। मुझे ये सब करने में खुशी होगी।"

उन्होंने पूछा कि क्या मैं आश्वस्त हूँ इसे लेकर, और मैंने कहा कि हाँ मैं पूरी तरह आश्वस्त हूँ, मैं सब संभाल लूँगा।

उनकी आँखों में आँसू आ गए और उनकी उंगलियाँ हल्के से मेरी कलाई पर कस गईं। पहले वह बहुत कड़े दिल वाले इंसान थे, बहुत ही कम कभी इमोशनल होते थे, मगर लकवे के बाद से छोटी-छोटी बातें भी उन्हें बेचैन करने लगी थीं, परेशान करने लगी थीं, रुलाने लगी थीं।

"नबी, मेरी बात सुनो।"

"जी साहब।"

"तुम अपनी तनख्वाह अपनी मर्ज़ी से तय कर लो।"

मैंने उनसे कहा कि हमें इस बारे में बात करने की कोई ज़रूरत नहीं है।

"तुम्हें तो पता ही है कि मैं पैसे कहाँ रखता हूँ।"

"आप आराम कीजिए, साहब।"

"तुम जितनी मर्ज़ी ले लो, मुझे परवाह नहीं।"

मैंने कहा कि मैं दोपहर के खाने में शोरवा सूप बनाने की सोच रहा हूँ।

"कैसा रहेगा शोरवा? मेरा भी मन है शोरवा खाने का, इसलिए सोचता हूँ बना ही लूँ।"

मैंने अब शाम को अपनी खोली में जमने वाली मुलाजिम मण्डली की महफ़िल भी बंद कर दी थी। मुझे अब इसकी परवाह नहीं थी कि वे मेरे बारे में क्या सोचेंगे; मैंने सोच लिया था कि अब और उन्हें मिस्टर वहदती के घर आकर उन्हीं का मखौल उड़ाकर अपना मनोरंजन नहीं करने दूँगा। ख़ास तौर से ज़ाहिद

को नौकरी से निकालने में मुझे बड़ा मज़ा आया। मैंने उस हज़ारा औरत की भी छुट्टी कर दी जो कपड़े धोने आती थी। उसके बाद से मैं खुद कपड़े धोने लगा, खुद उन्हें सुखाने के लिए रस्सी पर टाँगने लगा। मैं ही पेड़ों की देखभाल करने लगा, झाड़ियों की छंटाई करने लगा, घास काटने लगा। मैं ही बागीचे में फूलों के नए पौधे लगाने लगा, और मैं ही क्यारियों में सब्ज़ियाँ उगाने लगा। अब मैं ही घर की देखभाल करता, मैं ही झाड़ू-पोंछा करता, मैं ही पर्दों की धूल झाड़ता, खिड़कियाँ धोता, टपकते नल ठीक करता, और मैं ही जंग खा चुके पाइप बदलता।

एक दिन जब मिस्टर वहदती सो रहे थे, तो मैं उनके कमरे में लगे मकड़ी के जाले झड़ाने लगा। गर्मियों का मौसम था और पारा ख़ासा चढ़ा हुआ था। मैंने मिस्टर वहदती के ऊपर से सभी कंबल और चादरें हटा दी थीं और उनके पायजामा पैंट के पायचों को ऊपर चढ़ा दिया था। मैंने कमरे की सारी खिड़कियाँ खोल दी थीं और ऊपर पंखा भी चल रहा था, मगर तब भी गर्मी से राहत महसूस नहीं हो रही थी, गर्म और सूखी हवा ने हालत खराब कर रखी थी।

कमरे में एक बड़ी अलमारी थी जिसे मैं काफी समय से साफ करना चाह रहा था, और आखिरकार मैंने उस दिन उसे साफ करने का फैसला कर लिया। मैंने अलमारी के कपाट खोले और उसमें टँगे मिस्टर वहदती के सूटों को एक-एक करके निकालना और उनकी धूल झाड़ना शुरू कर दिया। एक से एक शानदार सूट थे सभी, मगर मुझे पता था कि अब शायद उनमें से कोई भी फिर कभी भी मिस्टर वहदती के शरीर पर नहीं होगा। सूटों के अलावा अलमारी में ढेर सारी किताबें भी थीं, उन पर भी धूल जमी हुई थी, मैंने उन्हें भी साफ किया। फिर कई जोड़ी जूते थे। मैंने सभी को कपड़े से साफ किया और एक कतार में जमाकर रख दिया। तभी मेरी नज़र एक बड़े-से गत्ते के डिब्बे पर पड़ी, जो एक कोने में दबा-छिपा सा रखा था। उसके आगे कई सारे लम्बे-लम्बे विंटर कोट टंगे हुए थे, जिनकी वजह से वह एकदम से दिखाई नहीं पड़ता था। मैंने उसे बाहर खींचा और खोलकर देखा। उसमें मिस्टर वहदती की पुरानी स्केचबुक्स भरी हुई थीं, एक के ऊपर एक, उनकी गुज़री हुई ज़िन्दगी के ग़मगीन आसारों (दुखद अवशेषों) की तरह।

मैंने सबसे ऊपर वाली स्केचबुक उठाई और उसका एक पन्ना खोला। मुझे अपने घुटने काँपते से मालूम हुए। मैंने जल्दी-जल्दी एक-एक करके सभी पन्ने देख डाले। फिर उसे नीचे रखकर दूसरी स्केचबुक उठाई, फिर तीसरी, फिर चौथी, और फिर पाँचवी। पन्ने एक-एक करके मेरी आँखों के सामने पलट रहे थे, और हर पलटते पन्ने के साथ मेरे चेहरे पर हैरत और विषाद का रंग और गहरा होता

जा रहा था। हर पन्ने पर चारकोल से एक ही आदमी की छवियाँ उकेरी गई थीं। मेरी! किसी पन्ने पर मुझे कार के फेंडर को साफ़ करते दिखाया गया था, तो किसी पर बरामदे के पास फावड़े की टेक लगाकर बैठे हुए। इन पन्नों में से किसी पर मुझे अपने जूतों के फीते बाँधते, किसी पर लकड़ी काटते, किसी पर पौधों में पानी डालते, किसी पर केतली से कप में चाय उड़ेलते, किसी पर नमाज़ पढ़ते, तो किसी पर झपकी लेते हुए देखा जा सकता था। एक पन्ने पर घरघा झील के किनारे खड़ी हमारी कार थी और मैं स्टीयरिंग व्हील के पीछे बैठा था, खिड़की से हाथ नीचे लटकाए। पीछे की सीट पर एक धुंधली सी आकृति मौजूद थी। ऊपर आसमान में पक्षी मंडरा रहे थे।

वो तुम ही थे, नबी।

वो हमेशा से तुम ही थे।

क्या तुम्हें कभी पता नहीं चला?

मैंने मिस्टर वहदती की तरफ देखा। वह गहरी नींद में सो रहे थे। मैंने एहतियात से सभी स्केचबुक्स को वापस डिब्बे में रखा, डिब्बे को बंद किया, और वापस अलमारी के उसी कोने में सरका दिया। फिर मैं कमरे से बाहर निकला और धीरे से दरवाज़ा बंद कर दिया, ताकि मिस्टर वहदती जाग न जाएँ। फिर मैंने मद्धम रोशनी वाले गलियारे को पार किया और सीढ़ियाँ उतरकर नीचे आया। मेरे पैर यहाँ भी नहीं रुके और मैं दरवाज़ा खोलकर बाहर निकला, ड्राइव-वे पार किया, फिर बाहर के विशाल फाटक को धकाकर बाहर चिलचिलाती धूप में सड़क पर कदम रखा। मैं सड़क पर यूँ चलने लगा जैसे किसी सम्मोहन में था। आगे मोड़ से मुड़ा और बिना पीछे मुड़कर देखे चलता चला गया।

'अब मैं यहाँ कैसे रुक पाऊँगा?' मैं सोच रहा था। मिस्टर मार्कोस, इस राज़ को जानकार मुझे न तो मिस्टर वहदती के लिए नफरत महसूस हो रही थी और न ही इस बात का गुरूर कि मैं उनके लिए इतना अहम था, मगर मैं असहज ज़रूर था। मैं यह कल्पना करने की कोशिश कर रहा था कि इस नए खुलासे की रोशनी में मैं मिस्टर वहदती के साथ कैसे रह पाऊँगा। जो कुछ भी मैंने अभी-अभी देखा और जाना था, उसके चलते मैं बुरी तरह से असमंजस में फँस गया था। इस बात को दिमाग से निकाल देना, दरकिनार कर देना मुमकिन नहीं था। मगर मैं मिस्टर वहदती को ऐसी असहाय स्थिति में छोड़कर जाऊँ भी तो कैसे? नहीं, मैं ऐसा नहीं कर सकता था, तब तक तो हरगिज़ नहीं जब तक कि मुझे कोई ऐसा व्यक्ति न मिल जाए जो उनकी ज़िम्मेदारी उतनी ही अच्छी तरह संभाल सकता हो जैसे मैं

संभाल रहा था। आखिर को मैंने मिस्टर वहदती का नमक खाया था, उनके इतने अहसान थे मेरे ऊपर। उन्होंने हमेशा ही मुझे इतने अच्छे से रखा था, जबकि मैंने उनकी बीवी की नज़रों में चढ़ने के लिए उनसे कितनी ही बार झूठ बोला था, कितनी ही बार उन्हें धोखा दिया था, उनके भरोसे का नाजायज़ फायदा उठाया था। अब जब मुझे उनका कर्ज़ उतारने का मौका मिला था, तो मैं कैसे भाग सकता था।

आखिर को मैं वापस लौट आया और डाइनिंग रूम में आकर खाने की मेज़ पर आँखें बंद करके बैठ गया। मैं आपको बता नहीं सकता मिस्टर मार्कोस कि मैं कितनी देर तक वहाँ बुत-सा बना बैठा रहा। वो तो जब मुझे ऊपर से कुछ हलचल सुनाई दी और मैंने पलकें झपकाईं तो देखा कि शाम का धुंधलका घिर आया था। मैं उठा और चाय का पानी उबलने के लिए रख दिया।

एक दिन, मैं उनके कमरे में गया और उनसे कहा कि मेरे पास उसके लिए एक सरप्राइज़ था। यह 1950 के दशक के आखिर की बात है–काबुल में टेलीविजन आने से बहुत पहले की बात। उन दिनों हम दोनों ज़्यादातर ताश खेलकर अपना वक़्त बिताते थे, फिर अभी हाल ही के दिनों में उन्होंने मुझे शतरंज भी सिखा दिया था (जिसमें मैं अब थोड़ा-थोड़ा हुनरमंद हो चला था) तो हम वो भी खेलते थे। इसके अलावा हमारा काफी वक़्त पढ़ने-पढ़ाने में भी बीतता था। वह मुझे लिखना-पढ़ना सिखाते थे। मुझे कहना पड़ेगा कि वह बड़े सब्र वाले उस्ताद साबित हुए थे। वह मुझसे बोल-बोलकर पढ़ने के लिए कहते थे और खुद आँखें बंद करके ध्यान से सुनते थे, और जहाँ भी मैं कोई गलती करता तो वह धीरे से इंकार में सिर हिलाते और कहते, *'फिर से, इसे फिर से पढ़ो नबी।'* तब तक उनकी ज़बान पर लकवे का असर ख़ासा कम हो चुका था और वह काफी हद तक साफ़-साफ़ बोलने लगे थे। वैसे तो जब उन्होंने मुझे अपनी मुलाज़मत में रखा था, 1947 में, तब भी मैं मुल्ला शकीब के करम से थोड़ा-बहुत पढ़ना-लिखना तो जानता ही था, मगर उतनी अच्छी तरह नहीं। मिस्टर वहदती के मुझे सिखाना शुरू करने के बाद ही मैं अच्छी तरह लिखना-पढ़ना सीख पाया था। बेशक उन्होंने यह सब मेरी मदद करने के लिए ही किया था, मगर इससे एक तरह से उनका भी हित-साधन होता था, क्योंकि अब मैं उन्हें उनकी पसंदीदा किताबें पढ़कर सुना सकता था। ज़ाहिर है कि वह उन्हें खुद भी पढ़ सकते थे, मगर ज़्यादा देर तक नहीं पढ़ पाते थे, जल्दी ही थक जाते थे।

जब मैं दूसरे कामों में मसरूफियत के चलते उनके साथ नहीं होता था, तब उनके लिए वक़्त काटना मुश्किल हो जाता था। थोड़ी-बहुत देर संगीत सुन लेते थे। मगर ज़्यादातर वक़्त उन्हें खिड़की से बाहर नज़र आते पेड़ों, उन पर बैठे पक्षियों और आसमान में उड़ते बादलों को देखने और सड़क पर खेलते बच्चों और अपने खच्चरों के साथ फेरी लगाते फल विक्रेताओं की आवाज़ें–चेरी! *ताज़ी चेरी!–सुनते हुए ही बिताना पड़ता था।*

जब मैंने सरप्राइज़ की बात की तो वह पूछने लगे कि क्या है, इस पर मैंने उनकी गर्दन के नीचे हाथ डालकर उन्हें गोद में उठाते हुए कहा कि पहले हम नीचे चलेंगे, फिर मैं उन्हें दिखाऊँगा। उन दिनों मुझे उन्हें गोद में उठाने में ज़्यादा परेशानी नहीं होती थी, क्योंकि मैं अभी भी जवान और हट्ट-कट्टा था। तो, मैं उन्हें आसानी से गोद में उठाकर नीचे ले आया और सोफे पर लिटा दिया।

"अब तो बताओ?" वह कहने लगे।

मैं बरामदे में गया और एक व्हीलचेयर को धकाते हुए भीतर ले आया। एक बरस से भी ज़्यादा अरसे से मैं इसके लिए पैरवी कर रहा था, मगर वह हर बार मना कर देते थे। अबकी बार मैंने उनसे पूछा ही नहीं और खुद से ही ख़रीद लाया। इस बार भी व्हीलचेयर देखते ही वह इंकार में सिर हिलाने लगे।

"पड़ौसियों की वजह से?" मैंने पूछा। "क्या आपको इस बात से शर्म आती है कि लोग क्या कहेंगे?"

वह मुझसे वापस ऊपर ले चलने के लिए कहने लगे।

"मगर मुझे इसकी ज़रा भी परवाह नहीं कि पड़ोसी क्या सोचते या कहते हैं," मैंने कहा। "मैं बस इतना जानता हूँ कि आज हम टहलने जा रहे हैं। बाहर बहुत सुहाना दिन निकला हुआ है और हम टहलने जा रहे हैं, आप और मैं। मैं अब और कुछ नहीं सुनूँगा। क्योंकि अगर हम इस घर से बाहर नहीं निकले तो मैं अपना मानसिक संतुलन खो बैठूँगा, और अगर मैं पागल हो गया तो आपका क्या होगा वो सोच लो। प्लीज़, सुलेमान, यह बेकार का रोना-धोना बंद करो। आप तो बिल्कुल किसी ठरकी बुढ़िया जैसे नखरे कर रहे हो।"

वह कहने लगे, "नहीं! नहीं! मैं नहीं जाऊँगा।" मगर मैंने उनके कहने की परवाह न करते हुए उन्हें गोद में उठाकर व्हीलचेयर पर बैठा दिया, कम्बल से ढँक दिया, और व्हीलचेयर को धकाते हुए बाहर ले गया। इस दौरान वह कभी रोते तो कभी हँसते रहे और कहते रहे, "नहीं! नहीं! मैं नहीं जाऊँगा।"

यहाँ यह बताना ज़रूरी होगा कि मैंने उस राज़ को जानने के बाद अपनी जगह सुलेमान की ज़िम्मेदारी उठा सकने लायक आदमी की तलाश की थी। बेशक, बगैर सुलेमान को बताए। मैंने सोचा कि जब कोई मिल जाएगा तभी उनको बताना ठीक रहेगा। बहरहाल, कई लोग इस बारे में पूछने आए। मैंने उनसे घर के बाहर ही मुलाकात की, ताकि सुलेमान को शक न हो। लेकिन यह तलाश मेरे अनुमान से कहीं ज़्यादा मुश्किल साबित हुई। कुछ उम्मीदवार तो ज़ाहिद वाली मिट्टी के ही निकले–जिन्हें मैंने आसानी से पहचान लिया था, क्योंकि मेरा उनके जैसे लोगों के साथ ज़िन्दगी भर का उठना-बैठना रहा था–तो उन्हें मैंने तुरंत खारिज कर दिया। बाकियों में से कुछ के पास वैसा खाना पकाने का हुनर नहीं था जैसा चाहिए था, क्योंकि सुलेमान खाने के मामले में थोड़े नखरेबाज़ थे। जबकि कुछ ऐसे थे जिन्हें गाड़ी चलाना नहीं आता था। कुछ उम्मीदवार पढ़ नहीं सकते थे, जो अब एक बड़ी अड़चन थी क्योंकि मैं आदतन देर दोपहर सुलेमान को उनकी पसंदीदा किताबें पढ़कर सुनाता था। कुछ उम्मीदवार मुझे बेसब्र लगे, जबकि सुलेमान की देखभाल के लिए आदमी का सब्र वाला होना बहुत ज़रूरी था, क्योंकि समय के साथ वह थोड़े चिढ़चिढ़े हो गए थे और कभी-कभी बचकाना बर्ताव भी करने लगते थे। बाकियों से बात करके मुझे खुद-ब-खुद समझ आ गया कि उनमें इतने मुश्किल काम को लम्बे अरसे तक करते रह पाने के लिए ज़रूरी मानसिक मज़बूती नहीं थी।

और इसी तरह तीन साल गुज़र गए, और मैं अभी भी यहीं पर था, और अपने आप से यही कह रहा था कि मैं यहाँ से चला जाऊँगा, बस एक बार मुझे यह यकीन हो जाए कि सुलेमान का भविष्य किन्हीं भरोसेमंद हाथों में है। तीन साल बाद भी मैं ही था जो हर दूसरे दिन सुलेमान के शरीर को गीले कपड़े से पोंछ रहा था, उनकी दाढ़ी बना रहा था, उनके नाखून काट रहा था, बाल काट रहा था। मैं ही उन्हें खाना खिला रहा था। मैं ही उन्हें टट्टी-पेशाब करवा रहा था, मैं ही उनकी धो-पोंछ रहा था, बिल्कुल वैसे जैसे किसी छोटे बच्चे की धोते-पोंछते हैं। मैं ही उनके टट्टी-पेशाब से सने डायपर धो रहा था। ये सब करते हुए हमारे बीच एक अनकही भाषा विकसित हो गई थी, हम बगैर कुछ कहे-सुने भी एक-दूसरे के मन की बात समझ जाते थे। इसके साथ ही हमारे रिश्ते में पहले की तुलना में अकल्पनीय अनौपचारिकता भी आ गई थी।

एक बार जब मैंने उन्हें व्हीलचेयर के लिए राज़ी कर लिया, तो सुबह की सैर का हमारा पुराना सिलसिला फिर से शुरू हो गया। मैं उन्हें व्हीलचेयर पर बैठाकर घर से बाहर ले जाता और हम आस-पड़ौस की सड़कों पर घूमते। जल्दी

ही आस-पड़ौस में रहने वाले कई सारे लोगों से हमारा अच्छा परिचय हो गया, रोज़ उनसे दुआ-सलाम होने लगी। इन्हीं लोगों में से एक थे मिस्टर बशीरी, जो हाल ही में काबुल विश्वविद्यालय से स्नातक पास करके निकले नौजवान आदमी थे और फिलहाल विदेश मंत्रालय में नौकरी कर रहे थे। वह और उनके भाई अपनी-अपनी बीवियों समेत हाल ही में हमारे घर से तीन घर आगे एक बड़े-से दो मंज़िला मकान में रहने आए थे। अक्सर सुबह जब वह काम पर जाने के लिए अपनी कार को स्टार्ट कर रहे होते थे, तभी हमारा उस तरफ से गुज़रना होता था, और मैं हमेशा ही छोटी-सी खुशनुमा बातचीत के लिए रुक जाता था। मैं अक्सर सुलेमान को शर-ए-नौ पार्क ले जाता था, जहाँ हम एल्म के पेड़ों की छाया में बैठकर ट्रैफ़िक देखते थे–टैक्सी ड्राइवरों का लगातार हॉर्न बजाते रहना, साइकिलों की ट्रिंग-ट्रिंग, खच्चरों का रेंकना, पैदल मुसाफिरों का जल्दी के चक्कर में तेज़ रफ़्तार बसों के आगे यूँ कूदना मानो घर से खुदकशी करने का सोचकर निकले हों। पार्क में और उसके आसपास भी सब लोग हमें, मुझे और सुलेमान को, पहचानने लगे थे। वापस लौटते वक़्त हम अक्सर रुककर रास्ते में किताबें और मैगज़ीन वगैरह बेचने वाले और गोश्त की दुकान लगाने वाले दुकानदारों से थोड़ा हँसी-मज़ाक कर लेते थे, ट्रैफिक संभालने वाले नौजवान पुलिसवालों से भी कुछ मज़ेदार बातों का आदान-प्रदान हो जाता था। इसी तरह उन ड्राइवरों से भी गुफ्तगू हो जाती थी जो अपनी टैक्सियों के फेंडर से टिककर सवारियाँ मिलने का इंतज़ार कर रहे होते थे।

कभी-कभी मैं सुलेमान को अपनी पुरानी शेवरले की पिछली सीट पर बिठाता, व्हीलचेयर को डिक्की में रखता, और घरघा झील की ओर निकल पड़ता। वहाँ पहुँचकर मैं कोई अच्छी-सी हरी-भरी जगह तलाशता। हम वहीं किसी पेड़ की छाँव में दरी बिछाकर बैठ जाते। दोपहर के खाने के बाद सुलेमान चित्रकारी में हाथ आज़माते, हालाँकि अब यह उनके लिए आसान नहीं रह गया था क्योंकि लकवे ने उनके दाहिने हाथ को ही बेकार कर दिया था। मगर कलाकार तो कलाकार ही होता है, उलटे हाथ से भी वे पेड़ों, पहाड़ों और जंगली फूलों के इतने अच्छे चित्र बना लेते थे जितने मैं अपने सीधे हाथ से भी नहीं बना सकता था। आखिरकार, जब सुलेमान थक जाते और ऊँघने लगते और उनके हाथ से पेंसिल छूटकर नीचे गिर जाती, तब मैं उनके पैरों को कंबल से ढँक देता और उनकी व्हीलचेयर के पास ही घास पर लेट जाता। लेटे-लेटे मैं हवा के झोंकों से हिलते पेड़ों के पत्तों की सरसराहट सुनता, आसमान की ओर ताकता, बादलों की टोलियों को एक दिशा से दूसरी दिशा की ओर जाते देखता।

गाहे-बगाहे मैं खुद को नीला के ख्यालों में खोया पाता, जो अब मुझसे पूरे एक महाद्वीप की दूरी पर थी। उसके रेशमी बालों की वो चमक, उसका पैर पर पैर रखकर बैठना और एक ख़ास तरह से पैर को हिलाना, चलते वक़्त उसकी सैंडल का एड़ी पर टकराना, उसकी उँगलियों में फँसी जलती हुई सिगरेट की चटचटाहट, उसकी पीठ की वह कमान और उसकी छातियों के वे उभार; ये सब बातें मुझे रह-रहकर याद आतीं और मैं फिर से उसके करीब होने, उसकी खुश्बू में डूबने, और उस चिर-परिचित उत्तेजना को फिर से महसूस करने के लिए तरसने लगता जो उस वक़्त मेरे दिल की धड़कनों को बढ़ा देती थी जब वह मेरा हाथ छूती थी। उसने वादा किया था कि वह पेरिस पहुँचकर मुझे ख़त लिखेगी, मगर नहीं लिखा था। उस बात को कई बरस बीत गए थे और पूरी संभावना थी कि वह मुझे भूल चुकी थी, मगर मैं उसके वादे को नहीं भूल पाया था और जब भी घर पर कोई खत आता था (ज़ाहिर है, मिस्टर वहदती के नाम) तो मेरे मन में यह उम्मीद जग उठती थी कि शायद नीला का ही हो।

एक दिन, घरघा किनारे मैं घास पर बैठा अपने सामने बिछी शतरंज की बिसात को देख रहा था। यह बहुत बरसों बाद की बात है। 1968 की। सुलेमान की माँ के इंतकाल के एक बरस बाद की। मिस्टर बशीरी और उनके भाई दोनों के बाप बनने के एक बरस बाद की। उन दोनों के यहाँ लड़के हुए थे, जिनके नाम उन्होंने इदरिस और तिमूर रखे थे। उनकी मम्मियाँ जब उन्हें स्ट्रोलर में बिठाकर मोहल्ले में घुमाने निकलती थीं तो अक्सर मेरी उनसे मुलाक़ात हो जाया करती थी। बहुत ही प्यारे बच्चे थे दोनों। बहरहाल, उस दिन मैं और सुलेमान घास पर शतरंज की बिसात बिछाकर बैठे थे। सुलेमान ने खेल की शुरुआत बेहद आक्रामक ढंग से की थी और मेरी तगड़ी घेराबंदी करने में कामयाब हो चुके थे। मैं अब उस घेराबंदी से निकलने और हार से बचने का कोई रास्ता सोचने की कोशिश कर ही रहा था कि तभी उन्होंने कहा, "नबी! ये तो बताओ कि तुम्हारी उम्र कितनी हो गई?"

"जितना मुझे पता है, उसके हिसाब से मैं चालीस तो पार कर चुका हूँ," मैंने कहा।

"मैं सोच रहा था कि तुम्हें शादी कर लेनी चाहिए," उन्होंने कहा, "इससे पहले कि तुम्हारा रूप-रंग ढल जाए। तुम्हारे बाल तो सफ़ेद हो ही चले हैं।"

हम एक-दूसरे की तरफ देखकर मुस्कुराए। मैंने उन्हें बताया कि मेरी बहन मासूमा भी मुझसे यही कहती थी।

उन्होंने पूछा कि क्या मुझे वह दिन याद था जिस दिन उन्होंने मुझे नौकरी पर रखा था, 1947 में, यानी इक्कीस बरस पहले।

बेशक, मुझे याद था। मैं मिस्टर वहदती के मकान से कुछ ब्लॉक दूर एक मकान में सहायक रसोइया के तौर पर काम कर रहा था और अपनी उस नौकरी से ख़ासा नाखुश था। इसलिए जैसे ही मैंने सुना कि उन्हें एक रसोइए की ज़रूरत थी–उनका रसोइया शादी करके कहीं और चला गया था–तो मैं एक दोपहर सीधे उनके घर पहुँच गया और दरवाज़े की घंटी बजा दी।

"उस वक़्त तुम बहुत ही खराब रसोइए थे, नबी" सुलेमान ने कहा। "बेशक अब तो तुम कमाल का खाना बनाते हो, मगर जो पहली बार तुमने मुझे खाना बनाके खिलाया था वो तो... या अल्लाह! और जब तुमने पहली बार मुझे बिठाकर कार चलाई थी, तो मुझे लगा था कि कहीं मुझे लकवे का दौरा न पड़ जाए।" कहते-कहते वह रुक गए, फिर अनजाने में किए गए अपने इस मज़ाक पर हैरान होकर हँस पड़े।

मेरे लिए यह बात पूरी तरह से हैरान कर देने वाली थी मिस्टर मार्कोस, मुझे यह सुनकर बड़ा झटका-सा लगा था, क्योंकि इतने बरसों में सुलेमान ने मेरे खाना पकाने या गाड़ी चलाने को लेकर कभी कोई शिकायत नहीं की थी। इसलिए मैं उनसे यह पूछे बिना नहीं रह पाया कि "तो फिर आपने मुझे नौकरी पर रखा ही क्यों था?"

उन्होंने अपना चेहरा मेरी तरफ घुमाया। "क्योंकि जैसे ही तुम अंदर आए, मेरे दिल ने मुझसे कहा कि इससे बाँका और सजीला नौजवान कोई और नहीं है दुनिया में।"

मैंने अपनी नज़रें शतरंज की बिसात पर झुका लीं।

"तुम से मिलने के बाद धीरे-धीरे मैंने यह जान लिया था कि हम एक जैसे नहीं थे, तुम और मैं, और इसलिए जो मैं चाहता था वो नामुमकिन था। मगर फिर भी कम से कम हम सुबह साथ-साथ सैर पर जा रहे थे, ड्राइव पर जा रहे थे। मैं यह नहीं कहूँगा कि ये मेरे लिए काफी था, मगर तुम्हारे साथ न होने से तो ये बेहतर था। मैंने तुम्हारे आसपास मौजूद होने भर से काम चलाना सीख लिया था।" वह कुछ पल रुके, फिर बोले, "और मुझे लगता है कि तुम मेरी बात कुछ-कुछ समझ गए हो, नबी। मुझे पता है कि तुम समझ गए हो।"

मैं उनसे नज़रें मिलाने की हिम्मत नहीं जुटा सका।

"मुझे तुम्हें बताना है, बस एक बार, कि मैं बहुत लंबे अरसे से तुम्हें प्यार करता हूँ, नबी। प्लीज़ नाराज़ मत होना।"

मैंने सिर हिलाकर जताया कि मैं नाराज़ नहीं हूँ। कई मिनटों तक हम दोनों में से कोई भी कुछ नहीं बोला। उन्होंने अभी-अभी जो कहा था, वह हमारे बीच मौजूद हवा में तैर रहा था–अपनी चाहत को सीने में दफ्न रखकर जी हुई ज़िन्दगी का दर्द, कभी हासिल न हो पाने वाली खुशी।

"और अब मैं तुम्हें यह इसलिए बता रहा हूँ," उन्होंने कहा, "ताकि तुम यह समझ सको कि क्यों मैं तुम्हें जाने के लिए कह रहा हूँ। जाओ और अपने लिए एक जीवन-साथी तलाशो। जाओ नबी, बाकी लोगों की तरह तुम भी अपना परिवार शुरू करो। तुम्हारे पास अभी भी समय है।"

"ठीक है," मैंने आखिरकार तनाव कम करने की कोशिश करते हुए कहा, "आप कहते हैं तो मैं ऐसा ही करूँगा। मगर फिर आपको अपने इस फैसले पर बहुत अफ़सोस होगा। और उस बेचारे कमीने को भी, जिसे आपके डायपर धोने पड़ेंगे।"

"तुम हमेशा मज़ाक करते हो।"

मैं एक छोटे-से कीड़े को एक हरे-भूरे पत्ते पर धीरे-धीरे रेंगकर चलते देखने लगा।

"मेरे लिए मत रुको। यही तो मैं कह रहा हूँ, नबी। मेरे लिए मत रुको।"

"आप अपने आप को इतना अहम क्यों मानकर चलते हैं?"

"फिर से मज़ाक," उन्होंने थके हुए स्वर में कहा।

मैंने कुछ नहीं कहा, हालाँकि उनकी बात ग़लत थी। मैं उस समय मज़ाक नहीं कर रहा था। मेरा रुकना अब उनकी वजह से नहीं था। बेशक, शुरुआत में था। मैं शुरू में इसलिए रुका था क्योंकि सुलेमान को मेरी ज़रूरत थी, क्योंकि वह पूरी तरह मुझ पर निर्भर थे। मैं पहले ही एक बार एक ऐसे इंसान की ज़िम्मेदारी से भाग चुका था जिसे मेरी ज़रूरत थी, और जिसका मुझे अब तक पछतावा था और मुझे पता था कि वह पछतावा मरते दम तक मेरा पीछा नहीं छोड़ने वाला था। मैं वही गलती फिर से नहीं करना चाहता था। लेकिन धीरे-धीरे, अनजाने में ही, मेरे रुकने के कारण बदल गए। मैं यह तो नहीं बता सकता कि यह बदलाव कब और कैसे हुआ, मिस्टर मार्कोस, मगर अब मैं खुद के लिए वहाँ रह रहा था। सुलेमान ने कहा कि मुझे शादी कर लेनी चाहिए। मगर सच बात यह थी कि

जब मैं अपनी ज़िंदगी पर गौर करता था तो मुझे महसूस होता था कि मेरे पास वो सब पहले से ही मौजूद था जो लोग शादी से चाहते हैं। मेरे पास सब तरह के सुख-साधन और सब तरह का आराम था, वक़्त बिताने और सुख-दुःख बाँटने के लिए एक जोड़ीदार था, और एक ऐसा घर था जहाँ हमेशा मुझे प्यार और इज़्ज़त मिलती थी और जहाँ हमेशा मेरी ज़रूरत रहती थी। जहाँ तक जिस्मानी ज़रूरतों और चाहतों का सवाल है तो एक तंदरुस्त मर्द होने के नाते वे बेशक मुझे परेशान करती थीं, हालाँकि उम्र बढ़ने के साथ अब उनका वेग उतना प्रबल नहीं रह गया था, और मैं पहले ही आपको बता चुका हूँ कि काबुल में यदा-कदा उन्हें पूरा करने की व्यवस्थाएँ मौजूद थीं, इसलिए इस मामले में कोई दिक़्क़त वाली बात नहीं रही कभी। जहाँ तक बच्चों की बात है तो बेशक मुझे बच्चे पसंद थे, मगर अपने खुद के बच्चे करने की कोई चाहत मैंने कभी अपने भीतर महसूस नहीं की।

"अगर तुमने ठान ही लिया है कि तुम अड़ियल टट्टू बने रहोगे और किसी भी कीमत पर शादी नहीं करोगे," सुलेमान ने कहा, "तो मेरी तुमसे एक इल्तिज़ा है। मगर पहले तुम्हें वादा करना होगा कि तुम उस इल्तिज़ा को मानोगे।"

मैंने उनसे कहा कि वह मेरे सामने ऐसी कोई शर्त रखने की स्थिति में नहीं थे।

"और फिर भी मैं रख रहा हूँ।"

मैंने उनकी तरफ देखा।

"तुम मना कर सकते हो," उन्होंने कहा।

वह मुझे अच्छी तरह जानते थे। वह टेढ़े चेहरे के साथ मुस्कराए। हारकर मैंने वादा कर लिया, और तब उन्होंने अपनी इल्तिज़ा बताई।

इसके बाद के बरसों में क्या हुआ इसके बारे में मैं आपको क्या बताऊँ मिस्टर मार्कोस, आप तो इस मुसीबतज़दा मुल्क के हालिया इतिहास से अच्छी तरह वाकिफ हैं। उन काले दिनों की दास्तान आपके सामने दोहराने की मुझे कोई ज़रूरत मालूम नहीं होती है। उन दिनों के बारे में सोचने और लिखने के ख़याल भर से ही मैं थका-हारा महसूस करने लगता हूँ। इसके अलावा, इस मुल्क की तकलीफ के बारे में पहले ही काफी कुछ कहा और लिखा जा चुका है, वह भी मुझसे कहीं ज़्यादा जानकार और कहीं ज़्यादा काबिल लेखकों की कलम से।

मैं उस सबको अगर एक शब्द में समेटना चाहूँ तो कह सकता हूँ: जंग। या मुझे कहना चाहिए: जंग पे जंग। एक नहीं, दो नहीं, कई-कई; बड़ी और छोटी, जायज़ और नाजायज़; ऐसी जंगें जिनमें वक़्त के साथ नायकों और खलनायकों की भूमिकाएँ आपस में बदलती रहीं–पहले वाली जंग का जो नायक होता था, वही अगली जंग का खलनायक बन जाता था। नाम बदलते रहे, चेहरे बदलते रहे, मगर किया सबने वही–बेमतलब का झगड़ा-फसाद, स्नाइपर्स, बारूदी सुरंगें, बमबारी, रॉकेट हमले, लूटपाट, बलात्कार और खून-खराबा। जंग उन सभी के लिए अपने निजी सरोकार पूरे करने का ज़रिया था, और इसीलिए मैं उन सभी को एक बराबर लानत भेजता हूँ। इस मुल्क की बदहाली के लिए वे सभी बराबरी से ज़िम्मेदार हैं। आह, बहुत हो गया! उन काले दिनों को याद करने और कागज़ पर उकेरने का काम मेरे लिए बहुत बड़ा भी है और बहुत नागवार भी। मैं पहले ही उन दिनों को पर्याप्त जी चुका हूँ, अब यहाँ उनके बारे में तफ़सील से लिखकर उन दर्दनाक यादों को फिर से जीना नहीं चाहता, इसलिए उस ब्यौरे को यथासंभव संक्षिप्त रखना चाहता हूँ। उस वक़्त मेरे मन में बस एक ही बात का सुकून रहता था कि भले मेरे स्वार्थ के चलते हो मगर उस बच्ची परी को, जो अब तो एक जवान लड़की बन चुकी होगी, वे दिन नहीं देखने पड़े। यह सोचकर मेरे मन में घर किया हुआ अपराध-बोध थोड़ा कम हो जाता था कि वह सुरक्षित थी, उस खून-ख़राबे से बहुत दूर थी।

जैसा कि आप जानते हैं, मिस्टर मार्कोस, 1980 के दशक में काबुल में हालात उतने भयानक नहीं थे, क्योंकि जंग ज़्यादातर दूर-दराज़ के इलाकों में चल रही थी। मगर फिर भी, पलायन शुरू हो चुका था और हमारे आस-पड़ोस के कई परिवार मुल्क छोड़कर पाकिस्तान या ईरान चले गए थे, इस उम्मीद में कि मौका मिलते ही पश्चिम में कहीं बस जाएँगे। मुझे वह दिन अच्छी तरह याद है जब मिस्टर बशीरी अलविदा कहने आए थे। मैंने उनसे हाथ मिलाकर उन्हें आगे की ज़िन्दगी के लिए शुभकामनाएँ दी थीं। मैंने उनके बेटे इदरिस को भी अलविदा कहा था, जो तब तक चौदह बरस का ख़ासा लंबा मगर दुबला-पतला और बड़े-बड़े बालों और होंठों के ऊपर फूटतीं हल्की-हल्की मूँछों वाला कमसिन नौजवान हो गया था। मैंने इदरिस से कहा था कि मुझे उसे और उसके चचेरे भाई तिमूर को सड़क पर पतंग उड़ाते और फुटबॉल खेलते देखना बहुत याद आएगा। आपको याद होगा मिस्टर मार्कोस कि हम, आप और मैं, कई बरसों बाद उन चचेरे भाइयों से उस वक़्त मिले थे जब 2003 के वसंत में आपने घर पर एक पार्टी रखी थी। तब तक तो दोनों पूरे गबरू जवान हो चुके थे।

यह 1990 का दशक था, मिस्टर मार्कोस, जब आखिरकार जंग शहर की सीमा के भीतर आनी शुरू हो गई थी। उस वक़्त काबुल उन आदमियों की गिरफ्त में आ गया था जिन्हें देखकर लगता था कि वे अपनी-अपनी माँओं के पेट से हाथों में कलाश्निकोव लेकर ही बाहर निकले थे। वे सभी वहशी-दरिन्दे थे, बंदूकों के बल पर लोगों का माल-असबाब लूटने वाले डाकू थे, जिन्होंने वतन-परस्ती, मज़हब-परस्ती जैसी बड़ी-बड़ी बातों की आड़ ले रखी थी और खुद को बड़े-बड़े पाकीज़ा खिताब दे रखे थे। जब रॉकेट दागे जाने लगे तो सुलेमान ने खुद को घर में ही कैद कर लिया और काबुल छोड़कर कहीं भी जाने से इनकार कर दिया। उन्होंने घर की चारदीवारी के बाहर चल रहीं हलचलों की जानकारी रखने से भी सख्त इनकार कर दिया। उन्होंने टेलीविजन का प्लग निकाल दिया। उन्होंने रेडियो उठाकर एक तरफ रख दिया। उन्होंने अखबार पढ़ना बंद कर दिया। और मुझे भी सख्त हिदायत दे दी कि मैं जंग की कोई भी खबर उन्हें न सुनाऊँ। उन्हें इस बात से कोई मतलब नहीं था कि कौन किससे लड़ रहा था, कौन जीत रहा था, कौन हार रहा था; मानो उन्हें उम्मीद थी कि जंग को लगातार नज़रअंदाज़ करने से वह उन्हें बख्श देगी।

ज़ाहिर है कि ऐसा नहीं हुआ। जिस गली में हम रहते थे, जो कभी अमन-चैन से भरपूर और साफ़-सुथरी और रौनकदार थी, अब जंग के मैदान में बदल गई थी। हर घर की दीवारें गोलियों से छलनी थीं। छत के ऊपर से रॉकेट सीटी बजाते हुए गुज़र रहे थे। सड़कों पर बम गिरने से बड़े-बड़े गड्ढे बन गए थे। रात को लाल-सफ़ेद ट्रेसर हर तरफ़ उड़ते रहते थे, सुबह होने तक। किसी-किसी दिन हमें थोड़ी राहत मिलती, कुछ घंटों के लिए अमन कायम होता, और फिर अचानक गोलियों की बौछारें उसे तोड़ देतीं, हर तरफ़ से गोलियाँ चलने लगतीं, सड़क पर लोग चीखने-चिल्लाने लगते।

घर की जो खस्ता हालत आपने 2002 में पहली बार देखी थी मिस्टर मार्कोस, वह इन्हीं बरसों के दौरान हुई थी। मैं मानता हूँ कि इसकी उस खराब हालत में थोड़ा-बहुत हाथ वक़्त के साथ चीज़ों के पुराने पड़ते जाने का और कुछ ठीक से देखभाल न होने का भी था, क्योंकि मैं तब तक बूढ़ा हो चुका था और मेरे पास घर की देखभाल करने के लिए पहले जितने संसाधन भी नहीं बचे थे। तब तक बागीचे के सभी फलदार पेड़ सूख चुके थे, उनमें सालों से फल नहीं आए थे, लॉन पीला पड़ गया था, फूल मर गए थे। मगर जंग ने कभी खूबसूरत रहे इस मकान पर जो सितम ढाया, उसका तो कोई हिसाब ही नहीं था। बम के धमाकों से खिड़कियाँ चकनाचूर हो चुकी थीं। एक रॉकेट ने बगीचे के पूर्वी हिस्से की दीवार

और बरामदे के आधे हिस्से को ध्वस्त कर दिया था, जहाँ कभी नीला और मैंने बैठकर ढेर सारी बातें की थीं। एक हथगोला छत पर आकर गिरा था, जिससे छत भी चटक गई थी। दीवारों पर गोलियों के अनगिनत निशान बन चुके थे।

और ऊपर से खुले आम होने वाली लूट-खसोट, मिस्टर मार्कोस। मिलिशिया के लोग अपनी मर्ज़ी से किसी भी घर में घुस जाते और जो भी सामान उन्हें पसंद आता, उठा ले जाते। हमारे घर का ज़्यादातर कीमती सामान–फर्नीचर, पेंटिंग्स, तुर्कमान कालीन, मूर्तियाँ, चाँदी के मोमबत्ती स्टैंड, क्रिस्टल के फूलदान–इसी तरह लूट लिया गया। वे बाथरूम के काउण्टरों पर लगीं लैपिस टाइलें तक उखाड़ ले गए। एक सुबह बरामदे में कुछ अनजान आवाज़ें सुनकर मेरी नींद टूट गई। बाहर आकर क्या देखता हूँ कि उज्बेक मिलिशिया का एक गैंग खंजरों की मदद से सीढ़ियों पर से कालीन उखाड़ रहा था। मैं खड़ा-खड़ा उस लूट को देखता रहा। और भला मैं कर भी क्या सकता था? उनके लिए किसी को भी गोली मार देना रोज़मर्रा का काम था, और वो भी एक ऐसे मामूली-से बूढ़े को जिसकी कोई हैसियत ही नहीं थी।

हमारे मकान की ही तरह मैं और सुलेमान भी जर्जर होते जा रहे थे। मेरी आँखों की रोशनी कम हो गई थी और मेरे घुटनों में अक्सर करके दर्द रहने लगा था। इस अश्लील बात के लिए मुझे माफ़ कीजिएगा मिस्टर मार्कोस, मगर पेशाब करने का काम भी मेरे लिए सहनशक्ति की परीक्षा जैसा बन गया था। ज़ाहिर तौर पर बुढ़ापे का असर मुझसे ज़्यादा सुलेमान पर दिख रहा था। वह एकदम दुबले-पतले और मरियल-से हो गए थे। खाल सिकुड़कर हड्डियों से चिपक गई थी। दो बार तो वह लगभग मरते-मरते बचे थे। एक बार तब जब अहमद शाह मसूद और गुलबुद्दीन हिकमतयार के गुटों के बीच इतनी ज़बरदस्त जंग छिड़ी हुई थी कि जंग में मरने वालों की लाशें कई-कई दिनों तक सड़कों पर लावारिस पड़ी रही थीं। उन्हीं दिनों सुलेमान को निमोनिया हो गया था, जो बकौल डॉक्टर उनके खुद अपनी ही लार निगलते रहने के चलते हुआ था। उन हालात में डॉक्टर और उनकी लिखी दवाओं का बंदोबस्त करना ख़ासा मुश्किल काम था, मगर मैंने किसी तरह करके दोनों का बंदोबस्त किया और सुलेमान को मौत की कगार से वापस लाने में कामयाब रहा।

उन दिनों घर से बाहर निकलना बहुत मुश्किल हो गया था और हम लोग एक तरह से अपने-अपने घरों में कैद-से हो गए थे। शायद लम्बे अरसे तक चली इस कैद और इसके कारण लगातार एक-दूसरे के साथ बने रहने के चलते ही उन दिनों हम दोनों के बीच अक्सर झगड़े होने लगे थे। हम लोग शादीशुदा जोड़ों की

तरह झगड़ते थे–अड़ियल रवैए के साथ, खासी गरमा-गर्मी दिखाते हुए, और बहुत ही छोटी-छोटी बातों पर।

इस हफ्ते तुम पहले भी एक बार भिन्डी बना चुके हो!

नहीं बनायी।

बनायी थी। सोमवार को बनायी थी!

ऐसी कितनी ही बेमानी बातें थीं, मसलन: कल हमने शतरंज के कितने गेम खेले थे। मैं कहूँगा चार तो वह कहेंगे कि नहीं पाँच खेले थे। इसी तरह और कुछ नहीं मिला तो कहने लगेंगे, "तुम हमेशा मेरा पानी का गिलास खिड़की पर क्यों रख देते हो, तुम्हें पता है न कि वहाँ धूप से पानी गर्म हो जाता है?"

सुलेमान! आपने बेडपैन के लिए आवाज़ क्यों नहीं लगाई?

मैंने लगाई थी, सौ बार लगाई थी!

आप कहना क्या चाहते हो, मैं बहरा हूँ या फिर आलसी हूँ?

चुनाव की ज़रूरत नहीं, मैं तुम्हें दोनों मानता हूँ!

वाह, खुद सारा दिन पड़े बिस्तर तोड़ते रहते हैं और चले हैं दूसरों को आलसी कहने!

ऐसी ही अनगिनत बेतुकी बातों पर हमारे हर रोज़ झगड़े होते थे। और फिर जैसा कि झगड़े के बाद मियाँ-बीवी के बीच होता है, सुलेमान रूठ जाते। मैं जब उन्हें खाना खिलाने की कोशिश करता तो वह मुँह फेर लेते। इस पर मैं भी भड़क उठता और दरवाज़े को ज़ोर से, धड़ाक की आवाज़ के साथ बंद करके बाहर निकल जाता। इसी तरह कभी-कभी झगड़े के बाद मैं उन्हें जानबूझकर परेशान करने पर उतारू हो जाता था। मैं घर से निकल जाता था। वह घबराकर पूछने लगते थे, *"कहाँ जा रहे हो?"* मगर मैं कोई जवाब नहीं देता था। मैं ऐसे दिखाता था जैसे कि हमेशा के लिए जा रहा हूँ। बेशक, मेरा ऐसा कोई इरादा नहीं होता था। मैं तो बस गली के नुक्कड़ तक जाता और कहीं किनारे खड़े होकर सिगरेट के कश लगाने लगता–बाद-बाद में यह एक नई आदत लग गई थी मुझे–हालाँकि मैं ऐसा सिर्फ़ तभी करता था जब बहुत गुस्से में होता था। कभी-कभी मैं घंटों बाहर ही रहता। और अगर उन्होंने मुझे ज़्यादा ही परेशान किया हुआ होता था, तब तो मैं अंधेरा होने तक बाहर ही रहता था। मगर वापस आता ज़रूर था। वापस आकर मैं खामोशी से उनके कमरे में जाता और उन्हें करवट बदलवा देता और उनका तकिया फुला देता, मगर इस दौरान हम दोनों ही एक-दूसरे की तरफ देखने

से बचते रहते, कोई भी बोलने की पहल नहीं करता और इस बात का इंतज़ार करता कि सामने वाला खुद होकर संघर्ष-विराम की पेशकश करे।

आखिरकार, तालिबान की आमद के बाद दशकों से चल रही जंग ख़त्म हुई। तालिबान तीखे नैन-नक्श वाले उन नौजवानों का संगठन था जिनके चेहरों पर घनी-घनी काली दाढ़ी, आँखों में काजल और हाथों में हमेशा चाबुक हुआ करता था। उनकी जल्लादियों और ज़्यादतियों पर भी बहुत कुछ लिखा जा चुका है, इसीलिए आपके सामने फिर से वे सब बातें दोहराने का मुझे कोई औचित्य मालूम नहीं होता मिस्टर मार्कोस। मेरी यह बात आपको विरोधाभासी मालूम हो सकती है, मगर यह सच है कि काबुल में तालिबान के कब्ज़े वाला वक़्त निजी तौर पर मेरे लिए ख़ासा राहत वाला वक़्त था। ऐसा इसलिए क्योंकि उनकी बेरहमी और कट्टरता का निशाना मुख्य रूप से जवान औरतें, और खासकर गरीब जवान औरतें ही बनती थीं; वे ही उनका पसंदीदा शिकार हुआ करती थीं, और मेरे जैसे बूढ़ों में उन्हें कोई दिलचस्पी नहीं मालूम होती थी। हमारे लिए उनका बस एक ही फरमान था कि हम उन्हीं की तरह लम्बी-घनी दाढ़ी रखने लगें। और इस बात से भी मुझे बड़ी राहत महसूस हुई, क्योंकि मैं हर दिन दाढ़ी बनाने के काम से छुट्टी पा गया था।

सुलेमान जब मुझे बढ़ी हुई दाढ़ी में देखते तो कहते, "अब इस बात में कोई शक नहीं रह गया है नबी कि तुम्हारी ख़ूबसूरती ख़त्म हो चुकी है। अब तुम मौलानाओं जैसे दिखने लगे हो।"

रास्तों पर तालिबानी मेरे पास से ऐसे गुज़रते थे मानो मैं कोई इंसान नहीं बल्कि घास चरती हुई गाय हूँ। और मैं भी उनके सामने जानबूझकर ऐसे ही पेश आता जैसे कि हूँ ही नहीं। मैं ऐसी कोई हरकत नहीं करता जिससे बेवजह उनकी तवज्जो मेरी तरफ हो। मैं यह सोचकर ही काँप उठता हूँ कि अगर नीला यहाँ होती तो उसके साथ उन्होंने क्या किया होता, क्या हाल बनाया होता उसका। कभी-कभी जब उसकी यादें मेरे ज़ेहन में ताज़ा होतीं–किसी पार्टी में हाथ में शैम्पेन का गिलास लिए हँसते हुए; उसकी नंगी बाँहें, उसकी लंबी, पतली टाँगें–तो मुझे ऐसा लगता मानो वह सिर्फ़ मेरी कल्पना थी। मानो वह कभी असलियत में थी ही नहीं। मानो ये सब कभी असली था ही नहीं–न सिर्फ़ वो, बल्कि मैं भी, और परी, और जवान-तंदुरुस्त सुलेमान, और यहाँ तक कि वो वक़्त और वो घर भी जिसमें हम सब साथ रहते थे।

फिर 2000 की गर्मियों की एक सुबह मैं एक प्लेट में चाय और ताज़ा-ताज़ा बनी ब्रेड लेकर सुलेमान के कमरे में गया। तत्काल मुझे अहसास हुआ कि

कुछ गड़बड़ थी। उनकी साँसें उखड़ी हुई थीं। उनका चेहरा अचानक और भी ज़्यादा लटक गया था। और जब उन्होंने बोलने की कोशिश की, तो गले से ऐसी आवाज़ें निकलीं जिन्हें हल्की फुसफुसाहट कहना ही सही होगा। मैंने तुरंत प्लेट नीचे रखी और उनके सिरहाने पहुँच गया।

"मैं डॉक्टर को बुलाता हूँ, सुलेमान," मैंने कहा। "ज़रा देर की बात है। अभी डॉक्टर आ जाएगा और आप फिर से अच्छे हो जाओगे, जैसे हमेशा हो जाते हो।"

कहने के साथ ही मैं जाने के लिए मुड़ा, मगर उन्होंने ज़ोर-ज़ोर से इंकार में सिर हिलाना शुरू कर दिया। फिर अपने बाएँ हाथ की उँगलियों से करीब आने का इशारा किया। मैं झुका और अपना कान उनके मुँह के पास ले गया।

उन्होंने कई बार कुछ कहने की कोशिश की, मगर मुझे कुछ भी समझ नहीं आया।

"माफी चाहता हूँ, सुलेमान," मैंने कहा, "मगर मुझे डॉक्टर लेने जाने दो। मैं यूँ गया और यूँ आया, ज़्यादा देर नहीं लगेगी।"

उन्होंने फिर इंकार में सिर हिलाया, इस बार मगर धीरे से, और उनकी मोतियाबिंद ग्रस्त आँखों से आँसू बह निकले। उनका मुँह कुछ कहने के लिए खुला, मगर गले से आवाज़ नहीं निकली। फिर उन्होंने सिर से ही नाइटस्टैंड की तरफ इशारा किया। मैंने उनसे पूछा कि क्या वहाँ कुछ ऐसा था जो उन्हें चाहिए था? उन्होंने पलकें झपकीं और सिर हिला दिया।

मैंने ऊपर वाली दराज़ खोली। वहाँ मुझे उनकी दवाओं, उनके पढ़ने के चश्मे, कोलोन की एक पुरानी बोतल, एक नोटपैड, और उन चारकोल पेंसिलों के अलावा कुछ नहीं दिखा जिनका इस्तेमाल उन्होंने सालों पहले बंद कर दिया था। मैं उनसे पूछने ही वाला था कि मुझे क्या तलाशना है कि तभी मुझे वह मिल गया। नोटपैड के नीचे रखा था। एक लिफ़ाफ़ा, जिसके पीछे सुलेमान की काँपती लिखावट में मेरा नाम लिखा था। अंदर एक कागज़ था, जिस पर उन्होंने एक पैराग्राफ लिखा था। मैंने उसे पढ़ा।

मैंने कागज़ से नज़रें उठाकर उनकी तरफ देखा–उनकी धँसी हुई कनपटियों की तरफ, उनके खुरदुरे गालों की तरफ, उनकी खोखली आँखों की तरफ।

उन्होंने फिर करीब आने का इशारा किया तो मैं अपना कान उनके होंठों के पास ले गया। मुझे अपने गाल पर उनकी ठंडी, खुरदरी, और रुक-रुककर चलतीं

साँसें महसूस हुईं। मैंने उनके सूखे मुँह में उनकी जीभ की फड़ाफड़ाहट सुनी, जो कुछ कहने के लिए–शायद आख़िरी बार–ज़रूरी ताकत जुटाने की कोशिश कर रही थी। आखिर को, अपनी तमाम इच्छा-शक्ति जुटाकर, वह मेरे कान में फुसफुसाने में कामयाब रहे।

उनकी बात सुनकर मेरी साँसें उखड़ गईं। मुझे मेरे शब्द गले में फँसते हुए मालूम हुए। बड़ी मुश्किल से मैं उन्हें बाहर निकाल पाया।

"नहीं। प्लीज, सुलेमान।"

तुमने वादा किया था।

"अभी नहीं। मैं तुम्हें वापस ले आऊँगा। तुम देखना। हम इस बार भी उबर जाएँगे, जैसे हम हमेशा से करते आए हैं।"

तुमने वादा किया था।

कितनी देर तक मैं वहाँ वैसे ही बैठा रहा? कितनी देर तक मैं सुलेमान को मनाने की कोशिश करता रहा? मुझे नहीं पता मिस्टर मार्कोस। मुझे बस इतना याद है कि आखिरकार मैं उठा, पलंग की दूसरी तरफ गया, और उनकी बगल में लेट गया। मैंने उन्हें करवट दिलाई, जिससे उनका चेहरा मेरी तरफ हो गया। वह किसी ख्वाब जितने हलके मालूम हुए। फिर मैंने अपने होंठ उनके सूखे, फटे हुए होंठों पर रख दिए। मैंने उनके चेहरे और अपनी छाती के बीच एक तकिया रखा और अपना हाथ उनके सिर के पिछले हिस्से पर जमा दिया। इस तरह मैं उन्हें बड़ी देर तक कसकर गले लगाए रहा।

उसके बाद मुझे बस इतना याद है कि किस तरह उनकी आँखों की पुतलियाँ फैल गयी थीं।

फिर मैं खिड़की के पास जाकर बैठ गया। सुलेमान की चाय का कप अभी भी मेरे पैरों के पास प्लेट में रखा था। मुझे याद है, उस सुबह चटक धूप खिली हुई थी। कुछ दुकानें खुल चुकी थीं, कुछ जल्दी ही खुलने वाली थीं। छोटे-छोटे बच्चे स्कूल जा रहे थे। सड़कों पर अभी से धूल उड़ने लगी थी। सड़क पर एक कुत्ता अलसाता हुआ चला जा रहा था, उसके सिर के चारों ओर मच्छरों का एक काला बादल-सा मंडरा रहा था। मैंने दो नौजवानों को मोटरसाइकिल पर जाते हुए देखा। पीछे बैठे नौजवान ने एक कंधे पर कंप्यूटर मॉनिटर और दूसरे पर तरबूज लादा हुआ था।

मैंने अपना माथा खिड़की के गर्म शीशे पर टिका दिया।

सुलेमान के नाईटस्टैंड की दराज में रखे लिफ़ाफ़े में उनका वसीयतनामा था, जिसमें उन्होंने अपना सबकुछ मेरे नाम कर दिया था। अपना घर, अपना पैसा, अपना निजी साज-ओ-सामान, और यहाँ तक कि अपनी कार भी। हालाँकि कार तो कब की बेकार हो चुकी थी, उसका जंग खाया हुआ लोहे का ढाँचा भर बचा था जो पीछे बैकयार्ड में चार पंक्चर टायरों पर खड़ा था।

कुछ वक़्त तक तो मैं भारी असमंजस में रहा कि अब करूँ तो क्या करूँ। आधी सदी से भी ज़्यादा वक़्त तक मैंने बस सुलेमान की देखभाल की थी। मेरे लिए ज़िन्दगी जीने का मतलब ही हो गया था उनकी ज़रूरतों का ध्यान रखना और उनके साथ रहना। मैंने कभी सोचा ही नहीं था कि खुद से क्या करना है; मेरी दिनचर्या सुलेमान के हिसाब से तय होती थी। अब मैं अपनी मर्ज़ी से कुछ भी करने के लिए आज़ाद था, मगर मुझे यह आज़ादी भ्रामक लग रही थी, क्योंकि मैं जो चीज़ सबसे ज़्यादा चाहता था वह तो मुझसे छीन ली गई थी। बूढ़े-सयाने कहते हैं कि ज़िन्दगी में एक मकसद तलाशो और फिर उसके लिए जीओ। मगर कभी-कभी ज़िन्दगी जी चुकने के बाद ही आपको अहसास होता है कि आपकी ज़िन्दगी का एक मकसद था, और अक्सर यह मकसद ऐसा होता है जिसके बारे में आपने कभी सोचा भी नहीं होता। और अब जब मैंने अपना मकसद पूरा कर लिया था, तो मुझे समझ नहीं आ रहा था कि अब किस चीज़ के लिए जीऊँ, कैसे जिऊँ।

मैंने पाया कि मैं अब उस घर में सो नहीं पा रहा था; मेरा वहाँ रहना दुश्वार हो गया था। सुलेमान के जाने के बाद अचानक से मुझे वह घर ज़रूरत से ज़्यादा ही बड़ा मालूम होने लगा था। वहाँ का कोना-कोना, चप्पा-चप्पा मुझे पुराने खुशगवार दिनों की याद दिलाता था, जिससे मेरे भीतर खालीपन का अहसास और ज़्यादा बढ़ जाता था। इसीलिए मैंने वापस अपनी खोली में जाकर रहने का इरादा कर लिया। मैंने इलेक्ट्रीशियन बुलाकर खोली में बिजली का इंतज़ाम करा लिया ताकि मुझे पढ़ने के लिए रोशनी और गर्मी में ठंडक के लिए पंखे की सुविधा मिल सके। खोली में जितनी जगह थी वह मेरे लिए काफी थी। सामान के नाम पर मेरे पास बस एक बिस्तर, कुछ कपड़े और सुलेमान के स्केचों से भरा बक्सा ही था। मैं जानता हूँ कि आपको यह बात अजीब लगेगी मिस्टर मार्कोस कि बेशक कानूनी तौर पर वह घर और उसमें मौजूद हर चीज़ अब मेरी थी, मगर मुझे उनमें से किसी भी चीज़ पर सही मायनों में कोई मालिकाना हक महसूस नहीं हो रहा था, और मुझे पता था कि कभी होगा भी नहीं।

अब मेरा काफी सारा वक़्त पढ़ने में बीतने लगा था। सुलेमान की स्टडी में जो किताबें रखी थीं, मैं उन्हीं को पढ़ता था। एक किताब निकालकर लाता, पढ़ता, वापस रख आता। फिर दूसरी निकाल लाता। मैंने टमाटर और पुदीना की पौध भी रोप दी थीं। मैं आस-पड़ोस में टहलने भी निकलता था, मगर अक्सर दो ब्लॉक भी तय करने से पहले ही मेरे घुटनों में दर्द होने लगता था और मुझे वापस लौटना पड़ता था। कभी-कभी मैं बगीचे में कुर्सी रख लेता और अलसाया हुआ बैठा रहता। मैं सुलेमान जैसा नहीं था; मुझे अकेलापन बिल्कुल पसंद नहीं था।

फिर 2002 में एक दिन आपने दरवाज़े की घंटी बजाई।

उस वक़्त तक उत्तरी गठबंधन ने तालिबान को बेदखल कर दिया था और अमरीका की अफ़ग़ानिस्तान में एंट्री हो गई थी। दुनिया भर से हज़ारों सहायता-कर्मी काबुल आ रहे थे–क्लीनिक और स्कूल बनाने, सड़कों और नहरों की मरम्मत करने, खाना, मकान और नौकरियाँ लाने के लिए। आपके साथ दुभाषिए के तौर पर एक स्थानीय अफ़ग़ान युवक था, जिसने चटक बैंगनी रंग की जैकेट और धूप का चश्मा पहना हुआ था। उसने मुझसे मालिक मकान के बारे में पूछा था और जब मैंने उसे बताया था कि वह मालिक मकान से ही बात कर रहा था, तो आप दोनों ही चौंक गए थे और एक-दूसरे की तरफ देखने लगे थे। फिर उस लड़के ने वापस मेरी तरफ देखते हुए मुस्कराकर कहा था, "नहीं काका, हम मालिक मकान से मिलना चाहते हैं।" फिर मैंने आप दोनों को चाय के लिए भीतर आमंत्रित किया था।

इसके बाद बरामदे के बचे हुए हिस्से में बैठकर हमने ग्रीन टी की चुस्कियाँ लेते हुए काफी देर बातचीत की थी। फ़ारसी में, क्योंकि उस वक़्त मुझे अंग्रेज़ी बिल्कुल नहीं आती थी। वो तो आपकी रहनुमाई और रहमदिली की बदौलत है कि पिछले सात बरसों में मैं थोड़ी बहुत अंग्रेज़ी सीखने में कामयाब रहा हूँ। बहरहाल, बातचीत के दौरान दुभाषिए की मदद से आपने बताया था कि आप टिनोस से आए थे, जो कि ग्रीस का एक द्वीप है। साथ ही यह भी कि आप एक सर्जन थे और चिकित्सा-कर्मियों के उस दल का हिस्सा थे जो काबुल में उन बच्चों का ऑपरेशन करने आया था जिनके चेहरे पर चोटें आई थीं। आपने बताया कि आपको और आपके सहकर्मियों को रहने के लिए एक जगह की तलाश थी, जिसे आजकल की ज़बान में गेस्टहाउस कहा जाता है।

आपने पूछा था कि मैं किराया कितना लूँगा।

और मैंने कहा था, "कुछ भी नहीं।"

मुझे आज भी याद है कि जब उस दुभाषिए लड़के ने मेरी बात का अंग्रेज़ी अनुवाद करके आपको बताया था तो कैसे आप हैरान हो उठे थे। आपने यह सोचकर वही सवाल फिर से दोहराया था कि शायद मैं ठीक से समझ नहीं पाया था। वह दुभाषिया लड़का भी हैरान था कि मैं यह कैसी बहकी-बहकी बात कर रहा था। इसलिए आपने देखा होगा कि कैसे उसने कुर्सी पर थोड़ा आगे की ओर खिसककर, मेरी तरफ झुककर राज़दारी के अंदाज़ में कुछ बात की थी। असल में वह मुझसे यही कह रहा था कि क्या मेरा दिमाग खराब था जो मैं ऐसी बात कर रहा था। वह कह रहा था कि क्या आपको पता भी है कि ये लोग कितना पैसा देने के लिए तैयार हैं, कि काबुल में अभी क्या किराया चल रहा है? उसका कहना था कि मैं सोने की खदान लेकर बैठा था।

मुझे उसकी बात भी बुरी लगी थी और उसका बात करने का सलीका भी। इसीलिए मैंने उसे नसीहत देते हुए कहा था कि जब बड़े-बुजुर्गों से बात करो तो आँखों से काला चश्मा उतार लिया करो। फिर दूसरी नसीहत के तौर पर मैंने उससे कहा था कि उसका काम आपके और मेरे बीच भाषा का पुल बनाने का है, न कि मुझे मशविरा देने का, इसलिए बेहतर होगा कि वह अपना ही काम करे। फिर मैंने आपसे मुखातिब होते हुए कहा था, "आप अपना मुल्क, अपने दोस्त, अपना परिवार छोड़कर इस बदहाल और बदकिस्मत शहर में मेरे मुल्क और मेरे लोगों की मदद करने आए हैं। ऐसे में मैं आपसे मुनाफा कैसे कमा सकता हूँ?"

मेरी बात सुनकर वह दुभाषिया लड़का, जिसे मैंने फिर कभी आपके साथ नहीं देखा, ख़ासा मायूस दिखाई देने लगा था और मेरे इस 'अहमकाना' कदम पर एक व्यंग्य भरी हँसी हँस दिया था। यह मुल्क बदल गया है। मगर यह हमेशा से ऐसा नहीं था, मिस्टर मार्कोस।

कभी-कभी रात को अपनी खोली के अँधेरे सन्नाटे में लेटे-लेटे मैं घर में जलती हुई लाइटें देखता। आपको और आपके दोस्तों को–खासकर बहादुर मिस आमरा एडेमोविच को, जिनकी दरियादिली का मैं हमेशा कायल रहूँगा–बरामदे में या आँगन में बैठकर खाना खाते, सिगरेट पीते, शराब पीते देखता। वहाँ बजता संगीत भी मेरे कानों में पड़ता। कभी-कभी जब आप लोग जैज़ संगीत बजाते तो मेरे ज़ेहन में नीला का अक्स उभर आता।

वह अब मर चुकी है, यह बात मुझे पता है। मुझे यह बात मिस आमरा से पता चली थी। मैंने उन्हें वहदतियों के बारे में बताया था और यह भी बताया था कि नीला एक शायरा थी। मिस आमरा ने जब कंप्यूटर पर तलाशा तो उन्हें एक

फ्रांसीसी प्रकाशन मिला, जिसने पिछले चालीस बरसों में छापीं अपनी सर्वश्रेष्ठ रचनाओं का एक ऑनलाइन संकलन पब्लिश किया था। इस संकलन में एक रचना नीला की भी थी, जिसके साथ छपे लेखक-परिचय में बताया गया था कि 1974 में ही नीला का इंतकाल हो चुका था। यह जानकर मुझे वे बरसों-बरस बेमानी मालूम होने लगे जो मैंने उस शख़्स के ख़त की उम्मीद लगाए-लगाए बिताए थे जो बहुत पहले ही इस दुनिया से रुखसत हो चुका था। मुझे यह जानकर ज़रा भी ताज्जुब नहीं हुआ था कि उसने खुदकशी की थी। अब मुझे पता है कि कुछ लोग नाखुशी भी उसी तरह महसूस करते हैं जिस तरह बाकी लोग प्यार करते हैं : गुप-चुप, बड़ी शिद्दत से, और बर्बाद होने का जोखिम उठाकर।

और अब मैं आता हूँ आख़िरी बात पर।

मेरा वक़्त पूरा हो चुका है। मैं दिन-ब-दिन कमज़ोर होता जा रहा हूँ। अब ज़्यादा दिन नहीं जीऊँगा, और इसे मैं अल्लाह का फज़ल मानूँगा। मिस्टर मार्कोस, मैं आपका शुक्रिया अदा करना चाहता हूँ। सिर्फ़ आपकी दोस्ती के लिए नहीं बल्कि इसलिए भी कि आपने हर दिन मुझसे मिलने का समय निकाला, हर सुबह मेरे साथ बैठकर चाय पी, और अपनी माँ और बचपन की दोस्त थालिया से जुड़ीं बातें साझा कीं। और मेरे लोगों के लिए आपके दिल में जो मुहब्बत और मदद का जज़्बा है, और यहाँ के बच्चों के लिए जो बेहद ज़रूरी और शानदार काम आप कर रहे हैं, उसके लिए भी मैं आपका जितना भी शुक्रिया अदा करूँ वो कम है।

आप इस मकान की मरम्मत का जो काम करा रहे हैं, उसके लिए भी मैं आपका बेहद शुक्रगुज़ार हूँ। मैंने अपनी ज़िंदगी का ज़्यादातर हिस्सा इसी मकान में बिताया है, यह मेरा घर है, और मुझे यकीन है कि मैं जल्द ही अपनी आखिरी साँसें इसी छत के नीचे लूँगा। मैंने अपने सामने इसे बद से बदतर होते देखा है और बेबसी से खून के आँसू रोया हूँ। मगर अब जब मैं देख रहा हूँ कि इस पर नए सिरे से रंग-रोगन किया जा रहा है, बगीचे की टूटी पड़ी दीवार की मरम्मत हो रही है, खिड़कियाँ बदली जा रही हैं, और उस बरामदे को भी फिर से बनाया जा रहा है जहाँ मैंने खुशियों भरे अनगिनत लम्हे बिताए हैं, तो मेरी ख़ुशी का ठिकाना नहीं है। ऐसा लग रहा है मानो इस घर के साथ ही खंडहर हो चुका मेरा मन भी फिर से नया हो उठा है। बहुत-बहुत शुक्रिया मेरे दोस्त कि आपने बागीचे को एक बार फिर से फलदार पेड़ों और रंग-बिरंगे फूलों से आबाद कर दिया है। आप इस शहर के लोगों के लिए जो इतना सबकुछ कर रहे हैं उसमें अगर मैंने किसी भी तरह से आपकी मदद की है, तो आपने इस घर के लिए जो कुछ भी किया है वह मेरे उस किए के एवज़ में ज़रूरत से कहीं ज़्यादा भुगतान है।

लेकिन लालची लगने के जोखिम पर भी मैं आपसे दो और चीज़ें माँगना चाहता हूँ - एक अपने लिए, और एक किसी और के लिए। अपने लिए मैं यह चाहता हूँ कि आप मुझे काबुल के अशुकान-अरेफान कब्रिस्तान में दफ़नाएँ। मुझे यकीन है कि आपको पता होगा कि यह कब्रिस्तान कहाँ है। उसके मेन गेट से भीतर दाखिल होकर अगर आप उत्तरी छोर की ओर चलेंगे तो आपको वहाँ सुलेमान वहदती की कब्र मिल जाएगी। मुझे उसके आसपास ही कहीं दफ़ना देना। मैं अपने लिए बस यही माँगता हूँ।

दूसरी चीज़ जो मैं चाहता हूँ वह यह कि मेरे जाने के आप मेरी भाँजी परी को ढूँढ़ने की कोशिश करें। अगर वह अभी भी ज़िंदा है, तो यह ज़्यादा मुश्किल नहीं होगा–इंटरनेट एक अद्भुत साधन है। जैसा कि आप देख सकते हैं, इस ख़त के साथ लिफ़ाफ़े में मेरी वसीयत भी है, जिसमें मैंने अपना घर, पैसा और अपनी सब चीज़ें उसके नाम कर दी हैं। मेरी आपसे इल्तज़ा है कि आप उसे तलाशकर यह ख़त और वसीयत दोनों उसे दे दीजिएगा। और बराए मेहरबानी उसे बताइएगा, उसे बताइएगा कि मुझे नहीं पता था कि मैं जो भी कुछ कर रहा था, उसके भविष्य में किसके लिए क्या नतीजे होंगे। हम में से किसी को भी कहाँ पता होता है यह। उसे बताइएगा कि मैं सिर्फ़ इस उम्मीद के सहारे खुद को तसल्ली दे लेता हूँ कि वह आज जहाँ भी होगी वहाँ उसे बेपनाह प्यार, ख़ुशी, सुकून, और ऊपरवाले का भरपूर रहम-ओ-करम हासिल हो रहा होगा।

मैं तहेदिल से आपका शुक्रिया अदा करता हूँ मिस्टर मार्कोस। अल्लाह हाफ़िज़।

हमेशा-हमेशा आपका दोस्त

नबी

5

बसंत 2003

नर्स, जिसका नाम अमारा एडेमोविच है, उसने इदरिस और तिमूर को पहले ही चेतावनी दे दी थी। उसने उन्हें एक तरफ ले जाकर चेताते हुए कहा था, "अगर तुमने कोई भी प्रतिक्रिया दिखाई, ज़रा सी भी, और वह घबरा गई या परेशान हो गई, तो मैं तुम्हें तुरंत बाहर निकाल दूँगी।"

वे वज़ीर अकबर ख़ान अस्पताल के मर्दों के वार्ड में एक लंबे और मद्धम रोशनी से रोशन गलियारे के सिरे पर खड़े हैं। अमारा ने उन्हें बताया था कि लड़की का इकलौता रिश्तेदार जो बचा था–या जो इकलौता आदमी उसे देखने आया था–वह उसका मामा था, और अगर उस लड़की को औरतों के वार्ड में रखा जाता तो उसके मामा को उससे मिलने की इजाज़त नहीं होती। इसलिए स्टाफ ने उसे मर्दों के वार्ड में रखा था, मगर कमरे में नहीं–लड़की का ऐसे मर्दों के साथ एक ही कमरे में होना ना-मुनासिब माना जाता जो उसके रिश्तेदार नहीं थे–बल्कि यहाँ, गलियारे के आखिर में, जो कि एक ऐसी जगह थी जो न तो मर्दों के लिए आरक्षित थी और न ही औरतों के लिए।

"और मुझे लगा था कि काबुल तालिबानी कब्ज़े से आज़ाद हो चुका है," तिमूर बोला।

"यह पागलपन है, है न?" अमारा ने एक हल्की-सी व्यंग्यात्मक हँसी हँसते हुए कहा।

इदरिस जबसे काबुल वापस आया है, उसने देखा है कि अफगानी संस्कृति की पुराने खयालात वाली रवायतों के चलते विदेशी सहायताकर्मियों को खासी दिक्क़तों और हैरानगियों से दो-चार होना पड़ रहा है, जिसके चलते उनमें हल्की-फुल्की नाराज़गी साफ़ देखी जा सकती है और जिसे वे इस तरह की मज़ाक-सी उड़ाने वाली हँसी के ज़रिए ज़ाहिर करने से नहीं चूकते हैं। वह इन लोगों को मिले इस मज़ाक उड़ाने के हक़ से, इस रियायत से थोड़ा आहत है, हालाँकि स्थानीय लोग इस पर ध्यान नहीं देते हैं, या अगर देते भी हैं तो इसे बेइज़्ज़ती नहीं मानते हैं, और इसलिए उसका सोचना है कि शायद उसे भी ऐसा नहीं करना चाहिए।

"मगर उन्होंने आपको तो यहाँ रहने की मंज़ूरी दी हुई है। आप तो इस वार्ड से उस वार्ड में आती-जाती रहती हैं," तिमूर बोला।

"मैं उस गिनती में नहीं आती। मैं अफ़ग़ान नहीं हूँ," अमारा ने त्यौरियाँ चढ़ाते हुए कहा, "और इसलिए मैं असल में औरत भी नहीं हूँ। तुम्हें नहीं पता यह बात?"

तिमूर बेशर्मों की तरह मुस्कुरा दिया। "अमारा। क्या आप पोलिश हैं?"

"बोस्नियाई। कोई प्रतिक्रिया नहीं। यह अस्पताल है, चिड़ियाघर नहीं। वादा करो।"

"मैं वादा करता हूँ," तिमूर बोला।

इदरिस गौर से नर्स की तरफ़ देख रहा था। उसे फ़िक्र हो रही थी कि कहीं वह इस बेवजह की और लापरवाही भरी छेड़खानी से नाराज़ न हो जाए। मगर अब लग रहा था कि तिमूर एक बार फिर अपनी बेजा हरकतों के बावजूद बच निकलने में कामयाब हो गया था। इदरिस अपने चचेरे भाई की इस काबिलियत से नाराज़ भी रहता है और रश्क भी करता है। उसे तिमूर हमेशा से ही बेअदबी, बेढंगा, बेमुरव्वत और नासमझ मालूम होता आया है। वह जानता है कि तिमूर अपनी बीवी और टैक्स डिपार्टमेंट; दोनों के साथ धोखा करता है। अमेरिका में तिमूर एक रियल एस्टेट मॉर्टगेज कंपनी का मालिक है, और इदरीस को पूरा यकीन है कि वह किसी न किसी तरह की मॉर्टगेज धोखाधड़ी में शामिल है। मगर वह बहुत ही मिलनसार है, इसलिए उसकी गलतियाँ हमेशा उसके मज़ाकिया स्वभाव, दोस्ताना व्यवहार और चेहरे से टपकती मासूमियत की आढ़ में दब जाती हैं, साथ ही उसे उसके जानने वाले लोगों का चहेता बना देती हैं। ऊपर से वह दिखने-दिखाने में भी ख़ासा अच्छा है–मांसल शरीर, हरी आँखें, मुस्कराते वक़्त गालों में पड़ने वाले डिंपल। इदरीस का मानना है कि तिमूर वह जवान मर्द है जो बच्चों को हासिल होने वाले विशेषाधिकारों का आनंद ले रहा है।

"ठीक है," अमारा ने कहा, "भूलना मत।" इतना कहकर वह अस्थायी पर्दे की तरह छत से लटकी चादर एक तरफ खींचती है और उन्हें अंदर आने देती है।

वह लड़की, जिसे अमारा 'रोशी' कह रही है (उसका पूरा नाम 'रोशना' था), देखने में नौ या शायद दस बरस की लगती है। वह एक स्टील के फ्रेम वाले पलंग पर बैठी है–पीठ दीवार की ओर किए हुए और घुटने छाती से सटाकर। इदरीस ने तुरंत अपनी नज़रें झुका लीं। एक गहरी आह उसके मुँह से निकलते-निकलते बची, बड़ी मुश्किल से ज़ब्त किया उसने। मगर जैसा कि इदरिस को शक

था, ऐसा संयम तिमूर के बस की बात नहीं थी। उसके मुँह से यकबयक कदरन ऊँची और दर्द भरी आवाज़ में निकला, "ओह! ओह! ओह!" इदरीस ने तिमूर की ओर देखा तो पाया कि अचानक ही, किसी ड्रामा के मंझे हुए अभिनेता की तरह, उसकी आँखों में आँसू डबडबाने लगे थे। उसे ज़रा भी ताज्जुब नहीं हुआ।

लड़की का बदन दर्द से ऐंठने लगा और उसके गले से एक कराह-सी निकली।

"बस-बस, हो गया, अब चलते हैं," अमारा ने जल्दी से कहा।

बाहर आकर वे टूटी हुई सीढ़ियों पर खड़े हुए, तो नर्स अमारा ने अपनी हल्के नीले रंग की यूनिफार्म की ऊपर वाली जेब से मार्लबोरो रेड्स का एक पैकेट बरामद किया और अपने लिए एक सिगरेट निकालकर पैकेट तिमूर की ओर बढ़ाया। तिमूर ने, जिसके आँसू उतनी ही तेज़ी से गायब हो गए थे जितनी तेज़ी से आए थे, एक सिगरेट निकाल ली और फिर अपनी और अमारा; दोनों की सिगरेट सुलगाने लगा। इधर इदरीस को बेचैनी-सी महसूस हो रही थी, चक्कर आ रहा था, मुँह सूख रहा था। उसे यह फ़िक्र सता रही थी कि कहीं उसे उल्टी न हो जाए, कहीं उसका मज़ाक न बन जाए, कहीं अमारा की उसके बारे में और उन सभी अफगानों के बारे में राय की तसदीक न हो जाए जो रईस हैं और जंग शुरू होने के वक़्त मुल्क छोड़कर चले गए थे और अब सबकुछ ठीक होने के बाद वापस आकर जब तालिबानियों द्वारा की गई हैवानियत के निशान देखते हैं तो मारे डर और हैरत के उनकी आँखें चौड़ी हो जाती हैं, जी मिचलाने लगता है, सिर चकराने लगता है, और मुँह सूखने लगता है।

इदरीस को उम्मीद थी कि अमारा उन्हें डाँटेगी, कम से कम तिमूर को तो ज़रूर, मगर उसका व्यवहार डाँटने से ज़्यादा छेड़खानी वाला था। तिमूर का औरतों पर यही असर होता है।

"तो," वह इठलाते हुए बोली, "अपने बारे में क्या कहते हो, तिमूर?"

अमेरिका में अब तिमूर को 'टिम' के नाम से जाना जाता है। उसने 9/11 के बाद अपना नाम बदल लिया, और उसका दावा है कि तब से उसका कारोबार तकरीबन डबल हो गया है। उसने बड़े फख्र से इदरिस को बताया था कि नाम में से दो अक्षर हटाने से उसे अब तक इतना फायदा हो चुका था जितना कॉलेज की किसी डिग्री से कभी नहीं हो सकता था। हकीकत यह थी कि वह कभी कॉलेज गया ही नहीं था, तो उसके पास कभी कोई डिग्री होने का सवाल ही नहीं उठता था। बशीरी परिवार में सिर्फ़ इदरिस ही था जिसे अच्छा पढ़ा-लिखा कहा जा

सकता था। बहरहाल, बात हो रही थी तिमूर के नाम की। तो अमरीका में भले उसने तिमूर का टिम कर लिया हो, मगर जब से वह काबुल आया था, यहाँ उसने हर जगह खुद का परिचय तिमूर के नाम से ही दिया था। इस दोहरे व्यवहार को दोगलापन ही कहा जाएगा, हालाँकि यहाँ ऐसा करना ज़रूरी भी हो जाता है। मगर फिर भी इदरिस को यह व्यवहार खटकता है।

"भीतर जो हुआ उसके लिए मुझे माफ़ कर देना," तिमूर बोला।

"शायद मैं तुम्हें इसके लिए सज़ा दूँ।"

"रहम करिए मोहतरमा।"

अब अमारा इदरीस की ओर मुड़ी। "तो। यह तो काउबॉय है। और तुम, तुम मिज़ाज से खामोश और सेंसिटिव किस्म के मालूम पड़ते हो। तुम–क्या कहते हैं उसे?–अंतर्मुखी हो।"

"ये डॉक्टर है," तिमूर बोला।

"अच्छा? तब तो तुम्हारे लिए यह बहुत चौंकाने वाला होगा। ये अस्पताल।"

"उसके साथ क्या हुआ है?" इदरीस पूछने लगा। "रोशी के साथ। उसके साथ ये सब किसने किया?"

अमारा का चेहरा बुझ गया। फिर जब वह बोली, तो उसकी आवाज़ में वैसी ही मज़बूती सुनाई दी जैसी अपने बच्चे की हिफ़ाज़त के लिए मुस्तैद माँ की आवाज़ में होती है। "मैं उसके लिए लड़ती हूँ। मैं सरकार से, अस्पताल की नौकरशाही से, और उस कमीने न्यूरोसर्जन से भी लड़ती हूँ। हर कदम पर मैं उसके लिए लड़ती हूँ। और लड़ती रहूँगी। उसका कोई नहीं है।"

"मेरे ख़याल से उसका कोई मामा तो है।"

"वह भी कमीना है।" कहते हुए उसने सिगरेट की राख झाड़ी। "खैर। ये बताओ कि तुम लोग यहाँ क्यों आए हो?"

इससे पहले कि इदरिस कुछ कहता, तिमूर ने कमान अपने हाथ में ले ली। उसने अमारा को जो भी कुछ बताया, मोटा-मोटी सही ही था। मिसाल के तौर पर, वे दोनों चचेरे भाई हैं, सोवियत सेनाओं के अफगानिस्तान में दाखिल होने के बाद उनके परिवार पलायन कर गए थे, अस्सी के दशक की शुरुआत में कैलीफोर्निया में बसने से पहले वे एक बरस तक पाकिस्तान में रहे थे, और पिछले बीस बरसों में पहली बार वे दोनों काबुल लौटे थे। मगर इसके बाद उसने जो कहा

वो सरासर झूठ था। उसने कहा कि वे वापस इसलिए आए थे क्योंकि वे फिर अपनी मिट्टी से जुड़ना चाहते थे, अपने रीति-रिवाजों और अपनी तहज़ीब को नए सिरे से समझना चाहते थे, और यह देखना चाहते थे कि इतने बरसों की जंग और तबाही के बाद अब उनके मादर-ए-वतन का क्या हाल था। फिर वापस अमरीका लौटकर उनका इरादा था कि वे अपने मुल्क के हालात के बारे में ज़्यादा से ज़्यादा लोगों को बताएँ, इसके पुनर्निर्माण के लिए ज़्यादा से ज़्यादा फंड इकठ्ठा करें और जो कुछ भी उनके बाप-दादाओं ने इस मुल्क से पाया है, उसके एवज़ में कुछ वापस लौटा पाएँ।

"हम वापस लौटाना चाहते हैं," तिमूर ने यह घिसा-पिटा जुमला इतनी संजीदगी से बोला कि इदरिस शर्मिंदा हो उठा।

ज़ाहिर है कि यह सच नहीं था। तिमूर और इदरिस के काबुल लौटने की वजह वह नहीं थी जो उसने नर्स अमारा को बताई थी। असल में वे वापस आए हैं उस प्रॉपर्टी को वापस पाने के लिए जो उनके बाबाओं की थी–वह घर जहाँ तिमूर और इदरिस ने ज़िन्दगी के पहले चौदह बरस बिताए थे। चूँकि दुनिया भर से हज़ारों विदेशी सहायताकर्मी काबुल आ पहुँचे हैं और उन्हें रहने के लिए जगह की ज़रूरत है, तो ज़ाहिर है कि उस प्रॉपर्टी की कीमत अब आसमान छू रही है। वे अस्पताल आने से पहले अपने उस घर का एक चक्कर लगा आए थे, जिसे आजकल नॉर्दर्न अलायंस के कुछ थके-हारे फौजियों ने अपनी रिहाईशगाह बना रखा है। जब वे वापस लौटने को हुए थे तो उनकी मुलाकात एक अधेड़ उम्र के व्यक्ति से हो गई थी, जो सड़क के उस पार तीन घर आगे रहता था। उसका नाम मार्कोस वरवारिस था और वह एक ग्रीक प्लास्टिक सर्जन था। जब उसे पता चला था कि वे अपना मकान तलाशते हुए आए हैं तो उसने उन्हें दोपहर का खाना साथ खाने और फिर वज़ीर अकबर खान अस्पताल दिखाने की पेशकश की थी, जहाँ कि उस एनजीओ का दफ्तर था जिसके लिए वह काम करता था। साथ ही उसने उन्हें उस रात होने वाली एक पार्टी में आने की भी दावत दी थी। तिमूर और इदरिस को रोशी के बारे में अस्पताल पहुँचने पर ही पता चला था–तब जब उन्होंने आगे की सीढ़ियों पर दो अर्दलियों को उसके बारे में बात करते सुना था–जिसके बाद तिमूर ने इदरीस को कोहनी मारते हुए कहा था, '*हमें चलकर देखना चाहिए, भाई।*'

अमारा तिमूर की कहानी से ऊब गई मालूम हो रही थी। उसने अपनी सिगरेट फेंकी और अपने घुंघराले सुनहरी बालों को बाँधने वाले रबर बैंड को कसते हुए कहा, "चलो फिर, आज रात पार्टी में मिलते हैं।"

इन दोनों को तिमूर के बाबा, यानी कि इदरीस के चाचा ने काबुल भेजा था। बशीरी परिवार का घर पिछले दो दशकों की जंग के दौरान कई-कई मालिक देख चुका था, इसलिए उस पर अपना मालिकाना हक़ साबित करने में अब ख़ासा वक़्त और पैसा दोनों लगने वाले थे। मुल्क की अदालतों में पहले से ही संपत्ति विवाद के हज़ारों मामले लंबित थे। आते वक़्त तिमूर के बाबा ने उन्हें चेता दिया था कि इस काम को अंजाम देने के लिए उन्हें अफगानिस्तान की उस नौकरशाही से बहुत माथाफोड़ी करनी पड़ेगी जो अपनी कछुए जैसी चाल और बगैर मुट्ठी गर्म किए कुछ भी न करने के लिए बदनाम थी। उस पर से यह पता करना भी अपने आप में एक बड़ा काम था कि मुट्ठी गर्म करने के लिए सही आदमी कौन है।

"यह डिपार्टमेंट मेरा होगा," तिमूर ने कहा था। हालाँकि उसके कहे बिना भी सभी को पता था कि यह काम उसी को करना होगा।

इदरीस के बाबा का नौ बरस पहले कैंसर से लंबी लड़ाई के बाद इंतकाल हो चुका था। उन्होंने अपनी आख़िरी साँस घर पर ही ली थी और उस वक़्त उनकी बीवी, दो बेटियाँ और इदरीस उनके पास मौजूद था। जिस दिन उनका इंतकाल हुआ था, घर पर भारी भीड़ उमड़ पड़ी थी–चाचा, चाची, चचेरे भाई-बहन, दोस्त और जान-पहचान के लोग। पूरा घर भर गया था उनसे। लोग सोफों पर बैठे थे, डाइनिंग टेबल की कुर्सियों पर बैठे थे, और जब वहाँ जगह नहीं बची तो फर्श पर बैठ गए, सीढ़ियों पर बैठ गए। औरतें डाइनिंग रूम और रसोई में इकट्ठा हो गईं। उन्होंने थर्मस भर-भर के चाय बनायी, पी और पिलाई। इकलौता बेटा होने के नाते इदरिस के ऊपर तमाम कागज़ात पर दस्तखत करने की ज़िम्मेवारी थी–उस मेडिकल एग्जामिनर के लाये हुए कागज़ पर जो उसके बाबा को जन्नतनशीं घोषित करने लिए आया था; कब्रिस्तान के उन साहिबान के लाए हुए कागज़ पर जो उसके बाबा का शव ले जाने के लिए स्ट्रेचर लेकर आए थे।

इस दौरान तिमूर हर वक़्त इदरिस के साथ रहा। उसने रिश्तेदारों और जानने वालों के फ़ोन कॉल्स का जवाब देने में इदरिस की मदद की। उसने मातमपुरसी करने आए लोगों से दुआ-सलाम की। उसी ने 'अबे'ज़ कबाब हाउस' से चावल और मेमने के गोश्त का ऑर्डर दिया। (यह एक स्थानीय अफ़गान रेस्तरां था, जिसे तिमूर का दोस्त अब्दुल्ला, जिसे तिमूर मज़ाक में *'अंकल अबे'* कहता था, चलाता था।) जब बाहर बारिश शुरू हो गई तो तिमूर ने ही बुज़ुर्ग मेहमानों की गाड़ियाँ पार्क कीं। उसी ने अपने एक दोस्त को, जो कि एक स्थानीय अफ़ग़ान टीवी स्टेशन पर काम करता था, फ़ोन करके बुलाया। इदरीस से इतर

तिमूर अफ़ग़ान समुदाय में बहुत मशहूर था और बहुत सारे लोगों से उसके बहुत अच्छे ताल्लुकात थे; उसने एक बार इदरीस को बताया था कि उसके मोबाइल फ़ोन में तीन सौ से भी ज़्यादा स्थानीय अफगानी लोगों के नाम और नंबर दर्ज थे। उसी ने उस रात अफ़ग़ान टीवी चैनल पर इदरिस के बाबा के इंतकाल की खबर चलवाने का बंदोबस्त किया था।

उसी दिन दोपहर को तिमूर इदरीस को हेवर्ड स्थित फ्यूनरल होम (जहाँ मरने वालों को सुपुर्द-ए-ख़ाक किया जाता है) ले जा रहा था। तब तक तेज़ बारिश होने लगी थी, और सड़क नंबर 680 की नॉर्थबाउंड लेन्स पर ट्रेफिक धीमा था।

"तुम्हारे बाबा क्या कमाल आदमी थे, भाई। एकदम पारंपरिक अफगानी मर्द," गाड़ी चलाते हुए तिमूर ने भर्राए गले से कहा। उसने एक हाथ से स्टीयरिंग थामा हुआ था जबकि दूसरे हाथ की हथेली से अपने आँसू पोंछता जा रहा था।

इदरीस ने उदास मन से सिर हिलाकर तिमूर की बात से सहमति जताई। उसके साथ शुरू से ही यह परेशानी रही थी कि जिन मौकों पर रोना दरकार होता था, जैसे कि किसी के कफ़न-दफ़न के वक़्त, उन मौकों पर भी वह रो नहीं पाता था। दूसरों की मौजूदगी में रोना उसके लिए बड़ा मुश्किल था। बेशक वह इसे एक छोटी सी कमज़ोरी के तौर पर ही देखता था, जैसे कि कई लोगों को कलर ब्लाइंडनेस की समस्या रहती है, मगर इसके चलते उसे तिमूर पर थोड़ा गुस्सा आ रहा था, क्योंकि इस पूरे वाकये के दौरान वह इस तरह भागदौड़ कर-कर के और आँसू बहा-बहा के दिखा रहा था जैसे कि इदरिस के नहीं बल्कि उसके खुद के बाबा का इंतकाल हुआ हो। अगर कोई उन्हें जानता न होता तो पक्का धोखा खा जाता कि मरने वाला का सगा बेटा कौन सा है और भाई का कौन सा।

फ्यूनरल होम पहुँचने पर उन्हें एक मद्धम रोशनी वाले कमरे में ले जाया गया, जहाँ सन्नाटा पसरा हुआ था। वहाँ का सारा फर्नीचर ख़ास भारी-भरकम और गहरे रंग का था। वहाँ काली जैकेट पहने और बीच से बाल काढ़े एक आदमी ने उनका स्वागत किया। वह उस फ्यूनरल होम का डायरेक्टर था। उसके पास से महँगी कॉफ़ी जैसी खुश्बू आ रही थी। उसने पेशेवर लहज़े में इदरीस के प्रति अपनी संवेदना व्यक्त की, और फिर उससे दफ़न-आदेश (इंटरमेंट ऑर्डर) और प्राधिकरण-प्रपत्र (ऑथराइज़ेशन फॉर्म) पर दस्तखत कराए। उसने पूछा कि बशीरी परिवार को डेथ सर्टिफिकेट की कितनी कॉपी चाहिए होंगी। जब सभी फॉर्म्स पर दस्तखत हो गए, तब उसने बड़े सलीके से एक पैम्फलेट इदरिस के

सामने रख दिया, जिस पर लिखा था – 'जनरल प्राइस लिस्ट', यानी कि सेवाओं और वस्तुओं के दामों की फेहरिस्त।

फ्यूनरल होम के डायरेक्टर ने अपना गला साफ़ करते हुए कहा, "ज़ाहिर है कि अगर आपके बाबा के पास मिशन स्थित अफ़ग़ान मस्जिद की सदस्यता थी, तो आपको किसी भी सेवा और सामान का दाम चुकाने की ज़रूरत नहीं पड़ेगी। हमारी उनके साथ साझेदारी है। वे ही सब सामान और सेवाओं का भुगतान करेंगे। आपको जेब से कुछ भी नहीं देना पड़ेगा।"

"मुझे नहीं पता कि उन्होंने ऐसी कोई मेम्बरशिप ली थी या नहीं," इदरीस ने पैम्फलेट पढ़ते हुए कहा। उसे पता था कि उसके बाबा मज़हब को मानते थे, मगर सार्वजनिक तौर पर इसकी नुमाइश उन्हें पसंद नहीं थी। शायद ही कभी जुम्मे की नमाज़ के लिए उसने उन्हें मस्जिद जाते देखा था।

"अगर आप चाहें तो मस्जिद में फोन करके पता कर लें, मैं तब तक इंतज़ार कर लेता हूँ।"

"नहीं जनाब। कोई ज़रूरत नहीं," तिमूर बोला। "वह सदस्य नहीं थे।"

"आपको यकीन है?"

"हाँ। एक बार मेरी उनसे इस बारे में बात हुई थी।"

"ठीक है," फ्यूनरल होम के डायरेक्टर ने कहा।

ये सब निपटाकर दोनों बाहर आए और गाड़ी के पास खड़े होकर सिगरेट पीने लगे। बारिश थम चुकी थी।

"लूट मचा रखी है इन लोगों ने," इदरीस ने कहा।

तिमूर ने बारिश के पानी से भरे गड्ढे में थूका। "मगर मस्त धंधा है भाई। मौत। मानना पड़ेगा। इसकी डिमांड कभी ख़त्म नहीं हो सकती। अरे यार, यह तो कार बेचने से भी ज़्यादा अच्छा काम है।"

उस वक़्त तिमूर एक पुरानी कारें बेचने वाली कम्पनी का सह-मालिक था। यह कम्पनी असल में तिमूर के एक दोस्त ने खरीदी थी, मगर वह इसे ठीक से चला नहीं पा रहा था और कम्पनी खासे नुकसान में थी। मगर जब से तिमूर इसमें भागीदार बना था, तबसे मानो कम्पनी की कायापलट हो गई थी। दो बरस से भी कम वक़्त में कम्पनी नुकसान से फायदे में आ गई थी। इदरिस के बाबा हमेशा अपने भतीजे की तारीफ़ करते हुए उसे *'सेल्फ-मेड मैन'* (अपने बलबूते कामयाब होने वाला शख्स) कहते थे। दूसरी तरफ उस वक़्त इदरिस का यूसी डेविस में

इंटरनल मेडिसिन रेज़ीडेंसी (डॉक्टरी की पढ़ाई) का दूसरा साल चल रहा था, जहाँ उसे मज़दूरों जितना ही मेहनताना मिलता था। एक बरस पहले ही उसकी शादी हुई थी और उसकी बीवी नाहिल एक लॉ फर्म में सचिव के रूप में हफ्ते में तीस घंटे काम करती थी, साथ ही अपनी LSATs की तैयारी भी कर रही थी।

"ये पैसे मैंने तुमसे लोन समझकर लिए हैं," इदरीस ने कहा। "यह बात तुम अच्छी तरह समझ लो तिमूर। मैं तुम्हें वापस लौटाऊँगा और तुम्हें लेने पड़ेंगे।"

"कोई दिक़्क़त नहीं भाई, जैसा तुम कहो।"

यह न तो पहली बार था और न ही आख़िरी बार, जब तिमूर ने इदरिस की मदद की थी। जब इदरीस की शादी हुई थी तो तिमूर ने उसे शादी के तोहफे में एक नई फोर्ड एक्सप्लोरर कार दी थी। जब इदरीस और नाहिल ने डेविस में एक छोटा सा घर खरीदा था, तब तिमूर ने लोन के कागज़ात पर बतौर गारंटर दस्तखत किए थे। परिवार में वह हर बच्चे का सबसे चहेता चाचा था। अगर इदरीस को कभी मुसीबत के वक़्त किसी को फ़ोन करना होता, तो हमेशा ही वह तिमूर को करता।

मगर यह सब इतना अच्छा भी नहीं था।

मिसाल के तौर पर, इदरीस को पता चला कि परिवार में सभी को लोन के कागज़ात पर तिमूर के दस्तखत के बारे में पता था। तिमूर ने उन्हें बताया था। और शादी में भी तिमूर ने चलते हुए ऑर्केस्ट्रा को रुकवाया, एक अनाउंसमेंट करवाई, और वहाँ मौजूद तमाम मेहमानों के सामने बाकायदा एक इवेंट की तरह ट्रे में सजाकर एक्सप्लोरर की चाबी इदरीस और नाहिल को गिफ्ट की। सारा कार्यक्रम कैमरों में कैद हुआ। यही बात इदरिस को खटकती थी। तिमूर जो भी करता था उसके पीछे उसकी वाह-वाही लूटने की मंशा ज़रूर रहती थी। उसकी हर चीज़ में दिखावा होता था। किसी की मदद को भी वह अपने लिए एक इवेंट की तरह देखता था, लोगों की नज़रों में अपनी इमेज चमकाने के मौके के रूप में भुनाता था। उसे अपने चचेरे भाई के बारे में, जो कि उसे सगे भाई से भी बढ़कर लगता था, ऐसा सोचना अच्छा तो नहीं लगता था, मगर वह यह सोचे बिना रह भी नहीं पाता था कि तिमूर एक ऐसा शख़्स था जो अपनी प्रेस किट खुद लिखता था, और शायद उसकी दरियादिली एक जटिल तरीके से गढ़े गए चरित्र का सोचा-समझा हिस्सा थी।

इस बात को लेकर एक रात बिस्तर की चादर बदलते वक़्त इदरीस और नाहिल के बीच थोड़ी बहस भी हो गई थी।

हर कोई चाहता है कि लोग उसे पसंद करें। क्या तुम नहीं चाहते? नाहिल ने तिमूर का पक्ष लेते हुए कहा था।

चाहता हूँ, मगर पैसों के बल पर खरीदी हुए पसंदगी नहीं।

तुम्हें नहीं लगता कि यह उसके साथ नाइंसाफी है, और अहसानफरामोशी भी? उसने कितना कुछ किया है हमारे लिए।

मेरे कहने का वो मतलब नहीं है नाहिल। मैं बस इतना कह रहा हूँ कि अपने अच्छे कामों का ढिंढोरा पीटते फिरना जाहिली है। किसी की मदद करने को अपनी छवि चमकाने का साधन बनाना गलत है। रहमदिली या दरियादिली का मतलब सबके सामने चेक साइन करना नहीं होता; मदद पाने वाले का आत्म-सम्मान बना रहे इस बात का ख़याल रखना भी ज़रूरी होता है।

बात को समझो जानू, नाहिल ने चादर झटकारते हुए कहा था, *हर चीज़ का अपना महत्व होता है।*

रात को दोनों तैयार होकर पार्टी के लिए मार्कोस के बताए हुए पते पर जा पहुँचे।

"यार, यह जगह तो मुझे अच्छी तरह याद है," तिमूर ने मकान की तरफ देखते हुए कहा। "मालिक मकान का नाम क्या था?"

"शायद वहदती करके थे," इदरीस बोला। "मगर पहला नाम याद नहीं आ रहा।" उसके ज़ेहन में दशकों पहले के उन अनगिनत मौकों की यादें उभरने लगीं जब वह और तिमूर बचपन में इसी सड़क पर इन्हीं मकानों के बंद फाटकों के सामने खेलते थे, धमा-चौकड़ी मचाते थे, और आज इतने दशकों बाद वे एक बार फिर इन्हीं मकानों के सामने से गुज़र रहे थे।

"ऊपरवाले के खेल भी निराले हैं," तिमूर बुदबुदाया।

यह एक साधारण-सा दो मंज़िला मकान है जो सैन जोस के उस इलाके के मकानों के सामने कबाड़ मालूम होता है जहाँ इदरीस रहता है। मगर काबुल के मानकों के हिसाब से यह एक आलीशान प्रॉपर्टी है, जिसमें ऊँची-ऊँची चारदीवारी है, लोहे के बड़े-बड़े फाटक हैं, और एक चौड़ा ड्राइव-वे है। दोनों ने फाटक पर जाकर वहाँ मौजूद गार्ड को अपने आने का प्रयोजन बताया तो गार्ड उन्हें भीतर ले गया। 'खंडहर बताते हैं कि इमारत कभी आलीशान रही होगी,' भीतर जाते वक़्त चारों ओर नज़र मारते हुए इदरिस के ज़ेहन में यही बात उभर रही थी। यही बात

उसने काबुल में अब तक देखीं तमाम जगहों के बारे में भी महसूस की थी। पहली नज़र में आपको कालिख से सनी दीवारों में गोलियाँ लगने से बने गड्ढे, मकड़ी के जालों के समान टेढ़ी-मेढ़ी दरारें, जगह-जगह से उखड़ा प्लास्टर और नीचे से झाँकती नंगी ईंटें, ड्राइव-वे के दोनों तरफ सूखी झाड़ियाँ, बगीचे में खड़े पेड़ों के ठूँठ, और पीला पड़ा लॉन ही दिखाई देता था। इसी तरह पीछे के आँगन से जुड़े बरामदे का आधे से ज़्यादा हिस्सा गायब था। मगर बर्बादी और उपेक्षा के इन तमाम निशानों के बावजूद पुरानी शान-ओ-शौकत अपने होने की गवाही तो दे ही रही थी। इसी तरह एक और बात भी थी जो काबुल की ज़्यादातर जगहों की ही तरह यहाँ भी नज़र आती थी। उस शान-ओ-शौकत को वापस लाने और बर्बादी को फिर से आबादी में बदलने के लिए के लिए की जा रहीं कोशिशें, जो बेशक अभी हिचकिचाहट भरीं और धीमी मालूम होती थीं, मगर हो रही थीं। किसी ने इस मकान की रंगाई-पुताई शुरू कर दी है, बगीचे में फिर से गुलाब की झाड़ियाँ लगा दी हैं, बगीचे की पूरब की तरफ की दीवार का जो हिस्सा धमाके से उड़ गया था उसे फिर से बना दिया गया है, हालाँकि यह किसी अनाड़ी का मालूम होता है। मकान के सड़क की तरफ वाले हिस्से पर छत से एक सीढ़ी लटकी हुई है, जिससे इदरीस को समझ आया कि छत की मरम्मत का काम चल रहा है। बरामदे का आधा हिस्सा जो गायब हो गया था, उसकी भी मरम्मत शुरू हो गई है।

बरामदे में उनकी मुलाक़ात मार्कोस से हुई। मार्कोस एक अधेड़ उम्र का आदमी है, जिसके सिर पर बाल कम हो चले हैं और जितने बचे हैं वे भी सफ़ेद हो आए हैं। उसकी आँखें हल्की नीली हैं। उसने स्लेटी रंग की अफ़ग़ान पोशाक पहनी हुई है और गले में ख़ूबसूरती से एक काली-सफ़ेद चौकड़ी वाला *कुफिया* (अरब स्कार्फ या अराफात स्कार्फ) लपेटा हुआ है। वह उन्हें एक बड़े-से हॉल में लेकर आया, जो धुएँ और शोरगुल से भरा हुआ था।

"क्या पीएँगे आप लोग – चाय, वाइन या बीयर? या फिर कुछ और ज़्यादा हैवी?"

"हैवी है तो हैवी ही पिएँगे। आप तो बस इतना बता दीजिए कि इंतज़ाम किधर है, बाकी हम खुद समझ लेंगे," तिमूर बेतकल्लुफी से बोला।

"वाह! तुम्हारा यह अंदाज़ मुझे पसंद आया। वो, स्टीरियो के पास। बर्फ़ भी ले लेना, खराब नहीं है, बोतलबंद पानी से बनी है।"

"अल्लाह का करम हो आप पर।"

इस तरह की पार्टियों में तिमूर अपने पूरे रंग में होता था और उसका जादू लोगों के सर चढ़कर बोलने लगता था। ऐसे वक़्त पर इदरीस उसकी बेतकल्लुफी, उसकी हाज़िरजवाबी, लोगों को हँसाने और रिझाने की उसकी काबिलियत, और सबको सम्मोहित कर लेने वाले करिज़्मा के लिए मन ही मन उसकी तारीफ़ करने से खुद को रोक नहीं पाता था। तिमूर के पीछे-पीछे वह भी बार पर जा पहुँचा, जहाँ तिमूर ने दोनों के लिए जाम बनाए।

हॉल में चारों तरफ दीवारों के किनारे गद्दे बिछे हैं, जिन पर लगभग बीस के करीब मेहमान बैठे हैं। फर्श पर बरगंडी लाल रंग का अफ़ग़ान गलीचा बिछा है। सजावट साधारण मगर आकर्षक है, जिसे इदरीस अब 'प्रवासी ठाठ' कहने लगा है। धीमी आवाज़ में नीना सिमोन के गाने की सीडी बज रही है। सभी लोगों के हाथों में शराब के ग्लास हैं और तकरीबन सभी के होंठों में सिगरेट भी फँसी हुई है, और वे सभी अभी-अभी इराक में शुरू हुई जंग और उसके अफगानिस्तान पर पड़ने वाले असर के बारे में बात कर रहे हैं। कोने में रखे टेलीविजन पर सीएनएन इंटरनेशनल चैनल चल रहा है, मगर एकदम धीमी आवाज़ में।

इदरिस और तिमूर हाथों में वोदका के गिलास लिए खड़े हैं। उनके साथ मार्कोस और शक्ल से संजीदा दिखने वाले दो जर्मन नौजवान भी हैं, जो वर्ल्ड फूड प्रोग्राम (विश्व खाद्य कार्यक्रम) के लिए काम करते हैं। इदरिस काबुल में अब तक जितने भी राहतकर्मियों से मिला था, वे सभी काबिलियत, जानकारी और दुनिया भर में काम कर चुकने के तजुर्बों के चलते औरों की तुलना में इतने 'ऊँचे' मालूम होते थे कि उनसे बात करने में हिचक महसूस होती थी, क्योंकि आपके पास कहने के लिए ऐसा कुछ नहीं हो सकता था जो उन्हें प्रभावित कर पाता। वे हर मामले में आपसे ज़्यादा और बेहतर जानते थे।

मगर कुछ तो कहना ही था, इसलिए उसने मार्कोस से कहा, "आपका घर बहुत अच्छा है।"

"यह बात तो आपको इस मकान के मालिक से कहनी चाहिए।" कहकर मार्कोस हॉल के परले सिरे तक गया और एक दुबले-पतले, उम्रदराज़ आदमी को साथ लेकर लौटा। उस आदमी के सिर के बाल अधपके मगर घने-घने थे, जिन्हें उसने माथे से पीछे की ओर काढ़ा हुआ था। उसकी दाढ़ी अच्छी तरह ट्रिम की हुई थी। उसके गाल अन्दर धँस गए थे, क्योंकि मुँह में दाँत नहीं बचे थे। उसने एक जैतून के रंग वाला खस्ताहाल सूट पहना हुआ था, जो उसके साइज़ से ख़ासा बड़ा था। वैसे सूट शायद 1940 के दशक में चलन में रहे होंगे। मार्कोस उसे

देखकर जिस गर्मजोशी से मुस्करा रहा था, उससे ज़ाहिर होता था कि उसके मन में उसके लिए बहुत अपनापन था।

"नबी जान?" तिमूर के गले से हैरत भरी सिसकारी निकली, और अचानक इदरीस को भी याद आ गया कि वह शख़्स कौन है।

वह उम्रदराज़ शख़्स संकोच और अदब से मुस्कुराया। "माफ़ कीजिएगा, क्या हम पहले मिले हैं?"

"मैं तिमूर बशीरी हूँ," तिमूर फ़ारसी में बोला। "हमारा परिवार यहीं पास में रहता था!"

"या अल्लाह," अब नबी जान के चेहरे पर भी उतनी ही हैरत दिखाई पड़ रही थी। "तिमूर जान? और आप ज़रूर इदरीस जान होंगे?"

इदरीस ने मुस्कुराते हुए हाँ में सिर हिलाया।

नबी जान ने उन दोनों को गले लगा लिया। फिर उनके गालों को चूमा। उनके चेहरे पर खिली मुस्कान रुकने का नाम नहीं ले रही थी, और उन्हें अब भी अपनी आँखों पर भरोसा नहीं हो पा रहा था। इदरीस को याद है कि कैसे नबी जान अपने मालिक, मिस्टर वहदती, को व्हीलचेयर पर बिठाकर मोहल्ले में घुमाया करते थे। कभी-कभी वह व्हीलचेयर फुटपाथ पर खड़ी कर देते और फिर वे दोनों उसे और तिमूर को पड़ोस के बच्चों के साथ फुटबॉल खेलते हुए देखते।

"नबी जान 1947 से इस घर में रह रहे हैं," मार्कोस ने कहा, उसका हाथ नबी जान के कंधे पर था।

"तो अब आप इस जगह के मालिक हैं?" तिमूर ने पूछा।

तिमूर के चेहरे पर हैरत देखकर नबी मुस्कुरा दिया। "मैंने 1947 से लेकर 2000 में उनका इंतकाल होने तक यहाँ रहकर मिस्टर वहदती की खिदमत की। ये उनकी रहमदिली थी कि जाते वक़्त वह यह घर मुझे वसीयत में दे गए।"

"उन्होंने आपको दे दिया?" तिमूर ने अविश्वास से कहा।

नबी ने सिर हिलाया। "हाँ।"

"आप ज़रूर कमाल के रसोइया रहे होंगे!"

"और मुझे याद है कि आप बचपन में बहुत शरारती हुआ करते थे, सबकी नाक में दम कर दिया करते थे।"

तिमूर हँस पड़ा। "मैंने कभी सही-गलत की परवाह नहीं की नबी जान, यह काम मैंने अपने भाई के लिए छोड़ रखा है।"

मार्कोस ने बर्फ घोलने की नीयत से अपने वाइन के गिलास को हिलाते हुए इदरीस से कहा, "नीला वहदती, इस मकान के पिछले मालिक की बीवी, वो एक शायरा थीं। उतनी नामचीन तो नहीं, मगर उनकी कुछ किताबें ज़रूर छपी थीं। क्या तुमने उनके बारे में सुना है?"

इदरीस ने इंकार में सिर हिला दिया। "मुझे बस इतना पता है कि मेरे पैदा होने से पहले ही वह मुल्क छोड़ चुकी थीं।"

"वह अपनी बेटी के साथ पेरिस में रहती थीं," उन दोनों जर्मन नौजवानों में से एक, जिसका नाम थॉमस था, बोला। "उनकी मौत 1974 में हुई। मेरे ख़याल से उन्होंने खुदकशी की थी। उन्हें शराब की लत थी, या कम से कम मैंने तो यही पढ़ा है। दो-एक बरस पहले किसी ने मुझे उनकी शुरुआती रचनाओं में से एक का जर्मन अनुवाद दिया था पढ़ने को, और मुझे वे रचनाएँ वास्तव में अच्छी लगी थीं। और थोड़ी हैरतअंगेज़ भी, क्योंकि किसी अफगान शायरा के लिहाज़ से वे काफी ज़्यादा सेक्सुअल थीं।"

इदरीस ने उसकी बात से इत्तेफाक ज़ाहिर करते हुए सिर हिलाया। एक बार फिर उसे अपने नाकाफ़ी होने का अहसास हो रहा हो रहा था, इस बार इसलिए क्योंकि एक विदेशी आदमी उसे एक अफ़ग़ान शायरा के बारे में वे बातें बता रहा था जो उसे बिल्कुल भी नहीं पता थीं। उसने देखा कि कुछ ही क़दमों की दूरी पर तिमूर नबी जान के साथ काबुल में किराए की कीमतों पर गर्मागर्म बहस कर रहा था। बेशक, फ़ारसी में।

"आपको अंदाज़ा भी है नबी जान कि आप ऐसी जगह के लिए क्या कीमत वसूल सकते हैं?" वह नबी जान से कह रहा था।

"हाँ," नबी जान ने हाँ में सिर हिलाया और हँसते हुए कहा। "मुझे पता है कि शहर में किराया क्या चल रहा है।"

"आप इन लोगों से मोटी रकम वसूल सकते हैं!"

"दरअसल..."

"और आप इन्हें मुफ्त में रहने दे रहे हैं?"

"वे हमारे मुल्क की मदद करने आए हैं, तिमूर जान। वे अपना घर-परिवार

छोड़कर यहाँ आए हैं। यह ठीक नहीं लगता कि मैं, जैसा कि आप कहते हैं, उनसे 'मोटी रकम' वसूल करूँ।"

तिमूर ने एक आह भरी और अपने हाथ में थमे जाम को एक ही साँस में गटक गया। "या तो आपको दौलत से नफ़रत है, नबी जान, या फिर आप मुझसे बहुत बेहतर इंसान हैं।"

तभी अमारा ने हॉल में कदम रखा। उसने फेडेड जींस के ऊपर नीलम रंग का अफ़ग़ान अंगरखा पहना हुआ था। आते ही उसने नबी जान की ओर देखकर गर्मजोशी से कहा, "नबी जान! कैसे हैं आप?" साथ ही उसने नबी जान का गाल चूम लिया और उनकी बाँह में बाँह डाल दी। उसकी इस हरकत से नबी जान थोड़े चौंक गए। "मुझे यह आदमी बहुत पसंद है," उसने वहाँ मौजूद लोगों से कहा। और फिर नबी जान की ओर देखकर फारसी में बोली, "और मुझे ऐसा कुछ करने में बड़ा मज़ा आता है जिससे कि वह झेंप जाए।" यह सुनकर नबी जान थोड़ा शर्माते हुए हँसने लगे।

"कैसा रहे अगर तुम मेरे साथ भी कुछ ऐसा करो कि मैं भी झेंपने पर मजबूर हो जाऊँ?" तिमूर ने अमारा को छेड़ते हुए कहा।

अमारा ने उसकी छाती को थपथपाया। "ये आदमी बड़ी मुसीबत है।" फिर उसने और मार्कोस ने अफ़ग़ान शैली में तीन बार एक-दूसरे के गाल चूमे। फिर बारी-बारी से उसने उन दो जर्मन नौजवानों के साथ भी ऐसा ही किया।

मार्कोस ने उसकी कमर में हाथ डाल दिया और तिमूर और इदरिस से उसका परिचय कराते हुए कहा, "अमारा एडेमोविच। काबुल की सबसे मेहनती औरत। इससे पंगा मत लेना। और, शराब पीने के मुकाबले में भी तुम इसके सामने ठहर नहीं पाओगे।"

"हाथ कंगन को आरसी क्या और पढ़े-लिखे को फारसी क्या। चलिए अभी आज़मा लेते हैं," तिमूर ने अपने पीछे बार पर रखे गिलास की ओर हाथ बढ़ाते हुए कहा।

जब नबी जान ने देखा कि जवानों की महफ़िल जम गई है तो वह 'एक्सक्यूज़ मी' कहकर वहाँ से हट गए।

अगले एक-डेढ़ घंटे तक इदरीस लोगों से घुलता-मिलता रहा, या कहें कि कोशिश करता रहा। जैसे-जैसे बोतलों में शराब कम होती गई, वहाँ मौजूद लोगों का सुर ऊँचा होता गया और सभी मुखर होने लगे। इदरीस को जर्मन, फ्रेंच और

शायद ग्रीक ज़बानें सुनने को मिलती रहीं। उसने वोदका का एक जाम और पीया, और उसके बाद एक गुनगुनी बियर हाथ में ले ली। लोगों के एक ग्रुप में उसने हिम्मत जुटाकर मुल्ला उमर का एक लतीफा सुनाया। मूल लतीफा फारसी में था, मगर यहाँ उसने उसे अंग्रेज़ी में सुनाया। एक तो अनुवाद ठीक से नहीं हुआ, ऊपर से उसका सुनाने का ढंग भी गैर-दिलचस्प था, इसलिए कोई नहीं हँसा। वह बुरी तरह झेंप गया और वहाँ से उठकर आगे बढ़ गया। आगे एक और ग्रुप बैठा था। वह रुककर उनकी बातें सुनने लगा। वे लोग काबुल में खुलने वाले एक आयरिश पब के बारे में बात कर रहे थे। सभी का मानना था कि वह ज़्यादा दिन चलने वाला नहीं था।

वह हाथ में गर्म बीयर की कैन लिए हॉल में इधर से उधर टहलता रहा। इस तरह की पार्टीज़ में वह कभी भी सहज नहीं रहता था और आज भी नहीं था। खुद को मसरूफ रखने की कोशिश में वह हॉल की सजावट को ध्यान से देखने लगा। वहाँ बामियान के बुद्ध के, बुज़कशी खेल के, और टिनोस नाम के किसी यूनानी द्वीप के एक बंदरगाह के पोस्टर लगे हुए थे। उसने पहले कभी टिनोज़ के बारे में नहीं सुना था। फिर उसकी नज़र बरामदे में लगी एक फ्रेम जड़ित तस्वीर पर पड़ी। ब्लैक एंड वाइट तस्वीर थी। सही से फोकस न होने के कारण थोड़ी धुंधली थी, मानो किसी घर के बने कैमरे से खींची गई हो। तस्वीर एक किशोरवय लड़की की थी, जिसके लंबे काले बाल थे और जिसकी पीठ लेंस की ओर थी। वह समंदर किनारे एक चट्टान पर बैठी थी और उसका मुँह समंदर की तरफ था। तस्वीर का निचला बायाँ कोना ऐसा लग रहा था जैसे कि जल गया हो।

खाने में मेमने का पाया पकाया गया था, जिसमें रोज़मेरी और लहसुन की छोटी-छोटी कलियाँ डाली गई थीं। इसके साथ बकरी के चीज़ का सलाद और पेस्टो सॉस से सजा पास्ता था। इदरिस ने प्लेट में थोड़ा सा सलाद लिया और जाकर हॉल के एक कोने में बैठ गया। तभी उसकी नज़र बार के पास दो हसीन-ओ-जवान डच लड़कियों के साथ बैठे तिमूर पर पड़ी। यहाँ भी दरबार सजा लिया राजा साहब ने, इदरीस सोचने लगा। तभी दरबार में तेज़ हँसी गूँज उठी और उनमें से एक लड़की ने हँसते हुए तिमूर के घुटने पर हाथ रख दिया।

इदरीस अपना वाइन का गिलास लेकर बाहर बरामदे में आ गया और एक लकड़ी की बेंच पर बैठ गया। बाहर अँधेरा घिर चुका था, और बरामदा सिर्फ़ छत से लटकते दो बल्बों की रोशनी से रोशन था। वहाँ से उसे बगीचे के दूर वाले छोर के करीब एक छोटी-सी कोठरीनुमा संरचना का अक्स-सा दिखाई पड़ रहा था। सर्वेंट क्वार्टर होंगे शायद, उसने सोचा। और उस कोठरी के दाईं ओर शायद कोई

कार खड़ी थी। बड़ी-सी, लंबी-सी, पुरानी सी कार, जो डील-डौल से अमरीकी मालूम होती थी। चालीस के दशक का मॉडल था शायद, या शायद पचास के दशक की शुरुआत का–अँधेरे के कारण इदरीस को ठीक से दिखाई नहीं पड़ रहा था। इसके अलावा यह भी था कि उसे कारों की उतनी जानकारी भी नहीं थी, क्योंकि वह कभी कारों का शौकीन नहीं रहा। मगर उसे यकीन था कि तिमूर को ज़रूर पता होगा। वह इसका मॉडल, साल, इंजन का आकार, और उसके सभी फीचर्स झटपट बता देगा। ऐसा मालूम हो रहा था कि कार के चारों टायर्स पंक्चर थे। तभी पड़ोस में किसी के कुत्ते के भौंकने से इदरिस अपने ख्यालों से बाहर आ गया। उसने गौर किया कि भीतर अब लियोनार्ड कोहेन की सीडी बज रही थी।

"खामोश और सेंसिटिव।"

अमारा उसके बगल में आकर बैठ गई थी। उसके हाथों में वाइन का गिलास था। पैरों में चप्पल या जूते नहीं थे।

"तुम्हारा वो काउबॉय चचेरा भाई, वो तो पार्टी की जान है।"

"मुझे कोई हैरानी नहीं है।"

"बेशक वो बहुत हैण्डसम है। शादीशुदा है?"

"तीन बच्चों का बाप।"

"बहुत बुरा हुआ। फिर तो मुझे उससे दूर रहना पड़ेगा।"

"मुझे यकीन है कि यह सुनकर वह बहुत निराश होगा।"

"मेरे कुछ कायदे हैं," वह बोली। "वैसे, तुम्हें वह ज़्यादा पसंद नहीं है शायद।"

इदरीस ने उसे बताया, सच-सच, कि उसमें और तिमूर में सगे भाइयों जैसा ही प्यार है।

"मगर वह तुम्हें शर्मसार करता रहता है।"

बात तो सही है, इदरीस ने सोचा। जब से वे लोग काबुल आए थे, तिमूर ने अपने बर्ताव से उसे शर्मसार किया हुआ था। वह उन खालिस अफ़ग़ान-अमरीकी लोगों की तरह बर्ताव कर रहा था, जिनसे इदरिस को कोफ़्त महसूस होती थी। जंग से बेहाल इस शहर में घूमते हुए वह ऐसे दिखा रहा था जैसे कि वह यहीं का हो, हमेशा से यहीं रहता रहा हो। वह जिससे भी मिलता, इतनी गर्मजोशी और अपनेपन से मिलता जैसे उनसे उसका जन्म-जन्म का नाता हो। हर किसी को

भाई, बहन, काका या काकी कहकर बुलाता। जगह-जगह भिखारियों को इकठ्ठा करके पैसे बाँटने का दिखावा करता। उसने अपनी जेब में नोटों की एक गड्डी इसी काम के लिए रख रखी थी, जिसे वह 'बख्शीस की गड्डी' कहता था। उम्रदराज़ औरतों के साथ हँसता-बतियाता और उन्हें माँ कहकर संबोधित करता। स्थानीय लोगों की दुखभरी दास्तानें अपने कैमरा में रिकॉर्ड करता और इस दौरान अपने चेहरे पर ऐसे दयनीय भाव रखता मानो उनकी तकलीफों के बारे में जानकर उसे बेहद अफ़सोस हो रहा हो, मानो उसने खुद ने उन लोगों के साथ वे तकलीफें झेली हों, मानो जिस समय उन लोगों पर बम बरसाए जा रहे थे, उनके अपनों को क़त्ल किया जा रहा था और उनकी औरतों की अस्मत लूटी जा रही थी, उस वक़्त वह सैन जोएस में एक शानदार ज़िन्दगी नहीं जी रहा था बल्कि यहीं मौजूद था। तिमूर का यह पाखण्ड इदरिस को बेहद नागवार गुज़र रहा था, उसे अपने आप में बड़ी शर्मिंदगी महसूस हो रही थी। और उसे इस बात की हैरानी भी थी कि कोई भी उसकी इस नौटंकी को समझ क्यों नहीं पा रहा था।

"उसने तुम्हें जो बताया वो सच नहीं है," इदरिस ने अमारा से कहा। "हम यहाँ अपने बाप-दादाओं का घर वापस पाने आए हैं। और किसी वजह से नहीं।"

अमारा खिलखिलाकर हँस दी। "बेशक, मुझे पता है। तुम्हें लगता है कि मैं उसकी बातों में आ गई थी? इस मुल्क में रहते हुए मेरा वास्ता न जाने कितने खूँखार लड़ाकों और तालिबानियों से पड़ा है। मैंने सबकुछ देखा है। मुझे कोई भी चीज़ चौंका नहीं सकती। कोई भी चीज़ या कोई भी इंसान मुझे बेवकूफ़ नहीं बना सकता।"

"सही कह रही हो तुम।"

"तुम ईमानदार हो," अमारा ने कहा। "कम से कम तुम ईमानदार तो हो।"

"मुझे बस यह लगता है कि इन लोगों ने जो कुछ भी सहा है, उसके लिए हमें उनकी इज़्ज़त करनी चाहिए। 'हमें' से मेरा मतलब है, तिमूर और मेरे जैसे लोग। वे खुशकिस्मत लोग, जो उस समय यहाँ नहीं थे जब यहाँ मौत का तांडव चल रहा था। हम इन लोगों में से एक नहीं हैं। और न ही हमें ऐसे दिखने का ढोंग करना चाहिए। इन लोगों के पास बर्बादी की जो कहानियाँ हैं, हम उन कहानियों का हिस्सा होने के *हकदार* नहीं हैं... पता नहीं मैं क्या बकवास किए जा रहा हूँ।"

"बकवास?"

"तुम्हें मेरी बातें बेमानी लग रही होंगी।"

"नहीं, मैं समझ सकती हूँ कि तुम क्या कहना चाह रहे हो," अमारा ने कहा। "तुम कहना चाहते हो कि वे लोग अपनी जो कहानियाँ तुम्हें सुना रहे हैं, वे कहानियाँ तुम्हारी नहीं हैं बल्कि असल में उनका तुम्हें दिया जाने वाला तोहफा है।"

"तोहफा। हाँ।"

उन्होंने अपने-अपने गिलासों में से थोड़ी और शराब पी, और थोड़ी देर और बातें करते रहे। काबुल आने के बाद से पहली बार इदरिस किसी से खुले दिल से बात कर पा रहा था। पहली बार यहाँ उसे कोई ऐसा मिला था जिसकी बातों में उसे उस तरह से किसी दबे-छिपे उपहास और उलाहने का इशारा महसूस नहीं हो रहा था जैसा कि उसने स्थानीय लोगों, सरकारी अधिकारियों और सहायता एजेंसियों से बात करते समय किया था। उसने अमारा से उसके काम के बारे में पूछा तो उसने बताया कि वह संयुक्त राष्ट्र के साथ मिलकर कोसोवो में काम कर चुकी थी, रवांडा में नरसंहार के बाद वहाँ भी काम किया था, कोलंबिया और बुरुंडी में भी काम किया था। उसने कंबोडिया में वेश्याओं के तौर पर काम कर रहीं बच्चियों के लिए काम किया था। वह तीन बार काबुल में काम कर चुकी थी। इस बार पिछले एक बरस से यहीं थी, एक छोटे से एनजीओ के साथ काम कर रही थी, जो कि अस्पताल में सेवाएँ दे रहा था और साथ ही सोमवार को एक मोबाइल क्लिनिक भी चला रहा था। उसने दो बार शादी की थी, मगर दोनों बार उसका तलाक हो गया था। बच्चे नहीं थे। इदरिस ने पाया कि अमारा को देखकर उसकी उम्र का अंदाज़ा लगा पाना मुश्किल था, हालाँकि उसकी उम्र उससे कम ही होगी जितनी उसे देखकर मालूम पड़ती है। उसके पीले पड़ते दाँतों और थकान के चलते आँखों के नीचे फूलते पपोड़ों के नीचे से ख़ूबसूरती की एक फीकी सी चमक और दबाकर रखी गई सेक्सुअलिटी झाँकती नज़र आती थी। और अगले चार-पाँच सालों में यह भी खो जाने वाली थी।

"तुम जानना चाहते हो कि रोशी के साथ क्या बीती है?" अमारा ने पूछा।

"ज़रूरी नहीं है कि तुम बताओ ही," इदरिस ने कहा।

"तुम्हें लगता है कि मैं नशे में हूँ?"

"नहीं हो?"

"थोड़ा सा," अमारा ने कहा। "मगर तुम संजीदा और ईमानदार आदमी हो।" कहकर उसने इदरिस का कंधा हल्के से थपथपाया। "तुम सही वजहों से जानना चाहते हो। तुम पश्चिम से आने वाले उन अफगानों जैसे नहीं हो जिनके

लिए ये सब–क्या कहेंगे उसे?–किसी दिलचस्प और रोमांचक तमाशे जैसा होता है।"

"रबरनेकिंग।"

"हाँ।"

"पोर्नोग्राफी जैसा।"

"मगर तुम शायद अच्छे आदमी हो।"

"अगर तुम बताना चाहती हो," इदरिस बोला, "तो मैं इसे एक तोहफ़े की तरह लूँगा।"

इससे आश्वस्त होकर अमारा ने उसे बताना शुरू किया।

रोशी अपने माँ-बाप, दो बहनों और छोटे भाई के साथ काबुल और बगराम के बीच बसे एक गाँव में रहती थी। पिछले महीने एक जुम्मे को उसके काका, उसके बाबा के बड़े भाई, उनसे मिलने आए। लगभग एक बरस से रोशी के बाबा और काका के बीच उस मकान को लेकर झगड़ा चल रहा था जहाँ रोशी अपने परिवार के साथ रहती थी। यह मकान उसके बाबा के बाबा का था, जिन्होंने इसे अपने छोटे बेटे (यानी कि रोशी के बाबा) के नाम कर दिया था। मगर उसके काका का मानना था कि बड़ा भाई होने के नाते उस मकान पर सिर्फ़ और सिर्फ़ उनका हक़ बनता था, मगर रोशी के बाबा ने उनके बाबा को बहला-फुसलाकर उसे अपने नाम करवा लिया था। इसी के चलते एक बरस से उनका आपस में मिलना नहीं हुआ था। हालाँकि, जिस दिन वह आए, सब ठीक था।

"उन्होंने कहा है कि वह यह झगड़ा ख़त्म करना चाहते हैं।"

यह सुनकर रोशी के घरवाले बहुत खुश हुए थे। काका के आने की ख़ुशी में रोशी की माँ ने दो मुर्गियाँ हलाल कीं, किशमिश डालकर ज़ायकेदार पुलाव बनाया, और बाज़ार से ताज़ा अनार खरीदकर लाईं। जब काका आए, तो रोशी के बाबा ने उन्हें गले लगा लिया–इतनी ज़ोर से कि उनके पैर कालीन से ऊपर उठ गए। फिर दोनों ने एक-दूसरे के गाल चूमे। ये सब देखकर रोशी की माँ की आँखों में खुशी के आँसू तैर आए। फिर सब लोग खाना खाने बैठे और मुर्ग-मुसल्लम के साथ किशमिश वाले पुलाव और गर्मागर्म नान का जमकर लुत्फ़ लिया। फिर अनार भी खाए। उसके बाद, ग्रीन टी और छोटी-छोटी टॉफ़ी कैंडीज़ का दौर चला। फिर काका गुसलखाने जाने का कहकर बाहर बने आउटहाउस में चले गए।

जब वह वापस लौटे, तो उनके हाथ में एक कुल्हाड़ी थी।

"जैसी पेड़ काटने के लिए काम में ली जाती है," अमारा ने कहा।

सबसे पहला वार रोशी के बाबा पर हुआ। "रोशी ने मुझे बताया कि उसके बाबा को पता ही नहीं चल पाया कि क्या हुआ। वे कुछ देख ही नहीं पाए।"

काका ने पीछे से उनकी गर्दन पर वार किया, इतनी ज़ोर से कि गर्दन लगभग धड़ से अलग ही हो गई। अगला नंबर रोशी की माँ का था। उन्होंने बचने के लिए थोड़ी कोशिश की, मगर काका ने एक के बाद उनके चेहरे और छाती पर इतने वार किए कि तुरंत ही उनका भी काम तमाम हो गया। अब तक बच्चे चीखते-चिल्लाते यहाँ-वहाँ भागने लगे थे। काका ने उनका पीछा किया। रोशी ने अपनी एक बहन को दालान की ओर भागते देखा, मगर काका ने दौड़कर उसके बाल पकड़ लिए और उसे ज़मीन पर पटक दिया। दूसरी बहन दालान पार करके सोने के कमरे तक पहुँच गई थी। काका ने उसका भी पीछा किया। रोशी को काका के दरवाज़े पर लात मारने की आवाज़ें सुनाई दीं। फिर उसकी बहन की चीखें। और फिर सन्नाटा छा गया।

रोशी ने अपने छोटे भाई के साथ भागने का फैसला किया। वे दोनों घर से बाहर भागे, सामने के दरवाज़े की ओर दौड़े, मगर वह बाहर से बंद था। ज़ाहिर है कि उस वहशी दरिन्दे काका ने ही किया था।

घबराहट और हताशा के मारे वे आँगन की ओर भागे, बगैर इस बात का ख़याल किए कि आँगन में बाहर निकलने का कोई दरवाज़ा नहीं था, कोई रास्ता नहीं था, और दीवारें इतनी ऊँची थीं कि उन पर चढ़ना मुश्किल था। रोशी के भाई ने, जो कि सिर्फ़ पाँच बरस का था, जब काका को हाथ में कुल्हाड़ी लिए भागकर अपनी ओर आते देखा तो इतना आतंकित हो उठा कि उस तंदूर में कूद पड़ा जिसमें अभी एक घंटे पहले ही उसकी माँ ने रोटियाँ पकाई थीं। रोशी पर भी बेहोशी छाने लगी और लड़खड़ाकर गिरते-गिरते उसे आग की लपटों में झुलसते भाई की बहरी कर देने वाली चीखें सुनाई पड़ीं। वह मुँह के बल गिरी थी, मगर पूरी तरह बेहोश होने से पहले उसने पीठ के बल करवट ली और तभी उसे अपने ऊपर नीला आसमान और अपनी तरफ आती कुल्हाड़ी दिखाई पड़ी। इसके बाद उसे नहीं पता कि क्या हुआ।

अमारा खामोश हो गई। अंदर, लियोनार्ड कोहेन का 'हू बाय फ़ायर' बज रहा था।

इदरिस कुछ भी कहने की हालत में नहीं था, और अगर होता भी तो उसे समझ नहीं आता कि क्या कहे, कि क्या कहा जाना चाहिए था। अगर यह

तालिबान, अल-क़ायदा, या किसी बर्बर मुजाहिदीन कमांडर का काम होता तो शायद वह कुछ कह भी सकता था, खोखले अलफ़ाज़ में ही सही पर गुस्सा ज़ाहिर कर सकता था। मगर इसके लिए किसी हिकमतयार, मुल्ला उमर, बिन लादेन या बुश और उसकी आतंकवाद विरोधी मुहिम को ज़िम्मेदार नहीं ठहराया जा सकता था। इस क़त्ल-ए-आम के पीछे की मामूली, निहायत ही मामूली वजह इसे और भी ज़्यादा भयानक, और भी ज़्यादा निराशाजनक बना देती है। उसके ज़ेहन में 'बेमानी' लफ्ज़ गूँजा, मगर तुरंत ही उसने इसे खारिज कर दिया। लोग अक्सर इस तरह की वारदातों के लिए यही कहते हैं। बिना मतलब का खून-खराबा। बेमतलब का क़त्ल-ए-आम। मानो कहना चाह रहे हों कि किसी अच्छे मकसद से किया जाता तो बेहतर होता।

वह उस बच्ची रोशी के बारे में सोचने लगा जिसे उसने अस्पताल में दीवार से पीठ टिकाए, घुटनों को छाती से सटाए बैठे देखा था। उसे उसके चेहरे की मासूमियत याद हो आई। और याद हो आया उसकी बिना बालों वाली खोपड़ी के ऊपर बीचोंबीच बना वह लम्बा गहरा घाव, जिसके चलते खोपड़ी के भीतर से लाल रंग के माँस का एक मुट्ठी बराबर टुकड़ा बाहर उभर आया था और सिखों के सर पर बंधी पगड़ी जैसा मालूम हो रहा था।

"ये सारी बातें उसने खुद बताईं तुम्हें?" आखिर में उसने कहा।

अमारा ने भारी मन से हाँ में सिर हिलाया। "उसे सब साफ़-साफ़ याद है। हर छोटी-बड़ी बात। एक-एक बात तफसील से दोहरा सकती है। रातों को उसे बुरे सपने आते हैं, डरकर उठ जाती है। काश वह सबकुछ भूल जाती।"

"और उसका भाई, उसका क्या हुआ?"

"बहुत ज़्यादा जल गया था।"

"और उसका काका?"

अमारा ने कंधे उचकाए।

"मेरे साथी मुझसे एहतियात बरतने के लिए कहते हैं," वह बोली। "वे कहते हैं कि जो काम हम कर रहे हैं उसमें हमें एहतियात बरतनी चाहिए, पेशेवर रहना चाहिए। किसी से जज़्बाती तौर पर जुड़ना ठीक नहीं है। मगर रोशी और मैं..."

अचानक भीतर से आ रहीं संगीत की आवाज़ें बंद हो गईं। बरामदे में जल रहे बल्ब भी बुझ गए। फिर से बिजली गुल हो गई थी। कुछ पलों के लिए हर तरफ अँधेरा छा गया, सिर्फ़ आसमान में चमक रहे चाँद की चाँदनी ही रोशनी का

इकलौता ज़रिया बची। इदरिस को भीतर से लोगों के शिकायती स्वर सुनाई दे रहे थे। कुछ पलों बाद ही कई सारी हैलोजन टॉर्च झिलमिलाने लगीं।

"मैं उसके लिए लड़ती हूँ," अमारा बोली। उसकी नज़रें नीचे फर्श पर टिकी हुई थीं। "मैं उसके लिए लड़ना नहीं छोड़ती हूँ।"

अगले दिन तिमूर का उन जर्मन नौजवानों के साथ इस्तालिफ़ शहर, जो अपने मिट्टी के बर्तनों के लिए जाना जाता है, जाने का प्रोग्राम बन गया था। उसने इदरिस से कहा, "तुम्हें भी चलना चाहिए।"

"मैं यहीं रुकूँगा और कुछ पढ़ूँगा," इदरीस ने जवाब दिया।

"सैन जोस लौटकर जितना मर्ज़ी उतना पढ़ते रहना, भाई।"

"मुझे आराम की ज़रूरत है। लग रहा है कि मैंने कल रात बहुत ज़्यादा पी ली थी।"

तिमूर के जर्मनों के साथ रवाना होने के बाद इदरीस कुछ देर बिस्तर पर लेटा रहा, दीवार पर टंगे साठ के दशक के उस धुँधले पढ़ चुके एडवरटाइजिंग पोस्टर को देखता रहा जिसमें मुस्कराते हुए गोरे सैलानियों का एक दल बंद-ए-अमीर झील के किनारे सैर कर रहा था। यह नज़ारा काबुल में बीते उसके बचपन की यादों का हिस्सा था। दोपहर के वक़्त वह थोड़ा टहलने निकल गया। फिर जब भूख लग आई तो एक छोटे से रेस्तरां में जाकर उसने कबाब ऑर्डर किए। मगर उसे उन कबाबों का लुत्फ़ उठाना मुश्किल मालूम हुआ, क्योंकि जितनी भी देर उसने खाया उतनी देर लगातार शीशे के पार से लावारिस भूखे बच्चों का झुण्ड उसे और उसके सामने रखे कबाबों को ललचाई नज़रों से देखता रहा। उसे इस स्थिति का सामना करना बहुत मुश्किल लग रहा था। उसने मन ही मन माना कि इस मामले में तिमूर उससे बेहतर है। वह इसे एक खेल बना देता है। एक ड्रिल सार्जेंट की तरह वह सीटी बजाता है, भिखारी बच्चों को एक कतार में खड़ा करता है, *बख्शीश* के बंडल से कुछ नोट निकालता है, और फिर बारी-बारी से सभी को एक-एक नोट थमाता जाता है और एड़ियाँ खड़काकर सैल्यूट करता जाता है। बच्चों को इस खेल में बड़ा मज़ा आता है। वे भी पलटकर उसे सैल्यूट करते हैं। वे उसे काका कहते हैं। कभी-कभी उसके पैरों पर भी चढ़ जाते हैं।

खाने के बाद इदरिस ने एक टैक्सी पकड़ी और उसे वज़ीर अकबर खान अस्पताल चलने के लिए कहा।

"मगर पहले किसी बाज़ार में रोकना," उसने ड्राईवर को निर्देश दिया।

हाथ में एक बड़ा सा बक्सा उठाए, इदरिस गलियारे को पार करता हुआ उसके उस छोर की तरफ बढ़ रहा था जो न तो मर्दों के वार्ड का हिस्सा था और न ही औरतों के वार्ड का। गलियारे को पार करते समय उसकी नज़रों के सामने से ऐसे नज़ारे गुज़र रहे थे जिनकी कल्पना भी उसने अमरीका में रहते हुए कभी नहीं की थी : गलियारे की दीवारों पर तरह-तरह की इबारतें गुदी हुई थीं; कमरों में दरवाज़ों की जगह प्लास्टिक शीट्स लटकी हुई थीं; एक उम्रदराज़ मरीज़–जिसकी एक आँख पर पट्टी बंधी हुई थी–वह अकेले, नंगे पैर, लड़खड़ाते हुए कहीं जा रहा था; गर्मी और उमस के मारे मरीज़ों का हाल-बेहाल था और उन्हें जिन कमरों में लिटाया गया था वे अँधेरे और दमघोंटू किस्म के थे, उनमें न तो ताज़ी हवा के आने-जाने का बंदोबस्त था और न ही रोशनी के लिए बल्ब का। चारों तरफ पसीने की बदबू फ़ैली हुई थी। बहरहाल, गलियारे के आखिर में पहुँचकर वह उस परदे के सामने रुका जिसके पीछे कल उसने उस बच्ची को देखा था। फिर उसने धीरे से पर्दा हटाया। उसने देखा कि वही बच्ची बिस्तर के किनारे पर बैठी हुई थी और उसके सामने अमारा घुटनों के बल बैठकर उसे ब्रश करवा रही थी। इदरिस के मन में एक हूक-सी उठी। उसने देखा कि बिस्तर के दूसरी तरफ एक आदमी बैठा था–दुबला-पतला, धूप से झुलसे हुए चेहरे वाला, अस्त-व्यस्त दाढ़ी और रूखे बेतरतीब बालों वाला आदमी। उस आदमी ने जैसे ही इदरिस को भीतर आते देखा, फ़ौरन उठकर खड़ा हो गया, एक हाथ छाती पर रखा और झुककर अदब से उसका अभिवादन किया। इदरीस को एक बार फिर से यह देखकर हैरानी हुई कि कैसे स्थानीय लोग इतनी आसानी से जान लेते हैं कि वह पश्चिम से आया हुआ अफ़गान है, और कैसे पैसे और ताकत की महक उसे इस शहर में अनावश्यक विशेषाधिकार दिला देती है। उस आदमी ने इदरिस को बताया कि वह रोशी का मामा था।

"तुम दोबारा यहाँ?" अमारा ने ब्रश को पानी से भरे कटोरे में डुबोते हुए कहा।

"मैं उम्मीद करता हूँ कि इससे कोई परेशानी खड़ी नहीं होगी।"

"नहीं, बिल्कुल नहीं।"

इदरिस ने खँखारकर गला साफ़ किया और बोला, "*सलाम, रोशी।*"

लड़की ने इजाज़त के लिए अमारा की तरफ देखा। फिर सकुचाते हुए धीरे से कहा, "*सलाम।*"

"मैं तुम्हारे लिए एक तोहफ़ा लाया हूँ।" इदरीस ने डिब्बा पलंग पर रखकर उसे खोला। जैसे ही उसमें से एक छोटा टीवी और वीसीआर बाहर निकला, रोशी की आँखें चमक उठीं। फिर इदरिस ने उसे उन चार फिल्मों के टेप्स दिखाए जो वह खरीदकर लाया था। उसने जिस दुकान से ये टेप्स खरीदे थे वहाँ ज़्यादातर हिन्दुस्तानी फिल्मों के ही टेप्स थे, या फिर जेट ली, जीन-क्लाउड वैन डैम और स्टीवन सीगल स्टारर मार्शल आर्ट फिल्मों के। मगर तलाशने पर उसे *ई.टी.*, *बेब*, *टॉय स्टोरी* और *द आयरन जाएंट* जैसी फ़िल्में मिल गईं थीं। वह ये सभी फ़िल्में अपने बच्चों के साथ देख चुका था।

अमारा ने फ़ारसी में रोशी से पूछा कि वह उनमें से कौन सी फिल्म देखना चाहेगी। रोशी ने 'द आयरन जाएंट चुनी।

"तुम्हें यह बहुत पसंद आएगी," इदरीस ने कहा। उसे सीधे रोशी की तरफ देखकर बात करना मुश्किल लग रहा था। उसकी नज़र बार-बार उसके सिर से बाहर निकले माँस के लोथड़े पर चली जाती थी।

गलियारे के इस छोर पर कोई बिजली का आउटलेट नहीं था, और अमारा को एक्सटेंशन कॉर्ड ढूँढ़कर लाने में थोड़ा वक़्त लगा, मगर जैसे ही इदरीस ने कॉर्ड लगाकर टीवी चालू की और उस पर फिल्म दिखनी शुरू हुई, रोशी के मुँह पर मुस्कान खेल उठी। उस मुस्कान को देखकर इदरिस को अहसास हुआ कि उसने अब तक दुनिया को कितना कम जाना है, कि पैंतीस बरस जी लेने के बाद भी वह इस दुनिया की संगदिली, बेरहमी और बर्बरता से कितना नावाकिफ रहा है।

जब दूसरे मरीज़ों को देखने का कहकर अमारा वहाँ से चली गई तो इदरिस पलंग पर रोशी के बगल में बैठकर फिल्म देखने लगा। रोशी का मामा यूँ खामोश बैठा था मानो वहाँ हो ही न। अभी आधी ही फिल्म हुई थी कि बिजली चली गई। इस पर रोशी रोने लगी। यह देखकर उसका मामा अपनी जगह से उठा और गुस्से से उसका हाथ अपने हाथ में लेकर ज़ोर से दबा दिया, फिर धीमी आवाज़ और सख्त लहज़े में कुछ कहा। उसने पश्तो भाषा में कहा था, जो कि इदरिस को नहीं आती थी, मगर रोशी की प्रतिक्रिया से उसे समझ आ गया कि क्या कहा होगा। जो भी कहा गया था, उसे सुनकर रोशी सिहर उठी थी और खुद को मामा से दूर खींचने की कोशिश करने लगी थी। इदरीस ने देखा कि रोशी का नन्हा-सा हाथ उसके मामा के कठोर और सफ़ेद पोरों वाले बड़े-से हाथ में वैसा ही लग रहा था जैसे कि शेर के पंजे में फँसी मेमने की गर्दन।

इदरीस ने उठकर अपना कोट पहन लिया। "मैं कल फिर आऊँगा, रोशी, और अगर तुम चाहोगी तो हम एक और फिल्म देखेंगे। तुम देखना चाहोगी?"

रोशी ने कुछ नहीं कहा, बस चादर खींची और उसके नीचे गेंद की तरह सिमट गई। इदरिस ने उसके मामा की तरफ देखा और सोचने लगा कि अगर अभी तिमूर यहाँ होता तो इस आदमी के साथ क्या करता। तिमूर के पास अपनी सहज भावनाओं को पी जाने की वैसी काबिलियत नहीं थी जैसी इदरिस में थी। वह होता तो कहता, *मुझे इस आदमी के साथ अकेले में दस मिनट दो।*

इदरिस अस्पताल से बाहर निकल आया। मामा भी उसके पीछे-पीछे आ रहा था। सीढ़ियों पर उसने इदरीस को यह कहकर चौंका दिया कि "यहाँ असल मज़लूम (पीड़ित) तो मैं हूँ, साहब।" मगर जैसे ही उसने इदरीस के चेहरे पर कठोर भाव देखे, वैसे ही अपनी गलती सुधारते हुए कहने लगा, "बेशक वह मज़लूम है। मगर, मेरा मतलब है, मैं भी उतना ही मज़लूम हूँ। बेशक आप इस बात को देख सकते हैं, क्योंकि आप भी अफ़ग़ान हैं। मगर ये विदेशी इस बात को नहीं समझते।"

"मुझे जाना है," इदरिस ने कहा।

"मैं *मज़दूर* आदमी हूँ, साहब। एक मामूली मज़दूर। दिन भर में बमुश्किल एक डॉलर कमा पाता हूँ, या किसी दिन अल्लाह ख़ास मेहरबान हो जाए तो दो डॉलर तक मिल जाते हैं। और ऊपर से मेरे अपने पाँच-पाँच बच्चे हैं। उनमें से भी एक अँधा है। और अब यह रोशी।" उसने एक गहरी आह भरी। "कभी-कभी मैं सोचता हूँ, साहब–अल्लाह इसके लिए मुझे माफ़ करे–मैं सोचता हूँ कि अच्छा होता अगर अल्लाह रोशी को भी... आप... समझ रहे होंगे मेरी बात। वो शायद बेहतर होता। आप ही बताइए साहिब कि अब कौन सा लड़का उससे शादी करेगा? उसे कभी कोई शौहर नहीं मिलेगा। तो फिर ज़िन्दगी भर उसकी देखभाल कौन करेगा? मुझे ही करनी पड़ेगी। ज़िन्दगी भर करनी पड़ेगी।"

इदरीस को समझ आ गया कि मामा ने उसकी दुखती रग पहचान ली थी। उसने जेब से अपना बटुवा निकाला।

"जो भी आप दे सकते हों, साहब। बेशक, मेरे लिए नहीं। रोशी के लिए।"

इदरिस ने सौ-सौ डॉलर के दो नोट उसे थमा दिए, जिन्हें देखकर उसकी आँखें फटी की फटी रह गईं। उसके मुँह से निकलने को हुआ, "दो–" मगर तुरंत ही उसने अपना मुँह बंद कर लिया, मानो उसे डर हो कि कहीं इससे इदरिस को यह अहसास न हो जाए कि उसने गलती से दो की जगह दो-सौ दे दिए हैं।

"उसे अच्छे-से जूते दिलवा देना," इदरीस ने सीढ़ियों से नीचे उतरते हुए कहा।

"अल्लाह आपको सलामत रखे, साहब," इदरिस को पीछे से मामा की आवाज़ सुनाई दी। "आप बहुत अच्छे आदमी हैं। बहुत ही रहमदिल और नेक आदमी।"

इदरिस अगले दिन फिर रोशी से मिलने गया, और उसके अगले दिन भी। जल्दी ही यह उसका रोज़ का काम हो गया, तकरीबन हर दिन ही वह रोशी से मिलने जाता और उसके बगल में बैठकर उसके साथ फ़िल्में देखता। वह उस अस्पताल में काम करने वाले स्टाफ को–अर्दली लोग, ग्राउंड फ्लोर पर काम करने वाले मेल नर्स, साफ़-सफाई करने वाले लोग, कम्पाउण्डर लोग, गेट पर खड़े रहने वाले थके-मांदे से दिखते चौकीदार–वह नाम से जानने लगा। मगर उसने अपनी यहाँ आमद को यथासंभव राज़ रखने की कोशिश की थी। नाहिल से उसकी तकरीबन हर रोज़ ही बात होती थी, मगर उसे भी उसने रोशी के बारे में कुछ नहीं बताया था। उसने तो तिमूर से भी इस बात को छिपाकर रखा था कि वह हर रोज़ कहाँ जाता था और क्यों उसके साथ सैर-सपाटे के लिए या गृह मंत्रालय के अधिकारियों से मिलने जाने से बचने के लिए वह हर रोज़ नए-नए बहाने बना रहा था। यह बात अलग है कि तिमूर ने खुद से पता लिया था।

"तुम्हारे लिए यही अच्छा है," उसने इदरिस से कहा। फिर थोड़ा रुककर बोला, "तुम जो कर रहे हो वह बेशक नेक काम है, मगर थोड़ा संभलकर।"

"तुम्हारा मतलब है वहाँ जाना बंद कर दूँ?"

"अगले हफ्ते हमें वापस जाना है, भाई। तुम भी नहीं चाहोगे कि उसे तुमसे इतना ज़्यादा लगाव हो जाए कि उसके लिए इसे सहना मुश्किल हो।"

इदरिस ने सहमती में सर हिलाया। उसके मन में यह ख़याल आया कि कहीं तिमूर को रोशी के साथ उसके रिश्ते से जलन तो नहीं होने लगी थी? या हो सकता है कि थोड़ी-थोड़ी नाराज़गी भी हो कि उसने, इदरीस ने, उससे हीरो बनने का एक शानदार मौका छीन लिया था। मन की आँखों से वह यह नज़ारा देखने लगा कि तिमूर एक बच्ची को गोद में लिए स्लो मोशन में चलते हुए एक धधकती इमारत से बाहर निकल रहा है, और बाहर खड़ी लोगों की भीड़ उसकी

जय-जयकार कर रही है। इदरीस ने ठान लिया कि चाहे जो हो जाए, वह तैमूर को रोशी की इस तरह से परेड नहीं करने देगा।

फिर भी, तिमूर कह तो सही ही रहा है। वे एक हफ़्ते में वापस जा रहे हैं, और रोशी अब उसे काका इदरीस कहने लगी है। अगर उसे अस्पताल पहुँचने में थोड़ी भी देर हो जाती है तो वह उसे बेचैन मिलती है। उसने खुद उसे बताया था कि उसे सबसे ज़्यादा इंतज़ार उसके आने का ही रहता था। कभी-कभी फिल्म देखते वक़्त वह अपने दोनों नाज़ुक हाथों से इदरिस का हाथ थाम लेती है। जब इदरिस उससे दूर होता है, तो अक्सर उसे रोशी की बाँहों पर उगे छोटे-छोटे पीले रोम, उसकी छोटी-छोटी सी भूरी आँखें, उसके नन्हे-नन्हे सुंदर पैर, उसके गोलमटोल गाल, और उससे कहानी सुनते वक़्त (बच्चों की उस किताब में से जो उसने फ्रांसीसी लिसे के पास खुली एक किताबों की दुकान से खरीदी थी) उसका अपनी ठुड्डी को अपने हाथों में थामे हुए बैठना बहुत याद आता है। कई बार उसने खुद को यह सोचते हुए भी पाया था कि अगर वह रोशी को अपने साथ अमरीका ले जाए तो कैसा रहेगा? क्या उसके अपने बेटे ज़बी और लेमर उसके साथ घुल-मिलकर रह पाएँगे? क्या रोशी वहाँ के माहौल में खुद को ढाल पाएगी? इत्तेफाक की बात थी कि पिछले बरस ही उसने और नाहिल ने तीसरा बच्चा करने के बारे में बात की थी।

जिस दिन इदरिस और तिमूर को वापस लौटना था, उससे एक दिन पहले जब इदरिस अस्पताल पहुँचा तो अमारा ने उससे पूछा, "अब क्या?"

उस दिन जब वह रोशी के साथ बैठा था तो रोशी ने उसे अपनी बनायी हुई एक तस्वीर दिखाई थी। अस्पताल के चार्ट पेपर पर पेंसिल से बनाई हुई तस्वीर। उसमें दो इंसानों की आकृतियाँ थीं, जो अगल-बगल बैठकर टीवी देख रहे थे। इदरिस ने लंबे बालों वाली आकृति की ओर इशारा करके पूछा, *"यह तुम हो?"*

"और यह आप हैं, काका इदरिस।"

"पहले तुम्हारे इतने लम्बे बाल हुआ करते थे?"

"हाँ। मेरी बहन हर रात उनमें कंघी किया करती थी। वह इतने अच्छे से करती थी कि बाल ज़रा भी खिंचते या टूटते नहीं थे।"

"वह ज़रूर बहुत अच्छी बहन रही होगी।"

"जब मेरे बाल फिर से उग आएँगे, तब आप उनमें कंघी करना।"

"मुझे बहुत मज़ा आएगा उस काम में।"

"मत जाओ न काका। मुझे छोड़कर मत जाओ।"

"वह बहुत प्यारी लड़की है," उसने अमारा से कहा। और वह है भी। बहुत ही शिष्ट, और विनम्र भी। फिर जब उसने सैन जोस में पल रहे अपने बेटों ज़बी और लेमर के बारे में सोचा तो उसके मन में एक अपराध-बोध सा पैदा होने लगा। उसके दोनों बेटे बहुत पहले ही यह फरमान जारी कर चुके थे कि उन्हें अपने अफ़ग़ान नाम ज़रा भी पसंद नहीं थे और वे अमरीकी मालूम होने वाले नाम चाहते थे। दोनों का मिज़ाज लगातार बिगड़ता जा रहा था और वे बड़ी तेज़ी से उन हाकिमाना मिज़ाज वाले अमरीकी बच्चों में बदलते जा रहे थे जिन्हें देखकर उसने और नाहिल ने कसम खाई थी कि वे अपने बच्चों को कभी भी ऐसा नहीं बनने देंगे।

"उसमें जीने की ललक है।"

"हाँ।"

अमारा दीवार से पीठ टिकाकर खड़ी हो गई। तभी दो अर्दली एक स्ट्रेचर को धकेलते हुए तकरीबन भागते हुए से उनके पास से गुज़रे। इदरिस ने देखा कि स्ट्रेचर पर एक कमसिन लड़का लेटा हुआ था, जिसके सिर पर खून से लथपथ पट्टी बंधी थी और जांघ पर एक खुला घाव दिखाई पड़ रहा था।

"अमरीका और यूरोप से आने वाले दूसरे अफ़ग़ान लोग," अमारा कहने लगी, "आते हैं और उसकी तस्वीरें लेते हैं। वीडियो बनाते हैं। तमाम तरह के वादे करते हैं। फिर वापस जाकर अपने परिवारों को वे तस्वीरें और वीडियो दिखाते हैं, जैसे कि वह कोई चिड़ियाघर का जानवर हो। मैं उन्हें ऐसा करने की इजाज़त देती हूँ, क्योंकि मुझे लगता है कि शायद वे उसकी मदद करेंगे। मगर लौटने के बाद वे भूल जाते हैं। फिर कभी न तो अपनी शक्ल दिखाते हैं और न ही मेरे किसी सन्देश का जवाब देते हैं। इसलिए मैं तुम से पूछ रही हूँ, अब क्या?"

"उसे जिस ऑपरेशन की ज़रूरत है, उसके बाबत?" इदरिस ने कहा। "मैं चाहता हूँ कि ऑपरेशन हो।"

अमारा ने झिझकते हुए उसकी तरफ देखा।

"मैं जहाँ इंटर्नशिप कर रहा हूँ, वहाँ एक न्यूरोसर्जरी क्लिनिक है। मैं अपने चीफ से बात करूँगा। हम उसे कैलिफ़ोर्निया ले जाने और वहाँ उसकी सर्जरी करवाने का इंतज़ाम करेंगे।"

"मगर उसके लिए पैसों का इंतज़ाम?"

“हमें फंडिंग मिल जाएगी। और खुदा-न-खास्ता नहीं भी मिली, तो सारा खर्च मैं उठाऊँगा।”

“अपने बटुए से।”

इदरिस हँस पड़ा। “वो ‘अपनी जेब से’ होता है, मगर, हाँ। और इसके लिए हमें पहले उसके मामा से इजाज़त लेनी पड़ेगी।”

“बशर्ते वह फिर कभी दिखाई दे,” अमारा ने कहा। जिस दिन से इदरीस ने उसे दो सौ डॉलर दिए थे, उस दिन से रोशी का मामा ऐसे गायब हुआ था जैसे गधे के सिर से सींग। न तो किसी ने उसे देखा था और न ही किसी के पास उसका कोई अता-पता था।

अमारा उसकी तरफ देखकर मुस्करा दी। इदरिस ने पहले कभी ऐसा नहीं किया था। बिना सोचे-विचारे, बिना नफे-नुकसान की परवाह किए इतनी बड़ी ज़िम्मेदारी उठाने का वादा। उसे इसमें एक अजीब-सा रोमांच महसूस हो रहा था, एक अजीब-सा नशा। ऐसा लग रहा था मानो उसके भीतर ऊर्जा का कोई नया झरना बहने लगा हो। उसकी आँखें डबडबा आईं। वह अपनी इस हालत पर हैरान भी था और खुश भी।

“ह्माला,” अमारा ने कहा। “शुक्रिया।” वह पंजों के बल ऊपर उठी और इदरिस का गाल चूम लिया।

“तुम्हें वो डच लड़कियाँ याद हैं? वे ही जो पार्टी में मिली थीं,” तिमूर ने कहा। “उनमें से एक की कल रात ले डाली तुम्हारे भाई ने।”

इदरीस हवाईजहाज़ की खिड़की के शीशे से कनपटी सटाए नीचे दिखाई पड़ रहीं हिंदू कुश की हल्की भूरी पहाड़ियों की ख़ूबसूरती निहारने में खोया हुआ था। बगल की सीट पर बैठे तिमूर की बात से उसका ध्यान भंग हुआ और उसने उसकी बात सुनने के लिए उसकी तरफ सिर घुमाया।

“वो भूरे बालों वाली। बस वियाग्रा की आधी गोली ली और रात भर उसे जन्नत की सैर कराता रहा। सुबह जब अज़ान की आवाज़ सुनाई दी, तब जाकर हम अलग हुए।”

“या अल्लाह! तुम कब अपनी इन बचकाना हरकतों से बाज़ आओगे तिमूर?” इदरीस ने चिढ़कर कहा। चिढ़ उसे इस बात की हो रही थी कि एक बार

फिर तिमूर ने उसे अपनी बदचलनी, बेवफाई, और आवारा लड़कों वाली हरकतों का राज़दार बना लिया था।

तिमूर उसकी हालत पर मुस्करा दिया और बोला, "याद रखना, भाई, काबुल में मैंने क्या-क्या गुल खिलाए हैं ये बात..."

"मुझे पता है, फिर से वही बात दोहराने की ज़रूरत नहीं है।"

अबकी बार तिमूर खुल के हँस पड़ा।

हवाईजहाज़ के पिछले हिस्से में कहीं एक छोटी सी पार्टी चल रही है। कोई पश्तो में कुछ गा रहा है, और कोई स्टायरोफोम की प्लेट पर *तंबूरा* की तरह थाप दे रहा है।

"मुझे यकीन नहीं होता कि इतने बरसों बाद हम नबी जान से मिले," तिमूर बुदबुदाया। "ऊपरवाले के खेल भी निराले हैं!"

इदरीस ने अपनी शर्ट की जेब से नींद की गोली निकाली और उसे बिना पानी के ही निगल गया।

"मैं अगले महीने वापस आ रहा हूँ," तिमूर ने अपनी पीठ सीट से टिकाकर बाँहें छाती पर बाँधी और आँखें बंद करते हुए बोला। "शायद उसके बाद दो-एक बार और भी आना पड़े, मगर काम हो जाएगा।"

"तुम्हें इस आदमी पर भरोसा है? इस फ़ारूक़ पर?"

"ज़रा भी नहीं। इसीलिए तो मैं वापस आ रहा हूँ।"

फ़ारूक़ वह वकील है जिसका तिमूर ने अपना काम करवाने के लिए बंदोबस्त किया है। उसकी महारत है जंग के दौरान या उससे पहले अफगानिस्तान छोड़कर गैर-मुल्कों में जा बसे अफ़गानों को काबुल में उनकी जायदाद वापस दिलाने में मदद करना। फिर तिमूर बताने लगा कि कौन-कौन सी कागज़ी कार्रवाई होनी है, और यह भी कि फ़ारूक की बीवी का चचेरा भाई जज है और उसे पूरी उम्मीद है कि उनके मामले की सुनवाई वही करेगा। इदरीस ने एक बार फिर अपनी कनपटी खिड़की से टिका ली, और गोली के असर करने का इंतज़ार करने लगा।

"इदरीस?" तिमूर धीरे से बोला।

"हाँ।"

"वहाँ हमने कितने सारे दिल दहलाने वाले हादसे देखे, है न?"

यह बताकर तुमने तो मेरी आँखें खोल दीं भाई, इदरिस ने मन ही मन सोचा, मगर ज़ाहिर तौर पर बोला, "हाँ।"

"एक हज़ार हादसे प्रति वर्ग मील, यार।"

जल्द ही, इदरीस का सिर घूमने लगा और नज़र धुंधली होने लगी। नींद के आगोश में समाते हुए उसके ज़ेहन में रोशी के साथ अपनी आखिरी मुलाक़ात घूमने लगी। उसका उसके नाज़ुक हाथों को अपने हाथों में थामकर कहना कि जल्दी ही हम फिर मिलेंगे। रोशी का हौले-हौले सिसकना, बेआवाज़, मानो किसी को पता न चलने देना चाहती हो कि वह रो रही है।

हवाईअड्डे से घर लौटते समय रास्ते में इदरिस को काबुल की सड़कों और उन सड़कों पर चलने वाले ट्रैफिक का बुरा हाल याद आ रहा था। अब हाईवे 101 की व्यवस्थित, गड्ढों से मुक्त और थोड़ी-थोड़ी दूरी पर जगहों और दूरियों की जानकारी देने वाले संकेतकों से आबाद सड़क पर बिना किसी फ़िक्र के बेधड़क होकर गाड़ी चलाना उसे अजीब-सा लग रहा था। यहाँ सड़कों पर चलने वाले तमाम लोग कितने अनुशासित, विनम्र, और सहयोगी हैं, वह सोचने लगा। और फिर इनके मुकाबले जब उसे वहाँ के वे नयी-नयी उम्र के टैक्सी चलाने वाले दुस्साहसी लड़के याद आए जिनके हाथों में उसने और तिमूर ने इतने दिनों तक धड़कते दिलों के साथ अपनी ज़िंदगियाँ सौंप रखी थीं, तो अनायास ही वह मुस्करा उठा।

बगल की सीट पर बैठी नाहिल की ज़बान पर ढेरों सवाल थे। क्या काबुल महफ़ूज़ था? खाना कैसा था? कहीं वह बीमार तो नहीं पड़ गया था? क्या उसने हर चीज़ की तस्वीरें लीं और वीडियो बनाए? उसने अपनी तरफ से सभी सवालों के सही-सही जवाब देने की पूरी कोशिश की। उसने उन्हें बमबारी से तबाह स्कूलों के बारे में बताया, खंडहरों में तब्दील इमारतों में शरण लिए हुए गरीब लोगों के बारे में बताया, जगह-जगह लगी भिखारियों की भीड़ के बारे में बताया, चारों तरफ फ़ैली कीचड़ और गंदगी के बारे में बताया, हमेशा आती-जाती रहने वाली बिजली के बारे में बताया। मगर ये बताना संगीत को शब्दों में समझाने जैसा था। उसके शब्द काबुल की असली तस्वीर बयाँ करने के लिए काफी नहीं थे। हालाँकि और बहुत सारी बातें थीं जो काबुल के वर्णन को जीवंत और दिलचस्प बना सकती थीं, जैसे कि इमारतों के मलबे के बीच उस बॉडीबिल्डिंग जिम का चलना जिसकी खिड़की पर श्वार्जनेगर की पेंटिंग बनी हुई थी। मगर ऐसी बातें अब उसके

ज़ेहन से निकल गई थीं। और वह जो बातें बता रहा था और जिस लहज़े में बता रहा था वे सुनने में मामूली, बेमज़ा, गैर-दिलचस्प और किसी खबरिया चैनल पर चलाई जाने वाली रूटीन ख़बरों जैसी मालूम हो रही थीं।

पीछे की सीट पर बैठे दोनों बच्चे थोड़ी देर उसके साथ हँसी-मज़ाक करते रहे, उसकी बातें सुनते रहे (या कम से कम सुनने का नाटक करते रहे)। इदरीस देख सकता था कि उन्हें उसकी बातों में ज़रा भी मज़ा नहीं आ रहा था और वे बोर हो रहे थे। आखिरकार ज़बी, जो कि आठ बरस का है, नाहिल से कोई फिल्म चलाने की ज़िद करने लगा। लेमर ने, जो उससे दो साल बड़ा है, थोड़ी देर और इदरिस की बातें सुनने की कोशिश की, मगर जल्द ही इदरीस को अपने निन्टेंडो डीएस से एक रेसिंग कार की आवाज़ सुनाई देने लगी।

"तुम लड़कों को क्या हो गया है?" नाहिल ने उन्हें डाँटा। "तुम्हारे बाबा इतने दिनों बाद काबुल से वापस आए हैं। क्या तुम्हें यह जानने की उत्सुकता नहीं हो रही कि वे क्या देखकर आ रहे हैं? क्या तुम उनसे इस बारे में कुछ पूछना नहीं चाहते?"

"कोई बात नहीं," इदरीस बोला। "जो उन्हें करना है, करने दो।" कहने को तो उसने कह दिया था, मगर मन ही मन वह इस बात से खफा था कि उन्हें अफगानिस्तान का हाल जानने में ज़रा भी दिलचस्पी नहीं थी। वह खफा था इस बात से कि उन्हें इस बात का ज़रा सा भी इल्म नहीं है कि जो विशेषाधिकार प्राप्त जीवन वे जी रहे हैं वह उनकी काबिलियत की वजह से नहीं बल्कि सिर्फ़ इत्तेफाकन लग गई एक जेनेटिक लॉटरी की वजह से हासिल हुआ है। अचानक उसे अपने और अपने परिवार के बीच एक खाई सी महसूस होने लगी। यहाँ तक कि नाहिल भी, उसके ज़्यादातर सवाल भी सफ़र के दौरान हुई सुविधा-असुविधा के इर्द-गिर्द घूम रहे थे। वहाँ खाने के लिए अच्छे रेस्तरां हैं या नहीं? वहाँ के होटल्स कैसे हैं? इलाज के क्या इंतज़ामात हैं? ज़रूरत का क्या-क्या सामान मिलता है? वह अब आने परिवार को ऐसी इल्ज़ाम लगाती हुईं नज़रों से देखने लगा था जैसी नज़रों से काबुल के स्थानीय लोगों ने उसे तब देखा होगा जब वह पहली बार काबुल पहुँचा था।

"मुझे ज़ोरों की भूख लगी है," आखिर में उसने कहा।

"क्या खाना चाहोगे?" नाहिल ने पूछा। "सुशी, इटैलियन? ओकरिज के पास एक नया रेस्तरां खुला है।"

"चलो अफगान खाना खाते हैं।"

यह तय करके वे सैन जोस के पूर्वी हिस्से में, पुराने बेरीएसा फ्ली बाज़ार के पास बने अबे'ज़ कबाब हाउस जा पहुँचे। कबाब हाउस का मालिक सफ़ेद बालों वाला अब्दुल्लाह नाम का एक अफगानी था, जो उम्र के साठवें दशक में चल रहा था। उसके चेहरे पर घनी-लम्बी मूँछें थीं और कदकाठी मज़बूत मालूम होती थी। वह इदरिस के मरीज़ों में शामिल था, और उसकी बीवी भी। अब्दुल्लाह ने जैसे ही इदरिस को सपरिवार रेस्तरां में दाखिल होते देखा तो काउण्टर पर से हाथ हिलाकर उनका अभिवादन किया। अबे'ज़ कबाब हाउस एक छोटा सा पारिवारिक व्यवसाय है। वहाँ केवल आठ मेज़ें हैं–चिपचिपे विनाइल कवर से ढकी हुईं–जिन पर लेमिनेटेड मेनूकार्ड्स रखे होते हैं। इंटीरियर की बात करें तो दीवारों पर अफ़गानिस्तान के पोस्टर चिपके हुए हैं, एक कोने में एक पुरानी सोडा मशीन, जबकि एक दूसरे कोने में एक 'मर्चेंडाइज़र' (वह रेक, जिसमें बिक्री के लिए चीज़ें जमाकर रखी जाती हैं) रखा है। अब्दुल्ला के ज़िम्मे ग्राहकों का स्वागत करने, रजिस्टर मेंटेन करने, और साफ़-सफ़ाई करने का काम है। खाना बनाने का काम उसकी बीवी सुल्ताना के ज़िम्मे है और इस रेस्तरां के स्वाद का जादू जो लोगों की ज़बान पर चढ़कर बोलता है उसका पूरा श्रेय उसी को जाता है। अब्दुल्लाह देख रहा था कि इस वक़्त वह रसोई में थी, किसी चीज़ पर झुकी हुई। सर पर उसने एक जालीदार टोप पहन रखा था, ताकि उसके लम्बे बाल एक जगह टिके रहें। आँखें किसी चीज़ की झाल या भाप से बचने की कोशिश में सिकुड़ी हुई थीं। अब्दुल्लाह ने उसे बताया था कि उसकी और परवाना की शादी पाकिस्तान में हुई थी, 1970 के दशक के आखिर में, तब जब अफगानिस्तान पर कम्युनिस्टों का कब्ज़ा हो गया था। 1982 में उन्हें अमरीका में शरण मिली थी और उसी साल उनकी बेटी परी का जन्म हुआ था।

अभी उनकी वही बेटी इदरिस और उसके परिवार से उनका ऑर्डर ले रही थी। परी मिलनसार है, विनम्र है। उसकी रंगत अपनी माँ जैसी गोरी है और उसकी आँखों में भी भावनात्मक मज़बूती की वही चमक है। उसका शरीर मगर अजीब तरह से बेमेल है–ऊपर से पतला और सुडौल, मगर कमर के नीचे चौड़े कूल्हों, मोटी जाँघों और बड़े टखनों के कारण भारी और बेडौल। अभी भी उसने वही ढीली-ढाली स्कर्ट पहन रखी है जो वह अक्सर पहने मिलती है।

इदरीस और नाहिल ने ब्राउन राइस और बोलानी के साथ मेमने का गोश्त मँगवाया। दोनों लड़कों ने चपली कबाब ऑर्डर किए क्योंकि वहाँ के मैन्यू में हैमबर्गर मीट के सबसे करीब मालूम पड़ने वाली चीज़ वही थी। खाने का इंतज़ार करते वक़्त ज़बी ने इदरीस को बताया कि उसकी फ़ुटबॉल टीम फ़ाइनल में पहुँच

गई थी। वह राइट विंग की पोज़ीशन पर खेल रहा था। फाइनल मैच रविवार को था। उसके बाद लेमर ने बताया कि शनिवार को उसका गिटार बजाने का कार्यक्रम था।

"तुम क्या बजाने वाले हो?" इदरीस ने सुस्ती से पूछा। उसे जेट लैग का अहसास हो रहा था।

"'पेंट इट ब्लैक।'"

"बहुत बढ़िया।"

"मुझे नहीं लगता कि तुमने उसकी पर्याप्त प्रैक्टिस की है," नाहिल ने उसे डाँटते हुए कहा।

लेमर ने बुरा-सा मुँह बनाया और वह पेपर नैपकिन गिरा दिया जिसे गोल-गोल करने का खेल वह इतनी देर से खेल रहा था।

"मॉम! सच में? क्या आपको अंदाज़ा भी है कि मैं हर दिन क्या-क्या झेलता हूँ? मुझे कितना कुछ करना पड़ता है दिन भर में!"

अभी उनका खाना चल ही रहा था कि तभी अब्दुल्ला उनके पास आया। गले में बंधे हुए एप्रन से हाथ पोंछते हुए उसने उनसे दुआ-सलाम की और पूछने लगा कि उन्हें खाना कैसा लग रहा था, और यह भी कि अगर उन्हें किसी और चीज़ की ज़रूरत हो तो वह ले आए।

बातों-बातों में इदरिस ने उसे बताया कि वह और तिमूर अभी-अभी काबुल से होकर लौटे हैं।

"तिमूर जान क्या कर रहे हैं आजकल?" अब्दुल्ला ने पूछा।

"कुछ अच्छा तो नहीं ही कर रहे, हमेशा की तरह।"

अब्दुल्ला मुस्कुरा दिया। इदरीस जानता है कि उसे तिमूर से कितना लगाव है।

"और आपका कबाब का बिज़नेस कैसा चल रहा है?"

अब्दुल्ला ने एक आह भरी। "डॉ. बशीरी, अगर मैं कभी किसी को बद्दुआ देना चाहूँगा न, तो कहूँगा, 'अल्लाह तुम्हें किसी रेस्तरां का मालिक बना दे।' "

यह सुनकर सभी लोग हँस पड़े।

खाने के बाद रेस्तरां से निकलकर जब वे लोग अपनी गाड़ी में सवार हो रहे तभी लेमर पूछने लगा, "डैड, क्या वह सबको मुफ़्त खाना देते हैं?"

"बिल्कुल नहीं," इदरीस बोला।

"तो फिर वह आपसे पैसे क्यों नहीं लेते?"

"क्योंकि हम अफगान हैं, और क्योंकि मैं उनका डॉक्टर हूँ", इदरिस ने जवाब दिया, जो कि आंशिक रूप से ही सच है। उसे लगता है कि इसकी ज़्यादा बड़ी वजह है उसका तिमूर का चचेरा भाई होना। बरसों पहले तिमूर ने ही अब्दुल्ला को रेस्तरां खोलने के लिए पैसे उधार दिए थे।

घर पहुँचकर इदरीस को पहले तो यह देखकर ताज्जुब हुआ कि फैमिली रूम और फोयर के फर्श पर बिछे कालीन उखड़े पड़े थे और सीढ़ियों पर लकड़ी के तख्ते और कीलें बिखरी हुई थीं। फिर उसे याद आया कि वे लोग अपना इंटीरियर बदल रहे थे और इसी क्रम में फर्श पर से कालीन हटाकर चेरी की लकड़ी के तख्ते लगवा रहे थे – कॉपर कैटल रंग के (फर्श का काम कर रहे ठेकेदार ने यही नाम बताया था उस रंग का)। रसोई में नए कैबिनेट लग गए थे, और जहाँ पहले हमारा पुराना माइक्रोवेव रखा होता था, वहाँ अब सिर्फ़ एक बड़ा सा छेद नज़र आ रहा था (उसकी जगह हमने नया माइक्रोवेव ऑर्डर कर दिया था)। नाहिल ने उसे बताया कि उसने सोमवार को ऑफिस से आधे दिन की छुट्टी ली हुई थी, ताकि वह उस दिन सुबह फर्श का काम करने आने वाले लोगों और जेसन से मिल सके।

"जेसन?" उसने कहा, फिर उसे याद आया, अच्छा, जेसन स्पीयर, वो होम थिएटर वाला बंदा।

"वह सोमवार सुबह नाप लेने आ रहा है। उसने हमें सबवूफर और प्रोजेक्टर पहले ही डिस्काउंट पर दिला दिए हैं। बुधवार को वह तीन लोगों को भेज रहा है काम शुरू करने के लिए।"

इदरीस ने सहमति में सिर हिलाया। होम थिएटर लगवाने का आइडिया उसी का था। वह हमेशा से चाहता था। मगर अब यह चाहत उसे शर्मिंदगी महसूस करा रही है। अब वह इन सब चीज़ों से कटा हुआ महसूस कर रहा है–जेसन स्पीयर, नई अलमारियाँ और कॉपर केटल रंग का फर्श, उसके बच्चों का 160 डॉलर के जूते पहनना, उसके बिस्तर पर शनील बेडस्प्रैड्स (मखमली चादरों) का बिछा होना, और वह दीवानगी जिसके साथ उसने और नाहिल ने इन चीज़ों को हासिल किया है। उसकी महत्वाकांक्षाओं के फल अब उसे बेमानी लगने लगे हैं। वे उसे अब महज़ उसकी यहाँ की ज़िंदगी और काबुल में देखी गई ज़िन्दगी के बीच के बेरहम फर्क की याद दिलाते हैं।

"बात क्या है, हनी?"

"जेट लैग," इदरीस ने जवाब दिया। "थोड़ी देर सो लूँगा तो ठीक हो जाऊँगा।"

शनिवार को वह लेमर के गिटार वादन के कार्यक्रम में शामिल हुआ, फिर रविवार को ज़बी के फ़ुटबॉल मैच के दौरान भी ज़्यादातर वक़्त मौजूद रहा – सेकंड हाफ के दौरान पार्किंग लॉट में जाकर आधे घंटे नींद लेने की बात को अगर छोड़ दिया जाए तो। अच्छी बात यह रही कि ज़बी को इसका पता नहीं चल पाया। रविवार की रात नाहिल ने कुछ पड़ोसियों को खाने पर बुला लिया था। खाना खाने के बाद उन्होंने वे तस्वीरें देखीं जो इदरीस ने काबुल प्रवास के दौरान खींची थीं, और इदरिस की इच्छा के विरुद्ध नाहिल ने उन्हें वहाँ का एक वीडियो भी दिखाया, जिसे देखकर उन्होंने हैरानी और अफ़सोस दोनों ज़ाहिर किए। खाने के दौरान उन्होंने इदरिस से उसके सफ़र के बारे में पूछा और अफगानिस्तान के मौजूदा हालात पर उसकी राय जानने की कोशिश की। उसने अपनी मोजितो की चुस्कियाँ लेते हुए कम से कम लफ़्ज़ों में सभी सवालों के जवाब देने की कोशिश की।

"मेरे लिए यह कल्पना करना भी मुश्किल है कि वहाँ के हालात कैसे होंगे," सिंथिया ने कहा। सिंथिया उस जिम में पिलेट्स प्रशिक्षक हैं जहाँ नाहिल कसरत करने जाती है।

"काबुल का मतलब है..." इदरीस सही अलफ़ाज़ तलाशने की कोशिश कर रहा था। "एक हज़ार हादसे प्रति वर्ग मील।"

"वहाँ जाकर ज़रूर आपको ख़ासा 'कल्चर शॉक' (सांस्कृतिक झटका) लगा होगा।"

"हाँ, बेशक।" इदरीस यह नहीं कह पाया कि असली 'कल्चर शॉक' उसे वापस आने पर लगा है।

आखिरकार, बातचीत अफगानिस्तान और काबुल से हटकर हाल ही में पड़ोस में हुईं डाक चोरी की घटनाओं पर आ गई।

उस रात बिस्तर पर लेटे हुए, इदरीस ने कहा, "क्या तुम्हें लगता है कि हमें वाकई इस सब तामझाम की ज़रूरत है?"

"कौन सा तामझाम?" नाहिल ने पूछा। वह सिंक के सामने खड़ी होकर ब्रश कर रही थी। सामने लगे शीशे में इदरिस को उसका चेहरा दिखाई पड़ रहा था।

"इस सब की। इन सब चीज़ों की।"

"अगर तुम्हारा मतलब है कि क्या इनके बिना हमारा काम नहीं चल सकता, तो मैं कहूँगी कि चल सकता है। ये चीज़ें हमारी 'ज़रूरत' नहीं हैं," नाहिल ने गरारे करते हुए कहा।

"तुम्हें नहीं लगता कि ये सब बहुत ज़्यादा है, ये तमाम चीज़ें?"

"हमने इसके लिए बहुत मेहनत की है, इदरीस। याद करो MCAT, LSAT, मेडिकल स्कूल, लॉ स्कूल, रेज़ीडेंसी के वे साल। किसी ने हमें ये सब खैरात में नहीं दिया है। हमें इसके लिए किसी तरह का अपराध-बोध पालने की ज़रूरत नहीं है।"

"उस होम थिएटर की कीमत में हम अफ़ग़ानिस्तान में एक स्कूल बना सकते थे।"

नाहिल अब बेडरूम में थी और बिस्तर पर बैठकर अपने कॉन्टैक्ट लेन्सेस निकाल रही थी। उसके नाक-नक्श और डील-डौल बहुत खूबसूरत है। उसका माथा, उसकी नाक, उसकी उभरी हुई चीकबोन्स, उसकी पतली सुराहीदार गर्दन; ये सब इदरिस को बेहद पसंद है।

"तो फिर दोनों काम करो," नाहिल ने उसकी तरफ मुड़कर पलकें झपकाते हुए कहा। "मुझे यकीन है कि तुम ऐसा कर सकते हो।"

कुछ बरस पहले इदरीस को पता चला था कि नाहिल मिगुएल नाम के एक कोलंबियाई बच्चे की मदद कर रही थी। मगर उसने इसके बारे में उसे कभी कुछ नहीं बताया था। और चूँकि घर आने वाली चिट्ठियाँ देखने और घर की अर्थव्यवस्था संभालने की ज़िम्मेवारी नाहिल के पास थी, इसलिए इदरिस को इतने बरसों तक इस बात का पता ही नहीं लग पाया। वो तो एक दिन जब उसने नाहिल को मिगुएल की भेजी चिट्ठी पढ़ते देखा, तब उसे पता चला। मिगुएल को अंग्रेज़ी नहीं आती थी, इसलिए उसने चिट्ठी स्पेनिश में लिखी थी, उसे अंग्रेज़ी में अनूदित करने का काम उस नन ने किया था जो उस इलाके के बच्चों के बीच रहकर उनकी बेहतरी के लिए काम कर रही थी। चिट्ठी के साथ एक तस्वीर भी थी। घास-फूस की झोपड़ी के बाहर खड़े एक लंबे और दुबले-पतले से लड़के की तस्वीर, जिसने हाथों में एक फुटबॉल थाम रखी थी। पीछे बैकग्राउंड में हरी-भरी पहाड़ियाँ और घास का मैदान था, जहाँ उसी की तरह दुबली-पतली गाएँ घास चर रही थीं। नाहिल ने मिगुएल की मदद करना तब शुरू किया था जब अभी वह लॉ स्कूल में थी। मतलब, पिछले ग्यारह बरसों से नाहिल हर महीने मिगुएल के नाम

का चेक भेजती आ रही थी और बदले में हर महीने उसके नाम मिगुएल की चिट्ठी और उसकी एक ताज़ातरीन तस्वीर आती थी।

नाहिल अपनी अंगूठियाँ उतारकर रख रही थी। "तो, इसे क्या समझा जाए? क्या वहाँ जाकर और वहाँ के हालात देखकर तुम्हारे मन में यह अपराध-बोध पैदा हो गया है कि अगर हमारे अपने मुल्क के लोग इतने खराब हालात में जी रहे हैं तो हमें इतनी आलीशान ज़िन्दगी जीने का क्या हक़ है?"

"मैं बस अब चीज़ों को थोड़ा अलग नज़रिए से देखने लगा हूँ।"

"ये तो अच्छा है। तो फिर इसका इस्तेमाल कुछ ऐसा करने के लिए करो जिससे सबकी भलाई हो। मगर खुदा के लिए इसे अपराध-बोध मत बनने दो।"

जेट लेग के चलते उस रात उसे नींद नहीं आई। कुछ देर वह बिस्तर पर ही बैठकर कुछ पढ़ता रहा। फिर नीचे जाकर वेस्ट विंग के कुछ एपिसोड दोबारा देखे। फिर भी नींद नहीं आई तो गेस्ट बेडरूम में, जिसे नाहिल ने ऑफिस में बदल दिया था, रखे कंप्यूटर को खोलकर अपने ईमेल देखने लगा। अमारा का एक ईमेल आया था। उसमें उसने दुआ की थी कि उसकी यात्रा मंगल रही होगी और अमरीका में उसका परिवार स्वस्थ होगा। फिर उसने बताया था कि काबुल में ज़ोरदार बारिश हो रही थी और सड़कें टखनों तक कीचड़ से भर गई थीं। बाढ़ जैसे हालात बन गए थे और इसके चलते काबुल के उत्तर में स्थित शोमाली में लगभग दो सौ परिवारों को हेलीकॉप्टर द्वारा निकालकर सुरक्षित स्थानों पर पहुँचाना पड़ा था। काबुल में एहतियात बढ़ा दी गई थी क्योंकि अफगानिस्तान जॉर्ज बुश द्वारा इराक में छेड़ी गई जंग की तरफदारी कर रहा था, जिसके चलते अल-कायदा की ओर से बदले की कार्रवाई की जा सकती थी। अमारा की आख़िरी लाईन थी : तुमने अपने बॉस से बात की?

उसके नीचे रोशी के हाथ से लिखे एक पैराग्राफ को पेस्ट किया गया था। रोशी ने लिखा था :

सलाम, काका इदरिस,

अल्लाह का लाख-लाख शुक्र है कि आप सही-सलामत अमरीका पहुँच गए हैं। मुझे यकीन है कि आपके घरवाले आपको देखकर बहुत खुश हुए होंगे। मैं हर दिन आपके बारे में सोचती हूँ। हर दिन मैं वे फ़िल्में देखती हूँ जो आप मेरे लिए

खरीदकर लाए थे। मुझे वे सभी बहुत पसंद हैं। मगर आपके साथ बैठकर देखने में मुझे जितना अच्छा लगता था, उतना अब नहीं लगता। मैं अब अच्छा महसूस कर रही हूँ, और अमारा जान मेरा बहुत अच्छे से ख़याल रख रही हैं। आप अपने परिवार वालों को मेरा सलाम कहिएगा। इंशाल्लाह, हम जल्दी ही कैलीफोर्निया में मिलेंगे।

एहतराम के साथ,

रोशाना

उसने अमारा को जवाबी मेल भेजा, जिसमें अमारा की दुआओं के लिए उसका शुक्रिया अदा किया और बाढ़ के हालात के लिए अफ़सोस जताते हुए कहा कि उसे उम्मीद है कि जल्द ही हालात सुधर जाएँगे। फिर उसने लिखा कि वह इसी हफ्ते अपने बॉस से रोशी के बारे में बात करेगा।

उसके नीचे उसने रोशी के लिए लिखा :

सलाम, रोशी जान,

तुम्हारे प्यारे से पैगाम के लिए बहुत-बहुत शुक्रिया। उसे पढ़कर मुझे बहुत अच्छा लगा। मैं भी तुम्हारे बारे में बहुत सोचता हूँ। मैंने घर में सभी को तुम्हारे बारे में सबकुछ बता दिया है और वे सभी तुमसे मिलने के लिए बहुत बेताब हैं, खासकर मेरे बेटे ज़बी जान और लेमार जान। दोनों तुम्हारे बारे में ढेर सारे सवाल करते हैं। हम सब तुम्हारे आने की राह देख रहे हैं।

ढेर सारे प्यार के साथ,

काका इदरिस

फिर उसने कंप्यूटर बंद किया और सोने चला गया।

सोमवार को इदरिस जब ऑफिस गया तो उसका स्वागत फोन संदेशों के ढेर ने किया। उसके अनुमोदन (अप्रूवल) की अनिवार्यता वालीं प्रिस्क्रिप्शन-रिफिल की दरख्वास्तें इतनी ज़्यादा तादाद में इकट्ठी हो गई थीं कि टोकरी में समा नहीं रही थीं। उसके ईमेल इनबॉक्स में 160 से ज़्यादा नए मेल थे, जिन्हें देखकर उनका जवाब उसे देना था। साथ ही उसका वॉइस मेल भी फुल भरा हुआ था। जब उसने कंप्यूटर खोलकर उस हफ्ते का अपना शेड्यूल चेक किया तो यह देखकर ही उसे थकान महसूस होने लगी कि हफ्ते के हर दिन वह 'ओवरबुक्ड' था (अमूमन दिन भर में जितने मरीज़ वह देखता था, उससे ज़्यादा मरीज़ों को अपॉइंटमेंट दिया गया था), यानी कि जितने दिनों की उसने छुट्टी ली थी उतने दिनों के काम की भरपाई उससे अगले पूरे हफ्ते करवाई जा रही थी। और इससे भी बुरी बात यह थी कि उसी दोपहर को मिसेज़ रासमुसेन को अपॉइंटमेंट दिया गया था। मिसेज़ रासमुसेन उसकी एक खूंखार किस्म की मरीज़ थी, जिसका स्वभाव बेहद चिड़चिड़ा और हर बात में लड़ने को उतारू रहने वाला था। कोई भी डॉक्टर उसे अटेंड करने को तैयार नहीं होता था, क्योंकि किसी को भी समझ नहीं आता था कि आखिर उसे बीमारी क्या थी। वह हमेशा ऐसी बीमारियों की शिकायत लेकर आती थी जिनके लक्षण बहुत अस्पष्ट होते थे, और इसीलिए उसे किसी भी इलाज से कोई फायदा नहीं होता था। यह सब बरसों से चल रहा था, मगर उसने अस्पताल आना नहीं छोड़ा था। यही वजह थी कि अभी मिसेज़ रासमुसेन का सामना करने के ख़याल भर से इदरिस को पसीना आने लगा था।और आखिर में एक वॉइसमेल उसकी बॉस जोन शेफ़र का था, जो यह बता रही थीं कि काबुल के लिए निकलने से ठीक पहले इदरिस ने जिस मरीज़ का चेक-अप करके उसे निमोनिया बताया था, वह असल में कंजेस्टिव हार्ट फेलियर का मरीज़ निकला था। इदरिस के लिए फ़िक्र की बात यह थी कि इस केस को अगले हफ्ते होने वाले 'पीयर रिव्यू' में डिस्कस किया जाना था। 'पीयर रिव्यू' हॉस्पिटल के सभी डॉक्टर्स और अधिकारियों द्वारा देखा जाने वाला एक मासिक वीडियो सम्मेलन था, जिसमें किसी डॉक्टर/डॉक्टर्स द्वारा की गई गलतियों को सामने रखकर बाकियों को यह बताया जाता था कि उन्हें इस तरह की गलतियों से कैसे बचना चाहिए। बेशक, इसमें गलती करने वाले डॉक्टर्स का नाम गोपनीय रखा जाता था, मगर इससे कोई ख़ास फायदा होता नहीं था, क्योंकि ज़्यादा नहीं तो आधे लोगों को तो पता चल ही जाता था कि वह गुमनाम डॉक्टर कौन है।

ये सब सोचकर उसका सिर दर्द से फटने को हो रहा था।

उस दिन ज़्यादातर समय वह अपने निर्धारित शेड्यूल से ख़ासा पीछे चला।

एक तो वैसे ही वह 'ओवरबुक्ड' था, ऊपर से अचानक बिना अपॉइंटमेंट के एक मरीज़ आ गया जिसे साँस लेने में गंभीर रूप से दिक्कत हो रही थी। उसे भर्ती करना पड़ा ताकि तुरंत इलाज दिया जा सके और उसके पीक फ्लो और ऑक्सीजन सेचुरेशन को लगातार मॉनिटर किया जा सके। इसी तरह एक अधेड़ उम्र का मरीज़, जिसका इदरीस ने तीन साल पहले इलाज किया था, उसे भी इदरिस को बिना अपॉइंटमेंट के देखना पड़ा क्योंकि उसे हार्ट में तकलीफ थी, उसका मायोकार्डियल इन्फार्क्शन बढ़ रहा था। आलम यह था कि शाम होने को आ गई थी, मगर इदरिस को अभी तक दोपहर का खाना खाने का भी मौका नहीं मिल पाया था। आखिर को जब उसने खाया भी तो उसे खाना नहीं बल्कि 'काम करते-करते खाना' कहा जाना चाहिए था। वह कांफ्रेंस रूम में बैठा था (जहाँ बैठकर सभी डॉक्टर्स खाना खाते थे), उसके एक हाथ में सूखा टर्की सैंडविच था और दूसरे हाथ में नोट्स। आँखें उसकी जल्दी-जल्दी नोट्स पढ़ने में व्यस्त थीं, जबकि मुँह जल्दी-जल्दी सैंडविच के बड़े-बड़े कौर चबाने और निगलने में। साथ ही उसके कान अपने सहयोगियों के उन सवालों को सुनने में व्यस्त थे जो काबुल से आने के बाद वह न जाने कितनी बार सुन चुका था। 'क्या काबुल सुरक्षित जगह है? वहाँ के अफगान वहाँ अमरीका की मौजूदगी को लेकर क्या सोचते हैं? वगैरह-वगैरह।' वह खाने और नोट्स पढ़ने के साथ-साथ इन सवालों के भी यथासंभव छोटे-छोटे जवाब देता जा रहा था। और जब ये सब हो रहा था, उसी समय उसका दिमाग मिसेज़ रासमुसेन के अपॉइंटमेंट के बारे में भी सोच रहा था, उन वॉइसमेल्स के बारे में भी सोच रहा था जिनका जवाब देना बाकी था, उन रिफिल-दरख्वास्तों के बारे में भी सोच रहा था जिन्हें अभी उसे मंजूरी देनी थी, उन तीन एक्स्ट्रा अपॉइंटमेंट्स के बारे में भी सोच रहा था जो उसके बाकी शेड्यूल में ठूँसे गए हैं, उस पीयर रिव्यू के बारे में भी सोच रहा था जिसका अगले हफ्ते उसे सामना करना है, और उन कामवालों के बारे में भी सोच रहा था जो उसके घर पर आरी चला रहे होंगे, ड्रिलिंग कर रहे होंगे, कीलें ठोक रहे होंगे। इस मनःस्थिति के चलते अफगानिस्तान के बारे में बात करते हुए अचानक उसे ऐसा महसूस हुआ जैसे वह अपने हालिया निजी अनुभव के बारे में नहीं बल्कि हाल ही में देखी गई किसी भावनात्मक रूप से झकझोर देने वाली फिल्म पर बात कर रहा हो, जिसका असर अब कम होने लगा है।

वह पूरा हफ्ता उसके करिअर के सबसे मुश्किल हफ़्तों में से एक साबित हुआ। चाहते हुए भी उसे अपनी बॉस से रोशी की बात करने का ज़रा भी वक़्त नहीं मिला। पूरे हफ्ते उसका मिज़ाज बिगड़ा रहा। पूरे हफ्ते वह चिल्लाता और झल्लाता रहा, चिढ़ता और कुढ़ता रहा - कभी अपने बच्चों पर, कभी घर में काम

करने वाले कामगारों पर, कभी सहकर्मियों पर, तो कभी मरीज़ों पर। इस बीच उसे अमारा के दो और मेल मिले, जिनमें उसने काबुल के बारे और कई सारे अपडेट्स दिए थे। पहले मेल में बताया गया था कि औरतों का अस्पताल, राबिया बल्खी, फिर से खुल गया था। साथ ही करज़ई सरकार ने इस्लामी कट्टरपंथियों के विरोध को दरकिनार करते हुए अफगानिस्तान में केबल टेलीविजन प्रसारण चालू करने की मंज़ूरी दे दी थी। दूसरे मेल के आखिर में अमारा ने बताया था कि उसके जाने के बाद से रोशी बहुत चुप-चुप रहने लगी थी, ज़्यादा किसी से बात नहीं करती थी। और फिर से वही बात पूछी थी कि उसने अपने बॉस से बात की या नहीं। यह बात पढ़कर इदरिस का मन खराब हो गया और वह कंप्यूटर से उठकर चला गया। मगर चंद मिनटों बाद ही वापस लौटा, मन ही मन इस बात पर शर्मिंदा होता हुआ कि आखिर क्यों अमारा की उस बात से उसे इतनी चिढ़ हो रही थी, क्यों एक पल को उसका मन हुआ था कि जवाब में लिख दे, जब समय मिलेगा तो कर लूँगा, *बार-बार याद दिलाने की ज़रूरत नहीं है।*

"उम्मीद करती हूँ कि पीयर रिव्यु ठीक रहा होगा।"

इदरिस की बॉस जोआन शेफ़र अपनी डेस्क के पीछे हाथ गोदी में रखकर बैठी थीं। वह हँसमुख और ऊर्जावान इंसान हैं, जिनका चेहरा भरा हुआ और बाल सफेद हैं। नाक पर पढ़ने का चश्मा चढ़ा हुआ है। उसी चश्मे के पीछे से उसे देखते हुए उन्होंने कहा, "मुझे यकीन है तुम इस बात को समझते हो कि इसका मकसद तुम्हें बदनाम करना नहीं था।"

"जी, बिल्कुल," इदरीस बोला। "मैं समझता हूँ।"

"और इसमें दिल छोटा करने की भी कोई ज़रूरत नहीं है। ऐसा हम में से किसी के साथ भी हो सकता है। एक्स-रे में सीएचएफ और निमोनिया लगभग एक जैसे लगते हैं, इसलिए कभी-कभी पता लगाना मुश्किल होता है।"

"शुक्रिया, जोन।" कहकर वह उठा और बाहर जाने लगा, मगर दरवाज़े पर पहुँचकर ठिठक गया। "ओह। मैं आपसे कुछ बात करना चाहता था।"

"हाँ, हाँ, ज़रूर। बैठो।"

वह दुबारा जोन के सामने बैठ गया। फिर उसने उसे रोशी के बारे में बताया, उसकी चोट के बारे में बताया, वज़ीर अकबर खान अस्पताल में संसाधनों की कमी के बारे में बताया, और साथ ही अमारा और रोशी से किए गए अपने वादे

के बारे में भी बताया। मगर एक विचित्र बात थी. काबुल में जब उसने अमारा के सामने यह वादा किया था (और जिसके बाद अमारा ने उसका गाल चूमा था) तब उसे कितना हल्का और ऊर्जावान महसूस हुआ था अपने आप में, मगर आज यहाँ अपने बॉस के सामने उसी वादे को दोहराते हुए उसे ऐसा लगा मानो वह इस वादे के बोझ तले दब गया हो। उसे यह देखकर हैरानी हुई कि अब उसे वह वादा करने के लिए वैसा ही पछतावा महसूस हो रहा था जैसा किसी को कोई महँगी चीज़ खरीद लेने के बाद यह सोचकर होता है कि शायद नहीं खरीदना चाहिए थी।

"माय गॉड, इदरीस," जोन ने अविश्वास से सिर हिलाते हुए कहा। "तुमने जो किया उसके लिए मैं तुम्हारी तारीफ़ करूँगी। मगर यह वाकई भयानक बात है। बेचारी बच्ची! मैं तो उसकी हालत की कल्पना भी नहीं कर सकती।"

"मैं समझ सकता हूँ," इदरिस ने कहा। फिर उसने पूछा कि क्या उनका अस्पताल रोशी के ऑपरेशन का खर्च उठाने को तैयार होगा। "या शायद कई ऑपरेशनों का। मुझे लगता है कि उसे एक से ज़्यादा ऑपरेशनों की ज़रूरत पड़ेगी।"

जोन ने एक गहरी साँस छोड़ी। "मैं भी चाहती हूँ कि ऐसा हो। मगर, सच कहूँ तो मुझे यकीन नहीं है कि बोर्ड ऑफ़ डायरेक्टर्स इसे मंज़ूरी देंगे, इदरीस। मुझे बिल्कुल यकीन नहीं है। तुम तो जानते ही हो कि अस्पताल पिछले पाँच बरसों से घाटे में चल रहा है। और फिर इसमें कानूनी मसले भी होंगे, जटिल मसले।"

इतना कहकर जोन खामोश हो गईं और इंतज़ार करने लगीं कि शायद इदरिस उनकी बात का विरोध करे और कोई और तर्क दे, मगर उसने ऐसा कुछ नहीं किया।

उसने कहा, "मैं समझता हूँ।"

"मेरे ख़याल से तुम्हें किसी ऐसे एनजीओ को तलाशना चाहिए जो इस तरह की मदद देता हो। इसमें थोड़ी मेहनत तो लगेगी, मगर..."

"मैं पता लगाऊँगा। शुक्रिया, जोन।" यह कहकर वह उठ खड़ा हुआ। मगर उसे यह देखकर हैरानी हुई कि जोन के जवाब से उसे ज़रा भी निराशा नहीं हुई थी, बल्कि बहुत हल्का महसूस हो रहा था, मानो उसके सिर पर रखा कोई बोझ उतर गया हो।

होम थिएटर को बनने में एक महीना और लगा, मगर जो बना वो कमाल था। छत पर लगे प्रोजेक्टर से प्रोजेक्ट होने वाली तस्वीरें बेहद साफ़ दिखाई पड़ती हैं, और 102 इंच की स्क्रीन पर उभरने वालीं हलचलें एकदम जीवंत मालूम होती हैं। 7.1 चैनल सराउंड साउंड, ग्राफिक इक्कलाइज़र और चारों कोनों में लगाए गए बेस ट्रैप की वजह से क्या कमाल की आवाज़ सुनाई देती है। सबसे पहले उन्होंने उस पर *पाइरेट्स ऑफ द कैरेबियन* देखी। इदरिस और नाहिल बीच में बैठे थे और दोनों लड़के उनके अगल-बगल। बीच में रखा था पॉपकॉर्न का बड़ा-सा डिब्बा। मतलब, थिएटर वाली फुल फीलिंग। दोनों बच्चे इस अत्याधुनिक तकनीक से बेहद रोमांचित थे। मगर फिल्म के आख़िरी और लंबे लड़ाई वाले सीन से पहले ही दोनों सो गए थे।

"मैं इन्हें बिस्तर में सुलाकर आता हूँ," इदरिस ने नाहिल से कहा।

एक-एक करके उसने दोनों को उठाया और उनके बेडरूम में ले गया। उसे अहसास हुआ कि दोनों बच्चे बड़ी तेज़ी से बड़े हो रहे थे, उनका वज़न और लम्बाई पहले की तुलना में खासी बढ़ गई थी। यह ख़याल आते ही उसके दिल में एक नया अहसास जाग उठा, जिसने उसे थोड़ा उदास कर दिया। और कुछ बरसों में बच्चों की दुनिया बदल जाएगी। वे नयी चीज़ों, नयी आदतों और नए लोगों के प्रति आकर्षित होने लगेंगे। फिर उनकी ज़िन्दगी में उसकी और नाहिल की अभी जैसी जगह नहीं बचेगी, बल्कि वे उन दोनों से शर्मसार महसूस करने लगेंगे। इदरीस उन दिनों को याद करके भावुक हो उठा जब बच्चे छोटे और असहाय थे, पूरी तरह से उन पर निर्भर थे। उसे याद आया कि ज़बी बचपन में मेनहोल से कितना डरता था और कैसे उनसे बच-बचकर चलता था। एक बार एक पुरानी फिल्म देखते हुए लेमार ने इदरीस से पूछा था कि क्या वह उस वक़्त भी ज़िन्दा था जब दुनिया ब्लैक एंड व्हाइट हुआ करती थी? यह बात याद करके उसके चेहरे पर मुस्कान खेल उठी। उसने दोनों बेटों के गाल चूम लिए।

बेडरूम की मद्धम रोशनी में बैठकर वह देर तक दोनों बच्चों को देखता रहा। उसे एहसास हो रहा था कि उसने अपने बेटों के बारे में बड़ी जल्दी में बड़ी गलत राय कायम कर ली थी। और वह खुद के प्रति भी बेवजह कठोर हो रहा था। वह कोई मुजरिम नहीं है। उसके पास जो कुछ भी है, उसने खुद कमाया है। नब्बे के दशक में, जब उसके ज़्यादातर दोस्त और जान-पहचान वाले हमउम्र लड़के क्लबों में मौज-मस्ती और लड़कियों के पीछे भाग रहे थे, तब वह पढ़ाई में डूबा रहता था, रात के दो-दो बजे अस्पताल के गलियारों में ड्यूटी करता फिरता था। ऐश-ओ-आराम, घूमना-फिरना, मौज-मस्ती, मीठी नींद; क्या-क्या कुर्बान नहीं

किया उसने ये सब पाने के लिए। उसने अपनी उम्र का पूरा बीसवां दशक मेडिकल की पढ़ाई में खपा दिया था। उसने इस सबकी पूरी-पूरी कीमत चुकाई है। फिर उसे बुरा क्यों लगना चाहिए? यह उसका परिवार है। यह उसकी ज़िन्दगी है।

पिछले एक महीने में उसके दिल-ओ-दिमाग पर रोशी का असर बस उतना ही रह गया था जितना महीने भर पहले देखी किसी फिल्म या नाटक के किसी किरदार का होता है। उनके बीच का संबंध धुंधला गया था। उस अस्पताल में उसे रोशी के साथ जो तत्काल, अतिशय और अप्रत्याशित आत्मीयता महसूस हुई थी, वह अब नीरसता में तब्दील हो गई थी। उस अनुभव का नशा अब फीका पड़ चुका था। अब उसे समझ आ गया था कि तब जिस भावना के वशीभूत होकर उसने वह ज़िम्मेदारी अपने कन्धों पर ली थी, वह भावना वास्तव में एक भ्रम था। वह किसी नशीली चीज़ के असर में आ गया था शायद। अब उसे अपने और रोशी के बीच ऐसी दूरी महसूस हो रही थी जिसे पाटा नहीं जा सकता था। और उससे किया गया अपना वादा उसे हालात को आँकने में हुई बड़ी गफलत और एक लापरवाह भूल मालूम होने लगा था; वह अपनी क्षमताओं, अपनी इच्छाशक्ति और अपने चरित्र की सीमाओं का भयानक रूप से गलत आकलन कर बैठा था। वह उसे अब ऐसा वादा मालूम होने लगा था जिसे भूल जाना ही बेहतर होगा। उसने मान लिया था कि वह इस वादे को पूरा करने के लायक ही नहीं है। बस, बात ख़तम। यही सच है, और इसे स्वीकार करना ही होगा। पिछले दो हफ्तों में उसे अमारा की तरफ से तीन और ईमेल मिले। पहला ईमेल उसने पढ़ा, मगर जवाब नहीं दिया। अगले दो ईमेल उसने बिना पढ़े ही डिलीट कर दिए।

किताबों की दुकान में लगी उस कतार में उससे आगे लगभग बारह या तेरह लोग खड़े थे। वह कतार अस्थायी मंच से शुरू होकर पत्रिकाओं के स्टैंड तक जा रही थी। एक ऊँचे कद और चौड़े चेहरे वाली मोहतरमा कतार में खड़े लोगों को पीले रंग के छोटे-छोटे से पोस्ट-इट नोट बाँट रही थीं, ताकि वे उन पर अपना नाम और वह पैगाम लिख सकें जिसे वे लेखिका के हाथों किताब में दर्ज करवाना चाहते थे। कतार में सबसे आगे एक सेल्स-क्लर्क मोहतरमा खड़ी थीं जो लोगों को उनके हाथों में थमी किताब का शीर्षक पेज खोलकर रखने में मदद कर रही थीं।

इदरिस का नंबर आने ही वाला था। उसने भी हाथ में किताब की एक प्रति थामी हुई थी। कतार में उसके आगे जो छोटे-छोटे बालों वाली महिला खड़ी थी, जिसकी उम्र पचास के आसपास रही होगी, उसने पीछे मुड़कर इदरिस से पूछा,

"आप किताब पढ़ चुके हैं?"

"नहीं," उसने कहा।

"अगले महीने हम अपने बुक क्लब में इसे ही पढ़ेंगे। इस बार किताब चुनने की मेरी बारी थी, और मैंने इस किताब को चुना है।"

"ओह।"

"मैं चाहती हूँ कि ज़्यादा से ज़्यादा लोग इसे पढ़ें। यह दिल को छू लेने वाली कहानी है। बहुत ही प्रेरणादायक। मुझे यकीन है कि इस पर फिल्म ज़रूर बनेगी।"

उस महिला ने जो कहा था, वह सच था। बेशक उसने किताब नहीं पढ़ी थी, और शायद वह कभी पढ़ेगा भी नहीं, क्योंकि उसे नहीं लगता कि उसमें किताब के पन्नों पर खुद को फिर से देखने की हिम्मत है। मगर और लोग तो पढ़ेंगे। और जब वे पढ़ेंगे, तो उसका पर्दाफाश हो जाएगा। लोगों को पता चल जाएगा। नाहिल, उसके बेटे, उसके सहकर्मी। यह सोचकर ही उसे घबराहट होने लगी।

उसने फिर से किताब खोली और पन्ने पलटने लगा। आभार वाला पेज। फिर सह-लेखक (जिसने वास्तव में लेखन का काम किया था) की जीवनी वाला पेज। फिर उसने फ्लैप पर छपी तस्वीर को एक बार फिर देखा। उस चोट का नाम-ओ-निशान नहीं था। अगर कोई निशान होगा भी, जो कि होना ही चाहिए, तो वो उसके लंबे, लहराते काले बालों में छिप गया था। तस्वीर में रोशी ने सोने के छोटे-छोटे मोतियों की कढ़ाई वाला ब्लाउज़, अल्लाह नाम का हार और लैपिस की बालियाँ पहनी हुई थीं। वह एक पेड़ से टेक लगाकर खड़ी हुई थी, सीधे कैमरे की ओर देख रही थी और मुस्कुरा रही थी। उसे रोशी की बनायी पेंटिंग की वे लकड़ीनुमा आकृतियाँ याद हो आईं। *मत जाओ न। मुझे छोड़कर मत जाओ काका।* उसे इस नवयौवना में उस काँपती हुई छोटी सी बच्ची का ज़रा-सा भी अंश नहीं दिखाई दिया, जिसे उसने छह साल पहले एक पर्दे के पीछे देखा था।

फिर इदरिस ने 'समर्पण' वाला पेज देखा।

मेरी ज़िन्दगी में आने वाले दो फरिश्तेनुमा इंसानों को: मेरी माँ अमारा और मेरे काका तिमुर। आप दोनों मेरे शफी (रक्षक) हैं। मैं हरेक बात के लिए आप दोनों की अहसानमंद हूँ।

इस बीच कतार आगे बढ़ गई थी। इदरिस के आगे खड़ी महिला किताब की अपनी प्रति पर लेखिका के दस्तखत करवा रही थी। जैसे ही वह एक तरफ

हटी, इदरिस का नंबर आ गया। धड़कते दिल के साथ वह आगे बढ़ा। रोशी ने नज़र उठाकर उसकी ओर देखा। इस वक़्त उसने कद्दू के रंग का लंबी आस्तीनों वाला ब्लाउज़ पहना हुआ था और ऊपर से एक अफगानी शॉल ओढ़ रखा था। उसकी आँखों का रंग पहले के मुकाबले ज़्यादा गहरा नज़र आया इदरिस को, और उसका शरीर भी अब एक युवती के जैसा भरा-पूरा हो गया था। रोशी उसे वैसे ही देख रही थी जैसे कि उसने कतार में लगे बाकी लोगों को देखा था और ऐसा कोई स्पष्ट संकेत नहीं दे रही थी कि उसने उसे पहचान लिया था। उसके चेहरे पर वही पेशेवर मुस्कान थी जो इतनी देर से कतार में लगे लोगों से मिलते समय दिखाई पड़ रही थी। मगर इदरिस को समझ आ गया था कि उसने उसे पहचान लिया था। और इसीलिए इदरिस हैरान था। उसे उसकी प्रतिक्रिया बेहद रहस्यमयी जान पड़ रही थी। न तो वह चौंकी थी, न हड़बड़ाई थी, न घबराई थी, और न ही उसने कोई कड़वाहट या हिकारत दर्शाई थी। बल्कि उसके चेहरे और आँखों से ऐसा ज़ाहिर हो रहा था मानो उसके लिए उसका कोई वजूद ही नहीं था, उसके वहाँ होने या न होने से उसे कोई फर्क ही नहीं पड़ता था। इस प्रतिक्रिया ने इदरिस को बिल्कुल निहत्था कर दिया और अचानक वह वे सारी बातें भूल गया जो उसने न सिर्फ़ सोच रखी थीं, लिख रखी थीं, बल्कि जिन्हें वह रास्ते भर मन ही मन दोहराता आया था अपने बचाव में कहने के लिए। उसकी हिम्मत ही नहीं हुई कुछ भी कहने की। वह बस अहमकों की तरह खड़ा रहा। उसे इस तरह बुत बने खड़े देखकर सेल्स क्लर्क मोहतरमा ने गला साफ करते हुए कहा, "सर, अगर आप मुझे अपनी किताब दे देंगे तो मैं शीर्षक पेज खोल दूँगी और रोशी उस पर आपके लिए दस्तखत कर देंगी।"

किताब! इदरिस ने नीचे देखा, उसके हाथों ने किताब को कसकर पकड़ रखा था। मगर वह यहाँ किताब पर दस्तखत कराने नहीं आया था। जो कुछ उसने रोशी के साथ किया था या जो कुछ भी उनके बीच घटा था, उसके बाद इस सबकी गुंजाइश ही कहाँ बची थी। मगर फिर भी उसने यंत्रवत किताब सेल्स क्लर्क को थमा दी, जिसने शीर्षक पेज खोलकर रोशी के सामने कर दिया और रोशी शीर्षक के नीचे कुछ लिखने लगी। अब उसके पास कुछ कहने के लिए कुछ ही सेकंड बचे थे, और कहना इसलिए ज़रूरी नहीं था कि इससे उसका गुनाह कुछ कम हो जाएगा या उसके बचाव की कोई सूरत बन जाएगी, बल्कि इसलिए क्योंकि उसे लगता था कि कहा जाना चाहिए था। मगर जब क्लर्क ने उसे उसकी किताब वापस दी, तो फिर एक बार उसकी हिम्मत जवाब दे गई। उसका मन

हुआ कि काश इस वक़्त उसे तिमूर की हिम्मत का एक छोटा-सा अंश भी मिल जाता तो काम बन जाता। उसने फिर से रोशी की तरफ देखा। मगर वह पहले ही कतार में उसके पीछे खड़े व्यक्ति की तरफ देखने लगी थी। एक बार फिर वह यही जता रही थी कि उसके लिए इदरिस का कोई वजूद नहीं था।

"मैं–" उसने कुछ कहने की कोशिश की।

"सर, हमें कतार को आगे बढ़ाते रहना होगा," सेल्स क्लर्क ने उसकी बात बीच में ही काटते हुए कहा।

उसकी गर्दन लटक गई और वह कतार से बाहर आ गया।

उसने अपनी गाड़ी दुकान के पीछे वाले पार्किंग लॉट में खड़ी की थी। वहाँ तक चलकर जाना उसे अपनी ज़िन्दगी का सबसे लम्बा सफ़र मालूम हो रहा था। उसके पैर ही नहीं उठ रहे थे, मानो उनसे मनों वज़न बाँध दिया गया हो। जैसे-तैसे गाड़ी तक पहुँचकर उसने दरवाज़ा खोला, मगर भीतर दाखिल होने से पहले बड़ी देर तक ठिठका खड़ा रहा। उसके हाथ अभी भी काँप रहे थे। काँपते हाथों से उसने फिर किताब को खोला। शीर्षक पेज पर जाकर उसने देखा कि रोशी ने वहाँ अपने दस्तखत नहीं किए थे। उसने अंग्रेज़ी में दो वाक्य लिखे थे।

उसने किताब बंद कर दी। और अपनी आँखें भी। रोशी ने जो लिखा था, उसे पढ़कर उसे राहत महसूस होनी चाहिए थी। मगर ऐसा नहीं हो रहा था। उसके मन का एक हिस्सा कुछ और चाह रहा था। अगर रोशी ने उसे देखकर नफरत से मुँह फेर लिया होता, या ज़हरबुझी बातें कही होतीं, या लानतें भेजी होतीं, या कोस लिया होता, या किसी भी तरह से अपना गुस्सा ज़ाहिर कर दिया होता तो उसके दिल का बोझ हल्का हो जाता। मगर उसने तो साफ़-साफ़ उसे खारिज कर दिया था। उसके वजूद को ही नकार दिया था। उसने लिखा था: *फ़िक्र मत कीजिए। इसमें आपका ज़िक्र नहीं है।* उसने उस पर दया दिखाई थी। या यह कहना ज़्यादा मुनासिब होगा कि उसने उस पर अहसान किया था। उसे राहत महसूस होनी चाहिए थी। मगर उसे तकलीफ हो रही थी। उसे ऐसा लग रहा था जैसे किसी ने कुल्हाड़ी का भरपूर वार किया हो उसके सर पर।

पास ही एक एल्म के पेड़ के नीचे एक बेंच थी। वह वहाँ तक गया और किताब को बेंच पर रख दिया। फिर लौटकर गाड़ी में सवार हुआ और बैठा रहा। काफी देर बाद जब उसके होश-ओ-हवास थोड़े काबू में आए तब उसने गाड़ी स्टार्ट की और आगे बढ़ा दी।

6

फरवरी 1974

सम्पादक की टिप्पणी
पैरालैक्स 84 (विंटर 1974), पेज 5

प्रिय पाठको,

पाँच बरस पहले जब हमने अपने ये त्रैमासिक अंक शुरू किए थे, जिनमें कि कम जाने-माने शायरों और कवियों के साक्षात्कार शामिल किए जाते हैं, तब हमें कतई ये अंदाज़ा नहीं था कि ये इतने मकबूल (लोकप्रिय) साबित होंगे। आपमें से बहुत सारे लोगों ने हमें ख़त लिखकर माँग की कि हम इस तरह के और भी इंटरव्यू छापें, और आपकी इस हौसलाअफ़ज़ाई की ही बदौलत है कि हमारे लिए इन अंकों को छापना एक सालाना रस्म जैसी हो गई है। इन शायरों,कवियों,लेखकों की ज़िन्दगी और उनका काम अब हमारे स्टाफ लेखकों का भी पसंदीदा हो गया है। इन साक्षात्कारों के चलते कुछ हुनरमंद शायरों, कवियों, लेखकों का पाठकों से नए सिरे से परिचय हुआ है और उनकी रचनाओं को आखिरकार वो सराहना मिली है जो कि बहुत पहले मिल जानी चाहिए थी।

मगर बदकिस्मती से इस अंक पर, जो अभी आपके हाथ में है, एक बुरी खबर का मनहूस साया मंडरा रहा है। इस अंक में हम जिस कलाकार का आपसे परिचय करा रहे हैं, उनका नाम नीला वहदती है, जो कि एक अफगान शायरा(कवयित्री) हैं और जिनका इंटरव्यू एटियेन बौस्टौलर ने पिछली सर्दियों में पेरिस के करीब बसे शहर कौरबेवोई में लिया था।

मादाम वहदती का मिस्टर बौस्टौलर को दिया गया यह साक्षात्कार अब तक इस पत्रिका में छपे सर्वाधिक बेबाक और चौंकाने की हद तक राज़ फाश करने वाले साक्षात्कारों में से एक है, और हमें यकीन है कि इसे पढ़ने के बाद आप भी हमारी बात से इत्तेफाक रखने पर मजबूर हो जाएँगे। मगर अफ़सोस की बात यह है कि इस साक्षात्कार के रिकॉर्ड किए जाने के कुछ ही अरसे बाद हमें नीला जी की असमय मौत की खबर से दो-चार होना पड़ा था। शायरों (कवियों) की दुनिया में उनकी कमी हमेशा महसूस की जाती रहेगी। हालाँकि उनका एक अंश उनकी बेटी के माध्यम से अभी भी हमारे बीच मौजूद है।

इत्तेफाक की बात थी। जिस वक़्त लिफ्ट का दरवाज़ा खुला, उसी पल–ठीक उसी पल–फोन की घंटी बजी। परी को घंटी की आवाज़ सुनाई दे रही थी क्योंकि वह जूलियन के फ्लैट में से आ रही थी, जो कि इस संकरे और मद्धम रोशनी वाले गलियारे के बिल्कुल आखिर में था और इसलिए लिफ्ट के सबसे करीब भी पड़ता था। उसे अंदाज़ा हो गया था कि किसका फोन होगा। और जूलियन के चेहरे से समझ आ रहा था कि वह भी समझ गया था।

जूलियन लिफ्ट में दाखिल हो चुका था और परी के भीतर आने का इंतज़ार कर रहा था। उसने कहा, “बजने दो।”

लिफ्ट में जूलियन के पीछे खड़ीं मोहतरमा बेसब्री से परी को घूर रही थीं, उन्हें भी जल्दी थी और वह परी के देर करने से झुंझला रही थीं। वह ऊपर के माले पर रहती थीं और चेहरे के भावों से हमेशा गैर-दोस्ताना और मगरूर मालूम होती थीं। जूलियन उन्हें ला शेव्रे कहकर पुकारता था, क्योंकि उनकी ठुड्डी पर बकरी जैसे बाल हैं।

“अब चलो भी परी। हमें पहले ही बहुत देर हो चुकी है,” जूलियन ने बेसब्र होते हुए कहा। उसने 16वी अरॉन्डिसमेंट (नगरपालिका प्रभाग) में खुले एक नए रेस्तरां में–जो कि अपने *ब्रेज़्ड चिकन, सोल कार्डिनल* और *शेरी विनेगर* के साथ बछड़े की कलेजी के लिए बहुत मकबूलियत हासिल कर रहा था–चार लोगों के लिए शाम सात बजे का रिज़र्वेशन करा रखा था। बाकी के दो लोग थे क्रिश्चियन और ऑरेली, जो कि जूलियन के विश्वविद्यालय के समय के पुराने दोस्त हैं; पढ़ने

के समय के, पढ़ाने के समय के नहीं। तय हुआ था कि वे चारों एपेरिटिफ (खाने से पहले की जाने वाली शराबनोशी) के लिए शाम साढ़े छह बजे मिलेंगे। अभी सवा छह बज रहे थे और जूलियन और परी अभी तक घर से नहीं निकल पाए थे। अभी उन्हें पैदल-पैदल मेट्रो स्टेशन तक जाना था, वहाँ से मुएट तक का ट्रेन का सफ़र करना था, और फिर छह ब्लॉक पैदल चलकर रेस्तरां तक पहुँचना था।

फोन लगातार बज रहा था।

बकरी जैसी दाढ़ी वाली मोहतरमा ने खँखारकर गला साफ़ किया।

जूलियन ने फिर कहा, अबकी बार थोड़ी सख्ती से, "परी?"

"शायद मम्मा होंगी," परी ने झिझकते हुए जवाब दिया।

"हाँ, मुझे पता है।"

न चाहते हुए भी परी के दिमाग में यह बेसिरपैर का ख़याल आया कि मम्मा ने, जिन्हें कि हर बात में नाटक-नौटंकी करने की आदत है, जानबूझकर फोन करने के लिए यही पल चुना था ताकि उसे मजबूरन यह तय करने की जद्दोजहद से गुज़रना पड़े कि वह जूलियन के साथ लिफ्ट में दाखिल हो या फिर उनका फ़ोन उठाए।

"हो सकता है कोई ज़रूरी बात हो," आखिर को उसने कहा।

जूलियन ने हताशा में भरकर एक गहरी निःश्वास छोड़ी।

वह लिफ्ट से बाहर आ गया और गलियारे की दीवार से पीठ टिकाकर खड़ा हो गया और अपने कोट की जेब में हाथ डालकर फ्लैट की चाबी तलाशने लगा। इस वक़्त वह मेल्विल की किसी जासूसी फिल्म के किरदार जैसा मालूम हो रहा था। उसकी पीठ पीछे लिफ्ट का दरवाज़ा बंद हुआ और लिफ्ट नीचे चल दी।

"मैं बस एक मिनट में आती हूँ," परी ने कहा।

जूलियन ने उसे ऐसे देखा जैसे जानता हो कि वह एक मिनट कितना लम्बा होने वाला था।

जूलियन का फ्लैट छोटा सा है। सिर्फ़ छह डग भरकर परी फ़ोयर और रसोई को पार करके बेडरूम में पहुँच गई थी, जहाँ कि पलंग की बगल में रखे नाईट स्टैंड पर फ़ोन रखा था। बेडरूम में पलंग के अलावा बस वही इकलौता फर्नीचर था, क्योंकि इससे ज़्यादा की जगह ही नहीं थी। मगर उसकी पूरब दिशा की तरफ की दीवार की खिड़की से जो नज़ारा दिखता था वो अद्भुत था। अभी तो

बारिश हो रही थी, मगर जब मौसम साफ़ रहता है तो उस खिड़की से 19th और 20वीं अरॉन्डिसमेंट (नगरपालिका प्रभाग) का ज़्यादातर हिस्सा दिखाई पड़ता है।

"हाँ, हेलो!" परी ने रिसीवर कान से लगाकर कहा।

दूसरी ओर से किसी अनजान आदमी की आवाज़ सुनाई दी। *"बोन्सोइर (गुड ईवनिंग)।* क्या आप मैडमोसेले (मिस) परी वहदती हैं?"

"आप कौन?"

"क्या आप मादाम नीला वहदती की बेटी हैं?"

"जी हाँ।"

"मेरा नाम डॉ. डेलाउने है। मैंने आपकी मम्मा के बारे में बात करने के लिए फोन किया है।"

परी ने अपनी आँखें बंद कर लीं। पल भर के लिए उसके मन में अपराध-बोध उमड़ आया, मगर फिर हमेशा की तरह उसकी जगह डर ने ले ली। अब तो उसे इस तरह की कॉल्स की आदत पड़ चुकी थी। अब तो उसे गिनती भी याद नहीं थी कि कितनी बार उसने इस तरह की कॉल्स अटेंड की थीं। तब से कर रही थी जब वह वास्तव में किशोरी थी, बल्कि उससे भी पहले से। एक बार, जब वह पाँचवीं कक्षा में थी और भूगोल की परीक्षा दे रही थी, उसकी टीचर को एग्जाम-हॉल में आकर उसे बाहर गलियारे में ले जाकर धीमी आवाज़ में बताना पड़ा था कि उसकी मम्मा हॉस्पिटल में थीं, और उसे परीक्षा छोड़कर अस्पताल जाना पड़ा था। बेशक परी को इन कॉल्स की आदत हो गई थी, मगर फिर भी उसके मन में इनको लेकर किसी तरह की उदासीनता की भावना नहीं आई थी। हर बार फोन रखने पर वह सोचती है, *शायद इस बार, शायद इस बार आख़िरी बार हो,* और इसीलिए हर बार फोन रखते ही वह मम्मा के पास दौड़ पड़ती है। जूलियन चूँकि अर्थशास्त्र का प्रोफ़ेसर है, इसलिए वह अक्सर अर्थशास्त्र की भाषा में परी को समझाते हुए कहता है कि अगर वह अपनी मम्मा को तवज्जो की 'आपूर्ति' बंद कर दे तो शायद उनकी तरफ से इसकी 'माँग' भी खुद ही ख़त्म हो जाएगी।

"उनका एक्सीडेंट हो गया है," डॉ. डेलाउने ने फ़ोन पर कहा।

परी खिड़की के पास खड़ी होकर डॉक्टर की बातें सुनती रही। डॉक्टर उसकी मम्मा को अस्पताल लाए जाने, माथे पर लगे घाव, उसे सिलने के लिए लगाए गए टाँके, एहतियाती तौर पर लगाए गए टिटनेस के इंजेक्शन, पेरोक्साइड, एंटीबायोटिक दवाओं और ड्रेसिंग जैसी बातों के बारे में बताता रहा और परी

फोन के तार को अपनी उंगली के चारों ओर लपेटती और खोलती हुई ये सारी बातें सुनती रही। परी के दिमाग में उस दिन की यादें घुमड़ने लगीं जब वह दस बरस की थी, जब एक दिन स्कूल से घर लौटने पर उसे रसोई की टेबल पर पच्चीस फ्रैंक्स (फ्रांस की मुद्रा) के साथ एक चिट्ठी रखी मिली थी। *मैं मार्क के साथ अलसैस जा रही हूँ। तुम्हें मार्क याद होगा। दो-एक दिनों में वापस आ जाऊँगी। अपना ख़याल रखना और अच्छी बच्ची की तरह रहना। (देर रात तक जागना मत!) आई लव यू। मम्मा।* परी को याद है कि चिट्ठी पढ़ने के बाद कैसे वह डर के मारे काँप रही थी, कैसे उसकी आँखें डबडबा आई थीं, और कैसे वह यह कहकर खुद को दिलासा देने की कोशिश कर रही थी कि सिर्फ़ दो ही दिन की तो बात है, दो दिन में कोई पहाड़ थोड़ी टूट पड़ेगा मुझ पर, दो दिन तो पलक झपकते गुज़र जाएँगे।

अचानक उसकी तन्द्रा भंग हुई। डॉक्टर उससे कुछ पूछ रहा था।

"जी?"

"जी, मैं पूछ रहा था कि क्या आप उन्हें घर ले जाने के लिए आ रही हैं, मैडमोसेल? वैसे उनकी चोट ज़्यादा गंभीर नहीं है, आप समझ ही गई होंगी, मगर शायद बेहतर होगा कि वह अकेले घर न जाएँ। यदि आपका आना मुमकिन न हो तो हम उनके लिए टैक्सी बुला सकते हैं।"

"नहीं। कोई ज़रूरत नहीं है। मैं आधे घंटे में वहाँ पहुँच जाऊँगी।"

फ़ोन रखकर परी बिस्तर पर ही बैठ गई। जानती है कि जूलियन नाराज़ होगा, शायद उसे क्रिश्चियन और ऑरेली के सामने शर्मिंदा भी होना पड़ेगा, जिनकी राय उसके लिए बहुत मायने रखती है। परी गलियारे में जाकर जूलियन का सामना नहीं करना चाहती। न ही वह कौरबेवोई जाकर अपनी मम्मा का सामना करना चाहती है। वह बस लेटना चाहती है और खिड़की के शीशे से टकराती बारिश की बूँदों की आवाज़ सुनना चाहती है, तब तक जब तक कि उसे नींद न आ जाए।

उसने एक सिगरेट सुलगा ली और कश लगाने लगी, और जब जूलियन उसके पीछे कमरे में आया और बोला, "तुम नहीं आ रही हो, है न?" तो उसने कोई जवाब नहीं दिया।

'अफगान सॉन्गबर्ड' नाम से प्रकाशित नीला वहदती के एटियेन बौस्टौलर द्वारा लिए गए साक्षात्कार के कुछ अंश, *पैरालेक्स* 84 (विंटर 1974), पेज 33

एटियेन : तो अगर मैं कहूँ कि आप आधी अफगान और आधी फ्रांसीसी हैं, तो गलत नहीं होगा?

नीला : बेशक। मेरी माँ फ्रांसीसी थीं। वह पेरिस में रहती थीं।

एटियेन : मगर काबुल में उनकी मुलाक़ात आपके बाबा से हुई, दोनों ने शादी कर ली और वहीं आपका जन्म भी हुआ?

नीला: जी हाँ। उनकी मुलाकात 1927 में शाही महल में आयोजित एक शाही भोज में हुई थी। मेरी मम्मा अपने बाबा–मेरे दादाजी–के साथ वहाँ गई थीं, जिन्हें काबुल में सुल्तान अमानुल्लाह को सुधारों (रिफॉर्म्स) के संबंध में मशविरा देने के लिए भेजा गया था। क्या आप सुल्तान अमानुल्लाह को जानते हैं?

हम इस वक़्त नीला वहदती के उस छोटे से घर की बैठक में बैठे हैं, जो पेरिस के उत्तर-पश्चिम में स्थित कौरबेवोई शहर की एक आवासीय इमारत की तीसवीं मंज़िल पर है। छोटा सा कमरा है, जिसमें रोशनी भी कम है और साज-सजावट भी। फर्नीचर के नाम पर एक केसरिया रंग का सोफा, एक कॉफी टेबल और दो ऊँची किताबों की अलमारियाँ भर हैं। नीला कमरे की इकलौती खिड़की की तरफ पीठ करके बैठी हैं। खिड़की को उन्होंने खुला छोड़ रखा है ताकि सिगरेट का धुआँ बाहर निकलता रहे। नीला चेन स्मोकर हैं, वह एक सिगरेट बुझने से पहले दूसरी सुलगा लेती हैं।

नीला वहदती अपनी उम्र चवालीस साल बताती हैं। वह बेहद दिलकश महिला हैं। बेशक अब वे जवानी और ख़ूबसूरती के चरम पर नहीं हैं, मगर अभी पूरी तरह ढली भी नहीं हैं।

उनकी शाही चीकबोन्स (गालों की हड्डियाँ), उनकी बेदाग़ चमकती त्वचा, और पतली कमर अब भी इस बात की गवाही देते हैं कि जवानी के दिनों में वे किस कदर तौबा-शिकन रही होंगी। उनकी आँखों से ज़ेहानत भी झलकती है और आशिक मिज़ाजी भी। उनके देखने का अंदाज़ कुछ ऐसा है कि व्यक्ति को एक ही साथ कई सारे अहसास होते हैं–उसे लगता है कि उसे जाँचा-परखा जा रहा है, उसे लगता है कि उसे लुभाया जा रहा है, और उसे यह भी लगता है कि उसके साथ खिलौने की तरह खेला जा रहा है। मेरा मानना है कि उनकी आँखें अब भी उनके लिए उस सम्मोहन-यन्त्र का काम करती हैं जो कभी नाकाम नहीं होता। वह कोई मेकअप नहीं करतीं, सिवाए लिपस्टिक लगाने के, जो कि अभी उनके होंठों के ऊपर थोड़ी सी फ़ैल गई है। उन्होंने सिर पर बान्दाना (स्कार्फ) बांध रखा है और जींस के ऊपर एक फीके बैंगनी रंग का ब्लाउज़ पहना हुआ है। पैरों में न तो मोजे पहने हैं और न ही जूते। हालाँकि अभी सुबह के ग्यारह ही बजे हैं, मगर वह बेहिचक वाइन पी रही हैं। शिष्टाचारवश उन्होंने मुझे भी वाइन की पेशकश की, मगर मैंने मना कर दिया।

नीला: उन लोगों को उनसे अच्छा सुल्तान दूसरा नहीं मिला अब तक।

उनके द्वारा 'हमें' की बजाए 'उन लोगों' के चयन के कारण मुझे उनकी यह टिप्पणी दिलचस्प लगी।

एटियेन : 'उन लोगों'? आप खुद को अफगान नहीं मानतीं?

नीला: आप कह सकते हैं कि मैंने अपने ज़्यादा परेशानी पैदा करने वाले हिस्से से खुद को अलग कर लिया है।

एटियेन : मुझे यह जानने की उत्सुकता है कि ऐसा क्यों है।

नीला : अगर वह कामयाब हो गए होते, मतलब सुल्तान अमानुल्लाह, तब शायद मैंने आपके सवाल का जवाब अलग तरह से दिया होता।

मैंने उनसे अपनी बात को स्पष्ट करने का आग्रह किया।

नीला : देखिए, क्या हुआ न कि एक सुबह सुल्तान जागे और उन्होंने यह घोषणा कर दी कि वे मुल्क के सूरत-ए-हाल को पूरी तरह बदल देना चाहते हैं और एक नया ही मुल्क बनाना चाहते हैं, जिसमें जहालत (मूढ़ता) की जगह ज़ेहानत (समझदारी) होगी। साथ ही यह भी कहा कि जो भी इसमें अड़चन पैदा करेगा, उसके साथ सख्ती से निपटा जाएगा। उन्होंने साफ़-साफ़ सन्देश दे दिया कि अब पुरानी और दकियानूसी रवायतें नहीं चलेंगी। मिसाल के तौर पर, उन्होंने कहा कि अब से कोई भी औरत *बुर्का* नहीं पहनेगी। ज़रा सोचिए, मिस्टर बौस्टौलर, कि कैसा हो अगर अफ़गानिस्तान में किसी औरत को बुर्का पहनने के लिए गिरफ्तार कर लिया जाए! और उन्होंने इसकी शुरुआत अपने ही घर से की। सबसे पहले उनकी अपनी शरीक-ए-हयात, बेगम सोराया, बिना बुर्के के लोगों के सामने आईं। और इसकी प्रतिक्रिया क्या हुई? मुल्ला-मौलवियों में खलबली मच गई और उन्होंने वो हाय-तौबा मचाई कि पूछिए मत। दूसरा सुधार उन्होंने यह लागू किया कि मर्दों के एक से ज़्यादा निकाह करने पर रोक लगा दी! आप समझ रहे हैं न, मिस्टर बौस्टौलर, कि एक ऐसे मुल्क में जहाँ कि सुल्तानों द्वारा अपने हरमों में सैकड़ों-हज़ारों बेगमें रखने का चलन रहा हो और उन बेगमों से इतने बच्चे पैदा किए जाते रहे हों कि उन सबके नाम भी सुल्तान को पता न रहते हों, उस मुल्क में इस तरह का क़ानून बनाना कितनी क्रांतिकारी बात थी। उन्होंने अफगानिस्तान की औरतों के नाम ऐलान किया कि अब से कोई भी मर्द तुम्हें शादी के लिए मजबूर नहीं कर सकेगा। और उन्होंने कहा कि अफगानिस्तान की बहादुर औरतो, अब कोई तुम्हारे घरवालों से दहेज नहीं माँग सकेगा, और न ही अब बचपन में किसी की शादी की जा सकेगी। और इतना ही नहीं, अब तुम सब स्कूल भी जाओगी।

एटियेन : निश्चित रूप से वह एक दूरदर्शी व्यक्ति थे।

नीला : या फिर अहमक। मैंने हमेशा ही इस फर्क को बहुत नाज़ुक पाया है।

एटियेन : फिर क्या हुआ उनका?

नीला : वही हुआ, मिस्टर बौस्टौलर, जिसका कि अंदेशा था। जिहाद। मुल्लाओं और कबीलाई सरदारों ने उनके खिलाफ जिहाद का ऐलान कर दिया। हज़ारों भिंची हुई मुट्ठियाँ आसमान की ओर उठ गईं। बेशक सुल्तान ने धरती को हिला दिया था, मगर आखिर को वह कट्टरपंथियों के समंदर से घिरे हुए थे, और आप अच्छी तरह जानते हैं मिस्टर बौस्टौलर कि जब समंदर की तलहटी काँपती है तो क्या होता है। सुनामी आती है। दाढ़ीधारी बागियों की सुनामी बेचारे सुल्तान पर टूट पड़ी और उन्हें बहा ले गई। वह बेबस होकर छटपटाते रहे। सुनामी ने उन्हें पहले भारत के तट पर, फिर इटली के तट पर, और आखिर में स्विट्ज़रलैंड के तट पर ले जाकर फेंक दिया, जहाँ वह कीचड़ में रेंगते रहे, एक निर्वासित ज़िन्दगी जीते रहे, और आखिर में एक हताश-निराश बूढ़े के रूप में मर गए।

एटियेन : और उसके बाद किस तरह का अफगानिस्तान वजूद में आया? मुझे लगता है कि वह आपको पसंद नहीं आया।

नीला : इसका उल्टा भी उतना ही सच है।

एटियेन : इसीलिए आप 1955 में फ्रांस चली गईं।

नीला : मैं फ्रांस इसलिए चली गई क्योंकि मैं अपनी बेटी को एक खास तरह की ज़िन्दगी से बचाना चाहती थी।

एटियेन : किस तरह की ज़िन्दगी से?

नीला : मैं नहीं चाहती थी कि वह भी, अपनी मर्ज़ी और अपने मिज़ाज के खिलाफ, उन जीतोड़ मेहनत करने वालीं और हमेशा ग़मज़दा रहने वालीं औरतों में से एक बन जाए जो ज़िन्दगी भर चुपचाप गुलामी के रास्ते पर चलती रहती हैं और हमेशा इस डर में जीती हैं कि कहीं उनके मुँह से कुछ गलत न निकल जाए, कहीं उनके चाल-चलन में किसी को कुछ गलत न दिख जाए, या कहीं उनके हाथों कुछ गलत न हो जाए। गलत से मतलब है

मर्दों और कठमुल्लाओं को नागवार गुज़रने वाली बातें। मैं उन औरतों की बात कर रही हूँ जिन्हें पश्चिम में कुछ लोग–मिसाल के लिए, यहाँ फ्रांस में–उस तरह की दबी-कुचली और जहालत भरी ज़िन्दगी जीने के लिए सराहते हैं, नायिका की तरह पेश करते हैं। ये वो लोग हैं जिन्होंने खुद कभी उस तरह की ज़िन्दगी नहीं जी है। दूर बैठकर सराहना करना आसान मालूम होता है, मिस्टर बौस्टौलर, मगर आपको अगर एक दिन भी उस तरह की ज़िन्दगी जीनी पड़ जाए तब आपको समझ आएगा कि जीते-जी नर्क भोगना क्या होता है। मैं उन औरतों की बात कर रही हूँ जिनकी चाहतों का गला घोंट दिया जाता है और जिनके सपने कुचल दिए जाते हैं, और फिर भी–और यही सबसे बुरी बात है, मिस्टर बौस्टौलर–अगर आप उनसे मिलते हैं तो वे मुस्कराकर मिलती हैं और ऐसा ज़ाहिर करती हैं जैसे उनके साथ कुछ भी गलत नहीं हो रहा। जैसे कि वे ऐसी शानदार ज़िन्दगी जी रही हैं जिसे देखकर कोई भी रश्क करने लग जाए। लेकिन अगर आप गौर से देखें तो आपको मुस्कराते चेहरों के पीछे बेबसी और हताशा और खुशमिज़ाजी का ढोंग साफ़ दिखाई पड़ेगा। बहुत ही दयनीय हालत है उनकी, मिस्टर बौस्टौलर। और मैं अपनी बेटी के लिए ऐसा नहीं चाहती थी।

एटियेन : वह भी इस बात को समझती है?

नीला ने एक और सिगरेट सुलगा ली।

नीला: ऐसा है, मिस्टर बौस्टौलर, कि बच्चे कभी भी आपकी सभी उम्मीदों पर खरे नहीं उतरते।

परी इस वक़्त अस्पताल के आईसीयू (आपातकालीन कक्ष) में खड़ी थी, जहाँ एक चिड़चिड़ी नर्स उसे पंजीकरण डेस्क के पास इंतज़ार करने का हुक्म दे रही थी। परी को हमेशा ही यह देखकर ताज्जुब होता है कि ऐसे भी लोग हैं दुनिया में जो अपनी मर्ज़ी से अपनी जवानी एक ऐसे पेशे की पढ़ाई करने में बिता देते हैं जो उन्हें आखिर को ज़िन्दगी भर के लिए इस तरह की जगह (अस्पताल) पर ले आता है। उसे यह पागलपन किसी भी तरह समझ नहीं आता। उसे अस्पताल

से नफरत है। उसे लोगों को बदतर हालत में देखना, जी मचलाने वाली गंध में साँस लेना, चरमराती स्ट्रेचरों के पीछे-पीछे चलना, नीरस पेंटिंग्स वाले गलियारों में चलना, और लगातार मची रहने वाली चीख-ओ-पुकार सुनना बिल्कुल भी पसंद नहीं है।

जब परी डॉ. डेलाउने से मिली तो उसने उन्हें उम्मीद से ज़्यादा युवा पाया। वह लम्बी-पतली नाक, पतले होंठ और सुनहरे घुंघराले बालों वाले नौजवान आदमी थे। उनके साथ चलते हुए वह आपातकालीन कक्ष से निकलकर गलियारे में आ गई।

"जब आपकी मम्मा यहाँ लाई गईं थीं," डॉक्टर ने धीमी आवाज़ में इस तरह कहा कि कोई और न सुन सके, "तब वह काफी नशे में थीं... मेरा ख़याल है यह सुनकर आपको ताज्जुब नहीं हुआ।"

"जी नहीं।"

"नर्सिंग स्टाफ को भी नहीं हुआ था। उनका कहना है कि वह पहले भी कई बार इस तरह की हालत में यहाँ आ चुकी हैं। चूँकि मैं यहाँ नया-नया आया हूँ, इसीलिए ज़ाहिर है कि मुझे इस बारे में पता नहीं था।"

"वो किस हालत में थीं? क्या उन्होंने खराब बर्ताव किया?"

"वह बहुत चिड़चिड़ा रही थीं, गुस्सा हो रही थीं, चीख-चिल्ला रही थीं," डॉक्टर ने कहा। "मुझे कहना तो नहीं चाहिए, मगर उनका बर्ताव असल कम और नौटंकी ज़्यादा मालूम हो रहा था।"

यह सुनकर परी मुस्करा दी, और डॉक्टर भी।

"क्या वह ठीक हो जाएँगी?"

"हाँ, थोड़े समय के लिए तो हो जाएँगी," डॉ. डेलाउने ने कहा। "मगर मेरी उन्हें सख्त हिदायत होगी कि वह शराब पीना कम कर दें। इस बार तो उनकी तकदीर अच्छी रही, पर अगली बार कौन जाने..."

परी ने सहमति में सिर हिलाया। "कहाँ है वह?"

डॉक्टर उसे वापस आपातकालीन कक्ष में ले गया और बोला, "बेड नंबर तीन पर। मैं थोड़ी देर में डिस्चार्ज पेपर्स लेकर आता हूँ।"

परी ने उसका शुक्रिया अदा किया और अपनी मम्मा के बिस्तर की ओर चल पड़ी।

"हैलो, मम्मा।"

मम्मा के चेहरे पर एक थकी हुई मुस्कान उभरी। परी ने देखा कि उनके बाल बिखरे हुए थे और उन्होंने दोनों पैरों में अलग-अलग रंग के मोज़े पहने हुए थे। उनके चेहरे पर पट्टियाँ बंधी हुई थीं और बाएँ हाथ में लगी एक नली के ज़रिए एक रंगहीन तरल उनकी नसों में भेजा जा रहा था। उन्होंने अस्पताल का गाउन पहन रखा था, मगर उल्टा पहना हुआ था और उसे ठीक से बांधा भी नहीं था, जिसके चलते सामने से उनका पेट थोड़ा सा खुला हुआ दिखाई दे रहा था। परी की नज़र उनके पेट पर पड़ी तो उसे किसी ज़माने में हुए सिजेरियन ऑपरेशन (बच्चे की पैदाइश के लिए किया जाने वाला ऑपरेशन) के वक़्त बना चीरे का मोटा, गहरा और खड़ा निशान दिखाई दिया। परी को यह अजीब बात लगती थी। उसकी जानकारी के मुताबिक़ सिजेरियन ऑपरेशन में पेट को आढ़ा काटा जाता है, तो फिर मम्मा का पेट खड़ा क्यों काटा गया था? उसने कुछ बरस पहले मम्मा से इस बाबत पूछा भी था, और मम्मा ने बताया था कि डॉक्टरों ने उस समय उन्हें इसका कोई तकनीकी कारण बताया तो था मगर उन्हें अब वह याद नहीं था। *मेरे लिए तो अहम बात यह थी कि उन्होंने तुम्हें हिफ़ाज़त से बाहर निकाल लिया था, उन्होंने आगे कहा था।*

"मैंने तुम्हारी शाम बर्बाद कर दी, है न?" मम्मा बुदबुदाईं।

"एक्सीडेंट कोई वक़्त देखकर थोड़ी होते हैं। मैं आपको घर ले जाने आई हूँ।"

"गुझे बहुत थकान महसूस हो रही है।"

शायद वह सच कह रही थीं, क्योंकि उनकी आँखें बंद होने लगी थीं। हालाँकि फिर भी उन्होंने धीमी और थकी हुई आवाज़ में रुक-रुक कर बोलना जारी रखा। "मैं तो बस बैठकर टीवी देख रही थी। देखते-देखते मुझे भूख लग आई, तो मैं रसोई में ब्रेड और मुरब्बा लेने चली गई। वहीं मेरा पैर फिसल गया। मुझे नहीं पता कैसे, मगर गिरते वक़्त मेरा सिर ओवन के दरवाज़े के हैंडल से टकरा गया। मुझे लगता है कि मैं एक-दो मिनट के लिए बेहोश हो गई थी। बैठ जाओ, परी। ऐसा लग रहा है तुम मेरे सर पर खड़ी हो।"

परी बैठ गई। "डॉक्टर ने बताया कि आप शराब पी रही थीं।"

मम्मा ने एक आँख आधी खोली। जितना ज़्यादा उनका डॉक्टरों से वास्ता बढ़ता जा रहा था, उनकी उनके प्रति नापसंदगी भी उसी अनुपात में बढ़ती जा रही थी। "*वो छोकरा?* उसने ऐसा कहा? बित्ते भर का लौंडा और गज भर

की ज़बान! उसे क्या पता? उसकी साँसों से तो अभी भी माँ के दूध की गंध आती है।"

"मैं जब भी इस बारे में आपसे बात करती हूँ, आप मज़ाक में टाल देती हैं।"

"मैं थक गई हूँ, परी। फिर कभी डाँट लेना। मैं कहीं भागी नहीं जा रही हूँ, ठीक हो जाऊँ फिर जितने कोड़े मारने हों मार लेना।"

इतना कहकर वह सच में सो गईं और ज़ोर-ज़ोर से खर्राटे लेने लगीं, जैसा कि वह शराब पीकर होश खोने के बाद हमेशा ही करती थीं। परी उनके सिरहाने बैठी डॉ. डेलाउने का इंतज़ार करने लगी। उसकी मानसिक आँखों के सामने जूलियन की छवि उभरने लगी, जो रेस्तरां की मद्धम रोशनी वाली मेज़ पर बैठा, एक हाथ में मेनू और दूसरे हाथ में बोर्डो वाइन का लम्बा ग्लास थामे क्रिस्टियन और ऑरेली को यह समझाने की कोशिश कर रहा था कि क्यों परी का उसके साथ आना मुमकिन नहीं हो पाया। वैसे उसने परी के साथ अस्पताल चलने की पेशकश की थी, मगर सिर्फ़ औपचारिकतावश। परी को साफ़-साफ़ समझ आया था कि वह सिर्फ़ कहने के लिए कह रहा था। वैसे ठीक ही हुआ कि वह नहीं आया, क्योंकि अगर वह आता तो मम्मा ने जितना ड्रामा पहले डॉक्टर के सामने किया था, उससे कहीं ज़्यादा अब करतीं। फिर भी, परी को अच्छा लगता कि भले वह उसके साथ अस्पताल न आता, मगर उसके बिना रेस्तरां भी न जाता। वह अभी भी यकीन नहीं कर पा रही थी कि उसने ऐसा किया है। वह क्रिश्चियन और ऑरेली को समझा सकता था। वे फिर किसी दिन प्रोग्राम बना सकते थे, रिज़र्वेशन बदल सकते थे। मगर जूलियन गया। परी का दिल मानने को तैयार नहीं था कि उसने ऐसा बिना सोचे-समझे किया। नहीं, उसने जान-बूझकर किया। उसे चोट पहुँचाने के लिए किया, उसका दिल दुखाने के लिए किया। गलत इरादे से किया। परी को काफी समय से यह अंदाज़ा है कि उसके स्वभाव में यह बात तो है; वह किसी को तकलीफ दे सकता है। मगर पिछले कुछ अरसे से वह यह सोचने पर मजबूर हो गई है कि क्या उसे ऐसा करना पसंद है?

मम्मा की जूलियन से पहली मुलाकात इसी तरह के एक आईसीयू (आपातकालीन कक्ष) में हुई थी। यह दस बरस पहले की बात है, 1963 की, जब परी चौदह साल की थी। वह अपने एक सहकर्मी को लेकर आया था, जिसे माइग्रेन की शिकायत थी। मम्मा परी को लेकर आई थीं; उस वक़्त परी मरीज़ थी, क्योंकि स्कूल में जिमनास्टिक के दौरान उसके टखने में बुरी तरह मोच आ

गई थी। परी स्ट्रेचर पर लेटी हुई थी और मम्मा उसके सिरहाने बैठी थीं। तभी जूलियन भी वहीं आकर बैठ गया था और उसने मम्मा से बातचीत शुरू कर दी थी। परी को अब याद नहीं है कि उनके बीच क्या-क्या बातें हुईं थीं, बस इतना याद है कि जूलियन ने मम्मा से पूछा था, "क्या आपको पेरिस शहर पसंद है?" और जवाब में मम्मा ने हमेशा की तरह कहा था, "मुझे वो बिना 'स' के पसंद है। अगर इसके आखिर से 'स' हटा दिया जाए तो यह हो जाता है 'पेरि'। फ़ारसी में इसके लिए सही शब्द है 'परी'।"

उसी हफ्ते की आख़िरी रात, जबकि बारिश हो रही थी, परी की जूलियन के साथ दुबारा मुलाक़ात हुई थी। मम्मा और जूलियन ने सेंट-जर्मेन बुलेवार्ड के करीब एक छोटे से बिस्ट्रो में रात के खाने पर मिलने का प्रोग्राम बनाया था और परी भी वहाँ मौजूद थी। मम्मा इस मुलाक़ात को लेकर इतनी ज़्यादा एक्साइटेड थीं कि यही तय नहीं कर पा रही थीं कि क्या पहनें। एक ड्रेस पहनतीं, फिर कहतीं कि नहीं यह अच्छी नहीं लग रही है, फिर कुछ और पहनतीं। काफी देर तक यही तमाशा चलता रहा। आखिर में उन्होंने कमर पर से चुस्त हल्के नीले रंग की ड्रेस, शाम के दस्ताने और नुकीली हील वाली सैंडल पहनने का फैसला किया। और तब भी लिफ्ट से नीचे आते वक़्त वह परी से कह रही थीं, "मेरा पहनावा मौके के हिसाब से कुछ अजीब नहीं लग रहा है? सच-सच बताना?"

खाना खाने से पहले तीनों ने सिगरेट के कश लगाए और मम्मा और जूलियन ने बड़े-बड़े मगों में ठण्डी-ठण्डी बीयर भी पी। बीयर का एक दौर खत्म होने पर जूलियन ने दूसरा आर्डर कर दिया, और फिर तीसरा भी। सफेद कमीज़, टाई और चौकड़ीदार ब्लेज़र में सजे जूलियन के व्यवहार में वो लिहाज़ और अदब झलक रहा था जो एक तमीज़दार आदमी की निशानी होता है। वह सहजता से मुस्कुराता था और उसकी हँसी भी बनावटी नहीं मालूम होती थी। उसके कनपटी के बालों में हल्की-हल्की सफेदी झलक रही थी, जो उस दिन आपातकालीन कक्ष की धुंधली रोशनी में परी को दिखाई नहीं दी थी। उसने अंदाज़ा लगाया कि जूलियन की उम्र मम्मा के लगभग बराबर ही थी। उसे समसामयिक घटनाओं की अच्छी जानकारी थी और उसने काफी देर तक डी गॉल द्वारा इंग्लैंड के कॉमन मार्केट में प्रवेश पर लगाए गए वीटो के बारे में बात की। परी को यह देखकर आश्चर्य हुआ कि उसने उस बोरिंग सब्जेक्ट को भी कुछ इस तरह पेश किया था कि परी को वो दिलचस्प लगने लगा था। आखिर को मम्मा के पूछने पर उसने यह खुलासा किया था कि वह सोरबोन विश्वविद्यालय में अर्थशास्त्र पढ़ाता था।

"प्रोफेसर? बड़ा ही ग्लैमरस काम है।"

"नहीं, बिल्कुल नहीं," उसने कहा। "तुम्हें कभी मेरी क्लास में बैठकर देखना चाहिए। तुम्हारी यह गलतफहमी फ़ौरन दूर हो जाएगी।"

"मैं ज़रूर देखना चाहूँगी।"

परी समझ गई कि मम्मा को बीयर चढ़ गई थी।

"मैं किसी दिन चुपके से आकर बैठ जाऊँगी और तुम्हें अपना जलवा बिखेरते देखूँगी।"

"जलवा? तुम्हें याद है न नीला कि मैं अर्थशास्त्र पढ़ाता हूँ? जब मेरी क्लास में बैठोगी तो तुम्हें पता चलेगा कि मेरे स्टूडेंट मुझे ज़रा भी भाव नहीं देते।"

"मुझे इस बात पर शक है।"

इस बात पर तो परी को भी शक था। वह शर्त लगाकर कह सकती थी कि जूलियन की कई सारी स्टूडेंट्स उसके साथ सोने के लिए मरी जाती होंगी। डिनर के दौरान हर वक़्त वह यही कोशिश करती रही कि जूलियन उसे लगातार अपनी तरफ देखते हुए न देख ले। उसका चेहरा-मोहरा बिल्कुल जासूसी फिल्मों के नायकों से मिलता-जुलता था–एक ऐसा चेहरा जो ब्लैक एंड व्हाइट में शूट किया गया हो, जिस पर खिड़की के झिलमिल परदे (वेनेशियन ब्लाइंड्स) की परछाइयाँ पड़ रही हों, और जिसके इर्द-गिर्द सिगरेट के धुएँ के छल्ले तैर रहे हों। बालों की एक लट बड़ी ही ख़ूबसूरती से, या कहना चाहिए कि शायद कुछ ज़्यादा ही खूबसूरती से कोष्ठक (ब्रैकेट) का आकार बनाते हुए उसके माथे पर, भौंहों के ठीक ऊपर, गिरी हुई थी। पता नहीं वो उसने जानबूझकर किया था या फिर अपने आप हो गया था। अगर वह अपने आप भी गिरी थी, तो परी ने गौर किया कि इतनी देर में उसने कभी भी उसे ठीक करने की ज़हमत नहीं उठाई थी।

उसने मम्मा से उस छोटी सी किताबों की दुकान के बारे में पूछा, जो वह चलाती थीं। यह दुकान सीन नदी के उस पार, पोंट डी'आर्कोल के परले सिरे पर थी।

"क्या वहाँ जैज़ पर किताबें हैं?"

"हाँ," मम्मा ने कहा।

बाहर बारिश तेज हो गई थी, और भीतर बिस्ट्रो में शोरगुल बढ़ गया था। वेटर आकर उनके सामने चीज़ पफ और हैम ब्रोशेट परोस गया, जिसे खाते-खाते मम्मा और जूलियन के बीच बड पॉवेल, सन्नी स्टिट, डिज़ी गिलेस्पी, और जूलियन

के पसंदीदा, चार्ली पार्कर, पर एक लंबी गुफ्तगू शुरू हो गई। मम्मा ने जूलियन को बताया कि उन्हें चेट बेकर और माइल्स डेविस की वेस्ट कोस्ट शैली ज़्यादा पसंद थी, और फिर पूछा कि क्या उसने *'काइंड ऑफ ब्लू'* सुना था? परी को यह जानकर बहुत हैरानी हुई कि उसकी मम्मा को जैज़ इतना पसंद था और वह इतने अलग-अलग संगीतकारों के बारे में इतनी ज़्यादा जानकारी रखती थीं। एक बार फिर (पहली बार नहीं) उसके मन में अपनी मम्मा के लिए तारीफ़ का भाव जाग उठा, और साथ ही यह बेचैन करने वाला एहसास भी हुआ कि वह अपनी मम्मा को पूरी तरह से नहीं जानती थी। मगर उसे इस बात से ज़रा भी ताज्जुब नहीं हुआ था कि इतनी सी देर में ही मम्मा ने कितनी सहजता से जूलियन को पूरी तरह मोहित कर लिया था। मम्मा वहाँ अपने पूरे रंग में थीं। उन्हें मर्दों का ध्यान खींचने में कभी कोई परेशानी नहीं होती थी। वह मर्दों को अपने वश में करने का हुनर बखूबी जानती थीं।

परी बड़े ध्यान से देख रही थी कि कैसे उसकी मम्मा अपने उस हुनर का मुज़ायरा कर रही थीं। उनका शोख नज़रों से जूलियन को देखना, उसके लतीफों पर खिलखिलाकर हँसना, उसे रिझाने के अंदाज़ में बातें करना, अपनी तारीफ़ सुनकर अदा से सिर झुका लेना, और बातें करते वक़्त अपनी एक उंगली से अपने बालों की एक लट को घुमाते रहना। परी एक बार फिर इस बात पर हैरान हो उठी थी कि उसकी मम्मा अभी भी कितनी जवान और खूबसूरत थीं, जबकि वो उससे बीस साल बड़ी थीं उम्र में। उनके लंबे काले बाल, उनका भरा हुआ सीना, उनकी सम्मोहित कर लेने वाली आँखें, ऐसे नाक-नक्श जो राजघराने के लोगों की निशानी होते हैं, और चेहरे पर भी वही शाही दमक। मगर परी को इससे भी ज़्यादा हैरानी इस बात से होती थी कि उसका अपना रूप-रंग उसकी अपनी मम्मा से कितना कम मिलता-जुलता था–उसकी गंभीर बेनूर आँखें, उसकी लंबी नाक, उसकी दाँतों के बीच खाली जगह वाली मुस्कान, और उसके छोटे-छोटे स्तन। उसमें अगर कोई ख़ूबसूरती थी भी तो वो आम लड़कियों जैसी थी, किसी शाही खानदान के वारिस जैसी नहीं। अपनी मम्मा के साथ रहना उसे यह याद दिलाता रहता था कि उसकी बनावट साधारण मिट्टी की थी। कभी-कभी तो मम्मा सीधे-सीधे ही उसे इस बात का अहसास करा देती थीं, जबकि ज़्यादातर मौकों पर यह अहसास तारीफों की चाशनी में लपेटकर कराया जाता था।

वह कहतीं, तुम किस्मतवाली हो, *परी। तुम्हें मर्दों द्वारा संजीदगी से लिए जाने के लिए इतनी मेहनत नहीं करनी पड़ेगी। वे तुम्हें खुद-ब-खुद तवज्जो देंगे। ज़रूरत से ज़्यादा ख़ूबसूरती सब गड़बड़ कर देती है। फिर हँस पड़तीं।* इसका

गलत मतलब मत निकालना। मैं ये सब अपने खुद के अनुभव से नहीं बोल रही हूँ। हरगिज़ नहीं। मैंने तो बस ऐसा होते देखा है।

आपके कहने का मतलब है कि मैं खूबसूरत नहीं हूँ।

मेरा मतलब है कि तुम्हें उसकी ज़रूरत ही नहीं है। तुम जैसी हो, अच्छी हो। और इतना ही काफी है। मेरी बात का यकीन करो हनी। बल्कि यह ज़्यादा अच्छा है।

परी का मानना था कि देखने-दिखाने में वह अपने डैड से भी मेल नहीं खाती थी। वह एक लंबे कद के आदमी थे, जिनका चेहरा गंभीर, माथा ऊँचा, ठोड़ी सँकरी और होंठ पतले थे। परी ने उनकी कुछ तस्वीरें अब भी संभालकर रखी हुई थीं, जो तब खींची गई थीं जब वह छोटी बच्ची थी और काबुल के बड़े-से घर में डैड और मम्मा के साथ रहती थी। फिर 1955 में वह बीमार पड़ गए थे और मम्मा उसे लेकर पेरिस आ गई थीं। और उसके कुछ ही अरसे बाद डैड चल बसे थे। कभी-कभी जब परी को डैड की बहुत याद आती है तो वह देर तक उन पुरानी तस्वीरों को देखती रहती है, खासकर उस ब्लैक एंड व्हाइट तस्वीर को जिसमें वह और डैड एक पुरानी अमरीकी कार के सामने खड़े थे। डैड गाड़ी के फेंडर से टेक लगाकर खड़े हुए थे और वह उनकी बाँहों में थी, दोनों मुस्करा रहे थे। उसे याद है कि एक बार वह उनके साथ बैठी थी और वह उसके लिए अलमारी के दरवाज़ों पर जिराफ और लंबी पूंछ वाले बंदरों की तस्वीरें बना रहे थे। जब उसने बन्दर की एक तस्वीर में रंग भरने की बात कही थी तो कैसे उन्होंने बड़े इत्मीनान से उसका हाथ पकड़कर उसे ब्रश चलाना और रंग भरना सिखाया था।

उन तस्वीरों में अपने डैड का चेहरा देखकर परी के दिल में एक अजीब-सा अहसास जाग उठता था; वह अहसास जो उसे बचपन से ही अपने भीतर महसूस होता आ रहा था। इस बात का अहसास कि उसकी ज़िन्दगी में किसी ऐसी चीज़ या किसी ऐसे व्यक्ति की कमी थी जो उसके वजूद की बुनियाद था, जिसके बिना वह खुद को अधूरा महसूस करती थी। कभी-कभी यह बहुत हल्का और अस्पष्ट-सा होता था, जैसे कोई बहुत दूर से उसके नाम की सदा दे रहा हो; जैसे रेडियो डायल पर मिलने वाला कोई कमज़ोर सिग्नल हो। कुछ भी साफ़-साफ़ सुनाई नहीं देता, मगर अहसास होता कि कुछ है। और कई बार यह अहसास–खालीपन/अधूरेपन का अहसास–इतना स्पष्ट होता, इतने करीब महसूस होता कि उसका दिल काँप उठता। मिसाल के लिए, दो साल पहले प्रोवेंस में जब परी ने एक

फार्महाउस के बाहर एक विशाल ओक का पेड़ देखा था, तब उसके साथ ऐसा ही हुआ था। और एक बार तब जब उसने जार्डिन डेस टुइलरीज़ में एक जवान औरत को अपने बेटे को एक छोटी लाल रंग की रेडियो फ्लायर वैगन में बैठाकर उसे खींचते हुए देखा था। परी को समझ नहीं आता था कि उस अहसास का क्या मतलब था। उसने एक बार एक कहानी पढ़ी थी। एक अधेड़ उम्र के तुर्की व्यक्ति की कहानी। वह व्यक्ति जो उस वक़्त अचानक ही गहरे अवसाद में डूब गया था जब उसके जुड़वाँ भाई, जिसके होने का उसे कभी पता ही नहीं था, की अमेज़न वर्षावन में डोंगी (छोटी नाव) चलाते समय दिल का दौरा पड़ने से मौत हो गई थी। यह वह कहानी थी जो उसे अपने उस अहसास की व्याख्या के सबसे करीब मालूम पड़ती थी।

उसने इसके बारे में एक बार मम्मा से भी बात की थी।

इसमें न समझ में आने जैसा तो कुछ भी नहीं है, हनी, *मम्मा ने जवाब में कहा था। तुम अपने डैड को मिस करती हो। अब वो तुम्हारी ज़िन्दगी में नहीं हैं, इसलिए तुम्हारा ऐसा महसूस करना स्वाभाविक है। यही बात है, और कुछ भी नहीं। मेरे पास आओ, हनी। मम्मा को एक किस्सी दो।*

उसकी मम्मा का जवाब दिमाग को तो सही मालूम होता था, मगर दिल को उससे तसल्ली नहीं होती थी। बेशक परी को यकीन था कि अगर उसके डैड ज़िंदा होते, उसके साथ होते, तो वह शायद उतना खालीपन महसूस नहीं करती जितना आज करती है। लेकिन उसे यह भी याद था कि बचपन में, जबकि वह काबुल के उस बड़े घर में डैड और मम्मा दोनों के साथ रहती थी, तब भी खालीपन का यह अहसास उसे ऐसे ही कचोटता था।

बहरहाल, खाना खाने के कुछ देर बाद जब मम्मा बाथरूम जाने का कहकर टेबल से उठीं, तो परी अतीत से निकलकर वापस वर्तमान में आ गई। जितनी देर मम्मा बाथरूम में रहीं, उतनी देर के लिए वह जूलियन के साथ अकेली रह गई थी। शायद दस मिनट मिनट के लिए। बातचीत की शुरुआत जूलियन ने की। उसने उस फिल्म के बारे में बात की जो परी ने पिछले हफ्ते देखी थी और जिसमें जीन मोरो ने एक जुआरी का रोल निभाया था। इसके अलावा उसने उससे उसके स्कूल और संगीत को लेकर भी बातचीत की। जब परी ने बोलना शुरू किया तो जूलियन अपनी कोहनियाँ मेज़ पर टिकाकर थोड़ा उसकी ओर झुक गया और बड़ी दिलचस्पी से उसकी बातें सुनता रहा, बीच-बीच में कभी मुस्कराता तो कभी हैरानी जताता रहा, मगर एक पल के लिए भी उसने अपनी निगाहें उस पर से नहीं हटाईं। 'ये सब दिखावा है,' परी ने खुद से कहा था, 'वह मुझमें दिलचस्पी लेने

की एक्टिंग भर कर रहा है, सधी हुई एक्टिंग, जो वह पहले भी न जाने कितनी लड़कियों के साथ कर चुका होगा, कुछ ऐसा जो उसने अभी दिल बहलाव के लिए करने का सोचा है, उतनी देर के लिए जितनी देर उसके पास और कोई काम नहीं है। वह मेरे मज़े ले रहा है, मुझे बेवकूफ़ बनाकर अपना मनोरंजन कर रहा है।' मगर सच तो यह था कि जूलियन के इस तरह अपलक उसे देखने से उसका दिल ज़ोरों से धड़कने लगा था और उसके पेट की माँसपेशियाँ तन गई थीं। वह अचानक और अनजाने ही ऐसे बनावटी लहजे में बोलने लगी थी (जूलियन को इम्प्रेस करने की गरज से) जो उसके बोलने के सामान्य तरीके से बिल्कुल अलग था। उसे साफ़-साफ़ समझ आ रहा था कि वह ऐसा कर रही है (और वह उसे हास्यास्पद भी मालूम पड़ रहा था), मगर फिर भी वह खुद को ऐसा करने से रोक नहीं पा रही थी।

जूलियन ने उसे बताया कि वह पहले एक बार शादी कर चुका था, मगर वह बहुत थोड़े अरसे तक ही टिकी थी।

"वाकई?"

"कुछ बरस पहले। जब मैं तीस का था। और ल्योन में रहता था।"

उसने अपने से बड़ी उम्र की औरत से शादी की थी, और यह शादी ज़्यादा दिन नहीं चल पाई थी क्योंकि वह उस पर ज़रूरत से ज़्यादा हक़ जताती थी, जिसकी वजह से जूलियन को कैदी जैसी फीलिंग आने लगी थी। जूलियन ने यह शादी वाली बात मम्मा के सामने नहीं बताई थी। "हकीकतन यह एक जिस्मानी ताल्लुक था," जूलियन ने परी को बताया। "हम लोग सिर्फ़ सैक्स के लिए साथ थे। मगर वह मुझे अपनी मिल्कियत समझने लगी थी।" यह बात कहते वक़्त जूलियन के चेहरे पर एक शरारती-सी मुस्कान खेल रही थी और वह अपलक परी के चेहरे की तरफ ही देख रहा था, उसकी प्रतिक्रिया का आकलन कर रहा था। परी ने एक सिगरेट सुलगा ली और यूँ बेपरवाही दिखाने की कोशिश की जैसे कि उसके लिए किसी मर्द के मुँह से इस तरह की बातें सुनना रोज़मर्रा की बात हो। मगर अंदर ही अंदर वह काँप रही थी। उसे लग रहा था कि वह अपनी मम्मा के साथ विश्वासघात कर रही थी। उसे लग रहा था कि ये सब बड़ी हद तक नाजायज़ था, मम्मा को चोट पहुँचाने वाला था, मगर निस्संदेह रोमांचकारी भी था। आखिरकार जब उसकी मम्मा अपने बालों को फिर से सँवारकर और होंठों पर लिपस्टिक की एक नई परत चढ़ाकर वापस लौटीं तो परी के लिए रोमांच के वे पल ख़त्म हो गए, और एक पल को परी को इसके लिए मम्मा पर बड़ा गुस्सा आया, मगर फिर तुरंत ही वह पछतावे से भर गई।

लगभग एक हफ्ते बाद जूलियन से उसकी फिर मुलाकात हुई। सुबह का वक़्त था और वह कॉफी का कप लेकर मम्मा के कमरे में जा रही थी। वह अभी गलियारे में ही थी कि उसने मम्मा के कमरे के ज़रा-से खुले हुए दरवाज़े की दरार में से उसे मम्मा के बिस्तर के किनारे पर बैठे हुए, अपनी कलाई घड़ी में चाबी भरते हुए पाया। मतलब, वह रात भर वहीं था? और उसे इस बात का पता ही नहीं था? उसे मानो काठ मार गया हो, वह हाथ में कॉफ़ी का कप लिए जहाँ की तहाँ खड़ी रह गई। उसे ऐसा लगा जैसे किसी ने उसकी ज़बान पर कुनैन रख दी हो। उसकी नज़रें एकटक जूलियन को देख रही थीं। उसे उसकी पीठ की बेदाग चमड़ी, उसके पेट का छोटा सा उभार, और उसकी टाँगों के बीच घने बालों का गुच्छा (जो आंशिक रूप से चादर से ढँका हुआ था) साफ़ दिखाई दे रहा था। उसने घड़ी में चाबी भरकर उसे कलाई पर बाँधा, नाइटस्टैंड से सिगरेट का पैकेट उठाकर उसमें से एक सिगरेट निकाली, होंठों के बीच फँसाकर सुलगाई, और फिर एक लम्बा कश लेकर यूँ लापरवाही से उसकी तरफ देखा मानो वह जानता हो कि वह कब से वहाँ खड़ी उसे देख रही थी। फिर हौले से मुस्करा दिया। तभी बाथरूम से मम्मा के कुछ कहने की आवाज़ सुनाई दी तो परी जैसे सोते से जाग गई और घबराकर एकदम से वापस मुड़ गई। उसका मुड़ना इतना अचानक और झटके से हुआ कि उसके हाथ में थमे कप में से गरम कॉफ़ी बाहर झलक गई, वो तो गनीमत थी कि उसका हाथ जलने से बच गया।

मम्मा और जूलियन के इश्क का यह दौर तकरीबन छह महीने चला। वे अक्सर सिनेमा जाते थे, अजायबघरों में जाते थे, और उन छोटी-छोटी कला-दीर्घाओं (आर्ट गैलरीज़) में जाते थे जो विदेशों के उन पेंटरों की बनायी हुई पेंटिंग्स की नुमाइश करती थीं जो अभी कला की दुनिया में अपना नाम बनाने की जद्दोजहद में लगे थे। एक सप्ताहांत वे बोर्डो के करीब अर्काचोन बीच पर गए, और धूप में तपे हुए चेहरों और रेड वाइन की एक पेटी के साथ वापस लौटे। जूलियन अक्सर मम्मा को विश्वविद्यालय में होने वाले प्रोफ़ेसरों के कार्यक्रमों में ले जाता था, और मम्मा उसे अपनी किताबों की दुकान पर होने वालीं ऑथर रीडिंग्स (किसी किताब के लेखक का पाठकों को खुद अपनी किताब पढ़कर सुनाना) के लिए दावत देती थीं। शुरू-शुरू में जूलियन के कहने पर परी भी उनके साथ चली जाती थी, और इससे मम्मा को कोई दिक़्क़त भी नहीं मालूम होती थी, मगर जल्दी ही उसने घर पर ही रुकने के लिए बहाने बनाना शुरू कर दिया। उसके लिए ये सब असहनीय हो चला था। इसलिए कभी वह कह देती कि उसकी तबियत ठीक नहीं है, कभी कह देती कि वह बहुत थकी हुई है, या कभी कह देती कि

उसे पढ़ने के लिए अपनी सहेली कोलेट के घर जाना है। और वह अक्सर वहाँ जाती भी थी। कोलेट उसकी बचपन की सहेली थी, दोनों दूसरी कक्षा से ही साथ-साथ पढ़ती आ रही थीं और मन की हर बात एक-दूसरे से साझा करती थीं। कोलेट देखने में तो दुबली-पतली सी लड़की थी, लंबे मगर रूखे-बेजान बालों और कौवे की चोंच जैसी नाक वाली लड़की, मगर मिज़ाज की बहुत सख्त और तीखी थी। उसे लोगों को चौंकाने, उनकी फजीयत करने, उन्हें रुसवा करने और उनकी बखिया उधेड़ने में बड़ा मज़ा आता था।

"मुझे यकीन है कि वह इस बात से निराश होगा कि अब तू उनके साथ बाहर नहीं जाती," कोलेट ने परी से कहा।

"अगर है भी, तो भी जताता तो नहीं है।"

"नहीं जताएगा। कैसे जता सकता है भला, तुम्हारी मम्मा को शक नहीं हो जाएगा?"

"किस बात का?" परी ने अनजान बनते हुए पूछा, जबकि वह अच्छी तरह जानती थी। वह जानती थी, मगर वह कोलेट की ज़बान से सुनना चाहती थी।

"किस बात का?" कोलेट ने उसे छेड़ते हुए शरारती अंदाज़ में कहा। "इस बात का कि वह तुम तक पहुँचने के लिए उन्हें सीढ़ी की तरह इस्तेमाल कर रहा है। इस बात का कि असल में वह उन्हें नहीं बल्कि तुम्हें पाना चाहता है।"

"तू ऐसा सोच भी कैसे सकती है?" परी ने चिंहुकते हुए कहा।

"या शायद वह तुम दोनों को पाना चाहता है। शायद उसे बिस्तर पर भीड़ पसंद हो। अगर ऐसा है, तो प्लीज़ क्या तू मेरे नाम की सिफारिश कर देगी उससे?"

"तू कितनी घिनौनी है, कोलेट।"

कभी-कभी जब मम्मा और जूलियन बाहर गए होते, तो परी सारे कपड़े उतारकर गलियारे में लगे आदमकद शीशे में खुद को देखती। अपने शरीर में नुक्स तलाशती। यह बहुत लंबा है, वह सोचती, यह बहुत बेडौल है, यह बहुत ही... कामचलाऊ है। उसे अपनी मम्मा के खूबसूरती से तराशे हुए बदन का कोई भी अंश विरासत में नहीं मिला था। कभी-कभी वह इसी तरह, बिना कपड़ों के, अपनी मम्मा के कमरे में जाती और उस बिस्तर पर लेट जाती जहाँ वह जानती थी कि मम्मा और जूलियन लेटकर सेक्स करते थे। परी नंगे बदन आँखें बंद करके वहाँ लेट जाती और कल्पना करने लगती कि वह जूलियन के साथ है।

उसका दिल ज़ोरों से धड़कने लगता और उसके दिल-ओ-दिमाग पर एक मीठी-सी खुमारी छाने लगती, उसके बदन में एक अजीब सी उत्तेजना फैलने लगती, जो पहले सीने में पैदा होती, फिर पेट तक आती, और फिर उससे भी नीचे दोनों पैरों के बीच तक फ़ैल जाती।

लेकिन फिर मम्मा और जूलियन अलग हो गए। उनके इश्क की दास्तान का 'दि एण्ड' हो गया। परी ने राहत की साँस ली, मगर उसे कोई ताज्जुब नहीं हुआ। हर बार ऐसा ही होता था। आखिर में सारे मर्द मम्मा को निराश कर देते थे। आज तक कोई भी उन पैमानों पर खरा नहीं उतर पाया था जो मम्मा ने एक आदर्श साथी के लिए अपने दिल-ओ-दिमाग में तय कर रखे थे। उनकी हर प्रेम-कहानी बड़े उत्साह और जोश-ओ-खरोश से शुरू होती थी, मगर उसका अंत हमेशा ही अपने प्रेमी को जमकर कोसने, उस पर तमाम इल्ज़ामात लगाने, गुस्सा करने, रोना-धोना मचाने, रसोई के बर्तनों को उठा-उठाकर फेंकने, और फिर गहरे अवसाद में डूब जाने से ही होता था। हाई-वोल्टेज ड्रामा। मम्मा के लिए मुमकिन ही नहीं था कि वह अपनी किसी भी प्रेम-कहानी की शुरुआत या उसका अंत अतिरेक के साथ न करें।

हर रिश्ते के टूटने के बाद मम्मा को अचानक से एकांत की चाहत होने लगती थी। कई-कई हफ्ते वह अपने बेडरूम से बाहर नहीं निकलती थीं, बिस्तर में ही पड़ी रहती थीं, कपड़े भी नहीं बदलती थीं, नहाती भी नहीं थीं, किसी से बात भी नहीं करती थीं. चेहरे पर उनके हर वक़्त मुर्दनगी छाई रहती थी। उस वक़्त उन्हें देखकर ऐसा लगता था कि उनसे ज़्यादा थका हुआ, गम में डूबा हुआ, किस्मत का मारा इंसान दुनिया में दूसरा कोई नहीं है। परी जान गई थी कि ऐसे वक़्त में उन्हें अकेला छोड़ देना ही उनका इलाज होता था, क्योंकि उन्हें किसी का भी दिलासा देना या उनके साथ मौजूद रहना पसंद नहीं आता था। जूलियन के साथ ब्रेक-अप के बाद उनका यह ड्रामा और भी ज़्यादा लम्बा चला था।

"अरे, धत्त तेरे की!" अचानक मम्मा बड़ाबड़ाईं तो परी की तन्द्रा भंग हुई और वह वापस वर्तमान में लौट आई। उसने देखा कि मम्मा अभी भी अस्पताल का गाउन पहने बिस्तर पर बैठी हुई थीं। डॉ. डेलाउने ने डिस्चार्ज पेपर बना दिए थे, और नर्स मम्मा के हाथ से इंट्रावेनस नली हटा रही थी।

"क्या हुआ?"

"मुझे अभी याद आया। मेरा कुछ दिनों में इंटरव्यू है।"

"इंटरव्यू?"

“हाँ, एक पोएट्री मैगज़ीन के त्रैमासिक अंक में छपने वाले एक लेख के लिए।”

“यह तो बड़ी अच्छी बात है, मम्मा।”

“वे इस लेख के साथ मेरी तस्वीर भी लगा रहे हैं।” उन्होंने अपने माथे पर लगे टाँकों की तरफ इशारा किया।

“मुझे यकीन है कि आप इसे छिपाने का कोई शानदार तरीका तलाश लेंगी,” परी ने मुस्कराते हुए कहा।

मम्मा ने एक गहरी निःश्वास छोड़ी और दूसरी तरफ देखने लगीं। इंट्रावेनस नली हटाते वक़्त जब नर्स ने सुई निकाली तो मम्मा दर्द से कराह उठीं और नर्स पर भड़कने लगीं, उसे उल्टा-सीधा कहने लगीं, जो कि सरासर गलत था।

‘अफगान सॉन्गबर्ड’ नाम से प्रकाशित
नीला वहदती के एटियेन बौस्टौलर द्वारा लिए गए
इंटरव्यू के कुछ अंश,
पैरालेक्स **84 (विंटर 1974), पेज 36**

मैंने उस घर में फिर से चारों ओर देखा और इस बार मेरा ध्यान किताबों की अलमारी में रखी एक फ्रेम की हुई तस्वीर की तरफ आकर्षित हुआ। यह जंगली झाड़ियों से भरे खेत में उकड़ूँ बैठी एक छोटी बच्ची की तस्वीर है, जो बड़ी तल्लीनता से किसी तरह के जंगली फल तोड़ने में लगी है। उसने एक चमकीले पीले रंग का कोट पहना हुआ है, जिसके बटन गले तक बंद हैं और जो ऊपर छाए गहरे भूरे रंग के बादलों से घिरे आकाश के साथ कंट्रास्ट पैदा कर रहा है। बैकग्राउंड में बंद खिड़कियों, खस्ताहाल दीवारों और जर्जर छत वाला पत्थरों का बना फार्महाउस दिखाई दे रहा है। मैंने नीला से उस तस्वीर की बाबत पूछा।

नीला: मेरी बेटी, परी। इस शहर की तरह, लेकिन बिना ‘स’ के। यह तस्वीर नॉर्मंडी की है। एक बार हम दोनों वहाँ गए थे। शायद 1957 की बात है। तब वह लगभग आठ बरस की रही होगी।

एटियेन: क्या वह पेरिस में रहती है?

नीला: वह सोरबोन विश्वविद्यालय में गणित की पढ़ाई कर रही है।

एटियेन: आपको उस पर फख्र होता होगा?

उन्होंने मुस्कराकर कंधे उचकाए।

एटियेन: इस बात को मद्देनज़र रखते हुए कि आपका कला और साहित्य से इतना गहरा लगाव है और आपने अपनी पूरी ज़िन्दगी इसी के नाम कर दी है, आपकी बेटी का करियर के रूप में गणित को चुनना मुझे थोड़ा हैरानी में डाल रहा है।

नीला: मुझे भी नहीं पता कि उसे यह काबिलियत कहाँ से हासिल हुई है। गणित के जटिल सूत्रों और सिद्धांतों के साथ माथापच्ची करने की। मैं तो सीधे-सादे जोड़-गुणा के सवाल भी ठीक तरह हल नहीं कर पाती हूँ। मगर शायद उसे ये सब मुश्किल नहीं लगता।

एटियेन: शायद यह उसका बगावत करने का तरीका है। आप भी तो खासी बगावती रही हैं ज़िन्दगी में।

नीला: हाँ, मगर मैंने इसे कायदे से किया। मैंने शराब पी, सिगरेट पी, और कई-कई मर्दों से इश्क फरमाया। गणित पढ़कर बगावत कौन करता है?

कहकर वह हँस पड़ीं।

नीला: और दूसरी बात यह कि अगर यह उसकी बगावत है तो बेवजह है, बेमकसद है। मैंने उसे हरसंभव आज़ादी दे रखी है। उसकी कोई चाहत मैंने अधूरी नहीं रखी। उसे किसी चीज़ की कमी नहीं है। वह किसी के साथ लिव-इन में रह रही है। वह उम्र में उससे बड़ा है। बदकिस्मती से बेहद दिलकश है, बहुत ज़हीन है, और किसी को भी खुश रखने में माहिर है। ज़रूरत से ज़्यादा आत्म-मुग्ध है। और उसका अहम तो पोलैंड के आकार का है।

एटियेन: आपको अपनी बेटी का उस आदमी के साथ रहना पसंद नहीं है?

नीला: मेरे पसंद या नापसंद करने से कोई फर्क नहीं पड़ता। यह फ्रांस है, मिस्टर बौस्टैलर, अफगानिस्तान नहीं। यहाँ के जवान लड़के-लड़कियाँ अपनी मर्ज़ी से जीते हैं, माँ-बाप की मर्ज़ी से नहीं।

एटियेन: तो आपकी बेटी का अब अफगानिस्तान से कोई वास्ता नहीं है?

नीला: जब हमने अफगानिस्तान छोड़ा, तब वह सिर्फ़ छह बरस की थी। इसीलिए उसे वहाँ बिताए हुए वक़्त की बहुत कम बातें याद हैं।

एटियेन: मगर आप तो कुछ नहीं भूली होंगी?

मैंने उनसे उनकी शुरुआती ज़िन्दगी के बारे में बताने की गुजारिश की।

वह कुछ देर में वापस आने का कहकर कमरे से बाहर चली गईं। जब लौटीं तो उनके हाथ में एक तस्वीर थी। एक बेहद पुरानी, मुड़ी-तुड़ी, ब्लैक-एण्ड-वाइट तस्वीर। उन्होंने वह तस्वीर मेरी ओर बढ़ाई। वह किसी आदमी की तस्वीर थी, जो चेहरे से बेहद कड़कमिज़ाज और रौबीला मालूम होता था और जिसका डीलडौल ख़ासा भारी था। उसके बाल चमकदार और करीने से जमे हुए थे। वह एक डेस्क के पीछे बैठकर किताब पढ़ रहा था। उसने नुकीले लैपल्स वाले सूट के साथ डबल-ब्रेस्टेड वेस्ट, ऊँचे कॉलर वाली सफेद शर्ट और बो टाई पहनी हुई थी।

नीला: मेरे बाबा। उन्नीस सौ उनतीस। जिस बरस मैं पैदा हुई थी।

एटियेन: देखने से ही लगता है कि ऊँचे तबके के आदमी हैं।

नीला: सही कहा आपने। वह काबुल के सबसे जाने-माने और रसूखदार पश्तून लोगों में से एक थे। बेहद पढ़े-लिखे और ज़हीन, सख्त सलीकेदार, और पर्याप्त मिलनसार। एक बेहतरीन किस्सा-गो (कहानीकार) भी। कम से कम सार्वजनिक रूप से तो ऐसे ही थे।

एटियेन: और अकेले में?

नीला: क्या आप अंदाज़ा लगाना चाहेंगे, मिस्टर बौस्टौलर?

मैंने फिर से तस्वीर में दिख रहे शख्स को गौर से देखा।

एटियेन: मेरे हिसाब से घर में वह सबसे कटकर रहना पसंद करने वाले शख्स होंगे। बेहद गंभीर। दूसरों के लिए एक रहस्य, एक पहेली की तरह। और अपनी हर बात को मनवाने की इच्छा रखने वाले। जो कहा है वह हर हाल में होना चाहिए।

नीला: मिस्टर बौस्टौलर, मेरी आपसे फिर इल्तज़ा है कि शराबनोशी में मेरा साथ देने के मेरे आग्रह को स्वीकार करें। मुझे अकेले पीना बिल्कुल पसंद नहीं है; मुझे नफरत है अकेले पीने से।

यह कहकर उन्होंने एक गिलास में वाइन उड़ेली और मेरी ओर बढ़ा दी। उनके इस कदर आग्रह को देखते हुए मैंने फिर से मना करना ठीक नहीं समझा और गिलास हाथ में थाम लिया।

नीला: उनके हाथ हमेशा ठंडे रहते थे। मेरे बाबा के। चाहे कोई भी मौसम हो, उनके हाथ हमेशा ठंडे ही रहते थे। और वो हमेशा सूट ही पहनते थे, हर मौसम में। एकदम परफेक्ट फिटिंग का, बराबर प्रेस किया हुआ। और सर पर फेडोरा कैप। और, दोरंगी विंगटिप्स जूते। मेरे ख़याल से वे हैण्डसम समझे जाते थे – संजीदा, ज़हीन, और अदबी तौर-तरीकों वाले दिलकश मर्द। बेशक इस दिलकशी में हर हफ्ते लॉन बॉलिंग और पोलो खेलना, एक जानी-मानी फ्रांसीसी औरत का शौहर होना, और उन सभी विलायती रस्म-ओ-रवायतों को अपनाना भी शामिल

था जो उस वक़्त के नौजवान प्रगतिशील सुल्तान के द्वारा लागू किए गए सुधारों के चलते मुमकिन हो पा रहा था। मगर मुझे इसमें दिलकशी कम और बनावट और विलायती लाइफ-स्टाइल की हास्यास्पद नक़ल ज़्यादा दिखाई देती थी। हालाँकि यह बात मुझे बहुत बाद में समझ आई, पहले तो मैं भी इन सब बातों को किसी मर्द के दिलकश होने का पैमाना समझती थी।

इतना कहने के बाद वह अपने नाखून कुरेदने लगीं और काफी देर तक कुछ नहीं बोलीं। इस मौके का फायदा उठाकर मैंने तब तक अपने रिकॉर्डर में टेप को पलट लिया।

नीलाः मेरे बाबा अपने कमरे में सोते थे, जबकि मैं और मेरी मम्मा एक अलग कमरे में। उनका ज़्यादातर वक़्त बाहर ही बीतता था, कभी वज़ीरों और सुल्तान के सलाहकारों के साथ लंच या डिनर करते हुए, तो कभी घुड़सवारी करते हुए, पोलो खेलते हुए, या शिकार करते हुए। शिकार का उन्हें बहुत शौक था।

एटियेनः इसका मतलब हुआ कि आपको उनके साथ ज़्यादा वक़्त बिताने का मौका नहीं मिला। आपके लिए वो हमेशा गैर-हाज़िर ही रहे।

नीलाः पूरी तरह नहीं। दो-एक दिन में एक बार वह कुछ मिनट मेरे साथ बिताने की ज़हमत ज़रूर उठाते थे। वह मेरे कमरे में आते और मेरे बिस्तर पर बैठ जाते, जो मेरे लिए इस बात का इशारा होता कि मैं उनकी गोद में चढ़ जाऊँ। कुछ देर तक मुझे अपने घुटनों पर बैठाकर झूला-सा झुलाते रहते और इस बीच हम दोनों में से कोई भी ज़्यादा कुछ नहीं बोलता। फिर आखिर में वह कहते, "अच्छा बताओ नीला, अब हम क्या करें?" कभी-कभी वह मुझे अपने कोट की ऊपर वाली जेब से रूमाल निकालने और उसे तह करके वापस रखने का खेल खेलने का मौका देते। ज़ाहिर बात है कि तह करने के नाम पर मैं रूमाल की

गेंद सी बनाकर उसे वापस उनकी जेब में ठूँस देती, जिस पर वह झूठ-मूठ हैरान होकर दिखाते, और उन्हें ऐसा करते देखकर मुझे बड़ा मज़ा आता। इस खेल को हम तब तक दोहराते जब तक कि वह इससे ऊब नहीं जाते, जो कि ज़रा देर की ही बात होती थी। और फिर वह अपने ठंडे हाथों से मेरे बालों को सहलाते हुए कहते, 'पापा को अब जाना है, मेरी प्यारी हिरनी। इसलिए अब तुम जाकर खेलो।'

इतना कहकर उन्होंने वह तस्वीर उठाई और उसे वापस उसी कमरे में रख आईं। फिर लौटकर उन्होंने एक मेज़ की दराज़ से सिगरेट का एक नया पैकेट निकाला और उसमें से निकालकर एक सिगरेट सुलगा ली।

नीलाः उनके लिए वह मेरा निकनेम था। और मुझे यह बहुत पसंद था। मैं हमारे बगीचे में–हमारे घर में बहुत बड़ा बगीचा था–यहाँ से वहाँ फुदकती फिरती थी और गाती रहती थी, "मैं बाबा की हिरनी हूँ! मैं बाबा की हिरनी हूँ!" वो तो बहुत बाद में जाकर मुझे समझ आया कि वह निकनेम कितना भयावह था।

एटियेनः क्या मतलब?

वह मुस्कराईं।

नीलाः मेरे बाबा हिरणों का शिकार करते थे, मिस्टर बौस्टौलर।

वैसे तो अस्पताल से मम्मा का घर कुछ ही ब्लॉक दूर था और वे दोनों पैदल चलकर भी जा सकती थीं, मगर बारिश काफी तेज़ हो गई थी, इसलिए उन्होंने टैक्सी कर ली। टैक्सी में मम्मा परी का रेनकोट ओढ़े पीछे की सीट पर सिमटकर बैठी रहीं, खामोशी से खिड़की के बाहर ताकती रहीं। उस वक़्त पहली बार परी को मम्मा बूढ़ी नज़र आईं–अपनी चवालीस बरस की उम्र से कहीं ज़्यादा बूढ़ी। बूढ़ी, मरियल और खस्ताहाल।

परी काफी वक़्त से मम्मा के घर नहीं आई थी। जब वह अन्दर दाखिल हुई तो उसने देखा कि रसोई के काउंटर पर वाइन के गंदे गिलासों, चिप्स और बिना पके पास्ता के खुले पैकेटों, और उन जूठी प्लेटों का अम्बार लगा मिला जो इतने

लम्बे अरसे से नहीं धोई गई थीं कि उनमें चिपकी जूठन को देखकर यह बता पाना मुश्किल था कि वो किस चीज़ की थी। मेज़ पर शराब की खाली बोतलों से भरा एक कागज़ का थैला पड़ा था, जो गिरने की कगार पर था। फर्श पर अखबार बिखरे पड़े थे, जिनमें से एक अखबार सुबह मम्मा के एक्सीडेंट के चलते बहे खून से सना हुआ था, और उस पर एक गुलाबी रंग का ऊनी मोजा पड़ा था। मम्मा के घर को ऐसी हालत में देखकर परी काँप उठी। उसे मन ही मन अपराध-बोध भी महसूस हुआ। और शायद यही मम्मा चाहती भी होंगी, उसने सोचा, मुझे अपराध-बोध महसूस कराना। मगर तुरंत ही वह ऐसा सोचने के लिए खुद को लानत भेजने लगी। इस तरह की बात तो जूलियन ही सोच सकता है। वह चाहती है कि तुम्हें बुरा लगे, यह बात पिछले एक बरस के साथ में उसने कई बार कही थी। वह चाहती है कि तुम्हें बुरा लगे। पहली बार जब उसने यह कहा था तो परी को बड़ी राहत महसूस हुई थी, ऐसा लगा था कि चलो कोई तो है जो उसे समझता है। उसे लगा था कि जिन जज़्बात को वह खुद ज़ाहिर नहीं कर पा रही थी, उन्हें उसने अलफ़ाज़ दे दिए थे, और इसके लिए वह उसका शुक्रगुज़ार महसूस कर रही थी। उसे लगा था कि उसे एक अच्छा और सच्चा साथी मिल गया है। मगर आजकल वह इसे लेकर असमंजस में पड़ी हुई है। अब उसे उसके इन शब्दों में घटियापन की झलक दिखाई देने लगी है। उसे उसमें नेकदिली का अभाव महसूस होने लगा है, जो कि परेशान करने वाली बात है।

बेडरूम के फर्श पर जहाँ-तहाँ कपड़े, म्यूज़िक रिकॉर्ड्स, किताबें और अखबार फैले पड़े थे। खिड़की की चौखट पर एक गिलास रखा था, पानी से आधा भरा, जिसमें सिगरेट के बचे हुए ठूँठ ही ठूँठ तैर रहे थे, जिसके कारण पानी पीले रंग का हो चुका था। परी ने बिस्तर पर फैलीं किताबें और पत्रिकाएँ समेटीं और मम्मा को वहाँ लिटाकर कम्बल ओढ़ा दिया।

मम्मा ने उसकी तरफ देखा। उनका एक हाथ उनकी पट्टी बंधी भौंह पर टिका हुआ था। इस पोज़ में वह किसी साइलेंट फिल्म की उस अभिनेत्री की तरह दिख रही थीं, जो बेहोश होने वाली हो।

"आप जल्दी ही अच्छी हो जाएँगी, मम्मा।"

"मुझे नहीं लगता," उन्होंने कहा। परी को ऐसा नहीं लगा कि यह उन्होंने तवज्जो पाने की गरज से कहा हो। मम्मा ने यह बात सपाट और नीरस स्वर में कही थी। उनकी बात में थकान, संजीदगी, और अपने अंजाम का आभास सुनाई दे रहा था।

“आप मुझे डरा रही हैं, मम्मा।”

“तुम जा रही हो?”

“आप चाहती हैं कि मैं रुकूँ?”

“हाँ।”

“तो मैं रुक जाऊँगी।”

“लाइट बंद कर दो।”

“मम्मा?”

“हाँ।”

“आप अपनी दवाइयाँ ले रही हैं न? या बंद कर दिया है? मुझे लगता है कि आपने लेना बंद कर दिया है, और मुझे फ़िक्र हो रही है।”

“बहस मत करो। लाइट बंद कर दो।”

परी ने लाइट बंद कर दी। फिर वह बिस्तर के किनारे पर बैठ गई और तब तक बैठी रही जब तक कि उसकी मम्मा सो नहीं गईं। फिर वह रसोई में गई और साफ़-सफाई का काम शुरू किया, जो कि आसान नहीं था। उसने एक जोड़ी दस्ताने तलाशे और बर्तनों से शुरू किया। जूठे बर्तनों की हालत बहुत ही खराब थी। दूध के जूठे गिलास, जो कि पता नहीं कितने अरसे से बिना धुले पड़े थे, खट्टी बदबू से भरे हुए थे। कटोरों में दलिया की जूठन जमकर कड़क हो गई थी। प्लेटों में पड़ी जूठन में हरे रंग की फफूँद जम गई थी। उसने बड़ी मुश्किल से सारे बर्तनों को साफ़ किया। उसे वह पल याद हो आया जब वह पहली बार जूलियन के घर बर्तन धो रही थी। सुबह का वक़्त था। गुज़री रात पहली बार दोनों साथ सोए थे। और जूलियन ने दोनों के लिए ऑमलेट बनाया था। वह उसके सिंक में बर्तन धो रही थी और वह टर्नटेबल पर जेन बिरकिन का गाना बजा रहा था। उस वक़्त यह साधारण-सा घरेलू काम उसे कितना अच्छा लग रहा था।

इस बार उसकी जूलियन से दुबारा मुलाक़ात तकरीबन एक बरस पहले, 1973 में, हुई थी। मम्मा से उसके ब्रेक-अप के करीब एक दशक बाद। कनाडाई दूतावास के बाहर सड़क पर सील के शिकार के खिलाफ छात्रों का एक विरोध प्रदर्शन हो रहा था, वहीं उसका आमना-सामना जूलियन से हुआ था। परी उस विरोध-प्रदर्शन में जाना नहीं चाहती थी, बल्कि उसे तो मेरोमॉर्फिक फंक्शन्स पर एक पेपर पूरा करना था, मगर कोलेट की ज़िद के चलते उसे जाना पड़ा। उन दिनों वे साथ रह रही थीं, मगर यह बात तेजी से उनके आपसी असंतोष का

कारण बन रही थी। कोलेट अब गांजा पीने लगी थी। सिर पर हेडबैंड्स बाँधने लगी थी और मैजेंटा रंग के ऐसे ढीले-ढाले कुर्ते पहनने लगी थी जिन पर पक्षियों और डेज़ीज़ की कसीदाकारी की हुई होती थी। वह उन लम्बे और बिखरे बालों वाले लड़कों को घर लाने लगी थी जो परी का खाना खा जाते थे और बेढंगे तरीके से गिटार बजाते थे। उन दिनों कोलेट का ज़्यादातर वक़्त जानवरों के खिलाफ बेरहमी, नस्लवाद, गुलामी, और प्रशांत महासागर में फ्रांसीसी परमाणु परीक्षण जैसे मसलों के खिलाफ धरना-प्रदर्शन करते, नारे लगाते, और इस सबमें शामिल लोगों की आलोचना करते हुए बीत रहा था। उनके घर में हमेशा एक बेचैनी भरी हलचल बनी रहती थी, हरदम ऐसे लोगों का आना-जाना लगा रहता था जिन्हें परी जानती तक नहीं थी। और जब कोई नहीं होता था, जब वे दोनों अकेली होती थीं, तब परी को उन दोनों के बीच पनप रहे एक नये अनकहे तनाव का अहसास होता था। कोलेट की बातों और उसके बर्ताव से उसे महसूस होता था जैसे कि वह परी को यह अहसास दिलाने की कोशिश कर रही हो कि उसे उसका वैसा होना मंज़ूर नहीं था जैसी कि वो थी। जैसे कि वो कहना चाहती हो कि देखो तुम्हारे और मेरे बीच कितना फर्क है, मैं अपने आसपास हो रहे अन्याय के खिलाफ लड़ने में लगी हूँ और तुम्हें किसी चीज़ से कोई फर्क ही न पड़ता; मैं कितनी संवेदनशील हूँ और तुम कितनी असंवेदनशील।

मिसाल के तौर पर, एक दिन जब वे दोनों अकेली थीं तो कोलेट ने बेहद गर्मजोशी से कहा था, “वे झूठ बोल रहे हैं। वे कहते हैं कि उनके तरीके मानवीय हैं। मानवीय! क्या तुमने देखा है कि वे उन्हें मारने के लिए क्या इस्तेमाल करते हैं? वो हकापिक (कुदाली जैसा उपकरण)? ज़्यादातर बार तो बेचारी सील पूरी तरह मरी भी नहीं होतीं और वो कमीने उनके शरीर में हुक फँसाकर उन्हें नाव तक घसीट लेते हैं। वे उन्हें ज़िन्दा ही छीलते हैं, परी। जिंदा ही!” कोलेट ने जिस तरह से यह आखिरी बात कही थी, जिस तरह से उसने इस पर ज़ोर दिया था, उसे सुनकर परी को उससे माफी माँगने का मन हो आया। किस बात के लिए? उसे ठीक-ठीक नहीं पता था, मगर उसे यह ज़रूर पता था कि इन दिनों कोलेट और उसके गुस्से और उसके तानों और इल्जामों और साथ रहना उसे बहुत भारी लगने लगा था।

बहरहाल, उस दिन उस विरोध-प्रदर्शन में तकरीबन तीस लोग ही इकठ्ठा हो पाए थे। ऐसी अफवाह थी कि ब्रिगिट बार्डोट भी वहाँ आएँगी, मगर आखिर में यह सिर्फ़ एक अफवाह ही निकली। यह देखकर कोलेट बहुत खफा थी और इसे लेकर उसकी एरिक नाम के एक दुबले-पतले, पीले रंग का चश्मे पहने लड़के

से तीखी बहस भी हुई। परी को पता चला कि वह लड़का उस विरोध-प्रदर्शन के आयोजन का प्रभारी था। बेचारा एरिक। परी को उस पर बड़ी दया आई। इधर कोलेट अभी भी गुस्से से भरी हुई थी, मगर उसने हार न मानने का फैसला किया और विरोध-प्रदर्शन की अगुआई करने लगी। यह देखकर परी धीरे-धीरे पीछे की ओर खिसकने लगी। बिल्कुल पीछे आने पर उसने देखा कि उसकी बगल में एक सपाट छाती वाली लड़की खड़ी थी, जो घबराहट और उत्साह के मिले-जुले भाव के साथ नारे लगा रही थी। परी ने अपनी निगाहें फुटपाथ पर टिकाए रखीं और पूरी कोशिश की कि वह सबसे अलग न दिखे।

तभी किसी ने उसका कंधा थपथपाया।

"ऐसा लगता है कि तुम ऊपरवाले से दुआ कर रही हो कि वह किसी को भेज दे, जो यहाँ से तुम्हें सही-सलामत बचाकर निकाल ले जाए।"

यह जूलियन था। उसने स्वेटर के ऊपर एक ट्वीड जैकेट, नीचे जींस और सिर पर एक ऊनी स्कार्फ पहन रखा था। उसने बाल बढ़ा लिए थे, और थोड़ा ज़्यादा उम्रदराज़ लगने लगा था, मगर ओल्ड वाइन की तरह, जो जितनी पुरानी होती जाती है उतनी ही उसकी क्वालिटी और कीमत दोनों बढ़ती जाती हैं। उसकी उम्र की कुछ औरतों को तो उसे देखकर रश्क हो सकता था कि वह उस उम्र में भी इतना हसीन कैसे दिख सकता था। वह अब भी दुबला-पतला और चुस्त-दुरुस्त था। हाँ, आँखों के नीचे हल्की झुर्रियाँ दिखने लगी थीं, कनपटियों के थोड़े और बाल सफेद हो गए थे, और चेहरे पर हल्की-सी थकान उभरने लगी थी।

"बिल्कुल कर रही हूँ," परी ने कहा।

उन्होंने एक-दूसरे के गालों को चूमा, और फिर जब जूलियन ने उससे अपने साथ कॉफ़ी पीने चलने के लिए पूछा, तो उसने 'हाँ' कह दिया।

"तुम्हारी दोस्त गुस्से में लग रही है। जानलेवा गुस्से में।"

परी ने पीछे मुड़कर देखा तो कोलेट एरिक के साथ खड़ी दिखाई दी। वह अब भी चिल्ला-चिल्लाकर नारे लगा रही थी और हवा में मुट्ठी तान रही थी, मगर उसकी नज़र परी और जूलियन पर थी, वह उन्हें अजीब तरह से घूर रही थी। परी ने बड़ी मुश्किल से अपनी हँसी रोकी। उसे पता था कि अगर कोलेट ने उसे हँसते देख लिया तो उनके रिश्ते को ऐसा नुकसान पहुँच सकता था जिसकी भरपाई करना मुश्किल होगा। उसने माफी माँगने के अंदाज़ में कंधे उचकाए और वहाँ से खिसक ली।

वहाँ से निकलकर वे एक छोटे से कैफे में गए और खिड़की के पास वाली एक मेज़ पर बैठ गए। जूलियन ने दोनों के लिए कॉफी और एक-एक कस्टर्ड (मिले-फ्यूइल) ऑर्डर किया। परी ने जब उसे वेटर से उसी चिर-परिचित दोस्ताना-मगर-रौबदार लहज़े में बात करते देखा तो उसे उससे पहली बार रेस्तरां में मम्मा के साथ हुई मुलाक़ात याद आ गई, और उसके पेट में फिर से वैसी ही हलचल होने लगी जैसी तब होती थी जब वह मम्मा को लेने घर आता था। उसे अचानक इस बात का ख़याल आने लगा कि वह कितनी खराब दिख रही थी। अचानक ही उसके ज़ेहन में आने लगा कि उसके नाखून दाँतों से कुतरे जाने के कारण आढ़े-टेढ़े दिख रहे थे, चेहरे पर पाउडर नहीं लगा हुआ था, और बाल उलझे-उलझे और बेतरतीब हो रखे थे। अब उसे पछतावा हो रहा था कि नहाने के बाद उसने बाल सुखा लिए होते तो अच्छा होता। मगर क्या करती, यहाँ आने के लिए देर जो हो रही थी और कोलेट इस तरह बेचैन और बेकाबू हो रही थी जैसे चिड़ियाघर का कोई खूँखार जानवर गुस्से और बेचैनी के मारे अपने पिंजरे में बेकाबू सा हुआ घूमता है।

"मैंने तुम्हें 'धरना-प्रदर्शन करने वाली टाइप' का नहीं समझा था," जूलियन ने उसके लिए सिगरेट जलाते हुए कहा।

"मैं नहीं हूँ। मैं वहाँ धरना-प्रदर्शन में यकीन के चलते नहीं बल्कि अपराध-बोध के चलते गई थी।"

"अपराध-बोध? सील के शिकार को लेकर?"

"कोलेट को लेकर।"

"ओह, हाँ। वैसे, मुझे भी उससे थोड़ा डर लगता है।"

"हम सब डरते हैं।"

दोनों हँसे। उसने हाथ बढ़ाकर परी के स्कार्फ को छुआ। फिर हाथ नीचे कर लिया। "अगर मैं यह कहूँ कि तुम अब बड़ी हो गई हो तो इसमें कोई नयी बात नहीं होगी, इसलिए मैं नहीं कहूँगा। मगर इतना ज़रूर कहूँगा कि तुम वाकई बहुत खूबसूरत लग रही हो, परी।"

परी ने अपने रेनकोट के कॉलर को चुटकी से पकड़ा। "इस जासूसों जैसे पहनावे में?"

कोलेट ने उससे कई बार कहा था कि उसकी यह आदत अहमकाना थी–जिन मर्दों को वह पसंद करती थी उनकी मौजूदगी में अपनी घबराहट को छिपाने

के लिए अपना ही मज़ाक उड़ाने लगने की आदत। खासकर तब जब वे उसकी तारीफ़ कर रहे हों। अचानक उसे मम्मा के स्वाभाविक रूप से आत्मविश्वासी स्वभाव से ईर्ष्या हो आई, हालाँकि ऐसा न तो पहली बार हो रहा था और न ही आख़िरी बार।

"अब इसके बाद तुम कहोगे कि मैं अपने नाम को सार्थक कर रही हूँ," परी ने कहा।

"अरे नहीं। बिल्कुल नहीं। यह तो बहुत घिसी-पिटी सी बात होगी। औरतों की तारीफ़ करना भी एक कला है, माय डिअर, तुम्हें पता है?"

"नहीं, मगर मुझे यकीन है कि तुम उस कला में पारंगत हो।"

तभी वेटर पेस्ट्री और कॉफी ले आया और परोसने लगा। परी ने अपनी नज़रें उसकी हथेलियों पर टिकाए रखीं और उसे मेज़ पर कप और प्लेटें सजाते हुए देखती रही। इधर उसकी अपनी हथेलियाँ पसीने से भीग गई थीं। अब तक उसकी ज़िन्दगी में सिर्फ़ चार बॉयफ्रेंड आए थे। वह जानती थी कि यह संख्या मामूली थी, खासकर मम्मा की तुलना में (जब वह उसकी उम्र की थीं तब की तुलना में)। यहाँ तक कि कोलेट की तुलना में भी। वह बहुत समझदार थी और बहुत सोच-समझकर ही किसी के साथ रिश्ता बनाती थी, मगर जब बना लेती थी तो फिर सामने वाले के साँचे में ढलने और कुछ नापसंद चीज़ों से भी समझौता कर लेने में उसे कोई दिक्कत नहीं होती थी। कुल मिलाकर, वह मम्मा और कोलेट के मुकाबले ज़्यादा टिकाऊ और कम थकाऊ थी। मगर बदकिस्मती से ये वे खूबियाँ नहीं थीं जो मर्दों को औरतों की तरफ खींच सकें। उसने जो चार बॉयफ्रेंड बनाए भी थे, उनमें से किसी से भी उसे प्यार नहीं था–हालाँकि उसने उनमें से एक से झूठ बोला था कि वह करती है–मगर हकीकत यह थी कि उनके साथ होते हुए भी वह हमेशा जूलियन के बारे में ही सोच रही होती थी, हमेशा उनमें जूलियन को ही तलाशती रहती थी। जूलियन का खूबसूरत चेहरा और उस चेहरे की वह ख़ास कशिश उसके ज़ेहन से हटती ही नहीं थी।

पेस्ट्रीज़ खाते हुए उसने परी को अपने काम के बारे में बताया। उसने बताया कि पढ़ाने का काम वह कई बरस पहले छोड़ चुका था। उसके बाद कुछ बरसों तक उसने आईएमएफ (अंतरराष्ट्रीय मुद्रा कोष) के साथ काम किया था। उस काम की जो सबसे अच्छी बात उसे लगी थी वो थी कई सारे देशों की यात्राएँ करने का मौका मिलना।

"कहाँ-कहाँ गए?"

"जॉर्डन, इराक। फिर मैंने कुछ बरस 'अनौपचारिक अर्थव्यवस्थाएँ' विषय पर एक किताब लिखते हुए बिताए।"

"क्या वह किताब छपी?"

"ऐसी अफवाह तो है।" वह मुस्कराया। "फिलहाल मैं पेरिस में एक प्राइवेट कंसल्टिंग फर्म के लिए काम कर रहा हूँ।"

"मैं भी दूसरे देशों की यात्राएँ करना चाहती हूँ," परी ने कहा। "कोलेट हमेशा कहती है कि हमें अफगानिस्तान जाना चाहिए।"

"मेरे ख़याल से मुझे पता है कि वह क्यों वहाँ जाना चाहेगी।"

"मगर मैं काफी वक़्त से इस बारे में सोच रही हूँ। मतलब, वहाँ जाने के बारे में। मैं हशीश का नशा नहीं करती, मगर मैं वहाँ जाना चाहती हूँ, उस मुल्क को, उस सरज़मीं को देखना चाहती हूँ जहाँ मैं पैदा हुई थी। शायद मैं वह पुराना घर भी तलाश पाऊँ जहाँ बचपन में मैं अपने बाबा और मम्मा के साथ रहती थी।"

"मुझे नहीं पता था कि तुम्हारे अन्दर इस बात को लेकर इतनी गहरी तड़प है।"

"मुझे जिज्ञासा है। मतलब, मुझे वहाँ की बहुत कम बातें याद हैं।"

"मेरे ख़याल से एक बार तुमने वहाँ अपने परिवार के रसोइए के बारे में कुछ कहा था।"

परी यह सोचकर मन ही मन खुश हो उठी कि उसे वह बात याद थी जो उसने उसे इतने बरस पहले बताई थी। इसका मतलब है कि इस दौरान उसने ज़रूर उसके बारे में सोचा होगा। इस दौरान वह उसके मन में रही होगी।

"हाँ। उसका नाम नबी था। वह हमारा ड्राइवर भी था। वह मेरे बाबा की कार चलाता था, एक बड़ी अमरीकी कार, नीले रंग की, जिसकी छत हल्के भूरे रंग की थी। मुझे याद है कि उसके बोनट पर एक चील का सिर बना हुआ था।"

इसके बाद वह उसकी पढ़ाई के बारे में पूछता रहा और वह बताती रही, खासकर उसने कॉम्प्लेक्स वेरिएबल्स को लेकर अपनी दिलचस्पी के बारे में काफी बात की। वह ध्यान से और दिलचस्पी से सुनता रहा, जैसा कि मम्मा कभी नहीं करती थीं। मम्मा को गणित बोर करता है और उनकी समझ में नहीं आता कि परी को उसमें दिलचस्पी क्योंकर है भला। वह दिलचस्पी दिखाने का नाटक भी नहीं कर पाती थीं। उल्टा वे गणित और उसमें परी की दिलचस्पी को लेकर इस तरह के लतीफे बनाती थीं, जो ऊपरी तौर पर विषय को लेकर उनकी अपनी

अज्ञानता का मज़ाक उड़ाते मालूम होते थे। ऊह ला ला, *वह मुस्कुराते हुए कहतीं, मेरा सिर! मेरा सिर! चकरघिन्नी की तरह घूम रहा है! चलो एक डील करते हैं, परी। मैं हम दोनों के लिए चाय बना लेती हूँ, और बदले में तुम वापस पृथ्वी पर लौट आओ, ठीक है?* फिर वह खिलखिलाकर हँस पड़तीं, और परी भी उनका साथ देती। मगर परी को इन लतीफों में एक तीखापन, एक छिपी हुई-सी फटकार और इस बात का इशारा महसूस होता था कि उसके ज्ञान को किसी और दुनिया की चीज़ समझा जा रहा है और इसमें उसकी दिलचस्पी को फ़िज़ूल माना जा रहा है। फ़िज़ूल।

जूलियन ने उससे पूछा कि उसे गणित क्यों पसंद है, और उसने कहा कि गणित पढ़ना उसे 'निश्चिंतता' का अहसास कराता है।

"मैं शायद इसके लिए 'डरावना' विशेषण प्रयोग करता, जो कि मुझे ज़्यादा सटीक मालूम पड़ता है," जूलियन ने कहा।

"बेशक, यह डरावना भी है।"

परी ने कहा कि उसे गणित में 'निश्चिन्तता' का अहसास इसलिए होता है क्योंकि गणितीय नियम निश्चित होते हैं। जो है वो हमेशा वही रहेगा, उनकी मनमानी व्याख्या नहीं की जा सकती और न ही उसके मामले में अस्पष्टता की कोई गुंजाइश होती है। इसलिए आप निश्चिन्त रह सकते हैं। आप इस बात के प्रति आश्वस्त हो सकते हैं कि सवाल चाहे जितना भी कठिन हो, उसके जवाब तक पहुँचा जा सकता है; ऐसी कोई गणितीय समस्या सम्भव नहीं जिसे हल न किया जा सकता हो। हल तो हमेशा से मौजूद होता है, ब्लैकबोर्ड पर उकेरी गईं रेखाओं की तरह, इंतज़ार करता रहता है कि आप सही सूत्र लगाकर उसे तलाश लें।

"दूसरे शब्दों में कहें तो गणित ज़िन्दगी की तरह नहीं है," जूलियन ने कहा। "ज़िन्दगी के सवाल या तो ऐसे होते हैं जिनका कोई जवाब होता ही नहीं है, या फिर वे इतने ज़्यादा उलझे हुए होते हैं कि उनके जवाब तलाश पाना मुमकिन ही नहीं हो पाता।"

"क्या मेरा मन पढ़ना इतना आसान है?" वह हँसी और अपना चेहरा नैपकिन से छुपा लिया। "मैं भी कैसी बेवकूफी की बातें करती हूँ।"

"नहीं," जूलियन ने कहा, और नैपकिन हटा दिया। "बिल्कुल नहीं।"

"तुम्हारे किसी डफर स्टूडेंट की तरह। मैं पक्का तुम्हें तुम्हारे स्टूडेंट्स की याद दिलाती होऊँगी।"

इसके बाद जूलियन ने और भी सवाल पूछे, जिनसे परी को पता चला कि उसे विश्लेषणात्मक संख्या सिद्धांत (एनालिटिक नंबर थ्योरी) का व्यावहारिक ज्ञान था और वह कार्ल गॉस और बर्नहार्ड रीमैन से भी परिचित था–चाहे कामचलाऊ तौर पर ही क्यों न हो, मगर था। उन्हें बातें करते-करते शाम हो गई। उन्होंने कॉफ़ी ख़त्म की, फिर बियर मँगाई, और उसके बाद वाइन भी। और फिर, जब इसे और टाला जाना मुमकिन नहीं रहा, जूलियन थोड़ा आगे की ओर झुका और किसी से उसकी राज़ी-ख़ुशी पूछने के अंदाज़ में बोला, "और, यह बताओ कि नीला कैसी है?"

परी ने एक गहरी साँस छोड़ी और लाचारी से कंधे उचकाए।

जूलियन ने सर हिलाकर जताया कि वह समझ सकता है।

"शायद उनकी किताबों की दुकान बंद हो जाए," परी ने कहा।

"यह सुनकर मुझे वाकई उसके लिए बुरा लग रहा है।"

"दुकान की बिक्री कई बरसों से लगातार गिरती आ रही है। शायद जल्द ही इसे बंद करना पड़े। मम्मा इसे एक्सेप्ट नहीं करेंगी, मगर यह उनके लिए एक बड़ा झटका होगा। उन्हें बहुत गहरा सदमा लगेगा।"

"क्या इन दिनों वह कुछ लिख रही है?"

"काफी अरसे से उन्होंने लिखना छोड़ रखा है।"

जल्दी ही जूलियन ने विषय बदल दिया। इससे परी को बड़ी राहत महसूस हुई। वह मम्मा और उनकी शराबनोशी और उन्हें अपनी दवाई समय पर लेने के लिए राज़ी करने की मशक़्क़त के बारे में बात नहीं करना चाहती थी।

परी को वो सारे मौके याद हो आए जब जूलियन की निगाहें उसे असहज कर देती थीं, वे सारे लम्हे जब वे अकेले होते थे, वह और जूलियन, और मम्मा अपने कमरे में तैयार हो रही होती थीं। तब जूलियन एकटक परी को देखता रहता था और परी यह सोचने की कोशिश करती रहती थी कि उससे क्या कहे, क्या बात करे। मम्मा ने ज़रूर इस बात को भाँप लिया होगा। कहीं यही वजह तो नहीं थी मम्मा के जूलियन से रिश्ता तोड़ लेने की? अगर ऐसा था भी तो परी को लगता था कि उन्होंने ऐसा एक माँ होने के नाते अपनी बेटी को बचाने की गरज से नहीं बल्कि इस जलन की वजह से किया होगा कि उनका प्रेमी उनकी बजाए उनकी बेटी को पसंद करता था।

कुछेक हफ़्तों बाद जूलियन ने परी से कहा कि क्यों नहीं वह उसके घर उसके साथ रहने आ जाती। वह लेफ्ट बैंक के 7th अरॉन्डिसमेंट (नगरपालिका प्रभाग) में एक छोटे से अपार्टमेंट में रहता था। परी ने हाँ कह दिया। कोलेट के दिनोंदिन खराब होते जा रहे बर्ताव ने परी के लिए उसके साथ एक ही घर में रहना असहनीय बना दिया था।

परी को जूलियन के घर पर बिताया अपना पहला रविवार याद है। वे दोनों उसके सोफे पर एक-दूसरे से सटकर अधलेटे से बैठे हुए थे। परी उनींदी हालत में थी, और बहुत खुश थी। जूलियन कॉफ़ी पीते-पीते अखबार पढ़ रहा था और उसने अपनी लंबी टाँगें कॉफी टेबल पर फैला रखी थीं। टर्नटेबल पर रखे रिकॉर्ड प्लेयर पर जैक्स ब्रेल का गाना बज रहा था। बीच-बीच में परी जूलियन की छाती पर टिके अपने सिर की स्थिति बदलती थी, और जूलियन झुककर उसकी पलक, कान या नाक पर हल्का सा चुंबन कर देता था।

"हमें मम्मा को बताना पड़ेगा," परी ने कहा।

और उसे तुरंत जूलियन के शरीर में तनाव पैदा होता हुआ महसूस हुआ था। उसने अखबार को तह किया, अपनी आँखों पर चढ़ा पढ़ने का चश्मा उतारा और दोनों चीज़ें सोफे के आर्मरेस्ट पर रख दीं।

"उनको पता होना चाहिए।"

"शायद," जूलियन ने कहा।

"शायद?"

"नहीं, मेरा मतलब है कि बेशक। तुम सही कह रही हो। तुम्हें नीला को फोन करना चाहिए। लेकिन सावधान रहना। उससे इजाज़त या आशीर्वाद मत माँगना, दोनों में से कुछ नहीं मिलेगा। बस उसे बता देना। उसे यह पता होना चाहिए कि तुम किसी भी कीमत पर अपना फैसला नहीं बदलोगी।"

"तुम्हारे लिए यह कहना आसान है।"

"हाँ, शायद। फिर भी, याद रखना कि नीला एक इंतकाम पसंद औरत है। मुझे यह कहते हुए अफ़सोस हो रहा है, मगर इसी वजह से हमारा रिश्ता ख़त्म हुआ था। वह हद से ज़्यादा इंतकाम पसंद है। इसलिए मैं जानता हूँ कि तुम्हारे लिए यह आसान नहीं होगा।"

परी ने एक आह भरी और अपनी आँखें बंद कर लीं। इस काम का सोचकर ही उसके पेट में मरोड़ें उठने लगी थीं। जूलियन ने हथेली से उसकी पीठ सहलाई। "इतनी भी मत घबराओ।"

परी ने अगले दिन उन्हें फोन किया। मम्मा को पहले से ही पता था।

"आपको किसने बताया?"

"कोलेट।"

और कौन बता सकता है, परी ने मन ही मन कहा। "मैं आपको बताने ही वाली थी।"

"मुझे पता है कि तुम बताने वाली थीं। तुम बता ही रही हो। वैसे भी, ऐसी बात छिपाई नहीं जा सकती।"

"क्या आप नाराज़ हैं?"

"क्या इससे कोई फर्क पड़ता है?"

परी खिड़की के पास खड़ी थी। अनमने ढंग से वह अपने खाली हाथ की उंगलियाँ वहाँ रखी एक पुरानी, टूटी-फूटी ऐशट्रे के नीले किनारों पर फिरा रही थी।

उसने अपनी आँखें बंद कर लीं। "नहीं, मम्मा। कोई फर्क नहीं पड़ता।"

"काश, मैं कह पाती कि मुझे यह सुनकर ज़रा भी तकलीफ नहीं हुई।"

"मेरा ऐसा कोई इरादा नहीं था।"

"मुझे नहीं लगता कि यह सच है।"

"मैं क्यों आपको चोट पहुँचाना चाहूँगी, मम्मा?"

मम्मा हँसी। एक खोखली, भद्दी-सी हँसी।

"कभी-कभी जब मैं तुम्हें देखती हूँ तो मुझे तुममें अपनी कोई झलक नहीं दिखती। हरगिज़ नहीं दिखती। और मुझे लगता है कि इसमें कोई हैरानी वाली बात नहीं है। मुझे नहीं पता कि तुम किस तरह की इंसान हो, परी। मुझे नहीं पता कि तुम कौन हो, तुम्हारे अंदर क्या काबिलियत है, तुम्हारे खून में क्या है। तुम मेरे लिए अजनबी हो।"

"मैं समझी नहीं, आप क्या कहना चाहती हैं?"

लेकिन नीला पहले ही फोन काट चुकी थी।

‘अफगान सॉन्गबर्ड’ नाम से प्रकाशित नीला वहदती के एटियेन बौस्टौलर द्वारा लिए गए साक्षात्कार के कुछ अंश, *पैरालेक्स* 84 (विंटर 1974), पेज 38

एटियनः क्या आपने फ्रेंच यहीं आकर सीखी?

नीलाः नहीं, बचपन में, जबकि मैं काबुल में रहती थी, मेरी मम्मा ने सिखाई थी। वह मुझसे सिर्फ़ फ्रेंच में ही बात करती थीं और हर दिन मुझे फ्रेंच सिखाती थीं। जब उन्होंने अफगानिस्तान छोड़ दिया तो मेरे लिए उनके बिना वहाँ रहना बहुत कठिन हो गया था।

एटियनः क्या वह यहाँ फ्रांस आ गई थीं?

नीलाः हाँ। 1939 में मेरे मम्मा-बाबा का तलाक हो गया था। उस वक़्त मैं दस बरस की थी। चूँकि मैं उनकी इकलौती औलाद थी, इसलिए बाबा किसी भी कीमत पर मुझे मम्मा के साथ जाने देने को राज़ी नहीं हुए। इसलिए मैं वहीं रह गई, और मम्मा पेरिस आकर अपनी बहन एग्नेस के साथ रहने लगीं। पापा ने मुझे घुड़सवारी और आर्ट सिखाने के लिए एक प्राइवेट ट्यूटर रख दिया, ताकि मेरा मन बहला रहे और मैं इतनी बिज़ी रहूँ कि मुझे मम्मा की कमी का अहसास ही न हो। लेकिन वह यह नहीं समझ सके कि माँ की जगह कोई नहीं ले सकता।

एटियनः फिर आपकी मम्मा का क्या हुआ?

नीलाः ओह, उनका इंतकाल हो गया। तब जब नाज़ी पेरिस आए। नहीं, उन्होंने उन्हें नहीं मारा। उन्होंने एग्नेस को मारा। मेरी मम्मा की मौत निमोनिया से हुई थी। बाबा ने मुझे इसके बारे में तब तक नहीं बताया जब तक मित्र देशों की सेना ने पेरिस को आज़ाद नहीं करा लिया, मगर तब तक मुझे वैसे ही पता चल चुका था। मैं जान चुकी थी।

एटियन: आपके लिए इस बात को बर्दाश्त कर पाना बहुत मुश्किल रहा होगा?

नीला: मैं पूरी तरह टूट गई थी। मैं मम्मा से बहुत प्यार करती थी। मैंने जंग ख़त्म होने के बाद उनके साथ फ्रांस में रहने का प्लान बनाया था।

एटियन: क्या मेरा यह सोचना गलत होगा कि आपके अपने बाबा से ताल्लुकात अच्छे नहीं थे?

नीला: आपका सोचना सही है। हमारे बीच हमेशा तनाव रहता था। हमारे बीच अक्सर झगड़े होते थे। बहुत ज़्यादा। और उन्हें यह बहुत नागवार गुज़रता था। उन्हें इसकी बिल्कुल भी आदत नहीं थी कि कोई उन्हें पलटकर जवाब दे, खासकर कोई औरत। उन्हें मेरी हर बात से एतराज़ रहता था–मैं क्या पहनती हूँ, कहाँ जाती हूँ, क्या बोलती हूँ, किससे बोलती हूँ–मेरी हरेक बात उन्हें नागवार गुज़रती थी। वक़्त के साथ मैं और ज़्यादा बिंदास और जोखिम-पसंद बनती गई, और वह और भी ज़्यादा कट्टरपंथी और जज़्बाती तौर पर और भी ज़्यादा सख़्त और सूखे होते गए। हमारी हालत साँप और नेवले जैसी हो गई थी।

यह कहकर वह खिलखिलाकर हँस दीं और अपने सिर पर बंधे स्कार्फ की ढीली हो गई गठान को कसने लगीं।

नीला: और फिर मैंने प्यार में पड़ना शुरू कर दिया। अक्सर बिना सोचे-समझे और गलत लोगों के साथ, और यही बात बाबा को सबसे ज़्यादा परेशान करती थी। एक बार मुझे एक हाउसकीपर (नौकरानी) के बेटे से प्यार हो गया था। फिर एक बार एक सिविल सर्वेंट से, जो पापा के ही व्यावसायिक मामलों को संभालता था। बेबाकी, बेपरवाही, दिमाग की बजाए दिल से सोचना, जिस भी बात के लिए मना किया जाए वही काम करना, हर कायम रवायत को तोड़ने पर आमादा रहना, बेबात जोखिम उठाना, जुनून की रौ में किसी भी हद तक चले जाना; ये सारी बातें शुरू से ही मेरी शख़्सियत का हिस्सा बन चुकी थीं,

जिसके चलते नाकामी मेरी किस्मत बन गई थी। जिन भी लोगों से मिलने या जो कोई भी काम करने के लिए मुझे मना किया जाता (चाहे बाबा की तरफ से या फिर समाज की तरफ से), उन कामों को छिप-छिपकर करने और इसके लिए घर से भाग जाने में मुझे बड़ा मज़ा आता था। चूँकि बाबा की वजह से मुझे भी काबुल में हर कोई जानता था, इसलिए मेरे ये छिप-छिपकर किए जाने वाले काम या मुलाकातें छिपी नहीं रह पाती थीं; कोई न कोई जाकर बाबा को बता देता था। वे उनसे आकर कहते कि मैं फलां-फलां जगह फलां-फलां लोगों के साथ मस्ती कर रही थी–वे हमेशा इसी तरह कहते थे कि मैं "मस्ती कर रही थी।" या फिर वे कहते कि मैं "सरेआम अपनी नुमाईश" कर रही थी। बाबा को मुझे वापस लाने के लिए सर्च पार्टी भेजनी पड़ती। वापस लाए जाने के बाद वह मुझे मेरे कमरे में बंद कर देते। कई-कई दिनों के लिए। और दरवाज़े के बाहर से कहते, *तुम्हें मेरी इज़्ज़त की ज़रा भी परवाह नहीं है? क्यों इस तरह मेरी इज़्ज़त का जनाज़ा निकालने पर तुली रहती हो? क्या करूँ मैं तुम्हारा?* और कभी-कभी वह अपने इस सवाल का जवाब अपने बेल्ट से देते। या घूँसे से। वह मारने के लिए मेरे पीछे दौड़ते और मैं उनसे बचने के लिए कमरे में इधर से उधर भागती फिरती। उन्हें लगता था कि इस तरह डरा-धमकाकर वह मुझसे अपनी बात मनवा सकते हैं। मैंने उस समय बहुत लिखा; लंबी-लम्बी, विवादास्पद कविताएँ/नज़्में, जो कमसिन उम्र की हसरतों और फंतासियों से लबालब रहती थीं। बेशक कुछ ज़्यादा ही ड्रामाई और फ़िल्मी टाइप की। पिंजरे में कैद है बुलबुल और जंजीरों में जकड़े हैं प्रेमी; इस तरह की चीज़ें। यकीनन आज मैं उन्हें अपनी रचनाएँ कहने में फख्र महसूस नहीं करूँगी।

मुझे लगता है कि झूठ-मूठ खाकसारी (विनम्रता) दिखाना उनके स्वभाव में नहीं है, और इसलिए हम मान सकते हैं कि अपनी शुरुआती रचनाओं को लेकर उनकी जो यह राय है वह उनका ईमानदार मूल्यांकन है। अगर ऐसा है, तो मैं कहूँगा कि यह बहुत बेरहम है। उस दौर की उनकी रचनाएँ वास्तव में अद्भुत हैं, यहाँ

तक कि अनुवाद में भी, ख़ास तौर से इस बात को मद्देनज़र रखते हुए कि जिस वक़्त उन्होंने इन्हें लिखा था उस वक़्त उनकी उम्र बहुत कम थी। वे रचनाएँ दिल को छू लेने वाली हैं, उनमें बिम्बों, भावनाओं और आदमी के मन की सच्चाइयों को बखूबी सामने लाया गया है, और उनमें अपनी बात को असरदार ढंग से कहने की काबिलियत भी झलकती है। वे अकेलेपन और दिल के नाकाबिल-ए-बर्दाश्त दर्द को बखूबी ज़ाहिर करती हैं। उनमें उनकी निराशाओं और कच्ची उम्र के प्यार में आने वाले उतार-चढ़ावों, आकर्षणों, वादों और खतरों को बहुत ख़ूबसूरती से बयाँ किया गया है। और अक्सर उन्हें पढ़कर एक रूहानी घुटन का, पंख फैलाने के लिए आसमान की कमी का, और लगातार हालात के ज़ुल्मों के खिलाफ जद्दोजहद का एहसास होता है, जिसे अक्सर एक ऐसे बेनाम मनहूस मरदाना साए के तौर पर पेश किया गया है जो हमेशा उनकी खुशियों पर मंडराता रहता है। साफ़ समझ आता है कि वह इशारों-इशारों में अपने बाबा के बारे में बात कर रही हैं। मैंने ईमानदारी के साथ उन्हें अपने इन खयालात से वाकिफ कराया।

एटियन: और आपकी रचनाओं की एक महत्वपूर्ण विशेषता मुझे यह भी लगती है कि वे लय, तुक और छंद की उस स्थापित परंपरा को तोड़ती हैं, जिसे मैं शास्त्रीय फ़ारसी कविता का अभिन्न अंग मानता हूँ। आप सहज कल्पनाशीलता का प्रयोग करती हैं। आप सामान्य-से, साधारण-से विवरणों को भी ख़ासा असरदार बना देती हैं। मेरी समझ से तो आपसे पहले ऐसा किसी और शायर या कवि ने नहीं किया था। क्या यह कहना सही नहीं होगा कि अगर आप किसी ज़्यादा तरक़्क़ी-याफ़्ता और अमीर मुल्क–जैसे कि ईरान–में पैदा हुई होतीं, तो आज आपकी गिनती निश्चित रूप से अदबी अगुआओं (साहित्यिक पुरोधाओं) के तौर पर हो रही होती?

उनके चेहरे पर एक व्यंग्यात्मक मुस्कान उभरी।

नीला: कल्पना कीजिए।

एटियनः और इसीलिए मुझे आपके मुँह से यह सुनकर हैरानी हुई कि आपको अपने लड़कपन के दौर की उन रचनाओं के लिए खुद पर फख्र महसूस नहीं होता है। क्या आप अपनी किसी साहित्यिक रचना से खुश और संतुष्ट हैं?

नीलाः यह बड़ा पेचीदा सवाल है। मेरे ख़याल से मैं इसका जवाब हाँ में देती, बशर्ते मैं अपनी रचनाओं को रचनात्मक प्रक्रिया से अलग कर पाती।

एटियनः आपका मतलब है, जो अंतिम उत्पाद है उसे उत्पादन प्रक्रिया से अलग करना?

नीलाः मैं रचनात्मक प्रक्रिया को चोरी के काम के बतौर देखती हूँ। आप किसी भी शानदार साहित्यिक रचना की तह में झाँककर देख लीजिए, मिस्टर बौस्टौलर, वहाँ आपको हर तरह की ज़िल्लत, रुसवाई और तौहीन मिलेगी। कोई भी रचना करने का मतलब है दूसरों की ज़िन्दगी को तहस-नहस करना, उन्हें उनकी मर्ज़ी के बिना और अनजाने में उस प्रक्रिया में भागीदार बनाना। ऐसा करके आप उनकी चाहतों और उनके सपनों को चुराते हैं, उनके पापों और उनके ग़मों को भुनाते हैं। आप वह लेते हैं जो आपका नहीं है। और आप यह जानते-बूझते करते हैं।

एटियनः और आप इस काम में बहुत अच्छी थीं।

नीलाः मैंने इसे कला के क्षेत्र में कोई बड़ी उपलब्धि हासिल करने या नाम-दाम कमाने की गरज से नहीं किया, बल्कि इसलिए किया क्योंकि मेरे पास कोई विकल्प नहीं था। लिखना मेरी मजबूरी थी। अगर मैं नहीं लिखती तो अपना दिमागी तवाजन खो बैठती। आप पूछते हैं कि क्या मुझे अपने काम पर फख्र है। मेरा जवाब यह है कि मुझे ऐसी किसी भी चीज़ पर फख्र करना मुश्किल मालूम होता है जिसे मैंने नैतिकता की नज़र से काबिल-ए-एतराज़ तरीकों से हासिल किया हो। इसीलिए मैं इस बात का फैसला दूसरों पर छोड़ती हूँ कि वे इसके लिए मेरी तारीफ़ करना चाहते हैं या नहीं।

उन्होंने गिलास में बची हुई वाइन हलक से नीचे उतारी और बोतल में बाकी बची सारी वाइन खाली गिलास में उड़ेल ली।

नीला: हाँ, मैं आपको इतना ज़रूर बता सकती हूँ कि काबुल में कोई भी मेरी तारीफ नहीं करता था। काबुल में कोई भी मुझे किसी और चीज़ का अगुआ नहीं मानता था सिवाए प्रेमियों के मामले में घटिया पसंद, अय्याशी और बदचलनी के।

यह मानने वालों में सबसे आगे थे मेरे अपने बाबा। वह कहते थे कि मेरी कविताएँ/नज़्में एक वेश्या की बेशर्मी भरी बकवास थीं। वह बिल्कुल यही लफ्ज़ इस्तेमाल करते थे। उनका कहना था कि मैंने उनके खानदान की इज़्ज़त को इस कदर मिट्टी में मिला दिया था कि अब उसकी भरपाई मुमकिन नहीं थी। उनका मानना था कि मैंने उनकी पीठ में छुरा घोंपा था। वह बार-बार मुझसे पूछते थे कि मुझे इज़्ज़तदार लोगों की तरह बर्ताव करना इतना मुश्किल क्यों लगता है।

एटियन: आप क्या जवाब देती थीं?

नीला: मैं उनसे कहती थी कि मुझे 'इज़्ज़तदार' लफ्ज़ की उनकी परिभाषा पर खरे उतरने की रत्ती भर भी परवाह नहीं थी। मैं कहती थी कि मैं अपने गले में पट्टा डालने का ज़रा भी शौक नहीं रखती थी।

एटियन: मेरे ख़याल से ऐसा जवाब सुनकर तो वह और भी ज़्यादा नाखुश हो जाते होंगे?

नीला: ज़ाहिर है।

इसके बाद अगली बात मैंने थोड़ा हिचकिचाते हुए कही।

एटियन: मगर मैं उनका गुस्सा समझ सकता हूँ।

उनकी पेशानी पर बल पड़ गए।

एटियन: वह अपने खानदान के सरपरस्त थे, अपनी बिरादरी के मुखिया थे, थे ना? और आप हर उस चीज़ को सीधी चुनौती

पेश कर रही थीं जिसे वह सही मानते थे, ज़रूरी मानते थे, और जो उनके बिलीफ-सिस्टम (विश्वास-प्रणाली) का हिस्सा थीं। आप अपने ज़िन्दगी जीने के तरीके और अपनी रचनाओं दोनों के ज़रिए इस बात के लिए बहस कर रही थीं कि औरतों को अपनी सीमाएँ खुद तय करने का हक़ क्यों नहीं होना चाहिए, औरतों को अपनी स्थिति के बारे में अपनी राय रखने का हक़ क्यों नहीं मिलना चाहिए, उन्हें अपनी एक मुख्तलिफ पहचान बनाने की आज़ादी क्यों नहीं होनी चाहिए। आप मर्दों के उस एकाधिकार को चुनौती दे रही थीं जिसे उनके जैसे लोग सदियों से कायम रखते आए थे। आप वह कह रही थीं जिसके कहने पर पाबंदी थी। कहा जा सकता है कि आप एक छोटी-सी इंकलाबी मुहिम चला रही थीं–एक अकेली औरत की मुहिम।

नीला: और इतने वक़्त तक मुझे यही लगता रहा कि मैं सेक्स के बारे में लिख रही थी।

एटियन: मगर यह भी तो इसका एक हिस्सा है, है न?

मैंने अपने नोट्स के पन्ने पलटे और कुछ ऐसी कविताओं का ज़िक्र किया जिन्हें साफ़-साफ़ कामुक (इरोटिक) माना जा सकता था, मसलन–'थोर्न्स,' 'बट फॉर दि वेटिंग,' और 'दि पिलो'। साथ ही मैंने इस बात को भी स्वीकार किया कि ये उनकी लिखी कविताओं में से मेरी पसंदीदा नहीं हैं। साथ ही यह कहने की भी गुस्ताखी की कि मुझे उनमें प्यार के दूसरे पहलुओं (सेक्स से इतर) के ज़िक्र की भी कमी नज़र आती है। इन्हें पढ़कर ऐसा लगता है मानो इन्हें केवल लोगों को चौंकाने और सनसनी फैलाने के मकसद से ही लिखा किया गया है। और यह भी कि ये कविताएँ मुझे विवादास्पद और अफगान समाज में औरतों और मर्दों के बीच मौजूद गैर-बराबरी के खिलाफ नाराज़गी भरे इल्ज़ामात मालूम होते हैं।

नीला: बेशक, मैं नाराज़ थी। मैं अफगान समाज के उस रवैये के चलते नाराज़ थी जिसके तहत उन्हें लगता था कि मुझे सेक्स से बचाकर रखा जाना चाहिए था, मुझे अपने ही शरीर से बचाकर

रखा जाना चाहिए था। क्यों? क्योंकि मैं एक औरत थी। और क्या आप नहीं जानते कि औरतें जज़्बाती तौर पर, अख्लाकी (नैतिक) तौर पर और ज़ेहनी (बौद्धिक) तौर पर नादान होती हैं, अपरिपक्व होती हैं। उनका खुद पर काबू नहीं होता और वे बदन की भूख के हाथों मजबूर होकर बड़ी जल्दी बहक जाती हैं। वे इस कदर सेक्स की भूखी होती हैं कि यदि उनकी लगाम कसकर न रखी जाए तो वे हर अहमद और महमूद के साथ सोती फिरेंगी।

एटियन : मगर–माफी चाहता हूँ यह कहने के लिए–आपने बिल्कुल वैसा ही किया, है न?

नीला: सिर्फ़ उस रवैए से बगावत करने की नीयत से।

इतना कहकर वह हँस दीं। उनकी वह हँसी मनमोहक होने के साथ-साथ शरारत और चालाकी से भी भरी हुई मालूम पड़ती थी। दोपहर के खाने का वक़्त हो गया था, इसलिए उन्होंने मुझसे खाने के लिए पूछा। उन्होंने बताया कि उनकी बेटी ने हाल ही में घर को साफ़-सुथरा और व्यवस्थित किया था और खाने-पीने का तमाम सामान भी लाकर रखा था। फिर वह लज़ीज़ जैम्बोन फ्यूमे (स्मोक्ड हैम) सैंडविच बनाने रसोई में चली गईं। उन्होंने एक ही बनाया था। उसे लाकर उन्होंने मेरे सामने रख दिया। फिर वाइन की नयी बोतल खोली, नया पैग बनाया, एक नयी सिगरेट सुलगाई, और फिर से अपनी जगह आकर बैठ गईं।

नीला: क्या आप इस बात से सहमत हैं, मिस्टर बौस्टौलर, कि इस इंटरव्यू के अच्छा होने के लिए ज़रूरी है कि हम एक-दूसरे के साथ अच्छे से पेश आएँ?

ज़ाहिर है कि मेरा जवाब हाँ में ही था।

नीला: तो फिर आप मुझ पर दो अहसान कीजिए। अपना सैंडविच खा लीजिए और मेरे गिलास को घूरना बंद कीजिए।

कहने की ज़रूरत नहीं होनी चाहिए कि उनकी इस बात ने उनसे उनकी शराबनोशी के बारे में बात करने की मेरी इच्छा और मेरे हौसले दोनों को पस्त कर दिया था।

एटियन : फिर क्या हुआ?

नीला: 1948 में, तकरीबन उन्नीस बरस की उम्र में, मैं बीमार पड़ गई। बीमारी गंभीर थी, बस इतना ही कहूँगी। बाबा मुझे इलाज के लिए दिल्ली ले गए। छह हफ़्तों तक इलाज चला, और तब तक बाबा भी वहीं रुके रहे। मुझे बताया गया कि मेरी जान भी जा सकती थी। चली ही जाती तो अच्छा होता। कोई शायरा/कवियत्री भरी जवानी में मर जाए तो उसके काम को खुद-ब-खुद मशहूरियत हासिल हो जाती है। इलाज कराके लौटने के बाद मैं पहले जैसी नहीं रह गई थी। मुझे बहुत कमज़ोरी महसूस होती थी और मैं हरदम गुमसुम रहने लगी थी। मेरा लिखने का मन नहीं करता था। खाने-पीने, लोगों से मिलने-जुलने और बातचीत करने, या मन-बहलाव के कामों में भी अब मेरी कोई ख़ास दिलचस्पी नहीं बची थी। हालचाल पूछने के लिए आने वालों से मुझे एलर्जी होती थी। मैं अपने बेडरूम की खिड़कियों के पर्दे खींचकर दिन भर सोते रहना चाहती थी। हर दिन। और मैं यही कर भी रही थी। कुछ वक़्त बीतने के बाद मैंने बिस्तर और बेडरूम से निकलना और रोज़मर्रा के उन कामों को करना शुरू किया, जो ज़िन्दगी को चलाएमान रखने और कम से कम इतना सभ्य बने रहने के लिए अनिवार्य थे कि लोग आपको इंसान के तौर पर पहचानते रहें। मगर मुझे रह-रहकर एक अधूरापन महसूस होता था। ऐसा लगता था जैसे मैं अपने वजूद का कोई अहम हिस्सा भारत में ही छोड़ आई थी।

एटियन : क्या इसे लेकर आपके बाबा फिक्रमंद थे?

नीला: इसका बिल्कुल उल्टा था। वह बहुत उत्साहित थे। उन्हें लग रहा था कि मौत से आमना-सामना होने के चलते मेरी नादानी और मनमानी हवा हो गई थी। उन्हें यह नहीं समझ आ रहा था कि असल में मेरी हालत उस इंसान जैसी हो गई थी जो

अथाह समंदर में खो गया हो और जिसे पता ही न चल रहा हो कि वह कहाँ है, किधर से आ रहा है, और किधर को जा रहा है। मैंने पढ़ा है, मिस्टर बौस्टौलर, कि अगर हिमस्खलन के चलते आप कई फीट बर्फ के नीचे दब जाएँ तो आपको पता ही नहीं चलेगा कि कौन सी दिशा ऊपर है और कौन सी नीचे। आप खुद को बाहर निकालना चाहेंगे, मगर गलत रास्ता चुन लेंगे, ऊपर की तरफ खोदने की बजाए नीचे की तरफ खोदने लगेंगे और इस तरह खुद को और भी गहरे दफ़न करते जाएँगे। मैं भी ऐसा ही महसूस कर रही थी–दिशाहीन, भ्रम में डूबी हुई–मानो मुझसे मेरा कंपास (दिशा-सूचक यंत्र) छीनकर मुझे अथाह समंदर में अकेला छोड़ दिया गया हो। बयाँ नहीं कर सकती हूँ कि उस वक़्त मैं कितने गहरे डिप्रेशन में थी। ऐसी हालत में ज़ाहिर है कि आप 'डूबते को तिनके का सहारा भी बड़ा लगता है' वाली मानसिकता में होते हैं। शायद यही वजह थी कि अगले बरस, 1949 में, जब सुलेमान वहदती ने पापा से मेरा हाथ माँगा, तो मैंने हाँ कह दी।

एटियन : उस वक़्त आप बीस की थीं।

नीला: मगर वह नहीं।

उन्होंने मेरे लिए एक और सैंडविच बना लाने की पेशकश की, जिसके लिए मैंने मना कर दिया, मगर जब उन्होंने एक कप कॉफ़ी के लिए पूछा तो मैं इंकार न कर सका। गैस बर्नर पर कॉफ़ी के लिए पानी उबलने रखते हुए उन्होंने मुझसे पूछा कि क्या मैं शादीशुदा हूँ। मैंने बताया कि न तो था और न ही मुझे लगता था कि मैं कभी होऊँगा। उन्होंने पीछे मुड़कर मेरी तरफ देखा, कुछ देर देखती रहीं, और फिर मुस्करा दीं।

नीला: आह! आमतौर पर मैं यह बात बिना बताए ही जान लेती हूँ।

एटियन : इस बार चूक कैसे गईं?

नीला: शायद सिर में लगी इस चोट की वजह से।

उन्होंने सिर पर बंधे बन्दाना (स्कार्फ) की तरफ इशारा किया।

नीला: यह मैंने किसी फैशन के चलते नहीं बाँधा है। कुछ दिनों पहले मैं फिसलकर गिर गई थी और मेरे माथे पर चोट लग गई थी, इसलिए। फिर भी, मुझे जान लेना चाहिए था। मतलब, आपके बारे में। मेरा तजुर्बा यह कहता है कि जो मर्द औरतों को आपके जितनी अच्छी तरह समझते हैं, वे शायद ही कभी उनसे कोई ताल्लुक रखना चाहते हैं।

कॉफ़ी बन गई थी। उन्होंने उसे कप में डाला और लाकर मुझे थमा दिया। फिर एक नयी सिगरेट सुलगाई और अपनी जगह बैठ गईं।

नीला: और शादी के बारे में मेरी एक थ्योरी है, मिस्टर बौस्टौलर। और वो यह है कि तकरीबन हमेशा ही आपको पहले दो हफ़्तों के भीतर पता चल जाएगा कि आपकी शादी कामयाब होगी या नहीं। इसीलिए मुझे यह देखकर बहुत हैरानी होती है कि कैसे और क्यों इतने सारे लोग बरसों तक, यहाँ तक कि दशकों तक, अपने आपको धोखा देते रहते हैं, झूठी उम्मीद में जीते रहते हैं, और एक ऐसे रिश्ते को बेवजह ढोते रहते हैं जो दोनों में से किसी को भी ज़रा सी भी ख़ुशी या संतुष्टि नहीं दे रहा होता है। जबकि हकीकतन उन्हें पहले दो हफ्तों में ही इस बात का पता चल चुका होता है। मुझे तो इतना वक़्त भी नहीं लगा। मेरे शौहर एक अच्छे इंसान थे। मगर मेरे लिहाज़ से वह ज़रूरत से ज़्यादा संजीदगी से जीने वाले, अपने आप में गुम रहने वाले, और गैर-दिलचस्प किस्म की शख्सियत थे। और सबसे बड़ी बात, उन्हें अपने रसोइया-कम-ड्राईवर से प्यार था।

एटियन :ओह! यह जानकर तो आपको भारी सदमा पहुँचा होगा?

नीला: इसे कोढ़ में खाज होना कहते हैं।

उनके चेहरे पर एक उदास-सी मुस्कान तैर गई।

नीलाः मगर यह जानकर मुझे खुद से ज़्यादा अपने शौहर के लिए बुरा लगा था। समलैंगिक बनकर पैदा होने के लिहाज़ से उस जगह (वतन) और उस वक़्त (कालखण्ड) से ज़्यादा खराब जगह और वक़्त हो ही नहीं सकता था। बहरहाल, हमारी बेटी जब छह बरस की थी, तभी लकवे के चलते उनकी मौत हो गई। उसके बाद भी मैं काबुल में ही रह सकती थी। मेरे पास इतना बड़ा घर और अपने शौहर की इतनी बड़ी जायदाद थी। वहाँ एक माली था और एक रसोइया-कम-ड्राईवर भी था। मेरी बाकी की ज़िन्दगी आराम से बीतती। मगर मैंने उस सबको ठुकराकर अपना सामान पैक किया और हम दोनों, परी और मैं, फ्रांस चले गए।

एटियन : और यह फैसला आपने, जैसा कि आपने पहले कहा, अपनी बेटी की बेहतरी को ध्यान में रखते हुए किया था।

नीलाः मैंने जो कुछ भी किया है, मिस्टर बौस्टौलर, सब अपनी बेटी के लिए किया है। मगर उसे यह बात कभी समझ नहीं आई और न ही कभी उसने इस बात के लिए मेरा अहसान माना है। उसे इल्म ही नहीं है किसी बात का, वह कभी सोचती ही नहीं है कि अगर मैं न होती तो उसे कैसी ज़िन्दगी जीनी पड़ रही होती। उसे अंदाज़ा ही नहीं है इस बात का। अगर होता तो...

एटियन : क्या आपकी बेटी आपके लिए 'नाउम्मीदी' की वजह बनी है?

नीलाः मुझे अब इस बात का यकीन हो चला है, मिस्टर बौस्टौलर, कि वह मेरी 'सज़ा' है।

एक दिन, 1975 में, परी अपने नए घर में लौटी तो उसे अपने बिस्तर पर एक छोटा सा पैकेट रखा हुआ मिला। यह उसके मम्मा को उस हादसे के बाद अस्पताल से घर वापस लाने के करीब एक बरस बाद और जूलियन को छोड़ने के तकरीबन नौ महीने बाद की बात थी। परी अभी ज़ाहिया नाम की एक नर्सिंग स्टूडेंट के साथ रह रही थी। ज़ाहिया घुँघराले भूरे बालों और हरी आँखों वाली एक अल्जीरियाई लड़की थी। वह होशियार, हँसमुख और बेफिक्र स्वभाव की थी।

उसके साथ रहने में परी को अभी तक कोई दिक्कत पेश नहीं आई थी। मगर हाल ही में ज़ाहिया ने अपने प्रेमी सामी से सगाई कर ली थी और सेमेस्टर ख़त्म होने के बाद उसके साथ रहने जाने वाली थी।

पैकेट के बगल में तह किया हुआ एक कागज भी रखा था, जिसमें लिखा था: यह तुम्हारे लिए आया है। *मैं आज रात सामी के घर रुक रही हूँ। कल मिलते हैं। ढेर सार प्यार। ज़ाहिया।*

परी ने पैकेट खोला। अंदर एक पत्रिका थी, जिसके साथ कागज़ पर हाथ से लिखा हुआ एक और नोट चिपका था। लिखावट उसकी जानी-पहचानी थी–वही नज़ाकत से उकेरे जाने वाले गोल-गोल अक्षरों वाली खूबसूरत लिखावट। उसमें लिखा था: *पहले यह नीला को भेजा गया था, और फिर उस जोड़े को जो अभी कोलेट के पुराने मकान में रह रहा है, और फिर इसे मुझे भेजा गया। तुम्हें अपना नया पता अपडेट कर लेना चाहिए। इसे अपने जोखिम पर पढ़ना। मुझे डर है कि इसमें हम दोनों के बारे में जो भी कहा गया है, वो हमें अच्छा नहीं लगेगा। जूलियन।*

परी ने पत्रिका बिस्तर पर पटक दी और रसोई में जाकर अपने लिए पालक का सलाद और पास्ता बना लाई। फिर उसने कपड़े बदले और खाना लेकर टीवी के सामने बैठ गई–एक छोटा-सा ब्लैक एंड व्हाइट टीवी, वो भी किराए का। मगर उसका मन न तो टीवी देखने में था और न ही खाने में। टीवी पर हवाई-जहाज़ से दक्षिण वियतनाम के शरणार्थियों के गुआम पहुँचने की खबर चल रही थी। उस खबर को देखकर उसे सहसा ही कोलेट याद आ गई, जिसने सड़कों पर उतरकर वियतनाम में अमरीकी जंग की खिलाफत की थी। कोलेट, जो मम्मा की शोक-सभा में डहेलिया और डेज़ी की माला लेकर आई थी, जिसने परी को गले लगाया था, चूमा था, और जिसने मंच पर खड़े होकर मम्मा की एक कविता सुनाई थी।

जूलियन उस शोक-सभा में शामिल नहीं हुआ था। उसने परी को फोन करके मरी हुई आवाज़ में कहा था कि उसे शोक सभाएँ पसंद नहीं हैं, वे उसे उदास कर देती हैं।

इस पर परी ने कहा था, किसे पसंद होती हैं?

मुझे लगता है कि बेहतर यही होगा कि मैं इससे दूर रहूँ।

जैसा चाहो वैसा करो, परी ने फोन पर कहा था, मगर मन ही मन सोच रही थी, लेकिन न आने से तुम माफ नहीं कर दिए जाओगे। और न ही वहाँ मौजूद

रहने से मैं बरी हो पाऊँगी। ये सब हमारी लापरवाही से हुआ है। हमारी बेपरवाही से। ओह गॉड! यह अहसास होने के बाद कि जूलियन के साथ उसका अफेयर मम्मा के लिए आख़िरी झटका साबित हुआ था, उसने जूलियन से रिश्ता तोड़ दिया था। बेशक उसने रिश्ता तोड़ दिया था, मगर उसे अहसास था कि यह अपराध-बोध और यह भयानक पछतावा अब कभी उसका पीछा नहीं छोड़ेगा, जब-तब उभरकर उसे डसता रहेगा। वह अब ताउम्र इस से जूझती रहेगी, अब से लेकर कब्र में लेटने के दिन तक। यह उसके मन में हमेशा एक टपकते नल की तरह बना रहेगा।

खाने के बाद वह नहाने चली गई। फिर उसने आगामी परीक्षा के लिए तैयार किए गए कुछ नोट्स को रिव्यु किया। थोड़ी देर और टीवी देखी, जूठे बर्तन धोकर और सुखाकर रखे, रसोई का फर्श साफ किया। मगर कोई फायदा नहीं हुआ। वह अपना ध्यान उस पत्रिका पर से हटा ही नहीं पा रही थी। बिस्तर पर पड़ी पत्रिका मानो लगातार उसका नाम पुकार रही थी।

हारकर उसने उन्हीं कपड़ों के ऊपर रेनकोट पहना और घर से बाहर निकल आई। उसका इरादा घर से दक्षिण दिशा में कुछ ब्लॉक दूर बोलेवर्ड डे ला चैपल तक टहल आने का था। हालाँकि टहलने के लिहाज़ से मौसम अच्छा नहीं था, ठंडी हवा चल रही थी और हल्की-हल्की बारिश भी हो रही थी। मगर उसकी बेचैनी इतनी बढ़ गई थी कि घर में समा नहीं पा रही थी। उसे बारिश की ठंडक, नम हवा और खुली जगह की ज़रूरत महसूस हो रही थी।

परी को याद है, जब वह छोटी थी तो उसके मन में ढेर सारे सवाल होते थे। *क्या काबुल में मेरे चचेरे/ममेरे भाई-बहन हैं, मम्मा? क्या मेरे चाचा-चाची/मामा-मामी हैं? और दादा-दादी/नाना-नानी, क्या मेरे दादा-दादी/नाना-नानी हैं? वे कभी मिलने क्यों नहीं आते? क्या हम उन्हें ख़त लिख सकते हैं? क्या हम उनसे मिलने जा सकते हैं?*

मगर उसके ज़्यादातर सवाल उसके पापा के इर्द-गिर्द घूमते थे। *मम्मा, उनका पसंदीदा रंग क्या था? मम्मा, बताइए, क्या वह अच्छे तैराक थे?* क्या उन्हें बहुत सारे लतीफे आते थे? उसे याद था कि एक बार वह उसके साथ कमरे में पकड़म-पकड़ाई खेल रहे थे। उसे याद था कि एक बार वह उसके तलवों और पेट में गुदगुदी कर रहे थे, जिसके चलते वह कालीन पर लोटपोट हो गई थी। उसे उनके लैवेंडर साबुन की खुश्बू, उनका ऊँचा चमकदार माथा और उनकी लम्बी-लम्बी उंगलियाँ याद थीं। उसे उनके कोट के अंडाकार लैपिस कफ़लिंग्स याद थे,

उनके सूट की सिलवटें याद थीं। उसे याद था कि कैसे एक बार उन दोनों ने कूद-कूदकर कालीन से सारी धूल झड़ा दी थी।

परी हमेशा से अपनी मम्मा से बस यही चाहती थी कि वह उसके ज़ेहन में यहाँ-वहाँ बिखरीं, बेतरतीब यादों को एक साथ जोड़कर एक साफ़ तस्वीर बनाने के लिए, किसी सिलसिलेवार कहानी में बदलने के लिए ज़रूरी गोंद उपलब्ध करा दें। मगर मम्मा ने कभी भी ज़्यादा कुछ नहीं बताया। उन्होंने हमेशा अपनी ज़िन्दगी और काबुल में बीती उन दोनों की ज़िन्दगी से जुड़ी बातें अपने सीने में ही दफ़्न रखीं। उन्होंने हमेशा परी को उनके साझा अतीत से दूर रखा, और आखिरकार थक-हारकर परी ने पूछना ही छोड़ दिया। और अब पता चल रहा था कि मम्मा ने इस पत्रिका के संवाददाता, एटियेन बौस्टौलर को, अपने और अपनी ज़िन्दगी के बारे में अपनी बेटी से कहीं ज़्यादा बताया था।

क्या वाकई बताया था?

घर पर परी पत्रिका में छपे उस इंटरव्यू को तीन बार पढ़ चुकी थी। और उसे समझ नहीं आ रहा था कि क्या सोचे, क्या माने। इसमें कही गईं बहुत सी बातें झूठी मालूम हो रही थीं। कई सारे अंश पैरोडी जैसे लग रहे थे। ऐसा लग रहा था जैसे कोई ज़बरदस्त मेलोड्रामा हो–जंजीरों में जकड़ी हसीनाएँ, अपने अंजाम तक न पहुँच पाने वालीं प्यार की दास्तानें, और प्यार और आज़ादी पर लगाए जाने वाले पहरे और इसके चाहने वालों पर ढाए जा रहे बेजा सितम–जिसे 'दिल थामकर बैठिए' वाले अंदाज़ में सनसनीखेज़ तरीके से बयान किया गया था।

परी रेनकोट की जेबों में हाथ घुसाए तेज़-तेज़ क़दमों से पिगाले की ओर चली जा रही थी। आसमान में काले बादलों का जमावड़ा बढ़ता जा रहा था और उसके चेहरे पर पड़ने वाली बारिश की रुक-रुककर हल्की फुहार अब तेज़ और लगातार होने वाली बारिश में बदलती जा रही थी, जो खिड़कियों को खड़का रही थी और गाड़ियों की हेडलाइट्स को धुंधला रही थी। परी को याद नहीं पड़ रहा था कि वह कभी उनसे मिली हो–उसके दादा से, मम्मा के पापा से। उसने बस उनकी एक तस्वीर देखी है, जिसमें वह अपनी मेज़ के पीछे बैठे कोई किताब पढ़ रहे हैं। मगर फिर भी उसे यकीन है कि वह वैसे हमेशा मूँछों पर ताव देते रहने वाले खलनायक नहीं थे जैसा मम्मा ने उनको दिखाया था। परी को लगता है कि वह इस किस्से को समझ चुकी है। इसे लेकर उसके अपने अंदाज़े हैं। उसके अंदाज़े के हिसाब से वह एक ऐसे व्यक्ति थे जो अपनी बेहद ग़मज़दा और खुद की ज़िन्दगी को बर्बाद करने पर आमादा बेटी को लेकर फिक्रमंद थे, जो कि किसी

भी अच्छे बाप को होना ही चाहिए। वह एक ऐसे व्यक्ति थे जो लगातार ज़िल्लत झेलने और लगातार अपनी आन-बान-शान पर, अपनी साख पर हमले सहने के बावजूद अपनी बेटी के साथ खड़े रहे, जब वह बीमार पड़ी तो उसे हिन्दुस्तान ले गए और छह हफ़्तों तक वहाँ उसके साथ रहे। इस बात से परी यह सोचने पर मजबूर हो गई कि आखिर मम्मा को हुआ क्या था? क्यों उन्हें हिन्दुस्तान ले जाने की ज़रूरत पड़ी थी? और वहाँ डॉक्टर्स ने उनके साथ क्या किया था? परी को मम्मा के पेट पर लगे खड़े चीरे के निशान की याद हो आई। परी ने यह उलझन ज़ाहिया के सामने भी रखी थी और उसका भी यही कहना था कि यह हैरत की बात थी, क्योंकि बच्चे के जन्म के समय डॉक्टर पेट में आढ़ा चीरा लगाते हैं, न कि खड़ा।

और फिर मम्मा ने अपने शौहर, परी के पापा, के बारे में साक्षात्कारकर्ता को जो बताया। क्या वह उन्हें ज़लील करना नहीं था? क्या यह सच था कि वह अपने रसोइया-कम-ड्राइवर नबी से प्यार करते थे? और अगर ऐसा था भी, तो उनकी मौत के इतने अरसे बाद अब इस बात को दुनिया के सामने लाने की क्या ज़रूरत आ पड़ी थी मम्मा को, सिवाए इसके कि वह भ्रम फैलाना चाहती थीं, ज़लील करना चाहती थीं, और शायद तकलीफ पहुँचाना चाहती थीं? और अगर ऐसा था, तो किसे?

मम्मा ने परी को लेकर जो बातें कहीं थीं, जिस तरह की बेरुखी दिखाई थी, उससे परी को ज़रा भी हैरानी नहीं हुई थी–जूलियन वाली घटना के बाद तो बिल्कुल भी नहीं–और न ही उसे इस बात पर कोई ताज्जुब हुआ था कि कैसे मम्मा ने माँ के तौर की गईं अपनी गलतियों को साफ़ छिपा लिया था और सिर्फ़ यह दिखाने की कोशिश की थी कि परी की अच्छी परवरिश के लिए उन्होंने क्या-क्या कुर्बानियाँ दी थीं।

झूठ?

मगर...

मम्मा एक हुनरमंद शाएरा थीं। परी ने मम्मा की फ्रेंच में लिखी हर कविता/नज़्म और साथ ही फारसी से फ्रेंच में अनूदित तमाम रचनाएँ भी पढ़ी हैं। इस बात से इंकार नहीं किया जा सकता कि उनकी लेखनी में वज़न था, असर था। लेकिन अगर मम्मा की इंटरव्यू में अपनी ज़िन्दगी को लेकर कही गई बातें झूठ थीं, तो फिर वे ही सब बातें उनकी कविताओं/नज्मों में कहाँ से आईं? उनकी कविताओं/नज्मों के ज़रिए कहे गए ईमानदार, प्यारे, बेरहम और उदास लफ़्ज़ों की गंगोत्री

कहाँ थी? क्या एक शाएरा के तौर पर वह इतनी ज़्यादा हुनरमंद थीं कि अपनी कलम को जादू की छड़ी बनाकर पढ़ने वालों पर उन जज़्बात का जादू चला देती थीं जिन्हें उन्होंने निजी तौर पर कभी महसूस ही नहीं किया था? क्या ऐसा होना मुमकिन है?

परी के पास इस सवाल को कोई जवाब नहीं था। और शायद ये सब करने के पीछे मम्मा का असल इरादा भी यही रहा होगा, परी के पैरों तले ज़मीन खिसकाना। उसके मन में बेकरारी पैदा कर देना। उसके विश्वासों को डगमगा देना। उसे खुद के लिए ही अजनबी बना देना। उसके दिल-ओ-दिमाग पर शक-ओ-शुबहे का बोझ डाल देना। उसे यह सोचने पर मजबूर कर देना कि वह अपनी ज़िन्दगी के बारे में जो कुछ भी जानती है वह सच है भी या नहीं। उसे इस कदर उलझा देना कि उसे लगने लगे जैसे वह स्याह काली रात में किसी रेगिस्तान में भटक रही हो, अंधेरे और अज्ञात से घिरी हुई, और सच्चाई उससे बहुत दूर कहीं टिमटिमाती और लगातार मद्धम होती जाती रोशनी की एक छोटी सी किरण की तरह दिखाई पड़ रही हो।

शायद यही मम्मा का बदला है। न सिर्फ़ जूलियन वाले हादसे के लिए, बल्कि उस नाउम्मीदी के लिए भी जो परी की वजह से उन्होंने हमेशा महसूस की थी। परी, जिससे शायद मम्मा यह उम्मीद कर रही थीं कि उसका उनकी ज़िन्दगी में आना उनकी शराबनोशी और मर्दखोरी की लत छुड़वा देगा, उनके ख़ुशी की तलाश में दर-दर भटकने और हर दर से निराश होकर लौटने के सिलसिले को ख़त्म कर देगा। और इसीलिए परी से मिलने वाली हर नाउम्मीदी ने मम्मा को और भी ज़्यादा आहत किया, उनकी ज़िन्दगी और उम्मीदों को और भी ज़्यादा बेपटरी किया, और इस बात पर उनका यकीन और भी पुख्ता किया कि उनके नसीब में ख़ुशी लिखी ही नहीं है। मैं क्या थी, मम्मा? परी सोचने लगी। जब मैं आपके गर्भ में पल रही थी, उस वक़्त मैं आपके लिए क्या थी–अगर मैं यह मानकर चलूँ कि मेरा जन्म आपके गर्भ में ही हुआ था, तो? उम्मीद का बीज? आपको अंधेरों से बाहर निकालने के लिए खरीदा गया एक टिकट? आपके दिल पर लगे उस घाव को भरने के लिए एक मरहम? अगर ऐसा था, तो मैं काफी नहीं थी। मैं बिल्कुल भी काफी नहीं थी। मैं आपके दर्द पर मरहम नहीं थी, बल्कि एक और बंद दरवाज़ा थी, एक और बोझ थी, और आपने यह बात शुरू में ही देख ली होगी। आपको यह बात शुरू में ही समझ आ गई होगी। लेकिन आप मजबूर थीं। अब कुछ नहीं हो सकता था। आपके पास यह सहूलियत नहीं थी कि गहने की तरह मुझे किसी सुनार की दुकान पर ले जाकर बेच आतीं।

शायद इस इंटरव्यू के ज़रिए मम्मा ने अपनी जीत पक्की की थी। बारिश खासी तेज़ हो गई थी। चलते-चलते परी उस अस्पताल के करीब पहुँच गई थी जहाँ ज़ाहिया नर्सिंग की ट्रेनिंग ले रही है। बारिश से बचने के लिए परी अस्पताल से पश्चिम की तरफ कुछ ब्लॉक दूर बने एक ब्रासरी (रेस्तरां) के शामियाने के नीचे रुक गई। उसने एक सिगरेट सुलगा लिया और सोचने लगी कि क्या उसे कोलेट को फोन करना चाहिए। मम्मा की शोक-सभा के बाद से उसकी उस से दो-एक बार ही बात हुई थी। उसे याद आया कि जब वे छोटी-छोटी थीं तो मुँह भर-भरकर च्युइंग गम चबाती थीं, और साथ ही मम्मा की ड्रेसिंग टेबल पर लगे बड़े से शीशे के सामने बैठकर एक-दूसरे के बाल संवारती थीं और पिन से बाँधती थीं। तभी परी को सड़क के उस पार एक बूढ़ी औरत दिखाई दी, जिसने प्लास्टिक का रेन कोट पहन रखा था और जो एक छोटे-से भूरे रंग के टेरियर कुत्ते की चेन थामे धीमे क़दमों से फुटपाथ पर चली जा रही थी। परी की गड्डमड्ड यादों के कोहरे से एक छोटी-सी धुंध फूटी और उसने धीरे-धीरे एक कुत्ते का आकर ले लिया। परी के साथ ऐसा पहली बार नहीं हो रहा था। यह जो आकार उसके सामने उभर रहा था, यह उस बूढ़ी औरत के खिलौने जैसे छोटे कुत्ते का नहीं बल्कि एक बड़े और खूँखार से लगने वाले कुत्ते का था, जिसके शरीर पर घने-घने बाल थे, जो धूल-मिट्टी से सना था, और जिसकी पूँछ और कान कटे हुए थे। परी को समझ नहीं आ रहा था कि यह वास्तव में कोई याद है या फिर किसी का भूत, या दोनों में से कोई नहीं। एक बार उसने मम्मा से पूछा भी था कि क्या काबुल में उनके पास कभी कोई कुत्ता था? जिस पर मम्मा का जवाब था: *तुम्हें पता तो है कि मुझे कुत्ते पसंद नहीं हैं। उनमें ज़रा भी गैरत नहीं होती। तुम उन्हें लात मारो, तो भी वे तुमसे प्यार करेंगे। यह सोचकर ही मुझे बहुत खराब लगने लगता है।*

इसके अलावा मम्मा ने कुछ और भी कहा था:

मुझे तुममें अपनी झलक नहीं दिखती। मैं नहीं जानती कि तुम कौन हो।

परी ने सिगरेट फेंक दी और तय किया कि वह कोलेट को फोन करेगी। उसने उससे चाय पर कहीं मिलने का प्लान बनाया। चाय पीते-पीते गपशप करेंगे। पता तो चले कि वह कैसी है। किसके साथ है। फिर विंडो-शॉपिंग के लिए जाएँगे, जैसे कि पहले जाते थे।

असल में वह जानना चाहती थी कि उसकी यह बचपन की सहेली क्या अब भी उसके साथ अफगानिस्तान जाने की इच्छुक थी।

बहरहाल, परी कोलेट से मिली। एक नामचीन बार में, जिसका डिज़ाइन मोरक्कन शैली का था, जिसकी तमाम खिड़कियों पर बैंगनी रंग के पर्दे लगे थे, और नीचे ज़मीन पर नारंगी रंग के गद्दे बिछे हुए थे और उन पर उसी रंग के तकिए भी रखे थे। साथ ही एक छोटे से स्टेज पर बैठा घुंघराले बालों वाला एक ऊद वादक संगीत के सुर छेड़ रहा था। कोलेट अकेली नहीं आई थी। वह अपने साथ एक हमउम्र लड़के को भी लाई थी। उसका नाम एरिक लैकोम्बे था। वह 18वें नगर-निगम परिक्षेत्र के एक स्कूल में सातवीं और आठवीं क्लास के बच्चों को ड्रामा सिखाता था। उसने परी को बताया कि वह पहले भी उससे मिल चुका था–कुछ बरस पहले, सील के शिकार के विरोध में आयोजित किए गए छात्रों के एक धरना-प्रदर्शन में। परी को एकदम से ध्यान नहीं आया कि वहाँ वह इस लड़के से कब मिली थी, मगर फिर उसके दिमाग की बत्ती जली और उसे याद आया कि यह वही था लड़का था जिससे कोलेट धरने में इतनी कम भीड़ को लेकर बहुत नाराज़ थी और जिसकी छाती पर उसने उंगली गढ़ाई थी।

वे तीनों ज़मीन पर बिछे नारंगी रंग के मुलायम गद्दों पर बैठ गए और ड्रिंक्स ऑर्डर कर दिए। शुरू में परी को लगा कि शायद एरिक और कोलेट बॉयफ्रेंड-गर्लफ्रेंड हैं, मगर जब कोलेट ने लगातार एरिक की तारीफ करना जारी रखा (उसी अंदाज़ में जिस अंदाज़ में किसी लड़के के रिश्ते के लिए बात करते वक़्त की जाती है) तो जल्द ही परी की समझ में आ गया कि असल में वह उसे परी से मिलवाने के लिए लाई थी, ताकि अगर वे दोनों एक-दूसरे को पसंद कर लें तो...। ऐसी स्थिति का सामना करने पर आम तौर पर जो घबराहट और बेचैनी परी को घेर लेती थी, वही घबराहट और बेचैनी उस वक़्त उसे एरिक में भी नज़र आ रही थी, और इस बात से उसकी अपनी घबराहट और बेचैनी काफी कम हो गई थी। जिस तरह से एरिक बात-बात पर शर्मा जाता था, कुछ गलत कह देने पर माफी माँगने लगता था या शर्मिंदा होकर सिर हिलाने लगता था; ये सब परी को बड़ा मज़ेदार लग रहा था, और बहुत प्यारा भी। ब्रेड और ब्लैक ऑलिव टैपेनेड खाते हुए परी चोरी-छिपे उसकी तरफ देखती रही। उसे हैण्डसम तो नहीं ही कहा जा सकता था। उसके बाल लंबे और बेजान थे, जो गर्दन के नीचे रबर बैंड से बंधे हुए थे। हाथ छोटे-छोटे और रंगत फीकी थी। नाक बहुत पतली, माथा बहुत उभरा हुआ, और ठोड़ी लगभग न के बराबर थी। मगर उसकी खासियत यह थी कि वह सिर्फ़ होंठों से नहीं हँसता था, उसकी आँखें भी उसमें उसका साथ देती थीं। और उसकी दूसरी खासियत यह थी कि वह हर वाक्य का अंत एक उमंग और उम्मीद भरी मुस्कान के साथ करता था, जो कि एक 'हैप्पी क्वेश्चन मार्क'

(प्रसन्न प्रश्नवाचक चिह्न) की तरह मालूम पड़ती थी। और हालाँकि उसका चेहरा परी को जूलियन के चेहरे की तरह सम्मोहक नहीं मालूम हो रहा था, मगर उसके चेहरे पर उसे जूलियन के चेहरे से कहीं ज़्यादा रहमदिली नज़र आ रही थी, और, जैसा कि परी जल्द ही जान जाने वाली थी, एरिक का चेहरा उसके भीतर मौजूद विचारशीलता, सहनशीलता, और शालीनता का बाहरी अक्स था।

1977 की वसंत ऋतु में एक सर्द दिन–जिमी कार्टर के राष्ट्रपति पद की शपथ लेने के कुछ ही महीनों बाद–परी और एरिक ने शादी कर ली। अपने माँ-बाप की इच्छा के विरुद्ध एरिक ने सीधे-सादे ढंग से शादी करने पर ज़ोर दिया–बिना कोई औपचारिक समारोह आयोजित किए। और इसलिए उनकी शादी में उन दोनों के अलावा सिर्फ़ कोलेट शामिल हुई थी–वो भी बतौर गवाह। एरिक का कहना था कि धूमधाम से शादी एक ऐसी फिज़ूलखर्ची थी जिसे वे दोनों वहन नहीं कर सकते थे। उसके डैड ने, जो कि एक पैसे वाले बैंकर थे, सारा खर्च उठाने की पेशकश की थी। आख़िर को एरिक उनकी इकलौती औलाद जो ठहरी। उन्होंने कहा था कि यह उनकी तरफ से उन दोनों के लिए शादी का तोहफा होगा। मगर जब एरिक नहीं माना तो उन्होंने इसे लोन की तरह देने का प्रस्ताव रखा था। मगर एरिक ने उसके लिए भी मना कर दिया था। हालाँकि एरिक ने कभी यह कहा नहीं, मगर परी जानती है कि उसने ऐसा इसलिए किया था क्योंकि यदि कोई औपचारिक समारोह होता तो उसमें एरिक के ढेर सारे रिश्तेदार शामिल होते, मगर परी की तरफ से कोई भी नहीं होता जो वहाँ बैठकर उसके लिए तालियाँ बजाता, उसका हाथ एरिक के हाथों में सौंपता, और विदाई के समय उसके लिए आँसू बहाता। एरिक उसे भरी दुनिया में अकेले होने के अहसास से बचाना चाहता था।

परी ने जब उसे अफगानिस्तान जाने की अपनी योजनाओं के बारे में बताया, तो उसने इसके पीछे छिपीं उसकी भावनाओं को इस तरह समझ लिया जिस तरह परी को लगता है कि जूलियन कभी नहीं समझ सकता था। बल्कि उसने तो उस तरह से भी समझ लिया था जिस तरह से उसने कभी खुलकर खुद से भी स्वीकार नहीं किया था।

"तुम्हें लगता है कि तुम्हें गोद लिया गया था," उसने कहा।

"तुम मेरे साथ चलोगे?"

उन्होंने तय किया कि वे आने वाली गर्मियों में जाएँगे, जब एरिक का स्कूल बंद होगा और परी भी अपने पीएचडी के काम से कुछ समय के लिए छुट्टी ले सकेगी। एरिक ने अपने एक स्टूडेंट की मॉम के ज़रिए मिले एक फारसी के उस्ताद

के यहाँ उन दोनों का दाखिला करवा दिया–फारसी सीखने के लिए। इसके बाद परी अक्सर उसे सोफे पर लेटकर, कानों पर हेडफ़ोन चढ़ाकर, कैसेट प्लेयर सीने पर रखकर, आँखें बंद किए हुए, बड़े गौर से यह सुनते और दोहराते पाती कि फारसी में *थैंक यू, हेल्लो,* और *हाउ आर यू* (आप कैसे हैं) कैसे बोला जाता है।

गर्मी की छुट्टियाँ शुरू होने के कुछ हफ्ते पहले, जब एरिक हवाई टिकट और अफगानिस्तान में ठहरने की व्यवस्था पता कर रहा था, परी को पता चला कि वह गर्भवती थी।

"हम अभी भी जा सकते हैं," एरिक ने कहा। "हमें अभी भी जाना चाहिए।"

मगर परी ने तय किया कि नहीं जाएँगे। "यह गैर-ज़िम्मेदाराना होगा," उसका कहना था। असल में, उस वक़्त वे लोग एक स्टूडियो में रह रहे थे, जिसका हीटिंग सिस्टम खराब था, पाइपलाइन लीक हो रही थी, एयर कंडीशनिंग थी नहीं, और फर्नीचर के नाम पर इधर-उधर से इकट्ठा किया हुआ कुछ सामान था।

"यह जगह नवजात बच्चे के रहने लायक नहीं है," परी ने कहा। उसके कहने का मतलब था कि इस वक़्त उनके लिए अफगानिस्तान यात्रा पर पैसे खर्च करने की बजाए एक ढंग का घर लेने के बारे में सोचना ज़्यादा ज़रूरी था। एरिक उसकी बात से सहमत था, और इसलिए उसने अपनी ड्रामा टीचर की नौकरी के साथ-साथ पियानो सिखाने का भी काम शुरू कर दिया। इस काम के बारे में उसने पहले भी सोचा था, मगर बाद में थिएटर में ही करियर बनाने का फैसला ले लेने के चलते इसे वह भूल ही गया था। और जब तक इसाबेल का जन्म हुआ–प्यारी-सी, गोरी रंगत वाली, भुनकर सुनहरी हुई चीनी जैसे रंग की आँखों वाली इसाबेल–तब तक वे जार्डिन डू लक्ज़मबर्ग से ज़रा-सी दूर एक छोटे से दो बेडरूम वाले अपार्टमेंट में शिफ्ट हो चुके थे। यह एरिक के डैड से मिली वित्तीय मदद से ही मुमकिन हो पाया था, जो एरिक ने इस बार इस शर्त पर कबूल की थी कि वो एक लोन की शक्ल में होगी।

इसाबेल के जन्म के बाद परी ने तीन महीने की छुट्टी ले ली थी। उसका सारा दिन अब इसाबेल के साथ ही बीतता था। इसाबेल के साथ रहने पर उसे हल्कापन महसूस होता था। जब भी इसाबेल उसकी ओर देखती, तो उसे लगता जैसे वह एक नयी ही रोशनी से दमक उठी हो। शाम को स्कूल से घर लौटने पर एरिक अपना कोट और ब्रीफकेस दरवाज़े पर ही छोड़ देता और सीधा आकर सोफे पर बैठ जाता, अपनी बाँहें फैलाता और उँगलियों से इशारा करते हुए

कहता, “उसे मुझे दे दो, परी। मुझे दे दो।” जब वह इसाबेल को अपनी छाती पर बैठाकर झूला झुला रहा होता, तब परी उसे दिन भर की सारी बातें बताती– इसाबेल ने कितना दूध पिया, कितनी बार झपकी ली, उन्होंने साथ में टेलीविजन पर क्या देखा, उन्होंने कौन-कौन से मज़ेदार खेल खेले, और उसने कौन-कौन सी नई आवाज़ें निकालीं। एरिक ये सारी बातें सुनते हुए कभी नहीं थकता था।

उन्होंने अफगानिस्तान जाने का फैसला टाल दिया था। सच बात यह थी कि अब परी को अपने सवालों के जवाब और अपनी जड़ों की तलाश करने की उतनी तीव्र इच्छा ही महसूस नहीं होती थी। एरिक और उसके सहारा देने वाले, सुकून देने वाले साथ के चलते। और इसाबेल की चलते, जिसने परी के पैरों तले की ज़मीन को फिर से मज़बूत कर दिया था–भले ही उसमें अभी भी कई दरारें और कई कमज़ोरियाँ थीं, वे तमाम सवाल थे जिनके जवाब अभी तक नहीं मिले थे, और वे सभी चीज़ें थीं जिन्हें मम्मा छोड़ना नहीं चाहती थीं। ये सारी बातें अब भी जस की तस थीं, मगर परी को अब उन सवालों के जवाब जानने की उतनी उत्सुकता नहीं रही थी जितनी पहले हुआ करती थी। और वो जो एक अहसास उसे बचपन से रह-रहकर सताता था–कि उसकी ज़िन्दगी में किसी ऐसी चीज़ या इंसान की कमी है जो उसके वजूद का आधार है–वह भी अब कमज़ोर पड़ गया था। अभी भी कभी-कभार वह अहसास जागता है, और कभी-कभी तो इतने असरदार तरीके से कि वह चौंक जाती है, मगर पहले की तुलना में अब बहुत कम बार होता है। परी पहले कभी इतनी संतुष्ट नहीं रही थी जितनी कि अभी थी। उसने पहले कभी इतना सुख, इतना इत्मीनान महसूस नहीं किया था जितना कि अभी उसे हो रहा था।

1981 में, जबकि इसाबेल तीन बरस की हो चुकी थी और परी एक बार फिर पेट से थी (एलेन आने वाला था), परी को एक कांफ्रेंस के लिए म्यूनिख जाना पड़ा। वहाँ उसे ‘नंबर थ्योरी से इतर मॉड्यूलर फॉर्म्स के उपयोग (ख़ास तौर से टोपोलॉजी और सैद्धांतिक भौतिकी में)’ विषय पर एक शोध-पत्र (रिसर्च पेपर) प्रस्तुत करना था, जो कि उसने अपने एक साथी रिसर्चर के साथ मिलकर तैयार किया था। प्रस्तुति बहुत अच्छी रही और खूब सराही गई, और उसके बाद परी और उसके कुछ साथी एक भीड़ और शोर से आबाद बार में बीयर पीने और प्रेट्ज़ेल और वीसवुर्स्ट खाने के लिए चले गए। आधी रात से कुछ पहले ही वह होटल के अपने कमरे में लौटी और बहुत थकी होने के कारण बिना कपड़े बदले या मुँह-हाथ धोए ही सो गई। रात 2:30 बजे फोन की घंटी बजी। एरिक पेरिस से फोन कर रहा था।

"मैंने इसाबेल के बारे में बताने के लिए लगाया है," उसने कहा। इसाबेल को बुखार था। उसके मसूड़े अचानक सूज गए थे और लाल हो गए थे। ज़रा सा छूने पर उनमें से खून निकल आता था। "मसूड़े इतने सूज गए हैं कि उसके दाँत मुश्किल से ही दिख रहे हैं। परी! मुझे समझ नहीं आ रहा है कि क्या करूँ। मैंने कहीं पढ़ा था कि यह स्थिति..."

वह चाहती थी कि एरिक रुक जाए, जो कहने वाला है वो न कहे। वह उसे चुप रहने के लिए कहना चाहती थी, क्योंकि वह इसे सुनना बर्दाश्त नहीं कर पाती, मगर बहुत देर हो चुकी थी। उसके कानों में *'चाइल्डहुड ल्यूकेमिया'* (बच्चों को होने वाला कैंसर) शब्द पिघले हुए शीशे की तरह पड़े, या शायद *'लिंफोमा'* कहा गया था, मगर उससे क्या फर्क पड़ता है। परी बिस्तर के किनारे पर बैठी थी, जड़वत, उसके सिर में हथोड़े से बज रहे थे, और बदन पसीने से तर था। उसे इस बात के लिए एरिक पर बहुत गुस्सा आ रहा था कि उसने आधी रात को, यह जानते हुए भी कि वह उससे सात सौ किलोमीटर दूर बैठी थी और कुछ भी करने की हालत में नहीं थी, उसके दिमाग में इतनी भयानक बात क्यों डाल दी थी। अपनी खुद की नादानी के लिए वह खुद से भी बहुत खफा थी। नादानी यह सोचने की कि उसे खुश रहने का अधिकार था। नादानी यह मानने की कि अब उसके पैरों तले की ज़मीन मज़बूत हो गई थी। नादानी अपने आप को ममता की गिरफ्त में डालकर ज़िन्दगी भर की चिंता और तकलीफ मोल ले लेने की। नादानी बिना किसी आधार के इस बात पर यकीन कर लेने की (पहले के तमाम बुरे अनुभवों के बाद भी) कि जिस दुनिया पर आपका कोई बस नहीं है, वह आपसे वह चीज़ नहीं छीन लेगी जिसे खोना आप बर्दाश्त नहीं कर सकते। नादानी इस बात पर यकीन कर लेने की कि यह दुनिया आपको तबाह नहीं करेगी। यह सरासर नादानी थी। मुझ में यह करने की हिम्मत नहीं है। वह मुँह ही मुँह में बुदबुदाई। मुझ में यह करने की हिम्मत नहीं है। उस पल में उसे माँ-बाप बनने से ज़्यादा लापरवाही भरी और बेसरपैर की बात कोई और नहीं मालूम हुई।

दूसरी तरफ, उसके मन के किसी कोने में–ओह गॉड! यह मैं क्या सोच रही हूँ, तत्काल उसके मुँह से निकला, मुझे इसके लिए माफ़ कर देना गॉड–इसाबेल के प्रति गुस्सा भड़क रहा था, क्योंकि उसके मन का एक हिस्सा यह मान रहा था कि ये जो कुछ भी हो रहा था उसका कारण इसाबेल थी, उसी की वजह से परी को इस असहनीय दर्द से गुज़रना पड़ रहा था।

तभी उसे ध्यान आया कि वह अभी भी फोन का रिसीवर हाथों में लिए थी। "एरिक! एरिक! मेरी बात सुनो। मैं तुम्हें बाद में कॉल करूँगी। मुझे अब फोन रखना होगा।"

फोन रखकर उसने अपना पर्स उठाया और उसे बिस्तर पर खाली कर दिया। उसे मैरून रंग की वह छोटी सी डायरी चाहिए थी, जिसमें वह सभी के फोन नम्बर्स लिख कर रखती थी। उसमें से एक नंबर देखकर उसने लियोन फोन लगाया। कोलेट अब अपने शौहर डिडिएर के साथ लियोन में रहती है, जहाँ उसने एक छोटी-सी ट्रैवल एजेंसी शुरू की है। डिडिएर डॉक्टरी की पढ़ाई कर रहा है। किस्मत से फोन डिडिएर ने ही उठाया था।

"परी, तुम्हें तो पता है न कि मैं मनोचिकित्सा की पढ़ाई कर रहा हूँ?" उसने कहा।

"मुझे पता है। मुझे पता है। मैंने बस सोचा कि..."

स्थिति को देखते हुए डिडिएर ने मदद करने का मन बना लिया और परी से कुछ सवाल किए। क्या हाल ही में इसाबेल का वज़न कम हुआ है? क्या उसे रात में पसीना आता है? बेवजह ही शरीर पर चोट जैसे निशान उभर आते हैं? थकान होती है? बार-बार बुखार आता है?

आखिर में उसने कहा, "एरिक को सुबह उसे डॉक्टर के पास ले जाना चाहिए। लेकिन मैंने मेडिकल स्कूल में ली गई जनरल ट्रेनिंग में जो पढ़ा और सीखा है, उसके हिसाब से तो मुझे यह एक्यूट जिंजिवोस्टोमेटाइटिस का केस मालूम हो रहा है।"

परी ने रिसीवर को इतना कसकर पकड़ा हुआ था कि उसकी कलाई में दर्द होने लगा था। "प्लीज़," उसने सब्र से काम लेते हुए कहा, "डिडियर।"

"अरे, माफ़ करना परी। मेरा मतलब है, यह तो कोल्ड सोर (हर्पीज़ सिम्प्लेक्स वायरस के कारण होंठों के आसपास होने वाले छाले) के शुरुआती लक्षण मालूम हो रहे हैं।"

"कोल्ड सोर।"

इसके बाद डिडियर ने जो शब्द कहे, वे परी को अपनी ज़िन्दगी में सुने गए सबसे ज़्यादा खुशगवार शब्द मालूम हुए। "मुझे लगता है कि वह जल्दी ही ठीक हो जाएगी।"

परी डिडिएर से सिर्फ़ दो ही बार मिली थी, एक बार कोलेट से उसकी शादी से पहले और एक बार शादी के बाद। मगर उस लम्हे उसे ऐसा लगा जैसे डिडिएर उसकी ज़िन्दगी में मौजूद सबसे प्यारा इंसान था और वह सच में उससे बहुत प्यार करती थी। उसने रोते-रोते फोन पर यह बात उससे कही भी। उसने न जाने

कितनी बार कहा कि वह उससे प्यार करती है–और फिर हँसने लगी, और आखिर में गुडनाईट कहकर फोन रख दिया।

फिर उसने एरिक को फोन लगाकर डिडिएर से हुई बातचीत के बारे में बताया और ताकीद की कि सुबह होते ही वह इसाबेल को डॉक्टर के पास ले जाए। आखिर में वह एक बार फिर बिस्तर पर लेट गई। उसके कानों में अब भी सनसनाहट महसूस हो रही थी। लेटे-लेटे वह खिड़की पर लगे हल्के हरे रंग के लकड़ी के शटर से भीतर आती स्ट्रीट-लाइट को देखने लगी। उसे वह दिन याद आने लगा जब आठ बरस की उम्र में एक बार निमोनिया होने के कारण उसे अस्पताल में भर्ती कराया गया था। मम्मा ने रात को भी घर जाने से इंकार कर दिया था और ज़िद ठान ली थी कि वो उसके पलंग के सिरहाने रखे स्टूल पर बैठकर ही सो लेंगी, मगर अपनी बेटी को छोड़कर कहीं नहीं जाएँगी। ये सब सोचते हुए परी को अपनी मम्मा के साथ अजीब-सी आत्मीयता महसूस होने लगी। अचानक ही। यह अहसास उसके लिए बिल्कुल नया था। आज पहली बार शायद उसने मम्मा के जूतों में पैर डाला था। पिछले कुछ बरसों में कई मौकों पर उसे मम्मा की याद आई थी, उनकी कमी महसूस हुई थी। सबसे पहले तो अपनी शादी पर ही। फिर जब इसाबेल का जन्म हुआ, तब। और भी जब-तब कई बार। मगर कभी भी मम्मा उसे उतनी ज़्यादा याद नहीं आईं थीं जितनी इस भयानक और हैरानी भरी रात म्यूनिख के इस होटल के कमरे में लेटे हुए आ रही थीं।

अगले दिन पेरिस लौटकर उसने एरिक से कहा कि एलेन के जन्म के बाद उन्हें और बच्चे नहीं करने चाहिए। इससे दिल टूटने की संभावना और बढ़ जाती है।

1985 में, जब इसाबेल सात बरस की, एलेन चार का और सबसे छोटा बेटा थिएरी दो बरस का था, तब परी ने पेरिस के एक प्रतिष्ठित विश्वविद्यालय में पढ़ाने का प्रस्ताव स्वीकार कर लिया। शुरू-शुरू में उसे भी उस राजनीति का शिकार होना पड़ा जो तकरीबन सभी कार्यस्थलों पर देखने को मिलती है और जिससे हर नए कर्मचारी को दो-चार होना ही पड़ता है। यह इसलिए भी आश्चर्य की बात नहीं थी, क्योंकि वह सिर्फ़ छत्तीस बरस की उम्र में प्रोफ़ेसर बन गई थी और उसे अपने विभाग की सबसे कम उम्र की प्रोफेसर होने का अवसर मिला था, जिससे कुछ लोगों का पेट दुखना लाज़िमी था। पुरुष और महिला प्रोफेसरों का अनुपात भी एक वजह थी। उसे मिलाकर वहाँ सिर्फ़ दो ही महिला प्रोफेसर थीं। उसने इस स्थिति का सामना अपनी तरह से किया। उसे यकीन था कि मम्मा ऐसा कभी नहीं करतीं या कर पातीं। उसने (परी) किसी की चापलूसी या खुशामद नहीं

की, मगर साथ ही उसने किसी से टकराव मोल लेने या किसी की शिकायत दर्ज कराने से भी परहेज रखा। उसके आलोचक थे और हमेशा रहेंगे। लेकिन जब जर्मनी के दोनों हिस्सों में एका हुआ और बर्लिन की दीवार गिरी, तब तक परी की अकादमिक ज़िन्दगी में खड़ी की गईं दीवारें भी गिर चुकी थीं और धीरे-धीरे उसने अपने समझदारी भरे व्यवहार और मिलनसार स्वभाव से अपने ज़्यादातर सहकर्मियों का दिल जीत लिया था। उसने अपने विभाग के साथ दूसरे विभागों में भी कई सारे दोस्त बना लिए थे और नियमित रूप से विश्वविद्यालय के कार्यक्रमों, धन-संग्रह अभियानों, और कभी-कभार होने वाली कॉकटेल पार्टियों और रात्रि-भोजों में शामिल होना शुरू कर दिया था। इन सभी आयोजनों में एरिक उसके साथ जाता था। और दोनों के बीच चल रहे किसी निजी मज़ाक के चलते वह हर आयोजन में हमेशा वही ऊनी टाई और कोहनी पर पैच वाला कॉरडरॉय ब्लेज़र पहनने पर ज़ोर देता था। आयोजन में पहुँचकर अक्सर वह भीड़-भाड़ के बीच इधर-उधर टहलता रहता था, ऐपेटाइज़र चखता था, शराब की चुस्कियाँ लेता था, और कभी-कभी गणितज्ञों के किसी समूह में हो रही किसी चर्चा में भी शामिल हो जाता था। मगर इससे पहले कि वह वहाँ '3-मैनिफोल्ड' और 'डायोफैंटाइन एप्रोक्सिमेशन' पर अपनी राय ज़ाहिर करे, परी वहाँ जाकर उसे वहाँ से उठाकर ले जाती थी।

इन पार्टियों में अक्सर कोई न कोई परी से अफ़गानिस्तान में चल रहे घटनाक्रमों पर उसकी राय पूछ ही लेता था। ऐसी ही एक शाम चैटेलार्ड नाम के एक अतिथि प्रोफेसर ने, जिन्होंने उस शाम थोड़ी ज़्यादा पी ली थी, परी से पूछा, "आपके ख़याल से सोवियत सेनाओं के हट जाने के बाद अफ़गानिस्तान का क्या होगा? क्या आपके लोगों को जंग से निजात मिलेगी, मैडम प्रोफेसर?"

"मुझे नहीं पता," परी ने जवाब दिया। "असल में, मैं सिर्फ़ नाम की अफगानी हूँ।"

"फिर भी," प्रोफेसर ने कहा। "फिर भी, आपको कुछ तो जानकारी होगी।"

इस तरह के सवाल उसे हमेशा ही इस अहसास से भर देते थे कि वह अपने मादर-ए-वतन के बारे में कितना कम जानती थी। फिलहाल उसने इस अहसास को भीतर दबाए रखने की कोशिश करते हुए चेहरे पर एक मुस्कान बिखेरते हुए जवाब दिया: "उतनी ही है जितनी 'ले मोंडे' में छपी है। उसे पढ़कर जितना आप जानते हैं, उतना ही मैं भी जानती हूँ।"

"मगर आप तो वहीं पली-बढ़ी हैं, है न?"

"मैं बहुत छोटी उम्र में ही वहाँ से चली आई थी। क्या आपने मेरे हसबैंड को देखा है? वही जिन्होंने पट्टेदार कोहनियों वाला ब्लेज़र पहना हुआ है।"

उसकी बातें सच थीं। वह टीवी पर अफगानिस्तान में चल रही जंग की खबरें देखती थी, अखबारों में पश्चिमी देशों द्वारा मुजाहिदीनों को हथियार दिए जाने के बारे में पढ़ती थी, मगर सच तो यह था कि अफगानिस्तान अब उसके मन से धुंधला गया था। उसके पास अब खुद को घर पर व्यस्त रखने के लिए बहुत कुछ था। अब वे पेरिस के सेण्टर से तकरीबन बीस किलोमीटर दूर बसे गायनकोर्ट में एक खूबसूरत चार बेडरूम वाले घर में रहने लगे थे। उनका घर उस छोटी पहाड़ी पर बसा था, एक पार्क के करीब, जिस पर बहुत सारी छोटी-छोटी पगडंडियाँ और छोटे-छोटे तालाब थे। एरिक पढ़ाने के साथ-साथ अब नाटक भी लिख रहा था। उसका एक नाटक, एक हल्का-फुल्का राजनीतिक प्रहसन, पेरिस के होटल डी विले के पास बने एक छोटे से थिएटर में मंचित होने वाला था, उसी बसंत के मौसम में। और उसे एक और नाटक लिखने का काम भी मिल चुका था।

इसाबेल अब एक शांत स्वभाव की मगर अक्लमंद और दानिशमंद किशोरी बन चुकी थी। वह डायरी लिखती थी और हर हफ्ते एक उपन्यास पढ़ती थी। उसे सिनाएड ओ'कॉनर पसंद थी। उसकी उंगलियाँ लंबी और खूबसूरत थीं, और वह सेलो बजाना सीखती थी। कुछ ही हफ्तों में एक संगीत कार्यक्रम में वह त्चाइकोवस्की का चैनसन ट्रिस्ट बजाने वाली थी। मगर शुरू में जब वह सेलो सीखने के लिए तैयार नहीं थी, तो उसका हौसला बढ़ाने की गरज़ से शुरू के कुछ दिनों तक परी ने भी उसके साथ सेलो सीखा था। मगर उसका सीखना ज़्यादा दिन नहीं चला था, क्योंकि यह उसके लिए न तो ज़रूरी रह गया था और न ही संभव। ज़रूरी इसलिए नहीं क्योंकि कुछ ही दिनों में सेलो परी के मन भा गया था और उसे किसी भी तरह की हौसला-अफज़ाई की ज़रूरत नहीं बची थी। संभव इसलिए नहीं था क्योंकि सेलो बजाने से परी के हाथ दर्द करने लगे थे। सेलो बजाना छोड़े उसे एक बरस से भी ज़्यादा हो गया था, मगर अब भी हर सुबह उठते ही उसे हाथों और कलाईयों में अकड़न महसूस होती थी, जो आधे घंटे, या कभी-कभी तो एक घंटे तक भी ठीक नहीं होती थी। एरिक ने डॉक्टर के पास जाने के लिए उस पर दबाव डालना बंद कर दिया था और अब वह खुद उसे डॉक्टर के पास ले जाने पर ज़ोर दे रहा था। "परी, अभी तुम्हारी उम्र सिर्फ़ तैंतालीस बरस है," वह कहता, "यह नॉर्मल नहीं है।" आखिरकार, परी ने डॉक्टर से मिलने का समय ले ही लिया।

एलेन, उनका मंझला बेटा, ऊर्जा का भण्डार था। उसकी एनर्जी कभी ख़त्म ही नहीं होती थी, और न ही उसकी शरारतें। वह चंचल स्वभाव का मगर बहुत ही मज़बूत इरादों वाला लड़का था। उसे मार्शल आर्ट का जुनून था। चूँकि वह नौ महीने पूरे होने से पहले ही पैदा हो गया था, उसकी लम्बाई ग्यारह साल के लड़कों के हिसाब से अभी भी कम थी। मगर उसके कद में जो कमी थी, उसकी भरपाई उसकी अदम्य इच्छाशक्ति और ज़बरदस्त हिम्मत कर देती थी। मार्शल आर्ट में उसके विपक्षी खिलाड़ी हमेशा उसके दुबले शरीर और पतली टाँगों से धोखा खा जाते थे और उसे कम आँकने की गलती कर बैठते थे। परी और एरिक अक्सर रात को बिस्तर पर लेटे-लेटे उसकी अदम्य इच्छाशक्ति और प्रचंड ऊर्जा के बारे में बात करते हुए हैरान हो जाते थे। परी को न तो इसाबेल की चिंता थी और न ही एलेन की।

उसे थियरी की चिंता थी। थियरी, जो शायद अवचेतन के गहरे तल पर इस बात को महसूस कर सकता था कि वह अप्रत्याशित और अनचाहा था, बिना बुलाए आ गया था। परी जब भी उससे कुछ पूछती तो वह खामोश ही रहता और यूँ संदिग्ध नज़रों से देखता मानो पहचानने की कोशिश कर रहा हो कि क्या वास्तव में यही उसकी माँ है। हाथ में ली हुई चीज़ को उलटता-पलटता रहता, कुछ भी करने का दिखावा करता रहता, मगर पूछी गई बात का जवाब नहीं देता। और उसकी यह खामोशी, उसकी यह ढीठता परी को बहुत परेशान करती थी। परी को लगता था कि वह अवज्ञा करने के उद्देश्य से ही अवज्ञा करता था। मतलब, उसने तय किया हुआ था कि माँ की बात नहीं सुननी या माननी, चाहे बात कुछ भी हो। कभी-कभी, उस पर उदासी का बादल छा जाता था। परी यह समझ जाती थी। उसे दिखाई पड़ने लगता था। यह बादल धीरे-धीरे बढ़ता जाता था और आखिर में फट पड़ता था, जिससे गुस्से का एक सैलाब सा आ जाता था, जिसकी अभिव्यक्ति गला फाड़कर चीखने, गुस्से से पैर पटकने, और चीज़ों को उठा-उठाकर फेंकने या तोड़ने-फोड़ने के रूप में होती थी, और यह तांडव परी को डरा देता था और एरिक भी हैरत से देखता रह जाता था। परी का अंतर्मन जानता था कि थियरी उसके लिए ज़िन्दगी भर चिंता का कारण बना रहेगा, ठीक उसके जोड़ों के दर्द की तरह।

वह अक्सर सोचती थी कि अगर मम्मा ज़िन्दा रही होतीं तो किस तरह की दादी बनतीं। खासकर थियरी के मामले में। परी का अंतर्मन कहता है कि मम्मा उसके मामले में मददगार साबित हो सकती थीं। उन्हें शायद उसमें अपनी झलक

दिखाई पड़ सकती थी–बेशक जैविक रूप से नहीं, इस बात का परी को काफी समय से यकीन-सा हो गया था।

बच्चे अपनी नानी को जानते हैं। खासकर इसाबेल उनके बारे में जानने के लिए बहुत आतुर रहती है। उसने उनकी कई सारी कविताएँ/नज़्में पढ़ी हैं।

"काश कि मैं उनसे मिली होती," वह कहती।

"उनकी कविताएँ/नज़्में पढ़कर लगता है कि वह बहुत ग्लैमरस रही होंगी," वह कहती।

"मुझे लगता है हम दोनों अच्छी सहेलियाँ बन जातीं। क्या आपको भी ऐसा ही लगता है? हम एक ही तरह की किताबें पढ़ते। मैं उनके लिए सेलो बजाती।"

"उन्हें तुम्हारे साथ ये सब करना बहुत अच्छा लगता," परी कहती, "इस बात का तो मुझे पूरा यकीन है।"

परी ने बच्चों को मम्मा की आत्महत्या के बारे में नहीं बताया था। शायद एक दिन उन्हें खुद ही पता चल जाए, संभवतः चल ही जाएगा। मगर उन्हें यह बात परी से नहीं पता चलेगी। वह उनके मन में इस विचार का बीज नहीं बोएगी कि कोई माँ-बाप अपने बच्चों को अकेला छोड़ सकते हैं, उनसे कह सकते हैं कि तुम काफी नहीं हो। परी के लिए, बच्चे और एरिक हमेशा से काफी रहे हैं। और हमेशा रहेंगे।

1994 की गर्मियों में परी और एरिक बच्चों को छुट्टियाँ मनाने के लिए मजोरका लेकर गए। इस ट्रिप का इंतज़ाम कोलेट ने किया था, अपनी ट्रैवल एजेंसी के ज़रिए, जो अब दिन दूनी रात चौगनी तरक्की कर रही थी। कोलेट और डिडिएर उन्हें मजोरका में ही मिले, और फिर उन सभी ने अगले दो हफ्ते साथ-साथ वहाँ छुट्टियों का मज़ा लिया। रहने के लिए उन्होंने समंदर किनारे एक मकान किराए से ले लिया था। कोलेट और डिडिएर के बच्चे नहीं हैं, किसी शारीरिक दिक्कत की वजह से नहीं बल्कि इसलिए क्योंकि वे माँ-बाप बनना नहीं चाहते। परी के लिए इस ट्रिप पर आने के लिहाज़ से यह एकदम सही वक़्त था। उसका गठिया अभी कण्ट्रोल में था। वह हफ्ते में एक बार मेथोट्रेक्सेट की खुराक ले रही थी, जिसे उसका शरीर अच्छी तरह सहन कर पा रहा था। अच्छी बात यह थी कि पिछले कुछ वक़्त से उसे कोई स्टेरॉयड नहीं लेना पड़ा था और इसीलिए साइड इफ़ेक्ट के तौर पर सामने आने वाली अनिद्रा की समस्या से भी नहीं जूझना पड़ा था।

इसको लेकर उसकी कोलेट से बात हुई तो उसने कहा, "और वज़न बढ़ने का भी डर नहीं रहा।" वह स्टेरॉयड दवाओं के साइड इफेक्ट्स की बात कर रही थी। "अब तो मैं स्पेन में बाथिंग सूट पहनकर भी घूम सकती हूँ बीच पर।" कहकर वह हँस पड़ी।

"आह, शरीर का घमंड!"

वे लोग दिन भर द्वीप की सैर करते, गाड़ी लेकर सेरा डे ट्रामुनटाना पर्वतमाला के किनारे उत्तर-पश्चिमी तट तक चले जाते, और बीच में अगर मन होता तो रुककर जैतून के बागों और चीड़ के जंगलों में टहलने का लुत्फ़ उठाते। वहाँ रहते हुए उन्होंने कई सारे नए व्यंजन भी चखे, जैसे कि 'पोर्सेला', और 'लुबिना' नाम की एक शानदार सी बास डिश, और बैंगन और तोरी का स्टू, जिसे 'टुम्बेट' कहते हैं। थिएरी ने इनमें से किसी भी चीज़ को खाने से साफ़ इंकार कर दिया था, और इसलिए हर रेस्तरां में परी को शेफ से एक प्लेट 'स्पेगेटी विथ प्लेन टमाटर सॉस' बनाने के लिए कहना पड़ता था, जिसमें न तो गोश्त हो और न ही पनीर। हाल ही के दिनों में इसाबेल को ओपेरा देखने का शौक लग गया था और इसीलिए उसकी दरख्वास्त पर वे लोग एक रात जियाकोमो पुचीनी के टोस्का नामक ओपेरा का मंचन देखने चले गए। चले तो गए, लेकिन अगर आपको ओपेरा में कोई दिलचस्पी न हो तो वहाँ वक़्त बिताना मुश्किल तो होगा ही। इस मुश्किल को आसान बनाने की गरज से परी और कोलेट एक सिल्वर रंग के फ्लास्क में वोदका भरकर साथ ले आई थीं और अब बारी-बारी से उसके घूँट भर रही थीं। दूसरे हिस्से के मंचन का आधा समय बीतते न बीतते दोनों जमकर नशे में चूर हो गईं, और फिर स्कार्पिया का किरदार निभाने वाले अभिनेता के नाटकीय अभिनय पर स्कूल की छात्राओं की तरह खिलखिलाकर हँसने लगीं।

एक दिन परी, कोलेट, इसाबेल और थिएरी ने दोपहर का खाना पैक किया और समंदर किनारे (बीच) पहुँच गए। डिडिएर, एलेन और एरिक सुबह-सवेरे ही सोलेर खाड़ी के किनारे पैदल घूमने के लिए निकल गए थे। बीच की ओर जाते समय वे तीनों इसाबेल के लिए एक स्विमिंग सूट खरीदने एक दुकान के सामने रुकीं। दुकान में घुसते ही परी को वहाँ लगे शीशे में अपना अक्स दिखाई दिया। आम तौर पर, खासकर पिछले कुछ बरसों से, जब वह किसी शीशे के सामने कदम रखने वाली होती है तो उसके भीतर एक स्वचालित मानसिक प्रक्रिया शुरू हो जाती है, जो उसे अपने 'ढलते यौवन' का सामना करने के लिए तैयार करती है। इससे उसे एकदम से झटका नहीं लगता; झटके का असर थोड़ा कम हो जाता है। मगर यहाँ चूँकि वह भरपूर इत्मीनान में थी, इसलिए उसकी वह प्रक्रिया भी

इस बार सुस्ती दिखा गई, नतीजतन इस बार उसे अचानक असलियत का सामना करना पड़ गया, झूठी तसल्लियों के सारे नकली नकाब हट गए, और ज़ोरों का झटका ज़ोरों से ही लग गया। शीशे में उसका सामना एक अधेड़ उम्र की औरत से हो गया, जिसने एक फीके से रंग का फ्लॉपी ब्लाउज़ और एक बीच स्कर्ट पहन रखी थी, जो उसके घुटनों के ऊपर की ढीली पड़ चुकी चमड़ी की सिलवटों को पूरी तरह से छुपा पाने में नाकाम थी। सूरज की किरणें उसके बालों में से झाँक रही सफेदी को चाँदी की तरह चमका रही थीं। आँखों में काजल और होंठों पर लिपस्टिक लगी होने के बाद भी उसका चेहरा ऐसा दिख रहा था कि किसी रास्ता चलते आदमी की निगाहें एक पल को उस पर पड़ेंगी और फिर वैसे ही छिटक जाएँगी जैसे किसी सड़क के साइनबोर्ड या मेलबॉक्स नंबर पर से हट जाती हैं। अपने असली रूप से आमना-सामना होने वाली यह घटना बहुत थोड़ी-सी देर के लिए घटी थी, शायद कुछ ही पलों के लिए, मगर वे कुछ पल भी उसके तमाम भ्रमों को तोड़कर, उसकी सभी गलतफहमियों को दूर करके उसे असलियत का अहसास कराने के लिहाज़ से काफी थे। निश्चित तौर पर यह थोड़ा दिल तोड़ने वाला अनुभव था। उमर का बढ़ना ऐसा ही होता है, इसाबेल के पीछे-पीछे दुकान में जाते हुए वह सोचने लगी। अचानक घटने वाले इस तरह के बेरहम पल तब आपको घेर लेते हैं जब आप उनकी बिल्कुल उम्मीद नहीं कर रहे होते हैं।

बाद में जब वे चारों बीच से वापस लौटे तो देखा कि पैदल घूमने गई पार्टी पहले ही वापस आ चुकी थी।

"पापा बूढ़े हो रहे हैं," एलेन ने कहा।

बार के पीछे से एरिक ने, जो वहाँ बैठा कई तरह की शराबों को मिलाकर 'सैंग्रिया' तैयार कर रहा था, परी लोगों की तरफ देखा और सौम्य भाव से कंधे उचका दिए।

"मुझे लगा था कि मुझे आपको उठाकर लाना पड़ेगा, पापा।"

"मुझे एक बरस का वक़्त दो। हम अगले बरस फिर आएँगे, और मैं तुम्हारे साथ पूरे द्वीप का चक्कर लगाऊँगा, *मेरे दोस्त।*"

मगर वे फिर कभी मजोरका नहीं आए। पेरिस लौटने के एक हफ्ते बाद ही एरिक को दिल का दौरा पड़ गया, तब जब वह अपने ड्रामा की रिहर्सल के दौरान एक लाइटिंग स्टेजहैंड से बात कर रहा था। उस बार तो उसकी जान बच गई, मगर अगले तीन सालों में उसे दो और बार दिल के दौरों का सामना करना पड़ा और तीसरा दौरा जानलेवा साबित हुआ। और इस तरह अड़तालीस बरस की उम्र में परी भी मम्मा की तरह विधवा हो गई थी।

2010 की वसंत ऋतु की शुरुआत में एक दिन परी को एक लॉन्ग डिस्टेंस कॉल (सात समंदर पार से) आया। यह कॉल अप्रत्याशित नहीं था, बल्कि सुबह से ही परी इसका इंतज़ार कर रही थी, इसके लिए खुद को तैयार कर रही थी। कॉल आने से पहले परी ने यह सुनिश्चित किया कि वह घर में अकेली हो। और इसके लिए उसे इसाबेल को रोज की तुलना में थोड़ा जल्दी जाने के लिए कहना पड़ा। इसाबेल और उसका हसबैंड अल्बर्ट परी के घर से कुछ ही गली दूर (इले सेंट-डेनिस के ठीक उत्तर में) रहते हैं। इसाबेल हर दूसरे दिन सुबह बच्चों को स्कूल छोड़ने के बाद परी से मिलने आती है। साथ में परी के लिए एक बैगेट (एक लम्बी पावरोटी) और कुछ ताज़े फल भी लेती आती है। परी के लिए अभी तक तो व्हीलचेयर पर निर्भर रहने की नौबत नहीं आई है, मगर वह जानती है कि बकरे की अम्मा कब तक खैर मनाएगी, और इसलिए खुद को इस स्थिति के लिए मानसिक रूप से तैयार कर रही है। हालाँकि गठिया की अपनी बीमारी के चलते उसे पिछले साल समय से पहले ही रिटायरमेंट लेना पड़ गया था, मगर फिर भी अभी उसे अकेले बाज़ार आने-जाने और रोजाना टहलने में कोई दिक़्क़त नहीं होती है। असली समस्या उसके हाथ हैं–बदसूरत, टेढ़े-मेढ़े हाथ–जो उसे सबसे ज़्यादा तकलीफ देते हैं। कभी-कभी जब स्थिति ज़्यादा खराब होती है तब तो उसे ऐसा महसूस होता है जैसे हाथों की उँगलियों के जोड़ों के आसपास क्रिस्टल के टुकड़े खड़खड़ा रहे हों। परी जब भी बाहर जाती है तो अपने हाथों को गर्म रखने के लिए दस्ताने ज़रूर पहनती है, मगर असल बात यह है कि उसका मकसद हाथों को गर्म रखना कम और छिपाए रखना ज़्यादा होता है। उसे अपने हाथों पर शर्म आती है, अपनी टेढ़ी-मेढ़ी बदसूरत उंगलियों और उनके गठानों जैसे फूले हुए पोरों पर (जिसे उसके डॉक्टर स्वान नैक डीफॉर्मिटी कहते हैं), और अपनी स्थायी रूप से मुड़ी रहने वाली बाईं छोटी उंगली पर।

"आह, शरीर का घमंड!" वह कभी-कभी मज़ाक में कोलेट से कहती है।

फ़ोन कॉल वाली सुबह इसाबेल परी के लिए कुछ अंजीर, साबुन की कुछ टिकियाँ, टूथपेस्ट और एक टपरवेयर कंटेनर भर के शाहबलूत सूप (चेस्टनट सूप) लेकर आई थी। उसने बताया कि इस सूप को अल्बर्ट उस रेस्तरां के मालिकों को एक नए मेनू आइटम के रूप में सुझाने के बारे में सोच रहा था जहाँ वह सहायक शेफ के रूप में काम करता है। साथ लाया हुआ सामान थैले में से निकालकर रसोई में जमाते हुए इसाबेल परी को उस नए काम के बारे में बताने लगी जो हाल ही में उसे मिला था। वह अब टेलीविजन शोज़ और विज्ञापनों के लिए संगीत तैयार करती है और जल्द ही फिल्मों के लिए भी करने की उम्मीद कर रही है।

उसने बताया कि अभी उसे एक मिनी सीरीज़ के लिए संगीत तैयार करने का काम मिला था, जिसकी शूटिंग इस समय मैड्रिड में चल रही थी।

"तुम वहाँ जाओगी?" परी ने पूछा। "मैड्रिड?"

"नहीं। बजट बहुत कम है। वे मेरे आने-जाने का खर्च नहीं उठा पाएँगे।"

"अफ़सोस! वर्ना वहाँ तुम एलेन के साथ रह सकती थीं।"

"बेचारे एलेन पर कुछ तो रहम करो, मम्मा। उसका घर इतना छोटा है कि उसे खुद को ही ठीक से पैर फैलाने की जगह नहीं मिलती उसमें।"

एलेन मैड्रिड में एक वित्तीय सलाहकार है और अपनी बीवी एना और चार बच्चों के साथ एक छोटे से अपार्टमेंट में रहता है। वह नियमित रूप से परी को बच्चों की तस्वीरें और छोटे वीडियो क्लिप्स ईमेल करता रहता है।

परी ने इसाबेल से पूछा कि क्या उसे थिएरी की कोई खबर थी, जिस पर इसाबेल ने 'नहीं' में जवाब दिया। थिएरी अभी अफ्रीका में था, चाड के पूर्वी हिस्से में। दारफुर से आए शरणार्थियों के लिए बनाए गए शरणार्थी शिविर में काम कर रहा था। परी को यह बात इसलिए पता थी क्योंकि थियरी कभी-कभार इसाबेल से संपर्क साधता था। परिवार में वही इकलौती शख्स थी जिससे वह बात करता था। तो इसी ज़रिए से परी को अपने बेटे की ज़िन्दगी से जुड़ी मोटी-मोटी बातें पता चलती थीं–मिसाल के लिए यह कि उसने कुछ समय वियतनाम में बिताया था। या यह कि बीस साल की उम्र में उसने एक वियतनामी लड़की से शादी की थी। कुछ समय के लिए।

इसाबेल ने कॉफ़ी का पानी गर्म करने के लिए गैस पर बर्तन रख दिया और अलमारी से दो कप निकाल लिए।

"आज नहीं, इसाबेल। असल में, आज मुझे तुमसे जल्दी जाने के लिए कहना पड़ेगा।"

ज़ाहिर है कि यह बात सुनकर इसाबेल को झटका लगा और उसने आहत निगाहों से अपनी मम्मा को देखा। परी खुद को कोसने लगी कि उसने यह बात कहने के लिए शब्दों का सही चयन क्यों नहीं किया। इसाबेल शुरू से ही बड़े संवेदनशील स्वभाव की रही है।

"मेरा मतलब है कि मेरे लिए एक कॉल आने वाला है और मैं अकेले में बात करना चाहती हूँ।"

"कॉल? किसका?"

"मैं तुम्हें बाद में बताऊँगी," परी ने कहा।

इसाबेल ने अपनी बाँहें मोड़कर सीने पर रखीं और शरारती ढंग से मुस्कराने लगी। "कोई बॉयफ्रेंड मिल गया है क्या, मम्मा?"

"बॉयफ्रेंड। अंधी हो गई हो क्या? तुमने कब से मेरी तरफ गौर से नहीं देखा?"

"क्या कमी है आपमें? हर तरह से परफेक्ट हो अभी भी।"

"अभी तो तू जा बाबा। मैं बाद में सब समझा दूँगी, वादा करती हूँ।"

"ठीक है, ठीक है।" इसाबेल ने अपना पर्स कंधे पर टाँगा और अपना कोट और चाबियाँ उठाईं। "मगर मैं बताए देती हूँ, राज़ जाने बिना मैं पीछा नहीं छोड़ूँगी।"

सुबह 9:30 बजे जिस व्यक्ति का फोन आया, उसका नाम मार्कोस वरवारिस था। उसने परी से उसके फेसबुक अकाउंट के ज़रिए संपर्क साधा था और अंग्रेज़ी में यह संदेश भेजा था: *क्या आप शाएरा नीला वहदती की बेटी हैं? अगर हाँ, तो मैं आपसे किसी ऐसे विषय पर बात करना चाहूँगा जो आपके लिए दिलचस्प होगा।* परी ने इंटरनेट पर उस व्यक्ति का नाम खोजा तो पाया कि वह एक प्लास्टिक सर्जन है जो काबुल में एक गैर-लाभकारी संस्था के लिए काम करता है। परी के फोन उठाने पर उसने फ़ारसी में उसका अभिवादन किया और फिर फ़ारसी में ही अपनी बात कहने लगा, मजबूरन परी को उसे टोकना पड़ा।

"मिस्टर वरवारिस, मुझे खेद है, मगर क्या हम अंग्रेज़ी में बात कर सकते हैं?

"ओह हाँ-हाँ, ज़रूर। माफी चाहता हूँ। मुझे लगा... वैसे, मैं समझ सकता हूँ कि आप बहुत कम उम्र में ही अफगानिस्तान से चली गई थीं, इसीलिए..."

"जी हाँ, यही बात है।"

"मैंने खुद फ़ारसी यहीं सीखी है। वो भी बस कामचलाऊ। मैं 2002 से यहाँ रह रहा हूँ, तालिबान के जाने के कुछ अरसे बाद से। उस समय अफगानिस्तान की फिज़ां में एक अलग ही जोश था, सभी के दिल में नयी उम्मीदें थीं। सभी लोग अफगानिस्तान की नए सिरे से बसाहट और लोकतंत्र वगैरह के लिए तैयार थे। मगर अब हालात अलग हैं। बेशक हम राष्ट्रपति चुनाव की तैयारी कर रहे हैं, मगर अब यह एक अलग कहानी है। भगवान न करे कि ऐसा हो, मगर लगता तो ऐसा ही है।"

इसके बाद मिस्टर वरवारिस विषय पर आने की बजाए अफगानिस्तान में होने जा रहे चुनावों, जिनके बारे में उनका कहना था कि करज़ई ही जीतेंगे, और उससे जुड़ीं आवागमन संबंधी चुनौतियों के बारे में बातें करने लगे और काफी देर तक करते रहे। फिर उन्होंने विषय परिवर्तन करते हुए बातों का रुख तालिबान के उत्तर में बढ़ते अतिक्रमण, समाचार मीडिया पर बढ़ते इस्लामी अतिक्रमण, काबुल में बढ़ते जनसंख्या दबाव और उसके चलते वहाँ आसमान छूते मकान के किराए वगैरह की तरफ मोड़ दिया। परी बिना टोके सब्र से सुनती रही। आखिर में मिस्टर वरवारिस ने कहा, "अभी मैं जिस मकान में रह रहा हूँ, यहाँ रहते हुए मुझे कई बरस हो गए हैं। और मुझे पता चला है कि आप भी इसी घर में रहती थीं।"

"जी?"

"यह आपके पापा-मम्मा का घर था। कम से कम मुझे तो यही बताया गया है।"

"क्या मैं जान सकती हूँ कि यह बात आपको किसने बताई है?"

"मकान मालिक ने। उनका नाम नबी है। मेरा मतलब है, था। उनका हाल ही में इंतकाल हो गया है। क्या आपको वो याद हैं?"

यह नाम सुनते ही परी के ज़ेहन में एक हैण्डसम नौजवान चेहरा उभर आया, जिसकी घनी-घनी कलमें और पीछे की ओर कंघी किए हुए घने काले बाल थे।

"हाँ। नाम के अलावा ज़्यादा कुछ याद नहीं है अभी। वह हमारे घर का रसोइया था। और साथ ही ड्राइवर भी।"

"जी हाँ, जी हाँ, वह ये दोनों काम करते थे। वह 1947 से इसी घर में रह रहे थे। तिरेसठ बरस रहे। थोड़ा नाकाबिल-ए-एतबार लगता है, है न? मगर, जैसा कि मैंने कहा, उनका इंतकाल हो गया है। पिछले महीने। मैं उन्हें बहुत पसंद करता था। हर कोई उन्हें पसंद करता था।"

"जी, मैं समझ गई।"

"नबी ने मुझे एक नोट दिया था," मार्कोस वरवारिस ने आगे कहा। "और यह ताकीद भी की थी कि मैं इसे उनके गुज़रने के बाद ही पढ़ूँ। उनके इंतकाल के बाद मैंने एक अफगान सहकर्मी से उस नोट का अंग्रेज़ी में अनुवाद करवाया। वह सिर्फ़ एक नोट से कहीं ज़्यादा है। वह एक ख़त है, और वह भी काबिल-ए-ज़िक्र। नबी ने इसमें कुछ बातें लिखी हैं। उनमें से कुछ बातें आपसे जुड़ी हुई हैं, इसीलिए

मैंने आपको तलाश किया, और इसलिए भी क्योंकि इसमें नबी ने सीधे तौर पर मुझसे कहा है कि मैं आपको तलाशकर यह ख़त आपके हवाले करूँ। थोड़ा वक़्त और थोड़ी मशक़्क़त लगी, मगर इन्टरनेट की मेहरबानी से आखिरकार हम आपको तलाशने में कामयाब रहे।" कहकर मिस्टर वरवारिस हल्की सी हँसी हँसे।"

परी के मन के एक कोने से आवाज़ आई कि फोन रख दो, क्योंकि उसकी छठी इन्द्रिय उसे स्पष्ट बता रही थी कि नबी नाम के इस बुज़ुर्ग ने–उसके अतीत से ताल्लुक रखने वाले इस आदमी ने–दुनिया के दूसरे छोर पर बैठकर उस ख़त में जो कुछ भी लिखा है, वह सच है। उसे लंबे अरसे से इस बात का यकीन था कि उसकी मम्मा ने उसके बचपन के बारे में उससे झूठ बोला था। बेशक उस झूठ की वजह से उसकी ज़िन्दगी की ज़मीन चरमराई हुई थी, मगर उस चरमराई हुई ज़मीन में परी ने जो बोया है, वह एक विशाल ओक के पेड़ की तरह सच्चा, मज़बूत और अडिग है। एरिक, उसके बच्चे, उसके पोते-पोतियाँ, उसका करियर, कोलेट। तो फिर अब इस सच का क्या फायदा? इतने अरसे बाद इसका क्या फायदा? शायद फोन काट देना ही बेहतर होगा।

मगर वह नहीं काट सकी। उसकी धड़कनें तेज़ हो गईं और हथेलियों में पसीना आने लगा। धड़कते दिल से उसने कहा, "उन्होंने अपने नोट में, उस ख़त में क्या लिखा है?"

"पहली बात तो यह कि उन्होंने दावा किया है कि वह आपके मामा हैं।"

"मेरे मामा।"

"सगे नहीं, सौतेले मामा। और भी बहुत कुछ है। उन्होंने और भी बहुत सी बातें लिखी हैं।"

"मिस्टर वरवारिस, क्या अभी आपके पास है? वह नोट, वह ख़त, या उसका अनुवाद? अभी आप रखे हैं?"

"जी हाँ।"

"तो क्या आप मुझे पढ़कर सुना सकते हैं? क्या आप मेरे लिए इसे पढ़ सकते हैं?"

"आपका मतलब है अभी?"

"अगर आपके पास वक़्त हो तो। आप चाहें तो फोन काट दें, मैं आपको लगा लेती हूँ।"

"नहीं-नहीं, उसकी कोई ज़रूरत नहीं। आप पक्का चाहती हैं कि मैं पढ़ूँ?"

“जी हाँ,” परी ने दृढ़ता से कहा। “मैं यही चाहती हूँ, मिस्टर वरवारिस।”

मार्कोस वरवारिस ने उसे पढ़कर सुनाया। पूरा ख़त पढ़कर सुनाया। इसमें थोड़ा वक़्त लगा। जब वह ख़त ख़त्म करके रुका तो परी ने उसका शुक्रिया अदा करते हुए कहा कि वह जल्द ही उससे दुबारा संपर्क करेगी।

फोन रखने के बाद उसने कॉफी बनाने वाली मशीन को कॉफी बनाने के लिए सेट किया और अपनी खिड़की के पास आकर खड़ी हो गई। वहाँ से उसे वही परिचित दृश्य दिखाई दे रहा था जो हमेशा दिखता था–नीचे पत्थर का संकरा रास्ता, ब्लॉक के सिरे पर स्थित फार्मेसी, कोने पर लगी फलाफेल की दुकान, और बास्क परिवार द्वारा चलाया जाने वाला ब्रासरी (फ्रांसीसी रेस्तरां)।

परी के हाथ काँप रहे हैं। उसके साथ कुछ चौंकाने वाली घटना घट रही है। कुछ वाकई काबिल-ए-गौर। इस घटना की उसके मन में जो तस्वीर उभर रही है, वह है एक कुल्हाड़ी के ज़मीन पर प्रहार करने की और फटी हुई ज़मीन से अचानक गाढ़ा काला तेल ऊपर सतह पर उभरने की–बुलबुलों की शक्ल में। ठीक यही उसके साथ हो रहा है, उस ख़त रूपी कुल्हाड़ी की उसके ज़ेहन पर पड़ी चोट के चलते ज़ेहन में गहरे दबी यादें अचानक उभरने लगी हैं, गहराई से उठकर सतह पर आने लगी हैं। वह फिर खिड़की से बाहर देखती है, ब्रासरी की दिशा में, मगर अब उसे वहाँ काम करने वाला वह दुबला-पतला वेटर नहीं दिखाई पड़ रहा है जो कमर पर काला एप्रन बांधे, मेज़ पर कपड़ा मार रहा है, बल्कि उसे एक लाल रंग की छोटी-सी हाथगाड़ी दिखाई पड़ रही है, जिसके पहिए आवाज़ करते हुए आगे बढ़ रहे हैं। वह हाथगाड़ी बादलों से भरे आकाश के नीचे ऊबड़-खाबड़ ज़मीन पर उछलती हुई, पहाड़ियों पर लुढ़कती हुई, सूखी घाटियों से गुज़रती हुई, और गेरू रंग की पहाड़ियों पर चढ़ती और उतरती चली जा रही है। उसे दिखाई पड़ते हैं बागों में खड़े फलों के पेड़, हवा में लहरातीं और खड़खड़ातीं उनकी पत्तियाँ, छोटे-छोटे सपाट छत वाले मकान और उन मकानों में लगीं अंगूर की बेलों की कतारें। उसे दिखाई पड़ती हैं कपड़े सुखाने की रस्सियाँ और एक नाले के किनारे उकड़ूँ बैठकर कपड़े धोती औरतें; और एक बड़े पेड़ की मोटी डाली पर डाले गए झूले की चरमराती रस्सियाँ; और एक बड़ा-सा कुत्ता, जो गाँव के लड़कों की छेड़खानी के डर से दुबका हुआ है; और एक बाज़ की चोंच जैसी नाक वाला आदमी, जो एक गड्ढा खोद रहा है और जिसकी पसीने से लथपथ कमीज़ उसकी पीठ से चिपकी हुई है; और मुँह को हिजाब से ढँके एक औरत, जो चूल्हा जला रही है।

मगर इन सबके अलावा कुछ और भी दिखाई पड़ रहा है उसकी अतीत में विचरण कर रही नज़र को, जो सबसे आखिर में है और इसीलिए ठीक-ठीक समझ नहीं आ रहा कि क्या है। कोई परछाईं-सी है–पता नहीं सच में है या उसकी नज़र का भ्रम मात्र है। जो कुछ भी है, मगर उसका सबसे ज़्यादा ध्यान वही खींच रही है। वह एक धुंधली-सी आकृति है, जो एक ही वक़्त में कोमल भी है और कठोर भी। कोमलता उसके हाथ को थामे हुए किसी हाथ की। और कठोरता उन घुटनों की जहाँ कभी वह अपना गाल टिकाती थी। वह उसका चेहरा देखने की कोशिश करती है, मगर वह आकृति उसके सामने आने से बचती है। हर बार जब वह उसकी ओर मुड़ती है, तो वह अपना चेहरा दूसरी ओर घुमा लेती है। परी को अपने भीतर एक खालीपन उभरता हुआ महसूस होने लगा। किसी की गैर-मौजूदगी से उपजा खालीपन। यह ज़बरदस्त खालीपन, यह गहरा अभाव उसे शुरू से महसूस होता आया है। किसी न किसी तरह वह हमेशा से इसके बारे में जानती रही है।

"भाई," उसके मुँह से निकला, हालाँकि उसे पता ही नहीं है कि वह बोल रही है। उसे यह भी पता नहीं कि वह रो रही है। अचानक उसके होंठों से एक फ़ारसी गीत की दो पंक्तियाँ निकलती हैं :

मैं जानती हूँ एक उदास नन्हीं परी को

जो एक रात हवा में उड़ गई।

उसे यकीन है कि इस गीत का एक और अंतरा है, शायद इस अंतरे से पहले आता है, मगर अभी वह भी उसकी यादों की पकड़ से परे है।

परी बैठ गई। उसे बैठना ही पड़ा। उसके पैर जवाब देने लगे थे और उसे नहीं लग रहा था कि वह इस वक़्त खड़ी रह सकती है। वह कॉफ़ी तैयार होने का इंतज़ार करने लगी और सोचने लगी कि कॉफ़ी बन जाए तो उसे पीकर फिर वह शायद एक सिगरेट सुलगाएगी, और फिर बैठक में जाकर कोलेट को फ़ोन करेगी, यह देखने के लिए कि क्या उसकी यह पुरानी दोस्त उसके लिए काबुल के सफ़र का इंतज़ाम कर सकती है।

मगर फिलहाल परी बैठी है। आँखें बंद करके। इधर कॉफ़ीमेकर की गड़गड़ाहट सुनाई दे रही है, और उधर उसकी बंद पलकों के पीछे दिखाई पड़ रही हैं पास ही मौजूद पहाड़ियाँ और खुला नीला आसमान, पवनचक्की के पीछे डूबता सूरज, और क्षितिज पर बड़ी दूर तक फ़ैली हुईं पर्वत-श्रृंखलाएँ जो बहुत हल्की-हल्की दिखाई पड़ रही हैं।

7

2009 की गर्मियाँ

"तुम्हारे बाबा बहुत ही महान आदमी हैं।"

आदिल ने सिर उठाकर देखा। यह टीचर मलालाई थीं, जिन्होंने झुककर उसके कान में फुसफुसाते हुए यह बात कही थी। टीचर मलालाई एक अधेड़ उम्र की गोल-मटोल से शरीर वाली औरत थीं, जिन्होंने उस वक़्त अपने कंधों पर बैंगनी मोतियों वाली शॉल ओढ़ी हुई थी। वह उसकी तरफ देखकर मुस्करा रही थीं।

"और तुम बहुत खुशकिस्मत हो कि वो तुम्हारे बाबा हैं।"

"जी, मैं जानता हूँ," उसने भी उसी तरह फुसफुसाकर जवाब दिया।

"बहुत अच्छी बात है," उन्होंने कहा।

वे इस वक़्त कस्बे के नए गर्ल्स स्कूल (लड़कियों के स्कूल) की सीढ़ियों पर खड़े थे, जो कि एक हल्के हरे रंग की आयताकार इमारत थी जिसकी छत सपाट थी और दीवारों में चौड़ी-चौड़ी खिड़कियाँ बनी थीं। अभी उन दोनों के बीच ये बातचीत हो ही रही थी कि तभी आदिल के बाबा जान ने पहले कोई दुआ पढ़ी और उसके बाद एक जोशीला भाषण दिया। दोपहर की चिलचिलाती धूप में उनके सामने तकरीबन सौ की तादाद में बच्चे, उनके माँ-बाप और कुछ बड़े-बूढ़े लोग जमा थे, जो कि स्थानीय थे; कस्बे शादबाग-ए-नौ, यानी 'नया शादबाग' के ही रहवासी थे।

"अफगानिस्तान हम सबकी माँ है," आदिल के बाबा जान ने अपनी मोटी तर्जनी उंगली आसमान की तरफ उठाते हुए कहा। उंगली में पहनी हुई अगेट की अंगूठी सूरज की रोशनी में चमचमा रही थी। "मगर वह एक बीमार माँ है, जो लंबे अरसे से तकलीफ झेल रही है। यह सच है कि किसी भी माँ को अपनी तकलीफों से निजात पाने के लिए अपने बेटों की मदद की ज़रूरत होती है। बेशक होती है, मगर उसे अपनी बेटियों की भी उतनी ही ज़रूरत होती है–कम से कम उतनी ही, अगर ज़्यादा नहीं तो!" इस पर ज़ोरदार तालियाँ बजीं और

कई लोगों ने खुशी से भरकर उनके नाम के नारे लगाए। आदिल ने भीड़ में मौजूद चेहरों पर नज़र डाली। वे मंत्रमुग्ध होकर उसके बाबा जान की तरफ देख रहे थे। उनके सामने घनी काली भौहों और घनी-लम्बी दाढ़ी वाले चेहरे और लम्बी-चौड़ी कदकाठी वाले बाबा किसी पहाड़ की तरह मज़बूती से अडिग खड़े थे। उनके कन्धों की चौड़ाई उनके पीछे मौजूद स्कूल के प्रवेश-द्वार की पूरी चौड़ाई के तकरीबन बराबर थी।

बाबा जान ने अपना भाषण जारी रखा। इधर आदिल की नज़र कबीर पर पड़ी, जो बाबा जान के दो अंगरक्षकों में से एक था और बाबा जान की दूसरी तरफ हाथ में कलाश्निकोव राइफल लिए भावहीन चेहरे के साथ खड़ा था। आदिल कबीर के काले लेंस वाले एविएटर चश्मे में भीड़ का प्रतिबिंब देख सकता था। कबीर छोटे कद का, दुबला-पतला, तकरीबन मरियल सा दिखने वाला आदमी था जो हमेशा चटख रंगों के सूट पहनता था–बैंगनी, फ़िरोज़ी, नारंगी–मगर बाबा जान का कहना था कि वह पक्का बाज़ था और उसे कम आँकना बहुत बड़ी गलती होती थी, जिसका खामियाज़ा अक्सर यह गलती करने वालों को भुगतना पड़ जाता था।

"इसलिए मैं आप लोगों से, अफगानिस्तान की बेटियों से, यह कहना चाहता हूँ," बाबा जान ने अपने लंबे-चौड़े हाथों को फैलाते हुए, स्वागत की मुद्रा बनाते हुए अपने भाषण का समापन इन शब्दों के साथ किया। "कि अब आप लोगों का यह फ़र्ज़ बनता है कि आप लोग मन लगाकर सीखें, मेहनत करें, पढ़ाई में अच्छा प्रदर्शन करें, और न सिर्फ़ अपने माँ-बाप का बल्कि उस माँ का भी सर फख्र से ऊँचा कर दें जो हम सबकी साझा माँ है। उसका भविष्य अब आपके हाथों में है, मेरे नहीं। मैं आप लोगों से गुज़ारिश करता हूँ कि इस स्कूल को मेरी ओर से आपको दिया गया तोहफा न समझें। यह तो बस एक इमारत है, सच्चा तोहफा तो इसके भीतर है, और वह तोहफा हैं आप। आप ही तोहफा हैं, नन्ही बहनों, न सिर्फ़ मेरे लिए, न सिर्फ़ शादबाग-ए-नौ के लोगों के लिए, बल्कि सबसे अहम बात, पूरे अफगानिस्तान के लिए! अल्लाह आपको बरकत दे।"

इस बार पहले भी ज़्यादा ज़ोर से तालियाँ बजीं। कई लोगों ने चिल्लाकर कहा, "अल्लाह आपको आफियत दें, कमांडर साहब!" बाबा जान ने हवा में मुट्ठी तानी और उनके चेहरे पर एक चौड़ी मुस्कान खेलने लगी। आदिल को इतना फख्र महसूस हुआ अपने बाबा जान पर कि उसकी आँखें गीली हो आईं।

टीचर मलालाई ने बाबा जान को एक कैंची दी। स्कूल के प्रवेश-द्वार पर एक लाल रिबन बंधा हुआ था। भीड़ बेहतर नज़ारा पाने के लिए धीरे-धीरे करीब

आने लगी, और कबीर ने कुछ लोगों को पीछे हटने का इशारा किया और कुछ के सीने पर हाथ रखकर उन्हें पीछे धकेला भी। भीड़ में से कुछ हाथ ऊपर उठे, लोग अपने मोबाइल फोन से रिबन काटने का वीडियो बना रहे थे। बाबा जान ने कैंची ली, एक पल को ठहरकर कुछ सोचा, फिर आदिल की तरफ मुड़े और बोले, "लो बेटा, तुम ही यह रस्म निभाओ।" और उन्होंने कैंची आदिल को सौंप दी।

आदिल अचकचा गया। "मैं?"

"आगे बढ़ो," बाबा जान ने उसे आँख मारते हुए कहा।

आदिल ने रिबन काटा। देर तक तालियाँ बजती रहीं। आदिल ने कुछ कैमरों की क्लिक की आवाज़ सुनी, साथ ही उन लोगों की भी जो *"अल्लाह-उ-अकबर!"* के नारे रहे थे।

फिर सभी छात्राएँ लाइन लगाकर क्लास में जाने लगीं। वे आठ से पंद्रह बरस की लड़कियाँ थीं, जिन्होंने बाबा जान की दी हुई सफेद स्कार्फ और काले-भूरे रंग की पिन-स्ट्राइप वाली स्कूल यूनिफॉर्म पहनी हुई थी। बाबा जान स्कूल के प्रवेश-द्वार पर खड़े थे और एक-एक करके भीतर जाने वाली सभी छात्राओं का हौसला बढ़ा रहे थे। आदिल देख रहा था कि छात्राएँ एक-एक करके आगे बढ़तीं और बड़े अदब से बाबा जान को अपना परिचय देतीं। बाबा जान गर्मजोशी से मुस्कराते हुए उनका सिर थपथपाते और हौसला अफज़ाई के लिए चंद शब्द कहते। "मैं आपकी कामयाबी की दुआ करता हूँ, बीबी मरियम। खूब मन लगाकर पढ़ाई करो, बीबी होमैरा। हमें फख्र महसूस कराओ, बीबी इल्हाग।"

कार्यक्रम के समापन के बाद आदिल काली लैंड क्रूज़र के पास अपने बाबा जान की बगल में खड़ा था, गर्मी के कारण पसीना-पसीना होता हुआ, और उन्हें स्थानीय लोगों से हाथ मिलाते हुए देख रहा था। बाबा जान अपने खाली हाथ में दुआ की माला फेरते हुए सब्र और इत्मीनान के साथ उन सभी लोगों की बातें सुन रहे थे। जो कोई भी उनसे मिलने, उनका शुक्रिया अदा करने, या उनकी इज़्ज़तअफज़ाई करने आता था, वे उसे पूरी तवज्जो देते थे और उसकी बातों को ध्यान से सुनते थे। कई लोग ऐसे भी थे जो उनसे किसी तरह की कोई मदद पाने की इच्छा लिए आए थे, उनकी बातों को भी उन्होंने ध्यान से सुना और हरसंभव मदद का आश्वासन दिया। एक माँ आई, जिसका बच्चा बीमार था और उसे काबुल में किसी सर्जन को दिखाए जाने की ज़रूरत थी। एक आदमी आया जिसे मोची की दुकान खोलने के लिए कर्ज़ की ज़रूरत थी। इसी तरह, एक मैकेनिक आया जिसे औज़ारों के एक नए सेट की ज़रूरत थी।

कमांडर साहब, अगर आपकी दया हो जाती तो...

आपके सिवाए और कोई दर नहीं है जहाँ मैं जा सकूँ, कमांडर साहब...

आदिल ने घर-परिवार के करीबी लोगों के अलावा बाहर किसी को भी बाबा जान को 'कमांडर साहब' के अलावा किसी और नाम से संबोधित करते हुए कभी नहीं सुना था, बावजूद इसके कि रूसी बहुत पहले ही अफगानिस्तान से रुखसत हो चुके थे और बाबा जान ने एक दशक या उससे भी ज़्यादा अरसे से बंदूक नहीं चलाई थी।

घर की बैठक में हर तरफ बाबा जान के उन जिहादी दिनों की ढेर सारी फ्रेम की हुईं तस्वीरें लगी थीं। आदिल ने हरेक तस्वीर को इतनी बार और इतने गौर से देखा था कि वे सभी उसकी याद्दाश्त में अच्छी तरह रच-बस गई थीं : किसी तस्वीर में उसके बाबा जान एक धूल से सनी पुरानी जीप के फेंडर से टिके खड़े थे, किसी में एक जले हुए टैंक के बुर्ज पर बैठे थे, तो किसी में सीने पर गोला-बारूद की बेल्ट बांधे, अपने आदमियों के साथ उस हेलीकॉप्टर के बगल में खड़े होकर बड़े फख्र के साथ तस्वीर निकलवा रहे थे जिसे उन्होंने मार गिराया था। एक तस्वीर में उनके बदन पर बनियान और एक कारतूस बेल्ट थी और उनका सर सजदे में रेगिस्तान की रेत पर टिका हुआ था। आदिल ने गौर किया था कि उन दिनों बाबा जान काफी दुबले-पतले थे, और सभी तस्वीरों में उनके पीछे (बैकग्राउंड में) पहाड़ों और रेत के सिवा कुछ नहीं था।

जंग के दौरान बाबा जान को दो बार रूसियों की गोली लगी थी। उन्होंने आदिल को शरीर पर बने गोलियों के निशान भी दिखाए थे। एक बाईं पसली के ठीक नीचे था, जिसके बारे में उन्होंने बताया था कि गोली उनकी तिल्ली (स्प्लीन) के आरपार निकल गई थी। और दूसरा निशान उनकी नाभि से लगभग अँगूठे भर की दूरी पर था। बाबा का कहना था कि जंग में जो कुछ उन्होंने देखा था, उसे देखते हुए वे खुद को खुशकिस्मत मानते थे कि अब तक ज़िन्दा और सही-सलामत थे। उनके कई सारे साथी थे जिन्होंने उस जंग में उनके साथ लड़ते हुए अपने हाथ, पैर, आँखें खो दी थीं; कुछ साथी थे जिनके चेहरे जल गए थे। बाबा जान ने कहा कि उन लोगों ने ये सब अपने वतन के लिए किया था, और अल्लाह के लिए किया था। उन्होंने कहा कि जिहाद का यही सार है। कुर्बानी। आप अपने अंगों, अपनी आँखों, अपने चेहरे, यहाँ तक कि अपनी ज़िन्दगी भी कुर्बान कर देते हो, और वो भी खुशी-खुशी। मगर इसके बदले आपको बहुत सारे अधिकार और विशेषाधिकार भी हासिल होते हैं, बाबा जान ने कहा था, क्योंकि अल्लाह यह देखता है कि जो आदमी उसके लिए हँसते-हँसते जितनी ज़्यादा या जितनी बड़ी

कुर्बानी कर रहा है, उसे उसके बदले उतना ही अच्छा या उतना ही बड़ा ईनाम भी मिले।

"इस जन्म में भी और अगले जन्म में भी," बाबा जान ने अपनी मोटी उंगली पहले नीचे और फिर ऊपर की ओर उठाते हुए कहा था।

उन तस्वीरों को देखकर आदिल सोचता है कि काश वो भी उन दिनों अपने बाबा जान के साथ जिहाद में शामिल होता। उसे यह कल्पना करके भारी रोमांच महसूस होता था कि वह और बाबा जान एक साथ रूसी हेलीकॉप्टरों पर गोली चला रहे हैं, टैंकों को उड़ा रहे हैं, गोलीबारी से बच रहे हैं, पहाड़ों में रह रहे हैं और गुफाओं में सो रहे हैं। बाबा और बेटा, जंग के हीरो।

एक और तस्वीर थी जिसमें बाबा जान मुस्कराते हुए काबुल के राष्ट्रपति भवन (अर्ग) में राष्ट्रपति करज़ई के साथ खड़े हुए थे। यह तस्वीर हाल ही की थी, जो उस छोटे से समारोह के दौरान ली गई थी जिसमें राष्ट्रपति द्वारा बाबा जान को शादबाग-ए-नौ में किए गए उनके मानवीय कार्यों के लिए सम्मानित किया गया था। बाबा जान इस सम्मान के हर तरह से हकदार थे। लड़कियों के लिए यह स्कूल तो उनका सबसे ताज़ातरीन काम था। आदिल उनके ऐसे कितने ही कामों के बारे में जानता था। पहले शादबाग-ए-नौ में अक्सर औरतें प्रसव के दौरान मर जाती थीं। मगर अब ऐसा नहीं होता था, क्योंकि उसके बाबा जान ने एक बड़ा क्लिनिक खोल दिया था, जिसे दो डॉक्टर और तीन दाइयाँ चलाती थीं, जिनकी तनख्वाह वह अपनी जेब से देते थे। शादबाग-ए-नौ के सभी बाशिंदों को क्लिनिक में मुफ्त इलाज मिलता था और शादबाग-ए-नौ के सभी बच्चों को मुफ्त टीके लगाए जाते थे। बाबा जान ने ज़मीन के नीचे पानी का पता लगाने और जहाँ पानी हो वहाँ कुँए खुदवाने के लिए पूरे शादबाग-ए-नौ में टीमें भेजी थीं। बाबा जान की ही कोशिशों से आखिरकार शादबाग-ए-नौ को चौबीसों घंटे बिजली मिलना शुरू हुई थी। आदिल को कबीर से पता चला था कि बाबा जान के दिए कर्ज़ों की बदौलत–ऐसे कर्ज़े जो शायद ही कभी लौटाए जाते थे–शादबाग-ए-नौ में कम से कम दर्जन भर कारोबार शुरू हुए थे।

आदिल ने सिर्फ़ कहने के लिए ही टीचर को नहीं कहा था कि वह बाबा जान का बेटा होना अपनी खुशकिस्मती मानता है, वह दिल से महसूस करता था इस चीज़ को।

हाथ मिलाने आने वालों का सिलसिला खत्म होने ही वाला था कि आदिल ने एक दुबले-पतले बूढ़े आदमी को बाबा जान की तरफ आते देखा। उस आदमी

ने गोल और पतले फ्रेम वाला चश्मा पहना हुआ था, चेहरे पर भूरे रंग की बारीक दाढ़ी थी, और उसके दाँत जली हुई माचिस की तीलियों पर लगे मसाले जितने छोटे आकार के थे। उसके पीछे-पीछे लगभग आदिल की ही उम्र का एक लड़का भी चला आ रहा था। लड़के ने जो जूते पहन रखे थे, उनमें अंगूठों की जगह पर दो सुराख बने हुए थे, जिनमें से अंगूठे बाहर निकल रहे थे। ज़ाहिर है कि उम्र बढ़ने से उसके पैर बड़े हो गए थे मगर नए जूते लेने की शायद उनकी हालत नहीं थी, इसीलिए छोटे जूतों में सुराख बनाकर उन्हें पहनने लायक बनाया गया था। उसके बाल उलझे हुए और बेजान से थे। उसकी जींस धूल-मिट्टी जमने के कारण कड़क हो गई थी, और उसकी लम्बी टाँगों से हिसाब से काफी छोटी भी थी। मगर इसके उलट उसकी टी-शर्ट उसके घुटनों तक लटकी हुई थी।

जैसे ही वह बूढ़ा आदमी बाबा जान के करीब आया, कबीर उसके और बाबा जान के बीच में आकर खड़ा हो गया और बोला, “मैंने तुम्हें पहले ही कह दिया था कि यह सही वक़्त नहीं है।”

“मैं कमांडर से बस ज़रा सी देर के लिए बात करना चाहता हूँ,” उस आदमी ने कहा।

बाबा जान ने हौले से आदिल का हाथ पकड़ा और उसे लैंड क्रूज़र की पिछली सीट पर बिठा दिया। “चलो बेटा। तुम्हारी अम्मी तुम्हारा इंतज़ार कर रही हैं।” फिर वह खुद भी आदिल के बगल में बैठ गए और गेट बंद कर दिया।

लैंड क्रूज़र के भीतर से आदिल देख पा रहा था कि कबीर उस बूढ़े से कुछ कह रहा था, मगर चूँकि खिड़की का काँच चढ़ा हुआ था, इसलिए उसे यह सुनाई नहीं दिया कि क्या कह रहा था। फिर कबीर घूमकर एसयूवी के आगे की ओर गया और ड्राइवर सीट पर बैठ गया। अपनी कलाश्निकोव उसने बगल की सीट पर रख दी और गाड़ी के इग्निशन में चाबी घुमा दी।

“ये सब क्या था?” आदिल ने पूछा।

“कोई खास बात नहीं,” कबीर ने कहा।

इतना कहकर कबीर ने गाड़ी आगे बढ़ा दी और सड़क पर ले आया। भीड़ में खड़े कुछ बच्चे थोड़ी दूर तक लैंड क्रूज़र के पीछे भागे, फिर रुक गए। अब वे शादबाग-ए-नौ कस्बे को दो हिस्सों में तकसीम करने वाली मुख्य पट्टी से होकर गुज़र रहे थे। यह बहुत भीड़भाड़ वाली जगह थी, इसलिए कबीर बार-बार हॉर्न बजाते हुए चल रहा था। हालाँकि जैसे ही लोग देखते थे कि बाबा जान की गाड़ी है, तो खुद-ब-खुद रास्ता छोड़कर एक तरफ हो जाते थे और कुछ तो हाथ हिला-

हिलाकर उनका अभिवादन करने लगते थे। आदिल दोनों तरफ की खिड़कियों से दोनों तरफ भीड़भाड़ वाले फुटपाथों पर नज़र आ रहे जाने-पहचाने नज़ारे देखता चल रहा था : कसाईयों की दुकानों में हुकों से लटके गोश्त के लोथड़े; हाथ से धौंकनी चलाते और लकड़ी के चरखे पर काम करते लोहार; अंगूर और चेरी के गुच्छों पर से मक्खियों को भगाते फल विक्रेता; फुटपाथी सलून में अपनी बेंत की कुर्सी पर बैठा उस्तरा तेज़ करता नाई। इसी तरह कुछ चाय-नाश्ते की दुकानों, कबाब की दुकानों, गाड़ियों की मरम्मत करने वाली एक गराज और एक मस्जिद के सामने से गुज़रने के बाद कबीर ने लैंड क्रूज़र शादबाग़-ए-नौ के सार्वजनिक चौक की तरफ मोड़ दी। इस चौक के बीचोंबीच एक नीला फव्वारा लगा था और एक मुजाहिद का नौ फुट ऊँचा काले पत्थर का बुत खड़ा था। बुत का मुँह पूरब की तरफ था, उसके सिर पर करीने से बंधी पगड़ी थी, और कंधे पर एक आरपीजी लॉन्चर रखा था। बाबा जान ने खुद काबुल के एक मूर्तिकार को यह बुत बनाने का काम सौंपा था।

इस पट्टी के उत्तर में कुछ रिहाइशी कॉलोनियाँ थीं। ज़्यादातर कॉलोनियों में जो सड़कें थीं वे बहुत सँकरी और कच्ची थीं, जबकि ज़्यादातर घर छोटे आकार के, सपाट छतों वाले और सफेद, पीले या नीले रंग से रंगे हुए थे। कुछ घरों की छतों पर सैटेलाइट डिश लगे थे; कई खिड़कियों पर अफ़ग़ान झंडे लटके हुए थे। बाबा जान ने आदिल को बताया था कि शादबाग-ए-नौ के ज़्यादातर घर और दुकानें पिछले पंद्रह बरसों में ही बने थे। और इनमें से कई के बनने में उनका हाथ था। यहाँ रहने वाले ज़्यादातर लोग उन्हें शादबाग-ए-नौ का संस्थापक मानते थे, और आदिल यह भी जानता था कि कस्बे के लोगों ने बाबा जान के नाम पर कस्बे का नाम रखने का प्रस्ताव दिया था, मगर बाबा जान ने इसके लिए मना कर दिया था।

शादबाग-ए-नौ से बाहर निकलने के बाद यह मुख्य पट्टी उत्तर दिशा में तकरीबन दो मील आगे शादबाग-ए-कोहना, यानी कि पुराने शादबाग तक फ़ैली हुई थी। शादबाग-ए-नौ अगर एक क़स्बा था, तो शादबाग-ए-कोहना गाँव। दशक भर पहले यह गाँव कैसा था, इसकी आदिल को कोई खबर नहीं थी। जब बाबा जान काबुल छोड़कर उसके और उसकी अम्मी के साथ यहाँ बसने के लिए आए, तब तक यह गाँव तकरीबन पूरी तरह से उजड़ चुका था। सारे मकान ज़मींदोज़ हो चुके थे। अतीत का एकमात्र बचा हुआ अवशेष एक जर्जर पवनचक्की थी। शादबाग-ए-कोहना में दाखिल होकर कबीर ने लैंड क्रूज़र को मुख्य सड़क से उतारकर बाईं तरफ बने एक चौड़े और चौथाई मील लंबे कच्चे रास्ते पर डाल

दिया जो मुख्य सड़क को बारह फुट ऊँची चारदीवारी वाली उस इमारत से जोड़ता था जहाँ आदिल अपने बाबा जान और अम्मी जान के साथ रहता था। उस जर्जर पवनचक्की के अलावा शादबाग-ए-कोहना में अब यही इकलौती इमारत थी। एसयूवी कच्चे रास्ते पर उछलते-कूदते आगे बढ़ रही थी, और थोड़ी ही देर में आदिल को अपने मकान की सफ़ेद चारदीवारी दिखाई देने लगी। दीवारों के ऊपर काँटेदार तारों की बाड़ लगी थी।

इमारत के मेन गेट पर हमेशा एक वर्दीधारी गार्ड पहरा देता था। बाबा जान की गाड़ी को देखते ही उसने सलाम किया और गेट खोल दिया। कबीर ने गाड़ी को गेट से भीतर ले जाकर बजरी वाले ड्राइव-वे पर चलाते हुए मुख्य इमारत की ओर बढ़ाया।

यह एक तीन मंज़िला इमारत थी, जिसकी दीवारें चमकीले गुलाबी और फ़िरोज़ी हरे रंग से रंगी हुई थीं। इसमें ऊँचे-ऊँचे कॉलम्स और ऊपर की ओर मुड़े हुए नुकीले छज्जे थे, साथ ही खिड़कियों में वैसे ही शीशे लगे हुए थे जैसे गगनचुंबी इमारतों में लगे होते हैं, जो सूरज की रोशनी में चमकते हैं। जैसा कि पहले बताया, यह एक बारह फीट ऊँची चारदीवारी से घिरी हुई थी। इसके अलावा, इसमें चमकीले मोज़ेक टाइल्स से सजा बरामदा और लोहे की घुमावदार रेलिंग वाली चौड़ी बालकनियाँ भी थीं। इमारत के भीतर कुल नौ बेडरूम और सात बाथरूम थे, और कभी-कभी जब आदिल और बाबा जान लुका-छिपी खेलते थे, तो आदिल उन्हें तलाशते हुए घंटे भर तक या उससे भी ज़्यादा वक़्त तक पूरे घर में इधर-उधर भटकता रहता था।

बाथरूम और रसोईघर के सभी काउंटर्स ग्रेनाइट और लाइम मार्बल से बने थे। और हाल ही में जब आदिल ने बाबा जान को नीचे तहखाने में एक स्विमिंग पूल बनवाने की बात करते सुना था, तब से तो उसकी खुशी का ठिकाना ही नहीं था।

कबीर ने घर के ऊँचे और मज़बूत दरवाज़े के बाहर पहुँचकर गाड़ी रोकी और इंजन बंद कर दिया।

"हम ज़रा एक मिनट आदिल से बात करके आते हैं," बाबा जान ने कबीर से कहा।

कबीर ने सहमति में सिर हिलाया और कार से बाहर निकल गया। आदिल उसे संगमरमर की सीढ़ियाँ चढ़कर दरवाज़े तक जाते और घंटी बजाते हुए देखता रहा। गेट खोलने वाला अज़मारे था, बाबा का दूसरा बॉडीगार्ड–छोटे कद मगर गठीले बदन का रूखा-सा दिखने वाला आदमी। दोनों वहीं कुछ देर आपस

में बात करते रहे, फिर सीढ़ियों पर आकर खड़े हो गए और एक-एक सिगरेट सुलगा ली।

"क्या आपका जाना वाकई बहुत ज़रूरी है?" आदिल ने पूछा। उसके बाबा जान अगली सुबह ही अपने कपास के खेतों की देखरेख करने और वहाँ लगाए गए कपास के कारखाने में काम करने वालों से मिलने के लिए हेलमंद रवाना हो रहे थे। वह वहाँ दो हफ्ते रुकने वाले थे और आदिल को दो हफ़्तों का यह अरसा कभी न ख़त्म होने जितना लम्बा मालूम हो रहा था।

बाबा जान ने मुड़कर उसकी तरफ देखा। उनके सामने आदिल बौना नज़र आ रहा था; उन्होंने पिछली सीट का आधे से ज़्यादा हिस्सा घेर रखा था। "काश ऐसा न होता, बेटा।"

आदिल ने सिर हिलाकर जताया कि वह समझता था। "आज मुझे बहुत फख्र महसूस हुआ। आप पर।"

बाबा जान ने अपना विशालकाय हाथ आदिल के घुटने पर रखा। "शुक्रिया, आदिल। मैं तुम्हारे जज़्बात की कद्र करता हूँ। मगर मैं तुम्हें इन जगहों पर इसलिए लाता हूँ ताकि तुम सीख सको, समझ सको कि यह कितना ज़रूरी है कि हम जैसे खुशकिस्मत लोग अपने कदरन बदकिस्मत भाई-बहनों के प्रति अपनी ज़िम्मेदारियाँ निभाएँ।"

"कितना अच्छा होता न बाबा जान कि आपको बार-बार यूँ बाहर न जाना पड़ता।"

"चाहता तो मैं भी यही हूँ, बेटा। मैं भी चाहता हूँ कि सारा वक़्त तुम्हारे साथ ही रहूँ। वैसे अभी कल सुबह से पहले तो मैं नहीं जा रहा हूँ न। रात को वापस आकर मैं मिलता हूँ तुमसे।"

आदिल ने सहमति में सिर हिलाया और अपनी नज़रें अपने हाथों पर टिका लीं। वह मायूस लग रहा था।

"देखो," उसके बाबा जान ने कोमल स्वर में कहा, "इस कस्बे के लोगों को मेरी ज़रूरत है, आदिल। उन्हें घर पाने, काम तलाशने और रोजी-रोटी कमाने के लिए मेरी मदद चाहिए। काबुल की अपनी समस्याएँ हैं, वह इनकी मदद नहीं कर सकता। इसलिए अगर मैं नहीं करूँगा, तो फिर कौन करेगा। तब ये लोग बड़ी तकलीफ में आ जाएँगे।"

"मुझे पता है," आदिल ने धीरे से कहा।

बाबा जान ने उसके घुटने को हल्के से दबाया। “मुझे भी पता है कि तुम्हें काबुल की याद आती है, और अपने दोस्तों की भी। मुझे पता है कि तुम्हारे और तुम्हारी अम्मी दोनों के लिए यहाँ तालमेल बिठाना मुश्किल रहा है। और मुझे पता है कि मैं हमेशा सफ़र में रहता हूँ, बैठकों में जाता रहता हूँ, और बहुत सारे लोग मेरे वक़्त के तलबगार रहते हैं। मगर... मेरी तरफ देखो, बेटा।”

आदिल ने नज़रें उठाकर बाबा जान की नज़रों से मिलाईं। उनमें उसे अपनेपन और रहमदिली की चमक दिखाई दी।

“मुझे इस दुनिया में तुमसे ज़्यादा प्यारा और कोई नहीं है, आदिल। तुम मेरे बेटे हो। मैं तुम्हारे लिए ये सब खुशी-खुशी छोड़ दूँगा। मैं तुम्हारे लिए अपनी जान भी दे दूँगा, बेटे।”

आदिल ने सहमति में सिर हिलाया। उसकी आँखें थोड़ी-थोड़ी पनीली हो चली थीं। कभी-कभी, जब बाबा जान इस तरह बोलते थे, तो आदिल का दिल इस कदर भर आता था कि उसके लिए साँस लेना भी मुश्किल हो जाता था।

“तुम मेरी बात समझ रहे हो न?”

“जी, बाबा जान।”

“तुम्हें मुझ पर यकीन है?”

“हाँ।”

“बढ़िया। तो फिर अपने बाबा को एक किस दो।”

आदिल ने बाबा जान के गले में अपनी बाँहें डाल दीं और उन्होंने उसे कसकर गले लगा लिया और देर तक लगाए रहे। आदिल को याद आने लगा कि जब वह छोटा था और रात को कोई बुरा सपना देखने की वजह से नींद खुलने पर डर से थर-थर काँपता और सुबकता हुआ बाबा जान के कमरे में आकर उनका कंधा थपथपाता था, तो बाबा जान अपना कम्बल हटाकर उसे बिस्तर पर चढ़ा लेते थे और फिर उसे अपने सीने से चिपकाकर तब तक उसका सर चूमते रहते थे जब तक कि वह काँपना बंद करके वापस नींद के आगोश में नहीं समा जाता था।

“मैं हेलमंद से तुम्हारे लिए कोई अच्छी सी चीज़ लेकर आऊँगा,” बाबा जान ने कहा।

“उसकी कोई ज़रूरत नहीं है,” आदिल ने दबी हुई आवाज़ में कहा। उसके पास पहले से ही इतने खिलौने थे कि उसे समझ नहीं आता था कि उनका क्या

करे। और फिर दुनिया में ऐसा कोई खिलौना नहीं था जो उसके बाबा जान की कमी को पूरा कर सके।

उसी दिन, बाबा जान के बाहर जाने के बाद, आदिल को ऊपर अपने कमरे में बैठे-बैठे नीचे दरवाज़े की घंटी बजने की आवाज़ सुनाई दी। अभी वह आधी ही सीढ़ियाँ उतरा था कि उसने कबीर को दरवाज़े की तरफ बढ़ते हुए देखा। वह वहीं रुक गया और देखने लगा कि क्या होता है। कबीर ने दरवाज़ा खोला, मगर सामने खड़े आदमी को देखकर उसे ज़रा भी ख़ुशी नहीं हुई। वह अपने दोनों हाथ छाती पर बाँधकर दरवाज़े के बीचोंबीच खड़ा हो गया और उस आदमी से रूखे स्वर में बात करने लगा। आदिल ने थोड़ा झाँककर देखा तो पाया कि यह तो वही आदमी था जो सुबह स्कूल में सबसे आखिर में बाबा से मिलने आया था, वही गोल और पतली फ्रेम के चश्मे और जली हुई माचिस की तीलियों के सिरे जैसे दाँतों वाला बूढ़ा आदमी। जूतों में छेद वाला लड़का भी साथ था, बूढ़े की बगल में खड़ा था।

"कहाँ गए हैं?" बूढ़ा आदमी कबीर से पूछ रहा था।

"कारोबार के सिलसिले में। दक्षिण को।"

"मगर मैंने तो सुना था कि वो कल जाने वाले थे।"

कबीर ने कंधे उचका दिए।

"कितने दिन रहेंगे वहाँ?"

"दो महीने, शायद तीन। कौन जाने।"

"मगर मैंने तो ऐसा नहीं सुना।"

"अब तुम मेरे सब्र का इम्तिहान ले रहे हो, बुढ़ऊ," कबीर ने अपनी बाँहें खोलते हुए कहा।

"मैं उनके लौटने का इंतज़ार करूँगा।"

"मगर यहाँ नहीं।"

"मेरा मतलब, सड़क के किनारे।"

कबीर की बेचैनी बढ़ रही थी। "जैसी तुम्हारी मर्ज़ी," उसने कहा। "मगर कमांडर बहुत मसरूफ आदमी हैं। पता नहीं कब लौटेंगे।"

बूढ़े आदमी ने धीरे से सिर हिलाया और पलटकर जाने लगा। लड़का भी उसके पीछे-पीछे चल पड़ा।

कबीर ने दरवाज़ा बंद कर दिया।

आदिल सीढ़ियाँ उतरकर नीचे आया और बैठक की खिड़की का पर्दा हटाकर बाहर देखने लगा। उसे वह बूढ़ा आदमी और उसका लड़का उस कच्ची सड़क पर जाते हुए दिखे जो इस इमारत को मुख्य सड़क से जोड़ती थी।

"तुमने उससे झूठ क्यों बोला?" आदिल ने कबीर से पूछा।

"यही तो मेरा काम है–तुम्हारे बाबा जान को गिद्धों और चीलों से बचाना– इसी काम की तो मैं तनख्वाह पाता हूँ।"

"मगर उसे चाहिए क्या? नौकरी?"

"ऐसा ही कुछ।"

कबीर अब सोफे पर बैठकर अपने जूते उतार रहा था। उसने आदिल की तरफ देखा और एक आँख दबा दी। आदिल बाबा जान के दोनों बॉडीगार्ड्स में से कबीर को ज़्यादा पसंद करता था बजाए अज़मारे के, क्योंकि अज़मारे का स्वभाव गैर-दोस्ताना था और वह शायद ही कभी उससे बात करता था। जबकि कबीर ख़ासा दोस्ताना व्यवहार रखता था उसके साथ। वह उसके साथ ताश खेलता था, और उसे साथ बिठाकर डीवीडी पर फ़िल्में देखने के लिए भी मान जाता था। कबीर को फिल्में बहुत पसंद थीं। उसके पास फिल्मों का एक अच्छा ख़ासा कलेक्शन था, जो उसने ब्लैक मार्केट से खरीदा था। वह हफ्ते में कम से कम दस से बारह फिल्में तो देखता ही था, फिर चाहे वे ईरानी फ़िल्में हों, फ्रेंच हों या अमरीकी (मतलब बॉलीवुड) हों, उसे कोई फर्क नहीं पड़ता था। और कभी-कभी जब आदिल की अम्मी जान दूसरे कमरे में होती थीं और आदिल बाबा जान को न बताने का वादा करता था, तो कबीर अपनी कलाश्निकोव से गोलियाँ निकालकर उसे आदिल को पकड़ा देता था, जो उसे बिल्कुल उसी अंदाज़ में थामता था जिस तरह कोई मुजाहिद पकड़ता है। अभी कबीर की कलाश्निकोव दरवाज़े के पास दीवार से टिकी हुई थी।

कबीर सोफे पर लेट गया और पैर आर्मरेस्ट पर टिका लिए। फिर वह अखबार के पन्ने पलटने लगा।

"मगर उन्हें देखकर तो ऐसा हरगिज़ नहीं लगता कि वे किसी का कुछ नुकसान कर सकते हों," आदिल ने पर्दा वापस खींचकर कबीर की तरफ मुड़ते हुए कहा। उसे अखबार के ऊपर से कबीर का माथा दिखाई दे रहा था।

"ठीक कह रहे हो। शायद मुझे उन्हें चाय के लिए भीतर बुला लेना चाहिए था," कबीर ने बुदबुदाते हुए कहा। "और साथ में केक भी खिला सकते थे।"

"मज़ाक मत करो।"

"देखने में ये सब सीधे-सादे लगते हैं।"

"क्या बाबा जान उनकी मदद करेंगे?"

"शायद," कबीर ने एक गहरी साँस छोड़ी। "तुम्हारे बाबा जान अपने लोगों के लिए नदी के जैसे हैं।"

उसने अखबार नीचे करके उसमें छपी एक तस्वीर की ओर इशारा किया और मुस्कराकर बोला, "बताओ तो सही, इसे हमने किस फिल्म में देखा था? कम ऑन, आदिल। हमने पिछले महीने ही देखी थी।"

आदिल ने मायूसी और 'पता नहीं' वाले अंदाज़ में कंधे उचकाए और ऊपर अपने कमरे में जाने के लिए सीढ़ियाँ चढ़ने लगा।

"*लॉरेंस,*" कबीर ने सोफे पर से कहा। "लॉरेंस ऑफ अरेबिया। एंथोनी क्विन।" फिर थोड़ी देर रुककर, तब तक आदिल सारी सीढ़ियाँ चढ़कर ऊपर पहुँच गया था, उसने कहा: "वे गिद्ध हैं, आदिल। उनके झाँसे में मत आना। अगर उन्हें मौका मिले तो वे तुम्हारे बाबा जान को चट कर जाएँ।"

बाबा जान के हेलमंद जाने के कुछ दिनों बाद एक सुबह आदिल अपने बाबा और अम्मी के बेडरूम में गया। दरवाज़े के बाहर से ही उसे भीतर खासी तेज़ आवाज़ में बज रहा फ़ास्ट बीट्स वाला म्यूजिक सुनाई पड़ने लगा था। जब वह दरवाज़ा धकेलकर अंदर आया तो उसने देखा कि उसकी अम्मी जान शॉर्ट्स और टी-शर्ट पहने कसरत कर रही थीं और पसीने से तरबतर थीं। उनके सामने चल रहे विशालकाय फ्लैट-स्क्रीन टीवी पर तीन पसीने से तरबतर यूरोपियन लड़कियाँ स्क्वैट्स, लंजेस और प्लैंक्स जैसी कसरतें कर रही थीं और आदिल की अम्मी उन्हीं को फॉलो कर रही थीं। तभी उन्हें अपनी ड्रेसिंग टेबल के आदमकद शीशे में आदिल का अक्स दिखाई दिया।

"तुम भी करोगे?" उन्होंने हाँफते हुए पूछा।

"मैं तो यहाँ बैठकर आपको देखूँगा," इतना कहते हुए वह कालीन पर बैठ गया और अपनी अम्मी, जिनका नाम आरिया था, को कसरत करते हुए देखने लगा।

आदिल की अम्मी के हाथ-पैर नर्म-ओ-नाज़ुक थे, नाक आगे से ऊपर की ओर उठी हुई थी, और चेहरा कबीर की बॉलीवुड फिल्मों की अभिनेत्रियों जैसा खूबसूरत था। वह छरहरी, फुर्तीली और जवान थीं–जब उनकी शादी बाबा जान से हुई थी तब उनकी उम्र महज़ चौदह बरस थी। आदिल की एक और अम्मी भी हैं–बड़ी अम्मी–और उसके तीन बड़े सौतेले भाई भी हैं, मगर बाबा जान ने उन्हें जलालाबाद में बसा रखा है और आदिल उनसे महीने में एकाध बार ही मिल पाता है, तब जब बाबा जान उसे वहाँ ले जाते हैं। उसकी अम्मी और बड़ी अम्मी एक-दूसरे को फूटी आँख नहीं भाती हैं, मगर उसकी अपने सौतेले भाइयों के साथ बहुत अच्छी बनती है। वह जब भी उनसे मिलने जलालाबाद जाता है, तो वे उसे अपने साथ पार्क, बाज़ार, सिनेमाघर और बुज़कशी टूर्नामेंटों में ले जाते हैं। वे उसके साथ कॉल ऑफ़ ड्यूटी खेलते हैं और वे मिलकर रेज़िडेंट ईविल में ज़ॉम्बीज़ को मारते हैं, और जब भी मोहल्ले में फुटबॉल मैच होते हैं तो वे हमेशा उसे अपनी ही टीम में चुनते हैं। आदिल की दिली ख्वाहिश है कि वे यहीं उसके साथ रहते।

आदिल देख रहा है कि अब अम्मी जान पेट के व्यायाम कर रही हैं। वह पीठ के बल लेटी हैं और उन्होंने अपने दोनों पैरों के टखनों के बीच एक नीले रंग की प्लास्टिक की गेंद फँसा रखी है। अपने पैरों को इसी स्थिति में रखते हुए वह उन्होंने फर्श के समान्तर ऊपर उठाती हैं, थोड़ी देर रुकती हैं, और फिर वापस नीचे कर लेती हैं। इसी व्यायाम को वह कई-कई बार कर रही थीं।

हकीकत यह है कि शादबाग में ऊब ने आदिल को बुरी तरह जकड़ रखा है। वह दो बरसों से यहाँ रह रहा है, मगर अभी तक यहाँ उसका कोई दोस्त नहीं बना है। उसे साइकिल लेकर शादबाग-ए-नौ तक जाने की इजाज़त नहीं है, अकेले तो बिल्कुल नहीं, क्योंकि उस इलाके में अगवा किए जाने की वारदातें लगातार बढ़ रही हैं। हालाँकि वह कभी-कभार चुपके से थोड़ी देर के लिए बाहर निकल जाता है, मगर हमेशा परिसर की सीमा के भीतर ही रहता है। उसके कोई सहपाठी भी नहीं हैं, क्योंकि बाबा जान उसे स्थानीय स्कूल में जाने नहीं देते हैं–सुरक्षा कारणों का हवाला देकर–और उसकी पढ़ाई के लिए उन्होंने घर पर ही एक ट्यूटर का बंदोबस्त कर रखा है, जो हर सुबह घर आकर पढ़ाता है।

आदिल अपना ज़्यादातर वक़्त पढ़ने, अकेले फुटबॉल खेलने, या कबीर के साथ फ़िल्में देखने में बिताता है–अक्सर वे ही फ़िल्में जो वह पहले भी कई बार देख चुका होता है। वह अपने महल जैसे घर के चौड़े-चौड़े और ऊँची छत वाले गलियारों में या फिर बड़े-बड़े खाली कमरों में अनमने ढंग से यहाँ-वहाँ घूमता

रहता है, या फिर ऊपर अपने बेडरूम की खिड़की से बाहर देखता रहता है। उसका घर बहुत बड़ा है, मगर जहान बहुत छोटा। कभी-कभी तो वह इस कदर ऊब जाता है कि उसका मन करता है कि दीवारों से सर फोड़ ले।

उसे अहसास है कि उसकी अम्मी भी यहाँ बहुत अकेली हो गई हैं। वह अपने खाली वक़्त को तरह-तरह के कामों से भरने की कोशिश करती हैं, मसलन सुबह कसरत करना, फिर नहाना, फिर नाश्ता करना, फिर पढ़ना, फिर बागवानी करना, और फिर दोपहर में टीवी पर हिन्दुस्तानी सीरियल देखना। जब बाबा जान घर से बाहर होते हैं, जो कि अक्सर होते हैं, तो वह हमेशा घर में ग्रे रंग के ट्रैकसूट और स्नीकर्स पहने रहती हैं, चेहरा बिना मेकअप के रखती हैं, और बालों को गर्दन के पीछे जूड़े में बाँधे रहती हैं। उन्हें गहनों वगैरह में भी दिलचस्पी नहीं है और वह गहनों का वह डिब्बा भी शायद ही कभी खोलती हैं जिसमें उन्होंने बाबा जान द्वारा दुबई से उनके लिए लाई गईं सभी अंगूठियाँ, हार और झुमके वगैरह रखे थे। वह नियमित रूप से काबुल में अपने परिवार के लोगों से फोन पर बात करती हैं, कभी-कभी तो घंटों तक।

हर दो-तीन महीने में एक बार कुछ दिनों के लिए उनकी बहन और उनके अब्बा-अम्मी उनसे मिलने शादबाग आते हैं, सिर्फ़ वही वक़्त होता है जब आदिल अपनी अम्मी को जीते-जागते इंसान के तौर पर देख पाता है। तब वह लम्बी-लम्बी प्रिंटेड पोशाकें और ऊँची एड़ी की सैंडल्स पहनती हैं और मेकअप करती हैं। उनकी आँखों में ग़ज़ब की चमक आ जाती है और पूरा घर उनकी हँसी से गूँजने लगता है। और तभी आदिल को उस शख्सियत की झलक मिलती है जो शायद वह पहले हुआ करती थीं।

जब बाबा जान बाहर गए होते हैं, तब आदिल और उसकी अम्मी ही ऊब से लड़ने में एक-दूसरे की मदद करने की कोशिश करते हैं। वे साथ मिलकर जिगसॉ पज़ल्स सुलझाते हैं और आदिल के वाईआईआई पर गोल्फ और टेनिस खेलते हैं। मगर आदिल को अपनी अम्मी के साथ मिलकर जिस काम को करने में सबसे ज़्यादा मज़ा आता है वो है टूथपिक से घर बनाना। अम्मी एक कागज़ पर घर का 3-डी नक्शा बनाती हैं, जिसमें सामने का बरामदा, ढलान वाली छत, अंदर की सीढ़ियाँ और कमरों को अलग करने वाली दीवारें भी शामिल होती हैं। वे पहले नींव बनाते हैं, फिर भीतर की दीवारें और सीढ़ियाँ। वे सावधानीपूर्वक टूथपिक्स पर गोंद लगाने, उन्हें आपस में चिपकाकर अलग-अलग हिस्से तैयार करने, फिर उन्हें आपस में जोड़ने और फिर उन्हें सूखने देने में घंटों बिता देते हैं। आदिल की

अम्मी बताती हैं कि जब वह छोटी थीं, आदिल के बाबा से शादी करने से पहले, तब उन्होंने आर्किटेक्ट (वास्तुकार) बनने का सपना संजोया था।

एक बार जब वे दोनों इसी तरह मिलकर एक गगनचुंबी इमारत बना रहे थे, तब अम्मी ने आदिल को अपनी और उसके बाबा जान की शादी की कहानी सुनाई थी।

दरअसल, *उनकी शादी मेरी बड़ी बहन से होने वाली थी।*

नरगिस मौसी से?

हाँ। यह काबुल की बात है। एक दिन उन्होंने उसे सड़क पर देखा और उनका दिल उस पर आ गया। उन्होंने सोच लिया कि इसी से शादी करनी है। अगले दिन वह अपने पाँच आदमियों के साथ हमारे घर आ गए। बाबा ने उन्हें अन्दर आने को नहीं कहा था, मगर वे फिर भी आ गए। वे सभी बूट्स पहने हुए थे। इतना कहकर उन्होंने सिर हिलाया और ऐसे हँसीं जैसे बाबा जान ने कुछ मज़ाकिया काम किया हो, मगर वह वैसे नहीं हँसीं जैसे आम तौर पर कुछ मज़ेदार लगने पर हँसती थीं। *तुम्हें उस वक़्त अपने नाना-नानी के चेहरे के एक्सप्रेशंस देखने चाहिए थे।*

वे सभी–तुम्हारे बाबा जान, उनके आदमी और तुम्हारे नाना-नानी बैठक में बैठे थे। मैं रसोई में चाय बना रही थी। जब तुम्हारे बाबा जान ने नर्गिस से शादी का इरादा ज़ाहिर किया तो अम्मी-बाबा ने कहा कि इसमें एक अड़चन है। अड़चन यह थी कि नरगिस का रिश्ता पहले ही पक्का हो चुका था, एम्स्टर्डम में रहकर इंजीनियरिंग की पढ़ाई कर रहे हमारे एक चचेरे भाई से उसकी सगाई हो चुकी थी। बाबा-अम्मी यही कह रहे थे कि वे भला सगाई कैसे तोड़ सकते थे।

उसी वक़्त मेरा चाय और मिठाई की तश्तरी लेकर बैठक में आना हुआ। मैं चाय के कप उन सबके सामने रखकर उन्हें भरने लगी और मिठाई मेज़ पर जमाकर रखने लगी। तभी तुम्हारे बाबा ने मुझे देखा और जैसे ही मैं जाने के लिए मुड़ी, उन्होंने मेरे बाबा से कहा, 'शायद आप ठीक कह रहे हैं, जनाब। सगाई तोड़ना सही नहीं होगा। लेकिन अब अगर आप यह कहेंगे कि इनकी भी (मेरी तरफ इशारा करके) बात कहीं तय हो चुकी है, तो मुझे डर है कि मेरे पास यह सोचने के अलावा कोई चारा नहीं बचेगा कि आप मुझसे रिश्ता जोड़ना ही नहीं चाहते।' कहकर वह ज़ोर से हँसे। और इस तरह हमारी शादी हो गई।

कहकर उन्होंने गोंद की ट्यूब उठा ली।

क्या वह आपको पसंद थे?

उन्होंने उलझन भरे अंदाज़ में कंधे उचकाए। *सच कहूँ तो उस वक़्त मुझे डर के अलावा और कुछ भी महसूस नहीं हो रहा था।*

मगर अब तो आप उन्हें पसंद करती हैं, है न? आप उनसे प्यार करती हैं।

बेशक करती हूँ, आदिल की अम्मी ने कहा। *यह कैसा सवाल है!*

और आपको उनसे शादी करने का कोई पछतावा नहीं है।

उन्होंने गोंद नीचे रख दी और कुछ सेकंड रुककर धीरे से कहा, *आदिल*, हमारी ज़िंदगी को देखो। अपने आस-पास देखो। पछताने लायक क्या है? फिर वह मुस्कराईं और हल्के से उसका कान खींचा। और वैसे भी, *अगर ऐसा नहीं होता तो तुम मेरे पास नहीं होते।*

बहरहाल, आदिल की अम्मी ने जब टीवी बंद किया और हाँफते हुए आकर उसके पास फर्श पर बैठ गईं और तौलिए से अपनी गर्दन का पसीना पोंछने लगीं, तब आदिल अतीत की यादों से बाहर आया।

"आज तुम अकेले ही कुछ करके टाइम-पास कर लो," अम्मी ने अपनी कमर सीधी करते हुए कहा। "मैं नहाने जा रही हूँ, फिर उसके बाद नाश्ता करूँगी। और फिर मैं तुम्हारे नाना-नानी को फोन करने की सोच रही हूँ। दो-एक दिनों से उनसे बात ही नहीं हुई है।"

आदिल ने एक गहरी साँस छोड़ी और उठ खड़ा हुआ।

नीचे वाले माले पर बने अपने कमरे में आकर उसने अपनी फुटबॉल निकाली और जिदान के नाम वाली जर्सी पहन ली। यह जर्सी बाबा जान ने उसे उसकी पिछली सालगिरह, यानी बारहवीं सालगिरह पर दी थी। जब वह सीढ़ियों से नीचे आया तो उसने कबीर को उसी सोफे पर वैसे ही लेटे हुए झपकी लेते पाया; वह जो अखबार पढ़ रहा था वह अभी उसके सीने पर रजाई की तरह फैला हुआ था। आदिल ने फ्रिज से एप्पल जूस (सेब का रस) का एक कैन निकाला और बगैर आवाज़ किए बाहर निकल गया।

वह बजरी वाले ड्राइव-वे पर चलता हुआ इमारत के मेन गेट की तरफ बढ़ा। वहाँ वह चौकी खाली थी जहाँ हथियारबंद गार्ड पहरा देता था। आदिल को गार्ड की गश्त का समय पता था। उसने सावधानी से फाटक खोला और बाहर कदम रखा, फिर जस का तस बंद कर दिया। लगभग फ़ौरन ही उसे यह आभास हुआ कि वह दीवार की इस तरफ़ बेहतर साँस ले पा रहा था। कभी-कभी तो अपना घर उसे किसी जेल जैसा लगने लगता था।

वह दीवार की चौड़ी छाया में चलते हुए इमारत के पिछले हिस्से की तरफ, यानी कि मुख्य सड़क से दूर, जाने लगा। इमारत के पिछले हिस्से में बाबा जान के बाग थे, जिनका उन्हें बड़ा गुमान था। वे बाग़ कई एकड़ में फैले थे, जिनमें लंबी-लंबी समानांतर कतारों में नाशपाती, सेब, खुबानी, चेरी, अंजीर और लोकाट के पेड़ लगे थे। जब आदिल बाबा जान के साथ इन बागों में लंबी सैर पर जाता था, तो बाबा जान उसे अपने कंधों पर बिठा लेते थे और आदिल अपने हाथों से उनके लिए पके हुए सेब तोड़ता था।

इमारत और बागों के बीच एक खुला मैदान था, जो तकरीबन खाली था, सिवाय उस एक शेड के जहाँ माली अपने औज़ार रखते थे। वहाँ केवल एक ही चीज़ थी, एक बहुत बड़ा और गोलाकार ठूँठ, जिसे देखकर समझ आता था कि वह किसी विशाल और बहुत पुराने पेड़ का होगा। बाबा जान ने एक बार आदिल के साथ मिलकर ठूँठ पर बने छल्ले गिने थे और यह नतीजा निकाला था कि उस पेड़ ने शायद चंगेज़ खान की सेना को वहाँ से गुज़रते देखा होगा। इसके बाद उन्होंने अफ़सोस से सर हिलाते हुए कहा था कि जिस किसी ने भी इसे काटा था, उससे बड़ा बेवक़ूफ़ दूसरा नहीं हो सकता था।

उस दिन बड़ी तेज़ गर्मी थी, सूरज आग के गोले की तरह नीले आसमान में चमक रहा था। आसमान का नीला रंग वैसा ही था जैसा वह बचपन में क्रेयॉन से पेंटिंग्स बनाते वक़्त आसमान में भरा करता था। उसने सेब के रस का डिब्बा पेड़ के ठूँठ पर रख दिया और फुटबॉल को बिना गिराए लगातार पैरों से उछालते रहने का अभ्यास करने लगा। इस खेल में उसका सबसे अच्छा प्रदर्शन था 68 बार का। उसने बिना ज़मीन पर गिराए फुटबॉल को 68 बार लगातार उछालते रहने का यह रिकॉर्ड पिछले वसंत में बनाया था, और अभी आधी गर्मियाँ बीत चुकी थीं मगर अभी तक भी वह उस रिकॉर्ड से आगे नहीं निकल पाया था। आदिल अभी 28 की संख्या तक ही पहुँचा था कि तभी उसे एहसास हुआ कि कोई उसे देख रहा है। यह वही लड़का था–उस बूढ़े आदमी के साथ वाला, जिसने स्कूल के उद्घाटन में बाबा जान से बात करने की कोशिश की थी। वह इस वक़्त ईंटों से बने शेड की छाया में बैठा था।

"तुम यहाँ क्या कर रहे हो?" आदिल ने वैसे ही कड़क लहज़े में कहने की कोशिश की, जैसा कबीर अजनबियों से बात करते वक़्त अपनाता था।

"छाया में बैठा हूँ," लड़के ने कहा। "मेरी शिकायत मत करना।"

"तुम्हें यहाँ नहीं होना चाहिए।"

"तुम्हें भी नहीं।"

"क्या?"

लड़का हँस पड़ा। "छोड़ो।" कहकर उसने अंगड़ाई ली और उठकर खड़ा हो गया।

आदिल ने यह देखने की कोशिश की कि उसकी जेबें भरी हुई थीं या खाली। उसे लगा कि शायद वह फल चुराने आया था। लड़का आदिल के पास आया और वहाँ ज़मीन पर पड़ी फुटबॉल को बिना हाथ लगाए सिर्फ़ एक पैर से उठा लिया, उसे जल्दी-जल्दी दो बार उछाला और फिर अपनी एड़ी से आदिल की तरफ किक कर दिया। आदिल ने गेंद पकड़ ली और उसे अपनी बगल में दबा लिया।

"तुम्हारे उस गुंडे ने हमें, मुझे और मेरे बाबा को, जहाँ इंतज़ार करने को बोला है, सड़क के किनारे, वहाँ ज़रा सी भी छाँव नहीं है। और ऊपर आसमान में एक भी बादल नहीं है।"

आदिल को लगा कि उसे कबीर का बचाव करना चाहिए। "वह गुंडा नहीं है।"

"तुम्हें शायद पता न हो कि सुबह जब हम तुम्हारे घर आए थे तब बात करते वक़्त उसने यह पक्का किया था कि हमें उसकी कलाश्निकोव राइफल साफ़-साफ़ दिखाई दे जाए।" कहकर वह आदिल की तरफ देखने लगा। उसके होठों पर एक अलसाई हुई सी शरारती मुस्कान थी। फिर उसने अपने पैरों के पास थूका। "देखता हूँ कि तुम उस 'हेड-बटर' (खेल में किसी खिलाड़ी का दूसरे खिलाड़ी पर अपने सिर से वार करना) के फैन हो।"

आदिल को यह समझने में थोड़ी देर लगी कि वह किसके बारे में बात कर रहा था।

समझ में आते ही उसने कहा, "सिर्फ़ एक गलती की बिनाह पर तुम उसे कम नहीं आँक सकते। वह बेस्ट था। वह मिडफील्ड का जादूगर था।"

"मैंने उससे बेहतर देखे हैं।"

"अच्छा? जैसे कौन?"

"जैसे माराडोना।"

"माराडोना?" आदिल गुस्से से बोला। उसने पहले भी जलालाबाद में अपने एक सौतेले भाई के साथ इस बारे में बहस की थी। "माराडोना धोखेबाज़ था! 'हैंड ऑफ गॉड', याद है?"

"कौन है जो धोखेबाज़ नहीं है, और कौन है जो झूठा नहीं है।"

लड़के ने जम्हाई ली और जाने लगा। वह लगभग आदिल के बराबर ही लंबा था, शायद थोड़ा सा ज़्यादा ही होगा, और शायद उसकी उम्र भी आदिल के आसपास ही थी। मगर पता नहीं क्यों वह ऐसे चल रहा था जैसे कोई बूढ़ा आदमी चलता है—एकदम ऊबी हुई-सी, अलसाई-सी चाल में, कुछ ऐसे अंदाज़ में जैसे कि अब उसे कहीं भी पहुँचने की कोई फ़िक्र न हो, जैसे कि अब उसके देखने और जानने के लिए कुछ भी बाकी न हो और इसीलिए अब कोई भी बात उसे हैरान न कर पाती हो।

"मेरा नाम आदिल है।"

"घोलम।" उन्होंने हाथ मिलाया। घोलम के हाथ की पकड़ मज़बूत थी, उसकी हथेली सूखी और खुरदरी थी।

"वैसे तुम्हारी उम्र कितनी है?"

घोलम ने कंधे उचका दिए। "शायद तेरह। अब तक चौदह हो गए होंगे।"

"तुम्हें अपनी सालगिरह नहीं पता?"

घोलम मुस्कुराया। "मगर मैं शर्त लगाकर कह सकता हूँ कि तुम्हें अपनी सालगिरह ज़रूर पता होगी। मैं शर्त लगाकर कह सकता हूँ कि तुम अपनी ज़िन्दगी की उलटी गिनती गिनते होगे।"

"नहीं करता," आदिल ने बचाव करते हुए कहा। "मेरा मतलब है, मैं उलटी गिनती नहीं करता।"

"मुझे अब जाना चाहिए। मेरे बाबा अकेले इंतज़ार कर रहे हैं।"

"मुझे लगा कि वह तुम्हारे दादाजी हैं।"

"तुम्हें गलत लगा।"

"क्या तुम शूट-आउट खेलना चाहते हो?" आदिल ने पूछा।

"तुम्हारा मतलब पेनल्टी शूट-आउट से है?"

"पाँच-पाँच... जो ज़्यादा मारेगा।"

घोलम ने फिर थूका, तिरछी नज़र से सड़क की तरफ देखा, और फिर आदिल की तरफ देखने लगा।

आदिल ने गौर किया कि उसकी ठुड्डी उसके चेहरे के हिसाब से थोड़ी छोटी थी और उसके सामने के दो दाँत एक दूसरे पर चढ़े हुए थे, जिनमें से एक बुरी

तरह से टूटा हुआ था और सड़ रहा था। उसकी बाईं भौंह पर बीचोंबीच एक पतला सा कट का निशान था। साथ ही उसके बदन से बदबू भी आ रही थी। मगर आदिल ने पिछले तकरीबन दो बरसों से अपनी उम्र के किसी लड़के से बात तक नहीं की थी, साथ खेलना तो दूर की बात है–कभी-कभार जलालाबाद जाकर अपने सौतेले भाइयों के साथ बिताए जाने वाले मौकों को छोड़कर।

आदिल को लग रहा था कि घोलम मना कर देगा और उसने इसके लिए खुद को तैयार भी कर लिया था, मगर घोलम ने कंधे उचकाते हुए कहा, "हाँ, क्यों नहीं। बशर्ते गोल मारने का पहला मौका मुझे मिले।"

गोलपोस्ट के लिए उन्होंने दो बड़े पत्थर तलाशे और उन्हें एक-दूसरे से आठ कदम की दूरी पर रख दिया। घोलम ने पाँच बार गेंद को गोल में डालने के लिए शॉट मारे। एक बार गोल हुआ, दो बार बाहर मार दी, और बाकी दो शॉट आदिल ने आसानी से रोक लिए। घोलम की गोलकीपिंग तो उसकी शूटिंग से भी ज़्यादा खराब थी। आदिल ने घोलम को चकमा देकर चार गोल दागे, वह दिखाता कहीं और था और मारता कहीं और। जो इकलौता शॉट उसने मिस किया, वह गोलपोस्ट से बहुत बाहर था।

"तेरी तो," घोलम ने हार की हताशा में झुंझलाकर कहा।

"फिर से हो जाए?" आदिल कोशिश कर रहा था कि अपनी जीत पर इतराए न, मगर यह मुश्किल था। वह मन ही मन खुशी से फूला नहीं समा रहा था।

घोलम राज़ी हो गया, मगर इस बार नतीजा और भी एकतरफा रहा। इस बार भी वह एक ही गोल कर पाया, जबकि इस बार आदिल ने अपने पाँचों शॉट्स को गोल में तब्दील कर दिया था।

"बस-बस, मेरी साँस फूल गई है," घोलम ने हाथ ऊपर उठाते हुए कहा। वह लड़खड़ाते हुए पेड़ के ठूँठ तक गया और थकी हुई सी आह भरते हुए उस पर बैठ गया। आदिल ने गेंद गोद में रखी और आकर उसके बगल में बैठ गया।

"इनसे शायद कोई फायदा नहीं हो रहा है," घोलम ने अपनी जींस की आगे वाली जेब से सिगरेट का एक पैकेट निकालते हुए कहा। उसमें बस एक ही सिगरेट बची थी। उसने माचिस की एक तीली से उसे सुलगाया, इत्मीनान से एक गहरा कश खींचा, और सिगरेट आदिल की तरफ बढ़ा दी। आदिल उसे लेने के लिए ललचाया, मगर फिर मना कर दिया, क्योंकि उसे डर था कि कबीर या अम्मी को उसके मुँह से सिगरेट की गंध आ जाएगी।

"समझदार हो," घोलम ने सिर पीछे झुकाते हुए कहा।

वे कुछ देर तक फुटबॉल के बारे में ही बातें करते रहे, और आदिल को यह देखकर अच्छा भी लगा और हैरानी भी हुई कि घोलम की फुटबॉल के बारे में जानकारी ज़बरदस्त थी। उन्होंने अपने-अपने पसंदीदा मैच और अपने-अपने पसंदीदा गोलों की कहानियाँ साझा कीं। दोनों ने अपनी-अपनी पसंद के पाँच सबसे अच्छे खिलाड़ियों की लिस्ट बनायी–दोनों की लिस्ट्स एक जैसी थीं, सिवाय इसके कि घोलम की लिस्ट में ब्राज़ील का रोनाल्डो जबकि आदिल की लिस्ट में पुर्तगाल का रोनाल्डो शामिल था। और जैसा कि होना ही था, आखिरकार उनकी बातचीत 2006 के फुटबॉल विश्वकप फ़ाइनल और उससे जुड़ी ज़िदान की विपक्षी खिलाड़ी के सीने पर सिर से टक्कर मारने वाली घटना पर आ गई। वह घटना आदिल के लिए उस वक़्त भी तकलीफदेह थी और अभी भी है।

घोलम ने बताया कि उसने वह पूरा मैच शिविर से थोड़ी दूर एक टीवी की दुकान की खिड़की के बाहर भीड़ में खड़े होकर देखा था।

"शिविर?"

"वह जगह जहाँ मैं पला-बढ़ा हूँ। पाकिस्तान में।"

उसने आदिल को बताया कि वह पहली बार अफगानिस्तान आया था। उसकी अब तक की सारी ज़िन्दगी पाकिस्तान के जलोज़ाई शरणार्थी शिविर में बीती थी और वहीं वह पैदा भी हुआ था। उसने कहा कि जलोज़ाई शरणार्थी शिविर एक शहर जैसा है, कपड़े और कैनवास के तंबुओं, मिट्टी की झोपड़ियों और प्लास्टिक व एल्यूमीनियम की साइडिंग से बने दड़बेनुमा मकानों की एक बहुत बड़ी बसाहट, जिसमें सँकरी-सँकरी गलियों का ऐसा जाल फैला है कि अगर कोई अनजान आदमी वहाँ आ जाए तो उसका बाहर निकलना मुश्किल हो जाए। ये गलियाँ हमेशा धूल-मिट्टी और गंदगी से अटी पड़ी रहती हैं। यह एक और भी बड़े शहर के भीतर बसा एक शहर है। वह और उसके भाई–वह अपने सबसे छोटे भाई से तीन साल बड़ा था–शिविर में ही पैदा हुए थे और वहीं पले-बढ़े थे। वह वहाँ एक छोटे से मिट्टी के घर में अपने भाइयों, अपनी अम्मी, अपने बाबा (जिनका नाम इकबाल था) और अपनी दादी परवाना के साथ रहता था। उसी शिविर की उन्हीं तंग गलियों में उसने और उसके भाइयों ने चलना और बोलना सीखा था। वे वहाँ स्कूल जाते थे। वह वहाँ की कच्ची सड़कों पर डंडियों की मदद से साइकिल के जंग खाए पुराने पहियों को चलाने का खेल खेलता था और स्कूल के बाद दिन भर दूसरे शरणार्थी बच्चों के साथ इधर से उधर दौड़ता फिरता था, तक तक जब तक की सूरज ढलने पर उसकी दादी उसे घर नहीं बुला लेती थीं।

"मुझे वहाँ अच्छा लगता था," उसने कहा। "मेरे दोस्त थे। मैं सबको जानता था। हमारी ज़िन्दगी भी ठीक-ठाक चल रही थी। अमरीका में मेरे एक चाचा हैं, मेरे बाबा के सौतेले भाई, अब्दुल्ला चाचा। मैं उनसे कभी मिला नहीं हूँ। मगर वह हमें हर कुछ महीनों में पैसे भेजते थे। इससे हमारी मदद हो जाती थी। बहुत मदद हो जाती थी।"

"तो फिर तुमने पाकिस्तान क्यों छोड़ दिया?"

"छोड़ना पड़ा। पाकिस्तान सरकार ने वह शिविर बंद कर दिया। उन्होंने कहा कि अफगानों की जगह अफगानिस्तान में है। और फिर मेरे चाचा के पैसे आने भी बंद हो गए। इसलिए मेरे बाबा ने कहा कि बेहतर होगा कि हम घर वापस चले जाएँ और नए सिरे से शुरुआत करें, क्योंकि अब तालिबान भी सीमा पार पाकिस्तानी हिस्से में भाग गया है। उन्होंने कहा कि हम पाकिस्तान में मेहमान थे, जो ज़रूरत से ज़्यादा अरसे तक रुके रह गए थे। यह जानकर मैं बहुत परेशान हो गया था। यह जगह"–उसने हाथ से इशारा करते हुए कहा–"यह जगह मेरे लिए गैर मुल्क की तरह है। और शिविर में जो बच्चे थे, जो एकाध बार अफगानिस्तान होकर जा चुके थे, उनमें से किसी के पास भी इसके बारे में कहने के लिए कुछ अच्छा नहीं था।"

आदिल कहना चाहता था कि वह घोलम के दिल की हालत समझता था। वह उसे बताना चाहता था कि उसे काबुल, उसके दोस्त और जलालाबाद में रहने वाले उसके सौतेले भाई कितने याद आते हैं। मगर उसे लगा कि शायद उसकी बात सुनकर घोलम उसकी हँसी उड़ाएगा, इसलिए उसने कहा, "हाँ, ये तो है। यहाँ सिवाए बोरियत के और कुछ नहीं है।"

मगर घोलम फिर भी हँसा और बोला, "मुझे नहीं लगता कि उनका मतलब यह (बोरियत) था।"

आदिल को अहसास हुआ कि घोलम उसकी नादानी पर हँस रहा था। किस नादानी पर, यह उसकी समझ में नहीं आया। घोलम ने एक गहरा कश खींचा और धुएँ को मुँह से छल्लों की शक्ल में बाहर निकाला। फिर दोनों कुछ देर तक उन छल्लों को हवा में धीरे-धीरे तैरते और फिर अपना आकार खोते देखते रहे।

"मेरे बाबा मुझसे और मेरे भाइयों से कहते थे, 'इंतज़ार करो बच्चो... शादबाग की हवा में साँस लेने और वहाँ के पानी का स्वाद चखने तक इंतज़ार करो।' मेरे बाबा यहीं पैदा हुए थे और यहीं पले-बढ़े थे। इसीलिए वह कहते थे, 'तुमने इतना ठंडा और मीठा पानी कभी नहीं पिया होगा, बच्चो।' वह हमेशा

हमसे शादबाग के बारे में बातें करते थे, जो शायद उनके यहाँ रहने के दौरान एक छोटा सा गाँव भर था। वह कहते थे कि एक खास तरह का अंगूर होता है जो सिर्फ़ शादबाग में ही उगता है, बाकी दुनिया में कहीं और नहीं। ऐसा लगता था मानो वह किसी जन्नत की बात कर रहे हों।"

आदिल ने उससे पूछा कि अभी वह कहाँ रह रहा था। घोलम ने सिगरेट का ठूँठ एक तरफ उछाला, ऊपर आसमान की तरफ देखा और तेज़ रोशनी के चलते आँखें सिकोड़ते हुए बोला, "उस पवनचक्की से लगा जो मैदान है, वो देखा है तुमने?"

"हाँ।"

आदिल आगे कुछ कहे जाने का इंतज़ार करने लगा, मगर घोलम ने और कुछ नहीं कहा।

"तुम खुले मैदान में रहते हो?"

"फिलहाल तो वही हमारा घर है," घोलम ने धीरे से कहा। "वहाँ हमने एक टेंट लगा लिया है।"

"क्या यहाँ तुम्हारे बाबा के कोई रिश्तेदार वगैरह नहीं हैं?"

"नहीं। वे सब या तो मर चुके हैं या इस जगह को छोड़कर चले गए हैं। वैसे, काबुल में मेरे बाबा के मामा रहते हैं। या शायद रहते थे। कौन जाने वह जीते हैं या मर गए। वह मेरी दादी के भाई थे, वहाँ एक अमीर परिवार के लिए काम करते थे। उनका नाम नबी था। मगर मुझे लगता है कि नबी जान और मेरी दादी ने दशकों से बात नहीं की है–मेरे ख़याल से पचास बरस या उससे भी ज़्यादा अरसे से। हकीकतन वे एक-दूसरे के लिए अजनबियों जैसे हैं। मुझे लगता है कि अगर सचमुच ज़रूरत पड़ी तो मेरे बाबा मदद के लिए उनके पास जा सकते हैं। मगर फिलहाल वह अपने दम पर यहाँ अपनी नयी ज़िन्दगी शुरू करना चाहते हैं। आखिर को यह उनका अपना घर है।"

उस पेड़ के ठूँठ पर दोनों कुछ देर खामोशी से बैठे रहे, गर्म हवा के झोंकों के कारण बागों में लगे पेड़ों के पत्तों को काँपते हुए देखते रहे। आदिल यह कल्पना करने की कोशिश कर रहा था कि घोलम और उसके बाबा रात को उस मैदान में कैसे सोते होंगे! वहाँ तो रात में चारों तरफ साँप-बिच्छू रेंगते रहते होंगे!

आदिल को ठीक-ठीक नहीं पता था कि उसने घोलम को बाबा जान, अम्मीजान और उसके काबुल छोड़कर यहाँ आ बसने की असल वजह क्यों बताई

थी। उसके ऐसा करने की कई वजहें हो सकती थीं, मगर वह तय नहीं कर पा रहा था कि उनमें से किस वजह से उसने ऐसा किया था। उसे पक्का यकीन नहीं था कि उसने ऐसा घोलम की इस धारणा को दूर करने के लिए किया था कि वह सिर्फ़ इसलिए एक बेफिक्र ज़िन्दगी जी रहा था क्योंकि वह एक बड़े घर में रहता था। या फिर स्कूली बच्चों की तरह आपसी होड़ के तौर पर किया था? या शायद सहानुभूति पाने की एक कोशिश के तौर पर? या फिर उसने उनके बीच का फासला कम करने के लिए ऐसा किया? उसे खुद नहीं पता था। शायद इन सभी वजहों से। और न ही आदिल को ठीक-ठीक यह समझ आया था कि उसके लिए घोलम का उसे पसंद करना इतना अहम क्यों मालूम पड़ रहा था। वह केवल इतना ही समझ पाया था कि इसका कारण उसके अकेलेपन और एक दोस्त की चाहत से कहीं अधिक जटिल था।

"हम शादबाग इसलिए चले आए क्योंकि काबुल में किसी ने हमें जान से मारने की कोशिश की थी," आदिल ने राज़दारी के अंदाज़ में कहा। "एक दिन एक मोटरसाइकिल हमारे घर के सामने आकर रुकी और उसके सवार ने हमारे घर पर गोलियों की बौछार कर दी। वह पकड़ा नहीं गया। मगर, अल्लाह का शुक्र है, हममें से किसी को चोट नहीं आई।"

उसे नहीं पता था कि वह घोलम से किस तरह की प्रतिक्रिया की उम्मीद कर रहा था, मगर उसे तब आश्चर्य हुआ जब घोलम ने कोई प्रतिक्रिया ही नहीं दी। उसने ऊपर आसमान की तरफ देखते हुए कहा, "हाँ, मुझे पता है।"

"तुम्हें पता है?"

"तुम्हारे बाबा को छींक भी आ जाए तो पूरे अफगानिस्तान को पता चल जाता है।"

आदिल ने देखा कि घोलम ने सिगरेट की खाली डिब्बी को मसलकर एक गेंद-सी बनायी और उसे अपनी जींस की आगे वाली जेब में ठूँस लिया।

"तुम्हारे बाबा के भी कई सारे दुश्मन हैं," घोलम ने ठण्डी साँस भरते हुए कहा।

आदिल यह बात जानता था। बाबा जान ने उसे समझाया था कि 1980 के दशक में सोवियत संघ के खिलाफ उनके साथ लड़ने वाले कुछ लोग अब सत्ता पाकर ताकतवर और भ्रष्ट हो गए थे, भटक गए थे। और चूँकि आदिल के बाबा जान ने उनकी आपराधिक योजनाओं में शामिल होने से इंकार कर दिया था, इसलिए वे हमेशा उन्हें नीचा दिखाने की कोशिश करते थे, उनके बारे में झूठी और

अपमानजनक अफवाहें फैलाकर उनकी छवि खराब करने की कोशिश करते थे। और इसीलिए बाबा जान हमेशा आदिल को बाहरी दुनिया की ख़बरों से दूर रखने की कोशिश करते थे। मिसाल के लिए, वे घर में अखबार नहीं आने देते थे, वे नहीं चाहते थे कि आदिल टीवी पर समाचार देखे, या इंटरनेट का इस्तेमाल करे।

घोलम थोड़ा-सा आदिल की तरफ झुककर बोला, "मैंने यह भी सुना है कि उनकी अच्छी-खासी खेती-बाड़ी भी है।"

आदिल ने कंधे उचकाते हुए कहा, "तुम खुद ही देख लो। बस ये कुछेक एकड़ में फैले बाग हैं। और हाँ, हेलमंद में कपास के खेत भी हैं शायद, कारखाने के लिए।"

घोलम गौर से आदिल की आँखों में देखता रहा, मानो समझने की कोशिश कर रहा हो कि क्या वाकई आदिल इतना ही नादान था। फिर धीरे-धीरे उसके चेहरे पर एक मुस्कान फैलने लगी, जिससे उसका सामने का सड़ा हुआ दाँत दिखाई देने लगा। "कपास। तुम तो कमाल हो यार। मुझे समझ नहीं आ रहा कि क्या कहूँ।"

आदिल को उसकी बात ठीक से समझ नहीं आई। वह उठा और गेंद उछालने लगा। "तुम चाहो तो एक और मैच खेलने के लिए कह सकते हो!"

"एक और मैच!"

"चलो भी।"

"मगर इस बार मैं शर्त लगाता हूँ कि तुम एक भी गोल नहीं कर पाओगे।"

अब आदिल मुस्कुरा रहा था। "किस चीज़ की शर्त।"

"यह तो आसान है। ज़िदान।"

"और अगर मैं जीता तो, नहीं, जब मैं जीत जाऊँगा *तब*?"

"अगर मैं तुम्हारी जगह होता," घोलम ने कहा, "तो उस बात की फ़िक्र नहीं करता जिसके होने की कोई संभावना ही न हो।"

इस बार मगर घोलम की फुर्ती देखने लायक थी। उसने कभी दाएँ छलांग लगाई, कभी बाएँ, और आदिल के सभी शॉट्स रोक लिए।

जर्सी उतारते हुए आदिल मन ही मन खुद को कोस रहा था कि अपनी बेवकूफी के चलते उसने घोलम को उसे ठगने का मौका दे दिया था, नतीजतन उसे उस चीज़ से हाथ धोना पड़ रहा था जो सही मायनों में उसकी थी, जो शायद

उसकी सबसे कीमती चीज़ थी। भारी मन से उसने जर्सी घोलम को सौंप दी। तभी उसे अहसास हुआ कि उसकी आँखों में आँसुओं की आमद होने लगी थी। उसने भरसक कोशिश करके उन्हें छलकने से रोके रखा।

आदिल के लिए यह राहत की बात रही कि घोलम ने उसके सामने ही उस जर्सी को पहनने की कोशिश नहीं की। उसने उसे कंधे पर डाला और वहाँ से जाने लगा। मगर फिर मुड़कर मुस्कराया और बोला, "तुम्हारे बाबा जान तीन महीने के लिए नहीं गए हैं, है न?"

"कल मैं यह जर्सी वापस जीतने के लिए फिर से खेलूँगा," आदिल ने कहा।

"मैं शायद इसे दाँव पर लगाना न चाहूँ।"

इतना कहकर घोलाम वापस मुख्य सड़क की तरफ चल पड़ा। आदिल के घर के सामने की तरफ पहुँचकर वह रुका, अपनी जेब से मसली हुई सिगरेट की डिब्बी निकाली और उसे आदिल के घर की दीवार के उस पार फेंक दिया।

अगले हफ्ते भर तक, हर दिन, सुबह पढ़ाई के बाद आदिल अपनी गेंद लेकर घर से बाहर चला जाता था। शुरू के दो दिन तो वह हथियारबंद गार्ड्स की गश्त के वक़्त का सही-सही हिसाब लगाकर अपनी शरारतों को अंजाम देने में कामयाब रहा। मगर तीसरे दिन गार्ड ने उसे पकड़ लिया और जाने नहीं दिया। आदिल वापस घर के भीतर गया और एक आईपॉड और एक घड़ी लेकर लौटा। उसके बाद से गार्ड उसे चोरी से अंदर-बाहर आने-जाने देने लगा, इस शर्त पर कि वह बागों की सीमा से आगे नहीं जाएगा। कबीर और उसकी अम्मी जान को तो उसकी एक या दो घंटे की गैर-मौजूदगी का शायद ही पता चलता था। इतने बड़े घर में रहने का यही एक फायदा था। हर दिन आदिल घर से बाहर निकलता और पिछवाड़े उसी मैदान में, उसी पेड़ के ठूँठ के आसपास अकेले खेलता रहता, इस उम्मीद में कि शायद घोलम टहलते हुए वहाँ आ जाए। वह चाहे कुछ भी कर रहा हो–चाहे गेंद से खेल रहा हो, चाहे पेड़ के ठूँठ पर बैठकर आसमान में उड़ते पक्षियों या कभी-कभार किसी लड़ाकू विमान को गुज़रते देख रहा हो, या फिर बेमन से हवा में कंकड़ उछाल रहा हो–उसके आँख-कान हमेशा मुख्य सड़क की ओर जाने वाले कच्चे रास्ते पर लगे रहते थे। मगर जब घोलम नहीं आता तो वह अपनी गेंद उठाता और धीरे-धीरे वापस घर की ओर चल देता। फिर एक दिन घोलम हाथ में एक कागज़ का थैला लिए आ पहुँचा।

"कहाँ थे तुम इतने दिनों से?"

"काम कर रहा था," घोलम ने कहा।

उसने आदिल को बताया कि उसे और उसके बाबा को कुछ दिनों के लिए ईंटें बनाने का काम मिल गया था। घोलम का काम सीमेंट, बजरी और पानी के मिश्रण (गारा) को अच्छी तरह मिलाना था। उसने बताया कि वह पानी की बाल्टियाँ भर-भरकर लाता-ले जाता था, अपने वज़न से ज़्यादा भारी सीमेंट और रेत के बोरे घसीटता था। उसने आदिल को समझाया कि कैसे वह इस मिश्रण को हाथठेले में भरकर मिलाता था। उसके कहा कि वह सीमेंट और रेत के मिश्रण में पानी डालता था और फिर एक फावड़े से उसे एकसार करता था, फिर ज़रूरत के मुताबिक़ थोड़ा और पानी या थोड़ी और रेत या सीमेंट मिलाकर फिर से मिश्रण को एकसार करता था। इस प्रक्रिया को वह तब तक दोहराता था जब तक कि मिश्रण चिकना और न बिखरने वाला न हो जाए। फिर वह ठेले को धकाकर ईंट बनाने वालों के पास ले जाता था, वहाँ ठेला खाली करता था और वापस आकर दुबारा मिश्रण तैयार करने लगता था। उसने अपनी हथेलियाँ खोलीं और आदिल को अपने छाले दिखाए।

"वाह," आदिल ने कहा। वह जानता था कि उसकी प्रतिक्रिया अहमकाना थी, मगर क्या करे, उसे कोई और प्रतिक्रिया सूझ ही नहीं रही थी। जिस्मानी मेहनत-मशक्क़त से उसका दूर-दूर तक कोई लेना-देना नहीं था। इस तरह की मेहनत का जो इकलौता वाकया उसे याद था वो तीन बरस पहले का था, जब उसने एक दोपहर को काबुल में अपने घर के पिछवाड़े माली को सेब की पौध लगाने में मदद की थी।

"तुम्हारे लिए एक सरप्राइज़ है," घोलम ने कहा। उसने साथ लाए बैग में हाथ डाला और उसमें से आदिल की वही जिदान वाली जर्सी निकालकर उसकी तरफ उछाल दी।

"यह बात कुछ समझ नहीं आई," आदिल ने हैरानी और उत्साह के मिले-जुले स्वर में कहा। उसे अभी भी यकीन नहीं हो रहा था कि उसकी जर्सी उसके हाथों में थी।

"कल मैंने शादबाग-ए-नौ में एक लड़के को इसे पहने देखा," घोलम ने कहा, और इशारे से गेंद माँगी। आदिल ने गेंद उसकी तरफ किक कर दी। घोलम गेंद को पैरों से उछालने लगा, और अपनी बात भी जारी रखी। "क्या तुम यकीन करोगे इस बात पर? मैं उसके पास गया और बोला, 'अरे, यह तो मेरे दोस्त की जर्सी है, तुमने क्यों पहनी हुई है?' इस पर वह लड़का मुझे घूरकर देखने लगा।

बात को ज़्यादा लम्बा न खींचते हुए बस इतना कहूँगा कि आखिरकार हमने एक गली में जाकर मामला निपटा लिया। आखिर में वो मुझसे जर्सी वापस लेने की भीख माँगने लगा!"

उसने हवा में उछाली गेंद को हवा में ही थामा, पैरों के पास थूका, और आदिल की तरफ देखकर मुस्कराया। "अच्छा ठीक है, शायद मैंने ही कुछ दिन पहले उसे वह जर्सी बेची थी।"

"यह ठीक बात नहीं है। अगर तुमने इसे बेच दिया था, तो फिर यह उसकी थी।"

"क्या तुम यह कहना चाहते हो कि अब तुम्हें यह नहीं चाहिए? यह जानने के बाद भी कि इसे वापस लाने के लिए मैंने क्या-क्या पापड़ बेले हैं? यह इतना आसान नहीं था। सिर्फ़ मारा ही मारा नहीं था, मार खाई भी थी। उसने भी खींच के कई मुक्के जमाए थे मुझे।"

"फिर भी..." आदिल बुदबुदाया।

"बात यह है कि क्योंकि मैंने तुमसे यह जर्सी धोखे से ली थी, मुझे इसका बहुत अफ़सोस हो रहा था। इसलिए मैंने वापस ला दी। अब तुम संभालो इसे। और जहाँ तक मेरी बात है..." उसने अपने पैरों की तरफ इशारा किया। आदिल ने देखा कि उसने नीले और सफेद रंग के नए स्नीकर्स पहन रखे थे।

"उसे ज़िन्दा छोड़ा है कि...?" आदिल ने पूछा।

"बच जाएगा। अब हम बहस ही करते रहेंगे या फिर खेलेंगे भी?"

"क्या तुम्हारे बाबा भी साथ आए हैं?"

"आज नहीं। आज वो काबुल की अदालत में हैं। चलो, खेलते हैं।"

वे थोड़ी देर तक खेलते रहे, गेंद को इधर-उधर किक करते रहे, उसके पीछे भागते रहे। फिर वे टहलने निकल गए। आदिल ने पहरेदार से किया वादा तोड़ दिया और घोलम को बागों में ले गया। उन्होंने पेड़ों से लोकाट तोड़कर खाए और ठंडी-ठंडी फैंटा पी, जो आदिल रसोई से छिपाकर लाया था।

जल्द ही, वे लगभग हर दिन इसी तरह मिलने लगे। वे फुटबॉल खेलते, बागों में पेड़ों की कतारों के इर्द-गिर्द पकड़म-पकड़ाई खेलते, खेलों और फिल्मों के बारे में बातें करते, और जब उनके पास कहने को कुछ नहीं होता तो पेड़ के ठूँठ पर बैठकर खामोशी से शादबाग-ए-नौ कस्बे को, दूर खड़ीं पहाड़ियों को, और उनसे भी दूर मौजूद पर्वतमालाओं के धुँधले-से अक्स को देखते रहते, और इसमें

भी उन्हें उतना ही मज़ा आता जितना कि खेलने या सैर करने या बातें करने में आता था।

अब हर सुबह आदिल घोलम को धूल भरी पगडंडी पर चुपके से आते देखने और उसकी आत्मविश्वास से भरी बुलंद आवाज़ सुनने की उत्सुकता लिए जागता था। अब पढ़ाई में भी उसका उतना ध्यान नहीं लगता था, पढ़ते वक़्त भी वह उन मैचों के बारे में सोचता रहता था जो थोड़ी देर बाद वह घोलम के साथ खेलने वाला था, या उसका मन उन बातों में उलझा रहता था जो वह और घोलम आज एक-दूसरे से करने वाले थे।

उसे घोलम को खो देने की फ़िक्र सताती थी। उसे फ़िक्र थी कि घोलम के बाबा को अगर शादबाग़-ए-नौ में कोई स्थायी नौकरी या रहने की जगह नहीं मिली तो वे लोग किसी दूसरे शहर या मुल्क के किसी और हिस्से में चले जाएँगे। और आदिल इस संभावना के सच होने के बाद की स्थिति के लिए खुद को तैयार करने की कोशिश कर रहा था, घोलम की जुदाई को सहने के लिए अपने दिल को मज़बूत बनाने की कोशिश कर रहा था।

एक दिन जब वे पेड़ के ठूँठ पर बैठे थे तो घोलम ने उससे पूछा, "आदिल, तुमने कभी किसी लड़की के साथ...?"

"तुम्हारा मतलब–"

"हाँ, मेरा मतलब वही है।"

आदिल को अपने कानों के आसपास गर्मी का एहसास हुआ। एक पल को उसने सोचा कि झूठ बोल दे, मगर वह जानता था कि घोलम तुरंत समझ जाएगा। इसलिए उसने जवाब देने की बजाए सवाल का रुख घोलम की तरफ ही मोड़ दिया। "क्या तुमने...?"

घोलम ने एक सिगरेट सुलगाई और एक आदिल की तरफ भी बढ़ाई। इस बार आदिल ने ले ली–पीछे मुड़कर यह सुनिश्चित करने के बाद कि कहीं कोई गार्ड तो नहीं देख रहा या कबीर तो बाहर नहीं निकल आया था। उसने देखादेखी एक कश लगाया और फ़ौरन ही ज़ोरों से खाँसने लगा। यह देखकर घोलम मुस्करा उठा और उसकी पीठ सहलाने लगा।

"तो, तुमने किया है या नहीं?" आदिल हाँफते हुए बोला, उसकी आँखों में आँसू आ गए थे।

"शिविर में मेरा एक दोस्त था," घोलम ने रहस्यमय लहज़े में कहा। "उम्र में मुझसे बड़ा था। वही मुझे पेशावर के एक रण्डीखाने ले गया था।"

उसने पूरा किस्सा सुनाया। एक मुर्गियों के दड़बे जितना छोटा और गंदगी से भरा कमरा था, जिसमें नारंगी रंग के पर्दे लटके हुए थे। दीवारें चटकी हुई थीं, और रोशनी का इकलौता ज़रिया था छत से लटका एक बल्ब। फर्श पर चूहे इधर से उधर दौड़ रहे थे। बाहर सड़क पर से रिक्शावालों की ऊँची आवाज़ें और मोटरों के ज़ोर-ज़ोर से बजते हॉर्न कमरे में साफ़ सुनाई दे रहे थे। एक तरफ एक गद्दा डला था, जिस पर एक कमसिन लड़की बैठी थी। उसके हाथ में एक प्लेट थी, बिरयानी की प्लेट। वह किसी रोबोट की तरह प्लेट से खाना उठाकर मुँह में डालती रही, चबाती रही और उसकी तरफ देखती रही–सपाट चेहरे के साथ, ऐसे जैसे उसे उसकी वहाँ मौजूदगी से कोई फर्क ही न पड़ रहा हो। मगर उस धुंधली रोशनी में भी घोलम साफ़-साफ़ देख पा रहा था कि वह भावहीन चेहरा बेहद खूबसूरत था, और यह भी कि लड़की उम्र में तकरीबन उसके जितनी ही रही होगी। उसने उसी धुंधली रोशनी में देखा कि कैसे उस लड़की ने नान के एक टुकड़े से प्लेट में बचे चावल के आखिरी दाने समेटे, फिर प्लेट को एक तरफ धकेल दिया, लेट गई और अपनी पैंट नीचे खींचते हुए उसी से अपनी उंगलियों को पोंछ लिया।

आदिल मंत्रमुग्ध होकर सुन रहा था। उसे ऐसा दोस्त पहले कभी नहीं मिला था। घोलम को दुनिया के बारे में आदिल के सौतेले भाइयों से भी ज़्यादा जानकारी थी, जबकि वे उससे कई साल बड़े थे। यही हाल आदिल के काबुल वाले दोस्तों का भी था। वे सभी तकनीकी विशेषज्ञों, अधिकारियों और मंत्रियों के बेटे थे। उन सभी की ज़िंदगियाँ आदिल की ज़िन्दगी से मिलती-जुलती ही थीं। घोलम ने आदिल को अपनी ज़िन्दगी की जो झलकियाँ दिखाईं, उनसे आदिल को समझ आया कि उसकी ज़िन्दगी बेशक दुश्वारियों, अनिश्चितताओं और कठिनाइयों से भरी हुई थी, मगर साथ-साथ उसमें ख़ासा रोमांच भी था। वह ज़िन्दगी आदिल की ज़िन्दगी से एकदम अलग थी, बावजूद इसके कि वह उसके बहुत करीब ही जी जा रही थी। पाकिस्तान और अफगानिस्तान कोई ज़्यादा दूर तो नहीं थे एक-दूसरे से। घोलम की ज़िन्दगी के रोमांचक किस्से सुनते हुए आदिल को कभी-कभी अपनी ज़िन्दगी बहुत बदमज़ा (नीरस) मालूम होने लगती थी।

"तो फिर, तुमने वो किया?" आदिल ने पूछा। "तुमने, मतलब, उसके साथ संबंध बनाया?"

"नहीं। हमने एक-एक कप चाय पी और रूमी पर चर्चा की। क्या लगता है तुम्हें, क्या किया होगा मैंने?"

आदिल शरमा गया। "कैसा लगा?"

मगर घोलम विषय बदलने का मूड बना चुका था। उनके बीच बातचीत का यही पैटर्न होता था। घोलम ही तय करता था कि वे कब किस बारे में बात करेंगे। वह बड़े उत्साह से अपनी बात कहना शुरू करता था, आदिल को भी उस बात में रस आने लगता था और उसकी उत्सुकता चरम पर पहुँच जाती थी, मगर फिर अचानक ही घोलम की दिलचस्पी उस बात में ख़त्म हो जाती थी और वह उस बात और आदिल दोनों को अधर में छोड़ देता था।

इस बार भी यही हुआ। उस लड़की वाले किस्से को पूरा करने के बजाए घोलम ने एक नया किस्सा शुरू कर दिया। "मेरी दादी कहती हैं कि उनके शौहर–मेरे दादा, सबूर–ने उन्हें एक बार इस पेड़ के बारे में एक कहानी सुनाई थी। बेशक यह कहानी उनके इस पेड़ को काट डालने से बहुत पहले की थी। मेरे दादा ने यह कहानी उन्हें तब सुनाई थी जब वे दोनों बच्चे थे। कहानी यह थी कि यह पेड़ लोगों की मनोकामनाएँ पूरी करने की हैसियत रखता था। अगर कोई इस पेड़ के सामने घुटनों के बल बैठकर उससे अपनी मनोकामना कहता, और अगर पेड़ उस मनोकामना को पूरा करने के लिए राज़ी हो जाता, तो वह उसके सिर पर ठीक दस पत्ते गिरा देता।"

"मैंने तो कभी ऐसी कोई कहानी नहीं सुनी," आदिल बोला।

"तुम्हारे सुनने का सवाल ही नहीं उठता।"

तभी आदिल को समझ आया कि घोलम ने असल में क्या कहा था।

"एक मिनट। तुम्हारे दादाजी ने हमारा पेड़ काट दिया?"

घोलम ने उसकी तरफ देखा। "तुम्हारा पेड़? यह तुम्हारा पेड़ नहीं है।"

आदिल ने पलकें झपकाईं। "क्या मतलब?"

घोलम आदिल के चेहरे को और भी गौर से देखने लगा। पहली बार, आदिल को अपने दोस्त के चेहरे पर और उसकी आँखों में वो हमेशा वाली जीवंतता, वो जानी-पहचानी मुस्कान, या उस शरारती अंदाज़ का कोई निशान नहीं दिखा जो उसकी पहचान था। उसका चेहरा बदल गया था, उसके चेहरे पर यकायक बड़ों जैसी संजीदगी आ गई थी, अचानक से वह उसे अपना हमउम्र नहीं बल्कि कोई वयस्क मालूम होने लगा था।

"यह मेरे परिवार का पेड़ है। यह मेरे परिवार की ज़मीन है। यह पीढ़ियों से हमारी रही है। तुम्हारे बाबा ने हमारी ज़मीन पर अपना यह महल बनवा लिया, उस वक़्त जब हम यहाँ जंग के चलते पाकिस्तान में थे।"

फिर उसने बागों की ओर इशारा करते हुए कहा, "ये? ये कभी लोगों के घर हुआ करते थे। मगर तुम्हारे बाबा ने उन पर बुलडोज़र चलवाकर उनका नाम-ओ-निशान मिटवा दिया। ठीक वैसे ही जैसे उन्होंने उस घर को गिरा दिया जहाँ मेरे बाबा का जन्म हुआ था, जहाँ वह पले-बढ़े थे।"

आदिल अवाक रह गया।

"उन्होंने धोखे से हमारी ज़मीन कब्ज़ा ली और वहाँ यह"–उसने हाथ के अँगूठे से आदिल के घर की तरफ इशारा किया–"यह इमारत खड़ी कर ली।"

आदिल का दिल धाड़-धाड़ करके बज रहा था और उसका जी कसैला हो गया था। "मुझे लगा था कि हम दोस्त हैं। फिर तुम इस तरह बेसिरपैर की झूठी बातें क्यों कर रहे हो?"

"याद है जब मैंने तुम्हारे साथ धोखा करके तुम्हारी जर्सी ले ली थी?" घोलम ने कहा। गुस्से के कारण उसके गाल लाल हो गए थे। "तुम लगभग रो पड़े थे। इनकार मत करना, मैंने खुद देखा था। और यह सब सिर्फ़ एक कमीज़ के लिए हुआ था। सिर्फ़ एक कमीज़। सोचो, मेरे परिवार को कैसा लगा होगा जब हमने पाकिस्तान से इतनी दूर आने के बाद, बस से उतरते ही, अपनी ज़मीन पर ये सब देखा होगा। और फिर तुम्हारे उस बैंगनी सूट वाले गुण्डे का हमें हमारी ही ज़मीन से भगा देना। सोचकर देखो आदिल।"

"मेरे बाबा चोर नहीं हैं!" आदिल ने पलटकर जवाब दिया। "शादबाग-ए-नौ में किसी से भी पूछ लो कि उन्होंने इस कस्बे के लिए क्या-क्या किया है।" उसे याद आने लगा कि कैसे बाबा जान कस्बे की मस्जिद में फर्श पर बिछे गद्दे पर बैठकर लोगों से मुलाक़ात करते हैं। उनके सामने एक चाय का प्याला रखा होता है और एक हाथ में प्रार्थना की माला होती है। और उनसे मिलने के ख्वाहिशमंद लोगों की कितनी लम्बी कतार लगी रहती है मस्जिद के दरवाज़े और उसके बाहर तक। उस कतार में धूल-मिट्टी से सने हाथों वाले आदमी भी होते हैं, पोपले मुँह वाली बूढ़ी औरतें भी, और नन्हे बच्चों वाली युवा विधवाएँ भी। ये सभी ज़रूरतमंद लोग होते हैं, ये सभी कोई न कोई मदद माँगने, नौकरी पाने, छत या सिंचाई की नाली की मरम्मत के लिए छोटा-मोटा कर्ज़ लेने, या बच्चों के लिए डब्बाबंद दूध खरीदने को पैसों की आस लिए अपनी बारी का इंतज़ार कर रहे होते हैं। उसके बाबा हरेक ज़रूरतमंद की बात पूरे ध्यान और इत्मीनान के साथ सुनते हैं, मानो वे सभी उनके अपने ही परिवार के लोग हों।

“अच्छा? तो फिर मेरे बाबा के पास इस ज़मीन के मालिकाना हक के कागज़ कहाँ से आए?” घोलम ने कहा। “वही कागज़ जो उन्होंने अदालत में जज को दिए हैं।”

“मुझे यकीन है कि अगर तुम्हारे बाबा मेरे बाबा जान से बात करें तो...”

“तुम्हारे बाबा कभी उनसे बात नहीं करेंगे। वह अपनी गलती कभी नहीं मानेंगे। वह हमें यूँ अनदेखा करके निकल जाते हैं जैसे कि हम गली में घूमने वाले आवारा कुत्ते हों।”

“तुम कुत्ते नहीं हो,” आदिल ने कहा। उसे अब अपनी आवाज़ को संयत रखना मुश्किल मालूम हो रहा था। “तुम गिद्ध हो। कबीर ने बिल्कुल सही कहा था। मुझे पहले ही समझ जाना चाहिए था।”

घोलम खड़ा हुआ, वापस जाने के लिए दो-एक कदम चला, फिर रुक गया। “तुम्हारी जानकारी के लिए बता दूँ,” उसने कहा, “मुझे तुमसे कोई शिकायत नहीं है। तुम एक नादान बच्चे हो। मगर अगली बार जब तुम्हारे बाबा जान हेलमंद जाएँ, तो उनसे कहना कि वह तुम्हें भी साथ ले जाएँ और अपनी वह फैक्ट्री दिखाएँ। फिर खुद अपनी आँखों से देखना कि वे वहाँ क्या उगा रहे हैं। चलो, मैं तुम्हें एक हिंट देता हूँ। वह चीज़ कपास नहीं है।”

उसी दिन रात को, खाने से पहले, आदिल गर्म पानी से भरे बाथटब में लेटा हुआ था। उसे नीचे के माले पर चल रही टीवी की आवाज़ सुनाई दे रही थी। कबीर समुद्री डाकुओं वाली कोई पुरानी फिल्म देख रहा था। दिन भर से उसके मन में जो गुस्से का ज्वार उठा हुआ था, वह अब शांत हो चला था, और अब उसे लग रहा था कि उसने घोलम के साथ कुछ ज़्यादा ही सख्ती बरती थी। एक बार बाबा जान ने उसे बताया था कि चाहे कोई गरीबों के लिए कितना भी कुछ कर ले, उन्हें अमीरों से कुछ-कुछ शिकायत हमेशा बनी ही रहती है और वे उनके बारे में उल्टा-सीधा बोलने लगते हैं। वे ज़्यादातर ऐसा अपनी ज़िन्दगी से निराशा के चलते करते हैं। इसमें कुछ किया नहीं जा सकता। ऐसा होना लाज़िमी है। *और इसके लिए हमें उन्हें दोष नहीं देना चाहिए,* आदिल, बाबा जान ने कहा था।

आदिल इतना भोला नहीं था कि यह न जानता हो कि दुनिया बुनियादी तौर पर एक अन्यायपूर्ण जगह थी; इसके लिए उसे बस अपने बेडरूम की खिड़की

से बाहर झाँककर देखना था। उसने कल्पना की कि शायद घोलम जैसे लोगों के लिए इस सच्चाई को स्वीकार करके अपनी हताशा और निराशा से पार पाना मुमकिन नहीं होता होगा। शायद घोलम जैसे लोगों को किसी ऐसे व्यक्ति की ज़रूरत महसूस होती होगी जिसे वे दोषी ठहरा सकें, कोई जीता-जागता निशाना, कोई ऐसा जिसे वे आसानी से अपनी दुश्वारियों की वजह बता सकें, जिसे वे कोस सकें, जिसके सर वे अपनी बदकिस्मती का ठीकरा फोड़ सकें, जिससे वे खफा हो सकें, जिसके खिलाफ गुस्से का इज़हार कर सकें। और शायद बाबा जान सही कहते हैं कि ऐसे लोगों और उनके गुस्से और बकवास की सबसे अच्छी प्रतिक्रिया है कसूरवार ठहराने की बजाए उन्हें समझने की कोशिश करना और उनकी बदसलूकी का जवाब रहमदिली से देना। साबुन के छोटे-छोटे बुलबुलों को सतह पर आते और फूटते देख आदिल को याद आने लगा कि कैसे उसके बाबा ने शादबाग़-ए-नौ में स्कूल और क्लीनिक बनवाए हैं, जबकि उन्हें पता है कि वहाँ के कई सारे लोग उनके बारे में गलत अफवाहें फैलाते हैं।

नहाने के बाद जब वह तौलिए से अपना बदन सुखा रहा था, तभी उसकी अम्मी जान ने बाथरूम का दरवाज़ा खोलकर भीतर झाँका। “तुम रात के खाने के लिए नीचे आ रहे हो?”

“मुझे भूख नहीं है,” उसने कहा।

“ओह।” वह अंदर आईं, रैक से एक तौलिया उठाया, और आदिल को शीशे के सामने लाकर बोलीं। “यहाँ बैठो। मैं तुम्हारे बाल सुखा देती हूँ।”

“मैं सुखा लूँगा,” आदिल ने कहा।

वह उसके पीछे खड़ी थीं, उनकी आँखें शीशे में उसे निहार रही थीं।

“तुम ठीक तो हो न, आदिल?”

उसने कंधे उचका दिए। उन्होंने अपना हाथ उसके कंधे पर रखा और उसे इस तरह देखा मानो उम्मीद कर रही हों कि वह अपना गाल उनके हाथ से रगड़ेगा।

मगर उसने ऐसा नहीं किया।

“अम्मी जान, क्या आपने बाबा जान की फैक्ट्री देखी है?”

उसने साफ़ महसूस किया कि उस सवाल को सुनकर ज़रा देर के लिए अम्मी जान जड़ हो गई थीं। “बिल्कुल,” उन्होंने संभलते हुए जवाब दिया। “तुमने भी तो देखी है।”

"मेरा मतलब तस्वीरों से नहीं है। क्या आपने वहाँ जाकर अपनी आँखों से देखी है? क्या आप वहाँ गईं हैं कभी?"

"मैं कैसे जा सकती हूँ?" अम्मी जान ने कहा। आदिल ने देखा कि यह कहते हुए उनका सर झुक गया था। "हेलमंद खतरनाक जगह है। तुम्हारे बाबा मुझे या तुम्हें कभी खतरे में नहीं डालेंगे।"

आदिल ने सहमति में सिर हिलाया।

तभी नीचे तोपों की गड़गड़ाहट हुई और समुद्री लुटेरे गला फाड़-फाड़कर जंग के लिए ललकारने लगे।

तीन दिन बाद, घोलम फिर आया। वह तेज़-तेज़ क़दमों से चलता हुआ आदिल के पास आया और रुक गया।

"अच्छा हुआ कि तुम आ गए," आदिल ने कहा, "मेरे पास तुम्हारे लिए कुछ है।" फिर उसने पेड़ के ठूँठ पर रखा वह कोट उठाया जिसे वह उनके झगड़े के बाद से रोज़ अपने साथ लाता था। यह चॉकलेटी भूरे रंग के चमड़े का बना था, जिसमें भेड़ की मुलायम खाल का अस्तर था और साथ में एक हुड भी था, जिसे ज़िपर से खोला और बंद किया जा सकता था। उसने कोट घोलम की ओर बढ़ाया। "मैंने इसे कुछ ही बार पहना है। यह मुझे थोड़ा बड़ा होता है। मगर तुम्हें ठीक आएगा।"

आदिल की उम्मीद से इतर घोलम ने कोट को लेने के लिए हाथ नहीं बढ़ाया। उसने सपाट स्वर में कहा, "कल हम काबुल गए थे, अदालत। ज़रा अंदाज़ा लगाने की कोशिश करो कि जज ने हमें क्या बताया होगा। उसने कहा कि एक बुरी खबर थी। उसने कहा कि अदालत में एक हादसा हो गया था। आग लगने का एक छोटा सा हादसा। और उस आग में मेरे बाबा के मालिकाना हक के कागज़ जल गए। राख हो गए। कुछ भी नहीं बचा।"

आदिल ने जिस हाथ को घोलम की तरफ बढ़ाया हुआ था, वह खुद-ब-खुद नीचे होने लगा।

"और जब वह हमें यह बता रहा था कि अब कागज़ात के बिना वह कुछ नहीं कर सकता, तब तुम जानते हो कि उसकी कलाई पर क्या बंधा था? एक नयी-नवेली सोने की घड़ी, जो पिछली बार जब हम उससे मिले थे तब उसकी कलाई पर नहीं थी।"

आदिल अवाक रह गया।

इतना कहकर घोलम ने कोट पर एक नज़र डाली। उस नज़र में मानो सौ कोड़ों की फटकार थी; तलवार की धार से भी ज़्यादा कटीली थी वो नज़र, जिसका मकसद आदिल के मन में शर्मिंदगी पैदा करना था। और यह इसमें कारगर साबित हुई। आदिल सिकुड़ गया। उसने महसूस किया कि उसके हाथ में थमे कोट की शक्ल बदल रही थी, वह अमन की पेशकश से रिश्वत में बदल रही थी।

घोलम मुड़ा और जिस तरह तेज़ क़दमों से चलता हुआ आया था, उसी तरह तेज़ क़दमों से चलता हुआ वापस चला गया।

जिस दिन आदिल के बाबा जान हेलमंद से लौटे, उसी शाम उन्होंने घर पर एक दावत रखी। दावत में आदिल ज़मीन पर बिछे दस्तरख्वान (खाना खाने बैठने के लिए बिछाई जाने वाली दरी) पर मेज़बान वाली जगह पर अपने बाबा जान की बगल में बैठा था। बाबा जान कभी-कभी ज़मीन पर बैठकर हाथ से खाना पसंद करते थे, खासकर तब जब उन्होंने अपने जिहादी दिनों के दोस्तों को दावत पर बुलाया हो। 'ऐसा करने से मुझे वो गुफाओं वाले दिन याद आ जाते हैं,' वह हमेशा मज़ाक में कहते थे। औरतें सब डाइनिंग रूम में डाइनिंग टेबल पर बैठकर छुरी-काँटे से ही खा रही थीं। वहाँ आदिल की अम्मी जान टेबल पर मेज़बान वाली कुर्सी पर बैठी थीं और बाकी सारी औरतें उनके दाएँ-बाएँ लाइन से लगी कुर्सियों पर। उनमें से एक मोहतरमा, जिनके कूल्हे खासे चौड़े और बाल खासे लम्बे (और लाल रंग से रंगे हुए) थे, उनकी जल्द ही बाबा जान के एक दोस्त से शादी होने वाली थी। खाने से पहले वह आदिल की अम्मी को अपने डिजिटल कैमरे में दर्ज वे तस्वीरें दिखा रही थीं जो उन्होंने अपनी शादी की खरीदारी करते वक़्त दुबई की एक दुकान में खींची थीं।

खाने के बाद चाय पीते हुए बाबा जान ने अपने जिहादी दिनों का एक किस्सा सुनाया कि कैसे उनकी फ़ौजी टुकड़ी ने सोवियत सेना के एक दल को उत्तर की घाटी में घुसने से रोकने के लिए उन पर घात लगाकर हमला किया था। सभी ध्यान से सुन रहे थे।

"जैसे ही वे हमारी पहुँच में आए," बाबा जान ने कहा (उनका एक हाथ अनायास ही आदिल के बालों को सहला रहा था), "हमने गोलीबारी शुरू कर दी। हमने पहले आगे वाली गाड़ी को निशाना बनाया, फिर कुछ जीपों को। मुझे

लगा था कि वे पीछे हट जाएँगे या ज़बरदस्ती घुसने की कोशिश करेंगे। मगर उन कमीनों ने वहीं रुककर, गाड़ी से उतरकर, हम पर गोलीबारी शुरू कर दी। क्या आप यकीन करेंगे इस बात पर?"

कमरे में हल्की फुसफुसाहट फैल गई। सबने इंकार में सिर हिलाए। आदिल जानता था कि कमरे में मौजूद कम से कम आधे लोग पहले मुजाहिदीन थे।

"हमारी तादाद उनसे कहीं ज़्यादा थी, शायद तीन गुना ज़्यादा, मगर उनके पास भारी हथियार थे और जल्द ही उन्होंने हम पर हमला कर दिया! वे बागों में हमारे छिपने की जगहों पर हमला बोलने लगे। जल्द ही, सब लोग बिखर गए। हम भागने लगे। मैं और यह आदमी, मोहम्मद नाम था उसका शायद, हम साथ-साथ भागे। हम अंगूर की बेलों के खेत में अगल-बगल भाग रहे थे। वह उस तरह का खेत नहीं था जिसमें लोग अंगूर की बेलों को खंभों और तारों पर चढ़ाते हैं, यह वह खेत था जिसमें किसानों ने बेलों को ज़मीन पर ही फैलने के लिए छोड़ा हुआ था। हर तरफ गोलियाँ चल रही थीं और हम अपनी जान बचाने के लिए सर पर पैर रखकर भाग रहे थे कि तभी अचानक हम दोनों ठोकर खाकर गिर पड़े। पलक झपकते ही मैं उठकर फिर से दौड़ने लगा, मगर मोहम्मद नाम के उस शख्स का कोई अता-पता नहीं था। मैं मुड़ा और चिल्लाया, 'अबे उठ जा खच्चर की औलाद!'

किस्से को नाटकीय बनाने की गरज से बाबा जान कुछ पलों के लिए खामोश हो गए। हँसी रोकने के लिए उन्होंने अपनी मुट्ठी होठों पर रखी। "और फिर वो अचानक उठ खड़ा हुआ और दौड़ने लगा। और–क्या आप यकीन करेंगे?–वह रण्डी की औलाद दोनों हाथों में अंगूरों के गुच्छे लिए हुए था! एक-एक गुच्छा दोनों हाथों में!"

कमरा ठहाकों से गूँज उठा। आदिल भी उस हँसी में शामिल हुआ। बाबा जान ने उसकी पीठ सहलाई और उसे अपने और करीब खींच लिया। किसी ने एक और किस्सा सुनाना शुरू कर दिया, और बाबा जान ने अपनी थाली के बगल में रखी सिगरेट उठाने के लिए हाथ बढ़ाया। मगर उन्हें उसे जलाने का मौका ही नहीं मिला क्योंकि अचानक घर में कहीं काँच टूटने की आवाज़ गूँजी। तुरंत बाद डाइनिंग रूम से औरतों की चीखें सुनाई दीं। वहाँ कोई स्टील की चीज़–शायद काँटा या मक्खन काटने वाला चाकू–ज़ोर से फर्श से टकराई। मर्द सब तुरंत उठ खड़े हुए। अज़मारे और कबीर दौड़ते हुए कमरे में आए, उन्होंने अपनी-अपनी हैण्डगन हाथों में ले रखी थीं।

"आवाज़ बाहर के दरवाज़े की तरफ से आई थी," कबीर ने कहा। और जैसे ही उसने यह कहा, एक बार फिर कोई काँच टूट गया।

"यहीं रुकिए, कमांडर साहब, हम देखते हैं," आज़मारे ने कहा।

"बिल्कुल नहीं रुकूँगा," बाबा जान गुर्राते हुए आगे बढ़े। "मैं अपनी ही छत के नीचे दुबककर नहीं बैठूँगा।"

वह बरामदे की ओर बढ़े। आदिल, आज़मारे, कबीर और बाकी सभी मर्द मेहमान उनके पीछे हो लिए। रास्ते में आदिल ने कबीर को एक लोहे की छड़ उठाते देखा, जिसका इस्तेमाल वे सर्दियों में चूल्हे में अंगार सरकाने के लिए करते थे। इतने में आदिल की अम्मी जान भी भागी-भागी वहाँ आ गईं। उनका चेहरा फक्क पड़ा हुआ था। जैसे ही वे लोग दरवाज़े के पास पहुँचे, एक और पत्थर खिड़की का काँच तोड़ते हुए भीतर आ गिरा और काँच के टुकड़े फर्श पर बिखर गए।

लाल बालों वाली औरत, जो जल्दी ही दुल्हन बनने वाली थी, चीख पड़ी। बाहर कोई चिल्ला रहा था।

"आखिर ये लोग गार्ड को पार करके अंदर कैसे आ गए?" आदिल के पीछे से किसी ने कहा।

"कमांडर साहब, नहीं!" कबीर चिल्लाया। मगर तब तक आदिल के बाबा ने आगे बढ़कर सामने का दरवाज़ा खोल दिया था।

सूरज ढल चुका था और रोशनी कम हो रही थी, मगर गर्मी का मौसम होने के कारण आसमान अभी भी हल्के पीले रंग से नहाया हुआ था। आदिल को दूर रोशनी के छोटे-छोटे बिंदु जैसे दिखाई पड़ रहे थे; शादबाग-ए-नौ में लोग अपने परिवारों के साथ रात के खाने के लिए बैठ रहे थे। क्षितिज पर मौजूद पहाड़ियाँ अंधेरे में डूबने लगी थीं और जल्द ही रात का घना अँधेरा सभी घाटियों को भी घेर लेगा। लेकिन अभी इतना अंधेरा नहीं था कि आदिल दरवाज़े की सीढ़ियों के आगे मौजूद उस बूढ़े आदमी को न देख सके जो अपने दोनों हाथों में एक-एक पत्थर लिए खड़ा था।

"इसे ऊपर ले जाओ," बाबा जान ने पीछे मुड़कर आदिल की अम्मी से कहा। "फ़ौरन!"

आदिल की अम्मी फ़ौरन उसे कंधों से पकड़कर सीढ़ियों से ऊपर ले गईं, फिर गलियारे को पार करते हुए दोनों उस मास्टर बैडरूम में पहुँचे जहाँ वह और

बाबा जान रात को सोते थे। उन्होंने दरवाज़ा बंद कर लिया, ताला लगा लिया, खिड़कियों पर पर्दे खींच लिए और टीवी चालू कर दिया। फिर वह आदिल को पलंग तक ले गईं और दोनों वहीं बैठ गए। टीवी पर लंबे-लंबे कुर्ते और बुनी हुई टोपियाँ पहने दो अरब लोग एक विशाल ट्रक पर काम कर रहे थे।

"वह उस बूढ़े आदमी के साथ क्या करने वाले हैं?" आदिल ने पूछा। वह डर के मारे काँप रहा था। "अम्मी जान, वह उसके साथ क्या करने वाले हैं?"

उसने सिर ऊपर करके अम्मी जान की तरफ देखा तो पाया कि उनके चेहरे पर मुर्दनगी छाई हुई थी। और अचानक ही उसे पता चल गया कि आगे जो भी वह कहेंगी, उस पर भरोसा नहीं किया जा सकता।

"वह उससे बात करेंगे," उन्होंने काँपती हुई आवाज़ में कहा। "वह जो कोई भी है बाहर, वह उससे पूछेंगे कि उसे क्या तकलीफ है, क्या शिकायत है। यही तो तुम्हारे बाबा करते हैं। वह लोगों से बात करके उनकी तकलीफें जानने की कोशिश करते हैं।"

आदिल ने इंकार में सिर हिलाया। वह अब रो रहा था, सिसक रहा था। "अम्मी जान, वह क्या करने वाले हैं? वह उस बूढ़े आदमी के साथ क्या करेंगे?"

उसकी अम्मी बार-बार यही कहती रहीं कि सबकुछ ठीक हो जाएगा, सब अच्छा होगा, किसी को कोई नुकसान नहीं होगा। मगर वह जितना ज़्यादा यह कहतीं, आदिल उतना ही ज़्यादा रोता। आखिरकार थककर वह अम्मी की गोद में ही सो गया।

पूर्व कमांडर जानलेवा हमले में बाल-बाल बचे।

यह लेख आदिल ने अपने बाबा की स्टडी में, उनके कंप्यूटर पर पढ़ा। लेख में हमले को 'शैतानी काम' बताया गया था, और हमलावर को एक पूर्व शरणार्थी, जिसके बारे में शक है कि उसके 'तालिबान से संबंध' थे। लेख के बीच में, आदिल के बाबा के हवाले से कहा गया था कि उन्हें अपने परिवार की हिफ़ाज़त को लेकर डर था। *खासकर अपने छोटे-से मासूम बेटे की हिफाज़त, उन्होंने कहा था।* लेख में हमलावर का नाम नहीं बताया गया था और न ही इस बात का कोई संकेत दिया गया था कि उसके साथ क्या हुआ था।

आदिल ने कंप्यूटर बंद कर दिया। उसे इसका इस्तेमाल करने की इजाज़त नहीं थी। उसने ऐसा चोरी से किया था। वह चोरी से अपने बाबा की स्टडी में घुसा

था और चोरी से ही उसने उनका कंप्यूटर इस्तेमाल किया था। एक महीने पहले तक वह ऐसा करने की जुर्रत भी नहीं कर सकता था, मगर अब...। वह धीरे-धीरे चलके अपने कमरे में वापस गया, अपने बिस्तर पर लेट गया और एक पुरानी टेनिस गेंद को दीवार पर मारने लगा। *धप्प! धप्प! धप्प!* जल्दी ही उसकी अम्मी ने उसके कमरे का दरवाज़ा खोलकर भीतर झाँका और पूछा कि वह आवाज़ किस चीज़ की थी, फिर उसे वैसा करने से मना किया, मगर वह नहीं माना और गेंद को बदस्तूर दीवार पर मारता रहा। अम्मी कुछ देर दरवाज़े पर खड़ी रहीं, फिर चुपचाप वापस चली गईं।

धप्प! धप्प! धप्प!

ऊपरी तौर पर देखा जाए तो कुछ भी नहीं बदला था। आदिल की रोज़मर्रा की ज़िन्दगी पर नज़र डालें तो लगता था कि वह उस ढर्रे पर लौट आई थी जिस पर उस हादसे से पहले चल रही थी। वह अब भी उसी समय पर उठता था, नहाता था, अम्मी और बाबा के साथ नाश्ता करता था, और फिर अपने उस्ताद के साथ बैठकर पढ़ाई करता था। उसके बाद वह दोपहर का खाना खाता था और फिर रात तक का वक़्त आराम करते हुए, कबीर के साथ फिल्में देखते हुए, या वीडियो गेम खेलते हुए बिताता था।

मगर भीतरखाने कुछ भी पहले जैसा नहीं था। यह बात सही है कि घोलम ने उसके दिमाग में एक नए नज़रिए का दरवाज़ा खोला था, ज़रा सा, मगर उस दरवाज़े को पूरा खोलकर आदिल को उसके भीतर धकेलने का काम उसके अपने बाबा जान ने किया था। आदिल के दिमाग के सोए पड़े पुर्जे अब घूमने लगे थे। उसे ऐसा लग रहा था जैसे रातोंरात उसकी छठी इंद्रिय जाग गई हो, और जिसने उसे उन चीज़ों को समझने की काबिलियत दे दी हो जिन्हें वह पहले कभी नहीं समझ पाया था–वे चीज़ें जो बरसों से उसकी नज़रों के एकदम सामने ही मौजूद थीं। मिसाल के तौर पर, अब वह देख पा रहा था कि उसकी अम्मी जान ने अपने भीतर कितने राज़ छिपा रखे थे। अब जब वह उन्हें देखता था, तो वे राज़ उनके चेहरे पर साफ़-साफ़ झलकते थे। अब उसे दिखाई पड़ने लगा था कि वह उससे उन सभी बातों को छिपाने के लिए कितनी जद्दोजहद कर रही थीं जो वह जानती थीं, जो उन्होंने अपने भीतर दफ्न कर रखी थीं, कड़ी पहरेदारी में रख रखी थीं, ठीक वैसे ही जैसे वे दोनों इस बड़े घर में रखे गए थे।

पहली बार उसे अपने बाबा जान का यह घर लोगों की आहों और बद्दुआओं पर खड़े महल की तरह मालूम होने लगा था; उस मकबरे की तरह लगने लगा था

जहाँ सच्चाई और ईमानदारी को दफ्न किया गया था; उस अन्याय की निशानी के तौर पर दिखाई देने लगा था जो उसके बाबा ने इकबाल की तरह के न जाने कितने लोगों के साथ किया था। पहली बार वह उस घर को उस नज़र से देखने लगा था, जिस नज़र से बाकी लोग उसे देखते थे (बेशक खुलकर कहने की जुर्रत कोई नहीं कर सकता था)। पहली बार वह देख पा रहा था कि लोगों में उसके बाबा को खुश करने की जो होड़ लगी दिखती थी, वह इसलिए नहीं थी क्योंकि लोग उनकी इज़्ज़त करते थे या उन्हें खुदा का बंदा मानते थे, बल्कि इसलिए थी क्योंकि लोग उनके कहर से डरते थे। उसे यकीन था कि उसके नज़रिए में जो यह बदलाव आया था, इसके लिए घोलम को उस पर फख्र होगा। पहली बार आदिल को उन हकीकतों का अहसास होना शुरू हुआ था, जो हमेशा से उसकी ज़िन्दगी को चलाती आ रही थीं।

और उन ज़रूरत से ज़्यादा ही विरोधाभासी हकीकतों का भी, जो इंसानों के भीतर मौजूद थीं। सिर्फ़ उसके बाबा जान के भीतर नहीं, या सिर्फ़ उसकी अम्मी जान के भीतर नहीं, या सिर्फ़ कबीर के भीतर नहीं।

बल्कि उसके खुद के भीतर भी।

यह जो आखिरी वाला अहसास था, यह आदिल के लिए सबसे ज़्यादा चौंकाने वाला था। उसके बाबा ने जो कुछ किया था–पहले जिहाद के नाम पर, और फिर उसके नाम पर जिसे वह 'कुर्बानियों का जायज़ ईनाम' कहते थे–उस सबके बारे में जानकर आदिल हिल गया था। ज़्यादा नहीं तो थोड़ी देर के लिए ही सही। इकबाल द्वारा बाबा के घर पर पत्थर फेंके जाने वाली घटना के बाद अगले कई दिनों तक आदिल की हालत यह रही कि जब भी उसके बाबा उसके कमरे में आते, आदिल का पेट मरोड़ने लगता। अगर वह अपने बाबा को फोन पर किसी से बात करते सुन लेता या यहाँ तक कि नहाते समय बाथरूम में उनका गुनगुनाना भी सुन लेता, तो उसकी रीढ़ की हड्डी में सिहरन दौड़ जाती, उसका मुँह सूखने लगता और ऐसा लगता जैसे उसके गले में काँटे उग आए हों। रात को सोने से पहले जब उसके बाबा उसका गाल चूमते तो आदिल का मन करता कि वह पीछे हट जाए, उन्हें अपने करीब न आने दे। कई दिनों तक उसे रातों को बुरे सपने आते रहे। सपने में वह देखता कि वह बागों के किनारे खड़ा है, पेड़ों के बीच घट रही कोई हलचल देख रहा है, एक लोहे की छड़ को ऊपर उठते और फिर पूरी ताकत से नीचे आते देख रहा है, और लोहे के इंसानी गोश्त और हड्डियों से टकराने की आवाज़ सुन रहा है। वह घबराकर जाग पड़ता और उसे अपने सीने में

एक चीख दबी हुई मालूम होती। दिन में कभी भी अचानक, बेवजह उसकी रुलाई छूट जाती और वह बड़ी देर तक रोता रहता।

मगर फिर भी।

मगर फिर भी।

कुछ और भी घट रहा था। बेशक उसके भीतर जन्मे इस नए अहसास का असर कम नहीं हो रहा था, मगर इसके साथ अब एक और अहसास भी उसके भीतर घर करने लगा था। एक और अहसास, जो इस नए अहसास के उलट था और जिसने इसे बेदख़ल नहीं किया था बल्कि इसके बगल में अपने लिए भी जगह बना ली थी। मगर यह अहसास उसे नए वाले अहसास से ज़्यादा परेशान कर रहा था। यह उसके मन/शख़्सियत का वह हिस्सा था जो उसे ज़्यादा नागवार गुज़र रहा था। वह हिस्सा जो समय के साथ धीरे-धीरे, अनजाने ही, इस नए अहसास को स्वीकार कर लेगा जो इस समय उसे गीले ऊनी स्वेटर की तरह चुभ रहा था। आदिल देख पा रहा था कि आखिर में वह भी शायद चीज़ों को वैसे ही स्वीकार कर लेगा जैसे उसकी अम्मी जान ने किया है। पहले-पहल आदिल इस बात के लिए उनसे नाराज़ रहता था, मगर अब वह उन्हें समझने लगा था। शायद उन्होंने अपने शौहर के डर से चीज़ों को स्वीकार कर लिया था। या शायद आलीशान ज़िन्दगी जीने की कीमत के तौर पर। मगर आदिल को ज़्यादा भरोसा इसी बात पर था कि उन्होंने भी यह उसी वजह से किया होगा जिस वजह से वह करेगा : उनके पास इसके अलावा और कोई चारा नहीं था। आदिल के पास भी नहीं है। घोलम के पास जितना मौका था अपनी ज़िन्दगी से भागने का (क्योंकि उसके पास खोने को कुछ था ही नहीं), उतना आदिल के पास नहीं है। लोग उन चीज़ों के साथ भी जीना सीख लेते हैं जिनके साथ जीने की कल्पना भी आम तौर पर नहीं की जा सकती। वह भी सीख जाएगा। यही उसकी ज़िन्दगी थी। यही उसकी अम्मी थीं। यही उसके बाबा थे। और यही वह खुद था, भले ही उसे पहले इसका एहसास न रहा हो।

आदिल जानता था कि अब वह अपने बाबा को पहले की तरह प्यार नहीं कर पाएगा, तब की तरह जब वह उनकी मोटी-तगड़ी बाँहों में सिमटकर खुशी से सोता था। अब यह उसके लिए अकल्पनीय था। भले ही अभी उसे ऐसा करना बहुत मुश्किल मालूम हो रहा हो, मगर धीरे-धीरे वह उन्हें फिर से प्यार करना सीख जाएगा। आदिल महसूस कर पा रहा था कि अचानक ही उसका बचपन ख़त्म हो गया था और जल्द ही वह वयस्क हो जाएगा। और जब वह वयस्क हो जाएगा, तो फिर पीछे मुड़ने का कोई रास्ता नहीं होगा, क्योंकि वयस्क होना वैसा

ही होता है जैसा उसके बाबा ने एक बार 'जंग का हीरो' होने के बारे में कहा था: एक बार आप जंग के हीरो बन गए, तो फिर आप जंग के हीरो के तौर पर ही मरते हैं।

रात को बिस्तर पर लेटे-लेटे आदिल ने सोचा कि किसी दिन–शायद अगले दिन या उसके अगले दिन, या शायद अगले हफ्ते किसी दिन–वह घर से निकलकर पवनचक्की के पास वाले मैदान में जाएगा, जहाँ घोलम के मुताबिक़ उसका परिवार एक टेंट में रह रहा था। उसे यकीन था कि उसे वह मैदान खाली मिलेगा। और फिर उसके मन की आँखों के सामने एक दृश्य तैरने लगता जिसमें घोलम, उसकी अम्मी, उसके भाई और उसकी दादी; सभी लोग अपना बोरिया बिस्तर सर पर रखे या बगल में दबाए किसी गाँव-कस्बे की कच्ची सड़क पर एक लाइन से चले जा रहे हैं, किसी ऐसी जगह की तलाश में जहाँ उन्हें सर छिपाने और अपनी ज़िन्दगी नए सिरे से शुरू करने का मौका मिल सके। अब घोलम परिवार का मुखिया था। अब परिवार चलाने के लिए उसे काम करना होगा। अब उसकी जवानी नहरें साफ करने, खाइयाँ खोदने, ईंटें बनाने और खेतों में फसल काटने में गुज़र जाएगी। धीरे-धीरे घोलम भी खेतों में हल जोतने वाले उन लोगों की तरह हो जाएगा जिनका चेहरा झुर्रियों से भरा और कमर कमान की तरह झुकी होती है।

आदिल ने सोचा कि वह कुछ देर वहीं मैदान में खड़ा रहेगा, और शादबाग-ए-नौ के बगल में खड़ीं पहाड़ियों और पर्वतमालाओं को देखता रहेगा। और फिर उसने सोचा कि वह अपनी जेब में हाथ डालकर वह चीज़ निकालेगा जो उसे एक दिन बागों में घूमते हुए मिली थी–एक चश्मे का बाँया हिस्सा, जो नाक पर से टूटा हुआ था और जिसके लेंस पर मकड़ी के जाले जैसी दरारें थीं और जिसकी डंडी पर सूखा खून जमा हुआ था। वह उस टूटे हुए चश्मे को किसी गड्ढे में फेंक देगा। आदिल को यकीन था कि ऐसा करने के बाद जब वह मुड़कर वापस घर की ओर आने लगेगा, तो उसे जिस चीज़ का सबसे ज़्यादा अहसास हो रहा होगा, वो होगी राहत।

8

2010 का पतझड़

आज शाम जब मैं क्लिनिक से घर आया तो मुझे अपने बेडरूम में रखे लैंडलाइन फोन पर थालिया का रिकॉर्डेड संदेश मिला। मैंने रिकॉर्डिंग चालू कर दी और जूते उतारकर अपनी डेस्क पर जा बैठा। सन्देश में वह बता रही थी कि उसे ज़ुकाम हो गया था, और यह भी कि उसे पूरा यकीन था कि उसे यह मम्मा की वजह से लगा था। फिर वो मेरा हालचाल पूछने लगी कि मैं कैसा हूँ और काबुल में मेरा काम कैसा चल रहा है, वगैरह-वगैरह। आखिर में, फोन रखने से ठीक पहले, उसने कहा, ओडी बारम्बार इस बात की शिकायत करती हैं कि तुम उन्हें फोन नहीं करते। *ज़ाहिर है कि वह खुद कभी तुमसे यह नहीं कहेंगी। इसलिए मैं कह रही हूँ। मार्कोस। क्राइस्ट (भगवान) के वास्ते। अपनी मम्मा को फोन करो। गधे कहीं के।*

मैं मुस्करा दिया।

थालिया।

मैंने उसकी एक तस्वीर अपनी डेस्क पर रखी हुई है, जो मैंने बरसों पहले टिनोस के समुद्र तट पर ली थी। उस तस्वीर में थलिया एक चट्टान पर बैठी हुई है और उसकी पीठ कैमरे की तरफ है। मैंने तस्वीर को फ्रेम करवा लिया है, लेकिन अगर आप गौर से देखें तो आपको अभी भी नीचे बाईं ओर के कोने में एक गहरे भूरे रंग का धब्बा दिखाई देगा। यह धब्बा एक पागल इतालवी लड़की की वजह से है, जिसने कई बरस पहले इस तस्वीर को आग लगाने की कोशिश की थी।

मैंने अपना लैपटॉप चालू किया और दिन भर अस्पताल में जो काम किया था उसके सन्दर्भ में नोट्स टाइप करने शुरू कर दिए। मेरा कमरा ऊपर की मंज़िल पर है–इस घर की दूसरी मंजिल पर। इस मंज़िल पर कुल तीन बेडरूम हैं, जिनमें से एक में मैं काबुल आने के बाद से ही रह रहा हूँ–2002 से–और मेरी डेस्क खिड़की के पास है, जहाँ से नीचे बगीचे का नज़ारा दिखता है। यहाँ से मुझे

लोक़ाट के पेड़ दिखाई देते हैं, जिन्हें मैंने और मेरे पुराने मकान मालिक नबी ने कुछ बरस पहले मिलकर लगाया था। और पिछ्वाड़े की दीवार के पास बना नबी का कमरा भी दिखाई देता है, जिसे हाल ही में हमने पेंट किया है। नबी के गुज़रने के बाद मैंने वह कमरा एक डच नौजवान को दे दिया है, जो आईटी विशेषज्ञ है और यहाँ स्थानीय हाई स्कूलों की आईटी मामलों में मदद करता है। और उस कमरे के दाईं ओर सुलेमान वहदती की 1940 के दशक की शेवरले कार खड़ी है, जो दशकों से अपनी जगह से हिली नहीं है, जंग से इस तरह ढँकी हुई है जैसे कोई चट्टान काई से ढँकी हो, और फिलहाल कल अचानक हुई बर्फबारी (जो कि इस मौसम की पहली बर्फबारी थी) की वजह से बर्फ की हल्की सफ़ेद चादर से ढँकी हुई है। नबी के गुज़रने के बाद कुछ अरसे तक मैं इसे किसी कबाड़खाने पहुँचाने के बारे में सोचता रहा, मगर मेरा मन नहीं हुआ। मुझे यह कबाड़ हो चुकी कार इस घर के अतीत का एक बहुत ही अहम हिस्सा मालूम होती है।

मैंने नोट्स बनाने का काम ख़त्म करके अपनी घड़ी देखी। रात के 9:30 बज चुके थे। इसका मतलब, ग्रीस में शाम के 8 बज रहे थे।

अपनी मम्मा को फोन करो। गधे कहीं के।

अगर मुझे आज मम्मा से बात करनी थी, तो फिर मुझे और देर नहीं करनी चाहिए थी। थालिया ने अपने एक ईमेल में लिखा था कि मम्मा अब पहले के मुकाबले जल्दी सोने लगी हैं। मैंने एक गहरी साँस ली और हिम्मत जुटाई। फिर रिसीवर उठाया और नंबर डायल किया।

मैं पहली बार थालिया से 1967 की गर्मियों में मिला था, जब मैं बारह बरस का था। वह और उसकी मम्मा, मैडलीन, मेरी मम्मा और मुझसे मिलने टिनोस आई थीं। मम्मा ने, जिनका नाम ओडेलिया है, मुझे बताया था कि उन्हें और उनकी सहेली मैडलीन को एक-दूसरे से मिले कई बरस हो गए थे–पूरे पंद्रह बरस। मैडलीन जब सत्रह बरस की थीं, तभी द्वीप छोड़कर एथेंस चली गई थीं–एक्ट्रेस बनने के लिए। और कुछ वक़्त के लिए ही सही, वह एक्ट्रेस बन भी गई थीं–भले नाम के लिए ही सही।

"मुझे ज़रा भी ताज्जुब नहीं हुआ था," मम्मा ने कहा था, "जब मैंने उसके एक्ट्रेस बनने के बारे में सुना था। क्योंकि वह बहुत खूबसूरत है। हर कोई हमेशा से मैडलीन पर मोहित रहता था। जब तुम उससे मिलोगे तो खुद ही देख लोगे।"

मैंने मम्मा से पूछा कि उन्होंने पहले कभी उनका ज़िक्र क्यों नहीं किया।

"मैंने नहीं किया? पक्का?"

"हाँ, बिल्कुल।"

"मगर मुझे पक्का याद है कि मैंने बताया था।" फिर उन्होंने आगे कहा, "उसकी एक बेटी है। थालिया। तुम उससे अच्छे से पेश आना, क्योंकि हाल ही में वह एक हादसे का शिकार हुई है। उसे एक कुत्ते ने काट लिया था। उसके शरीर पर उस काटे का निशान है।"

मम्मा ने इससे ज़्यादा कुछ नहीं बताया, और मैं जानता था कि इस बारे में उन पर दबाव डालने का कोई फायदा नहीं था। मगर इस खुलासे ने मुझे मैडेलीन की ख़ूबसूरती और फिल्म और रंगमंच के उनके अतीत से कहीं ज़्यादा जिज्ञासु उनकी बेटी और उसके साथ हुए हादसे को लेकर कर दिया था। मेरी जिज्ञासा इस संदेह से और बढ़ गई थी कि अगर मुझसे खासतौर पर यह कहा जा रहा था कि मैं उस लड़की के चोट के निशान को देखकर कोई गलत प्रतिक्रिया न दूँ और उससे अच्छे से पेश आऊँ, तो निश्चित तौर पर वह निशान आम तो नहीं हो सकता था, वह कुछ ख़ास और अलग दिखाई देने वाला होना चाहिए। इसीलिए मैं इस निशान को खुद अपनी आँखों से देखने के लिए बहुत ज़्यादा उत्सुक हो उठा था और उन लोगों के आने का बेसब्री से इंतज़ार करने लगा था।

"मैडेलीन और मैं बचपन में चर्च में मिले थे," मम्मा ने बताया था। और लगभग तत्काल ही उनमें 'दो जिस्म एक जान' वाली दोस्ती हो गई थी। दोनों हरदम और हर जगह एक-दूसरे का हाथ थामे रहती थीं–क्लास में पढ़ते समय, आधी छुट्टी में बाहर खेलते समय, चर्च में प्रार्थना करते समय, या जौ के खेतों में टहलते समय। उन्होंने ज़िन्दगी भर साथ रहने की कसम खाई थी। उन्होंने एक-दूसरे से वादा किया था कि वे शादी के बाद भी एक-दूसरे के करीब रहेंगी। वे पड़ोसी बनकर रहेंगी, और अगर उनमें से किसी का शौहर कहीं और जा बसने की ज़िद करेगा तो वे उससे तलाक ले लेंगी।

मुझे याद है कि मुझे ये सब बातें बताते समय मम्मा के चेहरे पर ऐसी मुस्कान थी जैसे कोई अतीत में की गई अपनी किसी नादानी पर मुस्करा रहा हो। खुद का मज़ाक उड़ाती सी मुस्कान। मानो अब खुद को इस लड़कपन के जोश और नादानी से, और इन सभी बिना सोचे-समझे किए गए बेसिरपैर के वादों से जोड़कर देखना उन्हें शर्मिंदा कर रहा हो।

मैडलीन की शादी हो चुकी थी। एक अमीर और उम्र में उनसे काफी बड़े व्यक्ति, मिस्टर एंड्रियास जियानाकोस, के साथ। मिस्टर जियानाकोस ने बरसों

पहले मैडलीन को लेकर एक फिल्म बनायी थी, जो तब मैडलीन की दूसरी फिल्म थी और जो आखिरकार आख़िरी भी साबित हुई थी। वह अब कंस्ट्रक्शन बिज़नेस में थे और एथेंस में एक बड़ी कंपनी के मालिक थे। हाल ही में मेडेलीन और मिस्टर जियानाकोस के बीच खासी अनबन हो गई थी। यह बात मुझे मम्मा ने नहीं बताई थी; मुझे यह जानकारी मैडलीन द्वारा मम्मा को भेजे गए उस ख़त को चोरी से, जल्दबाज़ी में और आंशिक रूप से पढ़ने से मिली थी जिसमें मैडलीन ने मम्मा को उनसे मिलने आने के इरादे के बारे में बताया था। उस ख़त में लिखा था:

मैं तुम्हें क्या बताऊँ ओडी कि एंड्रियास और उसके दक्षिणपंथी दोस्तों और उनके भड़काऊ संगीत के बीच रहना मेरे लिए कितना तकलीफदेह हो चला है। मैं हर वक़्त अपने मुँह पर ताला लगाकर रखती हूँ–उस वक़्त भी जब वे उन फ़ौजी गुण्डों की शान में कसीदे पढ़ते हैं जिन्होंने हमारे लोकतंत्र का मज़ाक बनाकर रख दिया है। अगर मैं उनके खिलाफ एक शब्द भी बोलूँगी, तो मुझे पक्का यकीन है कि वे मुझे कम्युनिस्ट अराजकतावादी करार दे देंगे, और तब एंड्रियास की पहुँच भी मुझे जेल जाने से नहीं बचा पाएगी। या शायद वह अपनी पहुँच और पहचान का इस्तेमाल करने की ज़हमत ही नहीं उठाएगा। कभी-कभी तो मुझे लगता है कि उसका इरादा मुझे खुद पर ही शक करने लगने के लिए उकसाना ही है। मैं तुम्हें बता नहीं सकती कि इन दिनों मुझे तुम्हारी कितनी याद आती है, माय डिअर ओडी। मुझे तुम्हारे साथ की कितनी याद आती है...।

जिस दिन वे लोग आने वाले थे, मम्मा सुबह जल्दी उठकर घर की साफ़-सफाई में लग गईं। हम एक पहाड़ी पर बने एक छोटे से घर में रहते थे। टिनोस के ज़्यादातर घरों की तरह ही हमारा घर भी सफेदी किए हुए पत्थरों से बना था, जिसकी छत सपाट थी और जिस पर हीरे के आकार की लाल टाइलें लगी थीं। ऊपर के माले पर एक छोटा-सा बेडरूम था। मैं और मम्मा यहीं सोते थे। इस बेडरूम में कोई दरवाज़ा नहीं था–संकरी सीढ़ियाँ सीधे कमरे में जाती थीं–मगर उसमें एक छोटी सी खिड़की और एक संकरा-सा टेरेस था, जिस पर कमर तक ऊँची लोहे की रेलिंग लगी थी। वहाँ खड़े होकर आप दूसरे घरों की छतों और नीचे मौजूद जैतून के पेड़ों, बकरियों, व घुमावदार गलियों/सड़कों को देख सकते थे, और एजियन सागर को भी, जो गर्मियों की सुबह नीला और शांत होता था जबकि दोपहर में उत्तर से आने वाली *मेल्टेमी* हवाओं के कारण सफेद झागदार लहरों से घिरा दिखता था।

साफ़-सफाई से फुर्सत होने के बाद मम्मा ने अपना खास पहनावा 'धारण' किया–वही पहनावा जिसे वह हर साल 15 अगस्त को पनागिया इवेंजेलिस्ट्रिया

चर्च में आयोजित होने वाले 'फीस्ट ऑफ़ दि डोर्मिशन' नामक पर्व के मौके पर पहनती थीं। इस आयोजन में भूमध्य सागरीय देशों के हर कोने से तीर्थयात्री टिनोस में आते थे और चर्च में लगी क्राइस्ट की प्रख्यात मूर्ति के सामने खड़े होकर प्रार्थना करते थे। मम्मा की उस पहनावे में एक तस्वीर है–लंबी, लोहे में लगने वाली जंग जैसे सुनहरी रंग और गोल गले वाली पोशाक, उस पर सिकुड़ा हुआ सा सफेद स्वेटर, लम्बे मोज़े, और भारी-भरकम काले जूते। उसमें मम्मा अपने धीर-गंभीर चेहरे, उभरी हुई भौहों, आगे से ऊपर को उठी नाक, तनकर खड़े होने के अपने तरीके, और चेहरे पर धार्मिक लोगों जैसी नीरसता और उदासी के भावों के चलते हर तरह से एक बदनसीब विधवा लग रही थीं। उन्हें देखकर लगता था मानो वह भी उन्हीं तीर्थयात्रियों में शामिल हों। उस तस्वीर में मैं भी हूँ, मम्मा की कमर से सटकर सीधा खड़ा हूँ। मैंने एक सफेद कमीज़, सफेद शॉर्ट्स और घुटनों तक के सफेद मोज़े पहने हैं। मेरे चेहरे की शिकन से पता चलता है कि हर हाल में मुझे सीधा खड़े रहने और किसी भी कीमत पर न मुस्कराने की ताकीद की गई है, और मेरी मर्ज़ी के खिलाफ मेरा चेहरा रगड़-रगड़कर साफ किया गया है और मेरे बालों को पानी से गीला करके कंघी से पीछे की तरफ चिपका दिया गया है। इस तस्वीर को अगर आप गौर से देखें तो आपको मेरे और मम्मा के बीच आपसी असंतोष साफ़ नज़र आएगा। इसे आप हम दोनों के खड़े होने के तरीके से भाँप सकते हैं–हम दोनों ही एकदम तनकर खड़े हैं; हम साथ-साथ तो खड़े हैं मगर इस तरह कि हमारे शरीर एक-दूसरे को ज़रा सा भी छू न जाएँ।

या शायद आप न देख पाएँ। मगर मैं हर बार उस तस्वीर को देखकर ऐसा ही महसूस करता हूँ, हालाँकि पिछली बार मैंने उसे दो बरस पहले देखा था। मुझे हर बार उस तस्वीर में थकान, मजबूरी और अधीरता दिखाई पड़ती है। मैं दो ऐसे लोगों को देखता हूँ जो अपनी खुशी और मर्ज़ी से नहीं बल्कि खून के रिश्ते को निभाने की मजबूरी के चलते एक साथ हैं, जो मानो एक-दूसरे को हैरान-परेशान और नाउम्मीद करने के लिए ही पैदा हुए हैं, और जिन्हें एक-दूसरे की खिलाफत करना अपनी नाक का सवाल मालूम पड़ता है।

बहरहाल, ऊपर अपने बेडरूम की खिड़की से मैंने मम्मा को टिनोस कस्बे के फेरी बंदरगाह के लिए निकलते देखा। धूप तेज़ थी, इसलिए उन्होंने सिर पर एक स्कार्फ बाँधा हुआ था और हमेशा की तरह तेज़-तेज़ क़दमों से चल रही थीं। वह छोटे कद की, दुबली-पतली सी औरत थीं, जिन्हें दूर से देखकर कई बार आपको किसी बच्चे के चले आने का धोखा हो सकता था, मगर उनकी चाल ऐसी तेज़ और मुस्तैद थी कि उन्हें आता देखकर लोग खुद-ब-खुद रास्ता दे देते थे।

मुझे याद है, मैं हर सुबह उन्हीं के साथ स्कूल जाता था। जिस स्कूल में मैं पढ़ता था, उसी में वह पढ़ाती थीं, इसलिए। अब मगर वह रिटायर हो चुकी हैं। बहरहाल, चलते समय मम्मा कभी मेरा हाथ नहीं पकड़ती थीं। दूसरे बच्चों की मम्माएँ अपने बच्चों का हाथ पकड़ती थीं, मगर मेरे मम्मा नहीं। उनका कहना होता था कि उनके लिए यह दिखाना ज़रूरी था कि वह मुझमें और बाकी बच्चों में कोई फर्क नहीं करती थीं। और इसीलिए वह आगे-आगे चलती थीं, अपनी स्वेटर की आस्तीन के निचले सिरे को मुट्ठी में बांधे, और मैं उनके पीछे-पीछे उनके क़दमों के निशानों पर अपने कदम रखता, एक हाथ में लंच बॉक्स थामे और कंधे पर बस्ता लटकाए गिरता-पड़ता सा चला जाता था। क्लास में मैं हमेशा पीछे बैठता था। मम्मा की पहचान बेहद सख्त टीचर की थी। मुझे याद है कि कैसे उनका सिर्फ़ एक बार कहर बरपाती नज़रों से देख लेना ही किसी भी शरारती छात्र के होश फाख्ता कर देता था। उनकी नज़र उस गुलेल जैसी थी जिसका निशाना अचूक और चोट बहुत तगड़ी होती थी। उनका गुस्से से भरकर देख लेना या पढ़ाते-पढ़ाते अचानक खामोश हो जाना सभी छात्रों की रीढ़ में सिहरन पैदा करने के लिए काफी होता था।

मम्मा वफ़ादारी को सर्वोपरि मानती थीं, आत्म-बलिदान की कीमत पर भी। बल्कि कहना चाहिए कि विशेष रूप से आत्म-बलिदान की कीमत पर। उनका यह भी मानना था कि हमेशा सच बोलना सबसे अच्छा होता है–वो भी साफ़-साफ़, बिना किसी लाग-लपेट के–और सच जितना ज़्यादा कड़वा हो, उसे उतनी ही जल्दी बोल दिया जाना चाहिए। कमज़ोर दिल वालों के लिए उनके मन में कोई सहानुभूती नहीं थी। वह फौलादी इच्छाशक्ति वाली औरत थीं–हैं–एक ऐसी औरत जिससे यह उम्मीद नहीं की जा सकती थी कि वे अपनी किसी बात के लिए माफी माँगेगी, और एक ऐसी औरत जिससे आप झगड़ा नहीं करना चाहेंगे। हालाँकि मैं आज भी पूरी तरह से समझ नहीं पाया हूँ कि उनका यह स्वभाव कुदरती है या मजबूरी में अपनाया हुआ, क्योंकि शादी के बमुश्किल एक बरस बाद ही उन्होंने अपने पति को खो दिया था और उन्हें मुझे अकेले ही पालना पड़ा था।

मम्मा के जाने के थोड़ी देर बाद ही मेरी नींद लग गई। पता नहीं कितनी देर बाद अचानक मेरी नींद तब खुली जब मेरे कानों में किन्हीं मोहतरमा की तेज़, खनकती हुई आवाज़ पड़ी। मैं उठ बैठा और देखा कि वह वहीं खड़ी थीं– लिपस्टिक, पाउडर, परफ्यूम, पिलबॉक्स हैट (एक ख़ास तरह की टोपी) और छरहरे बदन के साथ। ऐसा लग रहा था मानो किसी एयरलाइन के विज्ञापन की कोई मॉडल मेरी तरफ देखकर मुस्करा रही हो। वह नियॉन हरे रंग की मिनीड्रेस

पहने, कमरे के बीचोंबीच खड़ीं मुझे देखकर मुस्करा रही थीं। उनके पैरों के पास एक चमड़े का सूटकेस रखा था। मैंने देखा कि उनके बाल सुनहरी और पैर लंबे थे, चेहरे पर गज़ब की चमक थी, और आवाज़ आत्मविश्वास और उल्लास से भरी हुई थी।

"तो तुम हो ओडी के नन्हे मार्कोस! मगर उसने मुझे बताया ही नहीं था कि तुम इतने हैण्डसम हो! ओह, और मुझे तुम्हारी आँखों में उसकी झलक दिखती है–हाँ, मुझे लगता है तुम्हारी आँखें भी वैसी ही हैं। यकीकन पहले भी किसी ने तुम्हें यह बात बताई होगी। मैं तुमसे मिलने के लिए बहुत उत्सुक थी। तुम्हारी मम्मा और मैं–हम–ओह, ओडी ने तुम्हें ज़रूर बताया होगा, इसलिए तुम कल्पना कर सकते हो, तुम समझ सकते हो कि तुम दोनों को देखना, तुमसे मिलना मेरे लिए कितना रोमांचक है, मार्कोस। मार्कोस वरवारिस! बहरहाल, मैं मेडेलीन जियानाकोस हूँ, और मैं कहना चाहूँगी कि मैं तुमसे मिलकर बहुत खुश हूँ।"

इतना कहकर वह अपने दाहिने हाथ में पहना हुआ क्रीम रंग का और कोहनी तक लंबा साटन का दस्ताना उतारने लगीं। ऐसे दस्ताने मैंने सिर्फ़ पत्रिकाओं में छपी तस्वीरों में ही देखे थे–उन तस्वीरों में जिनमें खूबसूरत औरतों को किसी पार्टी में गपशप करते या ओपेरा हाउस की चौड़ी सीढ़ियों पर खड़े होकर सिगरेट पीते या किसी चमकदार काली कार से बाहर निकलते और उनके चेहरों को चमकते हुए फ्लैशबल्बों से जगमगाते दिखाया गया होता था। बहरहाल, दस्ताने को उतारने के लिए उन्हें पहले उसके हर उंगली के सिरे को कई बार खींचना पड़ा। दस्ताना उतारकर वह थोड़ा झुकीं और अपना दायाँ हाथ मेरी तरफ बढ़ा दिया।

"बहुत अच्छा लगा तुमसे मिलकर," उन्होंने कहा। मैंने उनसे हाथ मिलाया और पाया कि उनका हाथ बहुत नर्म था, और बहुत ठंडा भी, बावजूद इसके कि उन्होंने दस्ताना पहना हुआ था। "और ये मेरी बेटी थालिया है। डार्लिंग, मार्कोस वरवारिस को हैलो कहो।"

थालिया बेडरूम के दरवाज़े पर मेरी मम्मा के बगल में खड़ी थी और भावशून्य आँखों से मेरी तरफ देख रही थी। वह बहुत लम्बी-पतली सी, ज़र्द रंगत (पेल स्किन) वाली, बेजान घुंघराले बालों वाली लड़की थी। इसके अलावा मैं आपको उसके बारे में और कुछ भी नहीं बता सकता। मैं आपको नहीं बता सकता कि उसने उस दिन किस रंग की पोशाक पहनी थी–अगर पहनी थी तो–या उसके जूते कैसे थे, या उसने मोज़े पहने थे या नहीं, या उसने घड़ी, हार, अंगूठी या झुमके पहने थे या नहीं। मैं आपको नहीं बता सकता क्योंकि... इसे आप ऐसे

समझें कि अगर आप किसी रेस्तरां में हों और कोई अचानक कपड़े उतारकर मेज़ पर चढ़ जाए और एक साथ बहुत सारी चम्मचों को उछालने का करतब दिखाने लगे, तो आप न सिर्फ़ उसकी तरफ देखने लगेंगे, बल्कि आप उसके अलावा किसी और चीज़ को देख ही नहीं पाएँगे। उस लड़की के चेहरे के निचले हिस्से पर जो मास्क बंधा हुआ था, उसने किसी भी और चीज़ को देखे जाने की संभावना को खत्म कर दिया था।

"थालिया, हैलो बोलो, डार्लिंग। असभ्य मत बनो।"

मुझे लगा जैसे उसने हल्के से सिर हिलाया हो।

"हैलो," मैंने लड़खड़ाती ज़बान से जवाब दिया। अचानक मुझे हवा में एक हलचल सी महसूस होने लगी। एक करंट सा दौड़ता मालूम होने लगा चारों ओर। और यह करंट-सा मेरे भीतर भी दौड़ने लगा था–आधे रोमांच और आधे डर के रूप में। मुझे ऐसा लग रहा था जैसे भीतर ही भीतर किसी सम्मोहन ने मुझे अपनी गिरफ्त में ले लिया हो। मैं एकटक उस मास्क को घूरे जा रहा था और मुझे पता था और मैं ऐसा कर रहा हूँ, मगर फिर भी मैं खुद को रोक नहीं पा रहा था। मेरी निगाहें अपलक उस आसमानी नीले रंग के मास्क को देख रही थीं जिसे एक जोड़ी डोरियों के ज़रिए बाँधा गया था। मेरी हालत अजीब हो गई थी। मुझे समझ आ गया था कि ज़रूर मास्क के पीछे कुछ ऐसा था जिसे देखना मेरे बर्दाश्त से बाहर होगा, मगर मैं उसे देखने के लिए बेक़रार भी था। अब हालत यह थी कि जब तक मैं वह भयानक सच्चाई अपनी आँखों से देख न लूँ जिसे मुझसे और दूसरों से छिपा के रखना इतना जरूरी समझा जा रहा था, तब तक अब मैं चैन से नहीं जी सकूँगा।

यह वैकल्पिक संभावना कि शायद वह मास्क थालिया को हमसे बचाने के लिए बनाया गया था, मेरे दिमाग में नहीं आई। कम से कम उस पहली मुलाकात के दौरान तो नहीं ही, जब मैं एकदम भौचक्का-सा था।

मैडेलीन और थालिया ऊपर हमारे बेडरूम में रुककर अपना सामान खोलने लगीं, जबकि मम्मा नीचे रसोई में रात के खाने के लिए सोल मछली के टुकड़ों को मेरिनेट (मछली को मसाले लगाकर तेल में तलना) करने लगीं। मैं भी मम्मा के साथ रसोई में ही था। उन्होंने मुझसे मैडेलीन के लिए एक कप कॉफ़ी बनाने को कहा, जो कि मैंने बना दी। फिर उन्होंने मुझसे एक ट्रे में रखकर कॉफ़ी और एक प्लेट पास्टेली (तिल और शहद से बना गज़क जैसा व्यंजन) ऊपर ले जाने को कहा। मैं ले गया।

ऊपर पहुँचने के बाद जो हुआ उसे याद करके इतने दशक बीत जाने के बाद भी मैं इतना शर्मसार महसूस करता हूँ न कि क्या बताऊँ। आज भी वह नज़ारा कैमरे में कैद किसी तस्वीर की तरह मेरे ज़ेहन में ज्यों का त्यों दर्ज है। मैडलीन बेडरूम की खिड़की पर खड़ीं अपने पीले लेंस वाले चश्मे से समंदर का नज़ारा करती हुईं सिगरेट पी रही थीं। उनका खाली वाला हाथ कमर पर था और उन्होंने टखने एक्स की शक्ल में क्रॉस कर रखे थे। उनकी पिलबॉक्स हैट पलंग के सिरहाने रखी ड्रेसिंग टेबल पर पड़ी थी। ड्रेसिंग टेबल के सामने थालिया पलंग के किनारे पर बैठी थी और उसकी पीठ मेरी तरफ थी, मगर मैं उसका अक्स ड्रेसिंग टेबल के शीशे में साफ़ देख सकता था। वह झुकी हुई थी, कुछ कर रही थी, शायद अपने जूतों के फीते खोल रही थी, और मैं देख सकता था कि उसने अपना मास्क हटा दिया था, जो कि पलंग पर उसके बगल में पड़ा था। मुझे अपनी रीढ़ की हड्डी में एक ठंडी सिहरन दौड़ती महसूस हुई, जिसे मैंने रोकने की बहुत कोशिश की, मगर वह नहीं रुकी और मेरे हाथ काँपने लगे, जिससे प्लेट में रखा चीनी मिट्टी का कप और पास्टेली की प्लेट आपस में टकराकर खनक उठे। इस आवाज़ से चौंककर मेडेलिन ने अपना सिर मेरी ओर घुमाया। थालिया भी सीधी होकर ऊपर देखने लगी। उसी घड़ी मुझे शीशे में उसका अक्स दिखाई दिया–उसका चेहरा, बिना मास्क का।

ट्रे मेरे हाथों से फिसल गई। चीनी मिट्टी के बर्तनों के टुकड़े कमरे में चारों ओर बिखर गए। गर्म कॉफ़ी छलक गई और ट्रे सीढ़ियों से नीचे लुढ़क गई। अचानक अफरा-तफरी मच गई थी। मैं घुटनों के बल फर्श पर बैठा चीनी मिट्टी के बर्तनों के टुकड़ों पर उल्टी कर रहा था, जबकि मेडेलिन कहे जा रही थीं, "ओह डिअर! ओह डिअर!" मम्मा नीचे से चिल्लाती हुईं भागी आईं, "क्या हुआ? तुमने क्या किया, मार्कोस?"

बेशक मम्मा ने मुझे चेताते हुए कहा था कि *उसे एक कुत्ते ने काट लिया था,* जिसके चलते उसके चेहरे पर एक निशान बन गया था। मगर उन्होंने गलत कहा था, कुत्ते ने थालिया का चेहरा काटा नहीं था बल्कि खा लिया था। उस दिन मैंने शीशे में जो कुछ भी देखा, उसे बयान करने के लिए शब्द-कोष में शब्द ज़रूर होंगे, मगर 'निशान' उनमें से एक हरगिज़ नहीं था।

मुझे याद है कि कैसे मम्मा ने मेरे कंधों को पकड़ा, मुझे खड़ा किया, अपनी तरफ घुमाया और कहा, "क्या हो गया है तुम्हें? क्या परेशानी है तुम्हारे साथ?" और मुझे याद है कि तभी उनकी नज़रें मेरे सिर के ऊपर से होती हुईं पीछे थालिया पर पड़ीं। और वहीं ठहर गईं। और उनके शब्द मुँह के मुँह में ही रह गए। उनका

चेहरा भावहीन हो गया। उनके हाथ मेरे कंधों से हट गए। और फिर मैंने अपनी ज़िन्दगी की सबसे असाधारण चीज़ देखी, कुछ ऐसा जो मैंने कभी सोचा भी नहीं था कि मैं देख पाऊँगा। मैंने देखा कि मम्मा की दाहिनी आँख की कोर पर एक आँसू उमड़ आया था।

"तो, कैसी थी वो?" मम्मा ने पूछा।

"कौन?"

"कौन? वो फ्रांसीसी औरत। तुम्हारे मकान मालिक की भतीजी, पेरिस की प्रोफेसर।"

मैंने रिसीवर को दूसरे कान से लगाया। मुझे ताज्जुब हुआ कि उन्हें याद था। सारी ज़िन्दगी मुझे यही महसूस होता रहा है कि मम्मा से कहे गए मेरे शब्द अनसुने ही रह जाते हैं, मानो हमारे बीच कोई रुकावट हो, कोई खराब कनेक्शन हो। कभी-कभी जब मैं काबुल से उन्हें फोन करता हूँ, जैसा कि मैंने अभी किया है, तो मुझे ऐसा महसूस होता है जैसे उन्होंने चुपचाप रिसीवर नीचे रख दिया हो और दूर चली गई हों, जैसे मैं सात समंदर पार से किसी शून्य में बोल रहा होऊँ–हालाँकि मुझे फोन पर उनकी उपस्थिति का पता चलता रहता है, उनके साँस लेने की आवाज़ मेरे कान में पड़ती रहती है। या कभी-कभी जब मैं उन्हें क्लिनिक में देखी किसी घटना के बारे में बता रहा होता हूँ–मसलन, एक आदमी अपने खून से लथपथ लड़के को लेकर आया था, जिसके गालों में छर्रे धँसे थे और एक कान पूरी तरह से उड़ गया था, और यह भी कि यह इस तरह का इकलौता मामला नहीं था, गलत दिन गलत वक़्त पर गलत गली में खेलते वक़्त इस तरह के हादसों का शिकार होने वाले बच्चों के ऐसे मामले अस्पताल में आए दिन आते रहते हैं–और तभी, बिना किसी चेतावनी के, एक ज़ोर की आवाज़ होती है और मम्मा की आवाज़ अचानक दूर जाती हुई और दबी-दबी सी सुनाई देने लगती है; कभी तेज़ तो कभी धीमी।. फिर दूर जाते और पास आते कदमों की आहटें सुनाई देती हैं। फिर कुछ ऐसी आवाज़ होती है जैसे किसी चीज़ को ज़मीन पर घसीटा जा रहा हो। मैं खामोश हो जाता हूँ, उनके वापस से बोलने का इंतज़ार करने लगता हूँ। आखिरकार वह बोलती हैं, थोड़ी हाँफती हुईं, इस सबका कारण बताती हुईं, मैं उससे कह रही थी कि मैं खड़े-खड़े बात कर लूँगी, कोई दिक़्क़त नहीं है। मैंने साफ़ कहा था। मैंने उससे कहा था, "थालिया, मार्कोस से बात करते वक़्त मैं खिड़की पर खड़ी रहकर समंदर को देखती रहूँगी, मुझे अच्छा लगेगा।" मगर वो कहती रही, "आप थक जाओगी, ओडी, आपको बैठकर बात करनी चाहिए।" और

अभी जब मैं तुमसे बात कर रही थी तो वह आई और आर्मचेयर को घसीटकर खिड़की के पास लाने लगी–चमड़े की उस बड़ी-सी आर्मचेयर को जो उसने पिछले साल मेरे लिए खरीदी थी–बाप रे! *कितनी भारी है वो कुर्सी। मगर वह उसे भी घसीटकर ले आई थी। मानना पड़ेगा, उसमें बहुत ताकत है। तुमने तो देखी नहीं होगी वह कुर्सी, है न? ज़ाहिर है कि नहीं देखी। फिर वह बनावटी झुंझलाहट के साथ एक गहरी साँस छोड़ती हैं और मुझसे अपनी कहानी जारी रखने के लिए कहती हैं। मगर तब तक मेरा फ्लो और मेरी दिलचस्पी ख़त्म हो चुकी होती है और मैं उस बात को जारी नहीं रख पाता हूँ।* मुझे लगता है कि वह जानबूझकर ऐसा करती हैं, मुझे ऐसा महसूस कराने के लिए कि जैसे मुझे किसी गलती के लिए फटकार लगाई जा रही हो, और इससे भी बढ़कर यह कि मैं इस फटकार के लायक हूँ, किन्हीं अनकहे गलत कामों का दोषी हूँ, किन्हीं ऐसे अपराधों का ज़िम्मेदार हूँ जिनके लिए मुझ पर कभी औपचारिक रूप से आरोप नहीं लगाया गया है। अगर मैं अपनी कहानी सुनाना जारी भी रखूँ, तो फिर वह मेरे अपने कानों को ही फीकी सी लगती है। वह थालिया के साथ मम्मा के आर्मचेयर वाले ड्रामा के सामने फीकी पड़ जाती है।

"क्या नाम था उसका?" मम्मा पूछ रही थीं। "कुछ परी करके था, है न?"

मैंने मम्मा को नबी के बारे में बताया है, बताया है कि वह मेरे प्यारे दोस्त थे। उन्हें उनकी ज़िन्दगी की सिर्फ़ मोटी-मोटी जानकारी है। उन्हें पता है कि उन्होंने अपनी वसीयत में काबुल का यह घर अपनी भतीजी परी को दे दिया है, जो कि फ्रांस में पली-बढ़ी है। मगर मैंने मम्मा को नीला वहदती के बारे में, उनके शौहर को लकवा लगने के बाद उनके पेरिस चले जाने के बारे में, और उसके बाद दशकों तक नबी द्वारा सुलेमान की देखभाल किए जाने के बारे में नहीं बताया है। वह इतिहास। उसे सुनना शायद मम्मा को रास नहीं आता। उस इतिहास को उनके सामने दोहराना ऐसा ही होता जैसे खुद पर लगे आरोपों को ऊँचे स्वर में पढ़कर सबको सुनाना।

"परी। हाँ। वो अच्छी थी," मैंने कहा। "और मिलनसार भी। वरना मैंने ज़्यादातर प्रोफेसरों को संजीदा और रूखे स्वभाव वाला ही देखा है।"

"वो क्या है, रसायनशास्त्री?"

"गणितज्ञ," मैंने लैपटॉप की लिड बंद करते हुए कहा। फिर से हल्की-हल्की बर्फ़बारी शुरू हो गई है, बाहर अंधेरे में छोटे-छोटे बर्फ़ के टुकड़े हवा में तैर रहे हैं और मेरी खिड़की के काँच पर गिर रहे हैं।

मैंने मम्मा को बताया कि परी वहदती पिछली गर्मियों के आखिर में काबुल आई थीं। वह सचमुच बहुत प्यारी थीं। बहुत नेकदिल। पतली-दुबली; भूरे बाल; लंबी गर्दन, जिस पर दोनों तरफ नीली नसें उभरी हुई थीं; गर्मजोशी भरी मुस्कान, जिसके चलते उनके सामने के दो दाँतों के बीच की खाली जगह उजागर हो जाती थी। मगर वह थोड़ी कमज़ोर और अपनी उम्र से बड़ी लग रही थीं। उन्हें गठिया की गंभीर समस्या थी। खासकर उनके हाथों की उँगलियों के पोर मोटे और टेढ़े-मेढ़े हो गए थे। हालाँकि हाथ अभी भी काम कर रहे थे, मगर वह दिन करीब था जब उनके लिए उनसे कोई भी काम ले पाना नामुमकिन हो जाएगा, और उन्हें भी यह बात पता थी। इससे मैं यह सोचने पर मजबूर हो गया कि जल्द ही मम्मा की भी यही हालत होने वाली थी।

परी वहदती काबुल के अपने घर में मेरे साथ हफ्ते भर तक रहीं। जब वह आईं तो मैंने उन्हें पूरा घर घुमाया। इस घर को उन्होंने आखिरी बार 1955 में देखा था और उन्हें यह देखकर ख़ासा ताज्जुब हुआ कि उन्हें वह घर अब भी कितनी अच्छी तरह याद था। मसलन, उन्होंने बताया कि स्टडी और खाने के कमरे के बीच जो दो सीढ़ियाँ थीं, वहाँ वह दोपहर के समय धूप सेकते हुए किताबें पढ़ा करती थीं। वह इस बात से बहुत हैरान थीं कि इस घर का आकार असल में उनकी यादों में बसे घर के आकार के मुकाबले कितना छोटा था। मगर ऐसा सभी के साथ होता है, बचपन में हमें जो चीज़ें बहुत बड़ी मालूम होती हैं, बड़े होकर देखने पर वे उसकी तुलना में बहुत छोटी लगती हैं। जब मैं उन्हें ऊपर के माले पर ले गया, तो उन्होंने फ़ौरन पहचान लिया कि उनका बेडरूम कौन सा था। हालाँकि फिलहाल उस कमरे में मेरे एक जर्मन सहकर्मी रह रहे हैं, जो विश्व खाद्य कार्यक्रम के लिए काम करते हैं।

मुझे याद है कि जब उन्होंने उस बेडरूम के एक कोने में रखी एक छोटी-सी अलमारी देखी, तो उनकी साँसें थम गईं–यह उनके बचपन की उन कुछेक निशानियों में से एक थी जो अब तक बची रह गई थीं। मुझे यह बात नबी के उस ख़त से पता चली थी जो उन्होंने मेरे लिए छोड़ा था। परी उस अलमारी के पास जाकर घुटनों के बल बैठ गईं और उसके उखड़े हुए पीले रंग और उसके दरवाज़ों पर बने जिराफों और लंबी पूँछ वाले बंदरों की धुंधली पड़ चुकीं पेंटिंग्स पर हाथ फिराने लगीं, मानो उनके ज़रिए बचपन के उन दिनों को फिर से जीना चाह रही हों। जब थोड़ी देर बाद उन्होंने सिर उठाकर मेरी तरफ देखा, तो मैंने पाया कि उनकी आँखें पनिया गई थीं। उन्होंने बहुत ही सकुचाते हुए और 'तकलीफ के लिए माफी' वाले अंदाज़ में पूछा कि क्या उस अलमारी को पेरिस भिजवाना संभव हो

सकता था। उन्होंने कहा कि वह उसके बदले एक नयी अलमारी खरीदकर देने को तैयार हैं। इस घर से उन्हें बस यही एक चीज़ चाहिए थी। मैंने उनसे कहा कि मुझे ऐसा करने में खुशी होगी और इसके बदले उन्हें नयी अलमारी दिलाने की बिल्कुल भी ज़रूरत नहीं थी।

वापस जाते वक़्त परी वहदती उस अलमारी के अलावा, जिसे मैंने उनके जाने के कुछ दिनों बाद ही भेज दिया था, सिर्फ़ सुलेमान वहदती के स्केच पैड, नबी का ख़त और अपनी मम्मा नीला की कुछ कविताएँ (जिन्हें नबी ने सहेज कर रखा था) ही साथ ले गईं। इस सबके अलावा उन्होंने यहाँ रहते हुए मुझसे सिर्फ़ एक और चीज़ माँगी थी। उन्होंने मुझसे पूछा था कि क्या मैं उन्हें शादबाग ले जाने के लिए एक वाहन की व्यवस्था कर सकता हूँ, ताकि वह उस गाँव को देख सकें जहाँ वह पैदा हुई थीं और जहाँ उन्हें अपने सौतेले भाई इकबाल के मिल जाने की उम्मीद थी।

"अब जबकि यह घर उसके नाम हो गया है," मम्मा ने कहा, "तो मुझे लगता है कि वह इसे बेच देगी।"

"उन्होंने कहा है कि मैं जब तक चाहूँ यहाँ रह सकता हूँ, वो भी बिना कोई किराया दिए," मैंने जवाब दिया।

मैं फोन पर मम्मा को देख तो नहीं सकता था, मगर अपने अनुभव से बता सकता था कि उनके चेहरे पर इस वक़्त संदेह के बादल छाए हुए थे। आखिर को वह टिनोस की रहने वाली हैं। बाकी द्वीपवासियों की तरह उन्हें भी टिनोस से बाहर रहने वाले सभी लोग गैर-भरोसेमंद मालूम होते थे और इसलिए वह उनके अच्छे कामों को भी हमेशा शक की नज़र से देखती थीं, उनकी सद्भावना में भी कोई छिपी हुई दुर्भावना तलाशने की कोशिश करती थीं। यह भी उन कई सारी वजहों में से एक थी जिनके चलते मुझे बचपन से ही पता था कि मौका मिलते ही मैं टिनोस छोड़ दूँगा। जब भी मैं वहाँ लोगों को इस तरह की बातें करते सुनता था, तो एक मायूसी सी मुझ पर हावी हो जाती थी।

"और आपका कबूतरखाने का काम कैसा चल रहा है?" मैंने विषय बदलने के लिए पूछा।

"अभी तो थालिया संभाल रही है, मैंने कुछ दिनों के लिए उससे छुट्टी ले ली है। उसकी वजह से थोड़ी थकान होने लगी थी।"

छह महीने पहले मम्मा ने एथेंस में एक न्यूरोलॉजिस्ट से अपनी जाँच कराई थी। वो भी तब जब मैंने उन्हें ज़ोर देकर कहा था। असल में थालिया ने मुझे

बताया था कि मम्मा को अक्सर झटके-से लगने लगे थे और हाथों में पकड़ी हुई चीज़ें अपने आप हाथ से छूटने लगी थीं। इसके बाद ही मैं मम्मा के पीछे पड़ गया था। थालिया ही उन्हें वहाँ ले गई थी। मगर न्यूरोलॉजिस्ट के पास से आने के बाद एकाएक मम्मा में ज़बरदस्त एनर्जी आ गई थी और उन्होंने नए-नए काम निकालने शुरू कर दिए थे–घर को दोबारा रंगना, पानी के रिसाव को ठीक करना, थालिया को ऊपर के कमरे में एक नई अलमारी बनाने में मदद करने के लिए मनाना, यहाँ तक कि छत पर टूटी हुई टाइलों को बदलना। शुक्र है कि थालिया ने इसे रोक दिया। यह बात मुझे थालिया द्वारा भेजे गए ईमेल से पता चली। और अब यह कबूतरखाना। मैं जब इसके बारे में सोचता हूँ तो मेरे ज़ेहन में मम्मा की कुछ ऐसी तस्वीर उभरती है कि वह अपनी आस्तीनें ऊपर चढ़ाए, हाथ में हथौड़ा लिए, पसीने से भीगी पीठ के साथ कीलें ठोक रही हैं और लकड़ी के तख़्तों को घिस रही हैं–अपनी कमज़ोर होतीं नस-नाड़ियों से होड़ लगाते हुए, जितना समय बचा है उतने में उन नस-नाड़ियों से जितना हो सके उतना ज़्यादा से ज़्यादा काम ले लेने की कोशिश करते हुए।

"तुम घर कब आ रहे हो?" मम्मा ने पूछा।

"जल्द ही," मैंने कहा।

पिछले साल भी जब उन्होंने यही सवाल पूछा था, तब भी मैंने यही जवाब दिया था। टिनोस गए को मुझे दो बरस होने को आए हैं।

मम्मा थोड़ी देर खामोश रहीं। फिर बोलीं, "ज़्यादा देर मत करना। वे मुझे वेंटिलेटर में जकड़ दें, उससे पहले मैं एक बार तुम्हें देखना चाहती हूँ।" कहकर वह हँसीं। यह उनकी पुरानी आदत है, अपनी बदकिस्मती को मज़ाक में उड़ाना और मसखरापन दिखाना, और किसी भी कीमत पर यह न ज़ाहिर होने देना कि उन्हें अपनी हालत पर तरस आ रहा है। इसका विरोधाभासी–और यकीनन सोचा-समझा–असर यह है कि यह बदकिस्मती को कम भी करता है और बढ़ाता भी है।

"अगर हो सके तो क्रिसमस पर आ जाना," उन्होंने कहा। "कम से कम 4 जनवरी से पहले तो आ ही जाना। थालिया बता रही थी कि उस दिन ग्रीस में सूर्य ग्रहण होगा। उसने इंटरनेट पर पढ़ा था। हम साथ में देख सकते हैं।"

"मैं कोशिश करूँगा, मम्मा," मैंने जवाब दिया।

यह कुछ ऐसा ही था जैसे एक सुबह आप सोकर उठें और आपको पता चले कि कोई जंगली जानवर आपके घर में घुस आया है। मैं किसी भी जगह स्वयं को सुरक्षित नहीं पा रहा था। वह हर जगह मौजूद थी, घुसपैठिए की तरह, घात लगाए बैठी थी, और लगातार रूमाल से अपने गाल पर से उस लार को पोंछ रही थी जो उसके मुँह से लगातार बहती रहती थी। ऊपर से हमारा घर इतना छोटा था कि उससे बचकर रह पाना नामुमकिन था। मुझे खासकर खाने के समय से डर लगता था, जब मुझे थालिया को मास्क का निचला हिस्सा उठाकर चम्मच से खाना खाते हुए देखना पड़ता था। यह देखकर और खाते समय उसके मुँह से आने वाली आवाज़ सुनकर मेरे पेट में मरोड़ें उठने लगती थीं। वह अजीब-सी गीली-सी आवाज़ करते हुए खाती थी, और जो कुछ भी वह चम्मच से मुँह में डालती थी, उसका बड़ा हिस्सा अधचबा उसके मुँह से निकलकर उसकी प्लेट में, या मेज़ पर, यहाँ तक कि फर्श पर भी गिर जाता था। उसे सभी रसदार चीज़ें (तरल पदार्थ), यहाँ तक कि सूप भी, स्ट्रॉ के ज़रिए लेना पड़ती थीं, और इसीलिए उसकी मम्मा हमेशा अपने पर्स में एक स्ट्रॉ रखकर चलती थीं। जब वह स्ट्रॉ से सूप पीती थी तो गुड़गुड़ की आवाज़ होती थी, उसके मास्क पर दाग लग जाता था, और उसके जबड़े के किनारे से टपक कर सूप उसकी गर्दन पर भी बहने लगता था। पहली बार जब खाने की मेज़ पर ये सब हुआ तो मैंने मेज़ से उठकर जाने की इजाज़त माँगी, जिस पर मम्मा ने मुझे ऐसे घूरकर देखा कि मैंने वो इरादा हमेशा के लिए छोड़ दिया। कोई और चारा न देखकर मैंने अपनी नज़रें फेरे रखने और अपने कानों को बंद रखने की कोशिश करनी शुरू कर दी, मगर यह आसान नहीं था। मैं रसोई में जाता तो वह वहाँ बैठी होती, मेडेलीन मौसी उसके गालों पर जलन से बचने के लिए मरहम लगा रही होतीं।

मैं एक-एक दिन गिनने लगा कि कब चार हफ्ते पूरे हों और वे दोनों जाएँ। मन ही मन मैं हिसाब लगाता रहता कि अब कितने दिन बचे हैं। काश मेडेलीन मौसी अकेली आई होतीं। मुझे मेडेलीन मौसी अच्छी लगी थीं। हर दिन सुबह के वक़्त हम चारों घर के सामने बने छोटे से चौकोर आँगन में बैठकर धूप सेंकते थे। उस दौरान मेडेलिन मौसी कॉफ़ी की चुस्की लेते हुए लगातार सिगरेट के कश लगाती रहती थीं। उनके सर पर एक सुनहरी रंग की स्ट्रॉ हैट होती थी। उस हैट और आँगन में लगे जैतून के पेड़ की छाया के चलते उनके चेहरे का कुछ भाग उजाले में रहता था और कुछ भाग अँधेरे में। उस हैट को अगर किसी और ने पहना होता–मिसाल के तौर पर, मम्मा ने–तो वह बहुत ही वाहियात और बेहूदा मालूम होता, मगर मेडेलिन मौसी की बात अलग थी। मेडेलिन मौसी उन लोगों में

से थीं जिनके ऊपर हर चीज़ जँचती थी, जिनके लिए कुछ भी पहनकर खूबसूरत लगना उतना ही सहज होता था जितना किसी के लिए साँस लेना होता है। मानो वह माँ के पेट से ही यह सीखकर आई हों। जब हम मैडलीन मौसी के साथ बैठे होते थे तो बातचीत जारी रखने के लिए हमें कुछ भी कहने या करने की ज़रूरत नहीं होती थी, वही लगातार बोलती रहती थीं और हमें सिर्फ़ सुनना होता था। वह लगातार किस्से सुनाती रहती थीं। एक सुबह उन्होंने हमें अपनी यात्राओं के किस्से सुनाए–मिसाल के तौर पर, अंकारा के सफ़र के, जहाँ उन्होंने राकी मिली ग्रीन टी की चुस्कियाँ लेते हुए एंगुरी सु नदी के किनारे टहलने का लुत्फ़ उठाया था, या उस वक़्त के जब वह मिस्टर जियानाकोस के साथ केन्या गई थीं और वहाँ कंटीले बबूल के पेड़ों के बीच हाथियों की पीठ पर सवारी की थी और स्थानीय ग्रामीणों के साथ बैठकर मक्के का दलिया और नारियल वाले चावल भी खाए थे।

मैडेलीन मौसी के किस्सों ने मेरे अंदर एक पुरानी बेचैनी को फिर से जगा दिया था; बेफ़िक्र और बेख़ौफ़ होकर घर से और इस द्वीप से बाहर निकलने और सारी दुनिया को नाप डालने की जो इच्छा मेरे भीतर हमेशा से थी, उसे इन किस्सों ने फिर से हवा दे दी थी। इन किस्सों को सुनकर इनके मुकाबले टिनोस पर अपनी ज़िन्दगी मुझे और भी ज़्यादा मामूली लगने लगी थी। मुझे लगने लगा था कि अगर मैं यहीं रहा तो मेरी बाकी ज़िन्दगी भी वैसे ही अनजानों की तरह भटकते हुए गुज़र जाएगी जैसी बचपन से अब तक गुज़री है। टिनोस मुझे कभी भी अपने घर जैसा लगा ही नहीं था। बचपन से मैं यही महसूस करता आया था कि टिनोस पर मेरे रूप में जो रह रहा था वह मैं नहीं था, वह मेरा कोई प्रतिनिधि था, जैसे कि मेरा असली स्वरूप कहीं और रहता हो–किसी दिन अपने इस अधूरे, नाममात्र के स्वरूप के साथ एकाकार हो जाने के इंतज़ार में। मुझे हमेशा से यही लगता आया था कि मैं किसी गलत जगह पर फँस गया हूँ, यह मेरा घर नहीं है, मैं शायद किसी श्राप के कारण निर्वासन भोगने के लिए यहाँ भेजा गया हूँ।

मैडलीन मौसी ने बताया कि अंकारा में वह कुगुलू पार्क नाम की एक जगह गई थीं और वहाँ उन्होंने पानी में हँस तैरते देखे थे। उन्होंने यह भी बताया कि सूरज की किरणें पड़ने से पानी सोने की तरह चमक रहा था, आँखों को चौंधिया रहा था।

"मैं कुछ ज़्यादा ही बकबक कर रही हूँ," उन्होंने हँसते हुए कहा।

"नहीं, ऐसी कोई बात नहीं है," मम्मा ने जवाब दिया।

"यह मेरी पुरानी आदत है। मैं बहुत ज़्यादा बोलती हूँ। हमेशा। तुम्हें याद है, क्लास में बकबक करके हम सबको कितना परेशान करती थीं? उसमें तुम्हारी

कोई गलती नहीं होती थी, ओडी। तुम तो हमेशा से ही बहुत ज़िम्मेदार और पढ़ाकू थीं।"

"तुम्हारे किस्से दिलचस्प हैं। बिल्कुल तुम्हारी ज़िन्दगी की तरह।"

मैडेलीन मौसी ने आँखों की पुतलियाँ ऊपर चढ़ाईं। "मगर इस दिलचस्प ज़िन्दगी की अपनी दुश्वारियाँ भी हैं।"

"क्या तुम्हें अफ्रीका पसंद आया?" मम्मा ने थालिया से पूछा।

थालिया ने रूमाल से अपने गाल को पोंछा, मगर कोई जवाब नहीं दिया। मुझे खुशी हुई। उसके गले से अजीब-सी आवाज़ निकलती थी–तुतलाहट और घुरघुराहट का एक अजीब-सा मिश्रण।

"नहीं, थालिया को कहीं आना-जाना, घूमना-फिरना पसंद नहीं है," मैडलीन मौसी ने सिगरेट बुझाते हुए कहा। उन्होंने यह बात ऐसे कही जैसे यह कोई अटल सत्य हो। और बगैर थालिया की ओर देखे कही, मानो उसके द्वारा इस बात की पुष्टि या विरोध किए जाने का कोई सवाल ही नहीं उठता था। "उसे इसमें कोई दिलचस्पी नहीं है।"

"मुझे भी नहीं है," मम्मा ने फिर से थालिया की ओर देखकर कहा। "मुझे घर पर रहना अच्छा लगता है। मेरे ख़याल से मुझे टिनोस छोड़ने का कभी कोई ठोस कारण ही नहीं मिला।"

"और मुझे यहाँ रहने की कोई वजह नहीं मिली कभी," मैडेलीन मौसी ने कहा। "बेशक, सिवाए तुम्हारे।" उन्होंने मम्मा की कलाई को छुआ। "तुम्हें पता है यहाँ से जाते वक़्त मेरे मन में सबसे बड़ा डर किस बात का था? मेरी सबसे बड़ी चिंता क्या थी? यही कि मैं ओडी के बिना कैसे रहूँगी? कसम से, मैं इस ख़याल से बहुत डर गई थी।"

"मगर देखो, तुमने अकेले ही सबकुछ ठीक से संभाल लिया," मम्मा ने थालिया से नज़रें हटाते हुए हौले से कहा।

"तुम नहीं जानते," मैडलीन मौसी ने कहा, और मुझे एहसास हुआ कि वो मैं ही था जो नहीं जान रहा था क्योंकि वह सीधे मेरी तरफ देखकर कह रही थीं। "तुम्हारी मम्मा के बिना मैं खुद को संभाल नहीं पाती। आज इन्हीं की बदौलत में ज़िन्दा हूँ।"

"अब तुम बेकार बकबक कर रही हो," मम्मा ने कहा।

तभी थालिया ने अपना चेहरा ऊपर उठाया और आँखें सिकोड़कर नीले आसमान की तरफ देखने लगी, जहाँ एक जेट खामोशी से अपने गंतव्य की ओर बढ़ा चला जा रहा था–अपने पीछे सफ़ेद धुएँ की एक लम्बी लकीर छोड़ते हुए।

"ओडी ने मुझे मेरे पापा से बचाया था," मैडलीन मौसी ने कहा। मुझे यकीन नहीं था कि वह अभी भी मुझसे ही बात कर रही थीं या नहीं। "वह उन लोगों में से एक थे जो जन्म से ही ज़ालिम किस्म के होते हैं। उनकी बड़ी-बड़ी और फूले हुए पपोटों वाली आँखें थीं। उनकी गर्दन किसी पेड़ के तने जैसी मोटी और छोटी थी, जिसके पीछे एक काला मस्सा था। और उनकी मुट्ठियाँ। मज़बूत ईंट जैसी मुट्ठियाँ। मुझे उनके घर आ जाने का पता उनसे सामना होने से पहले ही चल जाता था। उन्हें उसके लिए कुछ भी करने या कहने की ज़रूरत नहीं पड़ती थी। बस दालान में उनके जूतों की आवाज़, चाबियों की खनक, और उनका गुनगुनाना ही मेरे जानने के लिए काफ़ी होता था। जब वह नाराज़ होते थे तो आँखें बंद कर लेते थे और गहरी-गहरी साँसें भरते थे (देखकर ऐसा लगता था जैसे किसी गहरी सोच में डूबे हों), और फिर अपना चेहरा मलते हुए कहते थे, ठीक है फिर, लड़की, ठीक है, और मुझे पता चल जाता था कि अब तूफ़ान आने वाला है और उसे रोका नहीं जा सकता। उस वक़्त कोई भी मेरी मदद नहीं कर सकता था। कभी-कभी तो उनको हाथों से अपना चेहरा मलते या नाक से गहरी-गहरी साँसें छोड़ते देखकर ही मेरी आँखों के आगे अँधेरा छा जाता था।

"यहाँ से जाने के बाद भी मेरी ज़िन्दगी में जो मर्द आए वे सब भी ऐसे ही थे, मेरे पापा के जैसे। काश मैं कुछ और कह पाती। मगर सच यही है। और इससे मैंने जो सीखा है वो यह है कि अगर आप थोड़ा गहराई में जाकर देखें तो पाएँगे कि सारे मर्द लगभग एक जैसे ही हैं। हाँ, यह हो सकता है कि उनमें से कुछेक ऊपर से थोड़ा ज़्यादा सभ्य और संस्कारी नज़र आते हों। बाहर-बाहर से वे खासे दिलकश और खुशमिज़ाज नज़र आते हैं, और इसी दिखावे के कारण हमें धोखा हो जाता है। मगर भीतर से वे सभी उन छोटे बच्चों की तरह होते हैं जिनका बचपन गहरी नाखुशी में बीता है और इस वजह से जो भीतर ही भीतर गुस्से से उबलते रहते हैं। उन्हें लगता है कि उनके साथ अन्याय हुआ है। उन्हें उनका हक नहीं मिला। किसी ने भी उनसे उतना प्यार नहीं किया जितना किया जाना चाहिए था। और अब वे आपसे उम्मीद करते हैं कि आप उसकी भरपाई करें। वे चाहते हैं कि आप उन्हें प्यार करें, गले लगाएँ, दुलारें और दिलासा दें। मगर ऐसा करना हमारी गलती है, क्योंकि जब उन्हें यह मिलता है तो वे इसे पचा नहीं पाते। वे उसी चीज़ को पचा नहीं पाते जिसकी उन्हें सबसे ज़्यादा ज़रूरत है।

वे इसके लिए आपसे नफ़रत करने लगते हैं। और यह किस्सा कभी खत्म नहीं होता, क्योंकि उनकी नफ़रत का कोई अंत नहीं है। और इसीलिए यह सिलसिला कभी खत्म नहीं होता–ये दुःख-दर्द, ये बदहाली, ये माफियाँ, ये वादे, ये मुकरना, और ये सारी दयनीयता। मेरा पहला पति भी ऐसा ही था।

मैं स्तब्ध था। मेरे सामने इससे पहले किसी ने भी इतनी साफगोई से बात नहीं की थी, मम्मा ने तो बिल्कुल नहीं। मेरे जानने वालों में से किसी ने भी अपनी बदकिस्मती को इस तरह खुलकर नहीं बखाना था। मुझे उनको लेकर थोड़ी शर्मिंदगी महसूस हुई, मगर मन ही मन मैं उनकी साफगोई की तारीफ़ किए बिना भी नहीं रह पाया।

जब उन्होंने अपने पहले पति का ज़िक्र किया, तो मैंने पहली बार उनके चेहरे पर उदासी छाती हुई देखी। पल भर को उनके चेहरे पर एक ऐसी शिकन उभरी जिसे देखकर लगा जैसे किसी ने उनके भीतर मौजूद किसी गहरे घाव को कुरेद दिया हो, जो कि उनके ज़िन्दादिल ठहाकों, शरारत भरी छेड़छाड़, और उस ढीली-ढाली, कद्दू के रंग वाली, फूलों के बड़े-बड़े प्रिंट वाली पोशाक के एकदम उलट बात थी जो वह उस वक़्त पहने हुए थीं। मुझे याद है उस वक़्त मुझे लगा था कि वह कितनी अच्छी अभिनेत्री थीं जो अपनी परेशानी, हताशा और दिल के दर्द को बखूबी हँसमुख चेहरे के पीछे छुपा लेती थीं। मेरा ख़याल था कि उन्होंने हँसमुख चेहरे को एक मुखौटे की तरह पहना हुआ था, और मैंने मन ही मन इस सूक्ष्म अवलोकन के लिए अपनी पीठ भी थपथपाई थी।

मगर बाद में, जब मैं थोड़ा बड़ा हो गया, तब उस घटना के बारे में सोचने पर मैं अपने उस अवलोकन की सटीकता के प्रति उतना आश्वस्त नहीं हो पाता था। मुझे उनके व्यवहार में बनावटीपन नज़र आने लगा था। मुझे लगने लगा था कि उनके बेहतरीन अभिनेत्री होने वाली बात तो सही थी, मगर इस बात में अब मुझे संशय मालूम होता था कि वे अपने असल दुःख-दर्द को हँसमुख चेहरे के पीछे छिपाती थीं। इसके उलट मुझे यह लगने लगा था कि अपने पहले पति के बारे में बात करते वक़्त वह अपने चेहरे पर जो उदासी और शिकन लाई थीं, असल में वह भी उनके अभिनय का शानदार नमूना था। अपने पहले पति का ज़िक्र करते समय जिस तरह से वह रुकी थीं, जिस तरह से उन्होंने नज़रें नीचे झुकाई थीं, जिस तरह से उनका टेंटुआ ऊपर-नीचे हुआ था, जिस तरह से उनके होंठ हल्के से काँपे थे, ये सब मुझे वैसा ही बनावटी मालूम होने लगा था जैसी कि उनकी ज़बरदस्त ऊर्जा और हँसी-मज़ाक, उनकी ज़िन्दादिली, उनका ज़बरदस्त आकर्षण, और यहाँ तक कि छोटी-छोटी बातों को भी बड़ी अदा से और नज़ाकत

से और हँसते-मुस्कराते हुए पेश करने का उनका तरीका लगने लगा था। शायद उनके ये दोनों ही रूप बनावटी थे, या शायद दोनों में से कोई भी नहीं था। मेरे लिए यह समझना मुश्किल हो गया था कि क्या अभिनय था और क्या हकीकत। मगर इससे मुझे यह यकीन ज़रूर हो चला था कि वह मेरी उम्मीद से कहीं ज़्यादा दिलचस्प अभिनेत्री थीं।

"न जाने कितनी बार मैं पापा से मार खाने के बाद बचने के लिए भागकर इस घर में आई होऊँगी, क्यों ओडी?" मैडलीन मौसी ने कहा। उनकी मुस्कान और उनकी खिलखिलाती हँसी वापस लौट आई थी। "बेचारे तुम्हारे मम्मा-पापा। मगर यह घर मेरी जन्नत था। मेरी पनाहगाह। सचमुच था। एक बड़े द्वीप के भीतर एक छोटा सा द्वीप।"

"हम लोगों को तुम्हारा यहाँ आना हमेशा अच्छा लगता था," मम्मा ने कहा।

"मार्कोस, तुम्हारी मम्मा ने ही मेरी मार-पिटाई बंद करवाई थी। क्या इन्होंने तुम्हें कभी बताया इस बारे में?"

मैंने कहा कि नहीं बताया।

"मुझे ज़रा भी हैरानी नहीं है। यही तो ओडेलिया वरवारिस की खासियत है।"

मम्मा अपनी गोद में रखे एप्रन को मोड़ने, फिर से खोलने, और फिर मोड़ने लगने में व्यस्त थीं। मगर बेखयाली में। उनका मन इस वक़्त किसी समय की किसी और धारा में विचरण कर रहा मालूम होता था। उनके चेहरे पर ऐसी मुस्कान थी जैसे वह कोई बहुत हसीन ख्वाब देख रही हों।

"एक रात उसी तरह भागी-भागी जब मैं यहाँ आई, तो मेरी जीभ से खून बह रहा था, कनपटी से बालों का एक गुच्छा उखड़ा हुआ था, और मेरे कान में अभी भी ज़ोरदार मुक्के की धमक गूँज रही थी। उस रात तो उन्होंने मेरा बहुत ही बुरा हाल कर दिया था। मैं किस भयानक हालत में थी। क्या हाल था मेरा!" जिस तरह से मेडेलीन मौसी यह वाकया सुना रही थीं, आपको लग सकता था कि वह किसी शानदार दावत या किसी अच्छे उपन्यास के बारे में बात कर रही थीं। "तुम्हारी मम्मा ने कुछ नहीं पूछा कि क्या हुआ और कैसे हुआ, क्योंकि वह जानती थी। यकीनन वह जानती थी। वह देर तक मुझे देखती रही–अपने सामने खड़े होकर डर और दर्द से काँपते, तिलमिलाते देखती रही–और फिर बोली, मुझे अभी भी याद है, ओडी, तुमने कहा था, बस, अब बहुत हो गया ये सब। तुमने

कहा था, हम तुम्हारे पापा से मिलने जा रहे हैं, मैडी। यह सुनकर मैं गिड़गिड़ाने लगी थी, तुम्हें रोकने लगी थी। मुझे डर था कि पापा हम दोनों को मार डालेंगे। मगर तुम तो जानते हो कि तुम्हारी मम्मा कैसी हैं।"

"बेशक जानता हूँ," खुद-ब-खुद मेरे मुँह से निकल गया, जिस पर मम्मा ने तिरछी नज़र से मुझे घूरकर देखा।

"इसने मेरी एक नहीं सुनी। इसके चेहरे पर गज़ब की ज़िद थी। मुझे यकीन है कि तुम्हारा अक्सर उस ज़िद से परिचय होता होगा। उसने तय कर लिया था, और जब हम घर से निकले तो चलते-चलते उसने अपने पापा की शिकार वाली राइफल भी साथ ले ली थी। हम पैदल-पैदल गए और पूरे रास्ते मैं इसे रोकने की कोशिश करती रही, कहती रही कि उन्होंने उतना ज़्यादा नहीं मारा था। मगर यह मानो सुन ही नहीं रही थी। हम दनदनाते हुए मेरे घर पहुँचे, जहाँ मेरे पापा दरवाज़े पर ही खड़े थे। ओडी ने राइफल की नली उठाई और उसे उनकी ठोड़ी से सटाकर कहा, अगर आपने दोबारा ऐसा किया तो मैं वापस आकर इस राइफल से आपको सामने से गोली मारूँगी।

"एक पल को तो मेरे पापा की सिट्टी-पिट्टी ही गुम हो गई, बोलती ही बंद हो गई, मुँह से एक बोल तक नहीं फूटा उनके। और मार्कोस, तुम सबसे मज़ेदार बात जानना चाहते हो? मैंने जब नीचे उनके पैरों के पास देखा तो मुझे पानी का एक छोटा सा गोल घेरा दिखाई दिया, एक छोटा सा गोल घेरा जो उनके पैरों के बीच ज़मीन पर लगातार फैल रहा था। मुझे लगता है कि तुम समझ ही गए होगे।"

मैडलीन मौसी ने हाथ से अपने बालों को पीछे किया, एक और सिगरेट सुलगाई, और बोलीं, "और यह, माय डिअर, बिल्कुल सच्ची कहानी है।"

उन्हें यह कहने की ज़रूरत नहीं थी, मैं जानता था कि यह सच है। मैं मम्मा की बेशर्त और बेहिसाब वफ़ादारी और उनकी ज़बरदस्त ज़िद से अच्छी तरफ वाकिफ था। मैं वाकिफ था नाइंसाफी को ख़त्म करने और दबे-कुचले लोगों का निगहबान (वार्डन) बनने की उनकी सहज आदत से, उनकी इस सबसे बड़ी ज़रूरत से। और मुझे इस किस्से के सच्चे होने का पता इसलिए भी चल गया था, क्योंकि मम्मा ने उस आखिरी बात का ज़िक्र होते ही एक दबी हुई आह भरी थी। उन्हें उस बात का ज़िक्र किया जाना पसंद नहीं आया था। सिर्फ़ इसलिए नहीं क्योंकि बात एक शर्मनाक वाकये की हो रही थी। बल्कि इसलिए भी क्योंकि उनकी राय में मरने के बाद किसी के बारे में खराब बोलना, चाहे उसने ज़िन्दा रहते आपके साथ कितना भी खराब बर्ताव किया हो, सही नहीं होता। खासकर

अगर वह इंसान हमारे ही परिवार का कोई सदस्य हो। मरे हुए लोगों की गरिमा बनाए रखी जानी चाहिए, ऐसा उनका मानना था।

मम्मा ने अपनी जगह बैठे-बैठे ज़रा सा पहलू बदला और एक बार फिर थालिया की ओर देखकर पूछा, "तो अगर तुम्हें कहीं आना-जाना पसंद नहीं है, थालिया, तो फिर तुम्हें क्या करना पसंद है?"

हम सभी की निगाहें थालिया पर टिक गईं। काफी देर से सिर्फ़ मैडलीन मौसी ही बोल रही थीं, और अब जाकर किसी और के बोलने की बारी आई थी। मुझे याद है कि एक दिन जब हम आँगन में बैठकर धूप सेंक रहे थे तो उनके किस्से-कहानियाँ सुनते हुए मेरे मन में यक-ब-यक यह ख़याल आया था कि मैडलीन मौसी की सबका ध्यान अपनी ओर खींचने और हर चीज़ को अपने भंवर में पूरी तरह समा लेने की जो ज़बरदस्त काबिलियत थी, उसके चलते अक्सर थालिया की उपस्थिति नाकाबिल-ए-गौर मालूम होती थी। उसका वजूद गायब सा रहता था। फिर मुझे लगा कि एक संभावना यह भी हो सकती है कि ऐसा दोनों की मर्ज़ी से हो रहा हो, अपनी-अपनी ज़रूरत के चलते दोनों ने इस व्यवस्था को सहर्ष अपना लिया हो। बेटी हादसे के चलते जिस हालत में थी उसमें उसका ज़्यादातर खामोश और अपने आप में ज़ब्त रहना ही उसकी ज़रूरत थी, और हर वक़्त हर जगह सभी का ध्यान अपनी तरफ आकर्षित करने की तमन्नाई मम्मा के लिए अपनी बेटी को लोगों की बेवजह तवज्जो और व्यर्थ की टीका-टिप्पणियों से बचाए रखने के लिए अपनी इस आदत का उपयोग करना अब एक ज़रूरत भी बन गई थी। इसका मतलब था कि मैडेलीन मौसी की आत्ममुग्धता शायद रहमदिली का काम था, एक माँ का अपनी बेटी की ढाल बनने का एक तरीका था।

थालिया ने कुछ कहा, मगर किसी को ठीक से सुनाई नहीं दिया।

"थोड़ा ज़ोर से बोलो, डार्लिंग," मेडेलिन मौसी ने उससे कहा।

थालिया ने अपना गला साफ किया–ऐसा लगा मानो वह गरारे कर रही हो, मानो उसके गले में कफ अटका हो। "विज्ञान।"

मैंने पहली बार गौर किया कि उसकी आँखों का रंग हरा था–घास के मैदान की तरह हरा। उसके बाल घने और गहरे काले थे, और उसकी त्वचा उसकी मम्मा की तरह बेदाग थी। मैं सोचने पर मजबूर हो गया कि शायद उस हादसे से पहले वह अच्छी दिखती होगी, शायद मेडेलीन मौसी की ही तरह खूबसूरत।

"इन्हें उस धूपघड़ी के बारे में बताओ, डार्लिंग," मैडलीन मौसी ने थालिया से कहा।

थालिया ने कंधे उचकाए।

"इसने एक धूपघड़ी बनाई थी," मैडलीन मौसी ने कहा। "हमारे घर के पिछवाड़े। पिछली गर्मियों में। और यह काम इसने अकेले ही किया था, बिना किसी की मदद लिए। न एंड्रियास की। और मेरी तो बिल्कुल भी नहीं।" कहकर वह खिलखिलाकर हँस दीं।

"भूमध्यरेखीय या क्षैतिज?" मम्मा ने पूछा।

मुझे थालिया की आँखों में हैरानी की एक झलक दिखी। मानो वह चौंक गई हो। बिल्कुल वैसे ही जैसे कोई व्यक्ति परदेस में परदेसियों की भीड़ से भरी किसी सड़क पर चल रहा हो और अचानक ही उसके कानों में अपनी मातृभाषा का कोई शब्द पड़ जाए तो वह कैसे चौंक उठता है।

"क्षैतिज," उसने अपनी हैरानी पर काबू पाते हुए अपनी उस अजीब-सी घरघराती-सी आवाज़ में कहा।

"तुमने नोमोन के लिए क्या इस्तेमाल किया?"

थालिया की नज़रें मम्मा पर टिक गईं। "मैंने एक पोस्टकार्ड काट लिया था।" यह पहली बार था जब मुझे उन दोनों के बीच एक सहज-स्वाभाविक रिश्ता बनने की संभावना दिखाई दी थी।

"जब यह छोटी थी, तो अपने खिलौनों को खोल-खोलकर, तोड़-तोड़कर देखती थी," मैडेलीन मौसी ने कहा। "इसे यांत्रिक (मशीनी) खिलौने ही पसंद आते थे, जिनमें भीतर यंत्र लगे होते थे। ऐसा नहीं था कि यह उनसे खेलती थी, नहीं, यह उन्हें तोड़ देती थी, उन सभी महँगे खिलौनों को। हाथ में आए देर नहीं होती थी कि यह उन्हें खोल देती थी। मैं इस बात से बहुत परेशान हो जाती थी, मगर एंड्रियास–मुझे उसकी तारीफ करनी होगी–एंड्रियास कहता था कि उसे खोलने दो, यह तो जिज्ञासु मस्तिष्क की निशानी है।"

"अगर तुम चाहो तो हम मिलकर एक बना सकते हैं," मम्मा ने कहा। "मेरा मतलब है, एक धूपघड़ी।"

"वो तो मुझे पहले से ही पता है कि कैसे बनाते हैं।"

"तमीज़ से पेश आओ, डार्लिंग," मैडलीन मौसी ने कहा, और अपना एक पैर फैलाया, फिर मोड़ा, मानो वह किसी डांस प्रोग्राम के लिए स्ट्रेचिंग कर रही हों। "ओडी मौसी तो तुम्हारी मदद करने की कोशिश कर रही हैं।"

"तो फिर कुछ और," मम्मा ने कहा। "हम कुछ और बना सकते हैं।"

"ओह! ओह!" मेडेलिन ने जल्दी से धुआँ छोड़ते हुए घरघराहट भरी आवाज़ में कहा। "मुझे यकीन नहीं हो रहा है कि मैंने तुम्हें अभी तक इस बारे में बताया नहीं है, ओडी। मेरे पास एक खबर है। अंदाज़ा लगाओ।"

मम्मा ने कंधे उचका दिए।

"मैं फिर से एक्टिंग करने जा रही हूँ! फिल्मों में! मुझे एक बड़ी फिल्म में मेन लीड (मुख्य भूमिका) का ऑफर मिला है। यकीन नहीं हो रहा न तुम्हें भी?"

मम्मा ने बेमन से कहा, "बधाई हो।"

"उसकी स्क्रिप्ट मेरे पास है। मैं तुम्हें पढ़ने को देती, ओडी, मगर मुझे डर है कि तुम्हें पसंद नहीं आएगी। और अगर ऐसा होगा तो यकीन जानो मैं बहुत निराश हो जाऊँगी। मैं इससे उबर नहीं पाऊँगी। इसीलिए बेहतर है कि तुम उसे न पढ़ो। हम बसंत में शूटिंग शुरू करेंगे।"

अगली सुबह नाश्ते के बाद मम्मा ने मुझे एक तरफ बुलाया। "अब साफ़-साफ़ बताओ, क्या बात है? तुम्हारी परेशानी क्या है?"

मैंने कहा कि मुझे समझ नहीं आ रहा कि वो क्या कह रही हैं।

"बेहतर होगा कि तुम ये सब छोड़ दो। यह बेवकूफी भरा नाटक। यह तुम पर जँचता नहीं है," उन्होंने कहा। उनकी एक खास आदत थी कि जब वह धमकी के अंदाज़ में बात करती थीं तो आँखों को सिकोड़कर और सिर को थोड़ा सा झुकाकर बोलती थीं। आज भी उनका वह अंदाज़ याद आता है तो मन में सिहरन दौड़ जाती है।

"मैं यह नहीं कर सकता, मम्मा। मेरे साथ ज़बरदस्ती मत करो।"

"क्यों नहीं कर सकते?"

मेरे कुछ सोचने से पहले ही मेरे मुँह से निकल गया, "वह कितनी डरावनी है! किसी भयानक राक्षस की तरह!"

मम्मा का मुँह ज़रा-सा हो गया। उन्होंने मुझे गुस्से से नहीं, बल्कि हताश निगाहों से देखा, मानो मैंने उनकी सारी ऊर्जा निचोड़ ली हो। उनकी आँखों में बस एक ही भाव था – सब उम्मीद खो जाने का भाव, हथियार डाल देने का भाव। जैसे कोई संगतराश (मूर्तिकार), जो लम्बे समय से किसी पत्थर को कोई मनचाहा

आकार देने की कोशिश में लगा हो, आखिरकार अपनी छेनी-हथौड़ी छोड़कर हार मान ले कि अब यह काम उससे न हो पाएगा।

"वह भी हमारी-तुम्हारी तरह एक इंसान है। उसके साथ एक भयानक घटना घटी है। तुम्हें इस बात का कोई अहसास नहीं? एक बात कान खोलकर सुन लो, अगर तुमने उसे फिर से डरावना या राक्षस कहा तो मुझसे बुरा कोई नहीं होगा। तुम बोलकर देखो ज़रा, फिर मैं बताती हूँ तुम्हें।"

इसके कुछ ही देर बाद हम, मैं और थालिया, दोनों ओर से पत्थर की दीवारों से घिरे एक पथरीले रास्ते पर चले जा रहे थे। मैं जानबूझकर उससे चंद कदम आगे चलने की कोशिश कर रहा था, क्योंकि मैं नहीं चाहता था कि रास्ते चलते लोग या फिर स्कूल में मेरे साथ पढ़ने वाला कोई लड़का हमें देखकर यह सोचे कि हम साथ थे। हालाँकि यह बात छिपी नहीं रह सकती थी, हमें देखकर कोई भी समझ जाता कि हम साथ थे। मगर मैं यह मानकर चल रहा था कि और कुछ हो न हो, मेरे ऐसे चलने से उसे इस बात का इशारा तो मिल ही जाएगा कि मैं अपनी मर्ज़ी के खिलाफ उसके साथ था और इस बात को लेकर नाराज़ भी था। मुझे यह देखकर राहत मिली कि उसने मेरे कदम से कदम मिलाकर चलने की कोशिश नहीं की और उस दूरी को बनाए रखा। रास्ते में हमें दिन भर की धूप से झुलसे, थके-हारे, घरों को लौटते किसान और कारीगर मिले। उनके गधे बिना बिके सामान से भरी टोकरियों के बोझ तले दबे हुए थे, और उनके खुरों की टप्प-टप्प पथरीले रास्ते पर गूँज रही थी। मैं उनमें से ज़्यादातर किसानों व कारीगरों को जानता था, मगर मैं चुपचाप सिर झुकाए चलता रहा और किसी की भी तरफ देखने की कोशिश नहीं की।

मैं थालिया को लेकर बीच (समुद्र तट) पहुँच गया। मैंने जानबूझकर वह चट्टानों भरा बीच चुना था जहाँ मैं कभी-कभार जाया करता था, क्योंकि मुझे पता था कि वहाँ दूसरे समुद्र तटों की तरह भीड़भाड़ नहीं होती। मैंने अपनी पैंट ऊपर की और एक चट्टान से दूसरी चट्टान पर कूदता हुआ आखिर में एक ऐसी चट्टान पर जाकर बैठ गया जहाँ लहरें आकर टकरा रही थीं। मैंने जूते उतारे और अपने पैर पत्थरों के बीच बने एक छोटे से उथले पोखर में डाल दिए। पोखर में एक हर्मिट केकड़ा था, जैसे ही मेरे पैर की उंगलियाँ उससे टकरायीं, वह दूर भाग गया। थालिया आकर मेरी दाहिनी ओर की एक चट्टान पर बैठ गई।

बड़ी देर तक हम दोनों खामोश बैठे रहे, चट्टानों से टकराती समुद्र की लहरों को देखते रहे। तेज़ हवा का एक झोंका मेरे कानों के पास से गुज़रा और समंदर की नमकीन महक मेरे नथुनों में भर गई। सामने ही एक पेलिकन पक्षी अपने पंख

फैलाए नीले-हरे पानी के ऊपर मंडरा रहा था। वहीं दो औरतें अपनी-अपनी स्कर्ट ऊपर उठाए अगल-बगल घुटनों तक पानी में खड़ी थीं। पश्चिम की तरफ देखने पर मुझे द्वीप का नज़ारा दिखाई दे रहा था–सफ़ेद रंग से रंगे घर और पवनचक्कियाँ, हरे रंग के विस्तार वाले जौ के खेत, और हल्के भूरे रंग के ऊबड़-खाबड़ पहाड़, जिनसे हर साल बारिश के मौसम में झरने बहते थे। मेरे डैड की मौत उन्हीं पहाड़ों में से एक पर हुई थी। वे हरे संगमरमर की खदान में काम करते थे और एक दिन, जब मम्मा छह महीने की गर्भवती थीं, वे एक चट्टान से फिसलकर सौ फीट नीचे आ गिरे थे। मम्मा ने बताया था कि उस दिन वह सेफ्टी हार्नेस (सुरक्षा के लिए पहने जाने वाले उपकरण) लगाना भूल गए थे।

"बस करो अब," थालिया ने कहा।

मैं पास ही पड़े एक खाली टिन के डिब्बे पर पत्थरों से निशाना लगा रहा था, अचानक उसकी आवाज़ कानों में पड़ी तो मैं चिंहुक गया और मेरा निशाना चूक गया। "तुम्हें इससे क्या लेना-देना?" मैं समझा था कि वह मेरे डब्बे पर पत्थर फेंकने की बात कर रही थी।

"मेरा मतलब है, यह जो दिखावा तुम कर रहे हो इसे बंद करो। मैं इससे ज़्यादा बर्दाश्त नहीं कर पाऊँगी।"

उसके बाल हवा में लहरा रहे थे और वह अपने चेहरे पर लगाए मास्क को कसकर पकड़े हुए थी। मैं सोचने लगा कि क्या वह रोज़ इसी डर के साथ जीती थी कि हवा का एक झोंका उसके चेहरे से मास्क को उड़ा ले जाएगा और उसे उघड़े मुँह के साथ उसके पीछे-पीछे भागकर उसे वापस लाना पड़ेगा? मगर मैंने कुछ कहा नहीं। मैंने एक और पत्थर फेंका, मगर इस बार भी मेरा निशाना चूक गया।

"गधे हो तुम," उसने कहा।

थोड़ी देर बाद वह उठी और वापस उसी दिशा में चल दी जहाँ से हम आए थे, मगर मैंने ऐसा दिखाया जैसे मेरी मर्ज़ी नहीं थी वहाँ से उठने की। लेकिन जब वह नहीं रुकी तो मैंने पीछे मुड़कर देखा और उसे वापस सड़क की तरफ जाते पाया। अब नाटक का कोई मतलब नहीं था, इसलिए मैंने झटपट अपने जूते पहने और उसके पीछे-पीछे घर चला आया।

जब हम वापस लौटे, तब मम्मा रसोई में भिंडी काट रही थीं और वहीं पास में बैठीं मेडेलिन मौसी अपने नाखून। साथ ही वह सिगरेट के कश भी लगा रही थीं और उसकी राख एक तश्तरी में झाड़ रही थीं। मैं यह देखकर डर से काँप उठा

कि वह तश्तरी चीनी मिट्टी के बर्तनों के उस सेट की थी जो मम्मा को उनकी दादी से विरासत में मिला था। मम्मा के पास जो इकलौती कीमती चीज़ थी, वह वही चीनी मिट्टी के बर्तनों का सेट था, जिसे वह शायद ही कभी छत के पास वाली शेल्फ से नीचे उतारती थीं।

मैडेलीन मौसी सिगरेट के कश लगाते हुए और अपने नाखूनों को सँवारते हुए उन तीन कर्नलों–पट्टाकोस, पापाडोपोलस और मकारेज़ोस–के बारे में बात कर रही थीं जिन्होंने उसी साल एथेंस में सैन्य तख्तापलट किया था–जिसे उस वक़्त 'जनरलों का तख्तापलट' कहा गया था। वह कह रही थीं कि उनकी पहचान का एक नाटककार था, जो कि उनके हिसाब से बहुत ही अच्छा और प्यारा आदमी था, उस पर इन जनरलों ने 'सत्ता को खतरा पैदा करने वाला कम्युनिस्ट देशद्रोही' होने का आरोप लगाकर उसे जेल में डाल दिया था।

"जो कि निहायत ही हास्यास्पद और अहमकाना बात है! सरासर अहमकाना। तुम्हें पता है, वे लोग पकड़े गए लोगों का मुँह खुलवाने या उनसे झूठा इकबाल-ए-जुर्म करवाने के लिए क्या करते हैं?" वह इस तरह धीमी आवाज़ में बोल रही थीं जैसे कि एथेंस की मिलिट्री पुलिस घर में ही कहीं छिपी हो। "वे उनके पिछवाड़े में पाइप डालते हैं और फुल स्पीड में पानी की धार मारते हैं। यह बिल्कुल सच बात है, ओडी। मैं कसम खाकर कहती हूँ। वे कपड़े की चिंदियों को मैले में लपेटते हैं–मेरा मतलब है इंसानी टट्टी-पेशाब में–और लोगों के मुँह में ठूँस देते हैं।"

"यह तो बहुत खौफनाक बात है," मम्मा ने सपाट स्वर में कहा।

मुझे लग रहा था कि शायद मम्मा अब मैडेलीन मौसी से ऊब चुकी थीं। उन्हें अब राजनीति और सत्ता को लेकर उनकी अतिशयोक्तिपूर्ण और एकतरफा कमेंटरी से, उन पार्टियों की कहानियों से जिनमें वह अपने पति के साथ शामिल हुई थीं, उन कवियों/शायरों/लेखकों/बुद्धिजीवियों और संगीतकारों की बातों से जिनके साथ उन्होंने शैंपेन के गिलास टकराए थे, विदेशी शहरों की उनकी बेवजह/बेमानी यात्राओं की फेहरिस्त से, और परमाणु आपदा, जनसंख्या वृद्धि तथा प्रदूषण जैसे विषयों पर उनकी अजीब-ओ-गरीब बातों से शायद अब कोफ़्त होने लगी थी। हालाँकि ऊपर से वह अब भी इन सारी बातों को मुस्कराते हुए ही सुन रही थीं, मगर मुझे पता था कि वह अब उनके बारे में अच्छा नहीं सोचती थीं। शायद उन्हें लगने लगा था कि मेडेलिन मौसी उनके सामने शेखी बघारने की कोशिश कर रही थीं। शायद वह मेडेलिन मौसी के व्यवहार को लेकर शर्मसार महसूस कर रही थीं।

मम्मा के बारे में यही बात मुझे चुभती है, यही बात उनकी रहमदिली और उनके द्वारा कमज़ोरों को बचाने के लिए किए गए हिम्मतवर कामों के महत्व को कम कर देती है। वह जो कुछ भी करती हैं, उसके बदले आपको अपना कर्ज़दार समझने लगती हैं। वह तमाम तरह की माँगें और दायित्व आप पर लाद देती हैं। वह इन कामों को मुद्रा की तरह इस्तेमाल करती हैं, जिसके बदले वह आपकी वफादारी और निष्ठा खरीद कर सकें। अब मुझे समझ आया कि इतने बरस पहले मेडेलीन मौसी क्यों यहाँ से चली गई थीं। बाढ़ से बचाने वाली रस्सी आपके गले का फंदा भी बन सकती है। आखिर में लोग हमेशा मम्मा को निराश करते हैं। मैंने भी किया है। वे अपना कर्ज़ नहीं चुका पाते, उस तरह से नहीं जिस तरह मम्मा उनसे उम्मीद करती हैं। हाँ, मगर फिर भी वह सांत्वना पुरस्कार तो पाकर ही रहती हैं। हमेशा आपके ऊपर पकड़ बनाए रखना और हर मामले में अपने हिसाब से फैसला सुनाना (क्योंकि उनकी नज़र में हमेशा वही होती हैं जिसके साथ गलत हुआ होता है), इससे मिलने वाली निष्ठुर संतुष्टि उनका सांत्वना पुरस्कार होता है।

और यही बात मुझे दुखी भी करती है, क्योंकि इससे मुझे मम्मा की अपनी ज़रूरतों, उनकी अपनी चिंताओं, अकेलेपन के उनके डर, और मुसीबत के वक़्त अपनों के साथ छोड़ देने की उनकी आशंकाओं के बारे में पता चलता है। और यह तथ्य कि मैं यह बात जानता हूँ, यह मेरे बारे में क्या उजागर करता है? यह इस बात को उजागर करता है कि मैं जानता हूँ कि उन्हें वास्तव में क्या चाहिए, मगर फिर भी मैंने जानबूझकर और हरसंभव कोशिश करके उन्हें इससे वंचित रखा है, और पिछले तीन दशकों से उनके और अपने बीच एक महासागर, एक महाद्वीप–या, कहना चाहिए कि दोनों–की दूरी बनाए रखी है।

"उन जनरलों को व्यंग्य की कोई समझ ही नहीं है," मैडेलीन मौसी कहे जा रही थीं। "वे लोगों को कुचल रहे हैं। वो भी ग्रीस में! जो कि लोकतंत्र की जन्मभूमि है... अरे लो, आ गए ये दोनों! कैसी रही तुम लोगों की घुमाई-फिराई? क्या किया तुम लोगों ने?"

"हम बीच पर खेले," थालिया ने कहा।

"मज़ा आया? अच्छा लगा तुम्हें?"

"हाँ, हमने बहुत अच्छा समय बिताया," थालिया ने कहा।

थालिया और मेडेलीन मौसी के बीच जब ये बातें हो रही थीं तब मम्मा शक की नज़र से कभी मुझे तो कभी थालिया को देख रही थीं। चूँकि उन्हें सब पता था, इसलिए शायद उन्हें थालिया की बातों में छिपा झूठ समझ आ रहा था। मगर

मैडलीन मौसी खुशी से फूली नहीं समा रही थीं। उन्होंने बड़े अंदाज़ से बेआवाज़ ताली बजाई। "बहुत बढ़िया! इसका मतलब है कि अब मुझे तुम दोनों के बीच तालमेल की फ़िक्र करने की ज़रूरत नहीं रह गई है, और इसका मतलब यह भी है कि अब ओडी और मैं कुछ वक़्त अकेले बिता सकते हैं। क्या कहती हो, ओडी? हमें अभी बहुत सारी बातें करनी बाकी हैं!"

मम्मा हौले से मुस्करा दीं और पत्ता गोभी काटने लगीं।

उसके बाद से थालिया और मुझे हमारे हाल पर छोड़ दिया गया। हर सुबह हमसे उम्मीद की जाती थी कि साथ-साथ जाएँ, द्वीप घूमें, बीच पर जाकर खेलें, और बाकी बच्चों की तरह अपना मनोरंजन करें। मम्मा हम दोनों के लिए एक-एक सैंडविच पैक कर देती थीं, और हम लोग नाश्ते के बाद एक साथ निकल पड़ते थे।

मगर जैसे ही हमें यकीन हो जाता था कि हम उन लोगों की नज़रों से ओझल हो चुके हैं, हम अक्सर एक-दूसरे से दूर हो जाते थे। बीच पर पहुँचकर मैं तैरने चला जाता था या अपनी कमीज़ उतारकर किसी चट्टान पर लेटा रहता था, जबकि थालिया सीपियाँ इकट्ठा करने या पानी पर पत्थर उछालने में लग जाती थी, मगर उसकी मेहनत अक्सर बेकार जाती थी क्योंकि लहरें बहुत तेज़ होती थीं। या फिर हम लोग अंगूर के बागों और जौ के खेतों से होकर गुज़रने वाली घुमावदार पगडंडियों पर टहलते रहते थे–अपनी-अपनी परछाइयों को देखते हुए, अपने-अपने ख्यालों में खोए हुए। ज़्यादातर हम बेमकसद भटकते रहते थे। उन दिनों टिनोस में पर्यटन उद्योग का कोई खास विकास नहीं हुआ था। यह मूलतः एक कृषि प्रधान द्वीप था, जहाँ लोग गाय-बकरियाँ पालने और जैतून के पेड़ों और गेहूँ की खेती पर निर्भर थे। इसीलिए अक्सर हम लोग भटकते-भटकते ऊब जाते थे और फिर कहीं किसी पेड़ या पवनचक्की की छाया में बैठकर साथ लाए सैंडविच खाने लगते थे–चुपचाप। खाते हुए भी हम आपस में बात नहीं करते थे बल्कि घाटियों, काँटेदार झाड़ियों से भरे मैदानों, पहाड़ों और समंदर को देखते रहते थे।

एक दिन मैं शहर की तरफ निकल पड़ा। हम द्वीप के दक्षिण-पश्चिमी तट पर रहते थे और टिनोस शहर वहाँ से दक्षिण की ओर कुछ ही मील की पैदल दूरी पर था। वहाँ एक छोटी-सी दुकान थी, जिसे मिस्टर रूसोस नाम के एक गोलमटोल चेहरे वाले व्यक्ति चलाते थे, जो कि अकेले थे क्योंकि उनकी बीवी का इंतकाल हो चुका था। आप कभी भी चले जाएँ, आपको उनकी दुकान की

खिड़की में तरह-तरह की चीज़ें रखी दिखाई दे जाती थीं, जिनमें नयी और पुरानी सभी तरह की चीज़ें शामिल थीं। मसलन, 1940 के दशक का टाइपराइटर, मज़दूरों द्वारा पहने जाने वाले चमड़े के जूते, मौसम की सूचना देने वाला यंत्र, कोई पुराना गमला, बड़ी-बड़ी मोमबत्तियाँ, क्रॉस, या पनागिया इवेंजेलिस्ट्रिया चर्च की नकलें (प्रतिकृतियाँ)। और शायद पीतल का गोरिल्ला भी।

साथ ही वह एक शौकिया फोटोग्राफर भी थे और दुकान के पीछे उन्होंने एक कामचलाऊ डार्करूम बना रखा था। जब हर साल अगस्त में तीर्थयात्री टिनोस में क्राइस्ट की मूर्ति के दर्शन करने आते थे, तब मिस्टर रूसोस उन्हें कैमरा फिल्म के रोल बेचते थे और कुछ पैसे लेकर अपने डार्करूम में उनके नेगेटिव डेवलप कर देते थे।

तकरीबन एक महीने पहले मैंने उसी दुकान की खिड़की में एक कैमरा देखा था, जो उसके पुराने और जंग जैसे रंग वाले चमड़े के कवर पर रखा था। हर कुछ दिनों में मैं दुकान पर जाता, उस कैमरे को देखता और कल्पना करता कि मैं हिन्दुस्तान में हूँ, कैमरे सहित वह चमड़े का कवर मेरे कंधे पर लटका है, और मैं उन्हीं धान के खेतों और चाय बागानों की तस्वीरें ले रहा हूँ जिन्हें मैंने नेशनल ज्योग्राफिक में देख रखा था। मैं कल्पना करता कि मैं पेरू में इंका ट्रेल की तस्वीरें खींच रहा हूँ। मैं कल्पना करता कि मैं इजिप्ट में हूँ और ऊँट की सवारी करते हुए, या किसी पुराने धूल भरे ट्रक में बैठकर, या फिर पैदल-पैदल ही भीषण गर्मी का सामना करते हुए चला जा रहा हूँ, स्फिंक्स और बाकी पिरामिडों को निहारने के लिए। और फिर मैं उनकी तस्वीरें लेता, और फिर अपनी उन तस्वीरों को चमकदार पन्नों वाली पत्रिकाओं में प्रकाशित होते देखता। यही बात थी जो उस सुबह भी मुझे उस दुकान की खिड़की तक खींच लाई थी। हालाँकि दुकान उस दिन बंद थी, मगर मुझे उससे कुछ फर्क नहीं पड़ता था, मैं तो हमेशा की तरह बाहर खड़े होकर, अपना माथा खिड़की के शीशे से सटाकर अपने सपनों में खोया था।

"यह किस तरह का है?"

आवाज़ सुनकर मैं थोड़ा पीछे हटा तो काँच में मुझे थालिया की परछाईं दिखाई दी। उसने रूमाल से अपने बाएँ गाल को पोंछा।

"यह कैमरा।"

मैंने कंधे उचका दिए।

"लगता तो सी3 आर्गस है," उसने कहा।

"तुम्हें कैसे पता?"

"यह पिछले तीस बरसों से दुनिया का सबसे ज़्यादा बिकने वाला पैंतीस मिलीमीटर का कैमरा है," उसने थोड़ी नाराज़गी से कहा। "मगर देखने में कुछ खास नहीं है। खराब दिखता है। किसी ईंट जैसा। तो, तुम फोटोग्राफर बनना चाहते हो? मतलब, बड़े होकर? तुम्हारी मम्मा तो यही कहती हैं।"

मैं पीछे मुड़ा। "मम्मा ने तुम्हें यह बात बताई?"

"तो?"

मैंने कंधे उचका दिए। मुझे शर्मिंदगी महसूस हो रही थी कि मम्मा ने थालिया से इस बारे में बात की थी। मैं सोच रहा था कि उन्होंने कैसे कहा होगा। जिन बातों को वह मामूली या बेमानी मानती थीं, उनके बारे में बात करते समय अक्सर वह अपने तरकश से ऐसे-ऐसे तीखे व्यंग्य-बाण निकालकर लाती थीं कि सामने वाला घायल हुए बिना नहीं रह पाता था। वह आपकी ख्वाहिशों को आपकी नज़रों के सामने ही इस कदर तुच्छ सिद्ध कर सकती थीं कि आप दुबारा उस ख्वाहिश को अपनी ज़बान पर लाने की हिम्मत न कर सकें। मार्कोस अपने क़दमों से सारी धरती को नापना चाहता है और उसे अपने कैमरा में कैद करना चाहता है।

थालिया फुटपाथ पर बैठ गई और अपनी स्कर्ट को घुटनों तक खींच लिया। बेशक उस दिन बहुत तेज़ गर्मी थी, धूप ऐसे चुभ रही थी मानो उसके पैने-नुकीले दाँत हों। सड़क एकदम सुनसान थी, सिर्फ़ उस उम्रदराज़ दंपती के जो बड़ी मुश्किल से लंगड़ाते हुए हमारी ही दिशा में चले आ रहे थे। मैं उन्हें पहचानता था। हसबैंड–जिनका नाम शायद डेमिस था–ने सर पर ग्रे रंग की चपटी टोपी और बदन पर भूरे रंग की एक ट्वीड जैकेट पहन रखी थी, जो मौसम के हिसाब से ज़्यादा ही मोटी मालूम हो रही थी। मुझे याद है, उनका चेहरा ऐसा था जैसे वह किसी बात से (शायद बुढ़ापे की भयानकता से) भौचक्के रह गए हों और तभी किसी ने उन्हें बर्फ में जमा दिया हो। ऐसा चेहरा मैंने और भी कई बूढ़े लोगों का देखा था। वो तो कई साल बाद मेडिकल स्कूल में पढ़ने के दौरान मुझे पता चला कि शायद उन्हें पार्किंसंस की बीमारी थी।

जब वे मेरे सामने से गुज़रे तो उन्होंने हाथ हिलाकर अभिवादन किया, और मैंने भी उसी तरह जवाब दिया। मैंने देखा कि जैसे ही उनकी नज़र थालिया पर पड़ी, एक पल को वे ठहरे, उसे पहचानने की कोशिश की, और फिर आगे बढ़ गए।

"क्या तुम्हारे पास कैमरा है?" थालिया ने पूछा।

"नहीं।"

"क्या तुमने कभी कोई तस्वीर खींची है?"

"नहीं।"

"और तुम फोटोग्राफर बनना चाहते हो?"

"क्या तुम्हें यह अजीब लगता है?"

"थोड़ा सा।"

"तो अगर मैं कहूँ कि मैं पुलिसवाला बनना चाहता हूँ, तो तुम्हें यह भी अजीब लगेगा, क्योंकि मैंने अब तक कभी किसी को हथकड़ी नहीं पहनाई है?"

उसकी आँखों में नज़र आ रही नरमी से मैं समझ गया कि अगर उसकी चोट इजाज़त देती तो इस वक़्त वह मुस्करा रही होती। "मतलब तुम दिमाग वाले गधे हो," उसने कहा। "मेरी एक राय है। मेरी मम्मा की मौजूदगी में कैमरे का ज़िक्र मत करना, वरना वो तुम्हारे लिए खरीद लेंगी। वो तुम्हें खुश करने के लिए बहुत बेताब रहती हैं।" उसका रूमाल गाल पर गया और वापस आ गया। "मगर मुझे शक है कि ओडेलिया को यह मंज़ूर नहीं होगा। मुझे लगता है कि तुम यह बात अच्छी तरह जानते हो।"

मैं इस बात से प्रभावित भी था और थोड़ा असहज भी कि उसने इतने कम समय में कितनी सारी बातें समझ ली थीं। शायद इसकी वजह उसका मास्क था, मैंने सोचा। हरदम चेहरा ढँके रखने का फायदा, जिसके चलते उसे बिना किसी की तवज्जो अपनी तरफ खींचे चुपचाप हर चीज़ को ध्यान और बारीकी से देखने और समझने की आज़ादी मिली हुई थी।

"शायद वह तुमसे इसे वापस करने के लिए कहेंगी।"

मैंने हताशा भरी गहरी साँस छोड़ी। यह सच था। मम्मा इतनी आसानी से मेरे लिए अपने उसूल नहीं बदलेंगी, और खासकर तब जब इसमें एक बड़ी धनराशि शामिल हो।

थालिया खड़ी हो गई और अपनी स्कर्ट पर पीछे की तरफ लगी लगी धूल झाड़ने लगी। "एक बात बताओ, तुम्हारे घर में कोई गत्ते का डिब्बा है?"

मैडेलीन मौसी नीचे रसोई में मम्मा के साथ वाइन पी रही थीं, और मैं और थालिया ऊपर बेडरूम में एक जूते के डिब्बे को काले मार्कर से रंग रहे थे। वह डिब्बा मैडेलीन मौसी का था, उसमें उनकी हरे रंग की चमड़े की ऊँची एड़ी वाली नयी सैंडल थीं, जो अभी भी टिशू पेपर में लिपटी हुई थीं।

"वह इन्हें कहाँ पहनने वाली थीं?" मैंने पूछा। मुझे नीचे मैडलीन मौसी की आवाज़ सुनाई दी, वह एक एक्टिंग क्लास के बारे में बात कर रही थीं, जहाँ वह एक बार एक्टिंग सीखने के लिए गई थीं, और जहाँ प्रशिक्षक ने उन्हें अभ्यास के तौर पर एक चट्टान पर बिना हिले-डुले बैठी छिपकली होने की एक्टिंग करने के लिए कहा था। इसके बाद ज़ोरदार हँसी की आवाज़ आई–उनकी ही हँसी।

हमें डिब्बे को पूरी तरह काला करना था। जब हमने दो बार ऐसा कर लिया तो थालिया ने कहा कि एक और बार कर लेना चाहिए, ताकि यह सुनिश्चित हो जाए कि कोई भी जगह छूटी नहीं है। डिब्बे का पूरी तरह और एक समान काला होना ज़रूरी था।

"कैमरे में बस इतना ही तो होता है," उसने कहा, "एक काला डिब्बा, जिसमें लाइट के भीतर जाने के लिए एक छेद होता है, और एक चीज़ लगी होती है अन्दर, उस लाइट को सोखने के लिए। मुझे सुई दो।"

मैंने उसे मम्मा की सिलाई की सुई थमा दी। मैं इस बात को लेकर बहुत संशय में था कि यह घर में बना कैमरा कुछ कर भी पाएगा या नहीं। एक जूते का डिब्बा और एक सुई? मगर थालिया ने इस काम को इतने मन और यकीन के साथ शुरू किया था कि मुझे इस असंभावित संभावना के लिए गुंजाइश छोड़नी पड़ी कि शायद यह काम कर जाए। उसके साथ रहकर मुझे अपने आप ही यह महसूस होने लगा था कि वह ऐसी बहुत सारी बातें जानती थी जो मुझे पता नहीं थीं।

"मैंने कुछ गणनाएँ (कैलकुलेशन्स) की हैं," उसने बड़े ध्यान और होशियारी से सुई की मदद से डिब्बे में छेद करते हुए कहा। "डिब्बा बहुत लंबा है, और हमारे पास लेंस तो है नहीं, इसलिए हमें इस छेद को एकदम परफेक्ट बनाना होगा। मगर डिब्बे की चौड़ाई ठीक है। असल कारीगरी है सही आकार का छेद बनाना। मैंने लगभग 0.6 मिलीमीटर का अनुमान लगाया है। हो गया। अब हमें शटर की ज़रूरत है।"

नीचे से आती मैडलीन मौसी की तेज़ आवाज़ अब धीमी और फ़िक्र भरी फुसफुसाहट में बदल गई थी। मैं सुन नहीं पा रहा था कि वह क्या कह रही हैं,

मगर यह समझ पा रहा था कि वह पहले की तुलना में धीमी रफ़्तार से बोल रही थीं, एक-एक लफ़्ज़ पर ज़ोर देकर बोल रही थीं, और मैं कल्पना कर पा रहा था कि इस वक़्त वह आगे की ओर झुकी हुई होंगी, कोहनियाँ घुटनों पर रखे हुए, और बगैर पलकें झपकाए मम्मा की नज़रों से नज़रें मिलाकर बात कर रही होंगी। हाल के कुछ बरसों में मैं इस लहज़े को अच्छी तरह से पहचानने लगा हूँ। जब भी लोग इस तरह बोलते हैं तो संभावना यही होती है कि वे किसी त्रासद घटना को उजागर कर रहे हैं, या किसी गंभीर अथवा परेशान करने वाली बात को साझा कर रहे हैं, या किसी अपराध की स्वीकारोक्ति कर रहे हैं, या फिर सामने वाले से कोई विनती कर रहे हैं। सेना में जब कोई जवान ड्यूटी करते हुए शहीद हो जाता है, तब उसके घरवालों को इस बात की खबर देने के लिए जो दल भेजा जाता है, उसका लहज़ा यही होता है। वकील जब अपने मुवक्किलों को अदालत से बाहर समझौते के फायदे बताते हैं, तब उनका लहज़ा भी ऐसा ही होता है। पुलिसवाले अगर रात के 3 बजे किसी की गाड़ी रोक लें और ड्राईवर ने शराब पी रखी हो, तब वह पुलिसवालों से इसी अंदाज़ में बात करता है। इसके अलावा, यह बेवफ़ा पतियों द्वारा भी इस्तेमाल किया जाने वाला एक आम लहज़ा है। मैंने खुद भी काबुल के अस्पतालों में कितनी ही बार इसका इस्तेमाल किया है। कितनी ही बार किसी मरणासन्न मरीज़ के घरवालों को यह त्रासद खबर सुनाने की ज़िम्मेदारी मैंने निभाई है। उस वक़्त मेरा लहज़ा भी ऐसा ही रहता है।

"वह एंड्रियास के बारे में बात कर रही हैं," थालिया ने शांत भाव से कहा। "मैं शर्त लगाकर कह सकती हूँ। उनकी बड़ी लड़ाई हुई थी। ज़रा वो टेप और कैंची दो मुझे।"

"वह कैसे आदमी हैं? मेरा मतलब है, अमीर होने के अलावा वह और कैसे हैं?"

"कौन, एंड्रियास? ठीक हैं। ज़्यादातर तो वह बाहर ही रहते हैं, बहुत यात्राएँ करते हैं। मगर जब घर पर होते हैं, तो उनसे मिलने आने वालों का ताँता लगा रहता है, जो कि सब रसूखदार लोग होते हैं–सरकार के मंत्री, सेना के जनरल, और भी इसी तरह के कई लोग। वे खूब शराब पीते हैं और पूरी रात बातें करते हैं, ज़्यादातर व्यापार और राजनीति की। मुझे अपने कमरे में बैठकर भी उनकी बातें सुनाई देती हैं। जब एंड्रियास अपने इन मेहमानों के साथ होते हैं, तब मुझसे उम्मीद की जाती है कि मैं ऊपर अपने कमरे में ही रहूँ। उस वक़्त मुझे नीचे आने की इजाज़त नहीं होती। मगर वह मुझे मनचाही चीज़ें खरीदकर देते हैं। वो मेरे लिए घर आने वाले ट्यूटर का खर्च भी उठाते हैं। और वह मुझसे अच्छे से ही बात करते हैं।"

उसने गत्ते के एक आयताकार टुकड़े को, जिसे हमने डिब्बे की ही तरह काले रंग से रंग दिया था, टेप से उस 0.6 मिलीमीटर के छेद के ऊपर चिपका दिया जो थालिया ने अभी-अभी सुई की मदद से बनाया था।

नीचे सन्नाटा पसरा हुआ था। मैंने मन ही मन कल्पना की कि नीचे क्या हो रहा होगा। मैडलीन मौसी बेआवाज़ रो रही होंगी, अनमने ढंग से अपने रूमाल को यूँ मोड़-तोड़ रही होंगी मानो वो कोई मिट्टी का लोंदा हो। मम्मा भी उनकी कोई मदद नहीं कर पा रही होंगी, बस एक ज़रा सी ज़बरदस्ती की मुस्कान के साथ यूँ देख रही होंगी मानो उनकी जीभ के नीचे कोई खट्टी चीज़ रख दी गई हो। मम्मा से किसी का रोना बर्दाश्त नहीं होता। वह उनकी सूजी हुई आँखों, उनके आँसुओं, और उनके विनती भरे चेहरों को मुश्किल से देख पाती हैं। वह रोने को कमज़ोरी की निशानी और ध्यान खींचने का एक भद्दा तरीका समझती हैं, और इसे बर्दाश्त नहीं करतीं। वो खुद को किसी को सांत्वना देने के लिए तैयार नहीं कर पातीं। बड़े होते हुए मैंने अपने निजी अनुभव से जाना था कि उनके पास यह खूबी नहीं है। उनका मानना है कि दुःख-दर्द निजी होना चाहिए, उसे सबके सामने ज़ाहिर नहीं किया जाना चाहिए। एक बार, जब मैं छोटा था, तो मैंने उनसे पूछा था कि जब मेरे डैड की मौत हुई थी, क्या तब वह रोई थीं?

अंतिम संस्कार के वक़्त? मतलब, जब उनको दफनाया जा रहा था तब?

नहीं, मैं नहीं रोई थी।

क्योंकि आप दुखी नहीं थीं?

क्योंकि मेरे दुखी दिखने या न दिखने से किसी को कोई फ़र्क नहीं पड़ना था।

अगर मैं मर जाऊँ, क्या तब आप रोएँगी, मम्मा?

उम्मीद है कि हमें कभी यह जानना न पड़े, उन्होंने कहा था।

थालिया ने फोटोग्राफिक पेपर का डिब्बा उठाया और कहा, "टॉर्च लाओ।"

हम मम्मा की अलमारी में घुस गए और दरवाज़ा अच्छी तरह बंद कर लिया। दरवाज़े के नीचे और अगल-बगल की दरारों से भीतर आने वाली रोशनी को रोकने के लिए हमने वहाँ तौलिए ठूँस दिए। जब वहाँ घुप्प अंधेरा छा गया, तो थालिया ने मुझसे टॉर्च जलाने को कहा, जिस पर हमने लाल रंग के सेलोफेन की कई परतें लपेट रखी थीं। उस हल्की-सी रोशनी में मुझे थालिया की पतली-पतली उंगलियाँ ही दिखाई दे रही थीं, जिनकी मदद से उसने पहले फोटोग्राफिक

पेपर की एक शीट काटी और फिर उसे डिब्बे के अंदर छेद के ठीक सामने टेप से चिपका दिया। हमने यह फोटोग्राफिक पेपर एक दिन पहले मिस्टर रूसोस की दुकान से खरीदा था। जब हम काउंटर पर पहुँचे थे, तो मिस्टर रूसोस ने अपने चश्मे के ऊपर से थालिया को घूरते हुए कहा था, *क्या यह डकैती है?* थालिया ने अपनी तर्जनी उंगली उनकी तरफ तानकर अपने अंगूठे को इस तरह मोड़ा था जैसे किसी पिस्तौल का घोड़ा दबा रही हो।

थालिया ने डिब्बे का ढक्कन बंद किया और छेद को शटर से ढँक दिया। फिर कहा, “कल तुम अपने करियर की पहली तस्वीर खींचोगे।” मुझे समझ नहीं आया कि वह मज़ाक कर रही थी या सीरियस थी।

पहली तस्वीर लेने के लिए हमने समुद्र तट चुना। हमने अपना खुद का बनाया हुआ कैमरा एक समतल चट्टान पर रखा और उसे रस्सी से मज़बूती से बाँध दिया, क्योंकि थालिया का कहना था कि शटर खोलते समय कैमरा ज़रा भी हिलना नहीं चाहिए। फिर वह कैमरे के पीछे मेरे बगल में आकर बैठ गई और उसके ऊपर से ऐसे झाँकने लगी जैसे किसी व्यूफ़ाइंडर से देख रही हो।

“यह एकदम सही शॉट है,” उसने कहा।

“तकरीबन। अब हमें एक सब्जेक्ट चाहिए।”

उसने मेरी तरफ देखा, मेरी बात समझी और बोली, “नहीं। मैं नहीं करूँगी।”

काफी देर तक हमारे बीच बहस होती रही और आखिरकार वह मान गई, मगर इस शर्त पर कि उसका चेहरा न दिखे। उसने अपने जूते उतारे और कैमरे के सामने कुछ फीट दूर चट्टानों की एक कतार पर ऐसे चलने लगी जैसे कोई नट अपने दोनों हाथ फैलाए संतुलन साधता हुआ रस्सी पर चलता है। फिर उन्हीं में से एक चट्टान पर बैठ गई–समंदर की तरफ मुँह करके। मतलब, अब उसकी पीठ थी कैमरा की तरफ। उसने अपने बालों को इस तरह बिखेरा कि वे उसके सिर के पीछे दिखाई पड़ रहीं उन पट्टियों को ढँक लें जिनसे मास्क बंधा हुआ था। फिर उसने ज़रा-सा पीछे मुड़कर मेरी तरफ देखा।

“याद रखना,” वह चिल्लाई, “एक सौ बीस तक गिनना।” उसका मतलब था कि मुझे शटर को ठीक 120 सेकण्ड्स के लिए ही खुला रखना था।

फिर वह वापस मुड़ गई और समंदर की तरफ देखने लगी।

मैं उकड़ूँ अपने कैमरा के पीछे बैठ गया और उसके ऊपर से देखा कि फ्रेम सही बन रहा था या नहीं। थालिया की पीठ दिख रही थी। उसके दोनों ओर छोटी-बड़ी कई सारी चट्टानें फ़ैली हुई थीं, जिनके बीच समुद्री शैवाल की लताएँ ऐसे लिपटी हुई थीं जैसे कोई साँप कुण्डली मार के बैठा हो। दूर समंदर में एक छोटी सी नाव तैर रही थी। लहरें उठ रही थीं और ऊबड़-खाबड़ किनारे से टकराकर पीछे हट जा रही थीं। कुल मिलाकर परफेक्ट शॉट था। मैंने शटर को पिनहोल (छेद) पर से उठाया और गिनना शुरू किया।

एक... दो... तीन... चार... पाँच...

हम बिस्तर पर लेटे हैं। टीवी स्क्रीन पर दो अकॉर्डियन वादक जुगलबंदी कर रहे हैं, मगर जियाना ने आवाज़ बंद कर रखी है। खिड़की के पर्दों से छनकर दोपहर की धूप भीतर आ रही है और मार्गेरिटा पिज़्ज़ा के उन बचे हुए टुकड़ों पर पड़ रही है जो हमने दोपहर के खाने के लिए रूम सर्विस से मँगवाया था। इस पिज़्ज़ा को डिलीवर करने के लिए एक लंबा-पतला सा वेटर आया था, जिसके बाल एकदम सलीके से पीछे की ओर कंघी किए हुए थे और उसने सफेद कोट के साथ काली टाई पहनी हुई थी। जिस ट्रॉली में रखकर वह पिज़्ज़ा लाया था, उस पर एक लम्बा-पतला फूलदान भी रखा था, जिसमें एक लम्बी डंडी वाला लाल गुलाब लगा था। उसने बड़े ही सलीके से पिज़्ज़ा के बर्तन के ऊपर से उसका गुंबदनुमा ढक्कन उठाया और फिर थोड़ा झुककर एक हाथ सीने पर रखते हुए दूसरे हाथ को हवा में यूँ लहराया जैसे कोई जादूगर अपने दर्शकों के सामने टोपी से खरगोश निकालने का करतब दिखाने के बाद दर्शकों की तालियों को स्वीकार करते हुए करता है।

बिस्तर पर हमारे चारों ओर अस्त-व्यस्त चादरों के बीच वे तस्वीरें बिखरी पड़ी हैं जो मैं जियाना को दिखा रहा था, पिछले डेढ़ बरस से दुनिया भर में घूम-घूमकर ली गईं मेरी तस्वीरें। बेलफास्ट, मोंटेवीडियो, टैंजियर, मार्सिले, लीमा, तेहरान। मैंने उसे कोपेनहेगन में उस कम्यून की तस्वीरें भी दिखाईं जिसका मैं कुछ अरसे के लिए सदस्य रहा था, जहाँ मैं फटी हुई टी-शर्ट और बीनी टोपी पहनकर घूमने वाले उन डेनिश बीटनिकों के साथ रहता था जिन्होंने एक खाली पड़े पुराने सैन्य अड्डे पर अपना एक स्वशासित समुदाय (कम्यून) बना रखा था।

इनमें तुम कहाँ हो? जियाना ने पूछा। इन तस्वीरों में तुम तो हो ही नहीं!

मुझे कैमरे के पीछे रहना ज़्यादा पसंद है, मैंने जवाब दिया। यह सच है। मैंने सैकड़ों तस्वीरें खींची हैं, मगर उनमें से किसी में भी मैं नहीं हूँ। मैं कैमरा का

रोल धुलवाने देते वक़्त हमेशा हर तस्वीर की दो प्रतियाँ बनाने के लिए कहता हूँ। एक प्रति मैं अपने पास रखता हूँ और दूसरी थालिया को भेज देता हूँ।

जियाना पूछती है कि मैं दुनिया भर में घूमने-फिरने का खर्च कैसे उठाता हूँ और मैं बताता हूँ कि मुझे विरासत में जो पैसे मिले हैं, उन्हीं से काम चलता है। यह बात आधी सच और आधी झूठ है। खर्च तो विरासत में मिले पैसों से ही चलता है, मगर वह विरासत मेरी नहीं बल्कि थालिया की है। एंड्रियास ने अपनी वसीयत में मेडेलीन मौसी का कोई ज़िक्र नहीं किया था, जो कि स्वाभाविक भी था, मगर थालिया के नाम एक बड़ी रकम छोड़ी थी। उसने उस रकम का आधा हिस्सा मुझे दे दिया था, ताकि मैं अपनी विश्वविद्यालय की पढ़ाई पूरी कर पाऊँ।

आठ... नौ... दस...

जियाना मेरी दूसरी बगल में पड़ा अपना सिगरेट का पैकेट उठाने के लिए कोहनियों के बल उठी और मेरे ऊपर लगभग लेटते हुए उसने वह पैकेट उठाया। इस कोशिश में उसके छोटे-छोटे स्तन मेरी छाती को छू गए। बहरहाल, उसने पैकेट से एक सिगरेट निकालकर सुलगा लिया। मैं उससे एक दिन पहले ही पियाज़ा डि स्पेन में मिला था। मैं उन पत्थर की सीढ़ियों पर बैठा था जो नीचे के चौक को पहाड़ी पर स्थित चर्च से जोड़ती हैं। वह आई और मुझसे इतालवी में कुछ बोली। वह उन्हीं खूबसूरत लड़कियों में से एक मालूम हो रही थी जिन्हें मैंने रोम के चर्चों और चौकों के आसपास बड़ी तादाद में बिना किसी मकसद के यूँ ही तफरीह करते देखा था। वे सिगरेट पीती थीं, ज़ोर-ज़ोर से बातें करती थीं और खूब हँसती थीं। मैंने कुछ समझ में न आने वाले अंदाज़ में सिर हिलाया और कहा, माफ़ कीजिएगा? वह मुस्कुराई और उसके मुँह से निकला, आह, और फिर इतालवी लहज़े वाली अंग्रेज़ी में बोली, लाइटर? सिगरेट। मैंने इंकार में सिर हिलाया और अपने ग्रीक लहज़े वाली अंग्रेज़ी में उससे कहा कि मैं सिगरेट नहीं पीता। वह फिर मुस्कुराई। उसकी आँखों में एक चमक थी, तारों की झिलमिलाहट जैसी चमक। ढलती दोपहर का सूरज ठीक उसके पीछे था और उसके हीरे के आकार वाले चेहरे के चारों तरफ एक आभा निर्मित कर रहा था।

मुझे पता ही नहीं चला कि कब मेरी झपकी लग गई, वो तो जब उसने मेरे पेट में गुदगुदी की तब मेरी नींद खुली। उसे थालिया की समंदर किनारे ली गई तस्वीर मिल गई थी। वह तस्वीर, जो मैंने सालों पहले उसी के बनाए हुए कैमरे से ली थी। तुम्हारी गर्लफ्रेंड? उसने तस्वीर दिखाते हुए पूछा।

नहीं, मैंने कहा।

बहन?

नहीं।

तुम्हारी कज़िन, है न?

मैंने फिर इंकार में सिर हिलाया।

वह सिगरेट के कश लगाते हुए और कुछ देर तस्वीर को गौर से देखती रही। फिर अचानक तीखे स्वर में बोली, नहीं। उसकी आवाज़ में साफ़ गुस्सा झलक रहा था, जिससे मैं थोड़ा हैरान हो गया। यह तुम्हारी गर्लफ्रेंड ही है! हाँ, पक्का वही है। तुम झूठे हो! और फिर इससे पहले कि मैं कुछ समझ पाता या उसे समझा पाता, उसने लाइटर जलाकर तस्वीर में आग लगा दी।

चौदह... पंद्रह... सोलह... सत्रह...

बस स्टॉप की तरफ लौटते वक़्त तकरीबन आधा रास्ता पार कर चुकने के बाद मुझे एहसास हुआ कि मेरी तस्वीर खो गई है। मैंने अपने साथियों से कहा कि मुझे उसे तलाशने वापस जाना होगा। और कोई चारा नहीं है, मुझे वापस जाना ही पड़ेगा। अल्फोंसो, जो कि एक दुबला-पतला, कम बोलने वाला हुआसो (चिली का रहने वाला) था और जो हमारे अनौपचारिक गाइड के रूप में साथ चल रहा था, उसने सवालिया निगाहों से गैरी को देखा। गैरी हल्के सुनहरे बालों और मुँहासे भरे गालों वाला अमरीकी आदमी है। वह हम तीनों में सबसे तेज़-तर्रार है–परफेक्ट एल्फा मेल। उसके चेहरे से ही पता चल जाता है कि वह कठोर ज़िन्दगी जीने का आदी है। इस वक़्त उसका दिमाग भन्नाया हुआ है क्योंकि सुबह से उसे न खाने को कुछ मिला है और न ही पीने को, और ऊपर से एक दिन पहले एक कँटीली झाड़ी से रगड़ने के कारण उसकी दाहिनी पिंडली में जो भयंकर खराश हो गई थी वो अब उसे लगातार तकलीफ दे रही थी। मैं उन दोनों से सैंटियागो के एक भीड़ भरे बार में मिला था, जहाँ आधा दर्जन पिस्कोला पीने के बाद अल्फोंसो ने साल्टो डेल अपोक्विंडो के उस झरने तक ट्रैक करने का (पैदल यात्रा) प्रस्ताव सामने रखा था जहाँ उसके डैड उसे बचपन में ले जाया करते थे। बहरहाल, अगले दिन हमने उस झरने तक ट्रैक किया और रात झरने के पास ही बिताई। हमने ऊपर तारों से भरे खुले आसमान के नीचे पानी की कलकल और झींगुरों की भिनभिनाहट सुनते हुए खूब चिलम फूँकी और मज़े से सो रहे। अब, अगले दिन, हम वापस सैन कार्लोस डी अपोक्विंडो के बस-अड्डे की तरफ चले जा रहे थे, ताकि बस पकड़ सकें।

गैरी ने अपनी कॉर्डोबन टोपी पीछे की और रूमाल से अपने माथे का पसीना पोंछा। तीन घंटे पैदल चलकर हम यहाँ तक आए हैं, मार्कोस, वापस जाने में फिर तीन घंटे लगेंगे, उसने मुझसे कहा।

तीन घंटे, क्या समझे? अल्फोंसो ने भी गैरी के सुर में सुर मिलाया।

मुझे पता है।

और फिर भी तुम जा रहे हो?

हाँ।

सिर्फ़ एक तस्वीर के लिए? अल्फ़ोंसो ने हैरान होते हुए कहा।

मैंने हाँ में सिर हिलाया। कुछ कहा नहीं, क्योंकि पता है कि वे समझ नहीं पाएँगे।

मैं खुद भी कहाँ समझ पा रहा हूँ।

अकेले में तुम रास्ता भटक जाओगे, गैरी ने कहा।

शायद।

तो फिर, गुड लक दोस्त, गैरी ने हाथ बढ़ाते हुए कहा।

यह सचमुच पागल यूनानी है, अल्फ़ोंसो बोला।

मैं हँस पड़ा। यह पहली बार नहीं है जब मुझे पागल यूनानी कहा गया है। मैंने उन दोनों से हाथ मिलाया। गैरी ने पीठ पर टँगे अपने बैग की पट्टियाँ ठीक कीं, और वे दोनों अपने रास्ते चल दिए। मैं उन्हें जाते देखता रहा। एक घुमावदार मोड़ मुड़कर मेरी नज़रों से ओझल होने से पहले गैरी ने बिना मेरी तरफ देखे एक बार हाथ हिलाया, और फिर मैं वापस उसी रास्ते पर चल पड़ा जिधर से हम आए थे। मगर झरने तक पहुँचने में मुझे चार घंटे लग गए, क्योंकि गैरी की बात को सच साबित करते हुए मैं रास्ता भटक गया था। पहुँचते-पहुँचते मैं पूरी तरह पस्त हो चुका था। फिर भी मैंने हर जगह खोजा। झाड़ियों के बीच देखा, पत्थरों के बीच देखा। मगर मुझे वह तस्वीर कहीं नहीं मिली। मेरा डर बढ़ता जा रहा था और मुझे लगने लगा था कि शायद मैंने उस तस्वीर को हमेशा के लिए खो दिया था। मगर फिर अचानक जैसे अँधेरे में बिजली कौंधती है, वैसे ही मुझे एक ढलान पर झाड़ियों के बीच सफेद रंग की एक झलक-सी दिखाई दी। वो वही थी, झाड़ियों के बीच फँसी हुई। मैंने उसे निकाला और उस पर से धूल झाड़ी। मुझे इतनी राहत महसूस हुई कि मेरी आँखें भर आईं।

तेईस... चौबीस... पच्चीस...

काराकास में मैं एक पुल के नीचे सोया था। ब्रुसेल्स में एक यूथ हॉस्टल में। मगर कभी-कभी मैं दिल खोलकर खर्च करता हूँ और किसी अच्छे होटल में कमरा ले लेता हूँ, फिर देर तक गर्म पानी से नहाता हूँ, शेव करता हूँ, बाथरोब पहनकर खाना खाता हूँ, रंगीन टीवी देखता हूँ। तब वे शहर, वे सड़कें, वे गाँव-देहात, और वे लोग जिनसे मैं इन जगहों पर मिलता हूँ–ये सब धुंधले पड़ने लगते हैं। अपने इस तरह जीने के बारे में मैं खुद से कहता हूँ कि मैं कुछ तलाश रहा हूँ। मगर अब मुझे ऐसा लगने लगा है कि हकीकतन मैं भटक रहा हूँ, अपने साथ कुछ घटने का इंतज़ार कर रहा हूँ–कुछ ऐसा जो सबकुछ बदल देगा, कुछ ऐसा जिसको लेकर मुझे लगेगा कि मैं इसी के लिए पैदा हुआ हूँ।

चौंतीस... पैंतीस... छत्तीस...

इण्डिया में मेरा चौथा दिन। मैं लड़खड़ाते हुए एक कच्ची सड़क पर आवारा जानवरों के बीच चल रहा हूँ। मेरे पैरों तले की ज़मीन डगमगाती लग रही है। दिन भर से मैं उल्टियाँ कर रहा हूँ। मेरी त्वचा एकदम पीली पड़ गई है और ऐसा लग रहा है जैसे कुछ अदृश्य हाथ इसे छील रहे हों। जब मेरे लिए और एक कदम चलना भी दुश्वार हो गया, तब मैं सड़क के किनारे लेट गया। सड़क के उस पार एक बूढ़ा आदमी एक बड़े स्टील के बर्तन में कुछ हिला रहा था। उसके बगल में एक पिंजरा रखा था, जिसमें एक नीला-लाल तोता बंद था। तभी एक साँवली रंगत वाला आदमी हरे रंग की खाली बोतलों से भरी एक ठेलागाड़ी धकेलते हुए मेरे पास से गुज़रा। यही वो आख़िरी बात थी जो मुझे याद है।

इकतालीस... बयालीस...

जब मुझे होश आया तो मैंने खुद को एक बड़े से कमरे में पाया। कमरा उमस और सड़े हुए खरबूजे जैसी गंध से भरा था। मैं एक स्टील-फ्रेम वाले पलंग पर लेटा था, जिस पर एक पतली किताब से भी कम मोटाई वाला गद्दा बिछा था। कमरे में इसी तरह के और बहुत सारे पलंग बिछे हुए थे। मैंने जिस भी पलंग की तरफ देखा, उसके किनारों से अगरबत्ती जैसे पतले-पतले हाथ नीचे लटकते और उस पर पड़ीं दागदार चादरों से माचिस की तीलियों जैसी स्याह टाँगें बाहर निकली दिखाई दीं, और तकियों पर रखे कम दाँतों वाले खुले हुए मुँह। बंद पड़े सीलिंग पंखे। दीवारों पर फफूँदी के धब्बे। मेरे पलंग के बगल में जो खिड़की थी, उससे गर्म और उमस भरी चिपचिपी हवा अंदर आ रही थी। साथ ही धूप भी, जो कि आँखों को चौंधिया रही थी। गुल नाम के एक हट्टे-कट्टे और हमेशा गुस्से में

रहने वाले मुस्लिम आदमी ने, जो कि वहाँ बतौर नर्स काम करता था, आकर मुझे बताया कि मुझे हेपेटाइटिस हुआ है और शायद मैं ठीक न हो पाऊँ। यानी कि हो सकता है कि मैं मर जाऊँ।

पचपन... छप्पन... सत्तावन...

मैंने उससे अपना बैग माँगा। कौन सा बैग? उसने उदासीनता से कहा। मेरा सारा सामान गायब हो गया है–मेरे कपड़े, मेरे पैसे, मेरी किताबें, मेरा कैमरा। *चोर तुम्हारे लिए बस यही छोड़ गया है,* गुल ने बगल वाली खिड़की की चौखट की तरफ इशारा करते हुए अपनी टूटी-फूटी अंग्रेज़ी में कहा। यह थालिया की वही तस्वीर है। मैंने उसे उठा लिया और देखने लगा। थालिया के बाल हवा में लहरा रहे हैं, झागदार पानी की लहरें आ-आकर उसके आसपास की चट्टानों से टकरा रही हैं, वह नंगे पैर चट्टान पर बैठी हुई है और उसके सामने एजियन सागर दहाड़ें मार रहा है। मेरे गले में कुछ अटकने लगा। मेरे भीतर से एक आवाज़ आई कि मैं यहाँ, इन अजनबियों के बीच, उससे इतनी दूर मरना नहीं चाहता। मैंने तस्वीर को खिड़की के काँच और फ्रेम के बीच की जगह में रख दिया।

छियासठ... सड़सठ... अड़सठ...

मेरे बगल के पलंग पर एक छोटा-सा लड़का लेटा है। है तो वह बच्चा, मगर उसका चेहरा किसी बूढ़े आदमी के जैसा दिखता है–थका हुआ, धँसा हुआ, झुर्रीदार। उसके पेट के निचले हिस्से में गेंद के आकार का एक ट्यूमर है। कोई भी नर्स जब उस जगह को हाथ लगाता है (इस अस्पताल में सिर्फ़ मर्द नर्स हैं), तो उसकी आँखें कसकर बंद हो जाती हैं और उसका मुँह एक दर्द भरी मगर खामोश चीख के साथ खुल जाता है। आज सुबह एक नर्स (गुल नहीं, कोई दूसरा) उसे दवा खिलाने की कोशिश कर रहा था, मगर लड़का अपना सिर इधर-उधर झटककर उसे खाने से बच रहा था और उसके गले से लकड़ी पर रंदा रगड़ने जैसी आवाज़ आ रही थी। आखिरकार, नर्स ने उसका मुँह ज़बरदस्ती खोला और गोलियाँ अंदर डाल दीं। जब नर्स चला गया, तो लड़के ने धीरे से अपना सिर मेरी तरफ घुमाया। हम एक-दूसरे को देखते रहे। तभी एक छोटा सा आँसू उसकी आँख से निकलकर उसके गाल पर लुढ़क गया।

पचहत्तर... छिहत्तर... सतत्तर...

यह जगह दुःख, दर्द, निराशा और बेबसी से भरी हुई है। यह दुःख, दर्द, निराशा और बेबसी एक लहर की तरह है। यह हर बिस्तर से उठती है, फफूँदी लगी दीवारों से टकराती है, और वापस उन्हीं बिस्तरों पर लौट आती है। यह

आपको डुबा सकती है। मैं ज़्यादातर समय सोया रहता हूँ। जब जागा होता हूँ, तब यह लहर मुझे डुबोने की कोशिश करती है। फिर वे मुझे कुछ गोलियाँ देते हैं, जिन्हें खाकर मुझे फिर से नींद आ जाती है। या जब मैं जागा हुआ होता हूँ तो खिड़की से बाहर नीचे हलचल भरी सड़क को देखता हूँ, कपड़े के तम्बुओं वाले बाज़ारों और तंग गलियों में लगीं चाय की दुकानों पर पड़ती धूप को देखता हूँ। मैं फुटपाथ पर कंचे खेलते बच्चों को देखता हूँ–उस फुटपाथ पर जो आगे जाकर कीचड़ भरे नालों में मिल जाता है। मैं घरों के दरवाज़ों पर बैठीं बूढ़ी औरतों को देखता हूँ। मैं नारियल पानी और गेंदे के फूलों की माला बेचने वाले दुकानदारों को धोती पहनकर सड़क किनारे चटाइयों पर बैठे देखता हूँ। तभी कमरे के दूसरी तरफ से किसी की कान फाड़ देने वाली चीख गूँजती है।

मैं ऊँघने लगता हूँ।

तिरासी... चौरासी... पिचासी...

मुझे पता चला कि लड़के का नाम मनार है। इसका मतलब है "रास्ता दिखाने वाली रोशनी"। उसकी माँ वेश्या थी और बाप चोर। वह अपने चाचा-चाची के साथ रहता था, जो उसे मारते-पीटते थे। किसी को ठीक से नहीं पता कि वह क्या चीज़ है जो उसे मौत के मुँह में ले जा रही है, बस इतना पता है कि ले जा रही है। कोई उससे मिलने नहीं आता, और जब उसकी मौत होगी, एक हफ्ते बाद–ज़्यादा से ज़्यादा एक या दो महीने में–तब कोई उसकी लाश लेने नहीं आएगा। कोई शोक नहीं मनाएगा। कोई उसे याद नहीं करेगा। वह वहीं मरेगा जहाँ वह रहता था, दरारों में। जब वह सोता है, तो मैं एकटक उसे देखता हूँ, उसकी धँसी हुई कनपटियों को, उसके कंधों के मुकाबले बहुत बड़े लगने वाले सिर को, उसके निचले होंठ पर उस गहरे निशान को जिसके बारे में गुल ने मुझे बताया था कि उसकी माँ का दलाल वहीं मसलकर अपनी सिगरेट बुझाने का आदी था। जब वह जागा हुआ होता है तो मैं उससे अंग्रेज़ी में बात करने की कोशिश करता हूँ, और जब वह नहीं समझता तो फिर उर्दू के उन चंद शब्दों को दोहराता हूँ जो मुझे आते हैं। मगर वह फिर भी कोई जवाब नहीं देता, बस थकान के चलते पलकें मूँद लेता है। कभी-कभी मैं अपने हाथों को जोड़कर दीवार पर परछाईंओं के माध्यम से तरह-तरह के जानवर बनाता हूँ, जिन्हें देखकर वह मुस्कुरा देता है।

सतासी... अठासी... नवासी...

एक दिन मनार ने मेरी खिड़की के बाहर किसी चीज़ की तरफ इशारा किया। मैंने अपना सिर उठाकर उसकी उंगली की दिशा में देखा, मगर मुझे ऊपर

आसमान में तैरते बादलों के अलावा कुछ नहीं दिखा। नीचे सड़क के किनारे कुछ बच्चे एक पम्प से बह रहे पानी में मस्ती कर रहे थे और एक बस धुआँ उगलती जा रही थी। मगर वह नीचे की तरफ नहीं बल्कि ऊपर की तरफ इशारा कर रहा था। तभी मुझे एहसास हुआ कि उसका इशारा थालिया की तस्वीर की तरफ था।

मैंने तस्वीर उठाई और उसे दे दी। वह जले हुए कोने की तरफ से पकड़कर उसे अपने चेहरे के करीब लाया और काफी देर तक एकटक देखता रहा। मैं सोचने लगा कि क्या तस्वीर में दिख रहा समंदर उसे अपनी ओर खींच रहा था? मैं सोचने लगा कि क्या उसने कभी समंदर का खारा पानी चखा था या कभी लहरों को अपने पैरों से दूर जाते देखकर सिर चकराने जैसा महसूस किया था? मैं सोचने लगा कि कहीं ऐसा तो नहीं कि उसे थालिया से कोई अपनापन महसूस हो रहा था? बेशक तस्वीर में वह उसका चेहरा नहीं देख सकता था, मगर शायद उसे यह अहसास हो रहा हो कि वह कोई ऐसा है जो दर्द को महसूस करना जानता है।

उसने तस्वीर मुझे वापस देने के लिए हाथ बढ़ाया। मगर मैंने सिर हिलाकर मना कर दिया। मैंने कहा, इसे अपने पास रखो। एक पल को उसके चेहरे पर अविश्वास की छाया दिखाई दी। मैं मुस्कुराया। और, मैं यकीन के साथ तो नहीं कह सकता, मगर मुझे लगता है कि वह भी मुस्कुराया।

बानवे... तिरानवे... चौरानवे...

आखिरकार, मैंने हेपेटाइटिस को हरा दिया। मैं यह तो नहीं बता सकता कि गुल मेरे बच जाने से खुश था या उसकी बात के गलत साबित होने से निराश, मगर मुझे इतना ज़रूर पता है कि जब मैंने उससे पूछा कि क्या मैं स्वयंसेवक के रूप में अस्पताल में अपनी सेवाएँ दे सकता हूँ, तब वह निश्चित रूप से चौंक गया था। थोड़ी देर वह गौर से मुझे देखता रहा और कुछ सोचता रहा। आखिर में उसने कहा कि इसके लिए मुझे हेड नर्स से बात करनी पड़ेगी।

सन्तान्वे... अन्ठानवे... निन्यानवे...

अस्पताल का बाथरूम हमेशा पेशाब और सल्फर जैसी गंध से आबाद रहता है। हर सुबह मैं मनार को उस बाथरूम में ले जाता हूँ–उसके नग्न शरीर को अपनी बाँहों में थामे हुए, इस बात का ध्यान रखते हुए कि उसे झटके न लगें। मैंने पहले एक स्वयंसेवक को उसे कंधे पर इस तरह उठाकर ले जाते हुए देखा था, जैसे वह कोई चावल की बोरी हो। बाथरूम में पहुँचकर मैं उसे धीरे से बेंच पर बिठा देता हूँ और उसकी साँसों के संयत होने का इंतज़ार करता हूँ। फिर मैं उसके छोटे-से, कमज़ोर-से शरीर को गर्म पानी से धोता हूँ। इस दौरान मनार हमेशा चुपचाप बैठा

रहता है, हथेलियाँ घुटनों पर रखे, सिर झुकाए। वह एक डरे-सहमे मरियल बूढ़े आदमी जैसा है। मैं साबुन लगे स्पंज को उसकी पसलियों, रीढ़ की हड्डी के उभारों और कंधे की हड्डियों पर फेरता हूँ, जो शार्क के पंखों की तरह बाहर निकली हुई हैं। फिर मैं उसे वापस उसके बिस्तर पर ले जाता हूँ और उसकी दवाइयाँ खिलाता हूँ। पैरों और पिंडलियों की मालिश करवाने से उसे आराम मिलता है, इसलिए मैं ख़ुशी-ख़ुशी यह काम करता हूँ। जब वह सोता है, तो उसके तकिए के नीचे से हमेशा थालिया की तस्वीर आधी बाहर झाँकती रहती है।

एक सौ एक... एक सौ दो...

अपना बाकी का समय मैं शहर में यहाँ-वहाँ भटकते हुए बिताता हूँ– बेमकसद। या शायद मकसद होता है बीमारों और मरणासन्न लोगों की सामूहिक साँसों से बचने के लिए अस्पताल से दूर चले जाना। मैं शामों को गोधूली बेला में तरह-तरह के रेखाचित्रों से सजी दीवारों से घिरी गलियों में भटकता हूँ, आपस में सटी हुईं टिन की छत वाली दुकानों के सामने से गुज़रता हूँ, रास्ते में छोटी-छोटी लड़कियों को सिर पर गोबर से भरी टोकरियाँ ले जाते देखता हूँ, और कालिख से ढँकी औरतों को एल्युमिनियम के बड़े-बड़े बर्तनों में चिथड़े उबालते देखता हूँ। सँकरी गलियों के जाल में भटकते हुए मैं मनार के बारे में बहुत सोचता हूँ, उस मनार के बारे में जो उस अस्पताल के एक पलंग पर लेटा मरने का इंतज़ार कर रहा है जहाँ उसी की तरह के और भी बहुत से जर्जर शरीर पड़े हैं। मैं थालिया के बारे में भी बहुत सोचता हूँ, जो उस तस्वीर में चट्टान पर बैठी समंदर को निहार रही है।

मुझे ऐसा महसूस होता है जैसे मेरे भीतर गहराइयों में कुछ है जो मुझे अपनी तरफ खींच रहा है, एक भँवर की तरह मुझे अपने भीतर समा लेने को बेताब है। मैं इसके खिंचाव के आगे हथियार डाल देना चाहता हूँ, इसके वश में हो जाना चाहता हूँ। मैं खुद को खो देना चाहता हूँ, अपने 'मैं' से बाहर निकलना चाहता हूँ, सब पुराना छोड़ देना चाहता हूँ, बिल्कुल वैसे जैसे कोई साँप अपनी केंचली उतार देता है।

मैं यह नहीं कह रहा कि मनार ने सबकुछ बदल दिया। नहीं। मनार से मिलने से लेकर एथेंस की एक लाइब्रेरी में एक कोने की मेज़ पर बैठकर मेडिकल स्कूल में दाखिले के लिए फॉर्म भरने तक के बीच एक और बरस मैं दुनिया भर में भटकता फिरा था। इस दौरान मैंने दो हफ्ते दमिश्क में बिताए थे, जहाँ की और कोई बात मुझे याद नहीं है सिवाए उन दो औरतों के मुस्कुराते चेहरों के जो आँखों में गहरा काजल लगाती थीं और जिनके मुँह में एक-एक सोने का दाँत लगा था।

फिर तीन महीने काहिरा में एक जर्जर मकान के तहखाने में बिताए, जिसे एक गंजेड़ी मकान मालिक किराए पर देता था। थालिया के पैसों से मैं आइसलैंड में बसों में घूमता रहा। म्यूनिख में एक पंक बैंड (शास्त्रीय रॉक संगीत से बगावत के बतौर बनाया गया गायकों व वादकों का एक दल, जो जगह-जगह घूम-घूमकर नए तरह का रॉक संगीत गाता-बजाता था) के साथ रहा। 1977 में, बिलबाओ में एक परमाणु हथियार विरोधी प्रदर्शन में मेरी कोहनी टूट गई।

मगर इस दौरान किसी बस की पिछली सीट या किसी ट्रक के पिछले हिस्से में बैठकर लम्बी-लम्बी यात्राएँ करते वक़्त मिलने वाले एकांत क्षणों में मेरा मन हमेशा मनार की ओर लौट जाता था। उसके बारे में सोचना, उसके आख़िरी दिनों की तकलीफ के बारे में सोचना, और उस तकलीफ को देखकर भी उसे दूर न कर पाने को लेकर अपनी बेबसी के बारे में सोचना। यह सोचना हर उस काम को बेमानी बना देता था जो मैंने अब तक किया था या आगे जो मैं करना चाहता था, उतना ही बेमानी जितना बेमानी वे छोटे-छोटे वादे होते हैं जो आप सोते वक़्त खुद से करते हैं मगर सोकर उठने तक जिन्हें भूल भी चुके होते हैं।

एक सौ उन्नीस... एक सौ बीस...

मैंने शटर गिरा दिया।

उन गर्मियों के आखिर में एक रात मुझे पता चला कि मैडेलीन मौसी एथेंस जा रही थीं–थालिया को हमारे पास छोड़कर। ज़्यादा नहीं, कुछ वक़्त के लिए।

"बस कुछेक हफ़्तों की बात है," उनका कहना था।

हम चारों रात का खाना खा रहे थे। खाने में था सफेद बीन्स का सूप, जिसे मम्मा और मेडेलीन मौसी ने मिलकर बनाया था। मैंने यह देखने के लिए मेज़ की दूसरी तरफ बैठी थालिया की तरफ देखा कि क्या मेडेलीन मौसी ने यह खबर सिर्फ़ मुझे ही सुनाई थी। ऐसा लगा कि सिर्फ़ मुझे ही इसकी खबर थी, थालिया को नहीं। थालिया बड़े आराम से चम्मच से सूप पी रही थी। हर बार जब वह चम्मच मुँह तक ले जाती तो पहले मास्क थोड़ा-सा ऊपर उठाती, चम्मच अन्दर डालती और फिर बाहर निकालकर मास्क फिर से ढँक लेती। अब मैं उसके बोलने और खाने की आदत का आदी हो गया था और अब मुझे इससे कोई परेशानी नहीं होती थी, या कम से कम उतनी नहीं होती थी जितनी किसी बूढ़े आदमी को खराब फिटिंग वाले नकली दाँतों से खाते हुए देखकर होती, जैसी कि कई सालों बाद मम्मा को देखकर होगी।

मैडलीन मौसी ने कहा कि फिल्म की शूटिंग पूरी होने के बाद वह थालिया को बुलवा लेंगी। उनका अंदाज़ा था कि फिल्म की शूटिंग क्रिसमस से काफी पहले पूरी हो जानी चाहिए।

"असल में मैं तुम सबको एथेंस ले चलूँगी," यह कहते हुए उनका चेहरा हमेशा की तरह खुशी से खिल उठा था। "और हम सब साथ में फिल्म के प्रीमियर पर जाएँगे! मार्कोस, यह कितना शानदार होगा न! हम चारों सज-धज कर, बड़ी नाज़-ओ-अदा से चलते हुए थिएटर में दाखिल होंगे।"

मैंने कहा कि हाँ, वाकई यह शानदार होगा, हालाँकि मुझे मम्मा को किसी फैंसी गाउन में या किसी भी और पोशाक में नाज़-ओ-अदा से चलते देखने की कल्पना करने में दिक्कत महसूस हो रही थी।

मैडलीन मौसी ने समझाया कि कैसे यह इंतज़ाम एकदम परफेक्ट रहेगा। उन्होंने कहा कि कुछ ही हफ़्तों में स्कूल खुल जाएँगे, तो थालिया मम्मा की मदद से अपनी पढ़ाई शुरू कर देगी–ज़ाहिर है, घर पर ही रहकर। उन्होंने कहा कि वह हमें पोस्टकार्ड, चिट्ठियाँ और फ़िल्म सेट की तस्वीरें भेजेंगी। उन्होंने और भी बहुत कुछ कहा, मगर मैंने ज़्यादा नहीं सुना। सच बात तो यह थी कि यह खबर सुनकर मुझे भारी राहत और एक अजीब सी खुशी महसूस हो रही थी। मैं अभी तक हर दिन इस डर में जी रहा था कि एक-एक दिन करके गर्मियाँ बीतती जा रही थीं और थालिया के जाने का दिन करीब आता जा रहा था। हर गुज़रते दिन के साथ मेरा यह डर बढ़ता जा रहा था। मैं जैसे-तैसे करके खुद को आने वाले विदाई के दिन के लिए तैयार कर रहा था। सच बात तो यह थी कि अब मुझे थालिया का साथ अच्छा लगने लगा था। अब मैं हर सुबह नाश्ते की मेज़ पर थालिया से मिलने और उसकी अनोखी आवाज़ सुनने को उत्सुक रहता था। हम लोग झटपट नाश्ता करके बाहर भाग जाते थे और दोपहर तक साथ-साथ पेड़ों पर चढ़ने, जौ के खेतों में पकड़म-पकड़ाई खेलने, या पेड़ों की टहनियाँ तोड़कर उनको तलवार की तरह इस्तेमाल करके लड़ाई-लड़ाई खेलने में मस्त रहते थे। साथ-साथ हमने गुफाओं में काल्पनिक खज़ाने छिपाए और खोजे, द्वीप पर ऐसी जगहें तलाशीं जहाँ सबसे अच्छी और सबसे तेज़ अनुगूँज (ईको) सुनाई देती थी। हमने अपने बनाए कैमरे से पवनचक्कियों और कबूतरखानों की तस्वीरें खींचीं और उन्हें मिस्टर रूसोस के पास ले गए, जिन्होंने हमें उन्हें डेवलप करके दिया। इतना ही नहीं, उन्होंने हमें अपने डार्करूम में भी जाने दिया और हमें तरह-तरह के डेवलपर्स, फिक्सर्स और स्टॉप बाथ वगैरह के बारे में सिखाया।

जिस दिन मैडेलीन मौसी ने यह खबर दी थी, उस रात वह और मम्मा देर तक रसोई में बैठकर वाइन पीती रही थीं (ज़ाहिर है कि पीने का काम ज़्यादातर मैडेलीन मौसी ही कर रही थीं और मम्मा सिर्फ़ साथ दे रही थीं), जबकि थालिया और मैं ऊपर के कमरे में बैठकर तावली (एक यूनानी खेल) खेल रहे थे। थालिया के पास मास्टर पोज़ीशन थी और वह पहले ही अपनी आधी गोटियाँ अपने होम बोर्ड पर पहुँचा चुकी थी।

"उनका एक प्रेमी है," थालिया ने पासा फेंकते हुए कहा।

मैं चौंक गया। "किसका?"

"किसका?" उसने पूछा। "तुम्हें क्या लगता है किसका?"

इतने दिनों में मैंने थालिया के हाव-भाव उसकी आँखों से पढ़ना सीख लिया था। और अब वह मुझे ऐसे देख रही थी जैसे मैं समंदर किनारे खड़ा होकर पूछ रहा हूँ कि पानी कहाँ है। मैंने जल्दी से स्थिति सँभालने की कोशिश की। "मुझे पता है किसका," मैंने कहा। शर्म के मारे मेरे कान गर्म हो गए थे। "मेरा मतलब है, कौन है वो... मतलब वो..." मैं एक बारह साल का लड़का था। मेरी डिक्शनरी में अभी प्रेमी जैसे शब्द नहीं थे।

"तुम अभी तक अंदाज़ा नहीं लगा पाए? उनकी इस नयी फिल्म का निर्देशक।"

"मैं यही कहने वाला था।"

"एलियास। एक नंबर का नमूना है वह। अपने बालों को ऐसे चिपकाकर रखता है जैसे 1920 के ज़माने में जी रहा हो। उसने वैसी ही पतली-पतली मूँछें भी रख रखी हैं। शायद उसे लगता है कि इससे वो छैला बाबू दिखता है। बिल्कुल ही नमूना है वह। और खुद को एक महान कलाकार समझता है। मेरी मम्मा भी। तुम्हें उन्हें उसके साथ देखना चाहिए, कैसे वह उसके सामने भीगी बिल्ली बनकर रहती हैं, उसकी हाँ में हाँ मिलाती हैं, उसकी हर फ़िज़ूल बात की तारीफ़ करती हैं, मानो उन्हें लगता हो कि वह कला का भगवान है जिसके चरणों में साष्टांग दंडवत करना और उसकी खुशामद करना उनका धर्म है। मुझे समझ नहीं आता कि उन्हें ये सब दिखाई क्यों नहीं देता।"

"क्या मैडलीन मौसी उससे शादी करने वाली हैं?"

थालिया ने कंधे उचकाए। "मर्दों के मामले में उनकी पसंद बहुत घटिया है। बहुत ही घटिया।" अपने हाथों में पासा लिए वह बोली। ऐसा लग रहा था जैसे अपनी बात पर दोबारा गौर कर रही हो।

"मेरे ख़याल से, एंड्रियास को छोड़कर। वह अच्छे हैं। काफी अच्छे हैं। मगर, ज़ाहिर है, वह उन्हें छोड़ रही हैं। वह हमेशा गलत लोगों के प्यार में ही पड़ती हैं।"

"तुम्हारा मतलब, तुम्हारे पापा की तरह के?"

उसकी त्यौरियाँ थोड़ी सी चढ़ गईं। "मेरे पापा उनके लिए एक अजनबी थे, जिनसे वह एम्स्टर्डम जाते समय रास्ते में एक रेलवे स्टेशन पर मिलीं थीं। दोनों ने एक दोपहर साथ बिताई थी। मुझे नहीं पता कि वह कौन हैं। और न ही मम्मा को पता है।"

"ओह। मुझे याद है उन्होंने अपने पहले हसबैंड के बारे में कुछ कहा था। उन्होंने कहा था कि वह शराब पीते थे। तो मैंने सोचा कि शायद वह..."

"वो शायद मम्मा डोरियन की बात कर रही थीं," थालिया ने कहा। "वह भी अपने आप में इकलौता पीस था।" उसने एक और गोटी अपने होम बोर्ड पर पहुँचाई। "वह उन्हें पीटता था। उसका हाल 'पल में तोला पल में माशा' वाला था, एक पल पहले वह बहुत अच्छे से पेश आ रहा होता था और अगले ही पल गुस्से से फट पड़ता था। लंदन के मौसम की तरह ही उसके मिज़ाज का भी कोई भरोसा नहीं था। दिन भर घर में पड़ा शराब पीता रहता था, कोई काम-धाम नहीं करता था। और पीने के बाद वह बहुत भुलक्कड़ हो जाता था। मसलन, वह पानी का नल खुला छोड़ देता था, जिससे घर में बाढ़ आ जाती थी। इसी तरह एक बार वह गैस चूल्हा बंद करना भूल गया था और लगभग सारा घर जल गया था।"

थालिया ने चिप्स के ढेर से एक छोटी सी मीनार खड़ी कर ली थी। कुछ देर वह खामोशी से उसे सीधा करती रही।

"डोरियन को असल में सिर्फ़ अपोलो से ही प्यार था। पड़ोस के सारे बच्चे उससे डरते थे–मेरा मतलब अपोलो से। और उनमें से शायद ही किसी ने उसे देखा था; उन्होंने सिर्फ़ उसके भौंकने की आवाज़ सुनी थी। बस इतना ही उनके लिए काफी था। डोरियन उसे पीछे आंगन में ज़ंजीर से बाँधकर रखता था। उसे मेमने के गोश्त के बड़े-बड़े टुकड़े खिलाता था।"

इसके आगे थालिया ने मुझे कुछ नहीं बताया। हालाँकि, मैंने आसानी से कल्पना कर ली कि आगे क्या हुआ होगा। डोरियन नशे में धुत्त बेहोश पड़ा होगा, कुत्ते को बाँधना भूल गया होगा, कुत्ता बिना ज़ंजीर के आँगन में खुला घूम रहा होगा। और इस सबसे बेखबर थालिया आँगन में चली गई होगी।

"उस वक़्त तुम्हारी उम्र कितनी थी?" मैंने धीमी आवाज़ में पूछा।

"पाँच।"

फिर मैंने वो सवाल पूछा जो थालिया के हमारे घर आने के समय से ही मेरे मन में था। "क्या ऐसा कुछ नहीं है जो... मेरा मतलब है, क्या वे कुछ ऐसा नहीं कर सकते–"

थालिया ने नज़रें फेर लीं। फिर भारी लहज़े में कहा, "प्लीज़, मत पूछो।" उसकी बात से ऐसा लगा जैसे मैंने शायद उसकी कोई दुखती रग छेड़ दी थी। "इसके बारे में सोचकर ही मेरा मन भारी होने लगता है।"

"आई एम सॉरी," मैंने कहा।

"मैं फिर कभी बता दूँगी।"

और उसने मुझे बाद में बताया भी। गलत सर्जरी, ऑपरेशन के बाद घाव में हुआ भयानक संक्रमण, जिसके चलते उसमें सेप्टिक हो गया, और जिसने उसके गुर्दे खराब कर दिए, उसके लिवर ने काम करना बंद कर दिया, और डॉक्टर्स ने घाव वाली जगह की त्वचा के ऊपर जो नयी त्वचा (सर्जिकल फ्लैप) लगाई थी वह भी बेकार हो गई। डॉक्टर्स को न केवल वह नयी त्वचा बल्कि उसके बाएँ गाल का बचा हुआ हिस्सा और उसके जबड़े की हड्डी का भी कुछ हिस्सा काटकर हटाना पड़ा। इन सारी दिक़्क़तों के कारण वह तकरीबन तीन महीने तक अस्पताल में रही। वह मौत के मुँह में जाते-जाते बची थी। उसके बाद मगर वह फिर कभी किसी भी तरह की कोई सर्जरी कराने के लिए तैयार नहीं हुई।

"थालिया," मैंने कहा, "मैं उस दिन के अपने बर्ताव के लिए भी शर्मिंदा हूँ जिस दिन हम पहली बार मिले थे।"

उसने नज़रें उठाकर मेरी तरफ़ देखा। उसकी आँखों में पहले वाली शरारती चमक वापस आ गई थी। "तुम्हें होना ही चाहिए। मगर तुम्हारे फर्श पर चारों खाने चित्त होकर उल्टियाँ करने से पहले ही मुझे पता था।"

"क्या पता था?"

"कि तुम गधे हो।"

मैडलीन मौसी मम्मा के स्कूल शुरू होने से दो दिन पहले चली गईं। जाते वक़्त उन्होंने एक मक्खन जैसे पीले रंग की बिना आस्तीन वाली ड्रेस पहनी थी जो इतनी तंग थी कि उनके छरहरे बदन से एकदम चिपकी हुई थी।

आँखों पर उन्होंने सींग के फ्रेम वाला धूप का चश्मा लगाया हुआ था और सिर पर एक सफेद रेशमी स्कार्फ कसकर बाँध रखा था, ताकि बाल इधर-उधर न उड़ें। उनकी ड्रेस और उनका स्कार्फ दोनों उनके शरीर पर इतने कसे हुए थे कि देखकर लगता था कि कहीं उन्हें यह डर तो नहीं था कि उनके शरीर के अस्थि-पंजर एक-दूसरे से अलग होकर गिर पड़ेंगे और इसलिए वे उन तंग कपड़ों के माध्यम से उन्हें एक साथ बाँधे रखने की कोशिश कर रही हों। टिनोस कस्बे के फेरी बंदरगाह पर फेरी में बैठने से पहले उन्होंने हम सबको गले लगाया। सबसे कसकर और सबसे देर तक थालिया को। साथ ही उसका माथा भी चूमा। वो भी देर तक। मगर इस दौरान आँखों पर से धूप का चश्मा नहीं उतारा।

"डार्लिंग, तुम भी तो मुझे गले लगाओ," उन्होंने फुसफुसाकर थालिया के कान में कहा, मगर मुझे सुनाई दे गया।

थालिया ने अनमने ढंग से उनकी बात मान ली।

जब फेरी कर्कश आवाज़ करते हुए, डगमगाते हुए, और अपने पीछे उथल-पुथल मचाते पानी की लम्बी लकीर छोड़ते हुए आगे बढ़ी तो मैंने सोचा कि मैडेलीन मौसी रेलिंग के पास खड़ी होकर हमारी तरफ हाथ हिलाएँगी और चुंबन उछालेंगी। मगर वह तो जल्दी से अन्दर जाकर अपनी सीट पर बैठ गईं। उन्होंने हमारी तरफ देखा तक नहीं।

घर लौटने के बाद मम्मा ने हमें बैठने को कहा। वह हमारे सामने खड़ी हुईं और बोलीं, "थालिया, मैं तुम्हें बताना चाहती हूँ कि अब तुम्हें इस घर में यह मास्क पहनने की ज़रूरत नहीं है। न मेरी वजह से, न ही इसकी वजह से। तुम इसे तभी पहनना जब तुम्हें सुविधा लगे। इस बारे में मुझे और कुछ नहीं कहना है।"

तब अचानक मुझे वह बात समझ आई जो मम्मा पहले ही समझ चुकी थीं। वो यह कि वह मास्क थालिया के लिए नहीं बल्कि मेडेलीन मौसी के लिए था। उनको शर्मिंदगी और बदनामी से बचाने के लिए।

काफी देर तक थालिया ने न तो कुछ कहा और न कुछ किया। फिर धीरे-धीरे उसके हाथ उठे और उसने अपने सिर के पीछे बंधीं मास्क को थामने वाली पट्टियाँ खोल दीं। फिर उसने मास्क नीचे कर लिया। मैंने सीधे उसकी आँखों में देखा। मुझे अचानक पीछे हटने की तीव्र इच्छा हुई, जैसे अचानक तेज़ आवाज़ कानों में पड़ने से होता है। मगर मैं नहीं हटा। मैंने अपनी निगाहें उस पर टिकाए रखीं और सुनिश्चित किया कि मेरी पलकें भी न झपकें।

मम्मा ने कहा कि जब तक मेडेलिन मौसी वापस नहीं आ जातीं, तब तक वह मुझे भी घर पर ही पढ़ाएँगी, ताकि थालिया को घर पर अकेले न रहना पड़े। वह रात को खाना खाने के बाद हमें पढ़ाती थीं और अगले दिन सुबह उनके स्कूल जाने के बाद करने के लिए होमवर्क दे देती थीं। कागज़ पर देखें तो यह व्यवस्था कारगर मालूम होती थी। मगर व्यवहार के तल पर हमें एक अलग ही हकीकत का सामना करना पड़ा।

मम्मा के बाहर रहते हमारे लिए घर पर चैन से पढ़ाई कर पाना तकरीबन नामुमकिन साबित हुआ। थालिया के बिगड़े हुए चेहरे की खबर द्वीप पर जंगल की आग की तरह फैल गई थी, और लोगों का जिज्ञासावश हमारे घर का दरवाज़ा खटखटाने का ऐसा सिलसिला शुरू हो गया था जो ख़त्म होने का नाम ही नहीं लेता था। लोग तरह-तरह के बहानों से हमारे घर में झाँकने की कोशिश कर रहे थे। ऐसा लगता था मानो अचानक से पूरे द्वीप पर आटा, चीनी, पत्ती, लहसुन, यहाँ तक कि नमक भी खत्म हो गया था और हमारा घर ही एकमात्र ऐसी जगह बची थी जहाँ ये सब मिल सकता था। और वे अपने इरादे को छुपाने की ज़रा भी कोशिश नहीं करते थे। दरवाज़े पर खड़े होकर वे बात तो मुझसे कर रहे होते थे, मगर उनकी नज़रें हमेशा मेरे पीछे थालिया को तलाश रही होती थीं। वे अपनी गर्दनें लम्बी कर-करके और पंजों के बल उचक-उचककर भीतर देखने की कोशिश करते थे। उनमें से ज़्यादातर तो पड़ोसी भी नहीं थे। वे एक कप चीनी उधार माँगने के लिए मीलों पैदल चलकर आए होते थे। बेशक मैंने उन्हें कभी अंदर नहीं आने दिया। उनके मुँह पर दरवाज़ा बंद करके कुछ हद तक मुझे तसल्ली मिलती थी, मगर लोगों के इस बर्ताव ने मेरा मन उस जगह से और भी ज़्यादा उचाट कर दिया था। मुझे इस बात का एहसास होने लगा था कि अगर मैं वहीं रुका रहा तो यह तय था कि मेरी ज़िन्दगी इन लोगों से बहुत गहराई से प्रभावित होगी और आखिरकार मैं भी उन्हीं में से एक बन जाऊँगा।

बच्चों का बर्ताव बड़ों से भी ज़्यादा खराब था, वे किसी भी बात से डरते नहीं थे। हर दिन मैं किसी न किसी बच्चे को हमारे घर के बाहर घूमते हुए या दीवार पर चढ़ते हुए पकड़ता था। हम अन्दर पढ़ रहे होते थे और तभी थालिया अपनी पेंसिल से मेरे कंधे पर थपथपाती, अपनी ठोड़ी ऊपर उठाती, और मैं मुड़कर देखता तो एक चेहरा, और कभी-कभी तो एक से ज़्यादा चेहरे खिड़की से सिर सटाकर भीतर झाँकते नज़र आते। हालात इतने खराब हो चले थे कि हमें ऊपर वाले कमरे में जाकर और सारे परदे खींचकर बैठना पड़ता था।

एक दिन तो हद ही हो गई। स्कूल में मेरे साथ पढ़ने वाला एक लड़का, पेट्रोस, अपने तीन दोस्तों के साथ आया और थालिया को देखने देने के बदले मुट्ठी भर सिक्कों की पेशकश करने लगा। मैंने उसे बुरी तरह झिड़कते हुए कहा कि यहाँ कोई सर्कस नहीं चल रहा है।

आखिर में जब पानी सर से ऊपर होने लगा तो मुझे मम्मा को बताना ही पड़ा। यह सुनकर उनका चेहरा गुस्से से लाल हो गया। उन्होंने अपने दाँत भींच लिए।

अगली सुबह जब हम नाश्ते की मेज़ पर आए तो नाश्ते के साथ-साथ वहाँ हमारी किताबें और एक टिफिन में दो सैंडविच भी तैयार रखे थे। थालिया मुझसे पहले समझ गई कि उसका क्या मतलब था, और इसलिए एकदम से घबरा गई। जब जाने का समय आया तो उसने विरोध करना शुरू कर दिया।

"ओडी मौसी, नहीं।"

"मुझे अपना हाथ दो।"

"नहीं। प्लीज़।"

"चलो भी, अपना हाथ दो।"

"मैं नहीं जाना चाहती।"

"हमें देर हो जाएगी।"

"मुझे मजबूर मत कीजिए, ओडी मौसी।"

मम्मा ने थालिया को हाथों से पकड़कर सीट से उठाया, थोड़ा सा नीचे झुकीं, और अपलक उसकी आँखों में झाँककर देखने लगीं। मैं इस नज़र को बहुत अच्छी तरह पहचानता था और जानता था कि इसके क्या मायने थे। अब दुनिया की कोई भी ताकत उन्हें वह करने से नहीं रोक सकती थी जो उन्हें सोच लिया था। "थालिया," उन्होंने अपनी आवाज़ और लहज़े को यथासंभव नर्म और सख्त दोनों बनाते हुए कहा, "मुझे तुम्हारी वजह से शर्म नहीं आती है।"

आखिरकार हम तीनों निकल पड़े। मम्मा थालिया का हाथ थामे छोटे-छोटे डग भरती हुईं तेज़ी से स्कूल की तरफ बढ़ रही थीं। उनके चेहरे पर निडरता और अडिगता साफ़ नज़र आ रही थी। वह किसी मिशन पर जाते फ़ौजी की तरह मालूम हो रही थीं। मैं कल्पना करने लगा कि शायद उस रात हाथ में रायफल लिए मेडेलीन के डैड के घर जाते समय भी मम्मा के चेहरे पर ऐसी ही निडरता और अडिगता नज़र आई होगी।

रास्ते में जिसने भी हमें देखा, वो देखता ही रह गया। उनकी आँखें फटी की फटी रह गईं। वे रुककर हमें देखने लगे। उनमें से कुछ ने आपस में खुसफुस करते हुए थालिया की तरफ इशारा भी किया। मैंने कोशिश की कि उनकी तरफ न देखूँ। मगर पलकों की कोरों से मुझे इतना तो दिखाई दे ही गया कि उन सबके मुँह ऐसे खुले हुए थे जैसे वे किसी दूसरे ग्रह से आए प्राणी को देख रहे हों।

जब हम स्कूल पहुँचे तो वहाँ भी वही हाल था। मगर चूँकि मम्मा आगे-आगे चल रही थीं इसलिए उन्हें रास्ते देने की खातिर बच्चों की भीड़ फ़ौरन ही अगल-बगल हो गई। मगर उनकी प्रतिक्रियाएँ बड़ों से अलग नहीं थीं। मुझे किसी लड़की की चीख सुनाई दी। मम्मा बच्चों की भीड़ को चीरते हुए ऐसे आगे बढ़ रही थीं जैसे बॉलिंग की गेंद पिनों को यहाँ-वहाँ गिराते हुई आगे बढ़ती है। उन्होंने थालिया का हाथ नहीं छोड़ा था, इसलिए थालिया लगभग घिसटती हुई सी उनके पीछे-पीछे चल रही थी। इसी तरह अवाक बच्चों की भीड़ के बीच से रास्ता बनाते हुए मम्मा मैदान के कोने तक पहुँची, जहाँ एक बेंच रखी थी। वह बेंच पर चढ़ गईं और थालिया को भी चढ़ा लिया, और फिर तीन बार ज़ोर से सीटी बजाई। पूरे मैदान में सन्नाटा छा गया।

"यह थालिया जियानाकोस है," मम्मा ने ज़ोरदार आवाज़ में कहा। "आज से..." कहते-कहते वह रुक गईं, फिर बोलीं, "जो कोई भी रो रहा है वो चुप हो जाए, इससे पहले कि मैं उसे रोने की वाजिब वजह दूँ। आज से थालिया इस स्कूल की छात्रा है। मैं आप सभी से आशा करती हूँ कि आप उसके साथ भलमनसाहत दिखाएँगे और सलीके से पेश आएँगे। अगर मुझे पता चला कि किसी ने उसका मज़ाक उड़ाया है या कुछ भी उल्टा-सीधा कहा है, तो मैं उसे ढूँढ निकालूँगी और ऐसी सज़ा दूँगी कि उसे अपने किए का हमेशा अफ़सोस रहेगा। और आप लोगों को पता है कि मैं सिर्फ़ कहने के लिए नहीं कहती हूँ, मैं अपने कहे पर अमल करके दिखाती हूँ। इस बारे में मुझे और कुछ नहीं कहना है।"

इतना कहकर वह बेंच से नीचे उतरीं और थालिया का हाथ पकड़कर क्लास की तरफ चल दीं। उस दिन के बाद से थालिया ने फिर कभी मास्क नहीं पहना, न तो सार्वजनिक स्थानों पर और न ही घर पर।

क्रिसमस से कुछ हफ्ते पहले हमें मैडेलीन मौसी का एक ख़त मिला। उसमें लिखा था कि कुछेक वजहों से शूटिंग कुछ वक़्त के लिए टालनी पड़ गई थी। सबसे पहली वजह थी कि डायरेक्टर ऑफ़ फोटोग्राफी (कैमरामैन)–

जिसे मैडेलीन ने *DOP* लिखा था और थालिया को मुझे और मम्मा को इसका मतलब समझाना पड़ा था–सेट पर मचान से गिर गया था, जिसके चलते उसकी बाँह तीन जगह से टूट गई थी। इसके अलावा, खराब मौसम के कारण भी शूटिंग करना संभव नहीं हो पा रहा था।

इसलिए फिलहाल हमारे पास इंतज़ार करने के अलावा और कोई चारा नहीं है। वैसे एक तरह से यह अच्छा ही हुआ, क्योंकि इससे हमें स्क्रिप्ट की कुछ खामियों को दूर करने का मौका मिल जाएगा। लेकिन बुरी बात यह है कि इसकी वजह से हम क्रिसमस से पहले नहीं मिल पाएँगे, जैसी कि मैंने उम्मीद की थी। यकीन जानो आप लोग, इस वजह से मैं बेहद निराश हूँ। मैं आप सभी को बहुत याद कर रही हूँ, खासकर तुम्हें, थालिया, मेरी जान। मैं बस आगामी वसंत के ख़त्म होने का इंतज़ार कर रही हूँ, जब यह शूटिंग खत्म हो जाएगी और हम फिर से एक साथ होंगे। आप तीनों हर पल, हर दिन मेरे दिल में रहते हैं।

“वह नहीं लौटेंगी,” थालिया ने सपाट स्वर में कहा और ख़त मम्मा को वापस कर दिया।

“बेशक लौटेंगी!” मैंने अवाक होकर कहा। मैं मम्मा की तरफ मुड़ा, इस उम्मीद में कि वह मेरी बात के समर्थन में कुछ कहेंगी, मगर उन्होंने कुछ नहीं कहा, बस ख़त को मोड़कर मेज़ पर रख दिया और कॉफी के लिए पानी उबालने रसोई में चली गईं। मुझे यह बहुत अजीब लगा। मेरा सोचना था कि अगर वह थालिया की इस बात से सहमत भी थीं कि मेडेलीन मौसी नहीं लौटेंगी, तो भी उन्हें थालिया को दिलासा देने के लिए कुछ न कुछ तो कहना चाहिए था। यह तो बड़ी नासमझी वाली बात थी। मगर उस वक़्त तक मैं यह समझ नहीं पाया था कि वे दोनों एक-दूसरे को बहुत अच्छी तरह समझने लगी थीं, शायद उससे भी अच्छी तरह जितना मैं उन दोनों को समझता था। मम्मा एक आज़ाद और मज़बूत इंसान के रूप में थालिया की बहुत इज़्ज़त करती थीं, इसलिए उसके लिए फिक्रमंद होकर दिखाना या सहारा देते हुए नज़र आना उन्हें सही नहीं लगता था। वह थालिया को झूठे दिलासे देकर उसका अपमान नहीं करना चाहती थीं।

बहरहाल, वसंत आया भी और आकर चला भी गया। इस बीच हमें मैडेलीन मौसी की तरफ से एक पोस्टकार्ड और एक जल्दबाज़ी में लिखा हुआ ख़त मिला, जिसमें उन्होंने सेट पर और ज़्यादा परेशानियों के बारे में बताया था। इस बार ये परेशानियाँ उन फाइनेंसरों से जुड़ी थीं जो शूटिंग में हो रही लगातार देरी के कारण पीछे हटने की धमकी दे रहे थे। पिछले ख़त से इतर इस ख़त में उन्होंने इस बात का कोई ज़िक्र नहीं किया था कि वह कब तक लौटेंगी।

गर्मी के मौसम की शुरुआत में एक सुहानी दोपहर–साल 1968 में–थालिया और मैं डोरी नाम की एक लड़की के साथ बीच पर गए हुए थे। तब तक थालिया को टिनोस द्वीप पर हमारे साथ रहते हुए एक बरस हो गया था और उसकी शारीरिक विकृति अब कानाफूसी और घूरती निगाहों का कारण नहीं बनती थी। हालाँकि उसको लेकर अब भी लोगों में जिज्ञासा थी, मगर समय के साथ वह भी कम हो रही थी। अब उसके अपने दोस्त थे–जिनमें डोरी भी शामिल थी–जो अब उसकी शक्ल-सूरत से डरते नहीं थे, जिनके साथ अब वह दोपहर का खाना खाती थी, गपशप करती थी, स्कूल के बाद खेलती थी, और पढ़ाई करती थी। अब वह, अप्रत्याशित रूप से, अजूबा नहीं रह गई थी बल्कि एक आम इंसान बन गई थी, और इसके लिए मैं अपने द्वीप के लोगों की तारीफ़ किए बिना नहीं रह सकता कि कितनी जल्दी और कितनी सहजता से उन्होंने उसे अपने में से एक मान लिया था।

उस दोपहर हम तीनों ने समंदर में तैरने की योजना बनाई थी, मगर बीच पर पहुँचकर पाया कि पानी बहुत ठंडा था, और इसलिए तैरने की योजना स्थगित करके हम चट्टानों पर लेटकर अलसाने लगे। शाम को जब थालिया और मैं घर लौटे, तो हमने मम्मा को रसोई में गाजर छीलते हुए पाया। मेज़ पर एक और ख़त रखा था, बिना खुला।

"एंड्रियास (थालिया के सौतेले पापा) की चिट्ठी है, तुम्हारे लिए," मम्मा ने थालिया से कहा।

थालिया ने चिट्ठी उठाई और ऊपर चली गई। काफी देर बाद वह नीचे आई। उसने चिट्ठी मेज़ पर रखी, मम्मा के पास जाकर बैठ गई, और चाकू उठाकर गाजर छीलने लगी।

"वह चाहते हैं कि मैं घर आ जाऊँ।"

"ओके," मम्मा ने कहा। मुझे उनकी आवाज़ में हल्का-सा कम्पन सुनाई दिया।

"असल में घर नहीं। उन्होंने कहा है कि उन्होंने इंग्लैंड के एक प्राइवेट स्कूल में मेरे दाखिले की बात की है। मैं गर्मी बाद दाखिला ले सकती हूँ। उन्होंने कहा है कि स्कूल का सारा खर्च वह उठाएँगे।"

"मैडलीन मौसी का क्या हुआ?" मैंने पूछा।

"वह गईं। एलियास के साथ। दोनों ने भागकर शादी कर ली है।"

"और फिल्म का क्या हुआ?"

मम्मा और थालिया ने एक दूसरे की तरफ देखा और फिर एक साथ उन दोनों की नज़रें मेरी तरफ उठीं, और मुझे वह बात पता चल गई जो वे शुरू से जानती थीं।

उस बात के तीस बरस से भी ज़्यादा अरसे बाद, 2002 की एक सुबह, जब मैं एथेंस से काबुल जाने की तैयारी कर रहा था, मुझे अखबार में छपे एक शोक-सन्देश के हवाले से मेडेलीन मौसी की मौत की खबर पढ़ने को मिली। उसमें उनका सरनेम (उपनाम) कौरिस लिखा हुआ था, मगर साथ छपी तस्वीर देखकर मेरे मन में कोई संदेह नहीं रहा कि वह मेडेलीन मौसी ही थीं। बेशक वह उनके बुढ़ापे की तस्वीर थी, मगर तब भी उनके चेहरे पर वही जानी-पहचानी चमकती मुस्कान और जवानी के दिनों की खूबसूरती की झलक साफ-साफ़ देखी जा सकती थी। तस्वीर के नीचे लिखे एक छोटे से पैराग्राफ में बताया गया था कि उन्होंने अपने करियर की शुरुआत बतौर अभिनेत्री की थी, *मगर आगे चलकर*, 1980 के दशक की शुरुआत में, उन्होंने अपनी खुद की थिएटर कंपनी खोल ली थी। उनकी कंपनी को कई सारे नाटकों के लिए आलोचकों से खासी तारीफ़ मिली थी, जिनमें सबसे उल्लेखनीय था यूजीन ओ'नील के नाटक *'लॉन्ग डेज़ जर्नी इनटु नाइट'* का 1990 के दशक के मध्य में लंबे समय तक किया गया मंचन। इसके अलावा, चेखव के नाटक 'द सीगल' और दिमिलियोस म्पोग्रिस के नाटक 'एंगेजमेंट्स' के मंचन ने भी बड़ी वाहवाही बटोरी थी। शोक संदेश में कहा गया था कि वह एथेंस के कला समुदाय में अपने नेक कामों, अपने हँसमुख स्वभाव, अपनी स्टाइलिश जीवन-शैली, अपनी भव्य पार्टियों, और नए नाटककारों पर भरोसा करने के लिए जानी जाती थीं। सन्देश में यह भी कहा गया था कि उनकी मौत एम्फीसेमा नामक बीमारी से लंबे समय तक जूझने के बाद हुई थी, मगर उनके पति या बच्चों का कोई उल्लेख नहीं था। मुझे यह जानकर और भी हैरानी हुई कि वह दो दशकों से भी ज़्यादा समय से एथेंस में रह रहीं थीं, उस घर में जो कोलोनाकी के मेरे घर से बमुश्किल छह ब्लॉक दूर था।

मैंने अखबार नीचे रख दिया। हैरानी की बात थी कि एक ऐसी औरत के बारे में छपी इस खबर ने मेरे दिल-ओ-दिमाग में खलबली मचा दी थी जिससे मैं पिछले तीस बरसों से नहीं मिला था और जो अब इस दुनिया में भी नहीं थी। हमें छोड़कर जाने के बाद मेडेलीन मौसी की ज़िन्दगी कैसी बीती थी, यह जानने

के बाद मेरे लिए इस पर भरोसा कर पाना मुश्किल हो रहा था। मैंने हमेशा यही कल्पना की थी कि थालिया को छोड़कर जाने के बाद उन्होंने एक नाकाम और मनमानी ज़िन्दगी जी होगी, दर-दर की ठोकरें खाई होंगी, तरह-तरह के उतार-चढ़ाव देखे होंगे, तमाम नाकामियाँ झेली होंगी, अपने फैसलों पर पछताई होंगी, और नासमझी भरे हताश प्रेम-प्रसंगों के चलते अपनी ज़िन्दगी को नरक बना लिया होगा। मैंने हमेशा यही सोचा था कि उन्होंने खुद को बर्बाद कर लिया होगा, और आखिर में शायद शराब पी-पीकर मौत को गले लगा लिया होगा–एक ऐसी असमय मौत को, जिसे लोग हमेशा दुखद कहते हैं। मेरे मन के एक हिस्से ने तो यह भी मान लिया था कि शायद वह अपने इस अंजाम से वाकिफ थीं और इसीलिए थालिया को टिनोस छोड़कर गई थीं ताकि उसे उन दिक़्क़तों से बचा सकें जो उनके साथ रहने पर थालिया को भी झेलनी पड़तीं। मगर अब मैं मेडेलीन मौसी को उस तरह देख रहा था जिस तरह मम्मा शुरू से देख पा रही होंगी: एक कुशल मानचित्रकार के रूप में, जो बड़े ही ध्यान और इत्मीनान से अपने भविष्य का नक्शा बना रही थीं और बड़ी ही कुशलता से अपनी 'बोझ' रूपी बेटी को उस मानचित्र की सीमाओं से बाहर करने की जुगत भिड़ा रही थीं। और इस शोक-सन्देश से स्पष्ट था कि वह अपने इस काम में पूरी तरह सफल रही थीं। उन्होंने एक शानदार नक्शा बनाया था और उस नक़्शे के हिसाब से ही एक शानदार ज़िन्दगी जी थी–कामयाबी भरी, उपलब्धियों भरी, नाम और शोहरत भरी, ऐश-ओ-आराम भरी।

मगर मुझसे यह बात हज़म नहीं हो रही थी। यह कामयाबी, यह बिना किसी सज़ा के बच निकलना। मुझे यह अन्याय मालूम हो रहा था। उन्हें कोई खामियाज़ा क्यों नहीं भुगतना पड़ा था? उन्हें अपने किए की कोई सज़ा क्यों नहीं मिली थी?

मगर अखबार मोड़कर नीचे रखते हुए मेरे मन में एक संदेह घर करने लगा था। एक हल्की सी आशंका कि शायद मैं मैडलीन मौसी के प्रति ज़रूरत से ज़्यादा कठोर रुख अपना रहा था, क्योंकि अगर गौर से देखा जाए तो हम दोनों में ज़्यादा फर्क नहीं था। क्या हम दोनों ही अपनी-अपनी स्थितियों से भागने, कहीं और जाकर नए सिरे से शुरुआत करने, और एक नई पहचान बनाने की चाहत नहीं रखते थे? और क्या आखिरकार हम दोनों ने ही उन लंगरों को काटकर खुद को स्वेच्छाचारी नहीं बना लिया था जो हमें बाँधे हुए थे? मैंने इस संदेह को दरकिनार करने और स्वयं को यह यकीन दिलाने की कोशिश की कि हम दोनों में ज़रा भी समानता नहीं थी, जबकि मैं साफ़-साफ़ महसूस कर रहा था कि मेडेलिन मौसी के प्रति मेरे मन में जो गुस्सा इस समय था वह असल में गुस्सा नहीं बल्कि जलन थी,

इस बात की जलन कि एक ही कश्ती के मुसाफिर होने के बावजूद उन्होंने मुझसे कहीं ज़्यादा अच्छी और कामयाब ज़िन्दगी जी थी।

मैंने अखबार एक तरफ उछाल दिया और तय किया कि इस खबर के बारे में अगर थालिया को पता चलेगा भी, तो मुझसे नहीं।

गाजर छीलने के बाद मम्मा ने गाजर के छिलकों को एक कटोरे में इकट्ठा कर लिया। खाने-पीने की कोई भी चीज़ बर्बाद की जाए यह उन्हें बिल्कुल पसंद नहीं था। इन छिलकों का वह मुरब्बा बना लेंगी।

"थालिया, तुम्हें एक बड़ा फैसला लेना है," उन्होंने थालिया से कहा।

थालिया ने मेरी तरफ मुड़कर अचानक पूछा, "मार्कोस, तुम क्या करोगे?"

"मुझे पता है वह क्या करेगा," मम्मा ने झट से कहा।

"मैं ज़रूर जाता," मैंने मम्मा की तरफ देखते हुए थालिया को जवाब दिया। मैं उस विद्रोही बच्चे की भूमिका निभाने में बड़ी संतुष्टि महसूस कर रहा था जैसा मम्मा मुझे समझती और मानती थीं। इसका मतलब यह नहीं कि मेरा जवाब झूठा था। अगर थालिया की जगह मैं होता तो पक्का इस मौके को लपक लेता। प्राइवेट स्कूल। लंदन में। और मुझे यकीन था कि थालिया भी यह फैसला लेने में बिल्कुल नहीं हिचकिचाएगी।

"तुम्हें इस बारे में अच्छे से सोचना चाहिए," मम्मा ने कहा।

"मैंने पहले ही सोच लिया है," थालिया ने हिचकिचाते हुए कहा। फिर, और भी ज़्यादा हिचकिचाते हुए उसने मम्मा की आँखों में देखा और कहा, "मगर मैं किसी भुलावे में नहीं रहना चाहती। पहले मैं आपकी मर्ज़ी जानना चाहती हूँ। क्या मैं हमेशा के लिए आपके साथ रह सकती हूँ?"

मम्मा ने चाकू नीचे रख दिया। मुझे राहत भरी साँस छोड़े जाने की हल्की-सी आवाज़ सुनाई दी। क्या थालिया के जवाब के इंतज़ार में उनकी साँस अटकी हुई थी? क्या वह यह सोचकर तनाव में थीं कि अगर थालिया ने जाने का फैसला कर लिया तो क्या होगा? अगर ऐसा था भी, तो भी उनके सपाट चेहरे से इस बात का कोई संकेत नहीं मिल रहा था कि थालिया के इस फैसले से उन्हें भारी राहत महसूस हो रही थी।

"मेरा जवाब हाँ है। बेशक, हाँ है।"

थालिया ने हाथ बढ़ाकर मम्मा की कलाई को छुआ और कहा, "शुक्रिया, ओडी मौसी।"

"मैं सिर्फ़ एक बार और कहूँगा," मैंने बीच में पड़ते हुए कहा। "मुझे लगता है कि यह फैसला गलत है। आप दोनों गलती कर रही हैं।"

वे दोनों मेरी तरफ मुड़ीं।

"क्या तुम चाहते हो कि मैं जाऊँ, मार्कोस?" थालिया ने कहा।

"हाँ," मैंने कहा। "बेशक मुझे तुम्हारी बहुत याद आएगी, और तुम यह बात जानती हो। लेकिन लंदन के एक प्राइवेट स्कूल में पढ़ने के मौके को नज़रअंदाज़ नहीं किया जा सकता। आगे चलकर तुम्हें विश्वविद्यालय जाने का मौका मिलेगा। तुम शोधकर्ता, वैज्ञानिक, प्रोफेसर, आविष्कारक; कुछ भी बन सकती हो। क्या तुम भी यही नहीं चाहतीं? मैं आज तक जितने भी लोगों से मिला हूँ, उनमें से तुम सबसे ज़्यादा अक्लमंद हो। तुम जो चाहो बन सकती हो।"

इतना कहकर मैं चुप हो गया।

"नहीं, मार्कोस," थालिया ने भारी स्वर में कहा। "नहीं, मैं ऐसा नहीं कर सकती।" उसने यह बात इतनी मज़बूती के साथ कही कि खंडन के सभी रास्ते बंद हो गए।

कई बरसों बाद जब मैंने प्लास्टिक सर्जन के रूप में प्रशिक्षण लेना शुरू किया, तब मुझे एक ऐसी बात समझ में आई जो उस दिन रसोई में थालिया के टिनोस छोड़कर बोर्डिंग स्कूल जाने के मसले पर बहस करते समय नहीं आई थी। मुझे समझ आया कि दुनिया आपके भीतर की सच्चाई नहीं देखती, उसे आपकी उन आशाओं और सपनों और आपके उन ग़मों की ज़रा भी परवाह नहीं होती जो आपने अपने हाड़-माँस के शरीर के पीछे छिपा रखे होते हैं। यही सच है–सीधा-सरल, बेहूदा और बेरहम सच। और मेरे मरीज़ यह सच जानते थे। वे इस बात को समझते थे कि उनकी वर्तमान स्थिति और भविष्य की उनकी संभावनाएँ; सभी कुछ उनकी हड्डियों की संरचना, उनकी आँखों के बीच की दूरी, उनकी ठोड़ी की लंबाई, और उनकी नाक की नोक की बनावट आदर्श होने या न होने पर निर्भर करती हैं।

ख़ूबसूरती एक नायाब तोहफा है, मगर ऐसा तोहफा है जिसे योग्यता-अयोग्यता या पात्रता-अपात्रता देखकर नहीं दिया जाता। जो अनायास ही किसी को भी दे दिया जाता है–बगैर सोचे-समझे।

और इसलिए मैंने प्लास्टिक सर्जरी में विशेषज्ञता का विकल्प चुना था, ताकि मैं थालिया जैसे लोगों को न्याय दिला सकूँ, अपने सर्जिकल ब्लेड की हर एक हरकत से एक मनमाने अन्याय को ख़त्म कर सकूँ, और दुनिया के उस चलन के खिलाफ एक छोटा सा विरोध दर्ज करा सकूँ जिसे मैं शर्मनाक मानता था–वह चलन जो कुत्ते के काटने पर एक छोटी-सी बच्ची से उसका भविष्य छीन सकता था, उसे समाज से बहिष्कृत करा सकता था, उसे तिरस्कार का पात्र बना सकता था।

कम से कम मैं खुद को तो यही कारण बताता हूँ। मगर मुझे लगता है कि प्लास्टिक सर्जरी चुनने के और भी कई कारण थे। जैसे कि पैसा, नाम, सामाजिक रुतबा। यह कहना कि मैंने इसे केवल थालिया की वजह से चुना, बात को बहुत सरल करके कहना माना जाएगा। यह बात सुनने और सोचने में बड़ी प्यारी, बड़ी सुलझी हुई लगती है, मगर असल में यह इतनी सीधी-सरल है नहीं, इसमें कई सारी पेचीदगियाँ शामिल हैं। काबुल में काम करते हुए अगर मैंने कुछ सीखा है, तो वह यही है कि इंसान का स्वभाव और व्यवहार बहुत जटिल और अप्रत्याशित होता है, सीधे नहीं बल्कि आढ़े-टेढ़े ढर्रों पर चलता है। मगर मुझे सीधे और टेढ़े की परवाह नहीं है। मैं बस इतना जानता हूँ कि मुझे इस ख़याल से सुकून मिलता है कि मैं आज जो कुछ भी कर रहा हूँ वो एक अच्छे मकसद के लिए है। यह ख़याल मुझे राहत देता है कि मेरी ज़िन्दगी अब उस ढर्रे पर चलने लगी है जिस पर मैं हमेशा से उसे चलाना चाहता था। यह ख़याल उस अच्छाई की पुष्टि करता है जिसे मैं हमेशा से अपने भीतर देखना चाहता था। यह ख़याल मुझे सहारा देता है।

मैंने बतौर प्लास्टिक सर्जन अपनी प्रैक्टिस का आधा वक़्त एथेंस में लोगों की झुर्रियाँ मिटाते, भौंहें उठाते, गालों को फैलाते और टेढ़ी-मेढ़ी नाक को नया आकार देते बिताया है। बाकी आधा समय मैंने वह करने में बिताया है जो मैं वास्तव में करना चाहता था, यानी कि दुनिया भर में घूम-घूमकर–मध्य अमेरिका, उप-सहारा अफ्रीका, दक्षिण एशिया और सुदूर पूर्व–बच्चों के ऑपरेशन करना, उनके कटे होंठ और तालू ठीक करना, उनके चेहरे के ट्यूमर हटाना और चेहरे की चोटों का इलाज करना। एथेंस में काम करके उतनी संतुष्टि नहीं मिलती थी, मगर पैसा अच्छा मिलता था, और उस पैसे से ही मुझे अपने स्वयंसेवी कामों के लिए हफ्तों और महीनों तक देश-विदेश घूमने की सुविधा मिलती थी।

फिर, 2002 की शुरुआत में, मेरे ऑफिस में एक ऐसी महिला का फोन आया जिसे मैं अच्छी तरह जानता था। उसका नाम आमरा अदेमोविक था।

वह बोस्निया की रहने वाली थी और बतौर नर्स काम करती थी। हम दोनों की मुलाकात कुछ बरस पहले लंदन में एक कांफ्रेंस के दौरान हुई थी। और हमने साथ-साथ एक शानदार सप्ताहांत बिताया था। हालाँकि आपसी सहमति से हमने उस रिश्ते को आगे नहीं बढ़ाया, फिर भी हम संपर्क में रहे और कभी-कभार सार्वजनिक रूप से मिलते भी रहे। फोन पर उसने बताया कि वह तब काबुल में एक गैर-लाभकारी संस्था के लिए काम कर रही थी और उस संस्था को बच्चों के इलाज के लिए एक प्लास्टिक सर्जन की तलाश थी, जो उनके कटे होंठों और छर्रों व गोलियों से चेहरे पर लगी चोटों वगैरह को ठीक कर सके। मैंने तुरंत हाँ कर दी। मेरा इरादा तीन महीने रुकने का था। मैं 2002 के वसंत के आखिर में वहाँ गया। और फिर कभी वापस नहीं आया।

थालिया मुझे लेने फेरी बंदरगाह पर आई है। उसके सिर पर हरे रंग का ऊनी स्कार्फ बंधा है और उसने कार्डिगन स्वेटर और जींस के ऊपर हल्के गुलाबी रंग का मोटा कोट पहना हुआ है। आजकल वह लम्बे बाल रखने लगी है–जो उसके कन्धों पर झूलते रहते हैं–और बीच से माँग निकालती है। उसके बाल पूरे सफ़ेद हो गए हैं, और यही वह बात है –न कि उसका निचला चेहरा– जिसे देखकर मेरा दिल धक्क से रह गया। ऐसा नहीं है कि यह जानकारी मेरे लिए नयी हो और इसलिए मैं एकदम से आश्चर्यचकित हो गया होऊँ; थालिया के बाल तो तीस की उम्र के आसपास ही सफेद होने लगे थे और चालीस की होते-होते तो रूई जैसे सफेद हो गए थे। मैं जानता हूँ कि मुझमें भी बदलाव आया है, मेरा पेट लगातार बढ़ता जा रहा है और बाल भी उसी रफ़्तार से झड़ते जा रहे हैं, मगर क्या होता है न कि अपने खुद के शरीर की ढलान हमें चौंकाती नहीं है क्योंकि वह क्रमशः और धीरे-धीरे–थोड़ी-थोड़ी हर रोज़–हो रही होती है, जिसके चलते हमें उसके होने का पता ही नहीं चलता। मगर जब हम किसी और को लम्बे अरसे बाद एकाएक देखते हैं तो उसकी ढलान हमें साफ़ नज़र आती है और हम हक्के-बक्के रह जाते हैं। अपने बचपन के साथी को यूँ सफ़ेद बालों में देखकर किसी को भी झटका लगना लाज़मी है, क्योंकि यह इस अहसास को जन्म देता है कि न सिर्फ़ 'वह' बुढ़ापे की तरफ बढ़ रहा है बल्कि हम खुद भी बढ़ रहे हैं।

"कानों में कुछ बाँध लो, ठंड लग जाएगी," थालिया ने अपने सिर पर बंधे स्कार्फ की गाँठ कसते हुए कहा। जनवरी का महीना है, दोपहर का वक़्त, आसमान धूसर रंग के बादलों से घिरा है। ठण्ड से सिकुड़ीं पेड़ों की पत्तियाँ हवा में खड़खड़ा रही हैं।

"अगर तुम्हें ठंड देखना है तो काबुल आओ," मैंने कहा। फिर अपना सूटकेस उठा लिया।

"जैसी तुम्हारी मर्ज़ी, डॉक्टर। बस से चलोगे या पैदल? जैसा तुम चाहो।"

"चलो पैदल ही चलते हैं," मैंने कहा।

हम उत्तर की ओर चल पड़े। टिनोस शहर से होकर गुज़रते हुए। भीतरी बंदरगाह में पाल वाली नावें और नौकाएँ खड़ी हैं। छोटे-छोटे स्टॉल लगे हैं जहाँ-तहाँ, जिन पर पोस्टकार्ड और टी-शर्ट वगैरह बेची जा रही हैं। कैफेटेरियाज़ के बाहर छोटी-छोटी गोल मेजें पड़ी हैं, जहाँ लोग बैठकर कॉफी की चुस्कियों के साथ अखबार पढ़ते और शतरंज खेलते नज़र आ रहे हैं। दोपहर के खाने के लिए वेटर बर्तन जमा रहे हैं। घंटे-दो घंटे बाद सभी की रसोई से मछली पकने की खुश्बू आने लगेगी।

थालिया बड़े उत्साह के साथ टिनोस शहर के दक्षिण में बन रहे उन नए बंगलों के बारे में बताने लगी, जहाँ से माइकोनोस और एजियन सागर का नज़ारा दिखाई देता है। ये बंगले मुख्य रूप से पर्यटकों या गर्मियों में यहाँ आकर रहने वाले उन दौलतमंद प्रवासियों से भरे होंगे जो 1990 के दशक से टिनोस आ रहे हैं। उसने बताया कि इन बंगलों में एक आउटडोर स्विमिंग पूल और एक फिटनेस सेंटर भी होगा।

ऐसा नहीं है कि मुझे ये सारी बातें पहली बार पता चल रही हैं, थालिया मुझे बरसों से ईमेल भेज रही है और टिनोस को नया रूप दे रहे इन बदलावों का ब्यौरा दे रही है। सैटेलाइट डिश और डायल-अप इंटरनेट वाले बीच (समंदर किनारे के) होटल, नाइटक्लब, बार और टैवर्न, पर्यटकों के लिए बने रेस्तरां और दुकानें, टैक्सियाँ, बसें, भीड़-भाड़, और समंदर किनारे टॉपलेस (कमर से ऊपर निर्वस्त्र) होकर लेटीं विदेशी महिलाएँ। अब किसान सामान लाने-ले जाने के लिए गधों की बजाए पिकअप ट्रक इस्तेमाल करते हैं। वैसे किसान तो अब गिनती के ही बचे हैं यहाँ, ज़्यादातर तो बहुत पहले ही द्वीप छोड़कर चले गए थे। हाँ, उनमें से कुछ अब रिटायरमेंट के बाद बाकी ज़िन्दगी द्वीप पर ही बिताने के इरादे से वापस आ रहे हैं।

"ओडी इस सबसे ख़ास खुश नहीं हैं," थालिया ने कहा। उसका मतलब था द्वीप पर आ रहे इन बदलावों से। अपने ई-मेल्स में वह इस बारे में भी लिखती रही है–द्वीप पर पहले से रह रहे लोगों के नए आने वालों के प्रति संदेह और उनके द्वारा लाए जा रहे बदलावों को लेकर नाखुशी के बारे में।

“मगर शायद तुम्हें इन बदलावों से कोई परेशानी नहीं है,” मैंने कहा।

“जो होकर ही रहेगा, उसको लेकर शिकायत करने का कोई फायदा नहीं है,” उसने कहा। फिर आगे बोली, “मगर इस बारे में ओडी कहती हैं, ‘तुम्हारा ऐसा कहना समझ में आता है, थालिया। तुम यहाँ थोड़ी पैदा हुई हो।’ ” इतना कहकर वह ज़ोर से, दिल खोलकर हँसी। “तुम्हें लगता होगा कि टिनोस में चवालीस साल बिताने के बाद मुझे यहाँ का ‘मूल निवासी’ होने का हक मिल जाना चाहिए था। मगर ओडी को नहीं लगता।”

थालिया में भी काफी बदलाव आ गया है। बेशक वह मोटा कोट पहने हुए है, फिर भी मैं बता सकता हूँ कि उसके नितम्ब पहले के मुकाबले भारी हो गए हैं और वह पहले से ज़्यादा गोल-मटोल हो गई है–मगर नरम गोल-मटोल नहीं, बल्कि कड़क गोल-मटोल। अब उसके लहज़े में एक दोस्ताना अक्खड़पन आ गया है, मेरे कामों पर टीका-टिप्पणी करते समय उसकी बातों में छिपा हुआ व्यंग्य या मसखरापन होता है, जिससे मुझे लगता है कि वह उन कामों को अहमकाना समझती है। उसकी आँखों की चमक, उसका यूँ दिल खोलकर हँसना, उसके गालों पर स्थायी रूप से आ बसी लाली–ये सारे बदलाव ऐसा आभास देते हैं जैसे कि वह टिनोस के किसी किसान की बीवी है। एक नेक, रहमदिल, भरोसेमंद और ज़मीन से जुड़ी औरत, जिसका व्यवहार दोस्ताना तो है मगर साथ ही उसमें एक ऐसी दबंगई और कठोरता भी झलकती है कि आप उसके साथ सीमा से बाहर जाने का जोखिम नहीं ले सकते।

“बिज़नेस कैसा चल रहा है?” मैंने पूछा। “अभी भी काम कर रही हो?”

“कभी-कभी,” थालिया ने कहा। “आजकल ग्रीस के माली हालात कैसे चल रहे हैं वो तो तुम्हें पता ही है।” मैंने सहमति में सिर हिलाया। काबुल में मैंने इस आशय की ख़बरें देखी थीं कि कैसे अर्थव्यवस्था में मंदी के चलते ग्रीस की सरकार ने खर्चों में कटौती और कड़े आर्थिक उपाय लागू करने का फैसला किया था। और मैंने सीएनएन पर देखा था कि कैसे सरकार के इस कदम के विरोध में नकाबपोश यूनानी युवक संसद के बाहर पुलिस पर पत्थर फेंक रहे थे और पुलिस दंगा रोधी गियर पहने आँसू गैस के गोले दाग रही थी और लाठियाँ भाँज रही थी।

थालिया कोई बिज़नेस जैसा बिज़नेस नहीं चलाती। डिजिटल युग शुरू होने से पहले वह मशीनों को ठीक करने में महारत रखने वाली एक कुशल कारीगर थी। वह लोगों के घर जाकर उनके टीवी में पावर ट्रांजिस्टर लगा देती थी, पुराने ट्यूब-मॉडल रेडियो में सिग्नल कैपेसिटर बदल देती थी। उसे रेफ्रिजरेटर के

थर्मोस्टेट ठीक करने या पाइपलाइन में रिसाव को ठीक करने के लिए भी बुलाया जाता था। लोग उसे अपनी हैसियत के मुताबिक़ भुगतान कर दिया करते थे। और अगर कोई भुगतान करने की स्थिति में न भी हो तो भी वह उसका काम कर देती थी। मुझे काम करके पैसे कमाने की ज़रूरत तो है नहीं, वह मुझसे कहती थी। मैं तो यह इसलिए करती हूँ क्योंकि मुझे इसमें मज़ा आता है। अभी भी चीज़ों को खोलकर देखना और उनके अंदर की कार्यप्रणाली को समझना मुझे रोमांच से भर देता है। आजकल वह एक तरह से फ्रीलांस वन-वुमन आईटी डिपार्टमेंट (एकल महिला सूचना प्रौद्योगिकी विभाग) की तरह काम करती है। उसे जो कुछ भी आता है, वह उसने खुद सीखा है। वह लोगों के कंप्यूटर ठीक करने, आईपी सेटिंग्स बदलने, एप्लिकेशन-फाइल फ्रीज़ होने की समस्या को ठीक करने, धीमे हो गए कंप्यूटर की स्पीड बढ़ाने, उसे अपग्रेड करने और बूट-अप में दिक़्क़तों को दूर करने का काम करती है और बदले में मामूली फीस लेती है। कई बार तो मैंने काबुल से उसे फोन किया है, अपने फ्रीज़ हुए आईबीएम को ठीक करने का उपाय बताने की गुहार लगाते हुए।

घर पहुँचकर हम भीतर जाने से पहले कुछ देर बाहर आंगन में लगे जैतून के पुराने पेड़ के बगल में खड़े रहे। मुझे हर तरफ हाल के दिनों में मम्मा के ऊपर सवार हुए काम के जुनून के सबूत दिखाई दे रहे थे–अभी-अभी नए सिरे से रंगी हुई दीवारें, आधा बना हुआ कबूतरखाना, एक हथौड़ा और लकड़ी के एक तख्ते पर रखा कीलों का एक खुला डिब्बा।

"कैसी हैं वो?" मैंने थालिया से पूछा।

"हमेशा की तरह तेज़-तर्रार और रौबदार और हुक्म चलाने वालीं। इसीलिए तो मैंने ये लगवाया है।" उसने छत पर लगे सैटेलाइट डिश की तरफ इशारा किया। "हम साथ में बैठकर विदेशी धारावाहिक देखते हैं। अरबी धारावाहिक सबसे अच्छे होते हैं, या शायद सबसे बुरे, हमारे लिए तो दोनों का मतलब एक ही होता है। हम यही समझने की कोशिश करते रहते हैं कि उनमें चल क्या रहा है। इससे उन्हें मेरे पीछे पड़ने का मौका नहीं मिलता।" कहकर वह दरवाज़े से अंदर दाखिल हुई। "घर वापसी पर आपका स्वागत है डॉक्टर साहब। मैं आपके लिए कुछ खाने का इंतज़ाम करती हूँ।"

इस घर में वापस आकर अजीब लग रहा है। कुछ नयी और अनजानी चीज़ें दिखाई दे रही हैं, जैसे कि बैठक में रखी धूसर रंग के चमड़े की आर्मचेयर और टीवी के बगल में रखी बेंत की मेज़। मगर बाकी सब

कमोबेश वैसा ही है जैसा पहले था। रसोई में रखी खाने की मेज़, जिस पर अब बैंगन और नाशपाती के पैटर्न वाला विनाइल का कवर डला है; सपाट पीठ वाली बाँस की कुर्सियाँ; बेंत के स्टैंड वाला पुराना तेल का लैंप; और धुएँ से काली पड़ी लहरदार चिमनी। मेरी और मम्मा की तस्वीर–मैं सफेद कमीज़ में, मम्मा अपनी उसी ख़ास पोशाक में–अभी भी बैठक में मेंटलपीस के ऊपर टँगी है। मम्मा का वह चीनी मिट्टी के बर्तनों का सेट (जो उन्हें उनकी दादी से विरासत में मिला था) अभी भी उसी ऊँचे शेल्फ पर रखा है।

मगर फिर भी मुझे ऐसा महसूस हो रहा है जैसे यहाँ बहुत कुछ ऐसा है जो मेरा देखा हुआ नहीं है, मेरे लिए अनजान है। मम्मा के थालिया के साथ यहाँ बिताए गए जीवन के कई दशक मेरे लिए अनदेखे हैं, अनजाने हैं, क्योंकि उस दौरान मैं यहाँ मौजूद नहीं था। थालिया और मम्मा ने साथ-साथ जो पल जिए हैं–हँसी-मज़ाक के, लड़ाई-झगड़े के, ऊब के, बीमारियों के, और रोज़मर्रा की छोटी-बड़ी बातों को समेटे वे तमाम पल जिनसे मिलकर एक ज़िन्दगी बनती है–उन सभी पलों से मैं नदारद रहा हूँ।

जिस घर में मेरा सारा बचपन बीता, आज उसी घर में इतने बरसों बाद फिर से कदम रखना अजीब लग रहा है, ऐसा लग रहा है जैसे मैं उस उपन्यास का अंत पढ़ रहा हूँ जिसे मैंने बहुत पहले पढ़ना शुरू किया था मगर पूरा किए बिना बीच में ही छोड़ दिया था।

“तुम्हारे लिए अंडे की भुर्जी बना दूँ?” थालिया ने रसोई में से पूछा। वह एप्रन पहन भी चुकी थी और गैस पर चढ़ी एक कड़ाही में तेल डाल रही थी। उसके काम करने के तरीके में मालिकाना अंदाज़ की झलक है, जो कि स्वाभाविक है। अब घर की सारी व्यवस्थाएँ वही संभालती है।

“ज़रूर। मम्मा कहाँ हैं?”

“सो रही हैं। रात को ठीक से सो नहीं पाई थीं।”

“मैं एक बार देखकर आता हूँ।”

“अगर तुम्हारे जाने से उनकी नींद टूटी तो तुम्हारी खैर नहीं, डॉक्टर।”

मैं दबे पाँव सीढ़ियाँ चढ़कर बेडरूम में पहुँचा। अंधेरा छाया हुआ है। खिड़कियों पर परदे खिंचे हुए हैं, जिनसे छनकर आती रोशनी की एक लंबी, पतली सी किरण मम्मा के बिस्तर पर पड़ रही है। हवा में बीमारी की भारी गंध है। यह सिर्फ़ गंध नहीं है बल्कि यह किसी की भौतिक उपस्थिति जैसी है। हर

डॉक्टर इसे पहचानता है। बीमारी कमरे में भाप की तरह फैल जाती है। मैं थोड़ी देर दरवाज़े पर ठिठका खड़ा रहा ताकि मेरी आँखें वहाँ के अँधेरे में देखने की अभ्यस्त हो जाएँ। जब मेरी आँखें अंधेरे में देखने लायक हुईं तब मुझे पलंग की दूसरी तरफ–जो कि मेरे हिसाब से पलंग का थालिया की तरफ का हिस्सा था (और पहले मेरा)–ड्रेसर पर रंग-बिरंगी रोशनी का एक आयताकार टुकड़ा दिखाई दिया। यह एक डिजिटल पिक्चर फ्रेम था। इसकी खासियत यह थी कि इसमें बहुत सारी तस्वीरें लोड की जा सकती थीं जो थोड़ी-थोड़ी देर में अपने आप बदलती रहती थीं। मेरी आँखों के सामने धान के खेतों और उनके करीब ही धूसर रंग की टाइलों से बनीं छतों वाले लकड़ी के घरों की तस्वीर धीरे-धीरे भीड़ भरे बाज़ार में बदल गई, जहाँ हुकों से बकरियों का गोश्त लटका हुआ था। फिर यह तस्वीर भी बदल गई और इसकी जगह वह तस्वीर आ गई जिसमें एक स्याह रंगत वाला आदमी एक कीचड़ भरी नदी के किनारे बैठा मंजन कर रहा था।

मैं एक कुर्सी खींचकर मम्मा के सिरहाने बैठ गया। अँधेरे की अभ्यस्त हो चुकी आँखों से जब मैंने मम्मा को देखा तो मुझे बड़ी ज़ोर का झटका लगा। एकबारगी तो आँखों पर यकीन नहीं हुआ। मम्मा कितनी दुबली हो गई थीं! अभी से। उन्होंने जो फूलों के प्रिंट वाला कुर्ता पहना हुआ था, वह उनके कन्धों और उनकी सपाट छाती पर कितना ढीला लग रहा था। वह मुँह खोलकर ऐसे सो रही थीं, मानो कोई बुरा सपना देख रही हों। मुझे उनको इस तरह सोते देखकर बुरा नहीं लगा, मुझे यह देखकर खराब लगा कि नींद में उनके नकली दाँत अपनी जगह से खिसक गए थे। तभी उनकी पलकें हल्की सी फड़फड़ाईं। मैं थोड़ी देर वहीं बैठा रहा। खुद से पूछता रहा, और तुमने क्या उम्मीद की थी? और दीवार पर लगी घड़ी की टिक-टिक और नीचे रसोई से आती थालिया के फ्राइंग पैन में चम्मच चलाने की आवाज़ सुनता रहा। उस कमरे में मौजूद मम्मा की ज़िन्दगी से जुड़ीं चीज़ों का जायज़ा लेता रहा–दीवार पर लगा फ्लैट-स्क्रीन टीवी; कोने में रखा कंप्यूटर; नाइटस्टैंड पर अधूरा पड़ा सुडोकू का खेल; एक खुली हुई किताब, जिस पर उनका चश्मा रखा है; टीवी का रिमोट; नकली आँसू लाने वाली दवा की शीशी; स्टेरॉयड क्रीम की ट्यूब; नकली बत्तीसी चिपकाने वाली गोंद की ट्यूब; दवा की एक छोटी बोतल; और नीचे पलंग के बगल में रखीं सीप के रंग की रोएँदार चप्पलें। वह पहले कभी इस तरह की चप्पलें नहीं पहनती थीं। चप्पलों के पास ही डायपर से भरा एक थैला रखा था। मैं इन चीज़ों को अपनी मम्मा से जोड़कर नहीं देख पा रहा था। मैं नहीं देखना चाह रहा था। यह मुझे किसी अजनबी का सामान लग रहा था। किसी आलसी इंसान का, किसी ऐसे इंसान का जो किसी का कुछ

भी बिगाड़ने की हालत में नहीं था। कोई ऐसा इंसान जिस पर आप कभी गुस्सा नहीं कर सकते।

मेरा ध्यान फिर से बिस्तर की दूसरी तरफ रखे डिजिटल पिक्चर फ्रेम पर गया। उसमें अब भी तस्वीरें आ-जा रही थीं। मैं कुछ देर उन तस्वीरों को देखता रहा। अचानक मेरे दिमाग में बिजली सी कौंधी–इन तस्वीरों को तो मैं पहचानता हूँ! मैंने ही इन्हें खींचा था। उस वक़्त जब मैं... क्या? शायद दुनिया भर में घूम रहा था। मैं हमेशा डबल प्रिंट निकलवाता था और एक सेट थालिया को भेज देता था। और उसने उन्हें संभाल कर रखा था। इतने सालों से। थालिया। मेरे अंदर उसके लिए शहद जैसा मीठा स्नेह उमड़ आया। वह हमेशा से मेरी सच्ची बहन, मेरी सच्ची मनार रही है।

तभी नीचे से उसने मेरा नाम पुकारा।

मैं खामोशी से उठकर खड़ा हो गया। जैसे ही मैं कमरे से निकलने को हुआ, मेरी नज़र किसी चीज़ पर पड़ी। घड़ी के नीचे दीवार पर टँगी किसी फ्रेम वाली चीज़ पर। अंधेरे में मैं उसे ठीक से देख नहीं पा रहा था। मैंने अपना मोबाइल फ़ोन निकाला और उसकी सफ़ेद रोशनी में देखा। यह 'एसोसिएटेड प्रेस' में छपे एक लेख की कटिंग थी। काबुल में मैं जिस गैर-लाभकारी संस्था के लिए काम करता था, उसके बारे में छपे लेख की कटिंग। मुझे वह इंटरव्यू याद है। इंटरव्यू करने वाला पत्रकार एक मिलनसार कोरियाई-अमेरिकी व्यक्ति था, जो थोड़ा हकलाता था। हमने काबुली (अफगान पुलाव, जिसे भूरे चावल, किशमिश और मेमने के गोश्त को मिलाकर पकाया जाता है) खाते-खाते बात की थी। खबर के बीचोंबीच एक ग्रुप फोटो भी थी, जिसमें मैं था, कुछ बच्चे थे, और नबी भी थे–सबसे पीछे, एकदम तनकर खड़े, हाथ पीठ के पीछे बंधे हुए, एक ही साथ आशंकित, शर्मीले और गरिमामय दिखाई पड़ते हुए, जैसे कि अक्सर अफ़ग़ान लोग तस्वीर खिंचवाते समय दिखते हैं। तस्वीर में अमारा और उसकी गोद ली हुई बेटी रोशी भी मौजूद हैं। सभी बच्चे मुस्करा रहे हैं।

"मार्कोस!"

मैंने मोबाइल बंद किया और सीढ़ियाँ उतरकर नीचे पहुँच गया।

थालिया ने मेरे सामने एक गिलास दूध और टमाटर मिलाकर बनायी हुई गरमागरम अंडा-भुर्जी रख दी।

"फ़िक्र मत करो, मैंने दूध में चीनी डाल दी है।"

“तुम्हें अब भी याद है।”

वह भी वहीं एक कुर्सी खींचकर बैठ गई। उसने अभी भी एप्रन उतारा नहीं था। वह अपनी कोहनियाँ मेज़ पर टिकाकर मुझे खाते हुए देखती रही, और बीच-बीच में अपने बाएँ गाल को रूमाल से पोंछती भी रही।

मुझे याद है कितनी ही बार मैंने उसे अपना चेहरा ठीक करने देने के लिए मनाने की कोशिश की थी। मैंने उसे यकीन दिलाने की भरपूर कोशिश की थी कि 1960 के दशक की बात और थी और तब की तुलना में अब शल्य चिकित्सा तकनीकें बहुत उन्नत हो चुकी हैं, और इसलिए मुझे पूरा यकीन है कि मैं उसके चेहरे की विकृति को अगर पूरी तरह ठीक नहीं भी कर पाया तो भी उसमें काफी हद तक सुधार ज़रूर कर दूँगा। मगर थालिया ने हर बार इनकार कर दिया। उसने हर बार यही कहा कि “मैं जैसी हूँ वैसी ही रहना चाहती हूँ।” मुझे उसका यह जवाब कभी समझ नहीं आया। हर बार मुझे यही लगा कि यह एक कमज़ोर और असंतोषजनक जवाब है। इस जवाब का कोई मतलब भी है क्या? मैं समझ नहीं पाया। इस जवाब को सुनकर मुझे जेल के वे कैदी, उम्रकैद की सज़ा पाए हुए वे कैदी याद आते थे जो सज़ा पूरी होने पर जेल से बाहर निकलने की बात सोचकर घबराते थे, पैरोल मिलने के ख़याल से डरते थे, जेल की चारदीवारी से बाहर जाकर एक नयी ज़िन्दगी का सामना करने से डरते थे। मतलब, बदलाव से डरते थे।

मैं आज भी थालिया को इस बात के लिए मनाने की कोशिश में हूँ, मगर मुझे पता है कि वह नहीं मानेगी। मगर अब मैं उसके जवाब का मतलब समझने लगा हूँ। मैं यह हरगिज़ नहीं कहूँगा कि मैं समझ सकता हूँ कि थालिया के लिए हर दिन शीशे में अपने इस चेहरे को देखना, उसकी भयावह बदहाली का जायज़ा लेना, और उसे स्वीकार करने की हिम्मत जुटाना कैसा रहा होगा। इसके लिए कैसा कलेजा चाहिए पड़ा होगा, कितना धीरज लगा होगा, कितनी कोशिश लगी होगी। यह काम दो-चार दिनों में संभव नहीं हो सकता था; उसकी अपने चेहरे के प्रति स्वीकृति ने धीरे-धीरे, बरसों-बरस में आकार लिया था, बिल्कुल वैसे ही जैसे समंदर किनारे की चट्टानें सैकड़ों सालों में लहरों के लगातार टकराते रहने से तराशी जाती हैं। कुत्ते को थालिया का चेहरा बिगाड़ने में कुछ ही मिनट लगे थे, मगर थालिया को उस चेहरे को अपनी पहचान बनाने में पूरी ज़िंदगी लग गई थी। ऐसे में स्वाभाविक है कि वह मुझे अपने स्केलपेल (शल्य चिकित्सा का औज़ार) से उस पहचान को मिटाने नहीं देगी। यह पुराने घाव पर एक नया घाव करने जैसा होगा।

मुझे सच में भूख नहीं लगी थी, मगर फिर भी मैं चाव से खाने लगा क्योंकि मुझे पता था कि इससे उसे अच्छा लगेगा। "बहुत बढ़िया बना है, थालिया।"

"तो, क्या तुम उत्साहित हो?"

"किस बात के लिए?"

उसने पीछे हाथ बढ़ाकर रसोई के काउंटर की एक दराज़ खोली और उसमें से एक आयताकार लेंस वाला धूप का चश्मा निकाला। पल भर को तो मुझे कुछ समझ नहीं आया। फिर याद आया। ग्रहण।

"अरे हाँ, बिल्कुल।"

"पहले तो मैंने सोचा था कि हम इसे बस एक छोटे से छेद से देख लेंगे। मगर फिर जब ओडी ने बताया कि तुम आ रहे हो तो मैंने सोचा कि चलो, फिर थोड़ा स्टाइल से करते हैं।"

हम थोड़ी देर तक अगले दिन होने वाले ग्रहण के बारे में बात करते रहे। थालिया ने बताया कि ग्रहण सुबह से शुरू होगा और दोपहर तक चलेगा। उसने इन्टरनेट पर मौसम की भविष्यवाणी देखी और इस बात से राहत महसूस की कि कल द्वीप पर बादल नहीं छाने वाले थे। फिर उसने मुझसे पूछा कि क्या मैं थोड़ी और भुर्जी खाना चाहूँगा, जिसका जवाब मैंने हाँ में दिया। फिर वह मुझे एक नए इंटरनेट कैफे के बारे में बताने लगी, जो उसी जगह खुला था जहाँ पहले मिस्टर रूसोस की दुकान हुआ करती थी।

"मैंने वे तस्वीरें देखीं," मैंने कहा। "ऊपर। और अखबार की कटिंग भी।"

वह उठकर मेज़ पर से मेरे गिराए हुए भुर्जी के टुकड़े समेटनी लगी। उसने उन्हें हथेली में इकट्ठा किया और रसोई के सिंक में डाल दिया। "अरे, यह तो आसान था। मतलब, उन तस्वीरों को स्कैन करना और अपलोड करना तो आसान था। मुश्किल काम था उन्हें अलग-अलग मुल्कों के हिसाब से जमाना। मुझे एक-एक तस्वीर को देखकर यह पता लगाना पड़ा कि वह कौन से मुल्क की थी, क्योंकि तुम सिर्फ़ तस्वीरें भेजते थे, उनके साथ उनकी कोई जानकारी नत्थी नहीं करते थे। मगर उनकी ज़िद थी कि तस्वीरों को मुल्कों के हिसाब से जमाया जाए। उन्हें ऐसा ही चाहिए था। इस मामले में वह कोई समझौता करने को तैयार नहीं थीं।"

"कौन?"

उसने एक आह भरी। "डॉक्टर साहब पूछ रहे हैं, 'कौन?' ओडी। और कौन?"

"यह उनका आईडिया था?"

"और वह अखबार में छपा लेख भी। उन्होंने ही वह इंटरनेट पर खोजा था।"

"मम्मा ने मेरे बारे में तलाशा?" मैंने हैरान होते हुए कहा।

"मुझे उन्हें इन्टरनेट सर्फिंग सिखाना ही नहीं चाहिए थी। अब वह रुकने का नाम ही नहीं लेती हैं।" वह हल्के से हँसी। "वह हर दिन तुम्हारे बारे में पता लगाती हैं। सच में। मार्कोस वरवारिस, तुम्हें पता नहीं है कि इन्टरनेट पर तुम्हारा पीछा किया जा रहा है।"

मम्मा दोपहर के करीब नीचे आईं। उन्होंने गहरे नीले रंग का बाथरोब और वही रोएँदार चप्पलें पहनी हुई थीं, जिनसे मुझे अब नफ़रत होने लगी थी। उन्होंने सोकर उठने के बाद शायद अपने बाल सँवार लिए थे। जिस तरह से वह सीढ़ियाँ उतरीं और उन्होंने एक अलसाई हुई मुस्कान के साथ मेरी तरफ देखकर मुझे गले लगाने के लिए अपनी बाँहें फैलायीं, मुझे यह देखकर बड़ी राहत महसूस हुई कि उन्हें अभी चलने-फिरने और रोज़मर्रा के काम करने में कोई दिक्क़त नहीं थी।

हमने कॉफ़ी बनायी और अपने-अपने कप हाथों में लेकर मेज़ पर बैठ गए।

"थालिया कहाँ है?" मम्मा ने कॉफ़ी को फूँककर ठंडा करते हुए पूछा।

"कल के लिए कुछ खाने-पीने का सामान लेने गई है। क्या यह आपकी है, मम्मा?" मैंने चमड़े की आर्मचेयर के पीछे दीवार से टिकी खड़ी एक छड़ी की तरफ इशारा किया। मेरी नज़र भी उस पर अभी पहली बार ही पड़ी थी।

"हाँ, मगर मैं इसका इस्तेमाल बहुत कम करती हूँ। कभी-कभार ही। या जब कहीं लंबी सैर के लिए जाना हो तब। और वो भी सिर्फ़ मन की तसल्ली के लिए," उन्होंने बड़ी ही बेपरवाही से कहा, और इसी से मुझे पता चल गया कि वह जितना दिखा रही थीं उससे कहीं ज़्यादा उस छड़ी पर निर्भर थीं। "चिंता तो मुझे तुम्हारी रहती है। उस भयानक देश से आने वाली ख़बरों के चलते। थालिया नहीं चाहती कि मैं वे ख़बरें सुनूँ। वह कहती है कि इससे मैं परेशान हो जाऊँगी।"

"कभी-कभार कोई घटना हो जाती है, जो कि किसी भी देश में हो सकती है," मैंने कहा, "पर ज़्यादातर तो वहाँ के लोग भी अन्य देशों के लोगों की तरह अपनी रोज़मर्रा की जिंदगी में व्यस्त रहते हैं। लेकिन फिर भी, मैं हमेशा सतर्क

रहता हूँ, मम्मा।" मैंने जानबूझकर उन्हें अपने घर के सामने बने गेस्टहाउस में हुई गोलीबारी के बारे में या हाल ही में विदेशी सहायताकर्मियों पर हमले की घटनाओं में बढ़ोतरी की बात नहीं बताई, और न ही यह बताया कि आजकल अगर मुझे शहर में निकलना हो तो मैं अपने साथ 9 एमएम की पिस्तौल ज़रूर रखता हूँ जबकि पहले कभी मुझे इसकी ज़रूरत नहीं महसूस हुई थी।

मम्मा ने कॉफी का एक घूँट भरा और कुछ पलों तक मुझे गौर से देखा। मुझे लगा कि वह शायद मेरा झूठ पकड़ लेंगी और मुझे सच बताने के लिए मजबूर करेंगी। मगर उन्होंने ऐसा कुछ नहीं किया, उन्होंने और कुरेदकर पूछने की कोशिश नहीं की। पता नहीं मैं इसे अच्छी बात मानूँ या बुरी। पता नहीं उन्होंने ऐसा क्यों किया, जबकि यह उनके स्वभाव के उलट है। मैं जिस मम्मा को जानता हूँ वह सच को खोदकर निकालने का शौक और माद्दा दोनों रखती थीं। क्या वह अपना मूल स्वभाव भूल गई हैं? क्या बुढ़ापे के चलते वह अपने आप में ही सिमट गई हैं, जैसा कि इस उम्र में अक्सर लोगों के साथ होता है? या फिर वह जानबूझकर ऐसा कर रही हैं ताकि मुझे उनसे झूठ न बोलना पड़े या उन्हें कोई ऐसी बात न सुनना पड़े जिससे कि वह और परेशान हो जाएँ? मुझे समझ नहीं आया।

"क्रिसमस पर हमने तुम्हें बहुत मिस किया," उन्होंने विषय बदलते हुए कहा।

"मैं चाहकर भी आ नहीं सका, मम्मा।"

उन्होंने सहमति में सिर हिलाया। "कोई बात नहीं। तुम अभी यहाँ हो, बस यही मायने रखता है।"

मैंने भी अपने कप से एक घूँट भरा। मुझे याद आया कि जब मैं छोटा था तब भी मम्मा और मैं हर सुबह इसी मेज़ पर बैठकर नाश्ता करते थे, मगर खामोशी से, एकदम संजीदगी से। फिर साथ में स्कूल जाते थे। उस वक़्त हम एक-दूसरे से बहुत कम बात करते थे।

"मुझे भी आपकी चिंता होती है, मम्मा।"

"उसकी कोई ज़रूरत ही नहीं है। मैं अपना ख्याल अच्छे से रख लेती हूँ।" यहाँ मुझे पुरानी मम्मा की हल्की सी झलक नज़र आई, उनकी वही स्वाभिमान की भावना, वही आत्म-निर्भरता का गर्व।

"मगर कब तक?"

"जब तक मैं कर सकती हूँ।"

"और जब आप नहीं कर पाएँगी, तब क्या?" मैंने यह उन्हें चुनौती देने के लिए नहीं कहा, बल्कि इसलिए पूछा क्योंकि मेरे पास वाकई इस सवाल का कोई जवाब नहीं है। मुझे नहीं पता कि तब मेरी अपनी भूमिका क्या होगी, या मैं कोई भूमिका निभा भी पाऊँगा या नहीं।

वह कुछ देर एकटक मुझे देखती रहीं। फिर अपने कप में एक चम्मच चीनी डाली और चम्मच से उसे घोलने लगीं। "यह बड़ी मज़ेदार बात है, मार्कोस, मगर लोग अक्सर उल्टा समझते हैं। वे सोचते हैं कि वे अपनी इच्छानुसार जीते हैं। मगर असल में जो चीज़ उन्हें चलाती है, उनकी ज़िन्दगी को दिशा देती है, वह उनकी इच्छा नहीं बल्कि उनका डर होता है, वह चीज़ होती है जो वे नहीं चाहते।"

"मैं समझा नहीं मम्मा, आप कहना क्या चाहती हैं?"

"मिसाल के लिए तुम खुद को ही ले लो। तुम्हारा यहाँ से जाना। तुम्हारी आज की ज़िन्दगी। ये किस वजह से हुआ? डर की वजह से। तुम्हें यहाँ कैद होकर रह जाने से डर लगता था। मेरे साथ। तुम्हें डर था कि मैं तुम्हें कभी आगे नहीं बढ़ने दूँगी। या थालिया को ले लो। वह इसलिए यहाँ रुकी क्योंकि वह नहीं चाहती थी कि किसी नयी जगह जाने पर उसे एक बार फिर से लोगों का अजीब निगाहों से घूरना बर्दाश्त करना पड़े।"

उन्होंने फिर एक घूँट भरा और फिर से एक और चम्मच चीनी उसमें डाली। उन्हें ऐसा करते देखते हुए मैं याद करने लगा कि कैसे एक छोटे बच्चे के रूप में उनसे बात करते समय मैं एकदम असहाय महसूस करता था। मेरी दिली तमन्ना होती थी कि मैं उनसे बहस करूँ, मगर मुझे दिल की दिल में ही रखनी पड़ती थी, क्योंकि वह इस तरह बोलती थीं कि मेरे पास पलटकर कहने को कुछ बचता ही नहीं था। वह एकदम सीधी-सपाट और बेलाग बात करती थीं और तथ्यों के साथ करती थीं, और इसलिए एक ही बार में मुझे धराशायी कर देती थीं। मैं हमेशा एक भी शब्द कहने से पहले ही हार जाता था। और मुझे यह हमेशा नाइंसाफी मालूम होती थी। मगर अब मैं बच्चा नहीं था।

"और आपका क्या, मम्मा?" मैंने पूछा। "आपको किस बात का डर है? आप क्या नहीं चाहतीं?"

"बोझ बनना।"

"आप बोझ नहीं बनेंगी।"

"यह बात तो तुमने बिल्कुल सही कही, मार्कोस।"

उनकी इस रहस्यमयी टिप्पणी से मेरा मन बेचैन हो गया और मुझे नबी का वह ख़त याद हो आया जो उनके मरने के बाद मुझे मिला था और जिसमें उन्होंने अपनी ज़िन्दगी को लेकर कई तरह के खुलासे किए थे। उसमें उन्होंने उस करार का भी ज़िक्र किया था जो सुलेमान वहदती ने उनके साथ किया था। मैं खुद को यह सोचने से रोक नहीं पाया कि क्या मम्मा ने भी थालिया के साथ ऐसा ही कोई करार किया था? क्या उन्होंने थालिया को उस इंसान के तौर पर चुना था जो वक़्त आने पर उन्हें बचाएगा। मुझे पता है कि थालिया ऐसा कर सकती है। वह अब मज़बूत है। वह मम्मा को बचा लेगी।

मम्मा मेरा चेहरा पढ़ने की कोशिश कर रही थीं। "तुम्हारी अपनी ज़िंदगी है, मार्कोस, और फिर तुम्हारा काम भी तो है," उन्होंने कहा, मगर अबकी बार थोड़े और कोमल स्वर में। बातचीत की दिशा बदलते हुए। मानो उन्होंने मेरे मन में झाँक लिया हो, मेरी उनको लेकर चिंता को पहचान लिया हो। नकली दाँत, डायपर, रोएँदार चप्पलें–इन सबके चलते मैं उन्हें कम आँकने की गलती कर बैठा था। वह अभी भी पहले वाली मम्मा ही हैं। अब भी उनसे जीत पाना नामुमकिन है। उनका पलड़ा अभी भी भारी है। और हमेशा रहेगा। "मैं तुम पर बोझ डालना नहीं चाहती।"

हमेशा सच बोलने वाली मम्मा ने आखिरकार एक झूठ बोल ही दिया। उनका आख़िरी वाक्य। मगर यह एक रहमदिली भरा झूठ था। मुझ पर बोझ डालने का सवाल ही कहाँ उठता है। यह बात मम्मा भी उतनी ही अच्छी तरह जानती हैं जितनी अच्छी तरह मैं। मैं उनके पास हूँ ही कहाँ, जो वह मुझ पर बोझ डालने का सोचें। मैं तो उनसे हज़ारों मील दूर हूँ। जो भी बोझ पड़ना है वो तो थालिया पर पड़ना है। उनकी वजह से जो भी परेशानी उठानी है, जो भी मशक़्क़त करनी है, जो भी नीरसता झेलनी है, वो सब तो स्वाभाविक रूप से थालिया को करना है। मगर मम्मा मुझे भी शामिल कर रही हैं, मुझे कुछ ऐसा दे रही हैं जो मैंने नहीं कमाया है, और न ही कभी कमाने की कोशिश की है।

"ऐसा कुछ नहीं होगा," मैंने कमज़ोर आवाज में कहा।

मम्मा मुस्करा दीं। "छोड़ो मेरी बातें। तुम्हारे काम की बात करते हैं। मेरे ख़याल से तुम्हें पता होगा कि जब तुमने अफगानिस्तान जाने का फैसला किया था, तो मुझे यह बात बिल्कुल पसंद नहीं आई थी।"

"हाँ, मुझे लगा था।"

"मुझे समझ नहीं आया था कि तुम वहाँ क्यों जाना चाहोगे। क्यों तुम अपना सबकुछ छोड़ना चाहोगे। अपनी प्रैक्टिस, पैसा, एथेंस में घर। वो सब जो तुमने इतनी मेहनत से हासिल किया था। और वो भी उस भयानक मुल्क में जाकर रहने के लिए।"

"मेरे अपने कारण थे।"

"मैं जानती हूँ।" कहकर वह अपना कप होंठों तक ले गईं, मगर फिर बिना घूँट भरे नीचे रख दिया। "मैं इस काम में बिल्कुल भी अच्छी नहीं हूँ," उन्होंने धीरे से, लगभग शर्माते हुए कहा। "मगर फिर भी मैं कहना चाहती हूँ कि तुम बहुत काबिल साबित हुए हो। और इसके लिए मुझे तुम पर बहुत फख्र महसूस होता है, मार्कोस।"

मैंने अपने हाथों को देखा। मुझे महसूस हुआ कि उनके शब्द मेरे भीतर गहराई तक उतर रहे थे। उन्होंने मुझे भौचक्का कर दिया था। मैं अवाक था। मैं तैयार ही नहीं था। उन्होंने जो कहा वह सुनने के लिए। मैंने सपने में भी नहीं सोचा था कि कभी मम्मा के मुँह से ऐसी बात सुनने को मिलेगी। या फिर उनकी आँखों में वह कोमल चमक देखने को मिलेगी जो यह बात कहते समय मुझे दिखाई दी थी। मुझे समझ नहीं आ रहा था कि मुझे जवाब में क्या कहना चाहिए।

"शुक्रिया, मम्मा," मैं किसी तरह होंठों ही होंठों में कह पाया।

मैं और कुछ भी कह पाने की हालत में नहीं था। शायद मम्मा भी नहीं थीं। इसलिए हम कुछ देर चुपचाप बैठे रहे, असहजता से भरे वातावरण में, इस बात का अहसास करते हुए कि कितना समय बेवजह बर्बाद हो गया था, कितने मौके हाथ से निकल गए थे।

"मैं तुमसे कुछ पूछना चाहती थी," आखिरकार मम्मा ने उस खामोशी और असहजता को तोड़ते हुए कहा।

"क्या?"

"जेम्स पार्किंसन। जॉर्ज हंटिंगटन। रॉबर्ट ग्रेव्स। जॉन डाउन। और अब ये लू गेहरिग नाम का आदमी। आखिर कैसे यह हो सका कि मर्दों ने बीमारियों के नामों पर भी अपना एकाधिकार जमा लिया?"

एक बार फिर मैं भौचक्का रह गया। मैंने हैरानी से उनकी तरफ देखा तो पाया कि वह जानी-पहचानी संजीदगी से मुझे देख रही थीं, मगर अगले ही पल खिलखिलाकर हँस पड़ीं। और फिर मैं भी उनकी हँसी में शामिल हो गया।

अगली सुबह हम बाहर लाउन्ज कुर्सियों पर लेटे हुए थे। मम्मा ने मोटा स्कार्फ और ग्रे रंग का पार्का पहना हुआ था, और पैरों को ठंड से बचाने के लिए उन पर एक ऊनी कंबल डाल रखा था। हमारे हाथों में कॉफ़ी के मग थे और साथ में हम दालचीनी के स्वाद वाले बेक्ड-क्विंस का मज़ा ले रहे थे, जो थालिया कल बाज़ार से खरीदकर लाई थी। हमने आँखों पर सूर्य ग्रहण देखने वाले चश्मे लगा रखे थे और हमारी नज़रें ऊपर आसमान की तरफ थीं। ऐसा लग रहा था जैसे सूरज के उत्तर की तरफ वाले भाग से किसी ने एक कौर कुतर लिया हो। अभी सूरज कुछ-कुछ उस लोगो जैसा दिख रहा था जो एप्पल के उस लैपटॉप पर बना है जिसका इस्तेमाल थालिया समय-समय पर ऑनलाइन फ़ोरम्स पर टिप्पणियाँ करने के लिए करती है। यह नज़ारा सिर्फ़ हम ही नहीं देख रहे हैं बल्कि तमाम और लोग भी हैं जो अपने-अपने घरों के आँगन में या छतों पर या फिर फुटपाथ पर खड़े होकर इस नज़ारे का दीदार कर रहे हैं। कुछ लोग तो सपरिवार द्वीप के दूसरे छोर पर गए हैं, जहाँ हेलेनिक एस्ट्रोनॉमिकल सोसाइटी ने बड़ी-बड़ी दूरबीनें लगाई हैं।

“पूरा ग्रहण किस समय तक होगा?” मैंने थालिया से पूछा।

“साढ़े दस के आसपास,” थालिया ने कहा। उसने अपना चश्मा ऊपर किया और अपनी कलाई घड़ी पर नज़र डाली। “अभी एक घंटा और है।” उसने उत्साह से अपने हाथ मले और फोन के कीबोर्ड पर कुछ टाइप करने लगी। मैं उन दोनों को देख रहा था। एक तरफ मम्मा आँखों पर काला चश्मा चढ़ाए, अपने नीली नसों वाले हाथों को अपनी छाती पर बाँधे आसमान की तरफ ताक रही थीं। वहीं दूसरी तरफ थालिया गुस्से में कीबोर्ड पर उंगलियाँ चला रही थी, इस बात से बेखबर कि उसके सफेद बालों की एक लट उसकी टोपी के नीचे से बाहर झाँक रही थी।

तुम बहुत काबिल साबित हुए हो।

कल रात बिस्तर पर लेटे-लेटे मैं मम्मा की कही इसी बात के बारे में सोच रहा था कि आखिर को मेरे ख्यालों का सिलसिला मेडेलीन मौसी पर पहुँचकर थम गया था। मुझे याद आने लगा था कि कैसे बचपन में मैं उन सब चीज़ों को लेकर मन ही मन मम्मा से नाराज़ रहता था जो बाकी बच्चों की मम्माएँ उनके लिए करती थीं मगर मेरी मम्मा ने कभी नहीं कीं। जैसे कि चलते समय मेरा हाथ पकड़ना। मुझे अपनी गोद में बिठाना। सोने से पहले कहानियाँ सुनाना। सोते समय मेरे चेहरे को चूमकर गुड नाईट कहना। वो बातें काफी हद तक सच थीं। मगर, इतने बरसों तक मैं एक बड़ी सच्चाई से अनजान बना रहा, और इसलिए

कभी भी उसे सराह नहीं पाया, उसको लेकर अहसानमंद नहीं हो पाया। वह सच, जो हमेशा मेरी शिकायतों के बहुत नीचे दबा रहा। और वह सच यह था कि मेरी मम्मा मुझे कभी छोड़कर नहीं जाएँगी। यही उनका मेरे लिए सबसे बड़ा उपहार था, पत्थर पर खिंची लकीर की तरह का यह यकीन कि वह मेरे साथ कभी भी वो नहीं करेंगी जो मेडेलीन मौसी ने थालिया के साथ किया था। यह यकीन कि वह मेरी मम्मा हैं और कभी मुझे छोड़कर नहीं जाएँगी। मगर उस वक़्त मुझे इसकी कीमत समझ नहीं आई थी। उस वक़्त मुझे लगता था कि यह एक सहज अपेक्षा है, और इसीलिए मैंने कभी उन्हें इसके लिए शुक्रिया कहने की भी ज़रूरत नहीं समझी। यह इंसानी फितरत है कि जो चीज़ उसे सहज और बिन माँगे मिलती है उसकी वह कभी कद्र नहीं करता। क्या आपने कभी उस सूरज का शुक्रिया अदा किया है जो हर रोज़ सवेरे आकर आपकी दुनिया को रोशन करता है?

"देखो!" थालिया चिल्लाई।

अचानक, हमारे चारों तरफ–ज़मीन पर, दीवारों पर, हमारे कपड़ों पर–रोशनी के छोटे-छोटे अर्धचंद्राकार धब्बे दिखाई पड़ने लगे, जो कि हमारे जैतून के पेड़ की पत्तियों से अर्धचंद्राकार सूरज के झाँकने से बन रहे थे। मुझे अपने मग में मौजूद कॉफ़ी पर एक अर्धचंद्राकार धब्बा लहराता दिखाई दिया, और एक मेरे जूतों के फीतों पर नाचता हुआ।

"मुझे अपने हाथ दिखाओ, ओडी," थालिया ने कहा। "जल्दी करो!"

मम्मा ने अपने छाती पर बंधे हाथ खोलकर थालिया के सामने कर दिए–हथेलियाँ ऊपर की तरफ करके। थालिया ने अपनी जेब से काँच का एक चौकोर टुकड़ा निकाला और उसे मम्मा के हाथों के ऊपर पकड़कर रखा। अचानक, मम्मा के हाथों की झुर्रीदार त्वचा पर छोटे-छोटे अर्धचंद्राकार इंद्रधनुष नाचने लगे। हैरत से मम्मा की आँखें चौड़ी हो गईं। उत्तेजना के मारे वह हाँफने लगीं।

"देखो तो सही, मार्कोस!" मम्मा किसी छोटी बच्ची की तरह खुशी से चहक रही थीं। उनके चेहरे पर एक बड़ी-सी और प्यारी-सी मुस्कान खेल रही थी। मैंने उन्हें पहले कभी इतनी मासूमियत और भोलेपन से मुस्कराते नहीं देखा था।

हम तीनों बैठे मेरी मम्मा के हाथों पर नाचते उन छोटे-छोटे इंद्रधनुषों को देख रहे थे, और इधर मुझे अपने भीतर उदासी और एक पुराना दर्द महसूस हो रहा था। दोनों ने मानो अपने दो बड़े पंजों में मेरी गर्दन जकड़ ली थी।

तुम बहुत काबिल साबित हुए हो।

मुझे तुम पर बहुत फ़ख्र महसूस होता है, मार्कोस।

मैं पचपन बरस का हो चुका हूँ। सारी ज़िन्दगी मैं मम्मा के मुँह से ये शब्द सुनने को तरसता रहा हूँ। बेशक, आखिरकार उन्होंने कहा है, मगर क्या अब इसके लिए बहुत देर हो चुकी है? क्या अब ये सब कहे और सुने जाने का कोई औचित्य नहीं रहा? क्या हमने अपनी-अपनी बेवकूफियों के चलते बहुत ज़्यादा समय बर्बाद कर दिया है? मम्मा और मैंने? एक मन सोचता है कि बेहतर यही है कि जैसा चला आ रहा है वैसा ही चलने दिया जाए, और यही दिखावा करते रहा जाए जैसे कि हमें पता ही नहीं कि हम एक-दूसरे के लिए कितने ना-मुनासिब (मिसफिट) रहे हैं। इस तरह कम दर्द होगा। और शायद यह देर से की गई इस कोशिश से बेहतर होगा–कोशिश जिसने इस बात की एक हल्की-सी, काँपती हुई सी झलक दिखाई है कि हमारे बीच क्या हो सकता था। इससे सिवाए पछतावे के और कुछ हासिल नहीं होगा, और पछतावे का क्या फायदा? इससे कुछ भी वापस नहीं आएगा। जो हमने खोया है, वह कभी वापस नहीं आ सकता।

फिर भी जब मम्मा उत्साह भरी मुस्कान के साथ कहती हैं, "कितना प्यारा है न, मार्कोस?" तो जवाब में मैं उनसे कहता हूँ, "हाँ, मम्मा। बहुत प्यारा है।" यह कहते हुए मुझे ऐसा महसूस होता है जैसे मेरे अन्दर कोई नया द्वार खुल रहा हो, कोई बीज अपना कठोर छिलका तोड़कर अंकुरित हो रहा हो, और मैं आगे बढ़कर अपनी मम्मा का हाथ थाम लेता हूँ।

9

2010 की सर्दियाँ

जब मैं एक छोटी-सी बच्ची थी, तब मैं और मेरे बाबा; हम दोनों रोज़ रात को सोने से पहले एक ख़ास रस्म निभाया करते थे। जब मैं इक्कीस *बिस्मिल्लाह* पढ़ लेती थी और वह मुझे मेरे बिस्तर में लिटा देते थे, उसके बाद वह मेरे सिरहाने बैठ जाते थे और अपने अंगूठे और तर्जनी उंगली की मदद से मेरे दिमाग रूपी पेड़ की डालों पर लगे बुरे सपनों को चुन-चुनकर तोड़ते जाते थे। उनकी उंगलियाँ मेरे माथे से मेरी कनपटी तक जातीं, फिर मेरे कानों के पीछे, मेरे सिर के पिछले हिस्से में खोजतीं, और जैसे ही उन्हें कोई बुरा सपना मिलता वह उसे तोड़ लेते–बाकायदा मुँह से एक *'पॉप'* जैसी आवाज़ निकालते हुए, ऐसी आवाज़ जैसे किसी बोतल का ढक्कन खोला जा रहा हो। वह एक-एक सपने को तोड़ते जाते और उसे अपनी गोद में रखे एक अदृश्य थैले में भरते जाते। जब सारे खराब सपने तोड़कर बोरे में भर लिए जाते, तब वह एक डोरी से बोरे का मुँह कसकर बाँध देते। इसके बाद बारी आती उन सपनों की जगह मेरे दिमाग में अच्छे सपनों को भरने की। वह हवा में इधर-उधर इन अच्छे सपनों की तलाश करते। उनकी आँखें कभी इधर घूमतीं तो कभी उधर। उनका सिर कभी इस तरफ झुकता तो कभी उस तरफ। कभी भौंहें चढ़ाकर यूँ कानों पर हाथ रखते मानो दूर से आती संगीत की किसी स्वर-लहरी को सुनने की कोशिश कर रहे हों। मैं साँस रोके उस पल का इंतज़ार करती जब बाबा के चेहरे पर मुस्कान खिल उठेगी, जब वे कहेंगे, *हाँ, ये रहा एक*, जब वे अपने हाथों को कटोरे की शक्ल में जोड़कर सपने को अपनी हथेलियों में ऐसे उतारेंगे जैसे कोई पंखुड़ी धीरे-धीरे पेड़ से नीचे गिर रही हो। फिर धीरे से, बहुत धीरे से–मेरे बाबा कहते थे कि सभी अच्छी चीजें नाज़ुक होती हैं और आसानी से खो जाती हैं–वह अपने हाथों को मेरे चेहरे तक लाते, अपनी हथेलियों को मेरी भौंहों पर रगड़ते और उस सुखद सपने को मेरे दिमाग में बिठा देते।

बाबा, आज रात मैं क्या सपना देखूँगी? मैं पूछती।

आज रात? आज रात तो तुम एक खास सपना देखने वाली हो, वह हमेशा यही कहते और फिर मुझे उस सपने के बारे में बताने लगते। वह पहले से सोचकर नहीं रखते थे बल्कि हर रात वहीं बैठे-बैठे कोई नयी कहानी गढ़ लेते थे। किसी सपने में मैं खुद को दुनिया की सबसे मशहूर चित्रकार बनते देखती थी तो किसी में एक तिलिस्मी द्वीप की रानी। और किसी और सपने में मेरे पास उड़ने वाला सिंहासन होता था। एक सपना तो उन्होंने मुझे मेरी पसंदीदा मिठाई, जेल-ओ के बारे में भी दिखाया था। उस सपने में मेरे पास अपनी जादुई छड़ी घुमाकर किसी भी चीज़ को–स्कूल बस को, एम्पायर स्टेट बिल्डिंग को, यहाँ तक कि पूरे प्रशांत महासागर को भी–जेल-ओ में बदलने की शक्ति थी। इन सपनों में कई-कई बार मैंने गिरते हुए उल्कापिंड पर अपनी जादुई छड़ी घुमाकर धरती को विनाश से बचाया था। मेरे बाबा की कहानियाँ गढ़ने और कहने की कला अद्भुत थी। उनका कहना था कि उन्हें यह कला उनके बाबा से (जिनके बारे में वह कभी भी ज़्यादा बात नहीं करते थे) विरासत में मिली थी। वह बताते थे कि जब वह छोटे थे, तो उनके बाबा कभी-कभार उन्हें पास बिठा लिया करते थे–जब उनका मन होता था तब, जो कि अक्सर नहीं होता था–और *जिन्नों, परियों* और *फरिश्तों* से भरी कहानियाँ सुनाते थे।

कभी-कभी हम इस रस्म को पलट देते थे। वह अपनी आँखें बंद कर लेते थे और मैं अपनी हथेलियों को उनके माथे पर, फिर उनके गालों की चुभती दाढ़ी पर और फिर उनकी मूँछों के मोटे बालों पर फेरती थी।

फिर वह मेरे नन्हें हाथों को अपने हाथों में लेकर फुसफुसाते हुए पूछते, *तो, आज रात मेरा सपना क्या है?* और यह कहते हुए उनके चेहरे पर मुस्कान खिल उठती। क्योंकि वह पहले से ही जानते थे कि मैं उन्हें क्या सपना सुनाने वाली हूँ। मैं हमेशा एक ही सपना सुनाती थी: दोपहर का वक़्त है। वह और उनकी छोटी बहन एक सेब से लदे पेड़ के नीचे लेटे हुए ऊँघ रहे हैं। पेड़ की पत्तियों और फलों के बीच से छनकर आती धूप उनके गालों पर पड़ रही है, जिसकी हल्की गर्माहट उन्हें भा रही है।

मैं अपने माँ-बाप की इकलौती औलाद थी और इसीलिए अक्सर अकेली रहती थी। मेरे बाबा और अम्मी ने, जो कि पाकिस्तान में मिले थे, मेरी पैदाइश के बाद दोबारा बच्चा पैदा न करने का फैसला किया था क्योंकि अपनी शादी के वक़्त ही उनकी उम्र चालीस के आसपास थी। मुझे याद है कि मैं अपने आस-

पड़ोस के और अपने स्कूल में साथ पढ़ने वाले उन सभी बच्चों को कितनी हसरत से देखती थी जिनके छोटे भाई-बहन थे। मुझे उनसे ईर्ष्या भी होती थी और यह देखकर हैरानी भी कि उनमें से कई बच्चे अपने भाई-बहनों के साथ कैसा खराब बर्ताव करते थे। मानो उन्हें अपनी खुशकिस्मती का इल्म ही नहीं था। वे आपस में जंगली कुत्तों की तरह लड़ते थे। एक-दूसरे को नोंचते थे, मारते थे, धक्का देते थे, हर तरह से छलने की कोशिश करते थे। और अपने इस बर्ताव पर हँसते भी थे, मानो कोई बहुत अच्छा काम कर रहे हों। कुछ थे जिनका अपने भाई-बहनों के साथ हमेशा अबोला रहता था। मुझे यह बात समझ नहीं आती थी। मैंने अपने बचपन का ज़्यादातर वक़्त एक अदद भाई/बहन के लिए तरसते हुए बिताया था। मेरी दिली ख्वाहिश थी कि मेरा कोई जुड़वा भाई या बहन होती, कोई ऐसा जो पालने में मेरे बगल में रोता, मेरे पास सोता, और मेरे साथ एक ही स्तन से दूध पीता। कोई ऐसा जिससे मैं बेइंतहा प्यार कर पाती, जिसे प्यार किए बिना मैं रह ही नहीं पाती, और जिसके चेहरे में मैं हमेशा खुद को देख पाती।

और इस कमी को पूरा करने के लिए ही मैंने बाबा की छोटी बहन परी को अपना गुपचुप साथी बना लिया था, जो मेरे सिवा किसी और को दिखाई नहीं देती थी। वह मेरी बहन थी, वही बहन जो मैं हमेशा से चाहती थी कि मेरे माँ-बाप मुझे दें। वह हरदम और हर जगह मेरे साथ रहती थी। हम लोग सुबह सवेरे बाथरूम में एक साथ ब्रश कर रहे होते थे। फिर हम साथ-साथ कपड़े पहनते थे। वह मेरे साथ स्कूल आती थी और क्लास में मेरे पास ही बैठती थी और जब टीचर पढ़ाती थीं तो मेरी ही तरह सामने बोर्ड पर देखती रहती थी। खाने की छुट्टी के समय मैं उसे अपने साथ खेल के मैदान में ले जाती थी, और वहाँ जब मैं फिसलपट्टी पर फिसल रही होती थी या झूला झूल रही होती थी तो मुझे अपने पीछे उसकी मौजूदगी का एहसास होता था। स्कूल से लौटने के बाद जब मैं खाने की मेज़ पर बैठकर चित्रकारी कर रही होती थी, तब वह भी पास में बैठी इत्मीनान से कुछ न कुछ बनाती रहती थी या खिड़की से बाहर देखती रहती थी। फिर चित्रकारी ख़त्म करके हम रस्सी कूदने के लिए बाहर दौड़ पड़ते थे, जहाँ आँगन के फर्श पर हमारी जुड़वाँ परछाइयाँ ऊपर-नीचे उछलती नज़र आती थीं।

परी के साथ मेरे रिश्ते के बारे में किसी को पता नहीं था। मेरे बाबा को भी नहीं। वह मेरा राज़ थी।

कभी-कभी, जब आसपास कोई नहीं होता था, तो हम मिलकर अंगूर खाते थे और खूब बातें करते थे–खिलौनों के बारे में, सबसे ज़्यादा ज़ायकेदार अनाजों के बारे में, अपने पसंदीदा कार्टूनों के बारे में, स्कूल में नापसंद बच्चों के बारे में,

पक्षपात करने वाले शिक्षकों के बारे में। हमारा पसंदीदा रंग (पीला), पसंदीदा आइसक्रीम (डार्क चेरी), और पसंदीदा टीवी शो (अल्फ) एक ही था, और हम दोनों ही बड़े होकर कलाकार बनना चाहती थीं। मुझे लगता था कि हम बिल्कुल एक जैसी दिखती हैं, जो कि स्वाभाविक बात थी, क्योंकि आखिर हम जुड़वाँ थीं। कभी-कभी तो मुझे ऐसा लगता था कि मैं उसे देख सकती थी–सचमुच देख सकती थी। मैं उसकी तस्वीर बनाने की कोशिश करती थी, और हर बार मैं उसकी आँखें अपनी आँखों की तरह ही हल्के हरे रंग की, उसके बाल अपने बालों जैसे ही काले घुंघराले, और उसकी भौंहें भी अपनी ही भौंहों की तरह लंबी-तीखी और आपस में मिली हुई सी ही बनाती थी। अगर कोई पूछता तो मैं कहती कि मैंने अपनी ही तस्वीर बनाई है।

अपने बाबा के उनकी बहन से बिछुड़ने की कहानी मुझे उतनी ही अच्छी तरह मालूम थी जितनी अच्छी तरह हज़रत पैगम्बर की वे कहानियाँ जो पहले मैंने अपनी अम्मी से सुनी थीं और फिर तब जब बाबा और अम्मी ने मुझे हेवर्ड की एक मस्जिद में चलने वाले संडे स्कूल में दाखिला दिलाया था। लेकिन फिर भी, उस कहानी की एक-एक बात कंठस्थ होने के बावजूद, हर रात मैं बाबा से परी की कहानी फिर से सुनाने की ज़िद करती थी। परी और उसकी कहानी का आकर्षण ही ऐसा था कि मैं उससे मुक्त नहीं हो पाती थी। शायद यह आकर्षण महज़ इसलिए था क्योंकि हमारा नाम एक जैसा था। या शायद इसीलिए क्योंकि मुझे हमारे बीच एक जुड़ाव महसूस होता था–एक नामालूम-सा, रहस्य में लिपटा हुआ-सा, मगर फिर भी वास्तविक। लेकिन असल में यह आकर्षण इन सब बातों से कहीं बढ़कर था। मुझे उसकी कहानी अपनी कहानी-सी मालूम होती थी, उसका दर्द अपना दर्द-सा महसूस होता था। ऐसा लगता था मानो उसके साथ जो हुआ था उसका मुझ पर भी उतना ही और वैसा ही असर पड़ा था जितना और जैसा कि उस पर। मुझे ऐसा महसूस होता था कि हम किसी अदृश्य डोर से आपस में जुड़े हुए थे, किन्हीं ऐसी वजहों से जिन्हें मैं पूरी तरह से समझ नहीं पा रही थी। हमारा यह जुड़ाव नामों से, पारिवारिक संबंधों से परे था। ऐसा लगता था जैसे हम किसी पहेली के दो हिस्से हों, जिन्हें मिलाने पर वह पहेली पूरी होती हो।

और इसीलिए मुझे पक्के तौर पर ऐसा लगता था कि अगर मैं उसकी कहानी को बार-बार और गौर से सुनूँ, तो मुझे अपने बारे में कुछ ऐसा जानने को मिल सकता था जो मुझे अब तक नहीं पता था।

क्या आपको लगता है कि आपके बाबा इस बात से ग़मगीन थे? परी को बेच देने की बात से? मैं अक्सर बाबा से पूछती थी।

कुछ लोग अपने गम को बहुत अच्छे से छिपा लेते हैं, परी। वह भी ऐसे ही थे। उन्हें देखकर ऐसा नहीं लगता था। वे सख्त मिज़ाज के आदमी थे। मगर मुझे लगता है, हाँ, मुझे लगता है कि भीतर से वह ग़मगीन थे।

क्या आप भी हैं?

इस बात पर बाबा मुस्कुराते हुए कहते थे, मेरे पास तुम जो हो, *फिर मैं क्यों ग़मगीन होने लगा भला?* मगर, उस उम्र में भी मैं समझ जाती थी कि वह मेरा दिल रखने के लिए कह रहे होते थे। उनका गम उनके चेहरे पर दिखाई देता था, मानो कोई जन्मजात निशान हो।

जब भी मैं बाबा के साथ इस सपने के बारे में (उनके उनकी बहन परी के साथ होने वाले सपने के बारे में) बात करती थी, तो साथ-साथ मेरे दिल-ओ-दिमाग में एक काल्पनिक चाहत भी आकर ले रही होती थी। वह चाहत यह थी कि मैं अपने सारे पैसे बचाऊँगी, कैंडी या स्टिकर पर एक डॉलर भी खर्च नहीं करूँगी, और जब मेरा गुल्लक भर जाएगा तो मैं उसे तोड़कर सारे पैसे निकाल लूँगी और अपने बाबा की छोटी बहन को ढूँढ़ने निकल पड़ूँगी, चाहे वह कहीं भी हो। और जब वह मुझे मिल जाएगी, तो मैं उसे उन लोगों से वापस खरीदकर घर ले आऊँगी, बाबा के पास, और बाबा को खुश कर दूँगी। मैं उनकी जन्मजात उदासी मिटा पाऊँ इससे बढ़कर मेरी और कोई दूसरी चाहत नहीं थी।

तो आज रात मेरा सपना क्या है? बाबा पूछते।

आपको पता तो है।

वह फिर से मुस्करा पड़ते। हाँ, मुझे पता है।

बाबा?

हम्म?

क्या वह अच्छी बहन थी?

बहुत अच्छी।

फिर वह मेरा गाल चूमते और कंबल मेरे गले तक खींच देते। फिर दरवाज़े पर पहुँचकर बत्ती बुझाते और दरवाज़ा बंद करने से पहले कहते, *वह बहुत अच्छी थी। जैसी कि तुम हो।*

जैसे ही वह दरवाज़ा बंद करके जाते, मैं बिस्तर से उठती, एक एक्स्ट्रा तकिया लाती और उसे अपने तकिए के बगल में रख लेती। हर रात मुझे ऐसा लगता जैसे मेरे सीने में दो दिल धड़क रहे हों।

ओल्ड ओकलैंड रोड के एंट्रेंस (प्रवेश द्वार) से फ्रीवे पर मुड़ते ही मैंने अपनी घड़ी देखी। दोपहर के साढ़े बारह बज चुके थे। सैन फ्रांसिस्को हवाईअड्डे पहुँचने में मुझे कम से कम चालीस मिनट लगेंगे, बशर्ते हाईवे 101 पर किसी दुर्घटना या मरम्मत कार्य के चलते रुकना न पड़े। राहत देने वाली बात यह थी कि यह एक अंतरराष्ट्रीय फ़्लाइट थी, इसलिए प्लेन से उतरने के बाद उन्हें कस्टम जाँच से गुज़रना पड़ेगा, जिसमें थोड़ा वक़्त लगेगा। मैंने गाड़ी बाईं लेन में डाली और अपनी कार के एक्सेलरेटर पर पाँव रखा। तुरंत ही स्पीडोमीटर की सुई अस्सी की रफ़्तार को टच करने लगी।

इस भागमभाग के चलते मुझे करीब एक महीने पहले बाबा के साथ हुई एक छोटी सी बातचीत याद आ गई। हालाँकि उसमें ऐसी कोई नयी या विलक्षण बात नहीं थी, मगर अभी की स्थिति में प्रासंगिक होने के कारण याद आ गई। मुझे उनके लिए दोपहर का खाना लाने में थोड़ी देर हो गई थी। इसलिए मुझे देखते ही उन्होंने जितना नर्म हो सकता था उतने नर्म आलोचनात्मक लहज़े में कहा कि समय का पाबंद न होने की आदत मुझे विरासत में मिली थी। *अपनी अम्मी जान से। अल्लाह उसे जन्नत बख्शे।*

लेकिन फिर, मुस्कुराते हुए, मानो मुझे आश्वस्त करते हुए, आगे कहा, मगर ऊपरवाला हर इंसान में कुछ न कुछ कमी तो डाल ही देता है, वर्ना उसमें और आदमी में फर्क ही न रह जाए।

तो आपका मतलब है कि यही एक कमी है जो ऊपरवाले ने मेरे अन्दर डाली है? मैंने चावल और बीन्स की प्लेट उनकी गोदी में रखते हुए कहा था। आदतन देर करना?

मगर ऐसा उसने बड़ी अनिच्छा से किया होगा, यह भी मैं कहना चाहूँगा। कहते-कहते बाबा ने मेरे हाथ अपने हाथों में ले लिए थे। *उसने तुम्हें बहुत मन से बनाया है और तकरीबन, तकरीबन परफेक्ट बनाया है।*

अगर आप चाहें तो मैं उसकी मुझे दी हुईं कुछ और भी खामियों से आपको रूबरू करा सकती हूँ।

और भी? जो तुमने अब तक छिपाकर रखी हैं?

ढेरों हैं। बस सामने आने का सही मौका तलाश रही हैं। जब आप बूढ़े और लाचार हो जाएँगे तब वह मौका आएगा।

मैं अभी भी बूढ़ा और लाचार ही हूँ।

आप क्या सोचते हैं कि ऐसा कहने से मैं आप पर तरस खाने लगूँगी?

मैं रेडियो के स्टेशन बदलने वाले बटन के साथ खेल रही हूँ। टॉक शो लगाती हूँ, फिर उसे बदलकर कंट्री पर जाती हूँ, फिर जैज़, और फिर वापस टॉक शो। आखिरकार उकताकर रेडियो बंद कर देती हूँ। मेरा मन बेचैन है; मुझ पर घबराहट हावी है। मैंने बगल वाली सीट पर रखे अपने मोबाइल फोन की तरफ हाथ बढ़ाया, घर का नंबर डायल किया और फोन को चालू छोड़कर अपनी गोद में रख लिया।

"हैलो?"

"*सलाम, बाबा।* मैं हूँ।"

"परी?"

"जी बाबा। घर पर आप और हेक्टर कैसे हैं?"

"बढ़िया। वह बहुत अच्छा नौजवान है। उसने हमारे लिए अंडे की भुर्जी बनायी। उसे हमने टोस्ट के साथ खाया। तुम कहाँ हो?"

"मैं गाड़ी चला रही हूँ," मैंने कहा।

"रेस्तरां जा रही हो? मगर आज तो तुम्हारी शिफ्ट नहीं है, है न?"

"नहीं, मैं हवाई अड्डे जा रही हूँ, बाबा। किसी को लेने।"

"ठीक है। तो मैं तुम्हारी अम्मी से हमारे लिए दोपहर का खाना बनाने को कह देता हूँ," उन्होंने कहा। "वह रेस्तरां से ही कुछ ले आएगी।"

"ठीक है, बाबा।"

मेरे लिए राहत की बात रही कि उन्होंने अम्मी का और ज़्यादा ज़िक्र नहीं किया। *मगर किसी-किसी दिन तो उन्हें दौरा सा पड़ जाता है और वह रुकते ही नहीं हैं। परी, तुम मुझे क्यों नहीं बता रही हो कि वह कहाँ है? क्या उसका ऑपरेशन हो रहा है? मुझसे झूठ मत बोलो! सब मुझसे झूठ क्यों बोल रहे हैं? क्या वह चली गई है?* क्या वह अफ़गानिस्तान में है? तो मैं भी जा रहा हूँ! मैं काबुल जा रहा हूँ, और तुम मुझे रोक नहीं सकतीं। फिर बड़ी देर तक हमारे बीच ऐसी ही नोकझोंक चलती रहती है। बाबा बेचैन होकर इधर से उधर टहलने लगते हैं, मैं उन्हें झूठ बोलकर बहलाने की कोशिश करती हूँ, या फिर उनके घर की साज-सजावट के कैटलॉग्स के कलेक्शन या टीवी पर कुछ दिखाकर उनका ध्यान भटकाने की कोशिश करती हूँ। कभी-कभी यह कारगर होता है, मगर कभी-कभी

उन पर मेरी इन चालों का कोई असर नहीं होता। वह इतने ज़्यादा फिक्रमंद हो जाते हैं कि उनकी आँखों से आँसू बहने लगते हैं और वह हिस्टीरिया की हालत में पहुँच जाते हैं। अपना सिर पीटने लगते हैं और खतरनाक तरीके से अपनी आराम-कुर्सी पर आगे-पीछे डोलने लगते हैं, सिसकियाँ भरने लगते हैं। उनके पैर काँपने लगते हैं। और फिर मुझे उन्हें नींद की गोली खिलानी पड़ती है। धीरे-धीरे उनकी आँखें बंद होने लगती हैं और आखिरकार वह सो जाते हैं। और तब मैं धम्म से सोफे पर गिर पड़ती हूँ–थकी हुई, पस्त। मेरी साँस फूली हुई होती है और आँखों में आँसू डबडबा आए होते हैं। मैं हसरत भरी नज़रों से सामने के खुले दरवाज़े और उसके पार नज़र आते विस्तार को देखती हूँ और मेरा मन करता है कि मैं बाहर निकल जाऊँ और कहीं दूर चली जाऊँ। तभी बाबा नींद में कराहते हैं, और मैं झट से वापस लौट आती हूँ, अपराध-बोध से व्याकुल होकर।

"क्या मैं हेक्टर से बात कर सकती हूँ, बाबा?"

मुझे रिसीवर के एक हाथ से दूसरे हाथ में जाने की आवाज़ सुनाई देती है। टीवी पर गेम शो के दर्शकों की आहें और फिर तालियों की गड़गड़ाहट भी सुनाई दे रही है।

"हाय, जानू।"

हेक्टर जुआरेज़ हमारे घर के सामने वाली लाइन में रहता है। हम कई सालों से पड़ोसी हैं और पिछले कुछ बरसों में दोस्त बन गए हैं। वह हफ्ते में दो-तीन बार हमारे घर आता है और हम देर रात तक बैठकर ठंडा पिज़्ज़ा या कोई और जंक फूड चबाते हुए फालतू के टीवी शोज़ देखते हैं, ज़्यादातर रियलिटी शोज़, जिनमें सिवाए ऊटपटांग हरकतों और ड्रामेबाज़ी के और कुछ नहीं होता। मगर हमें उसमें भी मज़ा आता है। हेक्टर पहले एक मरीन फ़ौजी था, जिसकी पोस्टिंग दक्षिणी अफगानिस्तान में थी। कुछ बरस पहले एक बम हमले में वह बुरी तरह घायल हो गया था, जिसके बाद उसे आर्मी से रिटायर कर दिया गया था। आखिरकार जब वह ठीक होकर घर लौटा (व्हीलचेयर पर) था, तो मोहल्ले के सभी लोग इकट्ठा हो गए थे। उसके मॉम-डैड ने अपने घर के सामने वाले आँगन में 'हेक्टर का स्वागत है' का बोर्ड लगाया था, साथ में गुब्बारे और ढेर सारे फूल भी सजाए थे। जब वह अपने मॉम-डैड के साथ घर आया था तो सभी ने तालियों से उसका स्वागत किया था। आस-पड़ोस के कुछ लोगों ने उसके लिए तरह-तरह के व्यंजन बनाए थे। सभी लोगों ने उसकी वतन-परस्ती के लिए उसका शुक्रिया अदा किया था। सभी ने उसे शुभकामनाएँ दी थीं कि उसकी आने वाली ज़िन्दगी हँसी-ख़ुशी बीते और वह हमेशा स्वस्थ रहे। कुछ दिनों बाद हेक्टर के

डैड, सीज़र, हमारे घर आए थे और उन्होंने और मैंने मिलकर हमारे दरवाज़े के सामने भी वही व्हीलचेयर रैंप लगा दिया था जो उन्होंने अपने घर के बाहर आँगन से लेकर दरवाज़े तक बनाया था, जिसके ऊपर रंग से अमेरिकी झंडा पेंट किया हुआ था। मुझे याद है कि रैंप पर काम करते समय मुझे मिस्टर सीज़र से माफी माँगने की ज़रूरत महसूस हुई थी–मेरे बाबा के मुल्क में हेक्टर के साथ जो हुआ था, उसके लिए।

"हाय," मैंने कहा। "सोचा वहाँ के हालचाल पता कर लूँ।"

"यहाँ सब बढ़िया है," हेक्टर ने कहा। "हमने खाना खा लिया। हम प्राइस इज़ राइट देख चुके हैं। अब हम व्हील देख रहे हैं। इसके बाद अगला शो फ्यूड है।"

"आउच! मैं माफी चाहती हूँ।"

"किसलिए, परी? हम तो खूब मज़े कर रहे हैं, है न अबे?"

"उन्हें अंडा भुर्जी बनाकर खिलाने के लिए शुक्रिया," मैंने कहा।

हेक्टर ने अपनी आवाज़ को एकदम धीमा रखते हुए कहा, "असल में वो अंडा भुर्जी नहीं बल्कि पैनकेक थे। और मज़े की बात क्या है पता है? उन्हें बहुत पसंद आए। पूरे चार खा गए।"

"मैं सच में तुम्हारी बहुत अहसानमंद हूँ।"

"अरे हाँ, मुझे तुम्हारी नई पेंटिंग बहुत पसंद आई, परी। वो जिसमें एक बच्चे ने एक अजीब सी टोपी पहनी हुई है? अभी अबे ने मुझे दिखाई। वह भी बहुत फख्र महसूस कर रहे थे तुम पर। मैंने मन ही मन कहा, और नहीं तो क्या! आपको फख्र होना ही चाहिए, ऐसी कमाल की हुनरमंद बेटी जो मिली है आपको।"

मैं पीछे से आ रही गाड़ी को आगे निकलने देने के लिए लेन बदल रही थी, हेक्टर की बात सुनकर मेरे चेहरे पर मुस्कान खिल गई। "अब मुझे समझ आ गया है कि क्रिसमस पर तुम्हें क्या तोहफ़ा देना चाहिए।"

"बस मुझे फिर से याद दिला देना कि हम शादी क्यों नहीं कर सकते?" हेक्टर ने कहा। पीछे से मुझे बाबा के विरोध करने की आवाज़ सुनाई दी और रिसीवर से दूर हेक्टर की हँसी। "मैं मज़ाक कर रहा हूँ, अबे। मुझ पर रहम करो। मैं विकलांग आदमी हूँ।" फिर, वापस रिसीवर मुँह से लगाकर मुझसे बोला, "मुझे लगता है तुम्हारे बाबा ने अभी-अभी मुझे अपने अंदर का पश्तून दिखाया है।"

मैंने उसे बाबा को सुबह की दवाई खिला देने की याद दिलाई और फोन काट दिया।

यह किसी रेडियो पर्सनैलिटी की तस्वीर देखने जैसा है। वे कभी भी वैसे नहीं दिखते जैसे आपने अपनी कार में उनकी आवाज़ सुनते हुए मन में उनकी छवि बनाई होती है। पहली बात तो यह कि वह बूढ़ी हैं। या कहें कि बूढ़ी जैसी हैं। बेशक मुझे इसका पता था। मैंने हिसाब लगाया था कि वो लगभग साठ से थोड़ा ऊपर ही होंगी। मगर मेरे लिए इस दुबली-पतली, सफ़ेद बालों वाली महिला को उस नन्ही बच्ची के रूप में स्वीकार कर पाना थोड़ा मुश्किल हो रहा था जिसकी मैंने हमेशा अपनी जुड़वाँ बहन के रूप में कल्पना की थी–एक तीन साल की बच्ची, जिसके बाल काले घुंघराले और भौहें लम्बी-पतली और आपस में मिली हुई थीं, बिल्कुल मेरी तरह। और उनका कद भी मेरी कल्पना से थोड़ा ज़्यादा है। इस वक़्त वह मेरे सामने एक बेंच पर बैठी हुई हैं और ऐसे डरते-सकुचाते हुए चारों तरफ देख रही हैं मानो किसी अनजान जगह आकर खो गई हों। वह सँकरे कन्धों, नाज़ुक शरीर और खुशनुमा चेहरे वाली महिला हैं, जिन्होंने अपने बाल कसकर पीछे बाँधे हुए हैं–क्रोशिए से बने एक हेडबैंड से। अगर पहनावे की बात करूँ तो उन्होंने कानों में जेड की बालियाँ डाली हुई हैं, बदन पर एक फीकी जींस और सैल्मन रंग का एक लंबा ट्यूनिक स्वेटर पहना हुआ है, और गले में एक पीला स्कार्फ लपेटा हुआ है–बिल्कुल उसी अंदाज़ में जिस अंदाज़ के लिए यूरोपीय महिलाएँ जानी जाती हैं। उन्होंने मुझे अपने आखिरी ईमेल में बताया था कि वह गले में स्कार्फ डाले रहेंगी ताकि मुझे उन्हें पहचानने में आसानी हो।

उन्होंने अभी तक नहीं मुझे देखा था, और इसीलिए मुझे मौका मिल गया कि मैं अपना-अपना सामान लेकर बाहर आते यात्रियों और अपनी सवारियों को लेने आए और उनके नामों की तख्तियाँ लिए खड़े टैक्सी ड्राइवरों की भीड़ के बीच कुछ पल ठहरकर अपने ज़ोरों से धड़क रहे दिल को थोड़ा काबू कर लूँ। उन्हें देखते हुए मैंने मन ही मन सोचा, यह वही हैं। यह वही हैं। यह सचमुच वही हैं। फिर हमारी नज़रें मिलीं, और उनके चेहरे के भावों ने स्पष्ट कर दिया कि उन्होंने मुझे पहचान लिया था। उन्होंने हाथ हिलाया।

मैं जल्दी से उनके पास पहुँची। और जैसे ही वह मुस्कराईं, मेरे घुटने काँपने लगे। उनकी मुस्कान हूबहू बाबा जैसी है, बस उनके सामने के ऊपरी दो दाँतों के बीच चावल के दाने जितना गैप है। मुस्कराते हुए उनके होंठ भी बाईं तरफ थोड़े से टेढ़े हो जाते हैं, उनका चेहरा भी इस तरह सिकुड़ता है कि उनकी आँखें लगभग

बंद हो जाती हैं, और वह भी मुस्कराते समय उसी तरह से अपना सिर थोड़ा एक ओर को टेढ़ा करती हैं। जब वह उठकर खड़ी हुईं तो मेरी नज़र उनके हाथों पर पड़ी, उनकी उँगलियों के फूले हुए जोड़ों पर, उनकी टेढ़ी-मेढ़ी गठियाग्रस्त उँगलियों पर, और एक कलाई पर बने चने के आकार जितने उभार पर। मेरे पेट में मरोड़ सी उठी, बड़ी ही दर्दनाक स्थिति मालूम हो रही थी उनकी।

हम गले मिले, और उन्होंने मेरे गालों को चूम लिया। मैंने महसूस किया कि उनकी त्वचा मखमल जैसी कोमल थी। फिर वह मुझे मेरे कन्धों से थामकर यूँ मेरे चेहरे को देखने लगीं जैसे वह किसी पेंटिंग को निहार रही हों। उनकी आँखों में नमी झलकने लगी थी। मगर उनका चेहरा खुशी से चमक उठा था।

"देर से आने के लिए मैं माफी चाहती हूँ।"

"कोई हर्ज़ नहीं," वह बोलीं। "आखिरकार, मैं तुम्हारे साथ हूँ! बता नहीं सकती कि कितनी खुश हूँ।" यह बात उन्होंने फ्रेंच में कही थी। और उनका लहज़ा भी खालिस फ्रांसीसी था, उससे कहीं ज़्यादा खालिस जो फोन पर बात करते वक़्त लगा था।

"मैं भी बहुत खुश हूँ," मैंने कहा। "आपकी यात्रा कैसी रही?"

"प्लेन में सवार होते ही मैंने नींद की गोली ले ली थी, क्योंकि मुझे पता था कि वैसे तो मैं सो नहीं पाऊँगी, पूरी रात जागती रहूँगी। इतनी ज़्यादा खुश और उत्साहित जो थी।" वह अपनी नज़रें बराबर मेरे चेहरे पर टिकाए थीं, और मुस्कराए जा रही थीं। ऐसा लग रहा था मानो उन्हें यह डर हो कि अगर उन्होंने नज़रें हटाईं तो यह तिलिस्म टूट जाएगा और मैं गायब हो जाऊँगी। तभी ऊपर लगे पब्लिक अनाउंसमेंट सिस्टम पर यात्रियों को किसी लावारिस वस्तु की सूचना अधिकारियों को देने की सलाह गूँजी, और मानो उनका तिलिस्म टूट गया और वह हकीकत की दुनिया में लौट आईं। उनके चेहरे पर सामान्य भाव लौट आए।

"क्या अब्दुल्लाह को पता है कि मैं यहाँ आ रही हूँ?" उन्होंने पूछा।

"मैंने उन्हें बताया है कि मैं एक मेहमान को घर ला रही हूँ," मैंने कहा।

हवाई अड्डे से बाहर आकर जब हम कार में बैठ गए, तो मैंने चुपके से उनकी तरफ देखा। मगर एक बहुत अजीब बात हुई। बल्कि कहना चाहिए कि इससे ज़्यादा अजीब बात मेरे साथ कभी नहीं हुई थी। परी वहदती, जो मेरी कार में मुझसे कुछ ही इंच की दूरी पर बैठी थीं, उन्हें देखते हुए मुझे अजीब सा भ्रम हो रहा था। एक पल मैं उन्हें एकदम स्पष्ट रूप से देख पा रही थी—उनके गले में लिपटा पीला स्कार्फ, माथे पर छोटे-छोटे नाज़ुक रोएँ, बाएँ कान के नीचे कॉफी के

रंग का तिल–और अगले ही पल, उनके चेहरे पर एक धुंध सी छा गई, मानो मैं उन्हें धुंधले चश्मे से देख रही होऊँ। कुछ देर के लिए ऐसा महसूस हुआ जैसे मेरा सर चकरा रहा हो।

"तुम ठीक हो?" उन्होंने सीट बेल्ट का बकल लगाते हुए मेरी तरफ देखा तो उन्हें फ़िक्र हुई।

"मुझे लग रहा है कि आप गायब हो जाएँगी।"

"क्या मतलब?"

"यह... थोड़ा अविश्वसनीय लग रहा है," मैंने नर्वस हँसी हँसते हुए कहा, "कि आप सच में हैं। कि आप सचमुच यहाँ हैं।"

उन्होंने मुस्कराते हुए सहमति में सिर हिलाया। "मेरे साथ भी ऐसा ही है। मुझे भी यह अजीब लग रहा है। जानती हो, तुमसे पहले ज़िंदगी में मुझे कभी कोई ऐसा इंसान नहीं मिला जो मेरा हमनाम हो।"

"मुझे भी नहीं।" कहकर मैंने गाड़ी स्टार्ट कर दी। "आपके बच्चे कैसे हैं?"

वह मुझे अपने एक-एक बच्चे का नाम लेकर उनके बारे में ऐसे बताने लगीं जैसे मैं उन्हें ज़िन्दगी भर से जानती हूँ, जैसे उनके बच्चे और मैं साथ-साथ बड़े हुए हों, साथ-साथ सपरिवार पिकनिक पर और कैम्पिंग के लिए और गर्मियों की छुट्टियों में समंदर किनारे के रिसॉर्ट्स में गए हों, जहाँ हमने साथ-साथ सीपियों के हार बनाए हों और एक-दूसरे को रेत में दबा दिया हो।

काश, ऐसा सचमुच हुआ होता।

वह मुझे बताने लगीं कि उनके बेटे एलेन और उसकी पत्नी एना के यहाँ हाल ही में पाँचवें बच्चे का जन्म हुआ है, और अब वे रहने के लिए वैलेंसिया चले गए हैं, जहाँ उन्होंने एक घर खरीदा है। "आखिरकार, वे मैड्रिड के उस घिनौने अपार्टमेंट को छोड़ रहे हैं!" इसी तरह उन्होंने बताया कि उनकी सबसे बड़ी बेटी, इसाबेल, जो अभी तक टेलीविजन कार्यक्रमों और छोटी-मोटी फिल्मों के लिए संगीत निर्देशन करती आई थीं, उन्हें हाल ही में अपनी पहली बड़ी फिल्म का संगीत तैयार करने का काम मिला है। और उन्होंने यह भी बताया कि इसाबेल के पति, अल्बर्ट, अब पेरिस के एक जाने-माने रेस्तरां में मुख्य शेफ हो गए हैं।

"तुम्हारा भी अपना रेस्तरां था न?" उन्होंने पूछा। "मेरे ख़याल से तुमने अपने ईमेल में इसका ज़िक्र किया था।"

"जी हाँ, मगर वह मेरे बाबा और अम्मी का था। मेरे बाबा का हमेशा से सपना था कि उनका अपना रेस्तरां हो। मैं रेस्तरां चलाने में उनकी मदद करती थी। मगर कुछ बरस पहले मुझे उसे बेचना पड़ा। मेरी अम्मी के गुज़र जाने और बाबा के... लाचार हो जाने के बाद।"

"माफ़ करना बेटा।"

"अरे, ऐसा मत कहिए। मैं रेस्तरां के काम के लिए बनी ही नहीं थी।"

"बेशक। तुम तो आर्टिस्ट (कलाकार) हो।"

जब हमारी पहली बार बातचीत हुई थी और उन्होंने मुझसे पूछा था कि मैं क्या करती हूँ, तब मैंने उनसे कहा था कि मेरा सपना है कि मैं एक दिन आर्ट स्कूल जाऊँ।

"असल में, मैं ट्रांसक्रिप्शनिस्ट (लिप्यंतरण करने वाला) का काम करती हूँ।"

फिर मैं उन्हें समझाने लगी कि बतौर ट्रांसक्रिप्शनिस्ट मेरा काम क्या होता है, और वह भी बड़े ध्यान से सुनने लगीं। मैंने कहा, "मैं एक ऐसी कंपनी में काम करती हूँ जो बड़ी फॉर्च्यून 500 कंपनियों के लिए डेटा प्रोसेस करती है। मैं उनके लिए फॉर्म तैयार करती हूँ। ब्रोशर, रसीदें, ग्राहक सूचियाँ, ईमेल सूचियाँ, इस तरह की चीज़ें। सबसे ज़रूरी बात जो आपको आनी चाहिए, वह है टाइपिंग। और पैसा भी ठीक-ठाक मिल जाता है।"

"अच्छा," उन्होंने कहा। कुछ देर कुछ सोचती रहीं, फिर पूछने लगीं, "क्या यह काम तुम्हें दिलचस्प लगता है?"

हम रेडवुड सिटी से गुज़र रहे थे। मैंने उनकी तरफ की खिड़की के बाहर दिख रही एक इमारत की ओर इशारा करके कहा, "वह इमारत देख रही हैं? नीले रंग के बोर्ड वाली ऊँची इमारत?"

"हाँ?"

"मैं वहीं पैदा हुई थी।"

"अरे वाह!" गाड़ी आगे निकल गई, तब भी वह गर्दन घुमाकर उसी इमारत को देखती रहीं।

"तुम किस्मतवाली हो।"

"कैसे?"

"क्योंकि तुम्हें पता है कि तुम कहाँ से आई हो।"

"मेरे ख़याल से मैंने इस बारे में कभी ज़्यादा सोचा ही नहीं।"

"मगर यह जानना ज़रूरी है, अपनी जड़ों को जानना। यह जानना कि एक इंसान के तौर पर आपकी शुरुआत कहाँ से हुई। वर्ना आपकी अपनी ज़िंदगी आपको अवास्तविक लगती है। एक पहेली की तरह। जैसे आपने किसी कहानी की शुरुआत न पढ़ी हो और सीधे बीच के हिस्से पर पहुँच गए हों और अब कहानी को समझने की कोशिश कर रहे हों।"

मुझे लगता है कि आजकल बाबा भी ऐसा ही महसूस कर रहे हैं। उनकी ज़िन्दगी भी उस किताब की तरह हो गई है जिसमें बीच-बीच के पन्ने गायब हो गए हैं। और इसलिए अब ज़िन्दगी उनके लिए हर दिन एक रहस्यमयी कहानी जैसी होती है, एक पहेली जैसी, जिससे उन्हें जूझना पड़ता है।

अगले कुछ मील हम दोनों में से किसी ने कुछ नहीं कहा।

"आप पूछ रही थीं न कि क्या मुझे अपना काम दिलचस्प लगता है," मीलों लम्बी खामोशी को तोड़ते हुए मैंने कहा। "एक दिन मैं घर आई और देखा कि रसोई के सिंक का नल खुला हुआ था और पानी बह रहा था। फर्श पर टूटे हुए काँच के टुकड़े पड़े थे, और गैस बर्नर चालू रह गया था। तभी मुझे अहसास हुआ कि मैं उन्हें अब और अकेला नहीं छोड़ सकती। और चूँकि मैं पूरा समय घर में रहने वाले केयरटेकर का खर्च नहीं उठा सकती थी, इसलिए मैंने घर से करने लायक काम तलाशना शुरू कर दिया। उस तलाश में 'दिलचस्प' जैसे किसी भी शब्द का कोई औचित्य नहीं था।"

"और आर्ट स्कूल के विचार को भी 'फिर कभी' के लिए रख छोड़ा है।"

"और कोई चारा भी तो नहीं है।"

मुझे डर था कि कहीं वह यह न कह दें कि बाबा कितने खुशनसीब हैं कि उन्हें मेरे जैसी बेटी मिली है, मगर मुझे यह देखकर बड़ी राहत और उनके प्रति कृतज्ञता महसूस हुई कि उन्होंने कुछ नहीं कहा, बस सहमति में सिर हिला दिया। उनकी नज़रें हाईवे के साइनबोर्डों पर टिकी हुई थीं। मगर दूसरे लोग–खासकर अफ़ग़ान–हमेशा यह रट लगाए रहते हैं कि बाबा कितने खुशनसीब हैं, कि मैं उनके लिए कितनी बड़ी नेमत हूँ। वे मेरी तारीफों के पुल बाँधते हैं। वे मुझे फ़रिश्ता बताते हैं, एक ऐसी बेटी जिसने ऐश-ओ-आराम भरी शानदार ज़िन्दगी को ठुकराकर घर पर ही रहना और अपने लाचार बाबा की देखभाल करने का बहादुरी भरा फैसला लिया था। *मगर बाप से पहले बेचारी ने माँ के*

लिए भी तो किया कितना सब, वे कहते हैं, और मुझे उनके यह कहने में साफ़-साफ़ सहानुभूति झलकती महसूस होती है। कितने बरस कितनी सेवा की उसकी। कितना तकलीफदेह था वो सब उसके लिए। और अब वही सब बाप के लिए भी कर रही है। भले ही देखने-दिखाने में कुछ ख़ास नहीं है, मगर उसका एक चाहने वाला था। एक अमरीकी। एक सोलर कम्पनी का मालिक। वह उससे शादी कर सकती थी। मगर उसने नहीं की। माँ-बाप के लिए। कितना कुछ कुर्बान कर दिया उसने। काश, हर माँ-बाप को ऐसी ही बेटी मिले।

वे मेरे अच्छे स्वभाव और खुशमिज़ाजी की तारीफ़ करते हैं। वे मेरे साहस और स्वाभिमान पर उसी तरह आश्चर्य व्यक्त करते हैं जैसे किसी शारीरिक विकृति या बोलने में गंभीर बाधा के बावजूद बड़ी उपलब्धियाँ हासिल करने वाले लोगों पर किया जाता है।

मगर मैं उनकी इस राय से इत्तेफाक नहीं रख पाती हूँ। जिस रूप में वे मुझे देखते हैं, उस रूप में मैं खुद को नहीं देख पाती हूँ। मिसाल के तौर पर, कभी-कभी सुबह सोकर उठने पर मैं देखती हूँ कि बाबा पहले ही उठकर बैठ गए हैं और अपनी लाल-पनीली आँखों से मुझे ही देख रहे हैं, बेसब्री से इंतज़ार कर रहे हैं कि कब मैं उठूँ और उनके रूखे-सूखे, दाग-धब्बेदार पैरों में मोज़े पहना दूँ। और जब मैं उन्हें मोज़े पहना रही होती हूँ तब वह उन्हें इंतज़ार कराने के लिए मुझ पर भड़कते हैं। छोटे बच्चों की तरह नखरे दिखाते हैं। और अजीब ढंग से नाक सिकोड़कर ऐसा चेहरा बनाते हैं जैसे कोई भीगे और डरे हुए चूहे हों। और जब भी वह ऐसा करते हैं तब मुझे उन पर बहुत गुस्सा आता है। वह जिस ढंग से बर्ताव करते हैं, उससे मुझे उन पर बहुत गुस्सा आता है। मुझे उन पर गुस्सा आता है क्योंकि उनकी वजह से मेरी ज़िन्दगी एक तंग दायरे में कैद होकर रह गई है। मुझे उन पर गुस्सा आता है क्योंकि उन्हीं की वजह से मेरी ज़िन्दगी के सबसे अच्छे दिन यूँ बर्बाद हो रहे हैं। कई बार तो मेरा मन होता है कि किसी भी तरह करके उनसे, उनकी चिड़चिड़ाहट से और उनकी मुझ पर निर्भरता से छुटकारा पा जाऊँ। मैं फ़रिश्ता तो बिल्कुल नहीं हूँ।

अभी हम तेरहवीं स्ट्रीट से बाहर निकल रहे हैं। और कुछ मील चलने के बाद मैंने बीवर क्रीक कोर्ट स्थित अपने घर के ड्राइव-वे में गाड़ी पार्क की और इंजन बंद कर दिया।

परी बुआ गाड़ी की खिड़की से ही हमारे एक मंज़िला घर को देखने लगीं। हालाँकि देखने लायक कुछ भी नहीं है उसमें। उखड़े हुए पेंट वाला गैराज का दरवाज़ा, जैतून के रंग की खिड़की की चौखटें, और सामने के दरवाज़े के दोनों

ओर पहरा देते हुए पत्थर के शेरों की भद्दी सी मूर्तियाँ ही नज़र आ रही हैं। मैंने कई बार इन मूर्तियों को हटाने का सोचा, मगर मेरी हिम्मत नहीं हुई, क्योंकि बाबा को वे बहुत पसंद हैं। हालाँकि मुझे नहीं लगता कि अगर मैं हटा दूँ तो उन्हें पता भी चलेगा। हम 1989 में इस घर में रहने आए थे, जब मैं सात बरस की थी। पहले हमने इसे किराए पर लिया था, फिर 1993 में बाबा ने इसे खरीद लिया। अम्मी का इंतकाल इसी घर में हुआ था–एक क्रिसमस की सुबह, उस हॉस्पिटल बेड पर जो मैंने उनके लिए गेस्ट बेडरूम में तैयार किया था और जहाँ उन्होंने अपनी ज़िन्दगी के आख़िरी तीन महीने बिताए थे। उन्होंने ही इसरार किया था कि उन्हें इस कमरे में रखा जाए, क्योंकि यहाँ की खिड़की से बाहर का जो नज़ारा होता है वो उन्हें बहुत पसंद था। उसे देखकर उनका मन प्रसन्न हो जाता था। चूँकि उनके पैरों में भारी सूजन रहती थी, इसलिए उनका चलना-फिरना बंद हो गया था और वह पूरा समय बिस्तर पर लेटे-लेटे खिड़की से बाहर आँगन को देखती रहती थीं, जिसकी चारदीवारी के किनारे-किनारे जापानी मेपल के वे पेड़ लगे थे जिन्हें उन्होंने कई बरस पहले अपने हाथों से लगाया था। इसके अलावा आँगन में एक लॉन भी था, जिसमें कई तरह के फूल खिले रहते थे और अच्छी-खासी हरियाली थी। इसके अलावा खिड़की से दूर खड़ीं पहाड़ियाँ भी नज़र आती थीं, जो दोपहर को सूरज की रोशनी पड़ने से गहरे सुनहरी रंग की दिखाई देने लगती थीं। यह नज़ारा उनकी रूह को सुकून देता था।

"मैं बहुत नर्वस हूँ," परी बुआ धीरे से बोलीं।

"मैं समझ सकती हूँ, अट्ठावन (58) साल हो गए हैं।"

वह मोड़कर गोद में रखे अपने हाथों को देखने लगीं। "मुझे उसके बारे में कुछ भी याद नहीं है। न उसका चेहरा और न ही उसकी आवाज़। बस इतना याद है कि मेरी ज़िन्दगी में हमेशा कुछ कमी रही है। किसी ऐसी चीज़ की कमी जो मेरे लिए बहुत अहम है। कुछ... मुझे नहीं पता कि उसे क्या कहूँ। बस यही है।"

मैंने सहमति में सिर हिलाया। मुझे उन्हें यह बताना ठीक नहीं लगा कि मैं इस अहसास को कितनी अच्छी तरह समझती हूँ। हालाँकि मेरा बड़ा मन हुआ उनसे पूछने का कि क्या उन्हें कभी मेरे होने का कोई आभास हुआ था?

वह अपने स्कार्फ के किनारों से खेल रही थीं, जो कि उनके मन में चल रही उधेड़बन की चुगली कर रहा था। "क्या तुम्हें लगता है कि उसे मैं याद होऊँगी?"

"क्या आप सच जानना चाहती हैं?"

वह मेरी तरफ देखने लगीं। "बेशक।"

"बेहतर तो यही होगा कि उन्हें याद न हो।" मुझे लंबे समय से अपने बाबा और अम्मी के डॉक्टर रहे डॉ. बशीरी की कही बात याद थी। उन्होंने कहा था कि बाबा को अब एक सीधी-सरल और नियमित ज़िन्दगी की ज़रूरत थी, जिसमें कम से कम सरप्राइज़ हों। सबकुछ जाना-पहचाना और अनुमानित हो।

मैंने अपनी तरफ का दरवाज़ा खोला। "क्या आप थोड़ी देर गाड़ी में ही रुकेंगी? मैं अपने दोस्त को घर भेज देती हूँ, फिर आप बाबा से मिल लीजिएगा।" उन्होंने अपने हाथों से अपनी आँखें ढँक लीं, शायद दशकों से रोके हुए आँसू बह निकलने को बेकरार हो रहे थे। मगर मैं ऐसा होते देखने के लिए वहाँ नहीं रुकी।

जब मैं ग्यारस बरस की थी और छठी कक्षा में पढ़ती थी, तब एक बार स्कूल की तरफ से मेरी क्लास के सभी बच्चे एक रात की फील्ड ट्रिप के लिए मोंटेरे बे एक्वेरियम (मछलीघर) गए थे। शुक्रवार की रात। मुझे याद है कि सोमवार से लेकर शुक्रवार तक पूरा हफ्ता सारे बच्चे बस उसी ट्रिप के बारे में बात करते रहे थे। चाहे लाइब्रेरी हो, चाहे खेल का मैदान हो, चाहे क्लासरूम हो; हर जगह बस यही चर्चे हो रहे थे कि कितना मज़ा आएगा जब रात को एक्वेरियम बंद होने के बाद वे नाईट ड्रेस में ही हैमरहेड शार्क, बैट रे, सी ड्रैगन और स्क्विड जैसे समुद्री जीवों के बीच दौड़-भाग कर सकेंगे। कहने का मतलब यह कि सभी बच्चे हद से ज़्यादा उत्सुक और उत्साहित थे उस ट्रिप के लिए। हमारी टीचर, मिसेज़ गिलेस्पी ने हमें बताया था कि एक्वेरियम के चारों तरफ डिनर स्टेशन लगाए जाएँगे और छात्रों के पास पीनट बटर और जेली सैंडविच या मैकरोनी और चीज़ में से अपनी पसंद का खाना चुनने का विकल्प रहेगा; जिसको जो अच्छा लगे वो खाए। साथ ही उन्होंने कहा था, *"रात के खाने के बाद आप लोग ब्राउनी या वनीला आइसक्रीम भी खा सकेंगे।"* और भी बहुत सी मज़ेदार गतिविधियाँ होना थीं उस रात। उस रात सभी बच्चे अपने स्लीपिंग बैग में घुस जाएँगे और उनके साथ गए शिक्षक उन्हें तरह-तरह की कहानियाँ सुनाएँगे, जिन्हें सुनते-सुनते वे समुद्री घोड़ों, सार्डिन मछलियों और लहराते केल्प के ऊँचे पत्तों के इर्द-गिर्द तैरतीं लेपर्ड शार्क मछलियों के बीच नींद के आगोश में समा जाएँगे और हैरतंगेज़ सपने देखेंगे। गुरुवार आते-आते तो क्लास में बच्चों का उत्साह चरम पर पहुँच गया था। यहाँ तक कि हमेशा शरारत करने वाले बच्चे भी एकदम सीधे बन गए थे, क्योंकि उन्हें डर था कि शरारत करते पकड़े जाने पर शायद उन्हें एक्वेरियम जाने का मौका न मिले।

मगर मेरे लिए यह सबकुछ ऐसा था जैसे किसी रोमांचक फिल्म को बिना आवाज़ के देखना। मैं क्लास में फैले उत्साह और उत्सवी माहौल से एकदम कटी हुई महसूस कर रही थी–ठीक वैसे ही जैसे हर दिसंबर में होता था, जब मेरे सभी सहपाठी पहले क्रिसमस और फिर नया साल मना रहे होते थे। वे क्रिसमस ट्री सजा रहे होते थे, उनके पलंग के ऊपर टंगे मोज़े में सैंटा क्लॉस द्वारा डाले गए गिफ्ट को देखकर ख़ुशी से उछल रहे होते थे, और अपने दोस्तों और घरवालों के साथ पार्टी कर रहे होते थे। मैंने मिसेज़ गिलेस्पी को बताया कि मैं ट्रिप पर नहीं जा पाऊँगी। जब उन्होंने पूछा कि क्यों नहीं, तो मैंने कहा कि यह फील्ड ट्रिप एक मुस्लिम त्योहार के दिन पड़ रही है। मेरे ख़याल से उन्हें मेरी बात पर यकीन नहीं आया था।

ट्रिप वाली रात मैं घर पर ही रही, बाबा और अम्मी के साथ बैठकर टीवी पर 'मर्डर, शी रोट' देखती रही। मैंने शो पर ध्यान केंद्रित करने और फील्ड ट्रिप के बारे में न सोचने की बहुत कोशिश की, मगर मेरा मन बारम्बार भटकता रहा। मैं कल्पना करती रही कि इस वक़्त मेरे सहपाठी नाईट ड्रेस पहने और हाथों में टॉर्च लिए, एक विशाल टैंक की दीवारों से माथा सटाए, हैरत से फटी आँखों से ईल मछलियों को इधर से उधर तैरते देख रहे होंगे। मुझे अपने सीने में एक जकड़न-सी महसूस हुई और मैंने सोफे पर पहलू बदला। बाबा और अम्मी बगल वाले सोफे पर बैठे थे। मैंने बाबा की तरफ देखा तो पाया कि वह आराम से सोफे की पीठ से पीठ टिकाकर बैठे थे और भुनी हुई मूँगफलियाँ चबाते हुए शो का मज़ा ले रहे थे, एंजेला लैंसबरी के संवादों पर हँस रहे थे। मगर उन्हीं की बगल में बैठीं अम्मी मुझे सोच में डूबी हुई दिख रही थीं। उनका चेहरा उदास था। मगर जैसे ही हमारी नज़रें मिलीं, उनके चेहरे से उदासी गायब हो गई और वह मुस्करा दीं। मैंने भी मन मारकर बड़ी मेहनत से मुस्कराने की कोशिश की।

उस रात मैंने सपना देखा कि मैं समंदर किनारे कमर तक पानी में खड़ी हूँ–हरे और नीले रंग के असंख्य शेड्स (जेड, नीलम, पन्ना, फिरोजी) वाले पानी में, जो हौले-हौले मेरी कमर को सहला रहा है। मेरे पैरों के पास मछलियों की टोलियाँ तैर रही हैं, मानो समंदर मेरा अपना निजी मछलीघर (एक्वेरियम) हो। वे मेरे पैर की उंगलियों को छू रही हैं और मेरी पिंडलियों को गुदगुदा रही हैं। हज़ारों की तादाद में रंग-बिरंगी मछलियाँ, जो चमकती हुई सफेद रेत पर तमाम रंगों की झाँकियाँ प्रस्तुत कर रही हैं।

उस रविवार बाबा के पास मेरे लिए एक सरप्राइज़ था। उस रविवार उन्होंने रेस्तरां बंद रखने का फैसला किया–जो वे कभी नहीं करते थे–और मुझे मोंटेरे बे

एक्वेरियम ले गए। पूरे रास्ते वह उत्साह भरी बातें करते रहे कि वहाँ पहुँचकर हम कितना मज़ा करने वाले थे, कि उन्हें शार्क मछलियाँ देखने का कितनी बेसब्री से इंतज़ार था, और यह कि दोपहर के खाने में हम क्या खाने वाले थे। जब वह ये सारी बातें कर रहे थे, तो मुझे याद आ रहा था कि जब मैं छोटी थी तब कैसे वह मुझे केली पार्क में बने चिड़ियाघर में जानवर दिखाने और घर के पास ही जापानी उद्यान में मछलियाँ दिखाने ले जाया करते थे, और कैसे हम सभी मछलियों के नाम रखते थे और कैसे मैं कसकर उनका हाथ थामे रहती थी और मन ही मन सोचती थी कि जब तक मैं ज़िन्दा रहूँगी तब तक मुझे बाबा के अलावा किसी और की ज़रूरत नहीं पड़ेगी।

मछलीघर में मैं बनावटी उत्साह के साथ तरह-तरह की मछलियों के टैंक्स के बीच घूमती रही और बाबा के उन तमाम मछलियों के बारे में पूछे गए सवालों के जवाब देने की कोशिश करती रही जिन्हें मैं पहचानती थी। मगर दिन का समय होने के कारण वह जगह बहुत ज़्यादा चकाचौंध और शोरगुल भरी थी, और सभी अच्छी मछलियों के टैंक्स के आसपास बहुत ज़्यादा भीड़भाड़ थी। यह अनुभव बिल्कुल वैसा नहीं था जैसा मैंने फील्ड ट्रिप की रात की कल्पना करते हुए लिया था। यह एक तरह की जद्दोजहद मालूम हो रही थी। अच्छा समय बिताने का दिखावा करते-करते मैं थक गई थी और मेरे पेट में दर्द होने लगा था। इसीलिए किसी तरह बमुश्किल घंटा भर इधर-उधर भटकने के बाद हम वहाँ से निकल आए। लौटते समय बाबा बार-बार आहत नज़रों से मेरी तरफ ऐसे देख रहे थे जैसे कुछ कहना चाह रहे हों मगर समझ न पा रहे हों कि क्या कहें और कैसे कहें। जब मुझसे उनका लगातार इस तरह देखना बर्दाश्त नहीं हुआ तो मैंने आँखें बंद कर लीं और सोने का दिखावा करने लगी।

अगले साल जूनियर हाई में मेरे साथ की लड़कियाँ आई शैडो और लिप ग्लॉस लगाने लगी थीं। बॉयज़ II मैन के कॉन्सर्ट में जाने लगी थीं, स्कूल में होने वाले डांस के कार्यक्रमों में भाग लेने लगी थीं, और ग्रुप डेट्स पर ग्रेट अमेरिका जाने लगी थीं, जहाँ वे डेमन (रोलरकोस्टर राइड) के डिप्स और कॉर्कस्क्रूज़ (एक के बाद एक आने वालीं बहुत नीची और बहुत ऊँची फिसलपट्टियाँ) पर फिसलते हुए गला फाड़-फाड़कर चीखती-चिल्लाती थीं और ज़बरदस्त तरीके से रोमांचित होती थीं। मेरे साथ पढ़ने वाली लड़कियाँ बास्केटबॉल और चीयरलीडिंग के लिए ऑडिशन दे रही थीं। स्पेनिश क्लास में मेरे पीछे बैठने वाली गोरी रंगत और चेहरे पर झाइयों वाली लड़की तैराकी टीम के लिए ऑडिशन दे रही थी और उसने एक दिन घंटी बजने के फ़ौरन बाद, जब हम अपनी डेस्क साफ़ कर रहे थे, मुझसे कहा

कि मुझे भी इसके लिए कोशिश करनी चाहिए। वह इस बात को नहीं समझती थी, नहीं समझ सकती थी कि अगर मैं सार्वजनिक रूप से स्विमिंग सूट पहनती तो मेरे माँ-बाप को बड़ी शर्मिंदगी उठानी पड़ती। सिर्फ़ यही वजह नहीं थी, असल में मैं खुद भी नहीं पहनना चाहती थी। मैं अपनी शारीरिक बनावट को लेकर हमेशा हीनभावना महसूस करती थी। मैं कमर के ऊपर तो पतली थी, मगर कमर के नीचे ज़रूरत से ज़्यादा और बेहिसाब ढंग से मोटी थी। ऐसा लगता था मानो गुरुत्वाकर्षण ने सारा वज़न मेरे निचले हिस्से में खींच लिया हो। मैं ऐसी दिखती थी जैसे किसी बच्चे ने मुझे उन बोर्ड गेम्स में खेलते हुए बनाया हो जिनमें शरीर के विभिन्न अंगों रूपी हिस्सों को जोड़कर पूरा शरीर बनाया जाता है। मेरे मामले में किसी बच्चे ने हिस्सों को इतने बेमेल ढंग से जोड़ा था कि जो भी देखता था, हँसे बिना नहीं रह पाता था। मम्मा कहती थीं कि मेरी हड्डियाँ मोटी और मज़बूत हैं। उनके मुताबिक़ उनकी मम्मा का शरीर भी ऐसा ही था। मगर आखिरकार उन्होंने ऐसा कहना बंद कर दिया, शायद उन्हें यह बात समझ आ गई थी कि किसी भी लड़की को मोटी और मज़बूत हड्डियों वाली कहलाना पसंद नहीं होता।

मैंने बाबा को इस बात के लिए मनाने की बहुत कोशिशें कीं, बहुत मिन्नतें कीं कि वह मुझे वॉलीबॉल टीम में शामिल होने दें, मगर उन्होंने मुझे अपनी बाँहों में भरते हुए और धीरे से मेरे सिर को अपने हाथों में थामकर कुछ ऐसी बात की जिससे उनका जवाब साफ़ हो गया। उन्होंने तर्क दिया कि मुझे प्रैक्टिस के लिए कौन ले जाएगा? मैच के लिए कौन ले जाएगा? *उन्होंने कहा, बेटा परी, काश हमारे पास भी तुम्हारे दोस्तों के माँ-बाप जैसी सुविधा होती। मगर हमारा, मेरा और तुम्हारी मम्मा का, पूरा समय काम करना ज़रूरी है, वर्ना हम अपनी गुज़र-बसर कैसे कर पाएँगे? मैं नहीं चाहता कि हम फिर से सरकारी सहायता पर निर्भर हों। तुम समझ रही हो न, बेटा? मुझे पता है कि तुम ये सब समझती हो।*

मगर कमाल की बात थी कि गुज़र-बसर के लिए काम में इतना व्यस्त रहने के बावजूद बाबा मुझे फ़ारसी की कक्षाओं के लिए कैम्पबेल ले जाने का समय खूब निकाल लेते थे। हर मंगलवार की दोपहर स्कूल के बाद मैं फ़ारसी की क्लास में बैठती थी और, जैसे कोई मछली धारा के विपरीत तैरने के लिए मजबूर हो, अपने हाथ की स्वाभाविक प्रवृत्ति के विरुद्ध पेन को दाएँ से बाएँ चलाने की कोशिश करती थी। मैंने बाबा से फ़ारसी की क्लास बंद कराने के लिए भी बहुत मिन्नतें कीं, मगर उन्होंने इसके लिए भी मना कर दिया। उन्होंने कहा कि मैं उनके दिए इस उपहार की कद्र बाद में करूँगी। उन्होंने कहा कि अगर संस्कृति एक घर है, तो भाषा उसके मुख्य द्वार की चाबी है, अंदर के सभी कमरों की। इसके बिना

आप कहीं के नहीं रहते, आपको कोई ठौर नहीं मिलता, कोई जायज़ पहचान नहीं मिल पाती।

सिर्फ़ मंगलवार ही नहीं था, उसके बाद रविवार भी आता था, जब मेरे सिर को एक सफेद सूती स्कार्फ से ढँककर वह मुझे कुरान के सबक सीखने के लिए हेवर्ड की एक मस्जिद में छोड़ आते थे। जिस कमरे में हम पढ़ते थे–मैं और एक दर्जन और अफगान लड़कियाँ–वह बहुत छोटा था, उसमें एयर कंडीशनिंग नहीं थी, और वहाँ ऐसी गंध फ़ैली रहती थी जैसी गंदे कपड़ों से आती है। खिड़कियाँ सँकरी और बहुत ऊँची थीं, ठीक वैसी जैसी फिल्मों में जेल की कोठरियों की खिड़कियाँ होती हैं। वहाँ हमारी जो उस्ताद थीं, वह फ्रेमोंट के एक किराना व्यापारी की पत्नी थीं। मुझे वह सिर्फ़ तभी अच्छी लगती थीं जब वह हमें पैगंबर की ज़िन्दगी की कहानियाँ सुनाती थीं, जो मुझे दिलचस्प लगती थीं–कि कैसे उन्होंने अपना बचपन रेगिस्तान में बिताया, कैसे फ़रिश्ता गेब्रियल एक गुफा में उनके सामने प्रकट हुआ और उन्हें कुरआन की आयतें कहने का हुक्म दिया, कैसे उनसे मिलने वाला हर शख्स उनके चेहरे से झलकने वाली रहमदिली और रूहानी रोशनी से प्रभावित हो जाता था। मगर समस्या यह थी कि वह कहानियाँ सुनाने की बजाए क्लास का ज़्यादातर समय उस लंबी सूची को दोहराने में बर्बाद कर देती थीं जिसमें हमें उन सभी चीज़ों के प्रति आगाह किया गया था जिनसे हमें, जवान होतीं नेकचलन मुस्लिम लड़कियों को, हर कीमत पर बचना था, ताकि कहीं हम पश्चिमी संस्कृति के चक्कर में पड़कर अपने धर्म और अपनी संस्कृति से न भटक जाएँ। इस लिस्ट में जो सबसे पहली और सबसे ज़रूरी चीज़ थी, जिससे बचने की हिदायत की गई थी, वह थी लड़के। मगर साथ ही रैप संगीत, मैडोना, मेलरोज़ प्लेस, शॉर्ट्स, डांस, सार्वजनिक स्थानों पर तैरना, चीयरलीडिंग, शराब, बेकन, पेपरोनी, गैर-हलाल बर्गर, और इसी तरह की और भी कई सारी चीज़ें शामिल थीं। उस कमरे में हमें नीचे फर्श पर बैठना पड़ता था, जिससे मेरे पैर सुन्न पड़ जाते थे। उस बेहवादार कमरे में वैसे ही गर्मी के मारे मैं पसीने से तरबतर हो जाती थी, ऊपर से सिर को कसकर स्कार्फ से बाँधे रखना कोढ़ में खाज का काम करता था। काश मैं सिर से स्कार्फ हटा पाती, मगर ज़ाहिर है कि मस्जिद में ऐसा करना मुमकिन नहीं था। मैं खिड़कियों की तरफ देखती, लेकिन उनसे आसमान की एक नाकाफी-सी झलक ही दिख पाती थी। मैं पूरा वक़्त उस पल का इंतज़ार करती थी जब मैं मस्जिद से बाहर निकलूँगी, जब ताज़ी हवा मेरे चेहरे को छूएगी और मुझे अपने सीने में एक हल्कापन महसूस होगा, जैसे कोई तकलीफदेह गाँठ आखिरकार खुल गई हो।

मगर जब तक क्लास चलती थी तब तक मेरे पास वहाँ से भागने का एक ही उपाय होता था, अपने मन के घोड़े को ऐड़ लगाना और उसे वहाँ भगा ले जाना जहाँ उसे अच्छा लगता हो। तो इस मौके पर मैं अक्सर खुद को गणित संकाय के अपने सहपाठी जेरेमी वारविक के बारे में सोचते हुए पाती थी। जेरेमी की आँखें नीली थीं और उसने वाइट-बॉय एफ्रो स्टाइल (अफ्रीकी लोगों की तरह) के बाल रखे हुए थे। वह अपने आप में खोया रहने वाला और गंभीर स्वभाव का लड़का था। वह एक गैराज बैंड में गिटार बजाता था–उसके बैंड ने स्कूल के वार्षिक प्रतिभा प्रदर्शन में *'हाउस ऑफ द राइजिंग सन'* की जोशीली प्रस्तुति दी थी। क्लास में मैं जेरेमी की बगल वाली कतार में उससे चार सीट पीछे बैठती थी। कभी-कभी मैं कल्पना करने लगती थी कि हम एक-दूसरे को चूम रहे हैं; उसका हाथ मेरी गर्दन को पीछे से थामे हुए है और उसका चेहरा मेरे चेहरे के करीब आता जा रहा है, और आखिर को इतना करीब आ गया है कि मुझे उसके चेहरे के सिवाए और कुछ भी दिखाई देना बंद हो गया है। ये सब सोचते हुए मेरे बदन में एक सनसनी-सी दौड़ने लगती थी, ऐसा लगता था जैसे कोई मेरे पेट और उससे नीचे के अंगों को हौले-हौले किसी मखमली पंख से सहला रहा हो। हालाँकि मुझे पता था कि हकीकत में ऐसा कभी नहीं हो सकता था। हम दोनों, जेरेमी और मैं, कभी इस हालत में एक साथ नहीं हो सकते थे। अगर उसने कभी मुझ पर ध्यान दिया भी हो तो भी कभी ऐसा जताया नहीं था, कभी कोई ऐसा संकेत नहीं दिया था। और यह अच्छा ही हुआ था। इससे मुझे एक बहाना मिल गया था खुद को यह समझाने का कि हमारे साथ न हो पाने का एकमात्र कारण यह था कि वह मुझे पसंद नहीं करता था।

गर्मियों की छुट्टियों में मैं अपने मम्मा-बाबा के रेस्तरां में काम करती थी। जब मैं छोटी थी तब मुझे वहाँ मेज़ें साफ़ करना, प्लेटें और कटलरी सजाने में मदद करना, कागज़ के नैपकिन मोड़ना और हर मेज़ के बीच में रखे छोटे और गोल फूलदान में एक लाल जरबेरा डालना बहुत पसंद था। मैं इतनी फ़िक्र से हरेक टेबल पर रखीं नमक और काली मिर्च की डिब्बियों का हमेशा भरा रहना सुनिश्चित करती थी जैसे मैं उस पारिवारिक व्यवसाय के लिए अपरिहार्य हूँ, जैसे मेरे बिना रेस्तरां चल ही नहीं पाएगा।

हाई स्कूल तक पहुँचते-पहुँचते मुझे अबे'ज़ कबाब हाउस में काम वाले दिन लंबे और उबाऊ लगने लगे थे। रेस्तरां के भीतर मौजूद चीज़ों को लेकर जो आकर्षण बचपन में मेरे मन में था, वह अब काफी हद तक फीका पड़ चुका था। कोने में रखी पुरानी गुड़गुड़ाती सोडा मशीन, विनाइल के टेबल कवर, प्लास्टिक के

दागदार कप, लैमिनेटेड मेन्यू पर लिखे फीके पड़ चुके नाम–*कारवां कबाब, खैबर पास पुलाव, सिल्क रूट चिकन–नेशनल ज्योग्राफिक* वाली अफगानी लड़की का बेतरतीब ढंग से लगा पोस्टर, वही पोस्टर जिसमें उसकी आँखों का क्लोज़-अप था। ऐसा लगता था जैसे कोई अध्यादेश पारित हो गया हो कि हर अफगानी रेस्तरां की दीवार से उसकी घूरती हुई आँखें नज़र आनी ही चाहिए। इस पोस्टर के बगल में बाबा ने मेरी बनायी एक ऑयल पेंटिंग टांग रखी थी–हेरात की विशाल मीनारों की पेंटिंग, जो मैंने सातवीं कक्षा में बनाई थी। मुझे याद है कि जब उन्होंने पहली बार वह पेंटिंग वहाँ लगाई थी और मैंने ग्राहकों को उस पेंटिंग के नीचे बैठकर मेमने के कबाब खाते हुए देखा था, तो मुझे खुद पर कितना फख्र महसूस हुआ था और कैसे मैं खुद को सेलेब्रिटी महसूस करने लगी थी।

दोपहर में जब खाने का वक़्त होता था और रेस्तरां में दफ्तर में काम करने वालों, शहरी कर्मचारियों और पुलिसकर्मियों की भीड़ उमड़ पड़ती थी, तब मैं और मम्मा सारा समय खाना बनाने और खिलाने की दौड़-भाग में लगी रहती थीं। उस वक़्त हमें लगातार रसोई में गर्मी और तीखे धुएँ और बाहर ग्राहकों की फरमाइशों से जूझना पड़ता था, साँस लेने तक की फुर्सत नहीं मिलती थी। बाबा का काम था काउण्टर पर बैठकर हिसाब-किताब संभालना। मुझे अब भी याद हैं काउण्टर के पीछे बैठे बाबा और उनकी ग्रीस से सनी सफेद कमीज़, उसके ऊपर के खुले बटन से बाहर झाँकता भूरे बालों का गुच्छा, उनकी मोटी और बालों से भरीं बाँहें, और उनका मुस्कराकर और हाथ हिलाकर हरेक ग्राहक का अभिवादन करना। हैलो, सर! *हैलो, मैडम! अबे'ज़ कबाब हाउस में आपका स्वागत है। मैं हूँ अबे। क्या मैं आपका ऑर्डर ले सकता हूँ?* मुझे यह देखकर बहुत शर्म आती थी, मगर उन्हें इस बात का ज़रा भी अहसास नहीं था कि ऐसा करते हुए वह किसी घटिया सिटकॉम के मसखरे मिडिल ईस्टर्न (मध्य-पूर्व के देशों का नागरिक) साइडकिक (फिल्मों में हीरो के साथ पूँछ की तरह घूमने वाला उसका दोस्त) जैसे मालूम होते थे। फिर एक और चीज़ थी जो मुझे खिजाती थी। जब भी किसी टेबल पर खाना परोसा जाता था, तो बाबा कैश काउण्टर की दीवार पर टँगी तांबे की घंटी बजा देते थे। शायद यह एक मज़ाक के तौर पर शुरू हुआ था, मगर धीरे-धीरे एक चलन बन गया था। अब हर टेबल पर परोसे गए हर खाने का स्वागत तांबे की घंटी की तेज़ आवाज़ से होता था। नियमित ग्राहक तो इसके आदी हो चुके थे–अब उनका मुश्किल से ही इस पर ध्यान जाता था–और नए ग्राहक इसे ज़्यादातर इस जगह के अनोखे आकर्षण का हिस्सा मान लेते थे, हालाँकि कभी-कभी कोई-कोई ग्राहक शिकायत भी करने लगता था।

"लगता है अब तुम्हारी घंटी बजाने में रुचि नहीं रही," एक रात बाबा ने कहा। यह तब की बात है जब हाई स्कूल में मेरे सीनियर ईयर का वसंत सत्र चल रहा था। हम रेस्तरां बंद होने के बाद बाहर कार में बैठे मम्मा का इंतज़ार कर रहे थे, जो अपनी एसिडिटी की गोलियाँ अंदर ही भूल गई थीं और उन्हें लेने के लिए वापस अंदर गई थीं। बाबा के चेहरे पर उदासी छाई हुई थी। वह दिन भर से ही उदास थे। हल्की बूँदा-बाँदी हो रही थी। रात काफी हो चुकी थी और पार्किंग खाली थी, सिवाय केएफसी ड्राइव-थ्रू पर खड़ीं कुछ कारों और ड्राई-क्लीनिंग की दुकान के बाहर खड़े एक पिकअप ट्रक के, जिसमें दो लोग बैठे सिगरेट पी रहे थे।

जब अपने मन से बजाती थी, तब ज़्यादा मज़ा आता था, मैंने कहा।

शायद सभी चीज़ों के साथ ऐसा ही है, उन्होंने गहरी साँस छोड़ते हुए कहा।

मुझे याद आया कि जब मैं छोटी थी और बाबा मुझे पकड़कर ऊपर उठाते थे ताकि मेरा हाथ घंटी तक पहुँच जाए, तब उस घंटी को बजाने में कितना रोमांच महसूस होता था, और जब वह मुझे नीचे उतारते थे तो मेरा चेहरा खुशी से चमक रहा होता था, और फख्र से भी।

बाबा ने कार का हीटर चालू कर दिया और हाथ छाती पर बाँध लिए।

बाल्टीमोर बहुत दूर है।

आप जब चाहें हवाईजहाज़ में उड़कर मुझसे मिलने आ सकते हैं, मैंने उत्साह से कहा।

उड़कर कभी भी आ सकते हैं, उन्होंने थोड़ा व्यंग्य भरे लहज़े में दोहराया। *मैं कबाब बनाकर गुज़र-बसर करता हूँ, परी।*

तो फिर मैं आपसे मिलने आ जाऊँगी।

बाबा ने मेरी तरफ सिर घुमाया और उदास निगाह से मुझे देखा। उनकी उदासी बाहर के उस अंधेरे की तरह थी जो भीतर आने के लिए कार की खिड़कियों से धक्का-मुक्की कर रही थी।

पिछले एक महीने से मैं हर दिन अपना मेल बॉक्स चेक कर रही थी। हर बार जब डाक बाँटने वाला ट्रक सड़क के किनारे आकर रुकता था, तो मेरा दिल उम्मीद से भर उठता था। मैं डाक अंदर लाती, अपनी आँखें बंद करती, और सोचती, शायद यही वो हो। फिर अपनी आँखें खोलती और पाती कि मेरे हाथों में बिल्स होते, कूपन होते और लॉटरी के टिकट होते, मगर वो नहीं होता। फिर,

पिछले हफ्ते के मंगलवार को, मैंने एक लिफाफा फाड़ा, और उसमें वो शब्द लिखे पाए जिनका मुझे इंतज़ार था: *हमें आपको यह सूचित करते हुए खुशी हो रही है...*

मैं उछलकर खड़ी हो गई। मैं खुशी से चीख पड़ी–इतनी ज़ोर से कि मुझे लगा कहीं मेरा गला ही न फट जाए। मेरी आँखों में आँसू आ गए। लगभग तुरंत ही, मेरे दिमाग में एक तस्वीर कौंध गई: आर्ट गैलरी में मेरी कला-प्रदर्शनी के उद्घाटन की रात; मैं काले रंग के सादे और सुरुचिपूर्ण कपड़ों में दर्शकों और गंभीर आलोचकों से घिरी हुई मुस्करा रही हूँ और उनके सवालों के जवाब दे रही हूँ। मेरे प्रशंसकों के झुण्ड के झुण्ड चित्रों के सामने ठहरे हुए हैं, और सफेद दस्ताने पहने गैलरी में घूमते वेटर उन्हें वाइन परोस रहे हैं, साथ में डिल सॉस के साथ सैल्मन मछली के छोटे-छोटे चौकोर पीस या पफ पेस्ट्री में लिपटी शतावरी पेश कर रहे हैं। मैं मानो खुशी से पागल हुई जा रही थी। इंसान जब इतना खुश होता है तब उसका मन करता है कि अजनबियों को भी गले लगा ले और उनके साथ जमकर नाचे। मेरी भी ऐसी ही हालत हो रही थी तब।

मुझे तुम्हारी मम्मा की चिंता है, कार में मेरे बगल में बैठे बाबा ने कहा।

मैं हर रात फोन करूँगी। वादा करती हूँ। और आप जानते हैं कि मैं वादे की पक्की हूँ।

बाबा ने सहमति में सिर हिलाया। पार्किंग स्थल के प्रवेश द्वार के पास लगे मेपल के पेड़ों के पत्ते अचानक हवा के झोंके से हिलने लगे।

तुमने उस बारे में और सोच-विचार किया क्या, उन्होंने कहा, जिस बारे में हमने चर्चा की थी?

आपका मतलब है जूनियर कॉलेज?

सिर्फ़ एक साल के लिए, या दो साल। ताकि उसे इस बात की आदत पड़ जाए। फिर तुम दोबारा अप्लाई कर सकती हो।

मेरा दिमाग एकदम से भन्ना गया और गुस्से की अधिकता के चलते मेरी आवाज़ काँपने लगी। *बाबा, उन लोगों ने मेरे परीक्षा के अंक और मेरी मार्कशीट्स देखीं, और मेरा पोर्टफोलियो भी देखा, और उन्हें मेरा काम इतना अच्छा लगा कि उन्होंने मुझे न केवल दाखिला बल्कि स्कॉलरशिप भी देने का फैसला कर लिया। और ये लोग अमरीका के सबसे अच्छे कला संस्थानों में से एक हैं। यह ऐसा संस्थान नहीं है जिसे आप मना कर सकें। ऐसा मौका बार-बार नहीं मिलता।*

सही बात है, उन्होंने अपनी सीट पर सीधा होते हुए कहा। हीटर चालू था, फिर भी उन्होंने अपने हाथों को कप के आकार में बाँधा और उनमें मुँह से हवा फूँककर उन्हें गर्म करने की कोशिश की। *बेशक मैं इस बात को समझता हूँ। बेशक मैं तुम्हारे लिए खुश हूँ।* *उनकी भीतरी जद्दोजहद उनके चेहरे पर साफ़ नज़र आ रही थी। और उनका डर भी।* डर इस बात का कि घर से तीन हज़ार मील दूर मेरे साथ पता नहीं क्या बीते। डर इस बात का भी कि शायद वहाँ जाकर मैं उन्हें भूल जाऊँगी और वह एक बार फिर अपनी परी को खो देंगे। और डर इस बात का भी कि अगर मैं उनसे दूर चली गई तो वह कैसे जिएँगे मेरे बिना, उनके दिल पर क्या बीतेगी, कैसे एक बार फिर वह इतना बड़ा सदमा बर्दाश्त कर पाएँगे।

इस बात से मुझे उनकी बहन, परी, याद आने लगी। अब तक परी के साथ मेरा जुड़ाव–जिसकी मौजूदगी कभी मेरे भीतर एक धड़कन की तरह थी–काफी हद तक कम हो चुका था। अब मैं भूले-भटके ही कभी उसके बारे में सोचती थी। जैसे-जैसे साल बीतते गए, मैं उसे पीछे छोड़कर आगे बढ़ती गई, ठीक वैसे ही जैसे बचपन के वे कपड़े और खिलौने छूटते गए थे जिनसे मैं कभी चिपकी रहती थी। लेकिन अब एक बार फिर वह मेरे ज़ेहन में हाज़िर थी और मैं उस डोर के बारे में सोच रही थी जो हमें आपस में जोड़ती थी। हमारा सिर्फ़ नाम ही एक जैसा नहीं था, बल्कि बाबा के लिए हम दोनों का महत्व भी एक जैसा ही था। और इसलिए उस परी से बिछड़ने का जो सदमा उन्हें एक ज़माने पहले लगा था, आज मेरे दूर जाने की बात से उसी सदमे की परछाईं एक बार फिर उनके चेहरे पर दिखाई दे रही थी।

बाबा ने हल्के से खँखारकर गला साफ किया और खिड़की से बाहर अंधेरे आसमान और बादलों से ढँके चाँद की तरफ देखने लगे। उनकी आँखें नम थीं।

हर चीज़ मुझे तुम्हारी याद दिलाएगी।

उन्होंने जिस भावुक अंदाज़ में यह बात कही थी, उससे मुझे उनके दिल के दर्द और अपने लिए बेपनाह प्यार का साफ़-साफ़ अहसास हुआ। मुझे अहसास हुआ कि इतने बरसों से वह अपने दिल में गहरा ज़ख्म लिए जी रहे थे। मुझे अहसास हुआ कि उनका मेरे लिए प्यार उतना ही सच्चा और बेहिसाब था जितना कि यह आसमान, और यह भी कि यह हमेशा ऐसा ही रहेगा। यह उस तरह का प्यार था जो देर-सवेर आपको एक चुनाव करने पर मजबूर कर देता है: या तो आप उससे दामन छुड़ाकर आज़ाद हो जाएँ, या फिर वहीं रुककर उसकी तीव्रता को सहते रहें–भले ही वह आपको आपकी असीम संभावनाओं से वंचित करके एक छोटे से दायरे में कैद हो जाने के लिए मजबूर कर रहा हो।

मैंने पीछे की सीट से हाथ बढ़ाकर उनके चेहरे को छुआ। उन्होंने अपना गाल मेरी हथेली पर टिका दिया।

इसे इतनी देर क्यों लग रही है? उन्होंने धीरे से कहा।

वह ताला लगा रही हैं, मैंने कहा। मुझे ऐसा लग रहा था जैसे मुझमें अब किसी भी चीज़ का प्रतिरोध करने की ताकत नहीं बची थी। मैंने देखा कि मम्मा तेजी से कार की तरफ बढ़ रही थीं। हल्की बूँदा-बाँदी अब मूसलाधार बारिश में बदल गई थी।

एक महीने बाद, मेरे कला संस्थान में दाखिले के लिए उड़ान भरने से कुछ हफ्ते पहले, मम्मा डॉक्टर बशीरी के पास गईं और उन्हें बताया कि एंटासिड की गोलियों से उनके पेट दर्द में कोई आराम नहीं मिल रहा था। डॉक्टर ने उन्हें अल्ट्रासाउंड कराने के लिए भेजा। अल्ट्रासाउंड में उनके बाएँ अंडाशय (ओवरी) में अखरोट के आकार का एक ट्यूमर मिला।

"बाबा!"

वह अपनी आरामकुर्सी पर आगे की ओर झुके बैठे हैं। आज उन्होंने ट्रैक पैंट पहना हुआ है और उनके पैर चेकदार ऊनी शॉल से ढँके हैं। कमर से ऊपर की बात करें तो उन्होंने एक फ्लैनल शर्ट के ऊपर भूरे रंग का वह कार्डिगन स्वेटर पहना हुआ है जो मैंने उन्हें पिछले साल खरीद कर दिया था। अपनी शर्ट के उन्होंने कॉलर तक के बटन बंद किए हुए हैं। अब वह इसी तरह शर्ट पहनना पसंद करते हैं, कॉलर तक के सभी बटन बंद करके, जिससे वह एक कमज़ोर या बीमार छोटे बच्चे की तरह दिखाई पड़ते हैं। आज उनका चेहरा थोड़ा सूजा हुआ लग रहा है, और उन्होंने कँघी भी नहीं की है, जिसके चलते उनके सफेद बालों की लटें माथे पर बिखरी हुई हैं। वह चेहरे पर गंभीरता और उलझन भरे भाव लेकर 'हू वांट्स टु बी अ मिलियनेयर?' देख रहे हैं। जब मैंने उन्हें पुकारा तो पहले तो उन्होंने अपनी नज़रें टीवी स्क्रीन पर ही जमाए रखीं, मानो उन्हें सुनाई ही न दिया हो, फिर जब नज़रें उठाकर मेरी तरफ देखा तो उनके चेहरे पर नाराज़गी झलक रही थी। मैंने गौर किया कि उनकी बाईं आँख के निचले हिस्से पर एक छोटी सी फुँसी निकल रही थी। और उनकी दाढ़ी भी काफी बढ़ गई थी; उन्हें शेव की ज़रूरत थी।

"बाबा, क्या मैं एक सेकंड के लिए टीवी की आवाज़ बंद कर सकती हूँ?"

"मैं देख रहा हूँ न," उन्होंने नाराज़गी भरे स्वर में कहा।

“मुझे पता है। मगर आपसे मिलने कोई आया है।” मैंने परी वहदती के आने के बारे में उन्हें पहले ही बता दिया था, एक दिन पहले, और फिर आज सुबह भी। मगर मैंने उनसे यह नहीं पूछा कि उन्हें मेरा बताना याद है या नहीं। मैंने यह बात काफी पहले ही सीख ली थी कि उन्हें ऐसी किसी असहज स्थिति में न डाला जाए, क्योंकि इससे उन्हें शर्मिंदगी होती है और वे बचाव की मुद्रा में आ जाते हैं, और कभी-कभी तो अपशब्द भी बोल देते हैं।

मैंने आरामकुर्सी के हत्थे पर रखा रिमोट उठाया और आवाज़ बंद कर दी। मैं मानसिक रूप से इस बात के लिए तैयार थी कि अब वह बिफरेंगे, कोई न कोई तमाशा करेंगे। पहली बार जब उन्होंने ऐसा किया था तो मुझे लगा था कि वह नौटंकी कर रहे हैं, दिखावा कर रहे हैं। मगर यह देखकर मुझे बड़ी राहत महसूस हुई कि उन्होंने एक लंबी साँस छोड़ने के अलावा और कोई प्रतिरोध नहीं दिखाया।

मैंने बैठक के दरवाज़े के बाहर बरामदे में खड़ीं परी बुआ को भीतर आ जाने का इशारा किया। वह धीरे-धीरे चलते हुए हमारे पास आईं। मैंने उन्हें बाबा की आरामकुर्सी के पास एक रखी एक और कुर्सी पर बिठाया। वह घबराहट और उत्तेजना से भरी हुई थीं, और मैं उनकी हालत अच्छी तरह समझ सकती थी। जो भावनात्मक तूफ़ान उनके भीतर उमड़-घुमड़ रहा था, उसके चलते उनका नर्वस होना बनता था। वह कुर्सी के बिल्कुल किनारे पर बैठी थीं, थोड़ा-सा आगे को झुककर, घुटनों को आपस में जोड़कर, हाथों को आपस में बाँधकर। उनके होंठ खुलकर मुस्कराने को आतुर थे, मगर उन्होंने उन्हें इतना कसकर बंद किया हुआ था कि वे सफ़ेद पड़ गए थे। उनकी नज़रें एकटक बाबा पर टिकी हुई थीं, मानो उनके पास उन्हें देखने के लिए बस कुछ ही पल हों और इसलिए वह उनका चेहरा अच्छी तरह अपनी यादों में बसा लेना चाहती हों।

“बाबा, यही वो दोस्त हैं जिनके बारे में मैंने आपको बताया था।”

वह अपने सामने बैठी सफ़ेद बालों वाली उस महिला को अजीब-सी नज़रों से देखने लगे। आजकल लोगों को देखने का उनका तरीका कुछ ऐसा हो गया है जिससे लोगों को लगता है कि वह या तो उन्हें देख ही नहीं रहे हैं और या फिर उन्हें उनमें कोई दिलचस्पी नहीं है। यहाँ तक कि जब वह उनकी तरफ गौर से भी देख रहे होते हैं, तब भी सामने वाले को ऐसा नहीं लगता कि वह उन्हें ही देख रहे हैं। उनकी आँखों से हमेशा उदासीनता ही झलकती है, अजनबीपन ही झलकता है, मानो वह कहीं और देखना चाह रहे हों और इत्तेफाकन उनकी नज़र आप पर पड़ गई हो।

परी बुआ ने खँखारकर गला साफ किया। मगर फिर भी बोलते समय उनकी आवाज़ काँप रही थी। "हैलो अब्दुल्ला। मेरा नाम परी है। आपसे मिलकर बहुत अच्छा लगा।"

बाबा ने धीरे से सिर हिलाया। मैं उनके चेहरे पर अनिश्चय और उलझन साफ़-साफ़ देख पा रही थी। उन्होंने मेरी तरफ देखा, फिर वापस परी बुआ की तरफ देखने लगे। उनका मुँह कुछ इस अंदाज़ में थोड़ा-सा खुला जिसे हम आधी मुस्कान कह सकते हैं। मगर वह मुस्कान असली नहीं थी, वह उनके चेहरे पर तब उभरती थी जब उन्हें लगता था कि उनके साथ कोई प्रैंक (मज़ाक) किया जा रहा है।

"आपका लहज़ा थोड़ा अलग है," आखिरकार उन्होंने कहा।

"वह फ्रांस में रहती हैं," मैंने कहा। "और बाबा, आपको इनसे अंग्रेज़ी में बात करनी होगी। इन्हें फ़ारसी समझ नहीं आती।"

बाबा ने सहमति में सिर हिलाया। "तो आप लंदन में रहती हैं?" उन्होंने परी बुआ से पूछा।

"बाबा!"

"क्या है?" वह तुनककर मेरी तरफ देखने लगे। फिर तुरंत ही उन्हें समझ आया कि क्या बात है और उनके चेहरे पर एक शर्मिंदगी भरी हँसी उभरी, फिर उन्होंने अपना सवाल फारसी में दोहराया।

"क्या आप लंदन में रहती हैं?"

"नहीं, पेरिस में," परी बुआ ने कहा। "मैं पेरिस में एक छोटे से अपार्टमेंट में रहती हूँ।" वह अभी भी एकटक बाबा को देख रही थीं; उनकी नज़रें उनके चेहरे से हटने का नाम नहीं ले रही थीं।

"मैं हमेशा सोचता रहा कि अपनी पत्नी को पेरिस ले जाऊँ। सुल्ताना–यही उसका नाम था, अल्लाह उसकी रूह को जन्नत बख्शे। वह हमेशा कहती थी, अब्दुल्लाह, मुझे पेरिस ले चलो। तुम मुझे पेरिस कब ले जाओगे?"

असलियत यह थी कि मम्मा को सफ़र करना, बाहर सैर-सपाटे के लिए जाना ज़्यादा पसंद नहीं था। उन्हें कभी समझ नहीं आया कि क्यों कोई अपने घर के आराम और जाने-पहचाने माहौल को छोड़कर हवाई यात्रा करने और साज-ओ-सामान ढोते फिरने की परेशानी मोल लेना चाहेगा। उन्हें खान-पान में भी नए-नए प्रयोगों का कोई शौक नहीं था–उनके लिए विदेशी खाने का मतलब था

टेलर स्ट्रीट पर स्थित चाइनीज़ टेक-आउट रेस्टोरेंट का ऑरेंज चिकन। मुझे यह देखकर थोड़ी हैरानी होती है कि कभी-कभी तो बाबा उनसे जुड़ी बातों को एकदम सही-सही याद कर लेते हैं–मिसाल के लिए, उन्हें याद रहता है कि वह अपने खाने में नमक नमकदानी से नहीं बल्कि उसे हथेली में लेकर फिर डालती थीं, या यह कि फोन पर बात करते समय उन्हें लोगों को बीच में टोकने की आदत थी, जबकि आमने-सामने की बातचीत में वह ऐसा कभी नहीं करती थीं–मगर कभी-कभी उनकी याद्दाश्त एकदम ही कपोल-कल्पित होती है। मुझे इसकी वजह यह लगती है कि शायद उनके ज़ेहन में मम्मा से जुड़ी यादें धुंधली होती जा रही हैं, उनका चेहरा परछाइयों में गुम होता जा रहा है, उनको लेकर उनकी याद्दाश्त दिन-ब-दिन कम होती जा रही है, वैसे ही जैसे मुट्ठी से रेत फिसलती है। उनके लिए वह अब एक ऐसी आकृति होती जा रही हैं जिसकी केवल बाहरी रूप-रेखा ही बची है, भीतर की सब डिटेल्स गायब हो गई हैं। उसी खाली जगह को वह अब काल्पनिक विवरणों और मनगढ़ंत चारित्रिक विशेषताओं से भरने की विवशता महसूस करते हैं, मानो काल्पनिक यादें होना कुछ भी याद न होने से बेहतर लगता हो उन्हें।

"वैसे एक बात तो है, पेरिस बड़ा ही प्यारा शहर है," परी बुआ ने कहा।

"शायद मैं किसी रोज़ उसे ले जाऊँ। मगर अभी तो उसे कैंसर हो गया है। वही जो महिलाओं को होता है–क्या कहते हैं उसे?"

"अंडाशय का कैंसर," मैंने कहा।

परी बुआ ने सहमति में सिर हिलाया। उनकी नज़रें पल भर को मेरी तरफ़ उठीं और फिर वापस बाबा पर टिक गईं।

"उसकी सबसे बड़ी इच्छा एफिल टॉवर पर चढ़ना है। क्या आपने देखा है?" बाबा ने पूछा।

"एफिल टॉवर?" परी बुआ हँस पड़ीं। "बेशक देखा है। हर रोज देखती हूँ। सच कहूँ तो मैं इसे देखे बिना रह ही नहीं सकती।"

"क्या आप इस पर चढ़ी हैं? बिल्कुल ऊपर तक?"

"हाँ, चढ़ी हूँ। ऊपर का नज़ारा बहुत खूबसूरत है। मगर मुझे ऊँची जगहों से डर लगता है, इसलिए मेरे लिए ऐसा करना हमेशा आरामदायक नहीं होता। मगर हाँ, ऊपर चढ़कर आप साठ किलोमीटर से भी ज़्यादा दूर तक देख सकते हैं, बशर्ते मौसम साफ़ हो और खिली-खिली धूप निकली हो। यह बात और है कि पेरिस में अक्सर मौसम इतना अच्छा नहीं रहता और धूप भी उतनी खिली-खिली नहीं रहती।"

"अच्छा," बाबा ने कहा। इससे उत्साहित होकर परी बुआ ने एफिल टॉवर के बारे में बात करना जारी रखा, कि इसे बनाने में कितने साल लगे, और यह भी कि शुरुआत में इसे सिर्फ़ 1889 के विश्व मेले के लिए ही बनाया गया था और उसके बाद इसे गिरा दिया जाना था। मगर उन्हें बाबा की आँखों और चेहरे को पढ़ने का वैसा तजुर्बा नहीं था जैसा मुझे हो गया था। मैं देख सकती थी कि बाबा की आँखों में और उनके चेहरे पर भावहीनता छा गई थी, वह अब ज़ेहनी तौर पर कहीं और थे। मगर बुआ को इस बात का अहसास नहीं था कि वह बाबा की तवज्जो खो चुकी थीं, कि उनकी तवज्जो हवा में उड़ते पत्तों की तरह अपना रुख बदल चुकी थी। वह बाबा की कुर्सी के और करीब आ गईं और उन्होंने अपनी रौ में बोलना जारी रखा, "आपको पता है अब्दुल्ला, टॉवर को हर सात साल में फिर से रंगना पड़ता है?"

"आपने अपना नाम क्या बताया?" बाबा ने पूछा।

"परी।"

"यह तो मेरी बेटी का नाम है।"

"हाँ, मुझे पता है।"

"आपका भी वही नाम है," बाबा ने कहा। "आप दोनों का नाम एक ही है। अच्छा, तो यह बात है।" वह खाँसे, और अनजाने ही आरामकुर्सी के एक हत्थे पर चमड़े के फट जाने से बने एक छोटे से छेद को कुरेदने लगे।

"अब्दुल्लाह, क्या मैं आप से एक सवाल पूछ सकती हूँ?"

बाबा ने कंधे उचका दिए।

परी बुआ ने मेरी तरफ ऐसे देखा जैसे मुझसे इजाज़त माँग रही हों। मैंने सिर हिलाकर हामी भर दी। वह कुर्सी पर थोड़ा और आगे की ओर झुक गईं। "आपने अपनी बेटी के लिए यही नाम क्यों चुना?"

बाबा ने अपनी नज़रें खिड़की की तरफ घुमा लीं; उनका नाखून अभी भी आरामकुर्सी के हत्थे पर बने छेद को खुरच रहा था।

"क्या आपको याद है, अब्दुल्ला? यही नाम क्यों?"

बाबा ने इंकार में सिर हिलाया। उन्होंने एक हाथ की मुट्ठी से अपने कार्डिगन को खींचा और उसे अपने गले पर कसकर पकड़ लिया। फिर उनके होंठ बहुत आहिस्ता-आहिस्ता हिलने लगे और उन्होंने बहुत धीमी आवाज़ में गुनगुनाना शुरू कर दिया–वही लयबद्ध गुनगुनाहट जो हमेशा उस वक़्त उनके होंठों पर आ जाती

है जब वह किसी चिंता से घिरे होते हैं और उन्हें कोई जवाब नहीं सूझ रहा होता, जब उनके दिमाग में कुछ भी साफ़ नहीं होता, सबकुछ धुंधला-सा मालूम हो रहा होता है, और जब वह बेतरतीब ख्यालों के सैलाब में डूबे होते हैं और बेसब्री से इंतज़ार कर रहे होते हैं कि वह धुंधलापन छट जाए।

"अब्दुल्लाह? क्या है वह?" परी बुआ ने पूछा।

"कुछ नहीं," वह बुदबुदाए।

"नहीं, यह गाना जो आप गुनगुना रहे हो–यह क्या है?"

बाबा ने असहायता से मेरी तरफ देखा। उन्हें नहीं पता।

"यह नर्सरी के बच्चों की कविता जैसी है," मैंने बुआ से कहा। "याद है बाबा? आपने कहा था कि आपने इसे बचपन में सीखा था। आपने कहा था कि आपने इसे अपनी मम्मा से सीखा था।"

"ओके।"

"क्या आप मेरे लिए इसे गा सकते हैं?" परी बुआ ने काँपती हुई आवाज़ में कहा। अचानक मुझे ऐसा लगा जैसे इस कविता से उन्हें अपने अतीत की कोई कड़ी जुड़ी नज़र आ गई थी और इसीलिए वह एकदम से इतनी बेताब हो गई थीं इसके बारे में जानने के लिए। "प्लीज़, अब्दुल्ला, क्या आप इसे गाएँगे?"

बाबा ने सिर नीचे करके धीरे से इंकार में हिला दिया।

"गा दीजिए बाबा," मैंने मुलायमियत से कहा और अपना हाथ उनके कंधे पर रख दिया। "कोई दिक़्क़त नहीं है।"

हिचकिचाते हुए, ऊँची और काँपती हुई आवाज़ में, बिना ऊपर देखे, बाबा ने ये दो पंक्तियाँ कई बार गाईं:

मुझे मिली एक नन्हीं उदास परी
कागज़ के एक पेड़ की छाँव में।

"वह कहा करते थे कि इस कविता का एक दूसरा अंतरा भी था," मैंने परी बुआ से कहा, "मगर वह उन्हें याद नहीं रहा।"

अचानक परी बुआ के गले से एक गहरी, कर्कश चीख जैसी हँसी उभरी और उन्होंने हाथों से अपना मुँह ढँक लिया। "ओह गॉड!" वह बुदबुदाईं। फिर

उन्होंने एक हाथ ऐसे हवा में उठाया जैसे गायक लोग गाते वक़्त उठाते हैं, और फ़ारसी में ये दो पंक्तियाँ गाईं :

मैं जानता हूँ एक नन्हीं उदास परी को

जो एक रात हवा के झोंके में उड़ गई।

बाबा के माथे पर सिलवटें उभरीं। एक पल को मुझे लगा कि उनकी आँखों में एक हल्की सी रोशनी की किरण चमकी। मगर फिर गायब हो गई, और उनका चेहरा फिर से सपाट हो गया। उन्होंने इंकार में सिर हिलाते हुए कहा, "नहीं। नहीं। मुझे नहीं लगता कि यह ऐसा है।"

"ओह अब्दुल्लाह..." परी बुआ ने भावुक होकर कहा। उनकी आँखों में आँसू थे मगर होंठों पर मुस्कान। उन्होंने बाबा के हाथों को अपने हाथों में थाम लिया, हथेलियों के पिछले हिस्से को चूमा और हथेलियों को अपने गालों से लगा लिया। बाबा के चेहरे पर भी मुस्कान खेलने लगी और उनकी आँखें भी डबडबा आईं। परी बुआ ने खुशी के आँसुओं से भरी आँखें लिए मेरी तरफ देखा, तो मैं समझ गई कि उन्हें लग रहा है कि उन्होंने बाबा की खोयी हुई याद्दाश्त को वापस लाने में कामयाबी हासिल कर ली है, कि उन्होंने उस दीवार को गिरा दिया है जो उन दोनों को अलग किए हुए थी, कि उन्होंने उस कविता रूपी जादुई मंत्र से वैसे ही अपने खोए हुए भाई को वापस बुला लिया है जैसे परी-कथाओं में लोग जिन्न को बुलाते हैं। उन्हें लग रहा है कि बाबा भी उन्हें पहचान गए हैं और इसलिए उनके गर्मजोशी भरे स्पर्श और स्नेह की अभिव्यक्ति पर प्रतिक्रिया दे रहे हैं। मगर मैं जानती हूँ कि ऐसा नहीं है। मैं जानती हूँ कि यह वैसी ही सहज-स्वाभाविक प्रतिक्रिया है जैसी हर जीव में होती है। अगर कोई आपके प्रति स्नेह व्यक्त करे तो आप भी वैसी ही प्रतिक्रिया देने को मजबूर होते हैं। मैं इस बात को साफ़-साफ़ देख पा रही हूँ, और निश्चित रूप से यह मेरे लिए तकलीफदेह है।

डॉ. बशीरी द्वारा मुझे उस ख़ास अस्पताल का–जहाँ मरने की कगार पर खड़े लोगों की देखभाल की जाती है–फ़ोन नंबर दिए जाने से कुछ महीने पहले, मैं और मम्मा एक सप्ताहांत सांता क्रूज़ माउंटेन्स घूमने गए थे और एक होटल में ठहरे थे। मम्मा को लंबी दूरी की यात्राएँ पसंद नहीं थीं, मगर हम (सिर्फ़ मैं और मम्मा) अक्सर आसपास कहीं न कहीं जाते रहते थे, और यह सिलसिला तब तक चला जब तक कि वह बहुत ज़्यादा ही बीमार नहीं हो गईं।

इस दौरान बाबा अकेले ही रेस्तरां संभालते थे। हम कार उठाते और कभी बोडेगा बे, कभी सॉसैलिटो, तो कभी सैन फ्रांसिस्को पहुँच जाते, जहाँ हम हमेशा ही यूनियन स्क्वायर के आसपास के किसी होटल में ठहरते। होटल पहुँचकर हम अपने कमरे में आराम करते, रूम सर्विस से बढ़िया खाना मँगवाते और खाते, और टीवी पर अपनी पसंद की फ़िल्में देखते। फिर हम फिशरमैन्स व्हार्फ़ (सैन फ्रांसिस्को की खाड़ी का किनारा) जाते। वहाँ मम्मा को पर्यटकों को लुभाने वाली हर चीज़ बहुत पसंद आती थी। हम आइसक्रीम खाते और प्लेटफॉर्म के आसपास पानी पर तैरते-उतराते, अठखेलियाँ करते ऊद बिलावों को देखते। हम सड़क किनारे या फुटपाथ पर गिटार बजा रहे या मूक अभिनय का प्रदर्शन कर रहे कलाकारों के खुले बक्सों या थैलों में सिक्के डालते। हम मॉडर्न आर्ट के संग्रहालय (दि म्यूज़ियम ऑफ़ मॉडर्न आर्ट) जाना कभी नहीं भूलते, जहाँ मैं उनका हाथ थामे उन्हें रिवेरा, काहलो, मैटिस और पोलॉक की कलाकृतियाँ दिखाती। या फिर हम सुबह का मेटिनी शो देखने चले जाते, जो कि मम्मा को बहुत पसंद था। मगर अक्सर हम एक शो और एक फिल्म देखकर बस नहीं करते थे, हम अक्सर लगातार दो या कभी-कभी तो तीन फ़िल्में भी देख डालते थे और जब थिएटर से बाहर निकलते थे तब तक अँधेरा हो चुका होता था, हमारी आँखें धुँधला चुकी होतीं थीं, कानों में अभी भी थ्रीडी सराउंड साउंड गूँज रहा होता था, और हमारी उँगलियों से पॉपकॉर्न की गंध आ रही होती थी।

मम्मा के साथ रहना हमेशा ही आसान होता था–कम जटिल, कम जोखिम भरा। उनके साथ मुझे हरदम चौकन्ना रहने की ज़रूरत नहीं लगती थी और इसीलिए वैसा तनाव महसूस नहीं होता था जैसा बाबा के साथ होता था; मम्मा के साथ मैं सहज-स्वाभाविक रह सकती थी, मुझे इस बात की फ़िक्र नहीं करनी पड़ती थी कि कहीं मेरे मुँह से कुछ ऐसा न निकल जाए जिससे उनके दिल को ठेस लग जाए। उन सप्ताहांतों पर उनके साथ रहना धरती से ऊपर उठकर किसी नर्म-ओ-नाज़ुक बादल में सिमट जाने जैसा था। उन दो-तीन दिनों के लिए मैं उन सभी बातों से ऊपर उठ जाती थी जो मेरे लिए परेशानी का सबब रही होती थीं; उन दो-तीन दिनों के लिए वे सारी बातें हज़ारों मील नीचे रह जाती थीं, बेवजूद हो जाती थीं।

सांता क्रूज़ माउंटेन्स में हम कीमोथेरेपी के एक और दौर के खत्म होने का जश्न मना रहे थे–जो कि उनका आखिरी दौर भी साबित हुआ। हम जिस होटल में ठहरे थे वह बहुत ही शानदार था। शहर की भीड़भाड़ से दूर एकांत में बना था, मगर हर तरह की आधुनिक सुविधाएँ वहाँ मौजूद थीं। स्पा था, फिटनेस सेंटर

था, एक गेम रूम था जिसमें बड़ी स्क्रीन वाला टीवी लगा था, और बिलियर्ड्स टेबल भी थी। हमारा कमरा एक केबिन था जिसमें एक लकड़ी की बालकनी भी थी, जहाँ से हमें स्विमिंग पूल, रेस्तरां और रेडवुड के घने जंगल दिखाई देते थे। उस जंगल में इतने ऊँचे-ऊँचे पेड़ थे कि लगता था मानो बादलों तक सीढ़ी लगी हो। कुछ पेड़ तो हमारी बालकनी के इतने करीब थे कि आप उन पर फुदक रहीं गिलहरियों के फरों को देखकर जान सकते थे कि वे कौन से रंग के थे। वहाँ हमारी पहली सुबह मम्मा ने मुझे जगाया और कहा, *जल्दी उठो, परी, तुम्हें यह देखना चाहिए।* मैंने बालकनी से देखा कि जंगल में एक हिरण झाड़ियों की पत्तियाँ खा रहा था।

मैं उनकी व्हीलचेयर धकाते हुए उन्हें बागीचे में ले गई और पूरे बागीचे का एक चक्कर लगाया। अब तो मैं अच्छी-खासी नुमाइशी चीज़ बन गई हूँ, मम्मा कहने लगीं। मैंने व्हीलचेयर को फव्वारे के पास ले जाकर खड़ा किया और उसी के पास लगी एक बेंच पर बैठ गई। सुबह की गुनगुनी धूप हमारे चेहरों को हल्की-हल्की गर्मी दे रही थी। हम काफी देर वहीं बैठकर एक फूल से दूसरे फूल पर आती-जातीं और उनका रस चूसतीं हमिंगबर्ड्स को देखते रहे–तब तक जब तक कि मम्मा सो नहीं गईं। फिर मैं उनकी व्हीलचेयर धकाते हुए उन्हें वापस कमरे में ले आई।

रविवार की सुबह हमने रेस्तरां के बाहर बालकनी में बैठकर चाय की चुस्कियों के क्रोइसैन खाने का मज़ा लिया। यह रेस्तरां असल में एक बहुत बड़े कमरे जैसा था, जिसकी छत गिरजाघर जैसी ऊँची थी। इसमें किताबों की अलमारियाँ थीं, एक दीवार पर ड्रीमकैचर था, और एक दूसरी दीवार पर पत्थर का बना हुआ फायरप्लेस था। बालकनी की नीचे वाली डेक पर एक दरवेश जैसे चेहरे वाला आदमी और सुनहरे बालों वाली एक लड़की अलसाए हुए से बैठे पिंग-पोंग खेल रहे थे।

हमें इन पलकों का कुछ करना पड़ेगा, मम्मा ने कहा। उन्होंने स्वेटर के ऊपर एक विंटर कोट पहन रखा था और सिर पर मैरून रंग की ऊन की वह टोपी लगाई थी, जिसे डेढ़ साल पहले तब उन्होंने अपने हाथों से बुना था जब अभी उन्हें कैंसर नहीं हुआ था।

चिंता मत करो, मैं पेंट से नकली बना दूँगी, मैंने कहा।

तो कुछ अलग सी बनाना, जो एकदम हटके हो।

जैसी क्लियोपेट्रा में एलिज़ाबेथ टेलर की थीं?

उनके चेहरे पर एक कमज़ोरी भरी मुस्कान उभरी। *क्यों नहीं? उन्होंने अपने चाय के प्याले से एक चुस्की ली। हाल ही के दिनों में उनके चेहरे पर बहुत सारी नयी झुर्रियाँ नज़र आने लगी थीं। मुस्कराने से वे और भी साफ़ नज़र आती थीं। जब मैं पहली बार अब्दुल्ला से मिली थी, तब पेशावर में सड़क के किनारे बैठी कपड़े बेच रही थी। उसने मुझे देखकर कहा था कि मेरी भौहें बहुत खूबसूरत हैं।*

नीचे वाली डेक पर बैठे दोनों लोगों ने पिंग-पोंग खेलना बंद कर दिया था। अब वे लकड़ी की रेलिंग से टिके बैठे सिगरेट पी रहे थे और आसमान की तरफ देख रहे थे, जो कि कुछेक यहाँ-वहाँ बिखरे बादलों को छोड़कर चमकदार और साफ था। लड़की की बाँहें लंबी और पतली थीं।

मैंने अभी अखबार में पढ़ा है कि आज कैपिटोला में एक कला और शिल्प मेला लगा है, मैंने मम्मा से कहा। *अगर आप चाहें तो हम देखने चल सकते हैं। और अगर आप चाहें तो हम रात का खाना भी वहीं खा सकते हैं।*

परी?

हाँ।

मैं तुम्हें कुछ बताना चाहती हूँ।

बताइए।

पाकिस्तान में अब्दुल्लाह का एक भाई है, मम्मा ने कहा। *सौतेला भाई।*

मैं ऐसे झटके से उनकी तरफ मुड़ी जैसे बिजली का करंट लग गया हो।

उसका नाम इकबाल है। उसके बच्चे भी हैं। वह पेशावर के पास एक शरणार्थी शिविर में रहता है।

मैंने अपना प्याला नीचे रखा और कुछ कहने के लिए मुँह खोला, मगर उन्होंने मुझे बोलने का मौका दिए बगैर अपनी बात जारी रखी।

तुम यही कहना चाहती हो न कि अभी तक हमने तुम्हें इस बारे में कुछ क्यों नहीं बताया? अब तो मैं बता रही हूँ न। बस यही मायने रखता है। इसके पीछे तुम्हारे बाबा की अपनी वजहें रही हैं। मुझे यकीन है कि वक़्त के साथ तुम्हें वे भी पता चल जाएँगी, बस थोड़ा सब्र रखो। अहम बात यह है कि उनका एक सौतेला भाई है और वह उसकी मदद के लिए उसे पैसे भेजते रहे हैं।

फिर उन्होंने मुझे बताया कि कैसे बाबा कई बरसों से इस इकबाल को–मेरे सौतेले चाचा को, मैंने मन ही मन सोचा–हर तीन महीने में एक हज़ार डॉलर

भेजते आ रहे थे। इसके लिए वह वेस्टर्न यूनियन जाकर पेशावर के एक बैंक में पैसे ट्रांसफर करते थे।

तो अब आप मुझे यह बात क्यों बता रही हैं? मैंने पूछा।

क्योंकि मुझे लगता है कि तुम्हें पता होना चाहिए, भले ही तुम्हारे बाबा को ऐसा न लगता हो। वैसे भी, जल्द ही घर के सभी वित्तीय मामलों की ज़िम्मेदारी तुम्हें ही संभालनी है, तब तुम्हें पता चल ही जाएगा।

अविश्वास और हैरत के चलते मैं परे देखने लगी। मैंने देखा कि नीचे के डेक पर, जहाँ वो पिंग-पौंग वाले लड़का-लड़की बैठे थे, रेलिंग से टिककर, उसी रेलिंग पर से एक बिल्ली गुज़र रही थी, जिसकी पूँछ एकदम उठी हुई थी। लड़की ने उसे देखा तो सहलाने के लिए हाथ बढ़ाया। बिल्ली पहले तो थोड़ी सहमी, मगर शायद उसके साफ़ मनोभावों को समझ गई, इसलिए रेलिंग पर वहीं ठहर गई और लड़की को अपने कानों और पीठ पर हाथ फेरने दिया। मेरा दिमाग चकरा रहा था। अमेरिका से बाहर भी मेरा एक परिवार था!

मम्मा, अभी बहुत लम्बे अरसे तक घर का हिसाब-किताब आपको ही संभालना है। मैंने अपनी आवाज़ में झलक आई लड़खड़ाहट को छिपाने की पूरी कोशिश की।

कुछ देर हमारे बीच एकदम खामोशी छाई रही। फिर जब मम्मा ने फिर से बोलना शुरू किया तो वह वैसी ही दबी हुई आवाज़ में बोल रही थीं जैसे मेरे बचपन में जब हम किसी के कफ़न-दफ़न के लिए मस्जिद जाते थे तो वह मेरे साथ-साथ ही रहती थीं और दबी हुई आवाज़ में मुझे समझाती रहती थीं कि कब क्या करना है, मसलन मस्जिद में घुसने से पहले जूते बाहर ही उतारने हैं, नमाज़ के दौरान चुप रहना है और बेसब्र नहीं होना है, किसी बात की शिकायत नहीं करनी है, और अन्दर घुसने से पहले ही बाथरूम हो आना है ताकि बीच में न जाना पड़े।

मैं अब और नहीं संभाल पाऊँगी, उन्होंने कहा। *और यह बात तुम भी जानती हो। मेरे जाने का वक़्त हो गया है, और तुम्हें इसके लिए तैयार रहना होगा।*

मैंने एक गहरी साँस छोड़ी; मुझे अपने गले में एक जकड़न सी महसूस हुई। दूर कहीं पेड़ काटने वाली बिजली की आरी चलने की तेज़ और कर्कश आवाज़ सुनाई देने लगी, जो कि जंगल की शान्ति का गला घोंटती सी मालूम हो रही थी।

तुम्हारे बाबा छोटे बच्चे के जैसे हैं। वह अकेले रह जाने से बहुत डरते हैं। तुम्हारे बिना उनकी ज़िन्दगी पटरी से उतर जाएगी, परी, और कभी वापस नहीं लौटेगी।

मैं पेड़ों की तरफ देखने लगी, जिनकी पत्तियाँ और तने सूरज की रोशनी में चमक रहे थे। मैंने अपनी जीभ को ज़ोर से अपने दाँतों के बीच दबा लिया, इतनी ज़ोर से कि वह कट गई और मेरा मुँह मेरे ही खून के स्वाद से भर गया। मेरी आँखें डबडबा आईं।

भाई? मैंने कहा।

हाँ।

मेरे मन में बहुत सारे सवाल हैं।

आज रात को जो चाहे वो पूछ लेना। तब मैं इतनी थकी हुई नहीं होऊँगी। तब मैं तुम्हें वो सब बता दूँगी जो मुझे पता है।

मैंने सहमति में सिर हिलाया और अपने प्याले में बची हुई चाय एक ही साँस में गटक ली, क्योंकि वह बिल्कुल ठंडी हो चुकी थी। पास की एक मेज़ पर एक अधेड़ उम्र का जोड़ा अखबार के पन्ने आपस में बदल रहा था। उसमें जो लाल बालों और बिंदास चेहरे वाली महिला थी, वह अखबार के ऊपर से चुपचाप हमें देख रही थी। उसकी निगाहें कभी मुझ पर होतीं तो कभी मम्मा पर–उनकी टोपी पर, उनके लाल-बैंगनी चकत्तों से भरे हाथों पर, उनकी धँसी हुई आँखों पर, और कंकाल जैसी मुस्कान पर। जब मेरी और उसकी नज़रें मिलीं तो वह हल्का-सा मुस्करा दी, जैसे कि कोई राज़ था जो सिर्फ़ हम दोनों जानती थीं, और मैं जानती थी कि वह भी इस दौर से गुज़र चुकी थी जिस से मैं इस वक़्त गुज़र रही थी–अपनी मम्मा को कैंसर से लड़ते और धीरे-धीरे मौत के मुँह में जाते देखने का दौर।

तो फिर मम्मा, क्या सोच आपने? मेले में जाने के लिए तैयार हैं?

मम्मा की निगाहें मुझ पर टिकी रहीं। उनकी आँखें उनके सिर के हिसाब से बहुत बड़ी लग रही थीं और उनका सिर उनके कंधों के हिसाब से।

मैं अपनी नयी वाली हैट पहनकर चलूँगी।

मैंने नैपकिन को मेज़ पर फेंका, अपनी कुर्सी को पीछे धकेलकर उठी, और मेज़ की दूसरी तरफ जाकर मम्मा की व्हीलचेयर का ब्रेक छोड़ा और व्हीलचेयर को मेज़ से दूर खींच लिया।

परी? मम्मा ने कहा।

हाँ?

उन्होंने अपना सिर ऊपर उठाकर और पीछे मेरी तरफ देखा। सूरज की रोशनी पेड़ों की पत्तियों से छनकर उनके चेहरे पर पड़ रही थी। *तुम्हें पता भी है कि अल्लाह ने तुम्हें कितना मज़बूत बनाया है?* उन्होंने कहा। *कितना मज़बूत और कितना नेकदिल बनाया है उसने तुम्हें?*

इंसान के मन को समझना बड़ा मुश्किल है। वह कब क्या सोचने लगा जाएगा, किस चीज़ का उस पर कैसा असर होगा, कोई नहीं बता सकता। मिसाल के लिए इस पल मेरे मन की स्थिति को ही ले लें। इतने बरसों में मैंने अपनी मम्मा के साथ हज़ारों-हज़ार पल बिताए हैं, मगर मेरे मन को उन सारे पलों में यही एक पल सबसे चमकदार मालूम होता है, इसी पल की प्रतिध्वनि मेरे मन-मस्तिष्क में सबसे ऊँचे स्वर में गूँजती है: मम्मा का अपना चेहरा ऊपर उठाकर मुझे देखना, उनकी त्वचा का सूरज की रोशनी में चमकना, और उनका पूछना कि क्या मुझे पता है कि अल्लाह ने मुझे कितना नेकदिल और मज़बूत बनाया है।

बाबा के अपनी आरामकुर्सी पर ही सो जाने के बाद परी बुआ ने धीरे से उनके कार्डिगन की चेन लगाई और उनके पैरों पर ढँकी शॉल को, जो कि थोड़ा नीचे खिसक गई थी, ऊपर खींचकर उनके पैरों को अच्छी तरह ढँक दिया। फिर उन्होंने उनके बालों की एक लट को, जो कि उनकी आँखों पर लटक रही थी, उनके कान के पीछे खुरस दिया और कुछ देर वहीं खड़ी रहकर उन्हें सोते देखती रहीं। मुझे भी बाबा को सोते हुए देखना अच्छा लगता है, क्योंकि तब पता नहीं चलता कि उनके साथ कुछ गड़बड़ है। आँखें बंद रहने पर उनके चेहरे पर छाया रहने वाला सपाटपन, अजनबीपन गायब हो जाता है, उनका खाली-खाली और खोयी-खोयी नज़रों से देखना मुझे परेशान नहीं करता, और बाबा ज़्यादा जाने-पहचाने लगने लगते हैं। सोते हुए वह ज़्यादा होश में लगते हैं, वर्तमान में मौजूद मालूम होते हैं, मानो पहले वाले बाबा का कुछ अंश उनमें वापस आ गया हो। मैं सोचने लगी कि क्या परी बुआ के लिए यूँ आँखें बंद करके तकिए पर सिर टिकाए सो रहे बाबा के चेहरे को देखकर इस बात का अंदाज़ा लगाना संभव था कि पहले बाबा कैसे हुआ करते थे, कैसे हँसा-बोला करते थे।

हम लोग बैठक से उठकर रसोई में आ गए। मैंने अलमारी में से एक बर्तन निकाला और सिंक में लगे नल से उसे भरा।

"मैं तुम्हें कुछ दिखाना चाहती हूँ," परी बुआ ने उत्साह भरी आवाज़ में कहा। वह मेज़ पर बैठी हैं और उस फोटो एल्बम के पन्ने पलटने में व्यस्त हैं जिसे उन्होंने अभी-अभी अपने सूटकेस से निकाला है।

"मुझे डर है कि मेरी कॉफी पेरिस जितनी अच्छी नहीं होगी," मैंने बर्तन का पानी कॉफीमेकर में डालते हुए पीछे मुड़कर कहा।

"यकीन जानो मैं कॉफ़ी को लेकर ज़रा भी नखरेबाज़ नहीं हूँ।" उन्होंने सिर पर बंधा पीला स्कार्फ़ उतार दिया था और आँखों पर पढ़ने का चश्मा चढ़ा लिया था, जिसकी मदद से वह एल्बम में तस्वीरें देख रही थीं।

जब कॉफीमेकर ने अपना काम शुरू कर दिया तब मैं आकर परी बुआ के बगल में बैठ गई। "हाँ, यह रही!" उन्होंने चहकते हुए कहा। उन्होंने एल्बम को पलटा और मेरी तरफ बढ़ा दिया। फिर एक तस्वीर पर उँगली रखते हुए कहा, "यह है वो जगह। जहाँ तुम्हारे बाबा और मैं पैदा हुए थे। और हमारा भाई इक़बाल भी।"

जब उन्होंने पहली बार पेरिस से मुझे फोन किया था, तब बातचीत में इकबाल का नाम भी लिया था–शायद प्रमाण के तौर पर, ताकि मुझे यकीन हो जाए कि वह अपने बारे में गलतबयानी नहीं कर रही थीं। मगर मुझे बिना किसी प्रमाण के शुरू से ही यकीन आ गया था कि वह सच कह रही थीं। मुझे उसी पल पता चल गया था जब मैंने रिसीवर उठाया था और उन्होंने मेरे बाबा का नाम लेकर पूछा था कि क्या यह उनके घर का नंबर है। और मैंने कहा था, हाँ, *आप कौन बोल रही हैं?* और जवाब मिला था, *मैं उनकी बहन हूँ।* मेरा दिल धक्क से रह गया था। मेरे पैर काँपने लगे थे और मैं बैठने के लिए कुर्सी तलाशने लगी थी। अचानक से मुझे ऐसा लगने लगा था जैसे मेरे आसपास हर चीज़ गूँगी हो गई हो; सन्नाटा सा पसर गया था चारों ओर एकदम से। मेरे दिल-ओ-दिमाग के लिए यह एक बड़ा झटका था, जैसे वो फिल्मों और नाटकों में होता है न कि अचानक किसी के साथ कोई नाटकीय घटना घट जाती है, वैसा ही कुछ मेरे साथ हुआ था। मगर चेतना के एक दूसरे तल पर–एक ऐसा तल जो तार्किक बुद्धि की पकड़ में नहीं आता; एक ऐसा तल जो अहसास के स्तर पर काम करता है और जिसे शब्दों के माध्यम से सही-सही व्यक्त करना बहुत मुश्किल होता है–मुझे ज़रा भी हैरानी नहीं हुई थी कि वह मुझे फोन कर रही थीं। मुझे हमेशा से पता था कि किसी दैवीय संयोग के चलते, या किन्हीं अप्रत्याशित परिस्थितियों के चलते, या विधि के विधान के चलते, या किस्मत के चलते, या जो भी नाम आप इसे देना चाहें, उसके चलते एक न एक दिन हम–वह और मैं–एक-दूसरे को तलाश ही लेंगे।

फिर मैं फोन का रिसीवर लेकर पीछे वाले आँगन में चली गई थी और उन सब्जी की क्यारियों के पास डली कुर्सी पर बैठ गई थी जहाँ मैं मम्मा के समय से ही शिमला मिर्च और कद्दू उगाती आ रही थी। आसमान में सूरज चमक रहा था और धूप से मेरी गर्दन गर्म हो चली थी। मैंने काँपते हाथों से एक सिगरेट सुलगाई थी, ताकि इस झटके के असर को कम कर सकूँ।

फिर मैंने रिसीवर में कहा था, मैं आपको जानती हूँ। जब से होश सँभाला है तब से ही।

दूसरी तरफ सन्नाटा छा गया था, मगर मुझे ऐसा लग रहा था जैसे वह बेआवाज़ रो रही थीं, जैसे उन्होंने रोने के लिए अपना मुँह फोन से दूर कर लिया था।

हमने तकरीबन घंटे भर तक बातें की थीं। मैंने उन्हें बताया था कि मुझे उनके साथ घटी त्रासदी के बारे में सबकुछ पता था, कि कैसे मैं हर रात सोने से पहले बाबा से वह कहानी सुनाने के लिए कहती थी। परी बुआ ने बताया कि वह खुद अपने अतीत से अनजान थीं और शायद अनजान ही मर जातीं अगर उनके मामा नबी ने काबुल में मरने से पहले उनके नाम एक ख़त नहीं छोड़ा होता, जिसमें उन्होंने अन्य बातों के साथ-साथ उनके बचपन की घटनाओं का भी ब्यौरा दिया था। यह ख़त उन्होंने काबुल में उनके ही घर रहकर एक एनजीओ के लिए काम करने वाले एक प्लास्टिक सर्जन मार्कोस वरवारिस की देखरेख में रख छोड़ा था, जिन्होंने बाद में इन्टरनेट के ज़रिए फ्रांस में परी बुआ को खोज निकाला था। पिछली गर्मियों के दौरान परी बुआ काबुल गईं थीं और मार्कोस वरवारिस से मिलीं थीं, जिन्होंने उनके शादबाग जाने की व्यवस्था की थी।

जब हमारी बातचीत ख़त्म होने को थी, मैंने महसूस किया था कि वह खुद को उस बात के लिए तैयार कर रही थीं जिसके लिए उन्होंने फोन लगाया था। आखिरकार उन्होंने कहा था, *मुझे लगता है कि मैं अब तैयार हूँ। क्या मैं अब उससे बात कर सकती हूँ?*

तब मुझे उन्हें बाबा की हालत के बारे में बताना पड़ा था।

मैं उस फोटो एल्बम को करीब सरकाकर उस तस्वीर को ध्यान से देखने लगी जिस पर परी बुआ ने उँगली रखी थी। मुझे ऊँची और चमकदार सफेद चारदीवारी–जिसके ऊपर काँटेदार तार लगे हुए थे–से घिरी एक कोठी जैसी इमारत दिखाई दी। या कहना चाहिए कि किसी ने कोशिश तो की थी कोठी बनाने की, मगर दिक्कत यह हुई कि कोठी की उसकी परिकल्पना बहुत ही खराब थी–

तीन मंज़िला ऊँची इमारत, जिसकी चारदीवारी सफ़ेद रंग की थी जबकि पहली, दूसरी और तीसरी मंज़िल की दीवारें क्रमशः गुलाबी, हरे और पीले रंग की थीं। उस इमारत में बुर्ज भी थे, छज्जे भी थे, नोंक की तरह ऊपर की ओर उठी हुई छतें भी थीं, मोज़ेक टाइल्स भी थे, और खिड़कियों पर उस तरह के रंगीन शीशे भी थे जैसे हमें गगनचुंबी इमारतों में देखने को मिलते हैं। उस इमारत को देखकर लगता था कि बनाने वाले के पास पैसा तो बहुत था मगर अच्छे वास्तुशिल्प (आर्किटेक्चर) की समझ बिल्कुल नहीं थी।

"माय गॉड!" मैंने हैरान होते हुए कहा।

"*भयानक है न?*" परी बुआ ने कहा। "अफ़गान लोग इस तरह की इमारतों को *नारको पैलेस (नशे के सौदागरों के महल)* कहते हैं। यह एक कुख्यात युद्ध-अपराधी का घर है।"

"तो शादबाग के नाम पर बस यही बचा है?"

"हाँ, जो पुराना शादबाग़ गाँव था वहाँ बस यही है। यह, और कई एकड़ में फैले फलों के पेड़–क्या कहते हैं आप लोग उन्हें?–*बाग।*"

"ऑरचर्ड्स (बाग)।"

"हाँ।" वह कोठी की तस्वीर पर उँगलियाँ फिराने लगीं।

"काश मुझे पता होता कि हमारा पुराना घर किस जगह पर था, मेरा मतलब है इस नार्को पैलेस से किस दिशा में और कितनी दूर। अगर उस जगह की ठीक-ठीक लोकेशन पता चल जाती तो मेरे मन को चैन आ जाता।"

फिर उन्होंने मुझे नए शादबाग के बारे में बताया, जो कि एक कस्बेनुमा शहर था और जहाँ लोगों की एक बड़ी आबादी रहती थी, और जिसमें स्कूल था, क्लिनिक था, शॉपिंग डिस्ट्रिक्ट थी, यहाँ तक कि एक छोटा होटल भी था। यह पुराने गाँव से तकरीबन दो मील दूर बसाया गया था। इसी नए शादबाग में उन्होंने और उनके दुभाषिए ने मिलकर उनके सौतेले भाई इकबाल की तलाश की थी। ये सारी बातें मुझे परी बुआ के साथ फोन पर हुई उस पहली बातचीत में पता चल चुकी थीं। उन्होंने बताया था कि बहुत तलाश के बाद भी नए शादबाग में ऐसा कोई आदमी नहीं मिल रहा था जो इकबाल के बारे में कुछ भी जानता हो। मगर आखिर में उन्हें एक बूढ़ा आदमी मिला जो इकबाल का बचपन का दोस्त था और जिसने हाल ही में उसे उसके परिवार सहित पुराने शादबाग में रहते देखा था–बंद पड़ी पवनचक्की के साथ वाले वीरान और बंजर मैदान में, कपड़े का टेंट लगाकर।

इकबाल ने अपने इस बचपन के दोस्त को बताया था कि जब वह पाकिस्तान में था, तब उत्तरी कैलिफोर्निया में रहने वाला उसका बड़ा सौतेला भाई उसे हर तीन महीने में पैसे भेजता था। मैंने उससे पूछा, परी बुआ ने फोन पर कहा था, *मैंने पूछा कि क्या इकबाल ने तुम्हें अपने उस भाई का नाम बताया था? और उस आदमी ने कहा, हाँ, अब्दुल्ला। और फिर, उसके बाद बाकी का काम इतना मुश्किल नहीं था। मेरा मतलब है, तुम्हें और तुम्हारे बाबा को तलाशना।*

मैंने इकबाल के उस दोस्त से पूछा कि इकबाल अब कहाँ है, परी बुआ ने आगे कहा था। मैंने पूछा कि उसके साथ क्या हुआ, जिस पर उस बूढ़े आदमी ने कहा कि उसे नहीं पता। मगर यह कहते हुए वह बहुत घबराया हुआ लग रहा था और मेरी तरफ देखकर बात नहीं कर रहा था। मुझे लगता है, परी, मुझे डर है कि इकबाल के साथ कुछ बुरा हुआ है।"

फिर वह एल्बम के और पन्ने पलटती रहीं और मुझे अपने बच्चों–एलेन, इसाबेल और थिएरी–की तस्वीरें दिखाती रहीं। फिर अपने पोते-पोतियों की तस्वीरें भी दिखाईं–जन्मदिन की पार्टियों में, स्विमिंग पूल के किनारे स्विमिंग ट्रंक पहने हुए। पेरिस में उनके घर की तस्वीरें–हल्के नीले रंग की दीवारें और खिड़की की चौखट तक खींचे हुए सफेद पर्दे, किताबों से भरी अलमारियाँ। विश्वविद्यालय में उनका अस्त-व्यस्त ऑफिस, जहाँ वह गठिया के चलते असमय रिटायरमेंट लेने से पहले गणित पढ़ाया करती थीं।

मैं एल्बम के पन्ने पलट-पलटकर एक-एक तस्वीर देखती रही और वह उन तस्वीरों में दिखाई पड़ रहे किरदारों से मेरा परिचय कराती रहीं–उनकी पुरानी दोस्त कोलेट, इसाबेल के पति अल्बर्ट, उनके अपने पति एरिक, जो कि नाटक लिखते थे और 1997 में दिल का दौरा पड़ने से जिनकी मौत हो गई थी। देखते-देखते एक तस्वीर पर मेरी नज़र रुक गई, जिसमें परी बुआ और उनके पति एरिक बहुत ही जवान दिख रहे थे, किसी रेस्तरां में बिछे नारंगी रंग के गद्दों पर अगल-बगल बैठे थे। बुआ सफेद ब्लाउज़ पहने थीं और एरिक टी-शर्ट। एरिक के बाल लंबे थे जिन्हें उन्होंने पोनीटेल की शक्ल में बाँधा हुआ था।

"यह उस रात की तस्वीर है जब हम पहली बार सही मायनों में मिले थे," परी बुआ ने कहा। "हमारी यह मुलाक़ात एक सोची-समझी साजिश थी।"

"उनके चेहरे पर कितनी नर्मदिली है।"

परी बुआ ने सहमति में सिर हिलाया। "हाँ। जब हमारी शादी हुई न, तो मेरे मन से यही आवाज़ आई थी कि हम बहुत लंबे वक़्त तक साथ रहेंगे। कम से कम

तीस साल, शायद चालीस। और अगर किस्मत अच्छी रही तो पचास भी। क्यों नहीं?" चंद लम्हे वह तस्वीर को एकटक देखती रहीं, अतीत में खोयी हुई सी, मगर फिर तत्काल ही वापस वर्तमान में लौट आईं और उनके चेहरे पर एक हल्की सी मुस्कान तैर गई। "मगर वक़्त, यह तो आकर्षण की तरह होता है। जितना आप चाहते हैं, उतना कभी नहीं मिलता।" उन्होंने एल्बम खुद से दूर सरका दिया और कॉफ़ी की चुस्कियाँ लेने लगीं। "और तुम? तुमने कभी शादी नहीं की?"

मैंने कंधे उचका दिए और एल्बम का पन्ना पलट दिया। "एक बार होते-होते रह गई।"

"'होते-होते रह गई' मतलब?"

"मतलब, सबकुछ लगभग तय था। मगर वह कभी हकीकत में नहीं बदल पाया।"

यह सच नहीं था। यह इतना आसान नहीं था। बड़ा दर्दनाक और झंझट भरा था। आज भी वह फाँस मेरे सीने में गढ़ी है और गाहे-बगाहे हल्की-हल्की चुभन का अहसास कराती है।

उन्होंने अपना सिर झुका लिया। "माफ़ करना। मुझे यह बात नहीं छेड़नी चाहिए थी।"

"नहीं-नहीं, ऐसी कोई बात नहीं है। मेरे ख़याल से उसे कोई ऐसी लड़की मिल गई थी जो शायद मुझसे ज़्यादा खूबसूरत और मुझसे कम... मजबूर थी–अपनी ज़िम्मेदारियाँ निभाने के मामले में। वैसे अगर खूबसूरती की बात करें, तो यह कौन है?"

मैंने लंबे काले बालों और बड़ी-बड़ी आँखों वाली एक आकर्षक महिला की तस्वीर की तरफ इशारा किया। तस्वीर में वह अपने हाथ में सिगरेट यूँ फँसाए नज़र आ रही हैं जैसे बुरी तरह ऊबी हुई हों, मगर उनकी निगाहों में ज़िद और बगावत नज़र आ रही है और गज़ब का पैनापन भी है।

"यह मम्मा हैं। मेरी मम्मा, नीला वहदती। या यूँ कहूँ कि मुझे लगता था कि वो मेरी मम्मा थीं। तुम समझ रही हो न।"

"बहुत खूबसूरत हैं वह," मैंने कहा।

"बेशक। उन्होंने आत्महत्या कर ली थी। 1974 में।"

"माफ़ कीजिएगा। मुझे बेहद अफ़सोस है।"

"नहीं-नहीं। ऐसी कोई बात नहीं है।" उन्होंने तस्वीर को अनमने ढंग से अपने अंगूठे के किनारे से छुआ। "मम्मा बहुत ही आकर्षक और प्रतिभाशाली थीं। वह किताबें पढ़ती थीं और हर विषय में अपनी स्वतंत्र राय रखती थीं–जो अक्सर बहुत हटकर और ज़्यादातर लोगों के लिए बहुत आपत्तिजनक हुआ करती थी–और अपनी राय को लोगों के सामने ज़ाहिर करने से भी नहीं घबराती थीं। मगर उनके भीतर एक गहरा दुःख और खालीपन भी था। सारी ज़िन्दगी वह मेरे हाथ में फावड़ा देकर कहती रहीं, *'मेरे अंदर के इस खालीपन को भर दो, परी।'*"

मेरा सिर अपने आप ही सहमति में हिल गया। मेरे ख़याल से मैं उनकी इस बात का मतलब काफी हद तक समझ पा रही थी।

"लेकिन मैं नहीं भर सकी। और बाद में, मैंने भरना भी नहीं चाहा। मैंने लापरवाही भरे काम किए। बेपरवाही भरे काम।" उन्होंने कुर्सी की पीठ से अपनी पीठ टिका ली, कंधे आगे की तरफ झुका लिए और अपने हाथों को अपनी गोद में रख लिया। आगे कुछ कहने से पहले वह मिनट भर सोचती रहीं और फिर बोलीं, "मुझे और अच्छा होना चाहिए था, और नर्मदिल होना चाहिए था। यह ऐसी बात है जिसका किसी को कभी पछतावा नहीं होता। बुढ़ापे में आप कभी खुद से नहीं कहेंगे, *काश मैंने उस व्यक्ति के प्रति नर्मदिली न दिखाई होती, अच्छा व्यवहार न किया होता। आप ऐसा कभी नहीं सोचेंगे।*" एक पल के लिए उनके चेहरे पर उदासी की छाया नज़र आई। वह एक असहाय स्कूली छात्रा जैसी मालूम होने लगीं। "ऐसा करना इतना मुश्किल भी नहीं रहा होता," वह थकी हुई आवाज़ में बोलीं। "मुझे और नर्मदिल होना चाहिए था। मुझे तुम्हारे जैसा होना चाहिए था।"

उन्होंने एक गहरी साँस छोड़ी और फोटो एल्बम को बंद कर दिया। थोड़ी देर की चुप्पी के बाद वह फिर पहले वाले उत्साह से बोलीं, "लो, मैं तो भूल ही गई थी। एक बात पूछनी थी तुमसे।"

"जी, ज़रूर।"

"तुम मुझे अपनी पेंटिंग्स नहीं दिखाओगी?"

हम दोनों एक-दूसरे को देखकर मुस्करा उठे।

परी बुआ एक महीना रहीं बाबा और मेरे साथ। हम लोग सुबह-सवेरे रसोई में साथ बैठकर नाश्ता करते थे। परी बुआ ब्लैक कॉफी और टोस्ट लेती थीं, मैं श्रीखण्ड, और बाबा के लिए ब्रेड और अंडे की भुर्जी, जो पिछले एक बरस से उनका पसंदीदा नाश्ता बन गया था। हालाँकि मुझे फ़िक्र होती थी कि अगर वह रोज़ यही नाश्ता करेंगे तो उनका कॉलेस्ट्रॉल बढ़ा जाएगा, और इसीलिए मैंने एक बार डॉक्टर बशीरी से इस बाबत बात भी की थी, मगर उन्होंने मुस्कराते हुए कहा था, *आपकी जगह मैं होता तो इस बात की फ़िक्र नहीं करता।* उनकी बात सुनकर मैं आश्वस्त हो गई थी–कम से कम तब तक के लिए जब तक एक दिन बाबा की सीट बेल्ट बाँधने में मदद करते वक़्त मेरे ज़ेहन में यह बात नहीं कौंध गई कि शायद डॉ. बशीरी का असल मतलब यह था कि *अब इस तरह की बातों की फ़िक्र करने का समय बीत चुका था।*

नाश्ते के बाद मैं अपने दफ्तर में काम करने लगती थी–जो कि रात को मेरा बेडरूम बन जाता था–और उस दौरान परी बुआ बाबा के साथ बैठी रहती थीं। उनके कहने पर ही मैंने बाबा का दिन भर का शिड्यूल उनको लिखकर दे दिया था–उनकी पसंद का कौन सा टीवी शो कितने बजे आता था, उन्हें दोपहर की दवा कब लेनी होती थी, उन्हें कौन से स्नैक्स पसंद थे और वे कब किसकी माँग करते थे, वगैरह-वगैरह। यह सुझाव उन्हीं का था कि मैं ये सारी बातें उन्हें लिखकर दे दूँ।

आपको जब भी जो भी बात पूछनी हो आप आकर मुझसे पूछ सकती हैं, मैंने उनसे कहा था।

मैं तुम्हें डिस्टर्ब नहीं करना चाहती, उन्होंने जवाब दिया था। और दूसरी बात यह कि मैं जानना चाहती हूँ। मैं अपने भाई को जानना चाहती हूँ।

मैंने उन्हें यह नहीं बताया कि वह उन्हें उस तरह कभी नहीं जान पाएँगी जिस तरह जानना चाहती हैं। मगर हाँ, मैंने उनके साथ वे तिकड़में ज़रूर शेयर कीं जिनकी मदद से मैं उस वक़्त बाबा को संभालती हूँ जब किसी भी वजह से वह अशांत हो जाते हैं या नखरे करने लगते हैं या अजीबो-ओ-गरीब हरकतों पर उतर आते हैं। ये तिकड़में क्यों काम कर जाती हैं यह तो मुझे भी कभी समझ नहीं आया, मगर कर जाती हैं। उदाहरण के तौर पर, अगर बाबा बेचैन होने लगते हैं तो मैं बस उन्हें झटपट एक मुफ्त होम-शॉपिंग कैटलॉग या फर्नीचर सेल का विज्ञापन थमा देती हूँ। और मैं इन दोनों चीज़ों का भरपूर स्टॉक रखती हूँ घर में।

अगर आप चाहती हों कि वह थोड़ी देर सो लें तो मौसम की जानकारी देने वाला या गोल्फ से संबंधित कोई चैनल लगा दें। मगर भूलकर भी कभी उन्हें खाना पकाने के कार्यक्रम न देखने दें।

ऐसा क्यों?

पता नहीं क्यों मगर उन्हें देखकर वह बेचैन होने लगते हैं।

दोपहर के खाने के बाद हम तीनों टहलने के लिए बाहर निकल जाते हैं। मगर ज़्यादा दूर या ज़्यादा देर के लिए नहीं, क्योंकि बाबा जल्दी थक जाते हैं और परी बुआ को गठिया है। बाबा टोपी, कार्डिगन स्वेटर और ऊन से बने मोज़े पहनकर लड़खड़ाते हुए हम दोनों के बीच में चलते हैं। इस दौरान वह बेचैन-से रहते हैं, चौकन्नी नज़रों से चारों तरफ देखते चलते हैं, मानो उन्हें कोई ख़तरा महसूस हो रहा हो। पास ही में एक मिडिल स्कूल है, जिसमें एक बदहाल-सा फुटबॉल मैदान है, और उसके पार एक छोटा-सा खेल का मैदान है। मैं अक्सर बाबा को वहाँ ले जाती हूँ। वहाँ हमें हमेशा ही दो-एक मम्मियाँ मिल जाती हैं जो अपने छोटे-छोटे बच्चों को स्ट्रोलर में बिठाकर लाई होती हैं, बच्चे पास ही में खेल रहे होते हैं और वे आपस में गप्पें कर रही होती हैं। कभी-कभी स्कूल से बंक मारकर आया कोई किशोर जोड़ा भी वहाँ झूला झूलता और सिगरेट के कश लगाता मिल जाता है। ये जोड़े शायद ही कभी बाबा की तरफ देखते हैं, और जब देखते भी हैं तो ऐसी उदासीनता और तिरस्कार भरी नज़र से देखते हैं मानो बूढ़ा और बीमार होना उनका गलती थी, उनको ऐसा नहीं करना चाहिए था।

एक दिन, काम के बीच ब्रेक लेकर मैं अपनी ठंडी हो चुकी कॉफ़ी को गर्म करने के लिए रसोई में गई तो क्या देखती हूँ कि दोनों एक साथ बैठकर कोई फ़िल्म देख रहे थे। बाबा अपनी आरामकुर्सी पर बैठे थे, उनके पैर शॉल से ढँके थे, सिर आगे की ओर झुका था, मुँह थोड़ा-सा खुला हुआ था और भौंहें सिकुड़ी हुई थीं–या तो बहुत गौर से देखने के कारण या फिर किसी उलझन के चलते। और परी बुआ उनके बगल में बैठी थीं, हाथ गोद में रखे हुए, टखने एक-दूसरे पर चढ़ाए हुए।

"यह कौन है?" बाबा ने उनसे पूछा।

"यह लतिका है।"

"कौन?"

"लतिका, झुग्गी बस्ती की वह छोटी बच्ची। वही जो ट्रेन में नहीं चढ़ पाई थी।"

"मगर यह छोटी तो नहीं है।"

"हाँ, मगर उस बात को कई बरस बीत गए हैं," परी बुआ ने कहा। "अब वो बड़ी हो गई है।"

पिछले हफ्ते एक दिन हम तीनों उसी खेल के मैदान में एक बेंच पर बैठे थे कि तभी परी बुआ ने बाबा से कहा था, *अब्दुल्लाह, तुम्हें याद है, जब तुम छोटे थे तो तुम्हारी एक छोटी बहन थी?*

उन्होंने अभी अपनी बात पूरी ही की थी कि बाबा रोने लगे थे। इस पर घबराकर परी बुआ ने उनका सिर अपनी छाती से लगा लिया था और बारम्बार कहने लगी थीं, *मुझे माफ़ कर दो, मुझे माफ़ कर दो।* साथ ही वह अपने हाथों से उनके आँसू भी पोंछती जा रही थीं। मगर बाबा लगातार सिसकते रहे, इतनी ज़ोर-जोर से कि उनके लिए ठीक से साँस लेना भी मुश्किल हो गया था।

"और क्या तुम्हें पता है, अब्दुल्ला, कि यह कौन है?"

बाबा ने नहीं में जवाब दिया।

"यह जमाल है। वो गेम शो वाला लड़का।"

"नहीं," बाबा ने रुखाई से कहा।

"तुम्हें ऐसा क्यों लग रहा है?"

"यह तो चाय परोस रहा है!"

"हाँ, मगर वो–क्या कहते हैं उसे?–वो बीते ज़माने की बात थी। पहले की। वो एक..."

फ़्लैशबैक, मैंने कॉफ़ी की चुस्की लेते हुए होंठों ही होंठों में कहा।

"गेम शो तो अभी चल रहा है, अब्दुल्ला। और जब वह चाय परोस रहा था, वो पहले की बात थी।"

बाबा को कुछ समझ नहीं आया, वह पहले की तरह ही खाली-खाली नज़रों से टीवी स्क्रीन की तरफ देखते रहे, जहाँ जमाल और सलीम मुंबई की एक ऊँची इमारत की छत पर बैठे हैं, पैर नीचे लटकाए हुए।

मगर परी बुआ की नज़रें टीवी स्क्रीन पर नहीं बल्कि बाबा के चेहरे पर थीं। वह उन्हें ऐसे देख रही थीं मानो उस पल का इंतज़ार कर रही हों जब उनकी आँखों में कुछ भाव प्रकट होंगे। मगर जब ऐसा कुछ नहीं हुआ तो उन्होंने कहा,

"मुझे तुमसे एक सवाल पूछना है अब्दुल्लाह। अगर किसी दिन तुम दस लाख डॉलर जीत जाओ, तो तुम क्या करोगे?"

बाबा ने अजीब सा मुँह बनाया, अपनी आरामकुर्सी में कई बार पहलू बदला, और थोड़े और आराम की मुद्रा में आ गए।

"मगर मुझे पता है कि मैं क्या करूँगी," परी बुआ ने कहा।

बाबा उन्हें खाली-खाली निगाहों से देखने लगे।

"अगर मैं दस लाख डॉलर जीत जाऊँ, तो मैं इसी गली में एक घर खरीदूँगी। तब हम पड़ोसी बन जाएँगे, तुम और मैं, और मैं हर दिन यहाँ आऊँगी और हम साथ बैठकर टीवी देखेंगे।"

बाबा मुस्करा दिए।

मगर इसके कुछ ही मिनटों बाद, जब मैंने वापस ऑफिस में आकर कानों पर हैडफोन लगाकर टाइप करना शुरू किया ही था कि तभी बहुत ज़ोरों से किसी चीज़ के फर्श पर गिरकर टूटने और फिर बाबा के ज़ोर-ज़ोर से फारसी में चिल्लाने की आवाज़ सुनकर एकदम हड़बड़ा गई और हेडफोन उतारकर रसोई की तरफ भागी। वहाँ जाकर देखा तो परी बुआ माइक्रोवेव के बगल में दीवार से सटकर खड़ी थीं, उनके चेहरे पर हवाइयाँ उड़ रही थीं, आँखों में आतंक और हैरानी के मिले-जुले भाव थे, और हाथ ठुड्डी के नीचे बंधे हुए थे, जबकि बाबा ने अपनी छड़ी उनकी कॉलर बोन के नीचे गढ़ा रखी थी और उसे पूरी ताकत से दबा रहे थे। उनकी आँखों से चिंगारियाँ सी छूट रही थीं। नीचे फर्श पर, उनके पैरों के पास, टूटे हुए गिलास के टुकड़े फैले हुए थे।

"इसे यहाँ से बाहर निकालो!" जैसे ही बाबा की नज़र मुझ पर पड़ी, वह ज़ोर से चिल्लाए। "मैं इस औरत को अपने घर से बाहर देखना चाहता हूँ!"

"बाबा!"

परी बुआ का चेहरा फक्क पड़ गया था। आँखों से आँसू बहने लगे थे।

"बाबा, खुदा के वास्ते छड़ी नीचे कीजिए! और एक कदम भी आगे मत बढ़ाइएगा। आपके पैर कट जाएँगे।"

मैंने आगे बढ़कर उनके हाथ से छड़ी छीन ली, मगर इसके लिए मुझे अच्छी-खासी मशक्कत करनी पड़ी।

"इस औरत को यहाँ से भगाओ! यह चोर है!"

"यह क्या कह रहे हैं?" परी बुआ ने हैरान होते हुए कहा।

"इसने मेरी गोलियाँ चुरा लीं!"

"वो उन्हीं की गोलियाँ हैं, बाबा," मैंने उन्हें समझाया। फिर उनके कंधे पर हाथ रखकर उन्हें रसोई से बाहर ले जाने लगी। अपनी हथेली के नीचे मुझे उनका शरीर काँपता हुआ महसूस हुआ। जैसे ही हम परी बुआ के पास से गुज़रे, बाबा फिर से उन पर झपटने को हुए और मुझे ताकत लगाकर उन्हें रोकना पड़ा। "अब बस भी कीजिए, बाबा। और ये उनकी गोलियाँ हैं, आपकी नहीं। वह अपने हाथों के लिए लेती हैं।" उन्हें लेकर उनकी आरामकुर्सी की तरफ बढ़ते हुए मैंने टेबल पर पड़ी एक शॉपिंग-कैटलॉग भी उठा ली।

"मुझे उस औरत पर ज़रा भी भरोसा नहीं है," बाबा ने आरामकुर्सी पर बैठते हुए कहा। "तुम्हें नहीं पता। मगर मुझे पता है। मैं चोर को देखते ही पहचान लेता हूँ!" लगभग हाँफते हुए उन्होंने मेरे हाथ से कैटलॉग छीन लिया और जल्दी-जल्दी उसके पन्ने पलटने लगे। फिर उसे ज़ोर से अपनी गोद में पटक दिया और त्यौरियाँ चढ़ाकर मेरी तरफ देखा। "और वो सरासर झूठी भी है। तुम्हें पता है उस औरत ने मुझसे क्या कहा? उसने क्या कहा? कि वो मेरी बहन है! मेरी बहन! सुल्ताना को पता चलने दो इस बात का, फिर देखना वह क्या हाल करती है इसका!"

"ठीक है बाबा। हम साथ मिलकर मम्मा को बताएँगे।"

"पागल औरत।"

"हम मम्मा को बताएँगे, और फिर हम तीनों मिलकर उस पागल औरत को हँसते हुए घर से बाहर निकाल देंगे। अब आप आराम कीजिए, बाबा। सब ठीक है। आप आराम कीजिए।"

मैंने मौसम का हाल बताने वाला चैनल लगा दिया और उनकी बगल में बैठकर उनका कंधा सहलाने लगी, जब तक कि उनका काँपना बंद नहीं हो गया और उनकी साँसें संयत नहीं हो गईं। पाँच मिनट से भी कम वक़्त में वह सो गए।

जब मैं वापस रसोई में पहुँची तो देखा कि परी बुआ डिशवॉशर से पीठ टिकाए फर्श पर सहमी बैठी थीं। वह अभी भी सदमे में थीं और नैपकिन से अपने आँसू पोंछ रही थीं।

"आई एम सो सॉरी," उन्होंने कहा। "मुझे ऐसा नहीं कहना चाहिए था उससे।"

"कोई बात नहीं," मैंने कहा और सिंक के नीचे से डस्टपैन और ब्रश निकाला। फर्श पर बिखरे काँच के टुकड़ों के बीच मुझे छोटी-छोटी गुलाबी और नारंगी गोलियाँ दिखीं। मैंने उन्हें एक-एक करके उठाया और फिर काँच के टुकड़े साफ किए।

"मैं निरी मूर्ख हूँ। मैं उसे बहुत कुछ बताना चाहती थी। मैंने सोचा कि अगर मैं उसे सच बता दूँ तो शायद... पता नहीं मैं क्या सोच रही थी।"

मैंने टूटे हुए काँच को कूड़ेदान में डाला और फिर परी बुआ के सामने घुटनों के बल बैठ गई। मैंने उनकी शर्ट का कॉलर ठीक किया और उनके कंधे पर उस जगह देखा जहाँ बाबा ने छड़ी से वार किया था। "यहाँ निशान पड़ जाएगा। मेरे शरीर पर भी कई बार ऐसे निशान पड़ चुके हैं, इसीलिए पूरे यकीन के साथ कह सकती हूँ," मैंने कहा और फर्श पर उनकी बगल में बैठ गई।

उन्होंने अपनी हथेली आगे की, और मैंने वे गुलाबी और नारंगी गोलियाँ उनकी हथेली पर रख दीं। "क्या वह अक्सर ऐसा करता है?"

"कभी-कभी उनका मूड खराब हो जाता है।"

"शायद तुम्हें किसी पेशेवर की मदद लेने के बारे में सोचना चाहिए, नहीं?"

मैंने एक गहरी साँस छोड़ते हुए सहमति में सिर हिलाया। मैं खुद भी अब इस बारे में सोचने लगी हूँ। कभी न कभी तो यह होना ही है। कभी न कभी तो वह सुबह आनी ही है जब मैं एक खाली घर में जागूँगी, जबकि बाबा किसी अनजान बिस्तर पर लेटे होंगे और किसी अजनबी द्वारा लाई गई नाश्ते की प्लेट को निहार रहे होंगे। किसी एक्टिविटी रूम (गतिविधि कक्ष) की किसी मेज़ के पीछे बैठे ऊँघ रहे होंगे। मगर अभी मैं खुद को इसके लिए तैयार नहीं कर पाई हूँ।

"आप ठीक कह रही हैं," मैंने उनसे कहा, "मगर अभी नहीं। जब तक मुमकिन है तब तक मैं खुद उनकी देखभाल करना चाहती हूँ। जिस दिन पानी सर से ऊपर हो जाएगा, उस दिन देखेंगे।"

परी बुआ मुस्करा दीं और अपनी नाक पोंछते हुए बोलीं, "मैं समझती हूँ।"

मगर वह जो समझती हैं वो पूरा सच नहीं है। मैंने उन्हें ऐसा करने की दूसरी वजह नहीं बताई है। मैं खुद भी कहाँ उस दूसरी वजह को आसानी से स्वीकार पाती हूँ। वह वजह यह है कि बेशक बारम्बार मेरा मन करता है कि काश मुझे बाबा की ज़िम्मेदारी से छुटकारा मिल जाए, मगर सच यह है कि मैं छुटकारे से

बहुत डरती भी हूँ। मैं डरती हूँ कि जब बाबा नहीं होंगे तब मेरा क्या होगा, मैं क्या करूँगी, कैसे जीयूँगी। सारी ज़िंदगी मैं एक मछली की तरह काँच के फिशटैंक की दीवारों के पीछे रही हूँ, एक ऐसी दीवार के पीछे जो जितनी पारदर्शी है उतनी ही अभेद्य भी है। मुझे इस दीवार के पीछे रहकर इसके बाहर की जगमगाती दुनिया को देखने और कल्पना के सहारे उसमें विचरण करने की आज़ादी तो मिली है, मगर इसकी सीमाओं से बाहर निकल पाने की नहीं–वे सीमाएँ जो बाबा ने मेरे लिए बनाई हैं, पहले 'अभी तुम छोटी हो' कहकर मुझे महफ़ूज़ रखने के नाम पर जानबूझकर, और अब अनजाने में, यह अहसास दिलाकर कि वह दिन-ब-दिन कमज़ोर होते जा रहे हैं और उन्हें मेरी देखभाल की ज़रूरत है। मुझे लगता है कि अब मैं खुद इस टैंक में कैद रहने की आदी हो गई हूँ और मुझे यह सोचकर डर लगता है कि जब यह टूटेगा तो मैं बाहर की अनजान दुनिया में बिखर जाऊँगी, खो जाऊँगी, असहाय होकर साँस लेने के लिए फड़फड़ाऊँगी, और कोई मेरी मदद को नहीं आएगा, कोई मुझे बचाने नहीं आएगा।

सच्चाई यह है, जिसे मैं शायद ही कभी स्वीकार करती हूँ, कि मुझे हमेशा से अपनी पीठ पर बाबा का भार महसूस करने की ज़रूरत रही है। उनके बनाए दायरे में कैद होकर रहने की ज़रूरत रही है। अगर ऐसा नहीं होता तो क्यों मैं आर्ट स्कूल जाने के अपने सपने को इतनी आसानी से छोड़ देती? जब बाबा ने मुझसे बाल्टीमोर न जाने के लिए कहा था, तब मैंने शायद ही कोई विरोध किया था। अगर ऐसा नहीं होता तो मैं नील को क्यों छोड़ती, जिससे मेरी सगाई भी हो चुकी थी? वह एक छोटी-सी सौर पैनल इनस्टॉल करने वाली कंपनी का मालिक था। मैं पहली बार उससे अपने रेस्तरां में ही मिली थी, और उस पहली ही मुलाकात में वह मुझे पसंद आ गया था। मुझे याद है कि वह रेस्तरां में आकर बैठा था और मैं ऑर्डर लेने के लिए उसके पास गई थी। उसने मेन्यू से नज़रें उठाकर मेरी तरफ देखा था और मुस्करा दिया था। वह धैर्यवान, मिलनसार और शांत स्वभाव का था। मैंने परी बुआ को उसके बारे में जो बताया था, वह सच नहीं है। नील ने मुझे किसी और खूबसूरत लड़की के लिए नहीं छोड़ा था। मैंने ही उसके साथ संबंध बिगाड़ा था। वह बेचारा तो इस्लाम धर्म अपनाने और फ़ारसी भाषा सीखने तक के लिए तैयार हो गया था, मगर फिर मैं उसमें दूसरे नुक्स निकालने लगी थी, दूसरे बहाने तलाशने लगी थी उससे रिश्ता बिगाड़ने के। जैसे-जैसे बात शादी के करीब पहुँचती गई, मेरा डर बढ़ता गया, और आखिर में जब मेरे लिए अपने काँच के टैंक से बाहर जाने का ख़याल हद से ज़्यादा डरावना हो गया तो मैंने सबकुछ

ख़त्म कर लिया और भागकर अपने घर के उन्हीं जाने-पहचाने कोनों में छिप गई जिनमें छिपे रहने की मुझे बचपन से आदत थी।

परी बुआ उठकर खड़ी होने लगीं तो मैं अपने ख्यालों से बाहर आई। जब वह खड़ी होकर अपने कपड़ों की सिलवटें ठीक कर रही थीं तो उन्हें देखते हुए मुझे फिर से इस बात का अहसास हुआ कि उनका यहाँ होना, मेरे साथ, मेरे इतने करीब, कितना बड़ा चमत्कार था।

"मैं आपको कुछ दिखाना चाहती हूँ," मैंने उनसे कहा।

मैं उठकर अपने कमरे में गई। घर से कभी बाहर न निकलने का एक नुकसान यह भी होता है कि कोई कभी आपके पुराने कमरे की सफाई नहीं करता, कोई आपके बचपन के खिलौनों को गैराज सेल में नहीं बेचता, कोई भी आपके पुराने कपड़े दान में नहीं देता। मैं तीस बरस की होने को आ गई हूँ और अभी भी मेरे पास बचपन की इतनी सारी यादगार चीज़ें पड़ी हैं कि क्या बताऊँ। उनमें से ज़्यादातर मेरे बिस्तर के नीचे पड़े एक बड़े संदूक में भरी हुई हैं। अभी मैं उसी संदूक को खोल रही हूँ। उसके अंदर पुरानी गुड़ियाँ हैं। वो गुलाबी टट्टू है जिसके गले के लम्बे बाल मैं संवार सकती थी। चित्रों की किताबें हैं। राजमा, ग्लिटर और छोटे-छोटे चमकीले सितारों से बने वे तमाम बर्थडे और वैलेंटाइन कार्ड्स हैं जो मैंने बचपन में बाबा और अम्मी के लिए बनाए थे। पिछली बार जब हमने बात की थी, नील और मैंने, जब फाइनली हमारा रिश्ता टूट गया था, तो उसने कहा था, मैं तुम्हारा और इंतज़ार नहीं कर सकता, परी। मैं तुम्हारे बड़े होने का और इंतज़ार नहीं करूँगा।

मुझे जो चाहिए था वो सामान निकालकर मैंने संदूक को वापस बंद कर दिया और बैठक में आ गई, *जहाँ परी बुआ बाबा के सामने वाले सोफे पर बैठी थीं। मैं जाकर उनकी बगल में बैठ गई।*

"यह लीजिए," मैंने उन्हें पोस्टकार्ड्स का एक बण्डल थमाते हुए कहा।

उन्होंने बगल की मेज़ पर रखा अपना चश्मा उठाकर पहना और पोस्टकार्डों के बण्डल पर चढ़ी रबर को खींचकर उतार दिया। पहले पोस्टकार्ड को देखकर चौंकने वाले अंदाज़ में उनकी भौंहें सिकुड़ गईं। पोस्टकार्ड पर लास वेगास की तस्वीर थी, सीज़र्स पैलेस की, जो कि रात में ली गई थी। पैलेस तरह-तरह की रोशनियों से जगमगा रहा था। उन्होंने पोस्टकार्ड पलटा और वहाँ लिखे नोट को बोल-बोलकर पढ़ने लगीं।

21 जुलाई, 1992

डिअर परी,

तुम यकीन नहीं करोगी कि यहाँ कितनी गर्मी पड़ती है। आज बाबा ने गलती से हमारी किराए की कार के बोनट पर हाथ रख दिया तो उनकी हथेली में छाला पड़ गया! मम्मा को उस पर टूथपेस्ट लगाना पड़ा। पता है, सीज़र्स पैलेस होटल में रोमन सैनिक घूमते हैं– हाथों में तलवार लिए, सिर पर हेलमेट लगाए और शरीर पर लाल चोगे पहने हुए! बाबा कितना पीछे लगे रहे मम्मा के कि उनके साथ एक तस्वीर निकलवा ली जाए, मगर मम्मा नहीं मानीं। मगर मैंने निकलवा ली! मैं घर पहुँचकर तुम्हें दिखाऊँगी। अभी के लिए बस इतना ही। मुझे तुम्हारी बहुत याद आ रही है।

काश तुम यहाँ होतीं।

परी

परिशिष्ट: यह चिट्ठी लिखते समय मैं जिस आइसक्रीम सुन्दे (फल-मिश्रित आइसक्रीम) का मज़ा ले रही हूँ, उससे ज़्यादा लज़ीज़ आइसक्रीम सुन्दे मैंने कभी नहीं खाया।

फिर उन्होंने अगला पोस्टकार्ड उठाया। हर्स्ट कैसल। अबकी बार उन्होंने होंठों ही होंठों में पढ़ा। *उसका अपना चिड़ियाघर था! कितनी कमाल की बात है न यह? कंगारू, ज़ेबरा, हिरन, बैक्ट्रियन ऊँट–वही जिनकी पीठ पर दो कूबड़ होते हैं!* फिर तीसरा पोस्टकार्ड। *डिज़्नीलैंड की एक तस्वीर,* मिकी जादूगर की टोपी पहने, जादू की छड़ी लहराते हुए। *जैसे ही छत से लटका हुआ आदमी गिरा, मम्मा चीख पड़ीं! तुम्हें उनकी चीख सुननी चाहिए थी!* चौथा पोस्टकार्ड। ला जोला कोव। बिग सुर। 17 मील ड्राइव। म्यूर वुड्स। लेक ताहो। तुम्हें बहुत याद कर रही हूँ। *तुम्हें पक्का यह जगह बहुत पसंद आती। काश तुम यहाँ होतीं।*

काश तुम यहाँ होतीं।

काश तुम यहाँ होतीं।

इसी तरह एक-एक करके सारे पोस्टकार्ड्स पढ़ लेने के बाद परी बुआ ने चश्मा उतारकर वापस टेबल पर रख दिया। "तुमने खुद को ही पोस्टकार्ड्स लिखे?"

मैंने इंकार में सिर हिलाया। "आपको।" कहकर मैं हँस पड़ी। "अब सोचती हूँ तो बड़ी शर्म आती है।"

परी बुआ ने पोस्टकार्ड टेबल पर रख दिए और मेरे और करीब आ गईं। "क्या कहानी है, बताओ मुझे।"

मैं सिर नीचे करके अपने हाथों की तरफ देखने लगी और अपनी कलाई पर बंधी घड़ी को आगे-पीछे घुमाने लगी। "बचपन में मैंने यह कल्पना कर ली थी कि हम जुड़वाँ बहनें हैं, आप और मैं, और साथ-साथ एक ही कमरे में रहते हैं, एक ही स्कूल में पढ़ते हैं। भले किसी और को आप दिखाई नहीं देती थीं, मगर आप हरदम मेरे साथ रहती थीं, और मैं आपके साथ अपनी हर बात शेयर करती थी, आपको अपने हर राज़ का राज़दार बनाती थी। मेरे लिए आप एक जीती-जागती लड़की थीं–हूबहू मेरे जैसी–जो हमेशा मेरे बहुत करीब रहती थीं। आपकी वजह से मेरा अकेलापन कम हो जाता था। मुझे अपने दिल में आपकी धड़कन सुनाई देती थी, मानो हम 'एक जिस्म दो जान' हों। मेरा मतलब समझ रही हैं न आप?"

उनके चेहरे पर एक प्यारी सी मुस्कान खेलने लगी। "हाँ।"

मैं हम दोनों की कल्पना एक ही पेड़ से गिरीं उन दो पत्तियों के रूप में करती थी जो हवा के साथ एक-दूसरे से मीलों दूर उड़ रही थीं, मगर फिर भी उस पेड़ की गहरी जड़ों के कारण एक-दूसरे से बंधी हुई थीं जिससे टूटकर गिरी थीं।

"मेरे साथ मगर इसका बिल्कुल उल्टा था," परी बुआ ने कहा। "तुम कहती हो कि तुम्हें किसी की (मेरी) मौजूदगी का अहसास होता था, मगर मुझे अहसास होता था किसी की गैर-मौजूदगी का। किसकी, यह समझ नहीं आता था। एक ऐसा दर्द था जिसका कोई कारण पता नहीं चलता था। मैं उस मरीज़ की तरह थी जो डॉक्टर को यह नहीं बता सकती थी कि उसे कहाँ दर्द हो रहा है, बस इतना ही कह सकती थी कि दर्द हो रहा है।" कहकर उन्होंने अपना हाथ मेरे हाथ पर रख दिया, और अगले कई मिनटों तक हम दोनों में से कोई कुछ नहीं बोला।

आरामकुर्सी पर लेटे बाबा ने करवट बदली और कुछ बड़बड़ाए।

"मुझे वाकई बहुत अफ़सोस है," आखिरकार मैंने कहा।

"किस बात का?"

“कि आप दोनों एक-दूसरे से बहुत देर से मिले।”

“मगर मिल तो गए न? देर आए, दुरुस्त आए,” वह बोलीं। उनकी आवाज़ में भावनाओं का ज्वार महसूस हो रहा था। “बेशक आज वह मुझे पहचानने की हालत में नहीं है। मगर कोई बात नहीं। मैं फिर भी खुश हूँ। मुझे अपना खोया हुआ हिस्सा मिल गया है।” उन्होंने मेरे हाथ को हौले से दबाया। “और मुझे तुम मिल गई हो, परी।”

उनके इस आख़िरी वाक्य ने मेरी बचपन की यादों को ताज़ा कर दिया। मुझे याद है कि कैसे जब मैं अकेलापन महसूस करती थी, तो उनका नाम–हमारा नाम–बुदबुदाती थी और साँस रोककर उस नाम की प्रतिध्वनि सुनाई देने का (यानी कि मेरी पुकार के बदले उनके द्वारा मेरा नाम पुकारे जाने का) इंतज़ार करती थी, इस यकीन के साथ कि भले आज नहीं मगर किसी न किसी दिन वह प्रतिध्वनि ज़रूर आएगी। और आज इस बैठक में उनके मुँह से अपना नाम सुनकर ऐसा लग रहा है मानो हमारी जुदाई के सारे बरस सिमटते जा रहे हों, मानो वह अरसा सिकुड़कर एक तस्वीर, एक पोस्टकार्ड की चौड़ाई के बराबर रह गया हो और अपने साथ मेरे बचपन की सबसे कीमती सौगात को भी खींच लाया हो और लाकर उसे मेरे पास, मेरी बगल में बिठा दिया हो–मेरा हाथ थामे और मेरा नाम पुकारते। हमारा नाम। मुझे ऐसा महसूस हो रहा है जैसे मेरे भीतर कोई पुर्जा, जो बहुत पहले अपनी जगह से खिसक गया था, वह वापस अपनी जगह बैठ गया हो। कुछ ऐसा जो बहुत पहले टूट गया था, अब फिर से जुड़ रहा हो। और मुझे अपने सीने में एक हल्की सी हलचल महसूस हुई, जैसे मेरे दिल के बगल में ही और एक दिल की बंद पड़ी धड़कन फिर से चालू हो गई हो।

बाबा की नींद खुल गई थी। अपनी कोहनियों को आरामकुर्सी के हत्थों पर टिकाकर वह उठ बैठे और आँखें मलने लगे। जब उनकी आँखें देखने लायक हुईं तो हमें अपने सामने बैठे पाकर बोले, “तुम लड़कियाँ यहाँ बैठकर क्या साज़िश रच रही हो?”

इतना कहकर वह मुस्करा दिए।

एक और बच्चों की कविता। यह एविग्रन वाले पुल के बारे में है। परी बुआ ने पहले उसकी धुन गुनगुनायी और फिर बोल बताए :

एविग्रन के पुल पर

हम वहाँ नाचते हैं, हम वहाँ नाचते हैं
एविग्नन के पुल पर
हम सब वहाँ एक घेरे में नाचते हैं।

"बचपन में मम्मा ने मुझे सिखाई थी यह कविता," उन्होंने ठंडी हवा के झोंके से बचने के लिए अपने स्कार्फ की गाँठ कसते हुए कहा। हवा सर्द है, हालाँकि आसमान साफ़ है और सूरज चमक रहा है। उसकी किरणें रोन नदी के पानी पर पड़कर सुनहरी चमक पैदा कर रही हैं। "फ्रांस में बच्चे-बच्चे को यह कविता आती है।"

हम नदी किनारे की एक लकड़ी की बेंच पर बैठे हैं। परी बुआ जब इस फ्रांसीसी कविता का अनुवाद कर रही थीं, तब मैं नदी के उस पार बसे शहर को देख-देखकर अचंभित हो रही थी। हाल ही में अपने अतीत से परिचित होने का ही आश्चर्य अभी कम नहीं हुआ था और मैं एक ऐसे शहर में खड़ी थी जहाँ इतिहास की भरमार है, और सबसे अच्छी बात यह कि उसे बहुत अच्छी तरह से संजोया गया है, संरक्षित करके रखा गया है, उसका बाकायदा डॉक्यूमेंटेशन किया गया है। कमाल की जगह है। इस शहर की हर चीज़ कमाल है और मुझे हैरत से भर रही है–हवा की शुद्धता, हवा की गति (जिसके कारण नदी का पानी थपेड़ों की शक्ल में पथरीले तटों से आकर टकराता रहता है), खिली-खिली धूप (जो ऐसे लगती है मानो चारों दिशाओं से आ रही हो) और खुशनुमा वातावरण। यहाँ से बैठकर मुझे नदी के पार इस एतिहासिक शहर की चारदीवारी (जैसे किलों की प्राचीरें होती हैं, वैसी) दिखाई पड़ रही है, जिसके भीतर बीचोंबीच शहर का मुख्य भाग है (जिसे सिटी सेंटर कहा जाता है) और उसके चारों ओर संकरी और टेढ़ी-मेढ़ी गलियों का जाल है जहाँ लोगों के घर और बाज़ार वगैरह हुआ करते थे। साथ ही एविग्नन कैथेड्रल का पश्चिमी टॉवर भी दिखाई पड़ रहा है, जिसके ऊपर वर्जिन मैरी की सोने की परत चढ़ी मूर्ति लगी है (जो धूप में चमक रही है)। परी बुआ मुझे इस पुल का इतिहास बता रही हैं, उस युवा चरवाहे के बारे में बता रही हैं जिसने बारहवीं शताब्दी में यह दावा किया था कि देवदूतों ने उसे नदी पर एक पुल बनाने के लिए कहा था, और जिसने एक विशाल चट्टान उठाकर नदी में फेंकी थी ताकि उसके दावे की सत्यता सिद्ध हो सके। फिर उन्होंने मुझे रोन नदी के उन नाविकों के बारे में बताया जो अपने संरक्षक संत निकोलस के सम्मान में इस पुल पर चढ़े थे। और सदियों से आ रहीं उन तमाम बाढ़ों के बारे में भी जिन्होंने धीरे-धीरे पुल के मेहराबों को ढहा दिया था। इस शहर के अतीत से जुड़े ये तमाम

ब्यौरे देते समय परी बुआ बहुत उत्साहित भी थीं और नर्वस भी। वह इस तरह जल्दी-जल्दी बोल रही थीं जैसे उनके पास बताने के लिए बहुत कुछ हो और उन्हें समय कम पड़ जाने का डर हो। उनका यही हाल तब भी था जब वह उसी दिन पहले मुझे गॉथिक पैलेस डेस पेप्स घुमाने ले गई थीं। वहाँ भी कभी वह मेरे कानों में लगे ऑडियो-गाइड हेडफ़ोन उठाकर किसी भित्तिचित्र की तरफ इशारा करती थीं और फिर उत्साह से उसके बारे में बताने लगती थीं, तो कभी मेरी कोहनी थपथपाकर मेरा ध्यान छत पर की हुई किसी दिलचस्प नक़्क़ाशी, किसी ख़ास तरह के मटेरियल, या किसी विशिष्ट संरचना की तरफ आकर्षित करती थीं।

पोप के महल के बाहर तो वह लगभग बिना रुके बोलती रहीं। गिरजाघर के चौक और उसके आसपास कबूतरों के झुण्डों, पर्यटकों, भड़कीले कपड़े पहनकर कंगन और नकली घड़ियाँ बेचते अफ्रीकी दुकानदारों, और आँखों पर रंगीन चश्मा चढ़ाए अपने अकॉस्टिक गिटार पर 'बोहेमियन रैप्सोडी' बजा रहे नयी उम्र के संगीतकारों के बीच टहलते हुए उनके मुँह से उस महल से जुड़े सभी संतों, पोपों और कार्डिनलों के नाम इस तरह धाराप्रवाह निकल रहे थे मानो इतने बरसों से वह हर दिन उन्हें याद करती आ रही हों। मुझे याद नहीं है कि जब वह अमरीका आई थीं तब मैंने उनमें इतनी वाचालता देखी थी, और मुझे ऐसा लगता है कि उनकी यह वाचालता असल में एक मुखौटा है। असल में वह कुछ और बात करने के लिए सही समय का इंतज़ार कर रही हैं। मतलब, अभी वह उस असल बात के इर्द-गिर्द घूम रही हैं जो वह असल में करना चाहती हैं, और जो बाद में हम करेंगे। अभी वह उसके लिए खुद को तैयार कर रही हैं; उनके ये सारे शब्द एक पुल की तरह हैं जो हमें उस असल बात से जोड़ेंगे।

"मगर असली पुल तो तुमने अभी देखा ही नहीं है, वो तो तुम अभी देखोगी," उन्होंने कहा। "जब सब लोग आ जाएँगे, तब हम सब साथ में पोंट डू गार्ड जाएँगे। *तुम जानती हो उसके बारे में? नहीं?* वो सचमुच बेमिसाल है। रोमनों ने इसे पहली शताब्दी में यूरे से नीम्स तक पानी ले जाने के लिए बनाया था। पचास किलोमीटर! यह इंजीनियरिंग का एक उत्कृष्ट नमूना है, परी।"

मैं पिछले चार दिनों से फ्रांस में हूँ, और पिछले दो दिन से एविग्नन में। यहाँ आने के लिए परी बुआ और मैंने पेरिस से ट्रेन पकड़ी थी। पेरिस में जब हम ट्रेन में बैठ रहे थे तब आसमान बादलों से घिरा हुआ था और कड़ाके की ठण्ड थी, मगर एविग्नन में जब हम ट्रेन से उतरे तो हमने पाया था कि आसमान साफ था, सुहावनी हवा चल रही थी और हर पेड़ से झींगुरों की भिनभिन सुनाई दे रही थी। स्टेशन पर ट्रेन से अपना सामान उतारना मेरे लिए बड़ा मशक़्क़त भरा साबित हुआ

था, क्योंकि ट्रेन ज़रा देर के लिए रुकती थी। बड़ी मुश्किल से मैं दरवाज़े बंद होने के बमुश्किल एक सेकंड पहले उतर पाई थी, वह भी छलांग लगा के। मैंने मन ही मन सोचा कि वापस जाकर बाबा को बताऊँगी कि कैसे अगर मैं दो-एक सेकंड लेट हो गई होती तो मार्सिले पहुँच जाती।

कैसा है वो? परी बुआ ने पेरिस में चार्ल्स डी गॉल से अपने घर तक टैक्सी में जाते समय पूछा।

अपनी नियति के तय किए हुए रास्ते पर थोड़ा और आगे बढ़ गए हैं, मैंने जवाब दिया।

बाबा अब एक नर्सिंग होम में रहते हैं। जब मैं पहली बार उस नर्सिंग होम का जायज़ा लेने गई थी और वहाँ की डायरेक्टर पेनी–घुंघराले स्ट्रॉबेरी बालों वाली एक लंबी-छरहरी महिला–ने मुझे सब जगह घुमाया था तो मेरे मन में यही आया था कि वह जगह इतनी बुरी भी नहीं थी।

और इस बात से मैं इतनी हैरान थी कि बेखयाली में मेरे मुँह से निकल भी गया: *इतना बुरा भी नहीं है* आपका नर्सिंग होम। जगह साफ़-सुथरी थी, खिड़कियों से बाहर बगीचे का नज़ारा दिखाई देता था, जहाँ हर बुधवार को साढ़े चार बजे चाय पार्टी होती थी। लॉबी में दालचीनी और चीड़ की हल्की-हल्की खुश्बू वाला रूम फ्रेशनर छिड़का गया था। वहाँ काम करने वाले कर्मचारी भी–जिनमें से ज़्यादातर को मैं अब उनके पहले नाम से जानने लगी हूँ–विनम्र, धैर्यवान और अपने काम में माहिर मालूम हुए मुझे। मैंने सोचा था कि मुझे यहाँ ऐसी बूढ़ी औरतें रहती मिलेंगी जिनके चेहरों पर मनहूसियत छाई होगी, जिनकी ठुड्डी पर बाल होंगे, जिनके मुँह से लार टपकती रहती होगी, और जिनका ज़्यादातर समय खुद से बातें करते या टेलीविजन के सामने बैठे रहकर बीतता होगा। मगर मैंने यहाँ जिन लोगों को रहते देखा, उनमें से ज़्यादातर इतने बूढ़े नहीं थे। और कई तो व्हीलचेयर पर भी नहीं थे।

मुझे लगता है मैंने इस जगह के इससे भी बुरे होने की उम्मीद की थी, मैंने कहा।

वाकई? पेनी ने एक सुखद और पेशेवर हँसते हुए कहा।

आई एम सो सॉरी। मुझे ऐसा नहीं कहना चाहिए था।

आपको सॉरी कहने की कोई ज़रूरत नहीं है। हम इस बात से अच्छी तरह वाकिफ हैं कि ज़्यादातर लोगों के मन में इस तरह की जगहों की क्या छवि है,"

पेनी ने चलते-चलते कहा। "और फिर यह इस नर्सिंग होम का असिस्टेड-लिविंग एरिया (आवासीय परिसर) है। आपने अपने बाबा के बारे में जो बताया है, उससे मुझे नहीं लगता कि वे यहाँ ठीक से रह पाएँगे। मेरे विचार से मेमोरी केयर यूनिट उनके लिए ज़्यादा सही होगी। यह रही वह यूनिट। आइए मैं आपको भीतर से दिखा देती हूँ।

पेनी ने दरवाज़े के कार्ड स्लॉट में अपना कार्ड डालकर दरवाज़ा खोला और हम भीतर दाखिल हुए। इस कमरे में दालचीनी या चीड़ की खुश्बू नहीं थी। मेरा मन एकदम से बुझ गया और मेरे दिमाग में पहला ख़याल यही आया कि मुड़कर वापस बाहर चली जाऊँ। मगर पेनी ने मेरा हाथ थाम लिया और हौले से दबाया और बड़ी कोमलता से मेरी तरफ देखा। बाकी का दौरा मैंने भारी अपराध-बोध से जूझते हुए पूरा किया।

यूरोप जाने से एक दिन पहले सुबह मैं बाबा से मिलने गई। आवासीय क्षेत्र की लॉबी से गुज़रते समय मैंने रिसेप्शन पर बैठी कारमेन का हाथ हिलाकर अभिवादन किया। वह ग्वाटेमाला की रहने वाली है और रिसेप्शन पर आने वाले फोन अटेंड करती है। फिर मैं कम्युनिटी हॉल के सामने से गुज़री, जहाँ कोई संगीत प्रस्तुति चल रही थी। श्रोताओं के रूप में नर्सिंग होम के निवासी बैठे थे और उनके सामने हाई स्कूल के बच्चों का एक म्यूज़िक बैंड प्रस्तुति दे रहा था। उसके बाद मैं मल्टीपरपज़ रूम के सामने से गुज़री, जहाँ कंप्यूटर थे, किताबों की अलमारियाँ थीं और डोमिनो सेट्स थे। उसके बाद उस बुलेटिन बोर्ड के सामने से जिस पर तरह-तरह के सुझाव और घोषणाएँ लिखी हुई थीं, *मसलन: क्या आप जानते हैं कि सोया आपके खराब कोलेस्ट्रॉल को कम कर सकता है? याद रखें कि इस मंगलवार सुबह 11 बजे पज़ल्स एण्ड रिफ्लेक्शन ऑवर (पहेलियाँ सुलझाने और रचनात्मक चिंतन करने का सत्र) आयोजित किया जाएगा!*

मैं मैमोरी केयर यूनिट में दाखिल हुई। नर्सिंग होम के इस हिस्से में चाय पार्टी नहीं होती, और न ही बिंगो। यहाँ कोई भी अपनी सुबह की शुरुआत 'ताई ची' से नहीं करता। मैं बाबा के कमरे में गई, मगर वह वहाँ नहीं थे। उनका बिस्तर बना हुआ था, टीवी बंद था, और सिरहाने की टेबल पर आधा भरा पानी का गिलास रखा था। मुझे थोड़ी राहत मिली। मुझे बाबा को अस्पताल के बिस्तर पर हाथ तकिए के नीचे दबाए करवट लेकर लेटे होना और धँसी हुई आँखों और खाली-खाली नज़रों से मुझे देखना बिल्कुल पसंद नहीं है।

बाबा मुझे मनोरंजन-कक्ष में मिले, बगीचे की तरफ खुलने वाली खिड़की के पास अपनी व्हीलचेयर पर बैठे हुए। उन्होंने फलालैन का पजामा और अपनी

न्यूज़बॉय कैप पहन रखी थी। उनकी गोद में वह चीज़ थी जिसे पेनी 'नर्वस कुलबुलाहट दूर करने वाला यंत्र' कहती थी। असल में वह एक एप्रन था, जिसमें कई सारी डोरियाँ थीं, जिन्हें बाबा मोड़ और मरोड़ सकते थे और कई सारे बटन थे जिन्हें वे खोलना और बंद करना पसंद करते थे। पेनी कहती है कि इससे उनकी उँगलियाँ चलती रहती हैं, जिससे दिमागी विकलता/कुलबुलाहट उन्हें परेशान नहीं कर पाती।

मैंने उनका गाल चूमा और एक कुर्सी खींचकर उनके पास बैठ गई। किसी ने आज उनकी दाढ़ी बनाई थी और उनके बालों को गीला करके कंघी भी की थी। उनके चेहरे से साबुन की खुश्बू आ रही थी।

कल वह दिन है, जिसका मुझे इतने दिनों से इतनी बेसब्री से इंतज़ार था, मैंने कहा। मैं फ्रांस के पेरिस शहर घूमने जा रही हूँ। याद है मैंने आपको बताया था?

बाबा ने उसी अनजान भाव से देखते हुए पलकें झपकाईं। उनका ऐसे देखना मेरे लिए नया नहीं था। लकवे का दौरा पड़ने से पहले से ही वह ऐसे हो चले थे। हर चीज़ को ऐसे देखते थे जैसे उसे पहचानते ही न हों। न किसी से बोलते थे और न ही किसी की बात सुनते मालूम होते थे। दिन-दिन भर चुपचाप अकेले ऐसे बैठे रहते थे मानो पूरी तरह मायूस हो चुके हों, हर चीज़ से हर तरह से निराश हो चुके हों। लकवा लगने के बाद से उनका चेहरा मास्क जैसा हो गया है, एक ही जगह पर अटक गया है–एक तरफ को थोड़े से उठे होंठ, जिससे लगता है जैसे ज़रा सा मुस्करा रहे हों, मगर वह मुस्कान कभी उनकी आँखों तक नहीं पहुँचती। लकवा लगने के बाद से उन्होंने एक शब्द भी नहीं बोला है। कभी-कभी उनके होंठ खुलते हैं और वे एक गहरी साँस छोड़ते हुए आआआह जैसी आवाज़ निकालते हैं, जिससे ऐसा लगता है मानो वह आश्चर्य व्यक्त कर रहे हैं, या मैंने जो कहा उससे अपनी पिछली ज़िन्दगी की कोई हल्की सी याद उनके ज़ेहन में उभर आई है।

हम पेरिस में मिलेंगे, और फिर ट्रेन से एविग्नन जाएँगे। यह दक्षिणी फ्रांस के पास एक कस्बा है। यहीं पर चौदहवीं शताब्दी में पोप लोग रहते थे। हम वहाँ की तमाम एतिहासिक जगहें देखेंगे। मगर जो सबसे अच्छी बात है वो यह है कि परी बुआ ने अपने सभी बच्चों को मेरे आने के बारे में बता दिया है और वे सब भी हमारे साथ जाएँगे।

बाबा मुस्कराते रहे, ठीक वैसे ही जैसे वे तब मुस्करा रहे थे जब एक हफ्ते पहले हेक्टर उनसे मिलने आया था; ठीक वैसे ही जैसे वे तब मुस्करा रहे थे जब मैंने उन्हें सैन फ्रांसिस्को स्टेट के 'कॉलेज ऑफ़ आर्ट्स एंड ह्यूमनेटीज़' में दाखिले के लिए अपना आवेदन-पत्र दिखाया था।

आपकी भाँजी इसाबेल और उनके पति अल्बर्ट का प्रोवेंस में, लेस बॉक्स नामक कस्बे के पास, एक फार्म हाउस है। मैंने अभी इसे ऑनलाइन ही देखा है, बाबा, मगर मैं कह सकती हूँ कि यह बेहद खूबसूरत कस्बा है। यह एल्पाइल्स पर्वतमाला की चूना पत्थर की पहाड़ियों पर बसा है। वहाँ एक मध्ययुगीन किला भी है जो अब खंडहर हो चुका है। इसके अलावा आप वहाँ से नीचे मैदानों और बागों का नज़ारा भी कर सकते हैं। मैं ढेर सारी तस्वीरें लूँगी और वापस आकर आपको दिखाऊँगी।

पास ही एक टेबल पर बाथरोब पहने बैठी एक बूढ़ी औरत बेपरवाही से एक जिगसॉ पज़ल के टुकड़ों को इधर-उधर सरका रही थी। उससे अगली मेज़ पर फूले-फूले सफेद बालों वाली एक और औरत बर्तनों की अलमारी में काँटे, चम्मच और मक्खन काटने वाले चाकू जमाने की कोशिश कर रही थी। कोने में लगे बड़े स्क्रीन वाले टीवी पर रिकी और लूसी आपस में बहस कर रहे थे और उनके हाथ एक हथकड़ी से आपस में जकड़े हुए थे।

बाबा ने कहा, *आआआह!*

एलेन, आपका भाँजा, और उसकी पत्नी एना स्पेन से अपने पाँचों बच्चों के साथ आ रहे हैं। मुझे अभी उन सबके नाम नहीं पता, मगर मुझे यकीन है कि मैं याद कर लूँगी। और सबसे अच्छी बात–और यही वो बात है जिससे परी बुआ बहुत खुश हैं–कि आपका दूसरा भाँजा–उनका सबसे छोटा बेटा, थिएरी–भी आ रहा है। बुआ ने उसे बरसों से नहीं देखा है। उनकी बात भी नहीं हुई है। मगर वह अफ्रीका में अपनी नौकरी से छुट्टी लेकर आ रहा है। तो इस तरह यह एक बड़ा 'पारिवारिक पुनर्मिलन कार्यक्रम' होने वाला है।

जाने से पहले मैंने एक बार फिर उनके गाल को चूमा और कुछ देर अपना चेहरा उनके चेहरे से सटाए रखा। मुझे याद आया कि कैसे जब मैं छोटी थी तो वह मुझे किंडरगार्टन से लेने आते थे और फिर हम डेनीज़ जाते थे, मम्मा को काम से वापस लाने के लिए। वहाँ हम एक बूथ पर बैठकर मम्मा के साइन आउट करने का इंतज़ार करते थे। और इस दौरान मैं आइसक्रीम खाते-खाते (जो वहाँ का मैनेजर हमेशा मुझे देता था) बाबा को उस दिन बनाए अपने चित्र दिखाती थी।

वह कितने ध्यान और इत्मीनान से हरेक चित्र को देखते थे, उसकी बारीकियों पर गौर करते थे और मेरा हौसला बढ़ाते थे।

बाबा अपनी स्थायी मुस्कान के साथ मेरी तरफ देख रहे थे।

अरे, मैं तो भूल ही गई थी।

मैं नीचे झुकी और वो किया जो मैं और बाबा बचपन में रात को सोने से पहले एक-दूसरे से विदा लेते समय करते थे। अब मैं इसे तब करती हूँ जब मुझे बाबा से विदा लेकर कहीं जाना होता है। मैंने अपनी उँगलियाँ उनके गालों से छुआईं, फिर धीरे-धीरे ऊपर की तरफ खिसकाते हुए उनके झुर्रीदार माथे और कनपटी पर ले गई, फिर उनके बालों और सिर से होते हुए उनके कान के पीछे तक ले गई। साथ ही रास्ते में मिलने वाले हरेक बुरे सपने को तोड़कर एक अदृश्य थैले में भरती गई। आखिर में जब सारे बुरे सपने थैले में इकट्ठे हो गए, तब मैंने एक अदृश्य रस्सी से उस अदृश्य थैले का मुँह कसकर बाँध दिया। इस तरह मैंने उनके दिमाग से सभी बुरे सपने निकाल दिए।

हो गया।

बाबा ने वैसी ही आआआह की आवाज़ निकाली।

अब अच्छे-अच्छे सपने देखना, बाबा। दो हफ्ते बाद मिलते हैं। यह कहते हुए मुझे अहसास हुआ कि इससे पहले हम कभी इतने लंबे अरसे तक अलग नहीं रहे थे।

मैमोरी केयर सेण्टर से बाहर आते वक़्त मुझे ऐसा आभास हुआ जैसे बाबा मुझे देख रहे हों। मगर जब मैंने मुड़कर देखा, तो उनका सिर नीचे था और वे अपने एप्रन के बटन से खेल रहे थे।

परी बुआ अब इसाबेल और अल्बर्ट के फार्महाउस के बारे में बात कर रही हैं। उन्होंने मुझे उसकी तस्वीरें दिखाई हैं। यह लुबेरन पहाड़ियों पर बना प्रोवेंशियल शैली का खूबसूरत फार्महाउस है, जो पत्थरों से बनाया गया है। इसाबेल और अल्बर्ट ने जब इसे खरीदा था तब यह इतना अच्छा नहीं था, बाद में उन्होंने इसको नए सिरे से तैयार करवाया और तब जाकर यह अपनी आज की शक्ल में आया है। इसमें आगे की तरफ एक बड़ा-सा बागीचा है, जिसमें तरह-तरह के फलों और फूलों के पेड़ लगे हैं। वहीं एक मंडप-सा भी बना है, जिस पर तरह-तरह की लताएँ और बेलें चढ़ी हुई हैं। यह मंडप छाया भी देता है और बगीचे की शोभा भी बढ़ाता है।

"जो तस्वीरें मैंने तुम्हें दिखाई थीं, उनमें शायद तुम्हें दिखाई न दे, मगर वहाँ से वाउक्लूस पर्वतमाला का शानदार नज़ारा दिखता है।"

"क्या हम सब इसमें समा पाएँगे? एक फार्महाउस के लिहाज़ से हम लोगों की संख्या ज़्यादा नहीं है?"

"जितने ज़्यादा लोग, उतनी ज़्यादा खुशी," उन्होंने फ्रेंच में कहा। "अंग्रेज़ी में इसको क्या कहते हैं?"

"जितने ज़्यादा लोग, उतना ज़्यादा मज़ा।"

"हाँ-हाँ, वही।"

"और बच्चों का क्या हुआ? वे कहाँ हैं–"

"परी?"

मैंने उनकी तरफ देखा। "हाँ?"

उन्होंने एक गहरी साँस छोड़ी। "अब तुम मुझे 'वह' दे सकती हो।" यह थी वह असली बात जिसे करने के लिए उन्होंने इतना लम्बा पुल बनाया था।

मैंने सहमति में सिर हिलाया और अपने पैरों के बीच रखे हैण्डबैग की चेन खोली।

मुझे लगता है कि यह महीनों पहले ही मेरे हाथ लग जाना चाहिए था, तब जब मैंने बाबा को नर्सिंग होम में शिफ्ट किया था। उस वक़्त मैं बाबा का सामान पैक कर रही थी, और उसके लिए मैंने गलियारे में रखी अलमारी से एक सूटकेस निकाला था। अलमारी में एक के ऊपर एक कुल तीन सूटकेस रखे थे, जिनमें से सबसे नीचे वाले में 'यह' चीज़ थी। मैंने सबसे ऊपर वाला सूटकेस उठाया और उसमें बाबा का सामान भरने लगी। सारा सामान उसी में आ गया और इसलिए मुझे बाकी के दो सूटकेसों को निकालने की ज़रूरत ही नहीं पड़ी। फिर अभी कुछ दिनों पहले आखिरकार मैंने हिम्मत जुटाकर बाबा और अम्मी का कमरा खाली किया। पुराना वॉलपेपर उखाड़ दिया, दीवारों को फिर से रंग किया। मैंने उनका क्वीन-साइज़ पलंग और मम्मा की ड्रेसिंग टेबल, जिसमें अंडाकार शीशा लगा था, बाहर निकाल दी। मैंने उनकी अलमारियों से प्लास्टिक के कवर में लिपटे बाबा के सूट और मम्मा के ब्लाउज़ और ड्रेसेस निकाल दिए। इस सारे सामान को मैंने ले जाकर गैराज में इकट्ठा कर दिया और सोचा कि समय मिलते ही गुडविल जाकर सभी कुछ दान कर दूँगी। फिर मैंने अपनी कंप्यूटर डेस्क उनके कमरे में रख दी, जिसे मैं अब अपने ऑफिस के रूप में इस्तेमाल करती हूँ। और जब मेरी कॉलेज

की क्लासेस शुरू होंगी, तब मैं इसे अपने स्टडी रूम के तौर पर भी इस्तेमाल करूँगी। मैंने अपने बिस्तर के नीचे रखी पेटी भी खाली कर दी। मैंने अपने सारे पुराने खिलौने, बचपन के सभी कपड़े, और छोटे हो चुके सभी सैंडल और टेनिस शूज़ कचरे की पन्नी में भर दिए। और वे सभी कार्ड्स भी जो मैंने बाबा और अम्मी के लिए उनके जन्मदिन और फादर्स डे और मदर्स डे पर बनाए थे। मैं उन्हें अब और नहीं देख सकती थी। यह सोचकर मुझे रात को नींद नहीं आती थी कि वे मेरे पैरों के पास पड़े हैं। यह बहुत दर्दनाक था।

इसके बाद जब मैंने बरामदे की अलमारी साफ करनी शुरू की और बचे हुए दो सूटकेसों को भी गैराज में रखने के लिए बाहर निकालने लगी, तभी मुझे उनमें से एक के अंदर एक धमक महसूस हुई। जब मैंने उसे खोला तो अंदर मोटे भूरे कागज़ में लिपटा एक पैकेट मिला। पैकेट पर एक लिफाफा टेप से चिपकाया गया था। उस पर अंग्रेज़ी में लिखा था, मेरी बहन परी के लिए। मैंने तुरंत ही बाबा की लिखावट पहचान ली, क्योंकि जब मैं अबे'ज़ कबाब हाउस में काम करती थी तो बाबा के हाथ से कैश रजिस्टर पर लिखे गए टेबल नंबर और उसके ऑर्डर को पढ़कर ही रसोई में खाना तैयार करती थी।

मैंने वही पैकेट आज परी बुआ को सौंप दिया, जस का तस, बिना उसे खोलकर देखे।

वह अपनी गोद में रखे उस बक्से को यूँ देखने लगीं जैसे वह संसार का सबसे कीमती खज़ाना हो, और उस पर चिपके लिफ़ाफ़े पर लिखे शब्दों पर यूँ हाथ फिराने लगीं मानो वह बाबा का चेहरा हो। तभी नदी के उस पार से चर्च की घंटियों का स्वर वातावरण में गूँजने लगा। पानी के किनारे उभरी एक चट्टान पर एक पक्षी पानी में से पकड़ी मछली की बोटियाँ नोच रहा था।

कुछ देर बाद परी बुआ अपने पर्स में कुछ तलाशने लगीं। मगर उन्हें वह चीज़ उसमें नहीं मिली।

"मैं अपना चश्मा घर ही भूल आई," उन्होंने कहा।

"अगर आप कहें तो मैं पढ़ दूँ?"

वह पैकेट से लिफाफे को अलग करने की कोशिश करने लगीं, मगर आज उनके हाथों का हाल कुछ ज़्यादा ही खराब है शायद। थोड़ी मशक्कत के बाद आखिरकार उन्होंने पैकेट मुझे थमा दिया। मैंने पैकेट से लिफाफा अलग किया और उसे खोला। उसके अन्दर एक तह की हुई चिट्ठी थी। मैंने चिट्ठी खोली।

"उन्होंने फारसी में लिखा है।"

"तुम तो फ़ारसी पढ़ लेती हो न?" परी बुआ के चेहरे पर ऐसी चिंता और तनाव नज़र आ रहा था जैसे उम्र भर की तलाश के बाद उन्हें खज़ाने का बक्सा मिला हो, मगर उस पर लगे ताले की चाबी खो गई हो। "तुम मुझे इसका अनुवाद करके बता सकती हो न?"

"हाँ," मैंने कहा, और मन ही मन हल्की सी मुस्करा दी। इस पल मैं उन सभी मंगलवारों के लिए बाबा की आभारी महसूस कर रही थी–भले ही देर से सही–जब वह मुझे फ़ारसी कक्षाओं के लिए कैम्पबेल ले जाते थे। मुझे अब बाबा के लिए बहुत अफ़सोस हो रहा था। मुझे वह एक ऐसे आदमी की तरह दिखाई पड़ रहे हैं जो रेगिस्तान में रास्ता भटक गया है, मारा-मारा फिर रहा है, हाल बेहाल हो गया है, और जिस रास्ते से वह आ रहा है उस रास्ते पर वे तमाम कीमती चीज़ें बिखरी पड़ी हैं जो उसकी ज़िन्दगी का सरमाया हुआ करती थीं, मगर आज उसके लिए उनका कोई मतलब नहीं रह गया है।

हवा बहुत तेज़ चल रही थी, इसलिए जैसे ही मैंने चिट्ठी को खोला वह हवा में फड़फड़ाने लगी और मुझे उसे कसकर पकड़ना पड़ा। उसमें कुल तीन वाक्य लिखे थे। मैंने पढ़कर बुआ को सुनाए।

वे मुझसे कहते हैं कि मुझे ऐसे पानी में उतरना होगा जहाँ मैं जल्द ही डूब जाऊँगा। उसमें उतरने से पहले मैं यह तुम्हारे लिए किनारे पर छोड़ जा रहा हूँ। मैं दुआ करूँगा कि यह तुम्हें मिल जाए, मेरी बहन, ताकि तुम्हें पता रहे कि डूबते समय मेरे दिल में क्या था।

नीचे एक तारीख भी है। अगस्त 2007। "अगस्त 2007," मैंने कहा। "उसी समय उन्हें पहली बार अपनी बीमारी का पता चला था।" तीन बरस पहले। जब मेरी परी बुआ से पहली बार बात भी नहीं हुई थी।

बुआ ने हथेली से अपनी आँखें पोंछते हुए सिर हिलाया। तभी हमारे सामने से एक युवा जोड़ा दो सीटों और दो जोड़ी पैडलों वाली साइकिल पर सवार होकर गुज़रा। आगे की सीट पर लड़की थी–सुनहरी बालों, गुलाबी चेहरे और छरहरे बदन वाली–और लड़का–लंबे और घुंघराले बालों और साँवली रंगत वाला–पीछे वाली सीट पर था। थोड़ी ही दूर एक लड़की काले चमड़े की छोटी-सी स्कर्ट पहने घास पर बैठी थी और मोबाइल फोन पर बात कर रही थी। अपने दूसरे हाथ में उसने काले रंग के एकदम छोटे-से टेरियर कुत्ते की रस्सी पकड़ रखी थी।

फिर मैंने वह पैकेट खोला। उसके अंदर एक पुराना टिन का डिब्बा है, चाय-पत्ती का डिब्बा, जिसके ढक्कन पर एक धुंधली सी तस्वीर बनी है, लाल रंग की लंबी-सी कुर्ती पहने एक दाढ़ी वाले हिन्दुस्तानी आदमी की तस्वीर। वह हाथ में एक चाय का प्याला लिए खड़ा है, जिसमें से भाप निकल रही है। डिब्बा बहुत पुराना मालूम होता है, इसलिए ढक्कन पर बनी यह तस्वीर भी जगह-जगह से धुंधली पड़ गई है। कप में से निकलती भाप तो पूरी उड़ चुकी है और कुर्ती का लाल रंग भी हल्का होकर अब गुलाबी मालूम पड़ रहा है। मैंने डिब्बे की कुंडी खोली और ढक्कन उठाया। अंदर हर रंग और हर आकार के पंख भरे हुए थे। पक्षियों के पंख। कुछ छोटे आकार और गहरे हरे रंग के; कुछ लम्बे और डंठल की तरफ काले जबकि ऊपर अदरक जैसे रंग वाले; एक हल्के बैंगनी रंग की हल्की सी मिलावट वाला आड़ू के रंग का पंख, जो शायद किसी बत्तख का था; भूरे रंग के पंख, जिनमें भीतर की तरफ गहरे धब्बे थे; एक हरे रंग का मोर का पंख, जिसके सिरे पर एक बड़ी सी आँख बनी थी।

मैंने परी बुआ की तरफ मुड़कर पूछा, "क्या आपको इनका मतलब पता है?"

मेरी ही तरह विस्मय से भरीं परी बुआ ने धीरे से इंकार में सिर हिलाया। उन्होंने मुझसे डिब्बा लिया और उसके अंदर मौजूद पंखों को ध्यान से देखने लगीं। "नहीं," फिर उन्होंने कहा। "बस इतना पता है कि जब हम बिछड़े थे, अब्दुल्ला और मैं, तो उसे मुझसे कहीं ज़्यादा दुख हुआ था। मैं किस्मतवाली थी कि उस वक़्त मेरी उम्र बहुत कम थी। मैं भूल सकती थी। मेरे पास फिर भी भूलने की सहूलियत थी। उसके पास नहीं थी।"

उन्होंने एक पंख उठाया और उसे अपनी कलाई पर फिराने लगीं। वह उसे ऐसे निहार रही थीं मानो उम्मीद कर रही हों कि वह पंख अचानक ज़िन्दा पक्षी बनकर उड़ने लगेगा। "मुझे नहीं पता कि इस पंख का क्या मतलब है, इसकी क्या कहानी है, मगर मैं अब इतना जानती हूँ कि इसका मतलब है कि वह मेरे बारे में सोच रहा था। इतने बरसों से। मैं उसे याद थी।"

बुआ की आँखों से बेआवाज़ आँसू बह रहे थे। मैंने अपनी बाँह उनके कंधे के गिर्द फैला दी। मैं खामोशी से आसपास खड़े पेड़ों को देखती रही, अपने सामने कलकल कर बहती नदी को देखती रही, उस पोंट सेंट-बेनेज़ेट पुल को देखती रही जिसके ऊपर बनाया गया बच्चों का गीत परी बुआ ने मुझे सुनाया था। कायदे से इसे आधा पुल कहा जाना चाहिए, क्योंकि इसके मूल मेहराबों में से केवल चार

ही बचे हैं। अब यह नदी के दूसरे किनारे तक नहीं जाता बल्कि बीच में ही आकर ख़त्म हो जाता है। ऐसा लगता है जैसे यह दूसरे किनारे तक पहुँचने की कोशिश कर रहा था, मगर उसकी छलांग छोटी पड़ गई और वह आधे में ही रह गया।

उस रात होटल में मैं अपने बिस्तर पर लेटी जागती रही, खिड़की से बाहर आसमान में चलती चाँद और बादलों की आँख-मिचौली देखती रही। नीचे फुटपाथ पर लोगों के जूतों की ठकठक सुनाई दे रही थी। हँसी-ठहाके और बातचीत सुनाई दे रही थी। दो पहिया वाहनों के गुज़रने की आवाज़ें सुनाई दे रही थीं। सड़क के उस पार वाले रेस्तरां से ट्रे पर रखे गिलासों की खनक सुनाई दे रही थी। कहीं बजते पियानो की झंकार भी खिड़की से होकर मेरे कानों तक पहुँच रही थी।

मैंने करवट बदली और अपने बगल में सो रहीं परी बुआ को देखा। मद्धम रोशनी में भी मुझे उनका चेहरा साफ़ दिखाई पड़ रह है। मुझे उनके चेहरे में बाबा की झलक दिखती है–जवान और ज़िन्दादिल बाबा, उम्मीद से लबरेज़ बाबा, हमेशा खुश रहने वाले बाबा, जैसे वो पहले हुआ करते थे–और मैं जानती हूँ कि जब भी मैं परी बुआ को देखूँगी, मुझे हमेशा बाबा नज़र आएँगे। उनके रूप में वह मेरे साथ होंगे। वह मेरी अपनी हैं। और जल्द ही मैं उनके बच्चों से भी मिलूँगी, और उनके बच्चों के बच्चों से भी, और उन सभी की रगों में भी वही खून बह रहा है जो कि मेरी रगों में दौड़ रहा है। मैं अकेली नहीं हूँ। अचानक मेरे मन में खुशी की एक तेज़ लहर दौड़ गई। मैं उसे अपने भीतर बहते हुए महसूस कर रही हूँ, और अपने आप ही मेरी आँखें आशा और कृतज्ञता से नम हो गई हैं।

सोती हुई परी बुआ को देखते-देखते मुझे बाबा के साथ खेला जाने वाला वो रात का खेल याद आ रहा है। बुरे सपनों को तोड़कर बोरे में बंद करना और अच्छे सपनों का तोहफा देना। मुझे याद है वो सुखद सपना जो मैं हमेशा उन्हें दिखाया करती थी। परी बुआ को जगाए बिना मैंने हाथ बढ़ाकर धीरे से अपनी हथेली उनके माथे पर रखी और अपनी आँखें बंद कर लीं।

खिली-खिली दोपहर है। वे फिर से बच्चे बन गए हैं, भाई-बहन, उमंग और उत्साह भरी आँखों वाले सेहतमंद बच्चे। वे एक फूलों से लदे सेब के पेड़ की छाया में ऊँची-ऊँची घास के बीच लेटे हुए हैं। उनकी पीठ पर नीचे से घास की गर्माहट महसूस हो रही है और उनके चेहरों पर ऊपर खिले हुए फूलों के बीच से छनकर आतीं सूरज की किरणें झिलमिला रही हैं। वे अगल-बगल लेटे हैं, अलसाए से, इत्मीनान से भरे। भाई ने अपना सिर पेड़ की एक मोटी जड़ के किनारे पर टिकाया हुआ है, जबकि बहन का सिर भाई द्वारा अपने कोट को तह

करके उसके लिए बनाए तकिए पर है। आधी बंद पलकों से बहन ऊपर डाल पर बैठी एक चिड़िया को देख रही है। पेड़ की पत्तियाँ हिल रही हैं और उसे अपने चेहरे पर हवा के ठण्डे झोंके महसूस हो रहे हैं।

वह गर्दन घुमाकर उसे देखती है, अपने बड़े भाई को, अपने हर पल के साथी को, मगर उसका चेहरा बहुत करीब है और इसीलिए वह उसे पूरा नहीं देख पा रही है। बस उसकी भौंहों का उभार, उसकी नाक की बनावट, उसकी पलकों का घुमाव। मगर उसे इससे कोई फर्क नहीं पड़ता। उसके लिए इतना ही काफी है कि वह उसके करीब है–अपने भाई के–उसके साथ है। और यह अहसास उसे इतने गहरे इत्मीनान से भर देता है कि धीरे-धीरे उसकी पलकें और भारी होने लगती हैं, निंदिया रानी उसे अपनी गिरफ्त में लेने लगती है। आखिरकार उसकी पलकें पूरी तरह मुंद जाती हैं और वह बेफिक्री की नींद में डूब जाती है। उसके मन में अब कोई द्वंद्व नहीं है, कोई ऊहापोह नहीं है, कोई फ़िक्र नहीं है, कोई खालीपन नहीं है, कोई अधूरापन नहीं है। अब सब अच्छा है, दिन के उजाले की तरह साफ़ है। अब सिर्फ़ निश्चिंतता है, इत्मीनान है, अपनी जड़ों से जुड़ाव का अहसास है, अपने अखंड होने का अहसास है।

बहुत-बहुत शुक्रिया

इस किताब को आपके हाथों में पहुँचाने में शामिल तमाम लोगों का शुक्रिया अदा करने से पहले मैं कुछ बातों का स्पष्टीकरण देना ज़रूरी समझता हूँ। किताब में जिस शादबाग नाम के गाँव का ज़िक्र किया गया है, वह शत-प्रतिशत मेरी कल्पना की उपज है, हालाँकि संभव है कि अफ़गानिस्तान में कहीं इसी नाम का कोई गाँव वाकई में हो। अगर ऐसा है, तो मैं वहाँ कभी नहीं गया हूँ। अब्दुल्ला और परी के माध्यम से बच्चों की जिस कविता का–'नन्हीं उदास परी' वाली–बारम्बार उल्लेख किया गया है, वह दिवंगत महान फ़ारसी कवयित्री फ़ोरूग़ फ़ारोख़ज़ाद की एक कविता से प्रेरित है। और इस किताब का जो शीर्षक है वह विलियम ब्लेक की मनभावन कविता 'नर्से'स सॉन्ग' से प्रेरित है।

मैं बॉब बार्नेट और डेनीन हॉवेल का शुक्रिया अदा करना चाहता हूँ, जो इस किताब को लिखे जाने के कट्टर समर्थक रहे हैं और जिन्होंने इसकी लेखन प्रक्रिया में मार्गदर्शक की अद्भुत भूमिका निभाई है। शुक्रिया हेलेन हेलर, डेविड ग्रॉसमैन, जोडी हॉटचकिस। चांडलर क्रॉफर्ड का उनके उत्साह, धीरज और सलाह के लिए धन्यवाद। रिवरहेड बुक्स के अपने बहुत सारे दोस्तों को बहुत-बहुत धन्यवाद: जिन्ने मार्टिन, केट स्टार्क, सारा स्टीन, लेस्ली श्वार्ट्ज, क्रेग डी. बर्क, हेलेन येंटस, तथा और भी कई दोस्त जिनका मैंने नाम नहीं लिया है, मगर जिनका मैं इस किताब को आप पाठकों तक पहुँचाने में मदद करने के लिए बहुत आभारी हूँ।

मैं अपने शानदार कॉपी एडिटर टोनी डेविस का शुक्रिया अदा करता हूँ, जो अपने दायित्व से कहीं बढ़कर काम करते हैं।

मैं अपनी संपादिका और बेहद प्रतिभाशाली साराह मैकग्राथ का विशेष रूप से आभार व्यक्त करना चाहता हूँ। उन्होंने अपनी दूरदृष्टि, अंतर्दृष्टि, और अपने सौम्य मार्गदर्शन से इस पुस्तक को इसके वर्तमान रूप में लाने में मेरी असंख्य

तरीकों से मदद की है। साराह, मैंने संपादन प्रक्रिया का इतना आनंद इससे पहले कभी नहीं लिया।

आखिर में मैं मुझ पर और मेरी लेखनी पर अटूट विश्वास रखने के लिए सुसान पीटरसन कैनेडी और जेफ्री क्लोस्के का शुक्रिया अदा करना चाहता हूँ। मेरे सभी दोस्तों और सभी परिवारजनों का धन्यवाद और आभार, जो हमेशा मेरे साथ खड़े रहे हैं और मेरी तमाम कमियों और कमज़ोरियों के बावजूद मेरे साथ हमेशा प्यार और सब्र से पेश आए हैं। और हमेशा की तरह एक बार फिर मैं अपनी बेहद प्यारी जीवन-संगिनी रोया का शुक्रिया अदा करता हूँ, न केवल इस किताब के कई-कई संस्करणों को पढ़ने और संपादित करने के लिए, बल्कि इस किताब के लिखे जाते वक़्त बिना किसी शिकायत और खिलाफत के हमारी रोज़मर्रा की ज़िन्दगी को संभालने के लिए भी, ताकि मैं बेफिक्र होकर लिख सकूँ। रोया, तुम्हारे बिना यह किताब पहले पन्ने के पहले पैराग्राफ में ही खत्म हो जाती। आई लव यू।

लेखक की कलम से

पिछले तकरीबन तीन दशकों से अफगान शरणार्थी संकट दुनिया के सबसे गंभीर संकटों में से एक बना हुआ है। पिछले तीस बरसों से अफगानिस्तान में जो जंग, भूख, अराजकता और उत्पीड़न के हालात हैं, उसने लाखों लोगों को अपना घर-बार छोड़कर, अपना वतन छोड़कर भागने और पाकिस्तान और ईरान जैसे पड़ौसी मुल्कों में जा बसने को मजबूर कर दिया है। जिस वक़्त यह संकट चरम पर था, उस वक़्त तकरीबन अस्सी लाख अफगान लोग बाहर के मुल्कों में शरण लिए हुए थे। संयुक्त राष्ट्र की 'रिफ्यूजी'ज़ 2011 ग्लोबल ट्रेंड रिपोर्ट' के मुताबिक़, 27 लाख की तादाद के साथ अब भी अफगानी लोग दुनिया में शरणार्थियों की सबसे बड़ी आबादी बने हुए हैं।

2002 से लेकर अब तक संयुक्त राष्ट्र की रिफ्यूजी एजेंसी UNHCR की मदद से तकरीबन पचास लाख अफगान शरणार्थियों की घर वापसी हुई है। 2007 और 2009 में मैंने अफ़गानिस्तान जाकर ऐसे ही कुछ लोगों से मुलाकात की। मगर घर लौटने के बाद वे वहाँ जिन हालात में रह रहे थे, उसे देखकर मेरा दिल दहल उठा था। मैं ऐसे परिवारों से मिला जो हर दिन 1 डॉलर से भी कम में गुज़ारा कर रहे थे। वे पूरी सर्दियाँ ज़मीन के नीचे खोदे गए गड्ढों में रहकर बिताते थे। मैं ऐसे गाँवों में गया जहाँ हर साल सर्दियों और गर्मियों का मौसम कई सारे परिवारों में दस से पंद्रह बच्चों की मौत का फरमान बनकर आता था। जिन लोगों से मैं मिला, वे कीचड़ भरी नदियों का गंदा पानी पीने को मजबूर थे और ऐसी बीमारियों से मर रहे थे जिनकी आसानी से रोकथाम की जा सकती थी। उनके सिरों पर न तो ठीक-ठाक छत थी, न बीमार होने पर इलाज की सहूलियत, न बच्चों के लिए स्कूल, न भरपेट खाना, और न ही रोज़गार का कोई स्थायी साधन। यह सब देख-सुनकर मैं भीतर तक हिल गया था।

अफगानिस्तान के इस दौरे ने मेरी ज़िन्दगी को एक नयी दिशा दिखा दी थी, जिसके नतीजे में खालिद होसैनी फाउंडेशन अस्तित्व में आया। यह फाउंडेशन इस उम्मीद के साथ शुरू किया गया था कि हम एक सार्थक और स्थायी बदलाव लाने के लिए काम कर सकेंगे। 2009 से अब तक फाउंडेशन ने UNHCR के साथ मिलकर अफगानिस्तान लौटने वाले बेघर लोगों के लिए घर बनाने के कई प्रोजेक्ट्स की फंडिंग (वित्त-पोषण) की है। इसके अलावा इस फाउंडेशन ने SOS (स्टूडेंट आउटरीच फॉर शेल्टर्स) प्रोग्राम के माध्यम से अमरीका के तमाम राज्यों में कई सारे स्कूलों के साथ साझेदारी करके और वहाँ पढ़ने वाले छात्र-छात्राओं के भीतर परोपकार की भावना जगाकर उनके माध्यम से अफगानिस्तान वापस लौटने वालों के लिए मकानों की व्यवस्था करने वास्ते फंड इकट्ठा करने का भी काम किया है। खालिद होसैनी फाउंडेशन इकट्ठा किए हुए फंड को ख़ास तौर पर उन प्रोजेक्ट्स में लगाता है जिनसे घर-वापसी करने वाले शरणार्थियों का भला होता हो, खासकर औरतों और बच्चों का, क्योंकि यही दो तबके हैं जो जंग, भूख, अराजकता और उत्पीड़न का सबसे ज़्यादा शिकार हुए हैं, और यही दो तबके हैं जो अफगानिस्तान के भविष्य का आधार हैं।

अफ़गानिस्तान को नए सिरे से खड़ा करने में बहुत ज़्यादा संसाधन लगेंगे और वहाँ के लोगों की तकलीफों को कम करने के लिए भागीरथी प्रयासों की आवश्यकता होगी। इसके बारे में या खालिद होसैनी फाउंडेशन के बारे में और ज़्यादा जानने के लिए आप www.khaledhosseinifoundation.org पर जा सकते हैं।

शुक्रिया।

खालिद हुसैनी

लेखक का परिचय

खालिद हुसैनी ने जब अपना पहला उपन्यास–दि काईट रनर–लिखा, तब वह एक फुलटाइम डॉक्टर के रूप में काम कर रहे थे और अपनी व्यस्त दिनचर्या में से लिखने के लिए समय निकालना उनके लिए आसान काम नहीं था। मगर लेखन को लेकर उनके जुनून ने इस मुश्किल को आसान बनाने का रास्ता तलाशा और उन्होंने अस्पताल जाने से पहले सुबह 5:00 से 8:00 बजे के बीच के शांत समय में इसे लिखने का फैसला किया और उस फैसले पर सख़्ती से अमल भी किया। वह पंद्रह बरस की उम्र में एक राजनीतिक शरणार्थी के तौर पर अमरीका आए थे और उन्होंने अपने माँ-बाप–जो अफगानिस्तान में क्रमशः शिक्षिका और राजनयिक के तौर पर काम करते थे–को सरकारी मदद पर निर्भर रहते और एक अच्छी ज़िन्दगी के लिए जद्दोजहद करते बहुत करीब से देखा था।

जब करियर का चुनाव करने की बात आई तो उन्होंने डॉक्टर बनने का फैसला किया क्योंकि इसमें उन्हें आर्थिक और सामाजिक; हर तरह की सुरक्षा मालूम हुई। जिस इंसान ने बचपन से लेकर जवान होते तक ज़िन्दगी की मूलभूत सुविधाओं के लिए भी भारी जद्दोजहद देखी हो, उसके लिए यह चुनाव गलत नहीं कहा जा सकता। मगर इससे उनके भीतर मौजूद किस्से-कहानियाँ लिखने का जुनून, जो काबुल के दिनों से ही उनके भीतर दबा हुआ था, ख़त्म नहीं हुआ। वह बना रहा और सही मौके की तलाश में रहा।

इस बीच उन्होंने शादी की और फिर दो बच्चों के बाप भी बन गए, मगर लिखना जारी रखा। सुबह-सुबह लिखा गया वह उपन्यास था 'दि काईट रनर', और 2003 में इसके प्रकाशन ने आज के सर्वाधिक लोकप्रिय और महत्वपूर्ण जीवित लेखकों में से एक के आगमन की घोषणा कर दी थी। खालिद पश्चिमी पाठकों के लिए अफगान संस्कृति के बारे में लिखने वाले शुरुआती लेखकों में से एक हैं, और उन्हें न सिर्फ़ भूगोल और इतिहास को साकार करने बल्कि उनसे

ऊपर उठने की उनकी क्षमता के लिए भी सराहा गया है। आप उनका कोई भी उपन्यास ले लीजिए, वह किसी स्थान विशेष की कहानी नहीं कहता, बल्कि यह बताता है कि इंसान होने का क्या मतलब है। और इसीलिए उनके तमाम उपन्यास संसार के सभी कोनों के लोगों को समान रूप से प्रभावित करते हैं। अपने पहले उपन्यास के प्रकाशन के बाद से ही खालिद हुसैनी दुनिया भर के पाठकों के बीच एक जाना-माना नाम बन गए हैं। उनने हर उपन्यास की आलोचकों ने एकमत से तारीफ़ की है और उनके हर उपन्यास को पिछले उपन्यास से भी ज़्यादा दिलचस्प और दिल को छूने वाला बताया है।

बतौर लेखक खालिद को जो ज़बरदस्त कामयाबी हासिल हुई है, उसने उन्हें एक अलग ही पायदान पर ले जाकर खड़ा कर दिया है, जो कि बेस्टसेलर सूची में शामिल होने से कहीं ज़्यादा महत्वपूर्ण है। 2006 में उन्हें संयुक्त राष्ट्र की शरणार्थी एजेंसी 'संयुक्त राष्ट्र शरणार्थी उच्चायुक्त' का सद्भावना दूत नियुक्त किया गया था। बतौर सद्भावना दूत संयुक्त राष्ट्र मानवाधिकार आयोग (UNHCR) के साथ अफगानिस्तान की एक यात्रा से प्रेरित होकर उन्होंने अंततः 'खालिद हुसैनी फाउंडेशन' की नींव रखी, जो कि एक गैर-लाभकारी संस्था है और अफगानिस्तान के लोगों को मानवीय सहायता उपलब्ध कराती है।

LIST OF TITLES WITH ISBN NO.

ISBN	TITLE
9788194914129	1984
9789390575220	1984 & Animal Farm (2In1)
9789390575572	1984 & Animal Farm (2In1): The International Best-Selling Classics
9789390575848	35 Sonnets
9789390575329	A Clergyman's Daughter
9789390575923	A Study In Scarlet
9789390896097	A Tale Of Two Cities
9789390896837	Abide in Christ
9789390896202	Abraham Lincoln
9789390896912	Absolute Surrender
9789390896608	African American Classic Collection
9789390575305	Aldous Huxley: The Collected Works
9789390896141	An Autobiography of M. K. Gandhi
9789390575886	Animal Farm
9789390575619	Animal Farm & The Great Gatsby (2In1)
9789390575626	Animal Farm & We
9789390896158	Anna Karenina
9789390575534	Antic Hay
9789390896165	Antony & Cleopatra
9789390896172	As I Lay Dying
9789390896226	As You like it
9789390575671	At Your Command
9789390575350	Awakened Imagination
9789390575114	Be What You Wish
9789390896233	Believe In yourself
9789390896998	Best of Charles Darwin: The Origin of Species & Autobiography
9789390896684	Best Of Horror : Dracula And Frankenstein
9789390575503	Best Of Mark Twain (The Adventures of Tom Sawyer AND The Adventures of Huckleberry Finn)
9789390896769	Black History Collection
9789390575756	Brave New World, Animal Farm & 1984 (3in1)

9789390896240	Brother Karamzov
9789390575053	Bulleh Shah Poetry
9789390575725	Burmese Days
9789390896257	Bushido
9789390896066	Can't Hurt Me
9788194914112	Chanakya Neeti: With The Complete Sutras
9789390896042	Crime and Punishment
9789390575527	Crome Yellow
9789390575046	Down and Out in Paris and London
9789390896844	Dracula
9789390575442	Emersons Essays: The Complete First & Second Series (Self-Reliance & Other Essays)
9789390575749	Emma
9789390575817	Essential Tozer Collection - The Pursuit of God & The Purpose of Man
9789390896578	Fascism What It Is and How to Fight It
9789390575688	Feeling is the Secret
9789390575190	Five Lessons
9789390575954	Frankenstein
9789390575237	Franz Kafka: Collected Works
9789390575282	Franz Kafka: Short Stories
9789390575060	George Orwell Collected Works
9789390575077	George Orwell Essays
9789390575213	George Orwell Poems
9788194914150	Greatest Poetry Ever Written Vol 1
9788194914143	Greatest Poetry Ever Written Vol 1
9789390896301	Gulliver's Travel
9789390575961	Gunaho Ka Devta
9789390575893	H. P. Lovecraft Selected Stories Vol 1
9789390575978	H. P. Lovecraft Selected Stories Vol 2
9789390896059	Hamlet
9789390575022	His Last Bow: Some Reminiscences of Sherlock Holmes
9789390896134	History of Western Philosophy
9789390575121	Homage To Catalonia

9789390896219	How to develop self-confidence and Improve public Speaking
9789390896295	How to enjoy your life and your Job
9789390575633	How to own your own mind
9789390896318	How to read Human Nature
9789390896325	How to sell your way through the life
9789390896370	How to use the laws of mind
9789390896387	How to use the power of prayer
9789390896028	How to win friends & Influence People
9788194824176	How To Win Friends and Influence People
9789390896103	Humility The Beauty of Holiness
9789390896653	Imperialism the Highest Stage of Capitalism
9789390575084	In Our Time
9789390575169	In Our Time & Three Stories and Ten poems
9789390575145	James Allen: The Collected Works
9789390896189	Jesus Himself
9789390575480	Jo's Boys
9789390896394	Julius Caesar
9789390575404	Keep the Aspidistra Flying
9789390896400	Kidnapped
9789390896424	King Lear
9789390575824	Lady Susan
9789390896455	Law of Success
9789390896264	Lincoln The Unknown
9789390575565	Little Men
9789390575640	Little Women
9788194914174	Lost Horizon
9789390896462	Macbeth
9789390896929	Man Eaters of Kumaon
9789390896523	Man The Dwelling Place of God
9789390896349	Man The Dwelling Place of God
9789390575909	Mansfield Park
9788194914136	Manto Ki 25 Sarvshreshth Kahaniya
9789390896509	Marxism, Anarchism, Communism
9789390575664	Mathematical Principles of Natural Philosophy

9788194914198	Meditations
9789390575800	Mein Kampf
9789390575794	Memory How To Develop, Train, And Use It
9789390896486	Mind Power
9789390896585	Money
9789390575039	Mortal Coils
9789390575770	My Life and Work
9789390896035	Narrative of the Life of Frederick Douglass
9789390575152	Neville Goddard: The Collected Works
9789390575985	Northanger Abbey
9789390896530	Notes From Underground
9789390896547	Oliver Twist
9789390575459	On War
9789390575541	One, None and a Hundred Thousand
9789390896554	Othelo
9789390575435	Out Of This World
9789390575015	Persuasion
9789390575510	Prayer The Art Of Believing
9789390575091	Pride and Prejudice
9789390896561	Psychic Perception
9789390575381	Rabindranath Tagore - 5 Best Short Stories Vol 2
9789390575367	Rabindranath Tagore - Short Stories (Masters Collections Including The Childs Return)
9789390575374	Rabindranath Tagore 5 Best Short Stories Vol 1 (Including The Childs Return
9789390896622	Romeo & Juliet
9789390896127	Sanatana Dharma
9789390575596	Seedtime & Harvest
9789390896639	Selected Stories of Guy De Maupassant
9789390575206	Self-Reliance & Other Essays
9789390575176	Sense and Sensibility
9789390575299	Shyamchi Aai
9789390896738	Socialism Utopian and Scientific
9789390896646	Success Through a Positive Mental Attitude
9789390575428	The Adventures of Huckleberry Finn

9789390575183	The Adventures of Sherlock Holmes
9789390575343	The Adventures of Tom Sawyer
9789390896691	The Alchemy Of Happiness
9789390575862	The Art Of Public Speaking
9789390896288	The Autobiography Of Charles Darwin
9788194914181	The Best of Franz Kafka: The Metamorphosis & The Trial
9789390575008	The Call Of Cthulhu and Other Weird Tales
9789390575107	The Case-Book of Sherlock Holmes
9789390896110	The Castle Of Otranto
9789390896745	The Communist Manifesto
9789390575589	The Complete Fiction of H. P. Lovecraft
9789390575497	The Complete Works of Florence Scovel Shinn
9789390896820	The Conquest of Breard
9789390896813	The Diary of a Young Girl
9789390896332	The Diary of a Young Girl The Definitive Edition of the Worlds Most Famous Diary
9789390575701	The Great Gatsby, Animal Farm & 1984 (3In1)
9789390575312	The Greatest Works Of George Orwell (5 Books) Including 1984 & Non-Fiction
9789390575992	The Hound of Baskervilles
9789390896707	The Idiot
9789390896714	The Invisible Man
9789390575657	The Knowledge of the holy
9789390575558	The Law & the Promise
9789390896721	The Law Of Attraction
9789390896776	The Leader in you
9789390896363	The Life of Christ
9789390896196	The Man-Eating Leopard of Rudraprayag
9789390896783	The Master Key to Riches
9789390575268	The Memoirs Of Sherlock Holmes
9789390896479	The Midsummer Night's Dream
9789390575466	The Mill On The Floss
9789390896790	The Miracles of your mind
9789390896660	The Mutual Aid A Factor in Evolution
9789390896448	The Origin of Species

9789390896905	The Peter Kropotkin Anthology The Conquest of Bread & Mutual Aid A Factor of Evolution
9789390896806	The Picture of Dorian Gray
9789390896271	The Picture of Dorian Gray
9789390575275	The Power Of Awareness
9789390896356	The Power of Concentration
9788194824169	The Power of Positive Thinking
9789390575411	The Power of the Spoken Word
9788194914105	The Power Of Your Subconscious Mind
9789390896899	The Power of Your Subconscious Mind
9789390896417	The Principles of Communism
9789390575787	The Psychology Of Mans Possible Evolution
9789390896615	The Psychology of Salesmanship
9789390575732	The Pursuit of God
9789390575398	The Pursuit of Happiness
9789390896851	The Quick and Easy Way to effective Speaking
9789390575947	The Return Of Sherlock Holmes
9789390575138	The Road To Wigan Pier
9789390896981	The Root of the Righteous
9789390575855	The Science Of Being Well
9788194914167	The Science Of Getting Rich, The Science Of Being Great & The Science Of Being Well (3In1)
9789390896011	The Screwtape Letters
9789390896073	The Screwtape Letters
9789390575336	The Secret Door to Success
9789390575695	The Secret Of Imagining
9789390896868	The Secret Of Success
9789390896431	The Seven Last Words
9789390575930	The Sign of the Four
9789390896004	The Sonnets
9789390896516	The Souls of Black Folk
9789390896875	The Sound and The Fury
9789390575244	The State and Revolution
9789390896882	The Story of My Life
9789390896936	The Story Of Oriental Philosophy

9789390896752	The Strange Case of Dr. Jekyll and Mr. Hyde
9789390896943	The Tempest
9789390575916	The Valley Of Fear
9789390575879	The Wind in the willows
9789390896080	The Wind in the willows
9789390575763	Their eyes were watching gofd
9789390575831	Three Stories
9789390896950	Twelfth Night
9789390896592	Twelve Years a Slave
9789390896677	Up from Slavery
9789390896974	Value Price and Profit
9789390896967	Wake Up and Live
9789390896493	With Christ in the School of Prayer
9789390575602	Your Faith is Your Fortune
9789390575473	Your Infinite Power To Be Rich
9789390575251	Your Word is Your Wand
9789390575718	Youth
9789391316099	A Christmas Carol
9789391316105	A Doll's House
9789391316501	A Passage to India
9789391316709	A Portrait of the Artist as a Young Man
9789391316112	A Tale of Two Cities
9789391316747	A Tear and a Smile
9789391316167	Agnes Gray
9789391316174	Alice's Adventures in Wonderland
9789391316136	Anandamath
9789391316181	Anne Of Green Gables
9789391316754	Anthem
9789391316198	Around The World in 80 Days
9789391316013	As A Man Thinketh
9789391316242	Autobiography of a Yogi
9789391316266	Beyond Good and Evil
9789391316761	Bleak House
9789391316778	Chitra, a Play in One Act
9789391316310	David Copperfield

9789391316075	Demian
9789391316785	Dubliners
9789391316051	Favourite Tales from the Arabian Nights
9789391316235	Gitanjali
9789391316068	Gravity
9789391316150	Great Speeches of Abraham Lincoln
9789391316662	Guerilla Warfare
9789391316839	Kim
9789391316822	Mother
9789391316211	My Childhood
9789391316846	Nationalism
9789391316327	Oliver Twist
9789391316853	Pygmalion
9789391316334	Relativity: The Special and the General Theory
9789391316389	Scientific Healing Affirmation
9789391316341	Sons and Lovers
9789391316587	Tales from India
9789391316372	Tess of The D'Urbervilles
9789391316396	The Awakening and Selected Stories
9789391316402	The Bhagvad Gita
9789391316303	The Book of Enoch
9789391316228	The Canterville Ghost
9789391316907	The Dynamic Laws of Prosperity
9789391316006	The Great Gatsby
9789391316860	The Hungry Stones and Other Stories
9789391316433	The Idiot
9789391316440	The Importance of Being Earnest
9789391316297	The Light of Asia
9789391316914	The Madman His Parables and Poems
9789391316457	The Odyssey
9789391316921	The Picture of Dorian Gray
9789391316464	The Prince
9789391316938	The Prophet
9789391316945	The Republic
9789391316518	The Scarlet Letter

9789391316143	The Seven Laws of Teaching
9789391316525	The Story of My Experiments with Truth
9789391316532	The Tales of the Mother Goose
9789391316549	The Thirty Nine Steps
9789391316594	The Time Machine
9789391316600	The Turn of the Screw
9789391316983	The Upanishads
9789391316617	The Yellow Wallpaper
9789391316426	The Yoga Sutras of Patanjali
9789391316990	Ulysses
9789391316624	Utopia
9789391316679	Vanity Fair
9789391316020	What Is To Be Done
9789391316686	Within A Budding Grove
9789391316693	Women in Love

www.ingramcontent.com/pod-product-compliance
Lightning Source LLC
Chambersburg PA
CBHW031334230926
51848CB00002B/234